서양문학연구

이 도서의 국립중앙도서관 출판시 도서목록(CIP)은 e-CIP 홈페이지(http://www.nl.go.kr/cip.php)에
서 이용하실 수 있습니다. (CIP제어번호 : CIP2010003583)

The Study of Western Literature

서양 문학 연구

김혜니

푸른사상
PRUNSASANG

　21세기 문학이 이제 막 태동하고 있다. 그리고 현재까지 세계화와 정보혁명은 21세기의 중요한 화두이다. 또한 세기말을 요란하게 장식했던 디지털 시대는 21세기에도 여전히 유효하다. 오늘날을 일컬어 크로스오버 시대, 하이브리드 시대, 트랜스 시대, 퓨전 시대 등등으로 표현들 하고 있다. 또한 인터액티브 문학, 멀티미디어 문학, 퓨전 문학 등이 속속 등장하고 있다. 그만큼 21세기는 다인종, 다문화 사회로 진입하고 있으며 다양한 혼합예술이 탄생되고 있다.

　세계는 거의 빛의 속도로 교류하고 있는데, 이런 시대에 민족과 문화의 동질성만을 고집하는 것은 시대착오적 발상일까. 이제 민족주의는 폐기처분해야 할 구시대의 유물인가. 순수 문학을 옹호하는 상아탑은 무너졌는가. 그리스 시대 이래 모든 것을 진리와 허위, 옳음과 그름으로 나누던 이분법적 패러다임이 해체되고 카오스와 퍼지의 패러다임이 자리를 잡고 있는 것이다. 비평가 레슬리 피들러는 이미 『경계를 넘고, 간극을 좁히며』(1969)에서 이러한 시대의 도래를 예견한 바 있다.

　전자 매체와 영상 매체의 위력으로 대표되는 우리 시대는 언어 매체의 책읽기가 매우 불리한 환경에 처해 있다. 다시 말하자면 디지털 시대에는 전자 문학과 영상 문학이라는 전혀 새로운 형태의 문학이 만들어지고 있는 것이다. 이러한 문화적 전환을 앨빈 캐넌은 '문학의 죽음'

이라는 테제로 요약한다. 그러나 문학은 죽은 것이 아니라, 그 형식이 변하고 있는 것이다.

이러한 변화는 문학의 위기가 아니라 오히려 문학의 새로운 도약과 영역 확장의 계기가 된다. 문학은 변화와 경계 해체를 수용하고 타매체와 타장르를 포용해야만 한다. 또한 새로운 매체를 사용한 새로운 상상력과 양식과 기법을 개발해야만 할 것이다. 최근 문단과 학계에서 시도하고 있는 문학과 영상의 제휴도 바로 이러한 새로운 현상 중 하나다. 이러한 변화가 21세기 디지털 시대의 글쓰기 현상이다. 엄청난 속도로 변화하고 있는 상황 속에서도, 인문학은 여전히 인류의 보편적 심성에 관한 성찰을 담는, 학문 중의 학문으로서 뿌리를 내리며 자리할 것이다.

20세기 초, 랜돌프 본은 각기 다른 문화들 사이의 관계를 새로운 시각으로 보자는 취지에서 '트랜스내셔널리즘'이라는 용어를 사용했다. 그런데 이에 근거하여 최근 '트랜스내셔널리즘 문학'이라는 용어가 세계 문단의 관심사로 부상하고 있다. 디지털 위성 텔레비전으로 각국의 문화가 안방으로 들어오면서, 필연적으로 생성되고 있는 '경계 해체 시대'를 맞이하고 있는 것이다. 트랜스내셔널리즘 문학이란 우선 이민 문학과 디아스포라 문학을 들 수 있다. 최근 한국계 미국 작가들의 작품이 미국 문단에서 매우 진지하고 중요하게 다루어지고 있는 것도 이러한 현상과 무관하지 않다. 그리고 요즈음 국내에서 발표되는 소설들 중에도, 국경을 초월하는 트랜스내셔널리즘적인 작품들이 부쩍 늘고 있다. 이는 한국문학도 이제 한국이라는 국경을 벗어나, 세계무대로 나아가고 있다는 것을 의미한다.

이러한 시대와 현상에 당면하여, 서양문학연구와 같은 원고가 과연 설 자리가 있을까? 의혹을 떨쳐버릴 수 없다. 그러나 새로운 주류로 자리 잡게 될 혼합문화와 혼합예술에 맞닥뜨려, 우리 문학이 나아갈 바람직한 향방을 모색하기 위해서라도, 세계문학을 착실하게 읽어야 하지 않을까. 이런 까닭으로 본 저자는 다시 한 번 세계문학을 새롭게 정리하여 보았다. 본 저자는, 이 책을 읽는 후학도들이 문화현상과 문학작품을 통하여 시대의 변화를 읽어내고, 최근의 변화에 새롭게 대처하면서, 위기를 넘어선 인문학의 존재 양식을 창조하길 소원한다. 그리하여 한국문학의 세계화에 이바지하길 바라는 마음이다.

이화여대 도서관에서

김혜니

제2부 중세 문학

제3부 문예부흥기 문학

Ⅰ. 서설 • 209

Ⅱ. 문예부흥기 문학의 흐름과 양상 • 218

제4부 17세기 문학

제5부 18세기 문학

Ⅰ. 서설 • 387

제6부 19세기 문학

Ⅰ. 서설 • 459

Ⅱ. 낭만주의 문학 • 470

| 차례 |

제1부 원시 · 고대 문학

Ⅰ. 서설

1. 세계문학과 민족문학

세계문학이란 용어는 독일의 괴테(J. W. Goethe)가 국민문학과 대응시켜 처음으로 사용하였다. 괴테는 문학에서의 민족적 특성과 개성을 중시한 헤르더(J. G. Herder)의 영향을 받아 세계문학을 주창하였다. 즉, 괴테는 각 국민문학은 민족·언어·풍토 등의 차이가 있으나, 그 밑바탕에는 보편적 인간성을 나타내는 특성을 내재하고 있으므로, 국민문학의 자율성을 보전하면서도 세계적 보편성을 구현한 문학을 창조해야 한다는 이론을 전개하였다. 이는 세계문학은 전 세계의 모든 문학을 망라한 총체를 뜻하는 양적인 것이 아니라, 전 세계의 모든 민족문학이 모여서 어우러진 문학의 총체라는 것을 제시한 이론이다.

이와 같이 세계문학이라는 말의 의미는 세계의 모든 국민문학의 양적 총체로서의 개념은 아니다. 이는 가치를 따지지 않은 집합 개념으로서 한계를 지니고 있다. 또한 세계문학이란 세계 인류가 보편적으로 공감할 수 있을 만큼 뛰어난 문학성을 지닌 작품을 의미한다는 것도 완전한 정의라고 할 수 없다. 왜냐하면 이는 전적으로 가치를 중시하여 성립된 개념으로서 가치 척도가 무엇이 되는가에 따라서 작품 대상이 달라질 수 있기 때문이다. 그리고 세계문학이 서구문학을 총체적으로 지칭하는 개념도 잘못된 생각이다. 이러한 생각은 산업혁명 이후 서구 열강이 세계 각지에 영향력을 행사하면서 서구의 모든 것이 모범과 표준이 되던 시기에 생겨난 개념이며, 주로 제3세계 국가에서 통용된 것으로, 서구문학을 세계 보편적인 문학으로 간주하고 맹목적으로 추종하려 하던 데서 나타난 현상이기 때문이다. 따라서 자국의 고유한 문화적 자산이 지닌 가치에 대해서 주체적이고 정당한 인식을 지녀야 할 것이다.

이와 같이, 세계문학은 각 나라 민족문학의 특수성을 반영함과 동시에 인류의 보편적인 가치를 지닌 문학이다. 세계문학은 각 나라 민족문학의 특수성과 세계적 보편성이 조화를 이루면서 인류의 이상을 향해 나아가는 문학성을 보여준다. 이것이 세계문학이 존재하는 진정한 의의이며 우리가 세계문학의 흐름의 양상을 알고 이해해야 하는 이유이기도 하다.

민족문학이란 한 민족의 현실이나 삶의 모습·사상·감정을 진솔하게 표현하고 민족에게 새로운 전망을 제시할 수 있는 문학으로서, 과거를 비판적이고 통합적으로 계승한 문학이다. 이러한 세계문학과 민족문학은 두 가지의 시각이 있다. 하나는 세계적 보편성을 중시하는 시각이다. 문학이란 시간과 공간을 초월하는 인류의 보편적 정서와 사상을 담고 있는 것이며, 이러한 것을 잘 살릴 때 가치 있는 문학이 된다고 보는 시각이다. 다른 하나는 민족의 특수성을 중시하는 시각이다. 각 민족의 문학은 서로 다른 역사적 · 사회적 경험에 바탕을 두고 존재하는 것이기 때문에, 그 고유한 정서와 사상을 잘 살릴 때 훌륭한 문학이 될 수 있다고 여기는 시각이다.

위의 두 가지 시각 중 하나에만 집착하는 것은 올바른 시각이 아니다. 세계문학과 민족문학의 올바른 관계를 정립하려면, 보편성과 특수성을 포용하고 종합하는 태도를 지녀야 하기 때문이다. 훌륭한 문학 작품은 시대와 지역의 차이를 넘어서 서로 다른 처지에 있는 수많은 사람들에게 감동과 공감을 줌과 동시에 특수한 역사적 현실과 긴밀한 연관을 맺고 있다. 결국, 문학에 있어서 보편성과 특수성은 따로따로 존재하는 것처럼 보이지만 상반된 것이 아니다. 보편성은 특수성을 매개로 구현되며, 특수성은 보편성에 의해 조명될 때 의의를 지니는 것이다. 따라서 세계문학과 민족문학의 관계를 올바르게 정립하려면, 민족문학으로서의 특수성과 세계문학으로서의 보편성을 동시에 수용하는 종합적인 태도를 지녀야 할 것이다.

세계 각국의 문학은 나름대로 민족적 · 언어적 · 풍토적 특성을 지니면서도 보편적 가치를 추구한다는 공통점을 지니고 있다. 또한 세계문학은 서로 영향을 주고받으면서 발전한다. 따라서 세계문학을 이해한다는 것은 단순히 각국의 문학을 이해하는 수준에 머무는 것이 아니라 문학과 인간에 대한 보편적 이해로 나아가는 길이 된다.

세계문학 속에서 한국문학의 과거를 돌이켜 볼 때, 삼국 시대의 한국문학은 한문문학을 수용함으로써 세계문학과 새로운 관계를 형성했다. 그리고 이후 중세기에 이르도록 한문문화권의 테두리에 있었던 우리 문화에서 한문문학이 중요한 부분을 차지하였다. 그러나 한문문학 역시 우리 민족의 생활 현실을 기반으로 하여 민족의 정서를 표현하고 있기 때문에 민족문학으로서의 정당한 평가를 받아야 마땅한 것이다. 다시 말하자면 중세 시기의 우리 문학은 중국 중심의 한문문학권의 일원으로서 세계문학에 참여하였다고 할 수 있다.

근대에 들어서면서 서구문학이 세계 각국에 전파되었는데, 특히 식민지 지배를 통해 커다란 영향을 끼쳤다. 우리의 경우 일본을 매개로 지속적인 영향을 받았다. 일제강점기에 우리나라에 소개된 서양문학은 대부분이 일본의 중개를 거친 것이었다. 따라서 식민지 지배라는 강제적 형식을 통해 이루어졌기 때문에 민족문학의 자주적 발전을 저해하는 부정적 측면이 존재하였다. 비록 식민지 지배라는 형식을 통해 서구 근대문학이 유입되었지만, 우리나라 내에서도 17세기 이래로 농업과 도시 상공업의 발달, 신분제의 변동 등과 함께 문학도 국문소설 · 시조 · 가사 · 판소리 등의 국문문학이 발달했다. 뿐만 아니라, 내용상으로도 변동하는 사회상을 사실적으로 반영하는 문학이 꾸준히 등장하였다.

8 · 15 해방 이후에도 서양문학은 한국문학이 근대성을 획득하는 데 중요한 역할을 담당하였다. 그러나 한국 근대 문학이 서양문학의 이식문학이거나 고전의 전통에서 단절되면서 형성된 것은 아니다. 한국문학은 서양문학이란 새로운 자양을 흡수하여 고전의 전통을 풍부하게 하면서, 세계문학의 일원이 되기에 충분할 주체적인 문학으로 형성되어온 것이다.

8 · 15 해방 이후 우리 문학은 제3세계문학의 성격도 아울러 지니게 되었다. 우리나라에 제3세계문학이 알려지고, 그것과의 연대의식이 대두된 것은 1970년대 후반에 들어서였지만 실질적인 면에서 우리 문학은 8 · 15 해방 이후로부터 그러한 성격을 갖게 된 셈이다. 20세기를 전후로 해서 서구 제국주의의 침략으로 아시아 · 아프리카 · 남아메리카

지역은 거의 대부분 식민지로 전락했다. 따라서 이들 민족의 공통 과제는 민족 해방과 함께 근대적 민족 국가의 자주적 수립이었다. 문학 부분에서도 지배 국가에 의해서 이식된 식민 문화 형식을 벗어나, 스스로 근대 민족문학으로 발전하여 세계문학의 일익을 담당하기 위해 노력하였다. 우리나라의 경우도 예외가 아니며, 따라서 제3세계와의 연대와 경험의 공유는 중요한 의미를 갖는다.

현대 사회는 세계 각국이 자신의 제한된 영역에서 벗어나 낯선 이웃들과 교섭하고 물자를 유통하는 국제화 사회이다. 특히 21세기는 진정으로 세계가 하나가 되어 조화로운 관계를 형성하고 있다. 이와 같은 세계화 시대에 문학은 각국의 문화적 전통을 유지하면서도 인류 공통적인 가치를 보전하고 계발하는 데서 선진적인 역할을 맡을 것으로 예상된다. 이와 같은 새로운 상황 속에서 우리의 민족문학은 우리의 주체성과 창조성을 잃지 않는 차원에서 적극적인 세계문학의 수용을 필요로 하고 있다. 아울러 지금까지 우리 민족문학의 훌륭한 성과를 적극적으로 세계에 소개하고 보급하는 일이 주요한 과제 가운데 하나일 것이다.

2. 고대 문학의 흐름과 양상

서양문학은 시대와 지역에 따라 다양한 형태로 전개되어 왔는데 크게 고대·중세·근대 여명기·현대로 나누어 각 시대의 특징을 살펴볼 수 있다.

고대 문학의 흐름은 원시종합예술이 분화되면서 하나의 예술로 자리잡게 되었다. 고대인들은 수렵이나 채집을 통한 원시적인 생활을 영위했고, 예술 또한 아직 분화되지 못한 원시종합예술로서의 성격을 지니고 있었다. 고대 초기에는 문자가 발명되지 않았기 때문에 문학 활동은 구비 전승의 형태로 이루어졌으며, 개인의 서정보다는 집단의식을 표출하는 방향으로 행해졌다. 이 시기의 문학 작품은 모두 문자 발명 이후 기록된 것으로 신화·전설·민요 등이 대부분을 차지한다.

고대 문학의 가장 큰 특징은 신화에서 발견된다. 여기에는 자기들이 전하는 이야기의 주인공이 세상을 만들고 나라를 세웠으며, 그들의 활동 공간이 곧 세계의 중심이라는 자기중심주의가 보인다. 이는 다음 시기인 중세의 보편주의와는 대조적인 모습이다.

고대 문학의 지역별 전개 양상 가운데 먼저 그리스·로마 문학을 살펴보면, 그리스는 신화 시대를 거쳐 동방에서 기독교가 전래되면서 화려한 문화를 꽃피웠다. 그리고 로마는 그리스 문화를 바탕으로 여러 문명을 종합하여 다시 이를 유럽 지역에 전파하였다.

그리스에서는 『그리스 신화』를 통해 선택된 존재라는 자긍심을 나타내 보였으며, 이후 호메로스(Homeros, B.C. 900?~800?)의 『일리아드』(*Iliad*)와 『오디세이아』(*Odysseia*) 같은 고대 영웅들에 대한 찬양을 담은 영웅 서사시를 바탕으로 고대 노예 사회의 단면을 보여주었다.

서사시에 이어 서정시와 극문학이 등장하는데, 여류 시인 사포(Sappho, B.C. 612경)의 서정시와 이솝의 우화가 창작되었으며, 아이스킬로스(Aeschylos, B.C. 525~456)의 『오레스테이아』(*Oresteia*) 3부작, 소포클레스(Sophocles, B.C. 496?~406)의 『오이디푸스 왕』(*Oedipus Tyrannus*)과 『안티고네』(*Antigone*), 에우리피데스(Euripides, B.C. 484?~406)의 『메데이아』(*Medeia*) 등에 의해 그리스 비극이 양식화되고, 아리스토파네스(Aristophanes, B.C. 445?~385?)의 『구름』(*Nephelai*), 『개구리들』(*Batrachoi*)

등 희극이 창작되었다. 그리고 아리스토텔레스(Aristoteles, B.C. 384~322)의 『시학』(*Poetica*) 등 문학 이론이 등장했다.

　그리스의 쇠퇴 이후에는 로마 문학이 오리엔트 문화, 그리스 문화, 헬레니즘 문화 등을 계승하여 발달하였다. 먼저 로마의 2대 희극 작가인 플라우투스 맥시우스(Plautus Maccius, B.C. 254?~184)와 테렌티우스 아페르(Publius Terentius Afer, B.C. 185?~159)를 들 수 있는데, 플라우투스는 『암피트리온』(*Amphitryon*)와 『작은 금항아리』(*Aulularia*)를, 테렌티우스는 『안드리아의 여인』(*Andria*) 등의 작품을 각각 남기고 있다. 시 분야에서는 베르길리우스(Publius Vergilius Maro, B.C. 70~19)의 장편 서사시 『아이네이스』(*Aeneis*)를 대표작으로 꼽을 수 있다. 산문 문학에서는 키케로(Marcus Tullius Cicero, B.C. 106~43)의 『임무에 관해서』(*De Officiis*)를 비롯한 연설문, 호라티우스(Horatius Flaccus, B.C. 65~8)의 젊은 시인들에게 주는 격언과 편지 형식으로 되어 있는 『시론』(*Ars Poetica*), 플루타르코스(Plutarchos, 46?~120?)의 일종의 인물 대비 열전인 『플루타르크 영웅전』(*Bioi Paralleloi*), 아플레이우스(Lucius Apuleius, 123?~?)의 라틴어로 쓰인 세계 최고의 소설인 『황금 당나귀』(*Asinus aureus*), 서사시 형식의 신화집 오비디우스(Publisus Ovidius Naso, B.C. 43~17)의 『변형담』(*Metamorphoses*) 등이 로마 문학을 대표하였다.

II. 그리스 문학

1. 그리스의 문화와 사상

서양 문명의 원류를 더듬어 보면, 고대 동방 문명 · 유태 문명 · 그리스 문명 · 로마 문명 · 게르만 문명 등 다섯 가지를 들 수 있다. 그 가운데 그리스 문명의 지식이 가장 넓고 깊으며 사상 또한 풍부하고 크다고 할 수 있다.

원시 · 고대 세계의 모든 문화 가운데 서양의 정신을 가장 확실하게 예시한 문화가 바로 그리스 문화이다. 그리스의 도시 국가들은 오리엔트의 발달된 문화를 토대로 하여, 지중해 일대를 중심으로 한 독창적인 문화를 완성하였다. 그들은 인간을 우주에서 가장 중심적인 존재로 파악했으며, 자유로운 탐구 정신을 바탕으로 믿음보다는 지식을 중요시했다. 이러한 까닭으로 그리스인들은 고대 세계가 성취할 수 있는 최고의 상태로 문화를 발전시킬 수 있었다.

고대 그리스 문명이 일어나기 훨씬 이전인 B.C. 3000년경 이후 동지중해의 에게 해 주변 지역에는, 오리엔트 문명과는 성격이 다른 문명이 번영하였다. 에게 문명(Aegaean Civilization), 곧 그리스의 상고 시대(B.C. 3000~1000)로 알려진 이 해양 문명은 독자적인 문명을 이룩하기도 했으며 오리엔트 문화를 그리스 사회에 전파한 문명의 매개자적인 역할을 담당하기도 하였다. 당시는 그리스인들의 고유한 역사가 펼쳐지지 아니한 시대였다. 이 시기는 그리스인들이 그리스의 본토나 그 많은 섬 그리고 소아시아의 연안이나 에게 해 근방에 나타나지 않는 시대였던 것이다.

당시 에게 해 근처에는 그리스 사람이 아닌, 그리스어를 쓰지 않는 다른 민족들이 살고 있었다. 그러다가 B.C. 2000년경 공통성을 가진 에게 문명이 나타났는데, 이 시기에 전 에게 문명의 지도적 위치를 차지한 것은 크레타 문명(Certan Civilization)이었다. 에게 문명 가운데 가장 먼저 발달했던 크레타 문명은 크노소스(Knossos) 출신의 왕 미노스의 이름을 따서 미노아(Minoa) 문명이라고도 불렀으며, 그 전성기는 B.C. 2000~1500년경까지였다. 소아시아에서 이주해온 것으로 짐작되는 크레타인들은 그리스 본토보다 오리엔트 지역과 보다 밀접한 관련을 가지고 있어서, 그 문화도 오리엔트 문화와 닮은 데가 많았지만, 그러면서도 독자적인 성격을 지니고 있었다. 크레타 문명은 그 뒤 B.C. 1400년경 그리스 본토에 거주하던 미케네(Mycenae)인, 곧 아카이아(Achaia)계 그리스인의 공격을 받아 허물어졌다.

미케네인들은 B.C. 2000년경 그리스 본토로 이주해온 인도-유럽어족의 주민들이었다. 이들은 선주민의 문화와 자신들의 문화를 융합하여 최초의 그리스 문화라고 부를 수 있는 그들 특유의 문화를 발전시켰다. 미케네인들은 중부 그리스와 펠레폰네소스(Peloponnesos) 반도에 여러 작은 왕궁을 세웠는데, 그 중 미케네가 가장 강성하여 그 이름을 따서 이 문명을 미케네 문명이라고 불렀다. 이들은 B.C. 1400년경 크레타를 정복하여 전 에게 문명의 중심적인 존재가 되었다. 그리고 호메로스(Homeros, B.C. 800년경)가 쓴 그리스인의 민족 서사시인 『일리아드』(*Iliad*)에 등장하는 트로이 전쟁에 관한 이야기는, B.C. 1250년경 강성해진 그리스 본토 세력이 에게 해를 건너 소아시아로 팽창하는 과정에 대한 것이다.

당시 소아시아 서해안에는 또 하나의 에게 문명의 중심지로서 트로이가 번영하고 있었다. 그 뒤 동지중해 세계는 일리리아인(Illirians)과 트라키아인(Thracians) 그리고 소위 '바다 사람들'(Sea people)의 침입으로 일대 혼란기를 맞았다. 이 혼란기에 미케네 문명도 커다란 물결에 휩쓸리게 되었으며, B.C. 1200년경 북쪽에서 새로운 그리스인으로서 마지막으로 남쪽으로 온 도리아(Doria)인들에게 미케네의 여러 왕국들은 정복당했고 그들의 문명도 파괴되었다. 그러나 역사적으로 미케네 문명은 그리스 문화의 선구인 동시에 오리엔트 문명을 그리스에 전하는 매개자의 역할을 했던 것은 사실이다. 그 후 그리스는 오랫동안 암흑기를 맞이하게 되었다.

에게 문명은 19세기 중엽까지도 전설상에 묻혀 있었다. 그러던 것이 독일의 탐험가 슐리만(Heinrich Schliemann, 1882~1890)에 의해 1870년 소아시아의 서북부에 있는 트로이로 지목되는 곳에 9개의 성궁과 도시가 발견되었다. 이후 1900년부터 영국의 고고학자 아서 에반스(Arthur Evans, 1851~1941)는 크레타 섬 북쪽에서 크노소스를 발굴하여 '미노스 왕의 미궁'(Labyrinthos, 라뷔린토스)으로 알려진 궁전을 발견하였다. 이것으로 트로이 전쟁의 사실성이 확실해지고, 그리스 문화보다 앞선 시기에 에게 해 주변에 고도의 청동기 문명이 성립해 있었다는 사실이 명백해졌다.

그리스의 도시 국가들 중에서 스파르타(Sparta)와 아테네(Athenae)는 대표적인 도시였다. 스파르타는 라코니아(Laconia) 북부 펠레폰네소스 반도의 유로타스(Yurotas) 강가에 유치한 도리아인들의 중요한 거점이었다. 아테네는 그리스의 동남단부에 위치한 앗티카(Attica)를 중심으로 한 그리스의 문화 중심지이다. 이 두 도시 국가는 사회적·정치적 관계에 있어서 각기 다른 성격을 지니고 있었다. 스파르타는 시민의 모든 사회적·정치적 관계를 국가에 대한 봉사에 최고의 목표를 집중시키는 병영 국가 형태, 곧 보수적인 전체주의 국가였다. 아테네는 자유주의 제도를 채택한 민주주의 국가였다. 그런데 페르시아와의 전쟁 그리고 같은 도시 국가인 스파르타와의 전쟁 등으로 그리스는 쇠약해졌으며, 마케도니아의 알렉산더 대왕의 출현으로 아테네를 중심으로 하는 고대 그리스의 찬란한 문화는 그 역사를 다하였다.

서양 철학의 모태가 되는 고대 그리스 철학은 B.C. 6세기경 소아시아 연안에 위치한 상업 도시인 밀레투스(Miletus)에서 먼저 일어났다. '밀레투스학파'의 개척자는 탈레스(Thales, B.C. 636~546년경)이며, 우주를 구성하고 있는 만물의 근원을 탐구하였다. 그 학파의 주장은 그리스 신화적 믿음을 타파하고 합리주의적 사고를 전개하여 물질주의적 결론에 도달했다.

기원전 6세기 말 그리스 철학은 관념적인 방향으로 전개되었다. 특히 우주의 본질은 물이나 공기와 같은 물질이 아니라, 보다 추상적인 개념이라는 사상이 피타고라스(Pythagoras)학파에 의해서 등장하여 급진적인 발전을 이루었다. 오르픽교(Orphism)에 심취하며 종교적 관점에서 철학을 이해한 피타고라스(Pythagoras, B.C. 570~495)는 추상적인 수를 우주의 본질이라고 주장하면서, 철학 연구에 있어서 정신과 물, 선과 악, 조화와 부조화의 이중성을 수립하였다.

피타고라스학파는 그리스인들의 만물의 근원에 대한 탐구를 가열시켰다. 파르메니데스(Parmenides, B.C. 6세기 말~5세기경)가 주장하기를, 변화와 다양성은 환상일 뿐이며 실재는 사물에 내재하는 본질이라고 하였고, 헤라클레이토스(Heraclitus, B.C. 549~475)는 만물은 유전하며 변화만이 영원한 존재라고 주장했다. 또한 데모크리투스(Democritus, B.C. 460?~370?)는 영혼의 불멸과 정신세계의 존재를 부정하고 우주의 모든 물체는 더 이상 분리가 불가능한 원자로 구성되어 있다고 주장하면서, 고대 그리스 철학의 합리주의 유물론적 해석을 완성했다.

B.C. 5세기 중엽 그리스는 지적 혁명이 일어났다. 페르시아 전쟁 이후 나타난 아테네 민주정치의 발달은 시민들로 하여금 개인주의적 성향을 확대시켰고 전통적인 사고방식에 대한 반발을 가져다주었다. 이에 철학자들은 우주와 자연에 대한 연구보다는 인간과 관계되는 문제에 주목하게 되었다. 새로운 지적 경향은 소피스트(Sophist, 현명한 사람)들을 탄생시켜 그들에 의해 수사학과 웅변술의 발달을 가져다주었다. 대표적인 소피스트인 프로타고라스(Protagoras, B.C. 481?~411?)는 '인간은 만물의 척도'라 선언하고, 진리·정의·선·미 등은 인간의 필요와 상황에 따라 변할 수 있기 때문에 절대적인 진리는 존재하지 않는다고 생각했다. 소피스트들은 상대주의·회의주의·개인주의를 표명했지만 반면, 노예제도·전쟁·국수주의·인종적 편견 등을 비판하고 인간의 권리를 옹호하기도 하였다.

소피스트의 출현은 펠로폰네소스 전쟁 이후 타락한 아테네 민주정치의 일면을 잘 보여주고 있다. 보수적인 아테네인들은 소피스트의 이론이 무신론과 무정부를 재촉하고 청년들을 잘못된 길로 인도하고 있다고 생각했다. 이러한 상황 아래, 진리는 불변하고 절대적이라는 새로운 철학 운동이 일어났다. 이 운동의 지도자들은 그리스 철학의 위대한 맥을 이어주고 있는 소크라테스(Socrates, B.C. 469~399), 플라톤(Plato, B.C. 429?~347?), 아리스토텔레스(Aristotle, B.C. 384?~322?) 등이었다. 아테네에서 태어난 소크라테스는 아테네 청년들을 타락시키고 신을 모독한 죄로 사형에 처해졌다. 그러나 그가 사형당한 진정한 이유는 펠로폰네소스 전쟁으로 아테네가 비극적 운명을 맞이했기 때문이다. 소크라테스는 어떤 저작도 남기지 않았으나, 그의 사상은 제자인 플라톤의 『소크라테스의 변명』(*Apology*), 『크리톤』(*Criton*) 등을 통해 후세에 알려지고 있다.

플라톤은 소크라테스로부터 보편적인 진리와 도덕의 존재를 배우고, 파르메니데스(Parmenides, B.C. 510~?)와 피타고라스로부터 형이상학적 영향을 받았다. 그는 무질서한 변화가 존재의 본질이라는 개념을 부정하고 소피스트들의 상대주의와 회의주의를 비판했다. 그리하여 그는 본질적인 것은 이데아(idea)이며, 우리가 느끼는 모든 것은 감각을 초월한 이데아의 그림자에 불과하고, 특히 선의 이데아가 최고라고 주장했다. 그의 저술로는 『프로타고라스』(*Protagoras*), 『공화국』(*Politeia*) 등이 있다.

아리스토텔레스는 마케도니아에서 태어나 생애의 대부분을 아테네에서 보냈다. 그는 소크라테스와 플라톤으로부터 관념론적인 지식을 배웠지만 이들보다 세속적이고 실용적인 분야에 관심을 보였다. 그에 따르면, 사물의 본질인 형상은 이데아로서 존재하는 것이 아니라 질량

속에 내재하고 있다. 그는 형상과 질량은 동일하게 중요하며 상호 분리해서 생각할 수 없다고 여겼다. 이러한 아리스토텔레스의 현실주의적인 실재론은 플라톤의 관념론과 원자론자들의 유물론 사이에서 절묘한 균형을 유지하면서 그리스인들의 보편적 특징인 균형과 조화의 미를 잘 보여주었다.

2. 헬레니즘과 헤브라이즘

페르시아 전쟁 후 절정에 이른 그리스 문화는 알렉산더 대왕에 의해 오리엔트 세계에 전파되어 헬레니즘 문화를 낳았다. 로마는 이를 바탕으로 고대의 여러 문명을 종합하였으며, 다시 이를 유럽 여러 지역에 전파했다. 한편 그리스도교(헤브라이즘) 역시 로마 세계를 통해 유럽 전역에 전파되는데, 이는 그리스 정신과 더불어 서양 문화의 밑바닥을 흐르는 양대 조류로서, 이후 유럽 역사를 관통하게 되었다.

헬레니즘(Hellenism)이라는 말은 '반도'를 의미하는 '헬라스(hellas)'에서 비롯된 것으로 그곳에 사는 민족, 즉 그리스 민족을 의미하며 더 나아가서 그들의 사고방식과 문화를 지칭한다. 역사적으로는 B.C. 334년 동방 원정을 이끌었던 마케도니아의 알렉산더 대왕이 그리스와 그리스의 숙적이었던 페르시아를 정복하고 동쪽 인도까지 진출하면서 오리엔트와 그리스 두 세계가 하나로 융합된 신문화가 생겨났는데, 이것을 헬레니즘 문화라고 부른다. 이 문화는 주로 아테네의 문화를 말하는 것으로 감성과 지성을 존중하고 인간의 현세적 의미를 긍정한다는 특징을 지닌다. 그리고 그리스인들의 예술을 사랑하는 것 또한 특징 가운데 하나이다.

헬레니즘은 그리스 델포이 아폴론 신전에 새겨진 "너 자신을 알라"라는 소크라테스 철학의 표어로 상징된다. 또한 헬레니즘의 인간 중심적 사고는 이 세상을 아름답고 살기 좋은 곳으로 보고 현세의 삶을 즐기는 사고방식을 말한다. 그리하여 인간의 다양한 교양의 완성을 추구하고 정신적·육체적으로 모든 능력을 자유롭게 발달시키는 것에 큰 가치를 둔다. 그리스인들은 예술에 있어서 이성과 결합된 아름다움을 사랑했다. 따라서 표현 양식에 있어서 조화·통일·균형을 아름다움의 생명으로 본다. 이러한 헬레니즘은 개인적 자각·자기중심주의·인간 본위·현세주의적이라는 의미를 내포한다.

헤브라이즘(또는 히브리즘)이라는 말은 '건너온 사람들', '방랑자'를 뜻하는 '이브리(ibri)'에서 비롯된 말로 외국인들이 유대인들을 경멸적으로 일컫는 말이다. 헤브라이즘은 히브리 민족 특유의 성격, 정신, 문화를 말한다. 헤브라이즘의 가장 큰 특징으로는 이성과 덕성을 존중하고 내세 중시와 종교적 구원 의식에 의지하는 것을 들 수 있다. 자신의 의사가 아닌 신의 의지에 절대 복종하는 것이 기본 관념이다. 이는 인간의 자유가 배제되고 신에 대한 경배와 신앙이 우선되며 육체나 욕망도 철저하게 차단된다. 따라서 금욕적인 미가 추구된다. 헤브라이즘의 가장 으뜸 문학서는 바로 성서이다.

일찍이 아놀드(Matthew Arnold)는 "세계의 문화는 헬레니즘과 헤브라이즘, 이 두 축 사이를 오락가락하고 있다"고 말한 바 있다. 이처럼 서로 상반되는 두 정신은 어느 한 쪽이 우위를 점하기도 하고 때로는 서로 융합하기도 하였다. 객관적이고 논리적이며 지성적인 그리스적 사유와 직관적이고 신비적이며 감성적인 헤브라이적 사유는 상호보완적으로 작용하면서 서양 문화의 창조와 원동력의 바탕이 되었다. 헬레니즘이 우세할 때는 고전주의나 사실주의 등의 이름으로 나타나고, 헤브라이즘이 우세할 때는 낭만주의나 상징주의 등의 이름으로 나타났다. 그밖에 다른 모습과 다른 이름으로 나타나는 모든 주의와 주장은 이 두 큰 줄기에서 그 근원을 찾을 수 있다. 이와 같이 이 두 흐름은 르네상스 시대에는 서로 융합하여 찬란한 문화의 꽃을 피웠다.

3. 신화와 전설

1) 천지 창조와 신들의 계보

그리스인들은 우주가 암흑과 카오스(Chaos, 혼돈)에서 생겨났다고 믿었다. 그리스인들은 형상 · 빛 · 질서를 사랑했기 때문에 천지 창조 이전의 세계는 그와 같은 요소가 결여된 무無의 세계라고 상상하였다. 그 결과 혼돈으로부터 추상적인 실체로 여겨지는 '누스'(Nox, 밤)가 생기고, 죽음의 장소인 '에레보스'(Erebus, 암흑계)가 생겼다. 그리고 '누스'와 '에레보스'로부터 어떤 기적에 의해 '에로스'(Eros, 사랑)가 생겨났고, 이 에로스에 의해서 미와 질서의 세계가 형성되었다. 에로스는 첫 번째 자손으로 '아이테르'(Aiter, 빛)와 '헤메라'(Hemera, 낮)를 낳았고, 이어서 '가이아'(Gaea, 대지)와 '우라노스'(Uranos, 하늘)를 낳았다. 그리스인들은 이 태초의 본체들을 자연 현상인 동시에 신으로 생각했다. 이는 무생물과 추상적인 개념을 즐겨 의인화하는 그리스인의 성향을 이해하는 데 근본적인 실마리가 되기도 한다. 말하자면 초인적이며 무형의 생명체에 구체적 개성을 즐겨 부여하는 그리스인의 상상력으로부터 여러 신들이 생겨난 것이다.

'우라노스'와 '가이아'의 자식들은 모두 거대한 티탄(Titan)신들이며, 이들 중 대부분의 신들은 그리스 로마 작가들에게 훌륭한 문학적 소재가 되었다. 천상의 거신족巨神族인 티탄신들 가운데 하나인 '크로노스'(Kronus, 새턴·시신)[1]는 자기의 아버지인 '우라노스'를 거세하고 신들의 왕이 되었다. '우라노스'는 '크로노스'에게 "네가 나를 죽이고 왕위를 빼앗은 것처럼, 너도 벌로 네 자식들 손에 죽으리라"는 저주의 말을 남기고 죽었다. 그 뒤 '크로노스'는 그의 여동생이자 아내인 '레아'(Rhea)와 함께 우주의 통치권을 장악했다.

'크로노스'는 자기 아버지의 저주가 두려워, 자식들이 태어난 족족 모조리 삼켜버렸다. 처음에는 헤스티아(Hestia)·데메테르(Demeter)·헤라(Hera) 등 세 딸을, 다음에는 두 아들인 하데스(Hades)와 포세이돈(Poseidon)을 잡아먹었다. 하지만 레아는 또다시 아기를 갖게 되자, 이번에는 남편의 눈을 속여 멀리 크레타(Crete) 섬으로 피신하여 깊숙한 동굴에서 아이를 낳았다. 이 아이가 여섯 번째 자식인 '제우스'(Zeus, 조우브·주피터)이다. 레아는 올리브 나무에 황금 요람을 매달아놓고 그 속에 아기를 감추었다. 그리고 돌을 포대기에 싸안고 크로노스에게로 돌아왔다. 낮잠을 자고 있던 크로노스는 포대기에 싼 돌이 갓난아기인 줄 알고, 포대기째 삼켜버렸다. 레아는 다시 자고 있는 아기 곁으로 돌아

---

1 크로노스에 대한 전설은 기록에 따라 조금씩 다르다. 그의 치세가 청정한 황금 시대였다고 하는 기록이 있는가 하면, 그가 자기 자식을 잡아먹는 괴물이었다고 하는 기록도 있다. 이러한 모순은 로마의 신 사투르누스를 그리스의 신 크로노스(Kronos : 라틴어로 '시간'을 의미함)와 동일시한 데서 생긴 것이다. 시간은 시작이 있는 모든 것을 종식시키기 때문에 제 자식을 잡아먹는다는 말이 나오게 된 것으로 보인다.

와 아기를 안고 어느 목동의 집으로 갔다. 그녀는 그 목동의 집에 아기를 맡기는 대신, 이리떼가 습격하는 것을 막아주겠다고 약속했다.

세월이 흘러 제우스는 씩씩한 소년이 되었다. 레아는 제우스를 궁전으로 데리고 와서 남편에게 새로 데려온 시동이라고 소개했고, 크로노스도 마음에 들어했다. 어느 날 밤, 레아와 제우스는 몰래 신들이 마시는 신주神酒에다 쓴 토제吐劑를 섞어 특수한 음료수를 만들었다. 크로노스는 그 술을 마시자마자 구토를 하며, 뱃속의 음식물을 토하기 시작했다. 그러자 뱃속에 있던 헤스티아 · 데메테르 · 헤라 · 하데스 · 포세이돈 등이 튀어나왔다.

크로노스의 뱃속에서 나온 형과 누나는 동생 제우스에게 감사하며, 아버지에게 대항하였다. 크로노스는 티탄이라는 거인들을 자기편으로 끌어들였고, 제우스는 지하 동굴 속에서 수천 년 동안 살아온 외눈박이 키클롭스, 그리고 손이 백 개나 달린 괴물들을 끌어들여 대항했다. 결국 제우스는 아버지인 '크로노스'를 거세하였다. '크로노스'의 두려움이 현실이 된 것이었다. 그때부터 '모든 신과 인간의 아버지'로 알려진 제우스는 그의 형제들과 우주를 나누어 다스리게 되었다. 하데스에게는 지하계의 통치권을, 포세이돈에게는 바다의 통치권을 주고, 자신은 땅과 하늘의 통치권을 가졌다. 그들은 올림포스 산으로 올라가 성을 함락시키고 안주했다.

2) 판도라 상자와 결박당한 프로메테우스

제우스는 다른 티탄신들에게도 각각 임무를 주었다. '아틀라스'(Atlas)는 양어깨로 지구를 받치고 있도록 하였고, '프로메테우스'(Prometheus, 앞서 생각하는 사람 혹은 계획성 있는 사람)와 그의 동생 '에피메테우스' (Epimetheus, 나중에 생각하는 사람)에게는 동물과 인간을 창조하는 임무를 주었다. 이들은 거신족인 티탄신족의 자손으로 매우 현명한 신들이었다. 프로메테우스는 인간을 만들기 전에 예비 단계로 동물들을 만들었다. 그리고 그 동물들이 살아가는 데 필요한 용맹·민첩성·힘·날카로움·털·날개·껍질 등 많은 특성을 부여했다. 그런 다음 흙을 조금 떼어 내어 신의 형상을 본따 인간을 만들었다. 그런데 동물들을 만들 때 중요한 재료를 너무 많이 소비하였기 때문에 막상 인간에게 줄 신통한 재료가 남아 있지 않았다. 난처해진 프로메테우스는 하늘로 올라가, 태양의 이륜차에서 불을 훔쳐 인간에게 주었다. 그 불로 인간은 다른 동물보다 월등한 문명을 건설하고, 도구를 만들고, 토지를 경작하고, 예술을 창작했다.

제우스는 천상의 불을 훔친 프로메테우스와 그 불을 사용하고 있는 인간이 미웠다. 그래서 벌을 내리기로 결심했다. 우선 제우스는 대장장이 헤파이스토스에게 명하여 아름다운 여인을 만들게 했다. 그리고 '판도라'(모두의 선물을 받은 여인)라는 이름을 지어주었다. 제우스는 이 여인을 지상으로 보내 에피메테우스와 결혼하게 했다. 형 프로메테우스의 반대에도 불구하고, 에피메테우스는 판도라의 아름다움에 반해 그녀를 맞아들였다.

그런데 에피메테우스의 집에는 상자가 하나 있었다. 그 안에는 인간을 불행하게 만드는 여러 가지 해로운 것들이 들어 있었다. 에피메테우스는 판도라에게 절대로 그 상자를 열어봐서는 안 된다고 단단히 주의를 주고 있는 터였다. 그러나 에피메테우스가 외출한 어느 날, 호기심 많은 판도라는 뚜껑을 열고 안을 들여다보았다. 그러자 상자 속에 든

많은 재앙이 쏟아져 나왔다. 질투·원한·슬픔·걱정·질병·죄악 등은 세상 구석구석으로 널리 퍼져 나갔다. 깜짝 놀란 판도라는 급히 뚜껑을 닫았다. 그러나 세상에 나쁜 온갖 것들이 상자 밖으로 나와 버린 뒤였다. 다만 상자 맨 밑바닥에 있는 희망만은 나오지 못했다. 희망은 판도라에게 울부짖으며 밖으로 내보내달라고 애원했다. 이에 판도라는 맨 끝에 희망을 세상으로 내보냈다. 이후 집집마다 가난과 불행이 들이닥쳤으며, 고통과 불안에 휩싸이게 되었다.

제우스의 노여움이 이번에는 프로메테우스에게 미쳤다. 제우스는 헤파이스토스와 그의 부하들을 시켜 반역자를 코카서스 산의 높은 바위에 가장 무겁고 단단한 쇠사슬로 묶어놓게 했다. 프로메테우스는 하늘과 땅 사이에 매달리게 되었다. 그래도 그는 제우스에게 굴복하거나 용서를 빌지 않았다. 제우스는 코카서스 산에 커다란 독수리 한 마리를 보냈다. 그리하여 매일 프로메테우스의 간을 쪼아 먹게 했다. 쪼아 먹힌 프로메테우스의 간은 밤사이 자라나 다음 날도 다시 쪼아 먹히곤 하였다. 이와 유사한 다른 전설에 의하면, 희망은 프로메테우스가 인간에게 준 많은 선물 중 하나라고도 한다.

프로메테우스가 고통과 고독 속에서 수세기를 보낸 어느 날, 제우스의 아들 헤라클레스가 코카서스 산에 묶여 있는 영웅 프로메테우스를 발견했다. 헤라클레스는 활을 당겨 단번에 그 끔찍한 새를 쏘아 죽였다. 그리고 쇠사슬을 자르고 프로메테우스를 풀어주었다. 그러나 프로메테우스는 제우스의 비위를 거스르고 싶지 않았다. 그래서 자신의 형벌을 끝까지 수행한다는 뜻으로, 코카서스의 돌멩이 하나를 채운 쇠고리를 달고 다녔다. 결국 그는 '영원히 쇠사슬에 매인 반항아'가 되었다.

그 뒤 우리 인간들은, 인간에게 불을 준 고마운 영웅 프로메테우스의 시련을 기억하기 위하여 손가락에 돌을 물린 반지를 끼고 다녔다. 그리고 지금까지도 인간은 여러 가지 보석 반지를 즐겨 끼고 다닌다.

3) 그리스 신화의 주요 신들

■ 거신들(The Titans)

하늘의 신인 우라노스(Uranos)와 땅의 여신 가이아(Gaea)의 자손들

1세대 : 오시아누(Oceanus) · 코로스(Koros) · 히페리온(Hyperion) · 라페투스(Iapetus) · 크로누스(Cronus) 등 여섯 아들과 테이아(Theia) · 레아(Rhea) · 테미스(Themis) · 므네모시네(Mnemosyne) · 포에베(Phoebe) · 테티스(Tethys) 등 여섯 딸로 구성된다.

2세대 : 라페투스가 그의 누이인 테미스와 결혼하여 프로메테우스와 에피메테우스를 낳는다. 반면 바다 요정 클리메네(Clymene)와의 방계적 결혼에 의해 아틀라스(Atlas)를 낳는다. 크로누스가 레아와 결혼하여 거신들의 지도자가 되고 제우스 · 포세이돈 · 하데스의 아버지가 된다. 이들 세 형제가 뒤에 그들의 아버지를 배반하여 물리치고 올림푸스 왕국을 건설한다.

■ 올림푸스의 12신

제우스(Zeus) : 그리스 최고의 신이며 올림푸스 신들의 지도자. 천공天空 · 뇌정雷霆의 신이며 정의와 법으로써 인간 사회의 질서를 돌본다. 독수리는 그의 상징물이다.

헤라(Hera) : 제우스의 아내이며 신들의 여왕. 결혼과 출산을 관장한다. 원래는 제우스의 큰 누이였다. 질투심이 강하여 제우스가 사랑하는

여자들을 괴롭히거나 불행하게 만든다. 공작새는 그녀의 상징물이다.

포세이돈(Poseidon) : 바다의 신. 지진地震 · 하천河川 · 말[馬] 등을 관장한다. 권력을 상징하는 '삼지창'을 지니고 있으며, 황금 갈기에 발굽을 청동으로 장식한 말이 끄는 전차를 타고 다닌다.

하데스(Hades) : 지하의 신. 죽음 자체를 대표하지는 않고, 그 기능은 하급신인 타나토스(Thantos)가 맡고 있다. 저승 세계의 지배자로서 페르세포네(Persephone, Proserpine)와 결혼하여 4계절 신화와 관련을 맺는다. 페르세포네는 성장기인 봄과 여름의 반년 동안은 지상에서 생활하고, 가을과 겨울 기간의 반년 동안은 지하에서 생활한다.

아테네(Athene) : 지혜의 여신. 예술과 공예, 노동과 전쟁의 개념과 관계를 갖는다. 그녀는 어머니가 없이 완전 무장을 하고 제우스의 앞이마에서 튀어나왔다는 출생담을 지닌다. 그녀는 특히 아테네 도시 국가와 시민 생활의 수호신이며, 미의 세 여신 가운데 한 여신이고, 방어하기 위한 전투만을 돕는 전쟁의 신이다.

아폴론(Apollon) : 태양의 신. 음악 · 시 · 궁술 · 예언의 수호신. 제우스와 레토(Leto)의 아들이다. 레토는 거신 크리오스(Krios)와 포레베(Phoebe)의 딸이다. 지성미의 원리로 대변되며, 그에게 바쳐진 델피(Delphi) 신전에서 신비 언어로 신탁을 통해 신들의 의지를 알렸다. 에로스가 쏜 사랑의 화살에 맞아 다프네라는 처녀를 사랑하게 되지만 이루어지지 않는다.

아르테미스(Artemis) : 달과 사냥의 처녀신. 제우스와 레토의 딸이며, 아폴론과 쌍둥이 남매로 태어났다. 도시 · 어린 동물 · 여성 · 출산의 수호신이다.

아프로디테(Aphrodite) : 사랑과 미의 여신. 제우스와 디오네(Dione)

사이의 딸이다. 바다의 거품 혹은 파도로부터 솟아올랐다고도 한다. 미의 세 여신 가운데 한 여신이며, 헤파이스토스의 아내가 된다. 이 여신은 '케스토스'라는 띠를 가지고 있는데, 이 띠에는 사랑을 불러일으키는 신비한 힘이 담겨 있다.

헤파이스토스(Hephaestos) : 불과 대장장이 신. 제우스와 헤라의 아들인 동시에 아프로디테의 남편이다. 제우스의 미움을 받고 추방될 때 절름발이가 된다. 그 누구도 따라갈 수 없는 손재주의 명공으로, 최초의 여자인 판도라의 태양 마차를 만들었다.

헤르메스(Hermes) : 목축 · 상업 · 여행 · 음악 · 경기 · 행운 · 웅변의 신. 제우스와 마이아(Maia)의 아들이다. 마이아는 아틀라스(Atlas)의 딸이다. 인간에게 제우스의 뜻을 전하는 전령 역할을 한다.

아레스(Ares) : 전쟁의 신. 제우스와 헤라의 아들이다. 이 신이 전쟁을 일으키면 지하 세계의 인구가 늘어나기 때문에, 지하 세계의 신 하데스는 아레스를 좋아한다. 아레스는 헤파이스토스의 아내인 아프로디테를 사랑하게 되지만, 헤파이스토스에게 들키고 만다.

헤이스티아(Heistia) : 화로와 가정의 여신. 제우스의 처녀 누이이다. 성녀들의 성스러운 자매 단체에 의해 로마에서 섬겨졌다. 후에 디오니소스에 의해 12신 속에 들게 되었다.

디오니소스(Dionysos) : 술의 신. 제우스와 인간인 세멜레(Semele)의 아들이다. 풍요의 원리에 관계되고, 탄생과 죽음의 자연 신화로 대표된다. 디오니소스 축제가 열리면 열광적으로 술을 마시며 즐긴다. 이 축제 기간에 주로 연극이 공연되었기 때문에 디오니소스는 연극의 신이라 불리기도 한다. 아폴론 신이 지적 원리로 대표된다면, 디오니소스 신은 황홀의 원리로 대표된다.

신들의 이름

그리스 이름	영어 이름	라틴어 이름
제우스(Zeus)	주피터(Jupiter)	요베(Jove)
헤라(Hera)	주노(Juno)	유노(Juno)
포세이돈(Poseidon)	넵튠(Neptune)	넵투누스(Neptunus)
하데스(Hades)	플라토(Pluto)	디스(Dis)
아테네(Athene)	아테나(Athena)	미네르바(Minerva)
아폴론(Apollon)	아폴론(Apollo)	포이보스(Phoebus)
아르테미스(Artemis)	다이아나(Diana)	디아나(Diana)
아프로디테(Aprodite)	비너스(Venus)	베누스(Venus)
헤파이스토스(Hephaestus)	불칸(Vulcan)	불카누스(Vulcanus)
헤르메스(Hermes)	머큐리(Mercury)	메르쿠리우스(Merecurius)
아레스(Ares)	마스(Mars)	마르스(Marus)
헤이스티아(Heistia)	헤스티아 (Hestia)	베스타(Vesta)
디오니소스(Dionysus)	바커스(Bacchus)	바쿠스(Bacchus)

※ 뎃살리아의 올림포스 산은 구름문이 있고 4계절의 여신이 지키고 있다. 그리스 신들은 제우스의 신전에서 암브로시아(Ambrosia ; 不老不死의 식물)라는 음식과 넥타(Nectar ; 신주)라고 하는 음료를 마시면서 아폴론의 구현금(九絃琴, 리라)을 들으며 살았다.

4) 트로이 전쟁

■ 프리아모스 왕과 아들 파리스의 이별

그리스의 가장 유명한 전설은 트로이(Troy) 전쟁에 얽힌 이야기이다. 이 전쟁은 호메로스(Homeros)의 『일리아드』(*Iliad*)와 『오디세이아』(*Odyssey*)에서, 문학 작품이 지닌 것 이상의 가치를 보여주며 서양문학의 근원이 되고 있다. 트로이는 다더노스(Dadernus)에 의해 세워졌는데, 그는 제우스와 바다의 요정 엘렉트라(Eelectra) 사이에서 태어났다. 트로이는 지혜의 여신 아테네의 보호와 축복을 받고 있었다. 그러나 레이오메든(Reiomeden)이 왕위에 오르면서 트로이의 평화는 깨진다. 레이오메든은 포세이돈과 아폴론의 도움으로 성벽을 구축하였는데, 공사가 마무리될 즈음에 그가 약속했던 임금 지불을 거절했다. 이에 두 신과 아테네까지 합세하여 트로이를 복수하겠다는 저주를 남기고 떠나갔다.

레이오메든의 뒤를 이어 그의 아들 프리아모스(Priamos)가 왕위에 오른다. 그의 아내 헤쿠바(Hekuba)는 다섯 명의 자녀, 곧 헥토르·파리스·카산드라·폴리제너·폴리도러스를 낳는다. 프리아모스 왕이 다스리는 트로이는 소아시아 지방 북서쪽에 자리한 아름답고 평화로우며 번영한 나라였다.

그런데 전설에 의하면 트로이의 비극은 꿈과 더불어 시작한다. 파리스(Paris)가 태어나기 직전에 헤쿠바 왕비는 이상한 꿈을 꾼다. 꿈속에서 아들을 낳았는데, 낳고 보니 사람이 아니라 불덩이였다. 그 불덩이는 왕비의 뱃속에서 나오자마자 미친 듯 날뛰더니, 마침내 활활 타올라 무서운 불꽃으로 변하여, 트로이를 잿더미로 만든다. 이에 신탁을 들어보니, 이 아이가 태어나면 장차 트로이 성이 화염에 불타 멸망할 것이라고 하였다. 그래서 프리아모스 왕은 아이가 태어나자마자 파리스를 이다(Ida) 산 속 호숫가에 버려 죽게 한다.

파리스가 물에 버려지자 난데없이 암곰 한 마리가 나타나서 아이를 구해주고 닷새 동안 젖을 먹여 기른다. 엿새째 되는 날, 어떤 양치기 노인이 그곳을 지나가다가 아이를 발견하고 집으로 데려와 키운다. 아이는 자신의 신분을 모른 채 노인을 따라 목동이 되어 가축을 치면서 성장해간다. 양치기 노인은 아이의 이름을 알렉산드로스(모든 것을 잘 지킨다)라고 지어준다.

■ 황금 사과와 세 여신의 미 다툼

한편 올림푸스 산상의 푸른 숲 속에는 팔백 만의 여러 신들이 날마다 잔치를 즐기면서 살고 있다. 이들 가운데 바다의 요정인 아름다운 테티스(Thetis)가 있다. 어찌나 아름다웠던지 바다를 다스리는 신 포세이돈과 하늘과 땅을 다스리는 제우스 등이 열심히 구애한다. 그러던 어느 날 프로메테우스 신이 테티스를 두고 점을 친다. 그리고 테티스와 결혼하면 아버지보다 훨씬 힘센 아들을 낳아 아버지를 제거할 것이라고 예언한다. 그 소문은 삽시간에 퍼져 그녀와 결혼하겠다고 하는 신이 아무도 없게 된다.

이에 테티스는 우울한 나날을 보낸다. 그래서 신들이 회의한 결과 테티스만은 인간과 결혼시키기로 결정한다. 그 결혼할 상대 남자로는 그리스의 왕자 펠레우스가 선택된다. 결혼식에 올림포스의 모든 신들이 초대되었지만, 불화의 여신인 에리스(Eris)는 초대받지 못한다. 그것은 에리스가 가는 곳마다 불화를 일으켜 언제나 흥을 깨뜨리기 때문이다. 이에 화가 난 에리스는 한창 잔치가 무르익을 무렵 "가장 아름다운 여신에게 이 사과를 드립니다"라는 글이 쓰인 황금 사과를 연회장으로 던지고 사라진다. 이 사건이 바로 트로이를 멸망시키겠다고 맹세한 신들의 계획된 복수의 시작을 의미한다.

황금 사과를 두고 여신들은 모두 서로 경쟁한다. 결국 제우스의 부인인 헤라, 지혜와 용맹의 여신 아테네, 그리고 아프로디테(이 사건으로 '미의 여신'이라는 이름이 붙여졌다) 세 여신이 마지막 경쟁을 하게 된다. 여러 신들은 저마다 뛰어난 아름다움을 가지고 있는 이 세 여신의 우열을 가리기가 난처해, 마침내 제우스에게 판단을 의뢰한다. 그러나 제우스 역시 이 세 여신들과 친하게 지내오던 터라 어느 한 여신을 지명하기가 곤란하였다. 그래서 인간 세상에서 제일 잘 생기고 멋진 남성에게 결정을 의뢰하기로 한다. 그리고 양치기 청년 알렉산드로스(Alrecsandros)가 선정된다. 그는 다름 아닌 프리아모스 왕이 내다버린 아들이었다.

세 여신들은 구름을 타고 이다 산으로 날아간다. 알렉산드로스는 여느 때처럼 산 속에서 양을 치며 한가롭게 시간을 보내고 있다. 그런데 갑자기 눈앞이 환해지더니, 눈부시게 아름다운 세 여신이 나타난다. 그녀들은 알렉산드로스에게 자기들이 오게 된 이유를 말하고, 황금 사과를 주면서 가장 아름답다고 생각하는 여신에게 바치라고 부탁한다. 그러면서 각각 자기를 가장 아름다운 여인으로 선택해준다면 선물을 주겠다고 약속한다. 헤라는 부귀와 권세를, 아테네는 지혜와 늠름한 남성미를, 아프로디테는 가장 아름다운 여인을 선물로 주겠다고 한다. 알렉산드로스는 아프로디테를 가장 아름다운 여신으로 택한다. 그러자 다른 여신들은 앙심을 품으며 사라진다.

■ 프리아모스 왕과 아들 파리스의 재회

오랫동안 알렉산드로스는 아프로디테의 약속을 고대하다가 소식이 없자 단념하고, 숲의 요정인 이논(Ienon)과 결혼하여 행복한 가정생활에 안주한다. 그러나 알렉산드로스는 자신의 아내가 괜히 미워지기 시작한다. 그래서 아내를 버려두고 홀로 길을 떠나 트로이로 향한다. 그때 마침 프리아모스 왕이 사냥 대회를 열고 있다. 알렉산드로스도 가담하여 맨손으로 많은 짐승을 잡아 1등상을 받게 된다. 그러자 왕자들이 질투하여 상으로 내린 소를 빼앗으려 해 옥신각신하게 된다. 그 틈에 소가 달아나 마침 프리아모스 왕이 쉬고 있는 곳으로 질주한다. 위기의 찰라 알렉산드로스가 프리아모스 왕을 구해준다.

이상한 예감이 든 카산드라(Kassandra) 공주는 점을 치게 되고, 알렉산드로스가 태어나자마자 내다버린 왕자라는 것이 밝혀진다. 프리아모스 왕은 눈물을 흘리면서 알렉산드로스를 자기의 아들로 받아들이고, 트로이 성으로 데리고 와서 이름을 파리스라고 고쳐 부른다.[2] 이후 파리스 왕자에 대한 프리아모스 왕의 사랑이 날로 두터워진다.

프리아모스 왕에게는 누이동생 헤시오네(Hesione)가 있었는데, 여러 해 전에 헤라클레스에 의해 납치되어 강제로 그리스의 텔라몬(Telramon)과 결혼생활을 하고 있다. 프리아모스 왕은 누이동생을 구하고 싶다는 의사를 밝히고 파리스에게 임무를 수행해줄 것을 명한다. 카산드라와 많은 장수들이 말렸지만, 결국 파리스는 임무를 수행하기 위하여 함대

---

2 신화에는 파리스가 트로이 성으로 돌아온 여러 가지 이야기가 전한다. 그 가운데 이다 산으로 사냥 온 프리아모스 왕에게 덤벼드는 들소를 맨손으로 잡아 왕의 위기를 구하였다는 이야기, 그리고 알렉산드로스가 무술 시합에서 연승하여 알아보았더니 프리아모스 왕의 아들임이 판명되어 돌아오게 되었다는 등의 이야기가 있다.

를 이끌고 그리스로 간다.

■ 파리스와 헬레네의 운명적 만남

한편 아프로디테는 파리스와의 약속을 지키기 위해 인간 세상을 이리저리 돌아다닌 결과, 그리스 스파르타의 왕 메넬라오스의 왕비 헬레네(Helene)가 이 세상에서 가장 아름다운 여인이라고 판단한다. 당시 미케네 왕 아트레우스(Atreus)에게는 제1왕자인 아가멤논(Agamemnon)과 제2왕자 메넬라오스(Menelaus) 두 아들이 있었는데, 메넬라오스는 헬레네와 결혼을 하면서 스파르타를 물려받았다. 아프로디테는 마침 임무를 수행하러 그리스에 온 파리스에게 모든 사람의 마음을 유혹할 수 있는 매혹의 힘을 준다. 파리스는 아프로디테의 안내를 받아 헬레네와 만나게 되고 둘은 곧 격렬한 사랑에 빠지게 된다. 그리고 헬레네는 결국 어린 딸을 버려 둔 채 파리스를 따라 트로이로 도망친다.

■ 오디세우스와 아킬레우스의 전쟁 참가

트로이의 왕자 파리스가 헬레네를 유혹하여 함께 트로이로 갔다는 소문은 온 세상을 떠들썩하게 한다. 그리스의 온 국민들이 분개한다. 옛날 헬레네를 아내로 맞이하기 위해 경쟁을 벌였던 여러 나라 왕자들도 일제히 격분한다. 인간 세상에서뿐만 아니라 올림포스 신들까지도 복수를 해야 한다고 떠들어댄다. 특히 지난 날 파리스에게 황금 사과를 얻지 못한 헤라와 아테네 두 여신이 더욱 수선을 떤다.

그러나 이상하게도 이번 전쟁에 빠져서는 안 될 두 장군, 곧 오디세우스(Odysseus)와 아킬레우스(Achilleus)가 트로이 정벌에 참가할 기미를 보이지 않는다. 오디세우스는 사랑하는 아내 페넬로페(Penelrope)와 결혼하여 귀여운 아들 텔레마코스(Telemachus)를 두고 있는데 가족과 헤어지기 싫었다. 그리고 무엇보다도 신탁으로부터, 만일 자기가 이 전쟁에 참가하면 많은 고생을 겪고 20년 동안 고향에 돌아올 수 없으며, 돌아와 보면 그의 나라가 세상에서 가장 비참한 상태에 놓여 있게 될 것이라는 예언을 받았기 때문이다.

그래서 오디세우스는 아가멤논 왕의 부하인 팔라메데스(Palamedes)가 자기를 부르러 오자 일부러 미친 척 행동한다. 그리고 머리칼을 풀어 헤치고 황소와 말에 쟁기를 매달아 괴상한 손짓을 하며 밭을 갈기 시작한다. 처음 팔라메데스는 오디세우스가 정말 미친 줄 알고 낙심하였지만 곧 꾀병이라는 것을 알아차린다. 그래서 오디세우스의 아들 텔레마코스를 쟁기 날 앞에 앉혀 놓는다. 아들의 몸이 두 동강이 날 찰라 할 수 없이 오디세우스는 쟁기를 틀어 아들을 구한다. 이렇게 해서 자신이 미치지 않았음이 들통이 난 오디세우스는 사랑하는 아내와 아들을 남겨 둔 채 전쟁에 참가하기로 한다.

한편 아킬레우스도 자기 운명에 대해 점을 친 결과, 이번 전쟁에 참가하면 영웅답게 싸우겠지만 끝내는 전사한다는 말을 듣게 된다. 어머니 테티스(Thetis)는 겁을 내고 아킬레우스를 스키로스 섬으로 데리고 가서 그곳 왕에게 숨겨주기를 부탁한다. 스키로스 왕은 아킬레우스에게 붉은 옷을 입혀 여자로 변장시키고, 궁녀들 가운데 섞여 함께 지내도록 한다. 아가멤논을 비롯한 여러 장군이 아킬레우스를 찾아나선다. 아킬레우스가 스키로스 섬에 숨어 있다는 소문을 들은 오디세우스도 그를 찾아나선다.

오디세우스는 꾀를 부려, 좋은 옷과 화장품을 수레에 싣고 궁녀들이 있는 곳으로 가 여자들에게 마음대로 골라 가지라고 말한다. 이때 오디세우스는 옷 속에 방패와 창을 숨겨 놓는다. 아킬레우스도 궁녀들 틈에 끼여 옷과 화장품을 구경하지만 아무런 관심을 보이지 않는다. 그러다가 옷 속에 방패와 창이 나타나자 눈빛을 달리한다. 이를 본 오디세우스는 재빨리 눈치를 채고 신호를 보내자, 밖에서 대기하고 있던 부하들이 창과 칼을 맞부딪치는 소리를 낸다. 스키로스 섬이 함락될 것 같은 분위기를 만들었던 것이다. 이에 아킬레우스는 재빨리 옷 속의 방패와 창을 집어 들게 된다. 결국 아킬레우스는 신분이 발각되어 전쟁에 참가하게 된다.

많은 장수들이 전쟁에 참가하지 않으려 했지만 거의가 소집되었고, 그리스군은 아가멤논을 총사령관으로 아울리스(Aulis) 섬에 모여 각각 천여 척의 군함에 나누어 타고 그리스로 진군하고자 한다.

■ 제물로 바쳐진 이피게네이아의 운명

아가멤논이 진군하려 하나 몇 주일 동안 바람이 불지 않아 배가 항구에서 앞으로 나아가지 못한다. 칼라카스(Kalakas)에게 신탁을 해본 결과, 사냥의 여신 아르테미스가 화가 났기 때문이라는 예언을 듣는다. 오래 전, 아가멤논이 사냥을 갔다가 아르테미스 여신이 가장 아끼는 성스러운 흰 사슴을 죽인 적이 있었는데 그것이 원인이었다. 그리고 칼라카스는 아가멤논의 사랑스런 딸 이피게네이아(Iphigeneia)를 제물로 바쳐야 아르테미스의 노여움이 풀릴 것이라고 예언한다.

많은 고뇌 끝에 아가멤논은 미케네에 남아 있는 왕비 클리타임네스트라(Klytaimnestra)에게 거짓 편지를 보내 이피게네이아를 보내도록 한다. 그 편지 내용은 아킬레우스가 미모와 용맹이 뛰어나서 이피게네이아를 그에게 결혼시키고 싶다는 것이다. 클리타임네스트라는 딸 이피게네이아와 함께 아울리스 섬으로 온다. 당도해 딸의 혼사 때문이 아니라 제물로 바치려 하는 것임을 알고 강력하게 반대한다. 그러나 이피게네이아는 오히려 그리스와 아버지를 위하여 기꺼이 희생하겠다고 자청한다.

이피게네이아가 제단에 올라가 제물로 희생하려는 모습을 보자, 아르테미스 여신은 그녀의 아름다운 희생정신에 감동한다. 그래서 아르테미스는 이피게네이아가 제물로 희생되는 순간, 아무도 모르게 그녀를 감추고, 자신을 숭배하는 사람들이 살고 있는 타우리스(Tauris) 섬에 데려다 놓는다. 아르테미스는 이피게네이아로 하여금 그곳에서 자신의 사당에서 일하는 여제관으로 봉사하도록 한다. 에우리피데스(Euripides)의 『아울리스의 이피게네이아』는 이 내용을 작품으로 쓴 것이다.

드디어 바람이 불기 시작했으며 그리스군이 출정한다. 그리하여 그리스와 트로이의 10년 전쟁이 시작된다. 호메로스의 『일리아드』는 바로 이 전쟁의 기록을 말한다. 전쟁 도중 아킬레우스가 죽고, 트로이 왕자 헥토르(Hektor)도 죽는다. 대서사시 『일리아드』가 시작되는 것은 전쟁 10년째를 맞이하는 시점에서부터이다.

5) 탄탈로스와 카드무스의 가계

■ 제우스의 인간 아들 탄탈로스 가문

제우스는 인간과 사랑해서 인간의 자녀들을 둔다. 제우스는 인간 자녀들 가운데 아들인 탄탈로스(Tantalos)를 가장 사랑해, 탄탈로스가 신들과 같은 자리에서 신주와 신의 음식을 즐길 수 있도록 허용한다. 그래서 올림푸스의 신들은 탄탈로스 집에서 베푸는 연회에 가끔 참석하기도 한다. 신들을 가까이서 접해본 탄탈로스는 점점 교만해져 신들을 한 번 혼내주고자 한다. 하루는 신들을 자기 집에 초대해놓고, 자기 아들 펠롭스(Pelops)를 죽여 국을 끓여준다. 신들로 하여금 자신도 모르는 사이에 인간을 먹는 야만의 행동을 하게 한 것이다. 그러면 신들도 전능하지 못하다는 것을 증명하는 것이나 다름없다고 생각했던 것이다.

신들은 그것이 어떤 요리인지 즉시 알아차리고, 이 악랄한 죄인을 지하계의 샘물가로 추방하여 굶주림과 갈증으로 영원히 고통 받게 하는 벌을 내린다. 샘물이 솟아나지만 그가 샘물을 마시려 하면 다시 멀어지고, 풍성한 과일을 따려고 손을 뻗치면 나뭇가지는 그의 손이 닿지 못하게 올라간다. 그 후 신들은 탄탈로스의 아들 펠롭스를 다시 인간으로 소생시켜주었으나 탄탈로스에 대한 분노를 풀지 않고, 그의 후손들에게까지 영원한 저주를 내려 괴롭힌다. 그 저주는 그의 가문을 살인 · 사기 · 간통 · 교만 · 정신착란증 · 불경죄 등으로 얼룩지게 한다.

탄탈로스의 아들 펠롭스는 하이포다미아(Hipodamia) 공주에게 청혼한다. 청혼 과정은 공주의 아버지인 이노마우스(Inomaus) 왕과 전차 경주를 하여 이기는 것이다. 이 전차 경주에서 만약 펠롭스가 이기면 공주를 신부로 맞아들이고, 지게 되면 그의 목을 내놓아야 한다. 펠롭스는 왕의 전차를 끄는 미르틸로스(Mirtilos)를 뇌물로 매수하여, 왕이 탄 전차의 핀을 빼고 그 자리를 밀초로 메우도록 한다. 결과적으로 왕은 시합 도중에 전차가 부서져서 죽게 되고, 펠롭스는 공주를 차지하게 된다. 그런데 펠롭스는 공범자인 미르틸로스마저 바닷물 속으로 밀어 넣어 죽인다. 이에 신들이 분노하여 그의 가문에 계속적인 재앙을 내리기로 한다.

탄탈로스의 딸 니오베(Niobe)는 연주 솜씨가 훌륭한 제우스의 아들

엠피온(Empion)과 결혼하여 별 걱정 없이 안락하게 살고 있다. 그녀는 건장하고 용감한 아들 일곱 명과 미모가 뛰어난 딸 일곱을 낳아 행복한 나날을 보낸다. 그러나 어머니로서 지나친 자부심은 그녀를 비이성적인 여자로 변하게 한다. 자기 아버지 탄탈로스처럼 그녀도 위대한 여인이 되고자 하는 망상에 사로잡힌 것이다.

그래서 그녀는 테베의 여인들에게, 아폴론와 아르테미스 두 자식만을 낳은 레토 여신을 더 이상 숭배하지 말고, 열네 명의 훌륭한 자식을 낳은 자신을 숭배하라는 명령을 내린다. 그리고 자기는 세력 있는 위대한 여왕이지만, 레토는 힘없는 존재에 불과하다는 모욕적인 말을 서슴지 않는다. 이러한 신성모독의 망발에 올림푸스의 신들은 분개한다. 그래서 니오베가 그런 건방진 말을 지껄이는 순간, 그녀의 열네 명의 아이들에게 벼락을 내려 즉사시키고, 그녀는 돌로 변하게 한다. 돌이 된 니오베는 밤낮으로 울어, 지나가는 길손들은 돌 위에 흐르는 눈물자국을 보고 니오베도 한때는 인간이었다는 사실을 상기한다.

가문의 저주는 펠롭스의 두 아들 아트레우스(Atreus)와 티에스테스(Tyestes)에 이르러 가장 처참하게 나타난다. 티에스테스는 형 아트레우스의 부인이며 그의 형수인 아에로페(Aerope)를 유혹한다. 그러자 이를 안 아트레우스는 티에스테스의 두 아들을 살해하여 국을 만들어 그들 부부에게 먹인다. 이 사실을 안 티에스테스는 공포에 질려 결국 타국으로 도망을 간다.

신들은 가뭄과 흉년으로 미치광이짓을 한 아트레우스를 벌한다. 신들의 분노로부터 나라를 구하고 싶은 아트레우스는 신탁을 청한다. 신탁은 도망간 티에스테스가 다시 이 나라로 돌아와야 한다고 한다. 도피했던 티에스테스는 그의 아들 아에기스투스(Aegisthus)를 데리고 돌아온다. 그런데 그 아들은 티에스테스가 망명 중 자신의 딸을 유혹하여 근친상간함으로써 태어난 자식이다.

티에스테스가 돌아왔으나 두 형제 간의 불화는 끝나지 않는다. 티에스테스는 형 아트레우스에게 복수하려다가 발각되어 투옥되고, 결국 아에기스투스가 아버지의 원수인 아트레우스를 죽이고, 자기 아버지 티에스테스를 왕으로 세운다. 그러나 아트레우스의 아들 아가멤논이 다시 티에스테스를 죽여 복수한다. 즉 서로 자기들의 큰아버지, 작은아버지를 죽인 셈이다. 아가멤논은 사촌동생인 아에기스투스를 죽이지 않았는데, 이것이 후에 큰 화근이 된다.

아가멤논은 고향에 아내 클리타임네스트라와 두 딸 클리소템네스(Klysotemnes)와 엘렉트라(Elrectra), 그리고 아들 오레스테스(Orestes)를 두고 트로이를 향하여 진군한다. 이 틈을 타 아에기스투스는 복수의 계획을 세운다. 그는 클리타임네스트라를 정부로 만들고, 그녀에게 아가멤논이 딸 이피게네이아를 죽게 하였으며, 그리고 그가 전쟁터에서 절대로 여자 없이 혼자 살 리 없다면서 감언으로 꼬인다. 꼬임에 넘어간 클리타임네스트라는 아가멤논이 트로이에서 돌아오면 암살하기로 한다.

마침내 트로이를 함락시키고 아가멤논이 귀국한다. 온 나라는 축제의 분위기에 싸여 있었고, 부정한 아내 클리타임네스트라는 뻔뻔스럽게 환영 연설로 그를 맞이한다. 여로에 지친 아가멤논은 대궐로 들어오자마자 따뜻한 목욕부터 청한다. 아가멤논이 무장을 풀고 목욕하던 중 클리타임네스트라와 아에기스투스는 손쉽게 그를 제거한다. 그런 다음 두 공범자는 그들의 행위를 숨기지 않고 국민들에게 알리고 지지를 요구한다.

국민들은 아무런 저항을 할 수 없었다. 아가멤논이 자기 딸 이피게네이아를 살해한 데 대한 복수라는 명목은 법률상 유리한 것이다. 이후 아에기스투스는 군부를 완전히 장악하고 클리타임네스트라와 함께 나라를 계속 통지한다.

아트레우스 일가의 피로 얼룩진 역사는 아직 끝나지 않고 다음 세대까지 지속된다. 아가멤논이 살해된 즉시 그의 딸 엘렉트라는 나이 어린 남동생 오레스테스가 살해될 것이라고 판단하고 비밀리에 그를 포시스로 출국하도록 주선한다. 포시스의 스트로퓌우스(Stropius) 왕은 오레스테스를 그의 어린 왕자 필라테우스(Pilateus)의 친구로 삼고 같이 키운다. 엘렉트라는 고향에 남아 클리타임네스트라와 정부 아에기스투스의 온갖 학대를 받으며 살아간다.

세월이 흐름에 따라 클리타임네스트라와 아에기스투스는 오레스테스가 복수하러 오지나 않을까 겁을 먹게 된다. 그러던 중 어느 날 한 낯선 방문객이 찾아온다. 그 방문객은 오레스테스가 전차 경주를 하던 중 사망하였다는 소식을 전한다. 클리타임네스트라와 아에기스투스는 매우 기뻐한다. 그러나 그 방문객은 바로 오레스테스였고, 그는 아버지 아가멤논의 복수를 하기 위해 아폴론 신탁의 지시를 받고 온 것이다. 마침내 클리타임네스트라가 오레스테스의 칼에 희생되고, 그 다음 아에기스투스가 희생된다.

그러나 복수의 여신 에우메니데스(Eumenides)는 친어머니를 죽인 오레스테스를 쫓아다니며 괴롭힌다. 오레스테스는 마음이 괴로워서 고향을 떠나 그리스 각지를 정처 없이 돌아다니면서 마음을 달래려고 한다. 그는 델피에 도착하여 신 아폴론 앞에 엎드려서 자비를 간청한다. 감동한 아폴론은 괴로워하는 오레스테스에게 구원의 기회를 주겠다고 약속한다. 그 치유 방법은 오레스테스가 먼 나라 타우리스(Tauris) 섬에 가서 아르테미스 신상을 가져오는 것이다.

오레스테스가 위험한 길을 떠날 때, 포시스에서의 망명 시절 스트로피우스 왕의 아들이며 친구였던 필라테우스가 동행한다. 그런데 그 타우리스 섬은 십여 년 전 아울리스 섬에서 희생되었다고 생각했던 오레스테스의 누이인 이피게네이아가 아르테미스의 여신을 섬기고 있는 곳이다. 바로 그 섬에서 신상을 몰래 가져와야 하는 것이다. 섬에 도착한 그들은 즉시 목동에게 붙잡혀 신상을 지키는 이피게네이아에게 인도된다. 이피게네이아는 낯선 사람에게 아가멤논의 가족에 대해 묻는다. 그들은 클리소템네스와 엘렉트라(Electra)가 살아 있고, 그리고 자신이 바로 오레스테스라고 밝힌다. 결국 이피게네이아는 자기가 오레스테스와 오누이 사이인 것을 알고 신상을 몰래 그리스로 가져가기로 한다. 무사히 그리스에 도착한 이들 일행은 탄탈로스에서부터 내린 오랜 가문의 저주를 푼다.

오레스테스는 고국에 돌아와 아버지의 뒤를 이어 왕위에 오르고, 메넬라오스와 헬렌의 딸인 헤르미오네(Hermione)와 결혼하여 스파르타 왕국까지도 물려받는다. 엘렉트라는 필라테우스와 결혼하고, 이피게네이아는 아테네 사원에 아르테미스 여신의 성상을 모시고 제사장을 맡는다. 오레스테스는 슬기롭고 평온하게 그의 왕국을 통치하다가, 90세에 독사한테 발뒤꿈치를 물려 죽는다.

오레스테스가 복수하는 이야기는 아이스킬로스(Aiskhylos)의 3부작 『오레스테이아』(*Orestiea*)에서 다루어지고 있으며, 에우리피데스(Euripides)의 작품 『타우리스의 이피게네이아』(*Iphigeneia of Tauris*)는 타우리스 섬에서의 두 오누이가 신상을 둘러싸고 벌어진 이야기이다.

■ 테베를 세운 카드무스 가문

사이돈(Saidn) 왕은 여러 명의 아들과 유로파(Uropa)라는 딸을 두고 단란하게 살고 있다. 그런데 어느 날 제우스가 유로파를 유괴하여 크레타 섬으로 데리고 가서 사랑을 맺고, 유로파는 미노스(Minos)와 라다만토스(Radamantos) 두 아이의 어머니가 된다. 그러한 사실을 모르는 사이돈 왕은 아들들에게 실종된 딸을 찾아오라고 명하면서, 찾지 못하면 돌아오지 말라고 한다.

왕자 카드무스(Cadmus)는 누이동생의 소식을 알기 위해 델피로 가서 신탁을 청한다. 신탁은 누이동생 찾는 일을 포기하고 자신의 나라를 세우도록 예언한다. 곧, 어린 암소 한 마리가 가는 곳을 따라가서 그 암소가 맨 처음 쉬는 장소를 새 나라의 도읍으로 정하고 국가 이름을 테베(Thebes)로 부르도록 조언을 한 것이다. 카드무스는 신탁의 명을 따르기로 한다. 그런데 아테네 여신은 그에게 명하기를, 나라를 세우기 전에 사람들을 잡아먹는 용을 죽이고, 죽은 용의 이빨을 땅에 묻으라고 한다. 카드무스가 용을 죽이고 그 이빨을 땅에 묻으니, 그 이빨들이 완전 무장한 무사로 변한다. 이 무사들은 서로 생명을 걸고 싸움을 벌이고, 결국 다섯 명의 무사만 살아남는다. 카드무스는 이 다섯 명의 무사를 데리고 테베를 건설하고, 행복한 결혼을 하여 1남 5녀를 두고 슬기롭게 나라를 다스린다.

카드무스의 뛰어난 용맹과 정의에도 불구하고 그는 운명적으로 한 명의 불운한 후손을 낳도록 되어 있다. 여러 세대에 걸쳐서 불행이 그 후손을 괴롭힌다. 그 가운데 오이디푸스(Oedipus)는 가장 불행한 후손의 한 사람이다.

오이디푸스는 테베 라이오스(Raios) 왕의 아들이며, 카드무스의 5대손이다. 라이오스는 먼 친척이 되는 이오카스테(Iokaste)와 결혼했지만 오랫동안 아이가 없었다. 마침내 신은 이들 부부에게 아들을 낳게 하면서, 그 아들이 부친을 살해할 것이며 어머니와 결혼을 하게 될 것이라는 예언을 한다. 이를 두려워한 라이오스 왕은 아이가 태어났을 때 그 갓난 아이의 발을 묶고 키타이론(Kithairon) 산 속에 내다 버려 죽게 한다.

그러나 이 일을 맡은 목동은 아이가 불쌍해서 버리지 않고 다른 양치기에게 준다. 그 양치기는 발목을 묶은 가죽끈으로 인해 아이의 발이 부은 것을 보고, '부은 발'을 뜻하는 오이디푸스라는 이름을 지어준다. 그리고 자기 나라인 코린도스(Corindos)의 폴리부스(Polybus) 왕에게 이 아이를 바친다. 아이가 없는 왕은 어린 오이디푸스를 보자 곧 양자로 삼는다. 오이디푸스는 코린도스에서 왕의 아들로 잘 자란다.

그런데 어느 날 코린도스에서 열린 연회석에서 술에 만취한 신하가, 오이디푸스는 폴리부스 왕의 진짜 아들이 아니라고 떠들어댄다. 호기심에 불탄 오이디푸스는 그의 진짜 부모에 대해 신탁으로 알아보게 되고, 그 결과 자기는 자기 아버지를 죽이고 어머니와 결혼하게 되는 운명을 지니고 태어났다는 것을 알게 된다. 이에 오이디푸스는 신탁의 무서운 예언이 이루어지지 않도록 코린도스를 떠날 것을 결심한다. 이때까지 오이디푸스는 코린도스의 왕이 자기의 진짜 아버지인 줄 알았던 것이다.

오이디푸스가 정처 없이 코린도스를 떠나 길을 가던 도중 어느 좁은 산길에 이르게 된다. 그곳에서 그는 맞은편 방향에서 오는 전차에 탄 한 노인의 일행과 마주친다. 그 길은 너무 좁았기 때문에, 누가 길을 비키느냐의 문제를 놓고 서로 옥신각신하게 된다. 그러다가 전차에 타고 있던 노인이 지팡이로 오이디푸스의 머리를 친다. 이에 격분한 오이디푸스는 노인과 수행원을 살해하였는데, 한 명은 도망을 친다. 그가 살해한 노인이 바로 자기 친아버지인 라이오스 왕이라는 것을 그는 전혀 모른다. 이리하여 신탁의 예언이 순식간에 이루어진다.

얼마 후 오이디푸스는 테베에 도착한다. 테베의 시민들은 이중의 고통에 슬퍼하고 있다. 첫째는 국왕이 살해당한 것이고, 둘째는 반사자의 모습을 한 스핑크스라 불리는 괴물이 시민을 괴롭히는 것 때문이다. 스핑크스는 테베 시가지가 내려다보이는 절벽 위에 걸터앉아 지나가는 길손에게 "아침에는 네 발, 낮에는 두 발, 저녁에는 세 발로 걸어다니는 것이 무엇이냐"고 물었다. 만약 수수께끼를 풀지 못하면 스핑크스는 곧 덤벼들어 그 사람을 갈기갈기 찢어 죽이곤 하였다. 스핑크스의 질문을 받은 오이디푸스는 쉽게 "그것은 사람이다"라고 대답한다. 오이디푸스가 정답을 말하자 스핑크스는 너무 분해서 절벽으로 몸을 던져 자살한다. 구원을 얻은 테베 국민들은 그를 통치자로 삼고, 이오카스테 왕비를 그에게 진상한다.

오이디푸스와 이오카스테는 여러 해 동안 슬기롭게 나라를 잘 다스린다. 그들 부부는 에테오클레스(Eteocles)와 폴리니세스(Polynices) 두 왕자와 안티고네(Antigone)와 이스메네(Ismene) 두 공주를 둔다. 이 아이들이 성년으로 접어들자 테베의 왕가를 상대로 운명의 장난이 시작된다. 무서운 한발과 전염병이 도시를 맹타한 것이다. 오이디푸스는 신탁을 들어본 바, 라이오스 전왕을 살해한 범인을 법정에 세우기 전까지 테베는 계속 고통에 시달리게 될 것이라는 예언을 받는다. 전왕의 살해에 자신이 연관되었다는 것을 전혀 모르는 오이디푸스는 범인 체포에 착수한다.

결국 오이디푸스는 예언자 티레시아스(Thresias)로부터, 자신이 바로

라이오스 왕의 친아들이었고, 또한 자기가 바로 친아버지를 살해한 사람이라는 사실을 알게 된다. 이 사실을 안 왕비 이오카스테는 스스로 목숨을 끊고, 오이디푸스는 왕비가 입고 있던 옷에 부착된 장식물로 자기의 두 눈을 파낸다. 오이디푸스는 자기의 죄를 국민들에게 알리고, 처남인 크레온(Creon)에게 왕위를 물려주고 테베를 떠나 방랑의 길에 오른다.

그의 첫째 딸 안티고네는 아버지의 방랑길에 따라 나섰고, 둘째 딸 이스메네는 테베에 남아 아버지가 남겨둔 일을 수행한다. 오이디푸스와 안티고네는 오랫동안 방황하다가 아테네 근처 콜로누스(Colronus)에 도착하여, 복수의 여신 에우메니데스(Eumenides)가 살고 있는 성림에 안식처를 정한다. 아테네의 훌륭한 통치자인 테시우스(Tesius)가 이들 부녀를 영접하고, 아테네 사람들의 보살핌 속에서 여생을 보내도록 오이디푸스에게 권한다.

오이디푸스가 콜로누스에 정착했을 때 그의 딸 이스메네가 찾아온다. 그녀는 테베에서 왕위 문제를 놓고 오이디푸스의 두 아들인 에테오클레스와 폴리니세스가 서로 싸우고 있다고 전한다. 그들은 서로 1년씩 바꾸어가면서 나라를 다스리기로 했지만, 반쪽의 통치에 만족하지 않고 서로 반목했던 것이다. 그리고 아우인 에테오클레스는 국민들을 선동하여 봉기를 일으키고 형 폴리니세스를 추방한다.

폴리니세스는 아르고스로 도망을 가서 그 나라의 왕 아드라스투스(Adrastus)의 딸과 결혼한다. 이로 인해 막강한 힘을 얻은 폴리니세스는 테베로 쳐들어가 빼앗긴 자기 왕위를 다시 찾을 준비를 한다. 이스메네는 이런 위기를 무사히 넘기기 위하여 오이디푸스의 도움이 필요하다며, 크레온도 아버지의 귀국을 설득하기 위해 아테네로 오고 있는 중이라고 말한다. 오이디푸스는 자기한테 모든 사람을 다 용서하고 자기를 괴롭힌 사람을 도와달라는 요청에 분노한다. 그래서 크레온이 도착했을 때 그를 경멸하며 물리친다. 할 수 없이 크레온은 그냥 돌아간다. 크레온이 떠나자 이번에는 폴리니세스가 와서 아버지에게 테베 공격이 성공할 수 있도록 도와달라고 요청한다. 오이디푸스의 진노는 한계를 넘는다. 그래서 그는 두 아들이 모두 불효막심하게 아버지를 경멸하였으므로 형제 간에 혈투가 벌어져 피범벅이 될 것이라는 무서운 예언을 한다.

이와 같은 사건이 있은 후 오이디푸스는 무서운 폭풍우가 몰아치는 날, 드디어 때가 왔다고 예감하고 복수의 여신이 살고 있는 성림에 들어가기로 한다. 그의 두 딸과 테시우스 왕은 숲 속까지 그와 동행한다. 천둥이 치고 비가 몰아치는 가운데 성림 속으로 걸어 들어간 후 곧 오이디푸스 모습은 사라진다. 그러자 신기하게도 폭풍우가 그치고 오이디푸스의 쓰라린 고통도 막을 내린다.

오이디푸스가 죽자 그의 두 딸 이스메네와 안티고네는 테베로 돌아온다. 테베에서는 아직 에테오클레스와 폴리니세스의 왕위 다툼이 끝나지 않았다. 폴리니세스와 그의 일곱 영주들이 일곱 개의 성문에서 일제히 공격을 함으로써 테베 시는 동족상잔의 혼란에 빠져 들어간다. 형제 간의 전투는 장기화되고, 마침내 에테오클레스와 폴리니세스가 일 대 일로 싸워 문제를 결말짓고자 한다. 그리고 이 결투에서 두 형제는 다 같이 치명적인 부상을 입는다. 오이디푸스 왕의 저주가 현실로 이루어진 것이다. 테베는 막대한 국력과 인명 피해를 감수해야만 했다.

크레온이 다시 테베의 통치를 맡게 된다. 그는 전투에서 사망한 테베인들의 매장을 감독한다. 특히 그는 자기의 아들 메니세우스(Meniseus)

의 전사에 상심한 나머지 에테오클레스는 매장하되, 적군을 데리고 공격해온 폴리니세스는 매장하지 말라고 엄명한다. 그러나 안티고네는 왕자 폴리니세스는 비록 적군이었지만, 왕자로서의 정당한 예우를 받아 매장하여야 한다고 강력하게 주장한다. 그리고 그녀는 언니인 이스메네의 만류에도 불구하고, 크레온의 명을 거역하고 폴리니세스의 시체를 몰래 매장한다.

이 사실을 안 크레온은 그녀를 지하 동굴에 감금하고 사형 선고를 내린다. 그러나 그녀는 사형 전날 지하 동굴에서 목매어 자살하고 만다. 그런데 안티고네는 크레온의 둘째 아들인 하이몬(Haimon)과 약혼한 사이다. 안티고네가 죽자 하이몬도 지하 감옥으로 달려가 그녀 옆에서 자살한다. 아들의 사망 소식을 들은 크레온의 아내인 유리디스(Uridis)도 칼로 자결하고 만다. 융통성이 부족하고 오만한 크레온에게 처참한 비극이 내려진 것이다.

테베의 비극은 여기서 끝나지 않는다. 크레온의 매장 금지 포고에 대한 소문이 아테네까지 알려진다. 크레온이 신이 정한 매장법을 철폐한 것에 경악한 아테네 사람들은, 아무리 적의 시체라도 온당한 예법을 갖추어 매장해야 한다고 주장한다. 크레온은 아테네 국민들의 여론을 무시할 수 없어서 자기가 내린 명령을 철회할 수밖에 없게 된다. 그래서 예를 갖추어 모든 전사자들의 시체를 매장한다. 10년 후, 테베를 공격할 때 참가했던 일곱 영주들의 아들들이 부친들의 패배를 설욕하기 위하여 하나로 뭉친다. 그들은 테베에 입성하여 오랫동안 시달려온 테베 시를 쓰러뜨리고 만다.

6) 미노스의 미궁

■ 미노스의 미궁과 테세우스

크레타의 왕 미노스(Minos)의 왕비는 황소에게 반해 소의 얼굴을 한 인간 미노타우로스(Minotauros)를 낳는다. 미노스는 이 괴물을 가두기 위해 건축과 공예의 달인인 다이달로스(Daedalos)를 시켜 미궁을 짓고, 해마다 아테네의 일곱 쌍의 남녀를 바칠 것을 요구한다. 테세우스(Theseus)는 이 괴물을 처치하기 위해 자원해서 크레타로 온다. 테세우스는 미노스 왕의 딸 아리아드네(Ariadne)의 도움으로 미궁의 입구부터 명주 실타래를 풀면서 미궁 안으로 들어가 괴물을 처치하고, 그 실타래를 따라 미궁을 빠져나온다. 이후 이러한 사실에서 어려운 문제를 푸는 실마리, 또는 위험한 상황을 벗어나기 위한 열쇠를 뜻하는 '아리아드네의 실'이라는 말이 생겨났다.

또한 테세우스는 미노타우로스를 처치하기 전에 아테네를 괴롭히던 프로크루스테스(Procrustes)라는 악당도 처치한다. 프로크루스테스는 길 가는 사람들을 잡아다가 침대에 눕혀 놓고는 몸이 침대보다 작으면 늘여 죽이고, 침대보다 크면 침대 밖으로 삐져나온 몸을 잘라 죽였다. 테세우스는 이 악당을 다른 침대에 눕히고 삐져나오는 팔다리를 잘라 죽여 버린다. 지금도 현실을 있는 그대로 보지 않고 자신의 주관적인 잣대에 맞추어 재단하려는 경향, 또는 꼼짝달싹할 수 없는 곤경이나 융통성 없는 규칙을 일러 '프로크루스테스의 침대'라고 부른다.

■ 이카로스의 날개

미노스의 미궁을 지었던 유명한 건축가 다이달로스는 테세우스가 미궁 속의 괴물을 죽이고 도망가자, 화가 난 미노스 왕에 의해 아들 이카로스(Icaros)와 함께 미궁에 갇히는 신세가 된다. 미궁의 통로는 이미 미노스 왕의 부하들이 철통같이 지키고 있다. 그러나 다이달로스는 언제까지나 미궁 속에 갇혀 있을 수 없어 어떻게 하면 미궁을 탈출할 수 있을까에 대해 몰두한다. 그러다가 방법은 단 하나, 하늘을 통해 미궁을 빠져나가는 길밖에 없다고 판단한다. 그래서 그는 하늘을 날아 탈출하기로 작정하고 수많은 깃털을 양초로 이어 붙여 날개를 만든다. 날개가 완성되자 다이달로스는 아들 이카로스에게 달아주면서 "너무 높게 올라가면 태양의 불길이 양초를 녹여버릴 테니, 하늘과 바다의 중간을 날아가도록 해라"라고 신신당부한다.

이카로스는 아버지가 만들어 달아준 날개를 펴고 하늘을 날기 시작한다. 그러면서 그 날개의 위력에 도취되어 아버지의 경고를 까맣게 잊고 높이 더 높이 솟아오르면서 비행을 계속한다. 너무 높이 솟아올라 태양 가까이 도달하자 날개를 붙인 초가 녹아내리기 시작했고, 결국 이카로스는 바다에 떨어져 죽고 만다.

이카로스는 높이 날려는 순간의 욕망에 심취한 나머지 추락하고 만 것이다. '이카로스의 날개'는 더 높은 하늘, 태양, 미지의 세계, 자신의 능력보다 높은 곳에 있는 이상을 향한 정신의 욕망을 상징하기도 한다.

4. 서사시

지중해의 에게 문명 가운데 크레타 문명이 제일 발달하였다. 크레타 문명의 전성기는 B.C. 2000~1500년이라 추정된다. 크레타인들은 소아시아 지방에서 이주해온 것으로 짐작되며, 이들은 그리스 본토보다는 오리엔트 지역과 더 가까워 오리엔트 문화와 서로 비슷한 점이 많다. 그러나 크레타인은 독창적인 문화를 갖고 있었다. 크레타 섬은 여러 도시 가운데 B.C. 15세기경 그리스 본토에 거주한 미케네인들이 침입하여 거주하였다. 이 미케네인들은 B.C. 2000년경 그리스 본토에 침입한 인도-유럽어계의 주민들이었다. 당시 이곳 원주민들은 청동기 문화를 갖고 있었는데, 침입한 미케네인들은 이 원주민의 문화를 받아들이고 또 전성기의 크레타 문명을 수용하면서 자신들의 전사적 성격을 유지하여 최초의 그리스 문화라고 할 수 있는 독창적인 문화를 발전시켰다.

미케네는 B.C. 1600년경 그리스에 있었던 여러 왕국 가운데 제일 강했다. 그러나 이 미케네 왕국들도 B.C. 1100년경 새로운 그리스 일파인 도리아인들에게 정복당했다. 이 시대에 많은 전쟁이 일어났고 많은 영웅들이 탄생했으며 이들을 노래한 서사시(epos, epic)들이 등장했다. 따라서 서사시는 일정한 규격과 운율을 갖추고 역사 이야기를 다루는 문학의 장르가 되었다.

■ 호메로스(Homeros) – 『일리아드』(*Iliad*)와 『오디세이아』(*Odyssey*)

최초의 대서사시는 호메로스의 『일리아드』와 『오디세이아』이다. 호메로스는 B.C. 8~9세기에 소아시아 이오니아 해변에 있는 스미르나 키오스 시에 살았다고 전한다. 그는 그리스의 최고 서사시인이며 세계 4대 시성詩聖으로 일컬어지기도 한다. 또한 그는 음유시인吟遊詩人으로 그리스에 전해져 내려오는 여러 가지 이야기를 집대성하여 불후의 명작 『일리아드』와 『오디세이아』를 완성했다. 한편 전설에 의하면 그는 장님이라고도 하는데 이렇다 할 역사적 확증은 없다. 또 다른 일설로

『일리아드』와 『오디세이아』는 호메로스 한 사람의 창작이 아니라 그리스 민족 사이에 전해져 내려온 여러 가지 전설을 그가 정리한 것뿐이라고도 한다.

영웅 서사시의 원형이 이미 미케네 시대에 존재했음은 의심의 여지가 없다. 그것이 수세기에 걸쳐 전승되는 동안 시를 짓는 기법이 점차 세련되어졌으며 시의 규모도 커져갔다. 그 전승자들은 '아오이도스(aoidos)'라고 불린 음유시인들로서, 단순히 완성된 시를 낭송하는 것이 아니라, 그때 그때 자신의 연구와 고안을 가미하여 창작을 했을 것으로 추정된다. 그러한 오랜 전통을 바탕으로, 기원전 8세기에 『일리아드』와 『오디세이아』를 거의 오늘날 우리가 읽는 형태로 마무리한 인물이, 호메로스라는 천재 시인의 업적이 아니었을까 짐작해볼 수 있다.

어쨌든, 유럽 문학은 호메로스로부터 비롯됐다고 볼 수 있다. 물론 호메로스 이전에도 여러 가지 노래가 있었을 것으로 짐작되나 그러한 것들을 찾아볼 수 없기 때문이다. 따라서 호메로스 이전의 문학은 구비문학口碑文學 혹은 유동문학流動文學의 성질을 띤 것이라고 할 수 있다. 『일리아드』와 『오디세이아』는 그 규모의 웅대함, 서술의 교묘함, 구성의 다양함, 인생을 관조하는 깊이 등에 있어서 단연 으뜸을 차지한다. 따라서 두 편의 서사시는 고전 시대 전반에 걸쳐 그리스 교육과 문화의 토대가 되었고, 로마 제국 시대 그리스도교 신앙이 널리 퍼질 때까지 사실상 인문 교육의 뼈대를 이루었다.

또한 호메로스의 서사시는 간접적으로 베르길리우스(Vergilius)의 『아이네이스』(*Aeneis*, 이 작품은 대체로 두 서사시를 느슨하게 모방해서 만들어졌다고 평가된다)를 통해, 그 후에는 오스만 제국에서 서쪽으로 망명한 그리스 학자들이 이탈리아로 가져온 두 작품을 통해, 이탈리아의 르네상스 문화에 깊은 영향을 주었다. 이때부터 수많은 번역이 이루어졌으며, 두 작품은 유럽 고전 문학 전통에서 가장 중요하고, 베르길리우스와 단테의 작품들보다도 더 뛰어난 업적으로 평가되었다. 그리고 그 내용이나 형식에 있어서 그리스 문학이나 로마 문학은 물론이고, 근대 문학·현대 문학에 이르기까지 유럽 문학 전체에 영향을 끼쳤다.

『일리아드』와『오디세이아』는 같은 테마의 양면이다. 곧 트로이 전쟁의 실전과 후일담인 것이다. 두 작품은 다 같이 유럽 정신이 문학 형태를 빌어 표현한 창세기적 기술이다. 그러나 여러 가지 면에서 서로 비교·대조된다. 우선 본질적으로『일리아드』는 비극의 원형이며,『오디세이아』는 장편소설의 원형이라고 일컬을 만하다.

주제를 살펴보면『일리아드』는 전쟁의 공포스럽고 처절한 비극을 다루고 있고,『오디세이아』는 인물들의 온갖 모험과 극복의 평화를 다루고 있다. 좀 더 심층적으로 들어가면 이들 작품의 모티브에 드러난 차이를 볼 수 있다. 아리스토텔레스는 그의『시학』에서,『일리아드』는 10년 동안 치르는 전쟁의 외적인 플롯과 액션이 있는 반면,『오디세이아』는 10년 동안의 귀국 길에서 치르는 내적 심리의 개척이 있다고 말한다. 또한 구성을 살펴보면『일리아드』는 주로 인간의 정열을 다루고 있고,『오디세이아』에서는 매우 복잡하고 조화로운 가운데 인간의 기지나 총기, 그리고 술수를 다루고 있다. 표현에 있어서『오디세이아』는『일리아드』만큼 활기차거나 힘찬 행동으로 진행되지 못한 경향이 있다. 다음은 작품의 줄거리이다.

『일리아드』(*Iliad*)

『일리아드』의 전체 이야기는 10년간에 걸친 그리스군의 트로이 공격 중 마지막 해에 일어난 수십 일 동안의 사건들로 이루어져 있다.

전쟁이 일어난 지 10년째가 되는 해, 그리스군 진영에는 전염병이 크게 번진다. 그러자 용사 아킬레우스(Achilleus)는 회의를 열어 전염병의 원인을 예언자 칼카스(Calchas)에게서 듣는다. 그 원인은 아폴론 신관(神官)의 딸 크리세이스(Criseis)를 그리스군 총사령관인 아가멤논이 자기의 여자로 삼았기 때문이라는 것이었다. 아가멤논은 불만스러웠으나 크리세이스를 돌려보내는 대신 아킬레우스가 얻은 브리세이스(Briseis)라는 소녀를 가로챈다. 그러자 아킬레우스는 슬픔과 노여움에 잠겨 전투에 나설 것을 거부한 채, 친구인 파트로클로스(Patroklos)와 함께 세월만 보낸다. 그리고 어머니인 바다의 여신 테티스에게 아가멤논이 자신을 존중할 때까지는, 그리스군이 트로이군을 이기지 못하게 해달라고 간청한다. 테티스는 제우스에게 약속을 받아내고 그리스군은 트로이군에 의해 참패를 당한다.

트로이군은 점점 더 그리스군의 진지로 육박하지만, 여러 장군들은 계속 전사를 하고 군함은 불길에 휩싸인다. 이런 상황을 보다 못한 파트로클로스는 친구인 아킬레우스에게 전쟁에 나갈 것을 권유하나, 아킬레우스는 아가멤논이 자신을 의리와 경우가 없는 사람으로 멸시했다며 거부한다. 그래서 파트로클로스는 아킬레우스를 대신하여, 아킬레우스의 갑옷을 입고 이륜차에 올라 르미네드에서 군사들을 이끌고 트로이군을 패배시킨다. 그러나 지나치게 적진 깊숙이 돌진해 들어가다가 트로이 성 밑에서 헥토르에게 살해되고 갑옷과 투구마저 빼앗긴다.

아킬레우스는 친구가 죽었다는 소식을 듣고 비탄과 분노에 젖어서 아가멤논과 화해하고 큰 격분에 싸여 출정을 결심한다. 그때 어머니인 여신 테티스는 헥토르를 죽이면 아킬레우스 또한 죽음의 운명에 처한다고 말리지만, 아킬레우스는 친구의 복수를 하지 못한다면 차라리 죽는 편이 났다고 소리친다. 한편 승리에 고무된 트로이군은 아킬레우스의 무서운 함성에 놀라 전진을 포기하고 야영을 결정한다.

아킬레우스가 갑옷과 투구가 없어 출정을 못하자, 어머니 테티스가 대장장이의 신 헤파이스토스에게 간청하여 하룻밤만에 아름다운 갑옷과 투구, 방패를 만들고, 아킬레우스는 이를 들고 전쟁에 참가한다. 전차를 타는 그에게 불사(不死)의 명마(名馬) 크산도스가 사람의 목소리로 죽음이 임박했음을 예고하지만, 아킬레우스는 끄덕도 하지 않는다. 그는 트로이군을 향하여 미친 듯이 달려들어 무찌른다. 결국 트로이군은 성 안으로 도망쳐 들어가고, 헥토르만이 성 밖에서 버티게 된다. 싸움터에 남은 사람은 아킬레우스와 헥토르 그리고 신은 아폴론뿐이었다.

이때 하늘에서는 제우스가 두 사람의 운명을 저울에 달고 헥토르가 죽어야 할 운명이라는 결과를 얻는다. 헥토르는 쫓아오는 아킬레우스를 맞아 저항하지만 결국 죽고 만다. 헥토르는 죽음을 맞으며 아킬레우스에게 자신의 시체를 돌려 보내달라고 요청하지만, 아킬레우스는 이를 거절하고 시체를 전차에 매달아 군함이 있는 곳으로 끌고 온다.

아킬레우스는 잠도 안 자고 먹지도 않으며 매일 헥토르의 시체를 전차에 매달아 욕보이면서 파트로클로스의 묘지를 돈다. 아폴론은 헥토르 시신의 손상을 막아준다. 헥토르의 아버지 프리아모스 왕은 자식의 시체를 찾기 위해 헤르메스 신의 안내를 받으며 황금을 싣고서 아킬레우스의 막사를 찾아간다. 노왕 프리아모스는 아킬레우스의 발밑에 무릎을 꿇고 수많은 인간을 죽인 무서운 그의 손에 입을 맞춘다. 그리고 아킬레우스의 자비에 호소하여, 자기 아들의 시체를 돌려줄 것을 간청한다. 프리아모스 왕의 태도는 아킬레우스를 감동시킨다. 그는 고향에 있는 자신의 늙은 아버지를 생각하며 눈물을 흘린다. 그리고 노왕을 정중하게 일으켜 세운다. 아킬레우스와 프리아모스 왕은 다 같이 자신들의 불행을 슬퍼한다. 그리고 장례식을 치르기 위해 12일간의 휴전을 약속한다. 아킬레우스는 새벽에 시체와 함께 노왕을 돌려보낸다. 트로이 진영에서는 9일 동안 나뭇단을 쌓아 화장을 준비하고 불길을 놓아 영웅의 장렬한 죽음을 애도한다.

그 후 잠시 양군의 싸움은 소강 상태에 이르고, 아킬레우스는 헥토르의 장례식 때, 트로이 프리아모스의 공주 폴리세나(Polrisena)를 보고 반해 사랑하게 된다. 그래서 아킬레우스는 파리스에게 만일 자기가 폴리세나와 결혼할 수 있다면, 두 나라의 평화를 위해 앞장서겠다고 한다. 파리스는 술책을 써 아킬레우스를 아폴론 신전으로 유인한다. 그리고 아폴론 신에게 물어 아킬레우스의 치명적인 약점인 아킬레스건(오른쪽 발뒷꿈치)의 비밀을 알아낸다. 아킬레우스는 혼자 트로이 성 안으로 들어간다. 파리스는 돌기둥 뒤에 숨어서 아킬레우스가 신전 가까이 오자, 독 묻은 화살로 바로 그의 오른쪽 발뒤꿈치에 깊은 상처를 낸다. 결국 아킬레우스는 예언처럼 죽고 만다. 그가 남겨 놓은 갑옷과 칼은 오디세우스가 가져간다.

아킬레우스가 죽자 그리스군은 완전히 사기를 잃는다. 그리스군사들은 자기들의 진영을 불태워 버리고 고향으로 돌아가는 배에 오른다. 그들은 트로이를 떠날 때, 신을 모셔 놓기 위해 만든 거대한 목마를 남겨 두고 간다. 남겨진 목마, 이것은 뛰어난 지모를 갖춘 오디세우스의 지혜와 계략이었다. 그 목마 안에는 용사 수십 명이 숨어 있었던 것이다. 그리스군이 물러가자 트로이 사람들은 승리의 전리품이라고 기뻐하며 목마를 성 안으로 끌고 들어간다. 그리고 승리에 취해 잔치를 벌이고, 깊은 잠에 빠진다. 이를 틈타서 목마에 숨어 있던 오디세우스와 그리스 용사들이 몰래 기어 나와 트로이 곳곳을 방화한다. 방화를 신호로 트로이 사람들이 본국으로 돌아갔다고 믿었던 그리스 군사는 삽시간에 바다에서 밀려들어와 트로이 성문으로 들이닥쳐 성을 함락시킨다. 거대함을 자랑하던 트로이 도시가 화염에 쌓이고 피로 물들여진다. 마침내 그리스군의 대승리로 싸움이 막을 내린다.

세 여신의 아름다움의 다툼에서 시작하여 한 사람의 아름다운 여자 헬레네를 빼앗기 위해, 막대한 국력을 허비하고 십만의 대군을 동원했던 지루한 10년간의 전쟁도 그 끝을 본 것이다. 그러나 전쟁의 원인이 되었던 헬레네는 죽지 않는다. 그녀의 남편 스파르타의 왕 메넬라오스는 다시 그녀를 데리고 왕국으로 돌아간다. 이렇게 많은 사람에게 죽음과 비탄을 안겼던 헬레네는, 다시 왕비로 돌아가서 슬펐던 과거를 회상하며 나라를 다스리게 된 것이다.

『오디세이아』(*Odysseia*)

이 전쟁 서사시는 트로이를 함락한 뒤, 오디세우스의 10년간에 걸친 해상 표류의 모험담과 귀국에 관한 이야기인데, 이 내용을 40일 동안의 사건으로 처리하고 있다. 이 서사시는 두 가지 이야기가 복선적으로 병행하여 진행된다. 한편에서는 오디세우스의 방랑을, 다른 한편에서는 고국 이다케(Idake)에서 포악한 구혼자들에게 괴로움을 겪는 아내 페넬로페(Penelofe)와 아들 텔레마코스(Telemachus)의 수난 이야기로 진행된다. 이 두 이야기는 오디세우스가 귀환하여 합쳐지고 아들과 함께 악인들을 물리치는 것으로 막을 내린다.

트로이 함락 후 10년째인 어느 날, 아테네 여신의 제안에 의하여 천상에서 오디세우스의 귀국 문제가 논의된다. 신들은 아가멤논이 귀국 직후 아내와 그 정부에 의해 살해된 사실을 이야기하며, 아가멤논의 악처 클리타임네스트라와 오디세우스의 현처 페넬로페를 비교한다. 그리고 오디세우스가 포세이돈의 방해로 인하여 귀국하지 못하고 바다를 방황하고 있는데, 어떻게 하면 그를 풀어줄 수 있는지 그 방법에 대해 의논한다. 그때 오디세우스는 오기기아 섬에서 7년 동안 요정 칼립소(Calripso)의 포로가 되어 향수병에 시달리며 하루하루를 보낸다.

오디세우스는 '트로이의 목마'를 만들어 그리스의 전쟁을 승리로 마무리하였으나, 자신을 도와준 포세이돈 신에게 감사의 뜻을 표하지 않았기 때문에 노여움을 산 것이다. 그리고 또 아테네의 신상을 모독하여 화를 자초했으며, 설상가상(雪上加霜)으로 그의 부하들마저 헬리오스의 화를 부른다. 그래서 포세이돈은 오디세우스를 집으로 돌아가지 못하게 하고, 바다에서 방황하게 한 것이다.

그동안 이다케에 있는 오디세우스의 아내 페넬로페와 젊은 아들 텔레마코스는 구혼자들에게 시달리고 있다. 궁전 안의 재산과 보화들도 모두 그들의 횡포에 내맡긴 채이다. 정숙한 페넬로페는 시아버지인 라에르테스(Laertes)의 수의감을 다 짤 때까지는 그 누구도 남편으로 맞아들일 수 없다고 선언한다. 그래서 밤마다 낮에 짠 옷감을 풀고 다시 짜지만 곧 이 사실은 발각되고 만다. 한편 제우스는 그의 전령의 신 헤르메스를 칼립소에게 보내 오디세우스를 풀어줄 것을 명령한다. 그리고 아테네 여신은 오디세우스의 옛 친구 멘토르(Mentor)로 변장하여 이다케로 찾아가, 텔레마코스를 격려하며 실종된 아버지를 찾아나서도록 권유한다.

텔레마코스는 이다케 사람들을 불러 모아 자기의 권리를 지켜줄 것을 요구한다. 그러나 구혼자들은 그를 조소하며 집회를 해산시킨다. 텔레마코스는 멘토르로 변장한 아테네에게 인도되어 아버지 소식을 알기 위해 몰래 섬을 떠난다. 그는 먼저 네스토르(Nestor) 왕의 궁전을 찾아가고, 다음에 스파르타의 왕 메넬라오스와 왕비 헬레네를 만난다. 메넬라오스 왕은 자기가 알고 있는 모든 것을 텔레마코스에게 알려준다. 한편 이다케에서는 구혼자들이 텔레마코스를 암살할 계획을 세운다.

신들의 명령에 의해 칼립소는 오디세우스를 도와 바다로 나가게 하는데, 아직도 분이 풀리지 않은 바다의 신 포세이돈은 그가 탄 뗏목을 파선시킨다. 그러나 오디세우스는 바다 요정의 도움을 받아 파이아케스(Paiakes) 섬에 도착한다. 파이아케스의 공주 나우시카(Nausika)가 시녀들과 함께 오디세우스를 발견하고 그를 도와 궁궐로 안내한다.

파이아케스 왕의 환대를 받은 오디세우스가 저녁 만찬에서 트로이 함락의 노래를 듣고 눈물을 흘린다. 그는 여기서 자기의 본색을 털어놓고, 자신의 해상 표류 이야기를 한다(호메로스는 여기에 이같이 1인칭에 의한 이야기를 자연스럽게 끼워 넣어, 전편의 구성이 깨지는 것을 교묘하게 피하고 있다).

그 모험들은 대략 이렇다. 오디세우스는 렘노스(Remnos) 섬에서 트라키아(Trakia) 해안을 항해하다 폭풍을 만난다. 많은 부하들을 잃고 리비아 해안의 '연밥 먹는 섬'이라는 뜻의 로토파고스(Rotopagos) 섬에 닿았는데, 부하 세 사람은 연밥으로 만든 음식을 먹고 정신을 잃기도 한다. 그 음식은 고향 생각을 잊고 언제까지나 그곳에 살고 싶게 하는 힘을 지니고 있다. 그래서 오디세우스는 부하 세 사람을 배의 의자 밑에 묶어두기도 한다.

다음으로는 외눈박이 거인 폴리페모스(Polipemos)가 사는 키클로페스(Kikhropes) 섬에 도착한다. 그 무서운 식인종 괴물은 포세이돈의 아들로, 오디세우스의 부하들을 동굴 벽에 내던져 머리를 박살내 맛있게 뜯어먹는다. 이에 분노한 오디세우스는 올리브 나무를 불에 달궈 거인의 눈을 찌르고, 거인이 기르는 양들의 뱃가죽에 매달려 부하들과 함께 동굴에서 빠져나온다. 그러나 포세이돈은 아들에 대한 보복으로 끝까지 오디세우스를 괴롭힌다.

다음에 오디세우스는 바람의 신 아이올로스(Aiolros)의 섬에 도착하여, 아이올로스에게 순풍과 역풍이 담긴 부대를 받는다. 아이올로스는 그에게 고향으로 돌아갈 수 있도록 순풍 이외의 바람을 모아 놓은 바람부대를 열지 말라고 당부한다. 순풍 덕분으로 고향인 이다케는 점점 가까워진다. 그러나 오디세우스가 잠든 사이 그 주머니를 보물로 착각한 부하들이 몰래 열어 보게 되고 배는 역풍에 밀려 식인종 라이스트리곤(Raistrigon)이 사는 나라에 갔다가 마녀 키르케(Kirke)가 사는 섬에 도착한다.

아름다운 마술사인 키르케는 오디세우스 부하들에게 마술을 걸어 모두 돼지로 만든다. 모습만 돼지이고 정신은 인간인 부하들을 오디세우스는 헤르메스 신의 도움으로 마법을 풀어 구한다. 그러나 키르케의 지극한 환대에 도취한 오디세우스는 귀국도 잊고 1년간을 머물다가, 부하들의 충고로 다시 출항을 결심한다. 키르케는 귀국 길에 오른 그에게 오케아노스 저편에 있는 망령의 나라에 가서 예언자 테이레시아스의 영혼을 만나 상담하라고 권한다. 그래서 그는 지하의 세계인 하데스에 가서 여러 망령들을 만나게 된다.

다시 고향 길에 오른 오디세우스 일행은 세이렌 섬과 괴물 스킬라가 있는 낭떠러지를 지나 태양신의 가축이 사는 섬에 도착한다. 테이레시아스와 키르케가 섬의 가축을 건드리면 태양신의 저주를 받는다고 경고했지만, 배고픔에 지친 부하들은 소를 잡아먹는다. 결국 헬리오스의 저주로 부하들은 파도에 휩쓸려 숨지고, 홀로 남은 오디세우스는 오기기아 섬에 표류하여 칼립소와 같이 살게 된다.

오디세우스의 이야기를 들은 파이아케스 사람들은 그가 돌아갈 배를 마련해주고, 그는 새벽에 배를 타고 이다케 섬의 해안에 내리게 된다. 포세이돈은 노하여 파이아케스로 돌아가는 배를 돌로 만들어 버린다.

이다케에 도착한 오디세우스는 아테네에 의해 거지로 모습을 바꾸게 된다. 변장한 그는 충실한 돼지치기 에우마이오스의 오두막에서 자신이 집을 비운 사이에 일어난 일들을 듣는다. 한편 텔레마코스는 스파르타에서 아테네 여신으로부터 구혼자들이 자신을 죽이기 위해 매복하고 있다는 말을 듣고, 도시에서 멀리 떨어진 곳에 상륙한다. 돼지치기의 오두막에서 아버지와 아들은 만나고, 이들은 구혼자들을 물리칠 계획을 세운다. 오디세우스는 몰래 궁전으로 들어가는데 늙은 사냥개인 아르고스만이 알아본다.

한편 페넬로페는 구혼자들의 성화에 못 이겨 오디세우스가 두고 간 강궁(强弓)으로 활쏘기 시합을 해서 이긴 사람과 결혼하기로 한다. 그러나 오디세우스의 활이 너무 크고 장대하여 구혼자들은 활을 구부리지도 못한다.

이때 거지로 변장한 오디세우스가 표적을 명중시키고 또 구혼자 가운데 가장 무례한 사람의 목을 관통시켜 자신의 정체를 밝힌다. 이어서 그는 나머지 구혼자들을 모두 죽인다. 페넬로페는 진짜 오디세우스인지 확인하기 위해 자신의 방에 있는 침대의 특성을 물어보고 나서야 그를 받아들인다.

죽은 구혼자들의 친척들이 복수를 하러 몰려들었지만 여신 아테네에 의해 화해가 성립된다.

■ 헤시오도스(Hesiods)
– 『신통기』(*Theogonia*)와 『노동과 나날』(*Works and Days*)

호메로스의 전쟁 대서사시 『일리아드』와 『오디세이아』의 뒤를 이은 여러 서사시들이 계속 나타났다. 헤시오도스는 B.C. 700년경에 활동한 그리스의 시인으로 흔히 '그리스 교훈시의 아버지'라고 불린다. 오늘날 완전한 형태로 남아 있는 그의 서사시는 신들의 전설을 다룬 『신통기』와 시골 생활을 묘사한 『노동과 나날』 등 두 편이다. 그리고 이 두 편 가운데 『신통기』가 먼저 쓰인 것으로 추정된다.

헤시오도스의 생활에 대해서는 자세히 알려져 있지 않지만, 역사적 실제 인물로 확증된다. 그의 작품 속에 산견되는 자전적 기술을 종합해 보면, 그는 그리스 중부의 보이오티아(Boeotia)에서 태어났고, 아버지는 소아시아의 키메(Cyme)에서 무역을 하고 있다가 실패하여, 그리스 본토로 돌아가 보이오티아 지방으로 이주했다. 거기서 성산聖山 헬리콘 기슭에 가까운 아스클라에서 농업으로 생계를 유지했다.

헤시오도스는 직업적인 음유시인으로 출발했으며, 영웅시를 암송하면서 서사시의 기법과 어휘를 익혔을 것으로 짐작된다. 그가 양떼를 돌보고 있는데 뮤즈(Muse, 시의 여신들)가 나타나 시적 재능을 주었다고 한다. 뮤즈는 그에게 시인의 지팡이와 목소리를 주면서 "영생을 누리는 축복받는 신들에 대해 노래하라"고 명령했다는 것이다. 그가 생전에 시인으로서의 명성을 얻었다는 사실은, 에우보이아(Euboia) 섬의 칼키스(Khalkis)에서 열린 암피다마스(Amphidamas)의 장례식에 초청되어 노래 경연대회에 참가한 것을 보아도 알 수 있다.

아버지가 죽은 후, 헤시오도스는 아버지의 유산을 지켜 견실한 생활을 계속하였으나 동생 페르세스(Perses)는 노동을 싫어하여 자주 헤시오도스를 괴롭혔다. 『노동과 나날』은 페르세스에게 대한 훈계와 선도를 목적으로 하여 만들어진 것이다. 다음은 두 작품의 해설과 내용이다.

『신통기』(*Theogonia*)

이 서사시는 약 1,000행으로 구성되어 있으며, 6보격체(步格體)의 형식을 갖추고 있다. 우주 생성에서 시작하여 제우스가 최고신으로서 실권을 잡은 경위, 이어 많은 신과 요정의 탄생을 계보적으로 서술하고 있다. 복잡하게 엉클어진 그리스 신화군(神話群)을 조직화한 것이다. 더불어 헤시오도스의 깊은 종교심, 폭넓은 사색력, 웅대한 구성 등을 잘 드러내주고 있다.

내용을 살펴보면, 먼저 뮤즈의 지시를 소개한 다음 카오스와 가이아(대지) 및 에로스[愛]의 출현으로 시작되는 신들의 역사를 이야기한다. 우주에 맨 먼저 생긴 것은 생명력 있는 만물의 근원인 카오스이다. 이 카오스로부터 대지와 지하계 그리고 동물의 근원인 에로스가 생겨난다. 다시 가이아는 자기와 같은 크기의 우라노스(하늘)와 산 및 폰토스(바다)를 낳는다. 그리고 나중에 가이아는 우라노스와 결혼한 뒤, 6명의 남성신과 6명의 여성신 등 12신들을 낳는다. 이 신들이 서로 결합하여 해·달·빛을 생기게 하고, 인내·분노·후회 등을 맡아보는 여러 신을 낳는다. 그 신들 가운데 하나인 티탄족 크로노스는 반란을 일으켜 아버지 우라노스를 제거한 뒤, 제우스에게 제압당할 때까지 신들의 세계를 지배한다. 이 범죄와 반란의 이야기가 『신통기』의 중심 주제이며 그 사이사이에 수많은 신들의 출생에 대한 이야기가 추가되어 있다.

또 다른 곳에서 헤시오도스는 신화적인 가족 관계를 제시하고 있다. 바다의 신 네레우스의 딸인 50명의 이름은 바다의 다양한 성질을 나타낸다.

제우스가 남자를 유혹하라고 보낸 최초의 인간 여자 판도라를 묘사한 이야기는, 제우스가 아무도 저항할 수 없는 최고의 힘을 갖고 있다는 헤시오도스의 확신을 또 다른 방식으로 드러내고 있다. 이 힘은 제우스가 이끄는 사이에 벌어진 이른바 티타노마키아(Titanomachia) 전쟁에서 가장 당당하게 드러난다. 이 전쟁에서 승리한 뒤, 제우스는 자신의 왕국을 세운다.

『노동과 나날』(Works and Days)

이 서사시는 좀 더 개인적인 성격을 갖고 있다. 전편 828행으로 구성되어 있으며 6보격체의 형식으로 이루어져 있다. 1~382행의 서부(序部)에서는 형 헤시오도스가 동생 페르세스에게 도덕적 교훈을 전해주는 이야기이고, 383~764행의 중심부(中心部)는 1년 동안의 농사짓는 차례를 노래하고 있다. 즉 농경을 올바르게 하는 방법을 구체적으로 기술한 일종의 농경력(農耕歷)이라고 할 수 있다. 그리고 765~828행의 결부(結部)에서는 나날의 길흉을 제시하고 있다. 이는 지진·폭풍·홍수·한발 등 자연 현상이나 질병·흉작 등 인간 사회에 필요한 예보를 기록한 것이다.

이 작품 서부는 동생 페르세스를 향해 말하고 있는데, 페르세스는 당시 이미 부정한 꾀를 써서 자신의 몫보다 훨씬 많은 재산 상속을 받았고, 또 이와 같은 수법으로 자신의 이해관계만을 도모하고 있었다. 헤시오도스는 이것을 중단하도록 하려고 애쓰면서, 인간의 비참한 인생에는 정직하고 힘든 노동이 필요하다는 것을 보여주는 두 가지 신화를 이야기한다. 하나는 호기심 때문에 상자를 열었다가 인류에게 온갖 해악을 풀어준 판도라의 이야기이며, 또 하나는 황금 시대 이후 인간의 타락을 추적하여 기술한다. 그는 동시대인들의 잔인함과 불의에 맞서서, 정의의 힘에 대한 믿음을 확인한다. 그에게 정의는 여신이며, 실제로 정의는 제우스가 자랑하는 딸이다. 공동체만이 아니라 개인의 행복도 정의의 여신을 어떻게 대하느냐에 달려 있다. 정의를 찬양하고 교만을 꾸짖는 헤시오도스의 교훈은 페르세스와 더불어 음모를 부추기는 공동체 지도자들에게 전하는 말이기도 하다. 헤시오도스는 또한 페르세스에게 직접 말을 걸어, 음모를 포기하고 앞으로 열심히 일하여 앞날을 꾸려가라고 촉구한다.

"불멸의 신들은 성공 앞에 우리 이마에서 흐르는 땀을 놓았다."

헤시오도스가 생각하기에 힘든 노동은 번영과 명예로 가는 유일한 길이다. 따라서 그가 여기서 전개하는 인생관은 호메로스의 영웅 서사시에 나타나 있는 좀 더 화려한 이상과 의식적인 대조를 이룬다.

중심부와 결부에서 헤시오도스는 달력의 각 부분에 적합한 일의 종류를 매우 구체적으로 자세히 묘사하고, 그 일을 어떻게 시작할 것인가를 설명한다. 시골의 1년에 대한 묘사는 인간 생활의 리듬과 자연의 힘에 대한 생생한 느낌으로 활기를 띤다. 겨울에 몰아치는 매서운 눈보라는 사람을 집 안으로 몰아넣고, 찌는 듯이 무더운 여름이 오면 사람은 노동을 잠시 중단할 수밖에 없다. 이 시는 원시적인 금기와 미신을 열거하고, 씨를 뿌리고 타작하고 양털을 깎고 아이를 낳기에 좋은 시기를 설명한다.

5. 서정시

서정시 리릭(Lyric)은 그리스 시대에 노래를 부를 때 사용하던 칠현금 리라(Lyra)에서 나온 말이다. 서정시는 인간의 주관적인 사상과 감정을 노래하는 문학으로 어느 정도 문명의 진보와 개인의식의 깨우침을 필요로 한다. 원래 그리스인은 B.C. 13세기부터 벌써 상당한 문화 수준을 갖추어 공예가 발달했다는 것은 호메로스의 서사시에서도 엿볼 수 있다. 그러나 도리아인의 그리스 정복으로 트로이 시대의 그리스 왕조가 패망하고, 그 정복이 완수될 때까지 내란이 끊이지 않았다. 그래서 일찍이 발달했던 그리스 문화가 그 본토에서 번영할 기회를 얻지 못하고, 에게 해 여러 섬과 소아시아 지방에 분산되었다. 그러다가 B.C. 6, 7세기에 이르러 도리아인의 그리스 정복 완수와 함께 내란이 종식되고 다시 평화로운 시대를 맞게 된다. 그래서 소아시아 지방에 흩어져 있던 그리스인들이 다시 본토로 돌아와 문화 수립에 온 힘을 쏟게 되었다.

또한 경제적으로, 에게 해의 섬들과 소아시아 지방과의 무역이 개시 되어 경제상의 이익을 가져다주었고, 사람들은 고상한 문화를 즐길 여 유를 갖게 되었다. 정치적으로는 귀족과 평민의 동등한 권리를 주창하 는 의식이 일어났다. 그리고 철학적으로는 탈레스(Thales)·피타고라스 (Pythagoras)·헤라클레이토스(Heraclitus) 등과 같은 철학자들이 배출되 어 우주 생성의 신화에 만족하지 않고 각각 자기 사색과 지식으로써 우 주 만물을 설명하려 했다.

한마디로 말하면 이 시대에는 여러 가지 의미에 있어서 개인의식이 각성되었던 때였다. 그리고 개인의식의 발달이 시의 형태로 나타난 것 이 그리스의 서정시라고 할 수 있다. 물론 그리스에 있어서 서사시 출 현 이전에 서정시가 전혀 없었다는 것은 아니다. 가령 결혼식에 사용하 는 노래와 종교의식에 필요한 노래, 비가悲歌 등이 있었다. 그러나 완성 된 형태로서의 서정시는 서사시 발달 이후에 비로소 나타났다고 할 수 있다.

이러한 서정시를 세분해보면 비가(Elegy)·정열시情熱詩(Iambus)·가 창시歌唱詩(Chorus)·서정시抒情詩(Lyric) 등으로 나눌 수 있다. 비가는 기 원전 이오니아 지방에서 일어난 시형으로 강약약조 6보격체의 1행과 5 보격체의 1행을 합운合韻한 대련對聯(distikhon)으로 형성되어 있다. 호메 로스의 시에서 많은 영향을 받았으나, 전설적인 이야기 형식에서 벗어

나 회고적인 애상, 훈계, 격려, 연애 등을 내용으로 하고 있으며 정치적
이고 교훈적이다. 그리스 최고의 비가는 소아시아 지방인인 칼리노스
(Callinos, B.C. 7세기 전반)의 작품을 들 수 있으나 전해지지는 않는다.
이어 스파르타인 틸타이오스(Tyrtaios, B.C. 7세기 중반)의 「조국을 위하
여」, 이오니아인 밈네모스(Mimnermos, B.C. 630~600)의 「피리부는 여
자」, 아모로고스인 시모니테스(Simonides, B.C. 556~468)의 「여자 풍
자」, 아테네인 솔론(Solon, B.C. 638~558)의 「단상斷想」 등이 있다.

정열시는 약강격이란 운율의 명칭으로 그리스 각지의 민간 종교의식
과 깊은 관계를 지니며 설화 형식의 시에서 그 기원을 찾아볼 수 있다.
이오니아인 아킬로코스(Archilochos, B.C. 680~645)의 「단상」 등이 있다.

그리스 여러 지방에서는 의식과 제전 행사 때 노래와 춤으로 흥을 돋
우는 풍습이 있었다. 이를 코러스라 하였고, 말·노래·춤을 곁들이는
종합예술의 형태를 띠었다. 디오니소스(Dionysos) 신에게 제사드릴 때
하는 노래를 디티람보스(Dithyrambos)라고 하였다. 그리고 이 노래의 코
러스를 특히 몰페(Molpe)라고 하였고 시인이 직접 등장하였다. 시인이
먼저 예찬의 노래를 하면 코러스들이 이것을 받아 노래한 데서 가창시
가 발생한 것이다. 이것의 대표적인 형식이 오ー드[頌歌](Ode)[3]이다. 최
초의 가창시인으로는 소아시아 사쿠테스 출생이지만 스파르타인이라
고도 하는 알크만(Alkman, B.C. 7세기 중엽)의 「단상」, 그리스인 핀다
로스(Pindaros, B.C. 520~440)의 「승리가」 등이 있다.

---

3 오ー드(Ode) : 엄숙한 주제, 고상한 문체, 정교한 스탠자[聯]의 구조를 지닌 긴 서정시의 일
  종. 그리스 시인 핀다로스(Pindaros)에 의해 확립되었다. 합창무용단(Chorus)이 왼쪽을 돌면서
  가창하면, 오른쪽으로 돌면서 응답 가창하고, 모두 멈추어서 가창하면서 종결한다. 전체 3조
  (組)로 구성된다.

서정시는 레스보스(Lesbos) 섬에서 그 기원을 찾을 수 있는데, 개인의 흥취나 느낌을 중심으로 자연스럽고 소박한 언어와 운율로 사랑과 환락의 세계를 읊었다. 전설에 의하면 하프의 명인 오르페우스(Orpheus)가 드라키아에서 죽을 때, 그의 거문고가 물결에 따라 레스보스(Lesbos) 섬에 도착하여 서정시가 발생했다고도 한다.

그리스 초기 서정시인 가운데 사포(Sappho, B.C. 612년경~570)는 가장 아름다운 시를 남긴 여류시인이다. 그는 소아시아 레스보스 섬의 귀족 출신으로 사교계 가운데 하나를 이끌면서 활동하였다. 그녀의 직선적이고 간결하며 사실적인 문장과 표현은 시대를 초월하여 추앙받고 있다. 또한 레스보스 귀족 출신으로 알카이오스(Alkaios, B.C. 582?~485?)의 음주가, 정치가, 기지가 등이 발견된다. 그리고 이오니아인 아나크레온(Anakreon)은 신의 찬가, 술과 사랑의 노래, 비명시碑銘詩 등을 가볍고 우아한 형식으로 표현하여 근대 이후 많은 모방작이 출현했다. 다음은 사포와 알카이오스의 시이다.

나 언제나 우아함을
좋아하며 태어나
빛남과 아름다움은
나의 삶을 사랑하는
마음이어라

저녁 하늘의 별은
빛나는 아침이
사방에다 벌여 놓은 것들을
모두 거두어 들인다

양떼를 거두고

염소를 거두고
어린것들을 또한
어머니의 품으로 돌아가게 한다

죽는 것은 흉한 일
신들도 그렇게 알고 계신다
그렇지 않다면
모두 죽게 되었을 것을

달은 기울고
육연성(六連聖)도 떨어지고
밤은 깊어
나는 홀로
시름에 잠겨 있네

— 사포, 「단상」 전문

그렇다면 술이야말로 인생을 들여다보는 안경
술이 나쁘다고 뭐 그렇게
답답해할 것은 없다.
불평을 토한다고 조금도
믿을 것이란 없다.
이거 봐 부키스여
그것에 가장 좋은 약은
술을 불러 놓고 마음껏 취해보는 것이다.
폐와 창자를 온통 술에 담가라.
낯익은 그 별이 되돌아오느니라.
견딜 수 없는 계절이다.
모두가 불볕 아래 바삭바삭 타버리는구나.
그리고 잎새로부터는 즐거운 매미의 소리가
울려오고 그 날개에서
맑고도 고운 노래가 끊임없이 새어나와

언제든지 여름이 불타오르도록
해바라기가 된다.
지금은 여자를 가장 싫어하여
사내들은 마르는 때다.
머리고 무릎이고
세이리오스[天狼星]가 그을리는 것이다.

— 알카이오스, 「단상」 전문

6. 그리스의 비극

고대 그리스 연극의 발달은 종교와 밀접한 관련이 있다. 따라서 비극(tragedy)의 예술 장르는 주신이며 풍요의 신인 디오니소스 제사의식에서 그 기원을 찾아볼 수 있다. 비극의 어원 tragoedia는 이 제사 의식 때 제물로 바쳐지는 산양이나 또는 이 의식 때 벌어지는 합창 경연에 상으로 수여되는 산양에 대한 노래라는 뜻이다. 이 축제 때 합창 단원들은 디오니소스의 송가인 디티람보스를 불렀고, 이 합창대를 지휘했던 지휘자의 즉흥적인 몸짓과 대화에서 그리스 비극이 시작되었다. 이때 지휘자는 곧 작가이며 배우가 된다.

연극 공연은 디오니소스 축제 기간 동안에만 행해졌다. 술과 풍요의 신을 찬미하는 다섯 차례의 연례행사 가운데서 세 번의 행사가 연극 공연과 직접 관련되었다. 곧 11월의 디오니소스 시골 축제, 1월의 술거르기 축제, 3월의 디오니소스 축제 때는 반드시 연극이 공연되었다. 그리하여 6세기 이후에는 깊이나 기교에 있어서 빠른 속도로 연극이 발전하였다.

기원전 6세기 중엽에 데스피스(Thespis)는 합창단 중 한 사람을 끌어

내어 가면과 의상을 바꿔가면서 말없는 동작을 하게 한다든가, 합창단과 문답식의 노래를 하는 배우를 최초로 등장시켰다. 이후 아이스킬로스(Aeschylos)는 배우를 2명으로 추가하여 대화를 늘리고 코러스를 줄였다. 소포클레스(Sophocles)는 배우를 3명으로 늘리면서 대화를 중시하는 한편, 극의 길이를 조정하여 처음으로 배경에 주의를 기울임으로써 비극으로서의 품격을 갖추게 하였다. 이후 에우리피데스(Euripides)는 배경 묘사와 심리 묘사에 더욱 주력하여 현대극의 면모를 보였다. 고대 그리스의 삼대 비극 작가로는 아이스킬로스, 소포클레스, 에우리피데스를 꼽는다.

그리스의 기후는 온화하여 야외 공연에 적당하였다. 처음에는 관객들이 나무의자에 앉아 연극을 관람했으나, 후에 돌계단으로 된 관람석을 만들었다. 야외극장은 무대 주변을 둘러 거의 원형의 형태를 갖추었으며, 막이나 장면의 변화는 없었다. 신의 출현 장면은 무대 위에서 내려오게 한다든가 올라가도록 하기 위해 크레인 같은 기계를 장치하여 사용하였다. 여기서 '신의 계기적 출현'(deus ex machina)라는 용어가 만들어졌다. 그리고 비극의 유혈 장면은 항상 무대 뒤에서 일어나게 하였다.

비극은 일반적으로 시간·장소·행위의 '고전적 삼일치 법칙'을 준수하였고, 24시간 이내에 일어날 수 있는 단순한 줄거리, 단일한 배경, 단일한 극적 사건을 다루었다. 무대 위에서 실제 동작은 제한을 받으며, 관객들은 무대 연기보다는 아름다운 시 낭송을 듣는 것에 더 관심을 가졌다.

비극은 신화나 영웅들의 행동을 다루었는데 운명에 의한 인간의 패배를 주제로 하였다. 사건의 시간은 철저히 지켜진 것은 아니지만, 대략 하루를 이용하고 있으며 현대극에 비해 단순한 내용이었다. 그러므로 후에 아리스토텔레스가 『시학』에서 언급한 것처럼, 시간과 사건의 통일을 보여준다. 또한 비극의 목적은 피할 수 없는 운명 앞에 직면해 있는 인간의 불행에 대한 연민과 두려움을 통해, 관객들에게 감정의 카타르시스(Catharsis)에 도달하게 하는 것이다. 곧, 관객들은 비극이 보여주는 연민과 공포를 통해 억압된 감정으로부터 해방되어 마음의 평정을 얻고 동시에 인생의 운명에 대한 강한 체험을 얻게 된다.

당시 비극 작가들은 삼일치 법칙을 준수해야 했고, 민속이나 신화 또는 당시의 역사적 사건을 작품의 소재로 써야만 했다. 나아가 극적 구성의 형식도 엄격했다. 이러한 비극 5단계 구성의 순서와 내용은 다음과 같다.

첫째, 프롤로그(Prologue) : 주역 배우에 의한 개막사 단계. 이 프롤로그는 전체적 구성 속에서 배경과 상황을 설정해주는 기능을 한다. 등장인물 가운데 한 인물이 나와서 연극의 시작을 알리고 연극의 줄거리와 등장인물을 소개한다.

둘째, 파로도스(Parados) : 합창단의 등장 단계. 처음에는 12명이었으나 후에 3명을 더 추가하여 15명으로 구성되었다. 이들은 노래를 부르기도 하고, 사건을 해설하기도 하고, 예언을 하기도 하고, 비극의 성격에 적절한 춤을 추기도 하였다. 합창의 구성 가운데 가장 보편적인 형태는 스트로우피(strophe : 합창단이 왼쪽으로 돌면서 부르는 합창), 안티스트로우피(antistrophe : 춤을 추는 합창단이 왼쪽에서 오른쪽으로 이동할 때 나머지 합창단원이 부르는 응답시), 에포우드(epode : 안티스트로피에 이르러 계속되는 대단원의 막을 최종 종결짓는 마지막 합창)로 이루어졌다.

셋째, 에피소드(Episodes) : 주인공의 줄거리 연기. 일반적으로 다섯 개의 에피소드로 짜여 있다. 길이가 매우 짧지만 대략 현대 드라마의 막에 해당한다. 등장인물은 세 사람을 초과하지 않는 것이 상식으로 되어 있다.

넷째, 스타시몬(Stasimon) : 합창단의 노래. 각 에피소드 사이사이에 삽입한 합창가이다. 에피소드와 합창가의 상호 관계는 일정치 않다. 가끔 스타시몬 대신에 쿠무스(Commus)라는 수법을 쓰기도 한다.

다섯째, 엑소도스(Exodos) : 합창단의 퇴장. 에피소드와 막간 합창이 끝나면 오페라의 피날레처럼 합창단이 퇴장한다. 관객들이 보는 가운데 스케네(Skene)[4] 양쪽 출입로 파로도스를 따라 퇴장하는 과정이다. 그리스 비극은 연기·노래·춤이 혼합되어 있기 때문에 현대 드라마보다는 오페라와 공통점이 많다.

그리스 비극에서 합창단의 역할은 매우 중요하다. 첫째, 노래와 춤으로써 시의 아름다움과 숭고함을 역동적으로 전달해준다. 둘째, 극의 주제와 분위기를 적절하게 설명해준다. 셋째, 관객의 극도로 고조된 긴장감을 풀어준다. 넷째, 번뇌하는 또는 무모한 행동을 꿈꾸는 극중 인물에게 충언과 조언을 해준다. 다섯째, 진행되는 극의 배경 또는 장치 역할을 훌륭하게 수행해준다.

---

4 스케네(Skene) : 오늘날 영어 Scene을 말한다. 배우가 가면을 바꾸어 쓰거나 옷을 갈아 입을 수 있는 장소와 배우가 올라서서 연기를 할 수 있는 장소를 가리키는 조그만 가림대를 말한다.

■ 아이스킬로스(Aeschylos, B.C. 525~456) – 『오레스테이아』(*Oresteia*)

고대 그리스 삼대 비극 작가 가운데 최초의 인물인 아이스킬로스는, 귀족 출신으로 아테네군軍에 가담하여 마라톤(Marathon) 전투에서 페르시아 침략군과 싸웠다. 이 전투에 참가한 사실은 그의 묘비명에도 실려 있다. 그는 B.C. 499년부터 무려 30년간 비극경연대회에 참가하였는데 B.C. 484년 그의 나이 40세 때 처음으로 1등의 영예를 차지하였다. 그 후 약 90편에 달하는 작품을 썼는데 작품명이 전해지는 것은 79편이고, 현존 작품은 다나오스의 50명의 딸들에 관한 전설을 다룬 『구원을 요청하는 여인들』, 살라미스 해전에서 페르시아가 패전하는 전쟁을 다룬 『페르시아 사람들』(*The Persians*), 오이디푸스의 두 저주받은 아들이 서로 싸워서 죽은 이야기를 다룬 『테베를 공격하는 7인』(*Seven against Thebes*), 인간에게 불을 훔쳐 주었다는 이유로 제우스에게 형벌을 받는 이야기를 다룬 『결박당한 프로메테우스』(*Prometheus Bound*), 아트레우스 일가의 비극을 소재로 한 3부작 『오레스테이아』 등이 있다.

『오레스테이아』(*Oresteia*)

제1부 「아가멤논」(*Agamemnon*)

트로이 전쟁에 참가했던 아르고스 왕 아가멤논이 전쟁에 승리하고 부하들과 함께 고국으로 돌아오는 것으로부터 시작된다. 부인 클리타임네스트라는 진홍색 비단을 깔고 남편을 맞아들인다. 피곤에 지친 아가멤논이 목욕을 하는 도중 클리타임네스트라는 남편과 트로이 공주 카산드라를 처참하게 살해한다. 온몸이 피로 젖은 클리타임네스트라는 12명의 아르고스 장로들에게 자기의 살해 동기를 밝힌다. 그 직접적인 원인은 자기 딸 이피게네이아를 아가멤논이 죽게 한 것에 대한 복수이지만, 그보다는 아가멤논 왕가의 왕권 다툼에 있었다고 말한다. 이에 아에기스투스가 등장하여, 그는 부당하게 왕위를 빼앗긴 아버지와 형제들의 원한을 풀기 위하여 계획적으로 클리타임네스트라에게 접근하고 그녀를 부추겨 아가멤논을 살해하게 했다고 말한다.

일찍이 미케네 왕위를 둘러싸고 형 아트레우스와 동생 티에스테스가 겨루다가 결국 아트레우스가 왕이 되고 티에스테스는 추방당한다. 그러나 아트레우스는 자기의 부인이 티에스테스와 간통한 사실을 알게 된다. 그래서 티에스테스의 세 아들들을 잡아다가 살해한 다음, 티에스테스 부부를 연회에 초청하여 그 고기를 먹게 한다. 그 후 아트레우스는 한 임신한 여자를 맞아들이게 되는데, 이 여자는 티에스테스 딸이며 자기 아버지의 아이를 임신하고 있다. 티에스테스가 형에게 복수하기 위하여 자기 딸을 임신시킨 뒤 아트레우스에게 보낸 것이다. 그래서 태어난 아이가 아가멤논의 부인 클리타임네스트라를 정부로 둔 바로 아에기스투스이다. 따라서 아에기스투스는 형수의 손을 빌어 아버지의 복수를 한 셈이 된다.

제2부 「코에포로이」(*Choephoroi*) : 제주를 바치는 여인들

아가멤논이 살해된 후 아르고스는 아에기스투스와 클리타임네스트라가 잔악한 통치를 하고 있는 중이다. 이 비극은 아르고스 궁전 가까이에 있는 아가멤논의 무덤에서 시작된다. 고국에서 추방되었던 아가멤논의 아들 오레스테스가 친구인 필라테우스와 함께 아버지의 묘에서 자신의 머리카락을 바치며 복수를 맹세한다. 이때 누나 엘렉트라가 시녀들과 함께 제주(祭酒)를 들고 나타나고 오누이는 아버지의 묘 앞에서 기도를 하며 자신들이 처한 운명을 탄식한다. 오레스테스는 아폴론 신의 명령으로 아버지를 살해한 자들에게 똑같은 방법으로 살해하려고 왔다고 천명한다. 엘렉트라는 궁전으로 돌아가고, 오레스테스는 필라테우스와 함께 나그네 복장을 하고 궁전으로 가서 클리타임네스트라를 만난다. 그녀에게 거짓말로, 오레스테스가 죽었는데 그 재를 타국에 뿌릴 것인가 아니면 고국으로 가져올 것인가를 물으러 왔다고 한다. 왕비는 이들을 궁전 안으로 안내하였고, 아에기스투스는 그 자리에서 살해된다. 그의 비명 소리를 듣고 뛰어나온 클리타임네스트라 역시 죽게 된다.

어머니를 살해한 오레스테스는 자신의 행위는 아폴론 신의 지시에 의한 것이며, 또한 정의에 의한 정당한 행동이라고 말한다. 그러나 오레스테스는 고통 속에서 환상에 사로잡힌다.

제3부 「에우메니데스」(*Eumenides*) : 자비로운 여신들

오레스테스가 복수의 여신들에게 쫓겨서 델포이에 있는 아폴론 신전의 재단에

매달려 있고, 복수의 여신들도 조금 떨어진 곳에서 졸고 있는 것으로부터 시작된다. 아폴론 신은 오레스테스를 끝까지 보호해주겠다고 한다. 그리고 그는 헤르메스 신에게 오레스테스를 아테네 신전으로 안내해줄 것을 부탁한다. 이에 아폴론 신과 복수의 여신들 간에 설전을 벌리게 된다.

아테네 신을 재판장으로 하여, 오레스테스를 옹호하는 아폴론 신과 그 반대편인 복수의 여신들이 벌이는 재판이 시작된다. 골육 간의 살인 사건은 모권과 부권 가운데 어느 것이 중심이며 누가 핏줄인가 하는 문제로 발전한다. 아폴론은 부권을 수호하는 발언을 하고, 복수의 여신들은 모권을 수호하는 발언을 한다. 결국 이 비극은 모계 사회와 부계 사회 중 어느 것이 가정의 중심이 되는가 하는 역사적 판결을 담고 있는 것이다. 오레스테스가 무죄 선고를 받게 되면 부권이 승리하는 것이다.

12명의 아테네 시민들로 구성된 재판관에 의해 판결이 내려진다. 그리고 아테네는 "오레스테스는 어머니를 살해했지만 그의 살인은 속죄되었다."라고 말하여 오레스테스의 무죄를 선언한다. 이에 복수의 여신들은 저주를 퍼붓고 자리를 뜬다. 모권은 이제 구시대의 낡은 가치가 되고 아폴론과 아테네가 옹호하는 부권의 시대가 새로운 가치로 등장하게 된 것이다.

■ 소포클레스(Sophocles, B.C. 496?~406)
– 『오이디푸스 왕』(*Oedipus*)과 『안티고네』(*Antigone*)

소포클레스는 그리스 삼대 비극시인 가운데서 비극의 최성기를 대표하고 있으며, 아리스토텔레스의 『시학』은 그를 가장 이상에 가까운 비극시인으로 꼽고 있다. 그만큼 그는 그리스 비극의 완성자로서 그의 작품은 페리클레스 시대의 문화를 상징하는 것이기도 했다. 출생지는 아테네의 교외 콜로노스 힙피오스인데, 그의 90년 생애의 최후를 장식한 유작인 합창 『콜로노스의 오이디푸스』는 고향에 바친 아름다운 찬가이다. 그가 27세 되던 해(B.C. 468년) 에레우시스 전설에서 취재한 비극 『트리프토레무스』(*Triptolemus*)가 비극경연대회에서 아이스킬로스의 작품을 물리치고 1등을 차지한 이후, 24번의 우승을 기록했다.

소포클레스의 비극은 아이스킬로스의 작품보다 더 발전된 것으로 서정적 요소가 많이 줄고 동작은 많아졌으며, 사건은 복잡하여 극적인 내용이 풍부하다. 또한 아이스킬로스의 비극의 운명은 절대적으로 신의神意에 의해 좌우된 반면, 소포클레스의 비극은 인간적 요소가 많이 내포된 인륜 문제를 다루고 있다. 그의 비극의 주요 주제는 위기, 특히 고통이나 그 고통의 절정인 죽음의 위기이다.

그의 작품은 전체 123편으로 밝혀졌는데 현존하는 작품은 7편뿐이다. 각각 영웅의 자살을 다룬 『아이아스』(*Aias*), 크레온 왕의 명령을 거역하고 오빠 폴리니세스의 시체를 매장하는 이야기를 다룬 『안티고네』(*Antigone*), 아가멤논의 딸 엘렉트라와 동생 오레스테스와의 해후를 다룬 『엘렉트라』(*Electra*), 아버지를 죽이고 어머니와 결혼하게 된다는 저주의 운명을 타고난 오이디푸스의 이야기를 다룬 『오이디푸스 왕』(*Oedipus*), 오이디푸스가 지하계의 왕 하데스를 찾아가 인간으로서의 신성한 고민과 시련의 최후를 다하는 이야기를 다룬 『콜로노스의 오이디푸스』(*Colronos Oedipus*) 등이다.

『오이디푸스 왕』(*Oedipus*)

테베의 국왕 라이오스에게 아들이 탄생한다. 그러나 그 아들이 성장하면 아버지를 죽이고, 어머니와 결혼하여 자식을 낳을 것이라는 신탁을 받는다. 고민 끝에 그 아이는 버려지고, 우여곡절 끝에 이웃나라인 코린토스 국왕에 의해 길러진다. 그 아이는 오이디푸스라는 이름을 얻고 늠름하게 성장한다. 그런데 오이디푸스는 우연히 자기 운명에 얽힌 신탁의 비밀을 알게 된다. 그는 운명을 피하기 위해 코린토스를 떠난다. 도중에 우연히 어떤 노인과 언쟁을 하다가 그만 그 노인을 살해하게 된다. 테베에 도착한 오이디푸스는, 그 나라에 스핑크스가 출몰하여 수수께끼를 내놓고 백성들을 괴롭히고 있음을 목격한다. 그는 그 수수께끼를 지혜롭게 풀어내고 테베의 왕이 된다. 그래서 이전의 왕이었던 라이오스의 부인인 이오카스테를 부인으로 맞이하게 된다.

테베에 무서운 전염병이 돈다. 수많은 백성들이 죽어가는 것을 보고 오이디푸스 왕은 비통해한다. 그러던 중 왕의 사촌인 크레온이 아폴론의 신탁을 가지고 돌아온다. 신탁에 의하면, 선왕인 라이오스가 도둑의 손에 살해되었는데, 그 살해자를 찾아내어 처벌하지 않으면 전염병이 그치지 않을 것이라고 전한다. 오이디푸스는 범인을 잡아 처벌할 것을 맹세한다.

오이디푸스는 장님 예언자 테이레시아스에게 범인이 누구냐고 묻는다. 그러나 테이레시아스는 사실을 밝히려 하지 않는다. 그리고 결국 오이디푸스는 자신이 바로 그 범인임을 알게 된다.

오이디푸스는 궁 안으로 뛰어 들어간다. 왕궁에서 사자가 와서 이오카스테가 자살한 것과 오이디푸스가 스스로 자기 눈을 찔러 장님이 된 사실을 알린다. 왕궁 문이 열리며 양쪽 눈에 피를 흘리는 오이디푸스가 다시 등장한다. 오이디푸스는 때마침 등장한 크레온에게 자기를 빨리 국외로 추방해달라고 간청한다. 그리고 불쌍한 자기 두 딸을 돌보아달라고 부탁한다.

『안티고네』(*Antigone*)

테베 궁전 앞에서 안티고네와 이스메네 자매가 두 오빠에 관한 이야기를 주고받는다. 오이디푸스 왕의 두 아들 형제가 서로 다투다가, 승자도 패자도 다같이 비참한 죽음을 당한 전쟁이 끝난 뒤의 이야기이다. 새로 국왕의 자리에 오른 숙부 크레온은 조국을 공격하다 죽은 폴리니세스의 시체는 매장하지 말고 새와 짐승의 밥이 되게 하라고 명한다. 성품이 온순한 이스메네는 언니가 국법을 어기려는 것을 말리지만, 안티고네는 이를 거부하고 오빠의 시체를 매장한다. 그리고 그 행위가 국왕 크레온에게 알려진다.

크레온은 자기의 조카이며 또한 아들 하이몬의 약혼녀인 안티고네에게 처음에는 동정적인 태도를 보인다. 그러나 그의 권위를 비웃는 듯한 그녀의 말에 화가 나서 사형 선고를 내린다. 그녀의 약혼자인 하이몬은 자기 아버지의 노여움을 풀기 위해 최선을 다해 설득하지만 크레온은 국왕의 권위를 지키기 위해 받아들이지 않는다. 하이몬은 절망에 빠진다.

예언자이며 아폴론 신의 사제인 테이레시아스는 크레온에게 안티고네의 죄를 용서하지 않으면 왕비를 잃게 될 것이라고 경고한다. 크레온은 이 말을 무시하려 했으나, 사태의 심각성을 느끼고 즉시 안티고네를 구출하러 떠난다. 크레온 왕은 안티고네를 구하러 가기 전에, 죽은 자를 매장한다. 그리고 나서 안티고네의 형장에 이르렀을 때는 이미 그녀 스스로 목을 매어 죽어 있었다. 그 죽음에 절망한 하이몬도 아버지인 크레온이 보는 앞에서 자살한다. 이 사실을 안 왕비 에우리디케도 비탄 속에서 스스로 목숨을 끊는다.

이때 합창단은 이렇게 노래한다.

"지혜야말로 으뜸가는 행복, 신들을 향한 공격은 굳게 지켜야 한다. 오만한 자의 큰 소리는 언제나 큰 처벌을 받고, 인간은 늙어서야 지혜를 깨닫는다."

■ 에우리피데스(Euripides, B.C. 484?~406) ― 『메데이아』(*Medeia*)

전기적 자료에 의하면, 11세기에 필로코루스(Philochorus)가 쓴 『에우리피데스의 생애』라는 필사본 문헌이 있다. 이 책은 이전 작가들의 글에서 발췌한 자료들을 무비판적으로 모아 놓았다. 그 자료에 의하면, 에우리피데스 아버지는 무네사르코스(Munesarchus) 또는 무네사르키데스(Mnesarchides)이고 어머니는 클레이토(Cleito)이다. 그의 집안은 품위 있고 경제적으로도 넉넉한 것으로 전한다. 그가 처음으로 연극 제전에서 우승한 것은 B.C. 441년, 마케도니아의 왕 아르켈라오스로(Archelaus)부터 영광스런 초청을 받은 B.C. 408년, 그리고 마케도니아에서 세상을 떠난 B.C. 406년뿐이다. 그의 죽음에 관련하여 그는 극작가답게 극적인 상황, 곧 개떼나 여자들에게 갈기갈기 찢겨 죽었다는 설이 있다. 그러나 믿을 만한 근거는 없다. 이것보다는 B.C. 406년 소포클레스가 그의 합창단과 함께 에우리피데스의 죽음을 애도하기 위하여 상복을 입었다는 기록, 그리고 B.C. 405년 아리스토파네스는 아테네에 더 이상 위대한 비극 작가는 없다는 생각에서 『개구리들』을 상연했다는 기록이 있다.

그는 죽은 후 큰 예우를 받은 것으로 드러난다. 즉 역사가 트키디데스나 음악가 티모테우스가 아테네에 세워진 에우리피데스의 묘비명에, "그의 뼈는 마케도니아에 누워 있다, 그가 인생을 바친 마케도니아에. 그러나 그가 비록 아테네에서 태어났지만, 그리고 마케도니아에서 죽었지만, 그의 무덤은 그리스 전체이다. 왜냐하면 그의 시는 그리스의 모든 사람들에게 즐거움을 주었기 때문이다. 이제 그리스 모든 사람들이 그에게 찬사를 보낸다."라는 글을 남기고 있기 때문이다.

에우리피데스의 성격은 매우 까다롭고 웃는 일이 거의 없으며, 대부분 은둔생활을 했고, 여성에 대한 혐오감이 강했다고 한다. 그는 아낙사고라스, 프로타고라스의 교설에 귀를 기울였고 소크라테스와 친교를 맺었다. 또한 그가 이오니아의 자연 철학과 소피스트의 이론에 깊은 영향을 받았다는 점은, 그의 작품을 통해서도 알 수 있다.

그가 아테네 극단에 데뷔한 것은 B.C. 455년이다. 그는 『펠리아스의 딸들』을 포함한 4부작을 상연하여 3등을 했다. 그리고 그 후 반세기 동안 극작가로 활약했다. 전기에 따르면, 그가 쓴 극은 총 92편이며 모두 22회 상연했다. 그는 생전에 우승을 4번밖에 하지 못했으나, 모든 경쟁자들 가운데 3명을 뽑는 계관시인에 20번 넘게 뽑혔다. 그의 작품으로는 『메데이아』, 『트로이의 여인들』(*The Trojon Women*), 『박코스의 여신도들』, 『타우리스의 이피게네이아』 등이 있다.

『메데이아』(*Medeia*)

무대는 코린도스에 있는 메데이아의 집 앞이다. 메데이아는 콜키스의 왕녀이자 태양신의 손녀로 매우 영리하다고 소문이 나 있다. 그녀는 남편인 이아손을 위해서 자기의 친정 가족들을 모두 배신하고 갖가지 위험을 무릅써 왔다. 그리고 코린도스에 정착했는데, 이아손이 코린도스의 왕인 크레온의 딸에게 새 장가를 들자 메데이아는 극도로 분노한다. 메데이아는 이아손과 크레온 그리고 그의 딸에게 복수를 결심한다.

　이때 크레온이 메데이아의 집으로 찾아와서 추방 명령을 내린다. 그러나 메데이아는 아이들 문제를 해결할 수 있도록 하루만 시간을 달라고 한다. 크레온은 인정에 못 이겨 그만 승낙하고 만다. 메데이아가 독약으로 복수하려고 자신의 신변을 보호해줄 사람을 찾고 있는 동안, 이번에는 그녀의 남편인 이아손이 찾아온다. 그는 자기가 새 장가를 든 까닭은, 왕의 딸을 아내로 맞이하여 경제적으로 넉넉해지면 자식들의 앞날을 보장받을 수 있기 때문이라고 변명한다. 메데이아는 그에게 자신의 봉사와 헌신을 이야기하며 분노를 가라앉히지 못한다.

　이아손이 퇴장하고 메데이아가 곰곰이 복수를 생각하고 있는데, 마침 아폴론의 신탁을 받으러 갔다 오는 아이게우스가 등장한다. 아이게우스는 판티온 왕의 아들이자 아테네의 왕이다. 메데이아는 그에게 자신의 처지를 하소연하고, 아이게우스의 소원인 자식을 얻게 해주겠다고 하면서, 자신의 신변을 보호해달라고 청한다. 아이게우스는 메데이아가 스스로의 힘으로 아테네까지 올 것을 조건으로 하여 그녀의 요청을 들어준다.

　메데이아는 복수를 실행에 옮기기 위해 우선 이아손을 불러 거짓으로 용서를 빈다. 그리고 자식들을 추방하는 것만이라도 막아달라며, 새 아내가 될 크레온의 딸에게 비단 옷과 황금으로 된 관을 선물한다. 메데이아는 독약을 바른 선물을 아이들 손에 들려서 크레온 왕의 딸에게 보낸다. 혼자 남은 메데이아는 자식들을 죽이려는 결심을 하고 괴로워하지만, 끝까지 복수를 포기하지 않겠다고 결심한다.

　얼마 후 이아손의 하인이 메데이아 집으로 급히 달려온다. 공주가 죽었다는 사실을 메데이아에게 알려 주자 그녀는 매우 기뻐한다. 공주는 아이들이 가져온 비단 옷과 황금관을 머리에 쓰고 즐거워하는 동안, 독이 몸으로 스며들어 무서운 모습으로 죽어간다. 하녀의 비명소리를 듣고 달려온 크레온 왕도 죽어가는 딸을 껴안고 통곡하다가 역시 독이 퍼져서 죽고 만다.

　메데이아는 더욱더 이아손을 불행에 빠뜨리기 위해 집으로 돌아온 아이들을 칼로 찔러 죽인다. 뒤늦게 아이들이 걱정되어 달려온 이아손은 용이 끄는 수레를 타고 날아가려는 메데이아를 만나, 이미 아이들이 죽은 것을 알게 된다. 메데이아는 이아손을 남겨둔 채 수레를 타고 아이게우스의 땅으로 날아간다.

7. 그리스의 희극

　　　　　　　　　　그리스의 희극 역시 비극과 마찬가지로 디오니소스 주신 축제에 그 기원을 두고 있다. 이 종교적 행사는 야외극과 더불어 왁자지껄한 술잔치로부터 시작된다. 희극이 발전한 것은 이와 같이 한껏 황홀에 도취되어 주신을 숭배하는 데서 비롯된 것이다. 그리고 희극은 비극보다 나중에 발전되었기 때문에 비극의 일반적 구조를 채택하였다. 그러나 형식상에 있어서는 몇 가지 비극과의 차이점을 찾아볼 수 있다. 가령, 합창단의 숫자가 18명에서 24명으로 늘어남으로써 규모가 커졌으며, 배우들의 의상과 연기는 비극에서의 장중한 위엄보다는 오히려 환상적이었고, 비극 배우처럼 굽 높은 반장화를 신지 않음으로써 동작이 유연하고 격렬할 수 있었다. 희극은 두 명의 중심인물이 논쟁하는 것으로 전개되는데, 극의 1부에서는 논쟁점이 제시되고, 2부에서는 그 논쟁이 전개·심화되며 마침내 치고받는 논쟁을 벌이면서 외설적 언어와 행위로 막을 내린다. 그리고 1부와 2부 사이에 합창단이 등장한다. 합창단의 등장을 '파라바시스(parabasis)' 라고 한다. 합창단의 길고 우스꽝스러운 가사는 막간 음악의 구실을 하여 시간과 막이 바뀌는 순간을 잘 마무리해준다.

　자유분방한 그리스의 희극이 종교적인 것과 관련을 맺을 수 있었던 것은 그리스인들의 인생관에서 온다. 그리스인들은 자제력이 온당하게 유지되는 한 모든 면에서 인생을 즐겨야 한다는 사상을 지니고 있었다. 주신 디오니소스는 삶의 황홀과 환희를 상징하는 신이며, 그를 경배하기 위한 축제의 희곡은 인생을 예찬하고 있을 뿐만 아니라, 또한 관객들의 쌓아둔 삶의 고단한 정서를 대리적으로 정화시켜 해소하는 구실을 하였던 것이다. 그런데 그리스의 희극은 단지 공허와 소음의 어릿광대로만 구성된 것은 아니다. 가령 아리스토파네스(Aristophanes)의 모든 희극은 우스꽝스러운 어릿광대짓을 바탕으로 하고 있지만, 그 이면에는 매우 진지한 정치사상과 지적 악폐를 파괴하는 무기로서 웃음을 이용하고 있는 것이다.

그리스의 희극은 일반적으로 그 발전 단계를 3단계로 구분한다. 그 가운데 5세기를 고희극古喜劇 시기라고 하는데, 도리아 지방에서 번영하고 있었던 향토적 희극이다. 이 희극은 대부분 아테네의 퇴폐적·세기말적 사회상을 풍자하고 있으며, 당시의 정치가나 개인에 대한 야유와 해학 가운데 인생관을 서술하고 웃음 가운데 정의를 주장하고 있다. 그 대표적 희극 작가는 고희극 말기에 속해 있는 아리스토파네스이며, 그의 작품은 오늘날까지 보전되어 전해진다.

아리스토파네스는 B.C. 427년에 『잔치 손님들』(*Daitaleis*)이라는 희극으로 극작 생활을 시작했다. 그는 통틀어 40여 편의 희곡을 쓴 것으로 짐작되는데, 작품 대부분은 아테네의 사회적·문학적·철학적 생활을 다룬 것이다. 단편으로만 남아 있는 『바빌로니아 사람들』(*Babylonioi*)은 B.C. 426년에 디오니소스 대축제에 상연되었다. 그밖에 그의 작품이 완전한 상태로 남아 있는 것은 11편뿐이다. 전쟁의 어리석음을 정면으로 공격하고 있는 『아카르나이 사람들』(*Acharneis*), 소피스트들이 보급하고 가르친 '근대' 교육과 도덕을 공격하고 있는 『구름』(*Nephelai*), 늙은 배심원을 통하여 소송 걸기를 좋아하는 아테네인들의 성향을 풍자한 『말벌들』(*Sphekes*), 신을 인류에게서 떼어놓기 위해서 새가 세운 나라를 무대로 한 공상 희극 『새들』(*Omithes*), 아테네 여인 리시스트라타의 선동으로 그리스의 모든 여자들이 힘을 합하여 남자들이 강화조약을 맺을 때까지 잠자리를 거부하겠다고 선언한 『리시스트라타』(*Lysistrate*), 3대 비극시인의 작풍을 멋지게 흉내 내어 문학 비평을 해보이는 『개구리들』(*Batrachoi*) 등이 있다.

4세기 후에 발전한 중기 희극은 대부분 오늘날의 희극처럼 결혼 문제, 도적적·윤리적 선택의 문제와 같은 현실적인 일상사의 문제를 다루었다. 이 유파의 대표적인 작가는 안티파네스(Antiphnes)와 아렉시스(Arecsis)인데 현존하는 작품은 없다.

마지막 단계로 3세기에 이르러 인간의 우행을 심하게 꼬집는 신희극新喜劇이 등장했다. 이 극은 그리스의 이상주의적 경향을 완전히 탈피하여 현실의 생활을 무대 위에 반영시킨 일종의 풍속 희극으로, 위대한 인물이나 정치가 혹은 학자보다는 일반 시정의 잡다한 인물들이 등장했다. 대표적 작가와 작품으로 메난드로스(Menandros, B.C. 341~291)의 『조정재판』, 『삭발당한 처녀』, 『신경질 많고 심술궂은 사람』 등을 들 수 있다.

■ 아리스토파네스(Aristophanes, B.C. 450?~388?)
- 『리시스트라타』(*Lysistrate*)

아리스토파네스의 생애에 대해서는 거의 알려진 것이 없다. 다만 알 수 있는 것은 그가 자신의 희곡에서 언급한 것들이다. 그는 판디오니스 부족에 속하는 아테네 시민이라고 알려지고 있지만, 확실하지 않다. 그는 아테네 국운이 가장 궁박했던 펠로폰네소스 전쟁 시대(B.C. 431~404)에 활약하여, 작품 대부분이 전쟁에서 얻은 주제를 다루고 있다. 이 전쟁은 근본적으로 아테네 제국주의와 보수적인 스파르타의 충돌이었고, 아테네 정계에서 오랫동안 지배적인 쟁점이 되었다. 평화주의자인 아리스토파네스는 성인이 된 뒤 상당 기간 아테네 정부를 지배한 다소 호전적인 정치가들 곧, 페리파네스에서 클레오폰에 이르기까지 그들과 대립 관계에 있었다.

그의 작품 『리시스트라타』는 아테네군의 시칠리아 원정이 참패(B.C. 413)로 끝난 지 얼마 후, 그리고 아테네에서 400인의 반란이 일어나기 직전에 쓰인 작품이다. 400인의 반란은 B.C. 411년 과두정권의 수립을 가져왔고, 이 정권이 스파르타와 강화조약을 맺는 데 앞장을 섰다. 이 작품에는 해학과 외설, 진지함과 익살이 기묘하게 뒤섞여 있다.

『리시스트라타』(*Lysistrate*)

아테네의 젊고 아름다운 여인 리시스트라타(군대를 해산시키는 여자)는 적국인 스파르타의 여인 대표 람피트와 결의를 한다. 전쟁에만 미쳐 가정을 돌보지 않는 남편들에게 전쟁을 중지시키기 위해 섹스 스트라이크를 일으키자는 것이다. 처음에는 뭇 여성들이 난처한 모습을 보였지만, 나중에는 모두 동의하게 된다. 람피트는 고향인 스파르타로 돌아가고, 리시스트라타는 모든 여인들을 이끌고 아크로폴리스 신전으로 들어가 자물쇠를 채운다. 남성들에게 잠자리를 거절하기 위해서다. 그러나 그 결심은 점점 허물어지고 오히려 여성들이 안절부절못하는 상황이 된다.

사흘이 지나자 여성들은 몰래 신전에서 탈출을 시도하기 시작한다. 리시스트라타는 그러한 여성들을 만류하기에 정신이 없다. 그러나 여자들은 자기 남편이 있는 곳으로 보내달라고 애원한다. 리시스트라타는 여자들과 마찬가지로 남자들도 안절부절못하고 있을 것이라며 여인들을 설득시킨다. 그리고 이제 조금만 더 참으면 멋진 해결이 날 것이라고 타이른다. 그런 후 한 사나이가 신전으로 다가오는 것이 보인다. 그 사나이는 리시스트라타와 함께 있는 뮤리네의 남편인 키네시아스이다. 뮤리네는 남편을 곯려줄 대로 곯려준 뒤 신전으로 다시금 돌아온다.

키네시아스가 매우 지친 몸을 이끌고 퇴장하자, 이번에는 아테네의 관리와 스파르타의 사자가 등장한다. 스파르타의 사자는 람피트의 음모로 인해 스파르타의 여성들이 일제히 남편과의 잠자리를 거부하고 있다고 한다. 그 말을 들은 아테네의 관리는 스파르타의 사자에게 전권 대사를 보내주면, 자기 편에서도 보내겠다고 제안한다. 이윽고 스파르타의 사자에 뒤이어 아네테의 사자가 등장한다. 두 편 다 여성들의 섹스 거부로 인해 울상이 되어 있다.

그곳에 리시스트라타가 등장하여 두 나라를 중재하고 강화조약을 성립시킨다. 두 나라는 서로 서약한 보증서를 교환하고, 그리고 각각 자기 아내를 데리고 돌아간다. 모든 여인들이 기쁨 속에서 노래하고 춤을 춘다.

8. 산문 문학과 예술론

■ 아이소포스(Aisopos, B.C. 6세기 말경) – 『이솝 우화』(*Aesop*)

이솝은 영어화된 이름이고 그리스 이름은 아이소포스이다. 그의 탄생에 대해서는 확실한 근거가 없고 정보도 매우 적다. 17세기 프랑스의 몽상가이며 궁정시인이었던 우화시인 라 퐁텐(La Fontaine, 1621~1695)이 엮은 『이솝 우화』는 지금까지 발간된 책 가운데 가장 잘 엮었다는 평가를 받고 있다. 그가 정리한 이솝의 생애에 의하면, 이솝은 로마 건국 200년이 지난 때인 올림피아 연대 517년에, 그리스 갈라티아(Galatia)의 아모리움이란 곳에서 태어난 프리기아 사람이다. 올림피아 연대란, 올림피아에서 5일간 치룬 운동 경기를 기원으로 한다. 올림피아 연대는 B.C. 776년을 처음의 기원년으로 보고 있다. 따라서 이솝이 태어났다는 올림피아 연대 517년이 서력西曆으로는 정확히 몇 년인지는 확실치 않으나, 대략 B.C. 6세기 말엽으로 추정된다.

프리기아는 지금의 터키 중부에 위치한 나라로서 히타이트를 몰아내고 통일 왕국을 이룩하였으며, B.C. 8세기에 크게 번영하였다. 인도-유럽어족에 속하는 언어인 프리기아어를 사용하였으며, 그리스와 비슷한 문자를 썼던 것으로 추정된다. 그리스는 B.C. 8세기 이후 해외로 진출하여 많은 식민 도시를 세웠는데, 프리기아 해안에 여러 개의 식민 도시를 가지고 있었다. 그리스에 접한 프리기아 해안은 거의가 그리스의 영향권에 있었으며, 프리기아 사람들은 자유롭게 그리스를 왕래했다. 또한 그들은 그리스의 원조를 받아 정치적으로 지배를 받는 페르시아에 끊임없이 항거했다.

B.C. 479년에 페르시아의 다리우스 1세와 그리스 연합군은 페르시아 전쟁을 일으켰다. 그러나 페르시아는 마라톤 전투와 살라미스 해전 등에서 패하고, 그리스에 의해 정복당했다. 이를 이어 프리기아뿐만 아니라 그리스 역시 마케도니아에 정복당하고 만다. 마케도니아 필립포스 2세의 아들이 알렉산더 대왕으로, 아리스토텔레스에게 사사 받은 인물이다.

아이소포스는 생김새가 보기 흉할 정도로 기형적이라고 전해진다. 그래서 여러 기록에서 그의 생김새를 꼽추, 난쟁이, 납작코, 배불뚝이, 안짱다리, 말더듬이 등으로 표현한다. 야채 장수를 하던 프리기아인의 부모 밑에서 태어나서 자란 아이소포스의 기형적인 원인은 심한 영향 결핍으로 인한 구루병일 가능성도 있다. 그가 어떻게 해서 노예가 되었는지는 알 수 없다.

「당나귀와 개구리」

어느 날 당나귀가 나무를 지고 늪을 지나가고 있었다.

그런데 잘못하여 늪에 빠지고 말았다. 당나귀는 늪에서 빠져나오려고 애썼지만 점점 늪 속으로 빠져 들어갔다. 그래서 허우적거리며 울어댔다.

늪 속에 있던 개구리가 이 소리를 듣고 말했다.

"저렇게 잠깐 빠졌다고 울어대다니, 우리처럼 이 속에서 오래 살게 되면 어떤 소리를 낼까?"

「욕심 많은 개」

옛날에 욕심이 아주 많은 개가 살고 있었다.

어느 날 이 개가 길을 가다가 땅에 떨어진 고기 한 덩어리를 발견했다. 개는 신이 나서 그 고기를 물고 집으로 달리기 시작했다. 달려가다가 개울 위에 놓인 다리 한가운데에 이르렀을 때, 무심코 다리 아래로 흘러가는 개울물을 내려다보았다. 거기에는 자기와 똑같이 생긴 개 한 마리가 입에 커다란 고깃덩어리를 물고 있었다.

'아, 저기도 고기를 물고 가는 개가 있구나. 저것마저 빼앗으면 오늘 저녁거리는 충분하겠다. 한 번 소리를 질러서 겁을 준 다음 고기를 뺏어야지.'

욕심 많은 개는 이런 생각을 하면서 입을 벌려 멍멍 짖었다. 그 순간 입에 물었던 고기가 텀벙 하고 물속에 빠져버렸다. 곧 다시 물은 맑아지고 거기 있는 개의 모습도 다시 나타났다. 그러나 그 개도 역시 고기를 물고 있지는 않았다.

「당나귀와 개구리」에서는, 인간이란 저마다 생활환경과 처한 상황이 다르게 마련이며, 따라서 남의 처지를 자기 처지에 비유한다는 것은 잘못된 생각이라는 것을 보여주고 있다. 또한 「욕심 많은 개」에서는 지나친 탐욕은 오히려 더 큰 손해를 가져다준다는 것을 일깨워주고 있다. 이처럼 『이솝 우화』는 사람과 동물이 함께 생각하고 말할 수 있는 이야기, 편견과 오해를 버릴 수 있게 해주는 이야기이다. 기쁨과 웃음 그리고 진정한 깨달음을 가르쳐주는 이 이야기들의 내용은 슬기로움, 성실함, 처지와 분수, 주체성, 거짓말, 이기심, 게으름, 비겁, 허세, 자랑 등의 많은 인간사를 다루고 있다.

■ 아리스토텔레스(Aristoteles, B.C. 384~322) - 『시학』(*Poetics*)[5]

아리스토텔레스는 고대 그리스의 철학자이자 과학자였으며, 플라톤과 함께 그리스 최고 사상가로 꼽히는 인물로 서양 지성사의 방향과 내용에 매우 큰 영향을 끼쳤다. 그가 세운 철학과 체계는 여러 세기 동안

---

5 김혜니, 「아리스토텔레스의 시학」, 『비평문학의 이해』, 푸른사상, 2003, pp.270~283 참조.

중세 그리스도교 사상과 스콜라주의 사상을 뒷받침했다. 17세기 말까지 서양 문화는 아리스토텔레스주의였으며 수백 년에 걸친 과학혁명 뒤에도 아리스토텔레스주의는 서양 사상에 여전히 뿌리 깊게 남아 있다.

아리스토텔레스가 『시학』을 쓴 목적은 당시 비극경연과 관련해서 작시술에 대한 실용적인 교시를 주는 데 있다. 즉 연극 구성에 있어서 추구해야 할 점과 피해야 할 점, 연극의 효과는 무엇이며 목적은 어떤 수단에 의해서 달성되는가, 극작가가 무대 위에서 실패하는 이유와 비평가들이 시인에 대하여 제기하는 비난은 어떤 것인가 등의 문제에 관하여 기술적으로 교시를 주고 있는 것이다. 이러한 기술적 문제는 후세에 와서, 시는 천재 혹은 영감에 의하여 쓰이는가, 아니면 숙련 혹은 작업에 의하여 쓰이는가 하는 문제의 발단이 된다. 가령 아리스토텔레스의 『시학』에 의해 절대적인 영향을 받았던 로마의 시인 호라티우스(Horatius)의 「시의 기술」은 작시의 기술적 측면을 매우 강조하고 있음을 본다. 이는 아리스토텔레스가 시의 기술적 측면을 강조함으로써 플라톤의 영감론을 반박한 점에 근거하고 있는 것이다.

아리스토텔레스는 『시학』에서 스승 플라톤이 제기했던 '시인추방론'의 의견에 맞서 문학을 옹호하는 입장을 취했다. 『시학』은 전 26장으로 짜여 있는데, 핼리웰(S. Halliwell)의 분석[6]에 의하면 1~3장까지는 미메시스(mimesis)론으로서 시적 미메시스의 수단·대상·양식 등에 대한 견해를 제시한다. 4~5장까지는 시의 근원과 역사를 다룬 것으로서 예술의 기원과 모방적 본능, 시의 역사와 지향적 목적에 대한 견해를 제시한다. 6~22장까지는 비극론으로서 비극의 정의·플롯·일관성과 통

---

6 Stephen Halliwell, *Aristotle's Poetics*, Chicago UP, 1998, pp.29~30 참조.

일성·시적 보편성과 성격·언어와 문체 등에 대한 견해를 제시한다. 23~26장까지는 서사시론으로서 서사시의 플롯과 통일성, 서사시와 비극의 차이 및 비교 등 문학의 내재적 본질을 조사·연구하고 있는 내용을 담고 있다.

아리스토텔레스의 주된 관심은 비극에 있다. 그에 따르면, 비극이란 진지한 인물이 일정한 장소에서 완결된 행위를 모방(mimesis praxeos)하는 것이다. 그리고 언어는 여러 가지 다양한 예술적 장식으로 꾸며지며, 몇 가지 종류의 장식이 극의 각 부분에 삽입되고, 행위의 형식에 있어서는 설화체가 아니다. 따라서 비극의 목적은 연민(eleios)과 두려움(phobos)을 통해 이러한 정서들을 정화淨化(catharsis)시키는 것이다. 이 정서의 정화라는 발언은 플라톤이 공격한 '시인들의 무절제한 정서는 극히 위험하다'는 견해에 대한 답변으로서, '참다운 비극은 우리의 정서에 형식을 주어 우리의 정서를 통제하는 것'이라고 해석할 수 있다.

아리스토텔레스가 문학에 끼친 가장 큰 공헌 가운데 하나는 형식이라는 개념을 설정한 것이다. 플라톤은 시를 주제와 동일시했으나, 그는 한 편의 비극에는 시작·중간·끝이 있고, 각 부분은 모든 다른 부분과 서로 연관되어 있다고 보았다. 또한 비극에 등장하는 주인공은 소포클레스의 『오이디푸스 왕』처럼 테베의 라이오스 왕의 아들이나, 아이스킬로스의 『아가멤논』처럼 사전史前 전설 시대의 미케네의 왕으로서 전 그리스의 위세를 떨친 아가멤논 일가를 다룬다든지 해서 반드시 명문가의 인물이어야 했다.

또한 그러한 중심인물들은 비록 자기의 과오나 약점에서가 아니라 할지라도 어떤 판단의 결함(hamartia)을 가지고 있어야 한다. 그 판단의 결함으로 인하여 중심인물들은 운명이 뒤바뀌고(peripeteia) 깨달음(anagnorisis)

을 획득한다. 극의 이 부분이 바로 전환점(turning point) 혹은 정점이다. 따라서 이러한 구조는 아리스토텔레스가 이상적 비극으로 본 '복합적' 비극의 구조이기도 하다. 이러한 판단의 결함·뒤바뀜·깨달음은 비극적 행동의 가장 중요한 요건이며, 플롯을 전개하는 데 결정적인 요인으로 작용하는 것이다.

관객의 연민과 두려움은 중심인물의 판단적 결함에 의하여 전혀 예상 밖의, 그러나 이해할 수 있는 운명의 변화로 뒤바뀜과 동시에 깨달음이 생기면서 극대화된다. 뒤바뀜은 중심인물의 행동 방향을 완전히 예상 못한 방향으로 바꾸어놓는 것이지만, 원인·과정·결과의 일관성은 그대로 긴밀하게 유지된다. 예상이란 일반적으로 극중의 모든 인물과 극에 대한 관중의 예상도 포함된다. 이러한 깨달음을, 아리스토텔레스는 '무지에서 지식으로의 극적 변화'라고 설명한다. '극적'이란 말은 그러한 깨달음이 안타깝게도 너무 늦게 생겼다는 것이고, 그로 말미암아 중심인물에게 고통이 반드시 뒤따른다는 것이다.

다시 말하여 아리스토텔레스가 말하고 있는 이상적 비극 요건들은 첫째, 주인공은 매우 훌륭한 사람이다. 둘째, 주인공은 그만큼 대단한 지위와 행복을 누리다가 모두를 잃는다. 셋째, 그러나 주인공은 그러한 처참한 불행을 당할 만큼 죄가 있지 않다. 그래서 관객들은 연민을 보내고 또한 그가 보통 사람과 비슷하므로 두려움을 일으킨다. 넷째, 그렇다고 해도 주인공은 우연한 사건으로 말미암아 불행한 일을 당하는 희생자가 아니므로, 그의 불행은 수긍할 수 있는 인과율적 요인에서 온 것이다. 따라서 주인공의 무죄는 보장되는 것이다. 다섯째, 여기서 관객들은 주인공의 불행은 급작스러운 우연에 의해 초래되는 것은 아니므로 그 이유를 이해할 수 있다는 것이다.

그런데 14장에서 아리스토텔레스는 새로운 비극의 개념을 제시하기도 한다. 즉, 주인공이 결정적인 판단적 오류를 저지를 뻔하다가 깨달음이 생겨 비극을 모면하는 극이 최고라고 말하고 있다. 주인공의 깨달음이 판단적 결함을 저지르기 직전에 일어남으로써 행복한 결말을 향한 뒤바뀜이 일어난다는 것이다. 그 대표적인 작품으로는 에우리피데스의 『타우리스의 이피게네이아』를 들고 있다. 그리고 이 작품이 『오이디푸스 왕』 유형의 비극보다 더 효과적이라고 평가했다.

『시학』은 플라톤이 제시한 문학의 여러 문제에 대한 답변서라고 할 수 있을 만큼 플라톤의 이데아론, 윤리학설, 정치학설을 비판하고 있다. 그러나 아리스토텔레스의 체계적인 사유 저변에는 스승 플라톤이 제시한 예술관의 영향이 엿보이기도 한다.

Ⅲ. 로마 문학

1. 로마의 문화와 사상

　　　　　　로마는 이탈리아 반도 중서부 티베리
스 강 연안에 라틴인이 세운 조그마한 도시국가로부터 시작하여, 이후
유럽과 중동 및 아프리카에 걸친 일대 지중해 세계를 통일하여 대제국
을 건설한 나라이다. 로마인은 인도－유럽어족의 일파인 이탈리아(Italia)
인 중 라틴(Latin)족에 속한다. 로마의 베르길리우스(Vergilius)의 건국 설
화인 『아이네이스』(*Aeneis*)에 따르면, 트로이 전쟁의 용사 아이네아스
(Aeneas)의 16대 후손 로물루스(Romulus)와 레무스(Remus) 형제가 B.C.
753년에 건국하여 최초의 왕이 되었고, 이후 로물루스를 포함한 7명의
왕이 통치하였다고 전한다. 그러나 실제의 건국은 B.C. 7세기로 추정된
다. 건국 당시는 에트루리아(Etruria)인의 세력이 훨씬 남쪽까지 뻗쳐,
로마는 한때 그 지배하에 있었다. 전설에 의하면 여섯 왕 중 적어도 세
사람은 에트루리아인이다.

이후 로마는 B.C. 4세기 초까지 에트루리아를 정복하였다. 이어서 B.C. 3세기 초까지는 중부 이탈리아의 제 민족을 모두 정복하고, 남이탈리아 일대의 그리스 식민지를 공격하여 B.C. 272년 최강의 도시 타렌툼(Tarentum)을 함락시키자 다른 식민지도 다 로마에 항복하였다. 북쪽의 갈리아(Gallia)를 제외한 전 반도를 통일하게 된 것이다. 이후 마침내 서지중해의 무역을 독점하던 카르타고(Carthago)와 세 번에 걸친 포에니(Poeni) 전쟁을 통하여 카르타고를 멸하였다. 또한 B.C. 31년 이집트 정복으로 동·서 지중해의 패권을 잡게 되었다.

그런데 5세기에 들어오면서 게르만족의 로마 침입은 더욱 가속되고 410년에는 알라릭(Alaric)의 서고트족이, 455년에는 반달족(Vandals)이 로마를 약탈하였다. 이에 로마는 더 이상 버틸 수 없었고 결국 476년 서로마 제국의 마지막 황제인 로물루스 아우구스툴루스(Romulus Augustulus, 461경~?)는 게르만 용병 대장 오도아케르(Odoacer)에 의하여 폐위되고 로마는 장구한 역사를 종식하게 되었다.

로마인들은 그리스 문화를 받아들이면서 자신의 독특한 라틴적 요소를 가미하여 세계화시켰다. 로마의 문화는 공화정 마지막 2세기 동안 헬레니즘 문화로부터 지대한 영향을 받아 급속히 발전하였다. 특히 과학·예술보다는 철학이 로마 상류층을 대상으로 널리 파급되었다. 로마의 귀족과 부유한 평민들은 헬레니즘의 영향을 받아 에피쿠로스학파[7]

---

7 에피쿠로스학파 : 감각적인 쾌락을 물리치고 간소한 생활 속에서 영혼의 평화를 찾는 쾌락주의를 주장하는 학파. 원래의 쾌락주의는 쾌락을 가장 가치 있는 인생의 목적이라 생각하고 모든 행동과 의무의 기준으로 보는 윤리학의 입장을 말한다. 그러나 '쾌락'이라는 용어가 단순한 감각적 쾌락으로 오해되어 비난을 받아오다가, 근세에 와서야 로크를 통해 영국 경험론으로 이어지게 된다.

와 스토아학파의 철학을 많이 수용했다. 『사물의 본질에 대하여』(*De rerum natura*)를 저술한 루크레티우스(Titus Carus Lucretius, B.C. 99~55)는 후기 공화정 시대에 가장 대표적인 에피쿠로스학파의 철학가였다. 그는 초자연적인 요소에 대한 인간의 두려움이 영혼의 평화를 가로막는 가장 큰 장애물이라 생각하고, 이러한 두려움으로부터 인간을 해방시키기 위한 방법으로 우주를 설명하였다. 그래서 우주는 원자가 결합한 결과라고 주장하고, 신은 존재하지만 창조하거나 지배하지는 않는다고 말했다. 그리고 인간의 정신은 물질로 구성되어 있기 때문에, 죽음은 단지 완전한 소멸을 의미할 뿐이며 결과적으로 인간은 사후 세계에서 부활하여 처벌되거나 보상받을 수는 없다는 것이다.

스토아학파는 B.C. 140년경 로마에 소개되었다. 스토아학파를 따르는 로마의 가장 대표적인 인물은 웅변가이며 정치가인 키케로(Marcus Tullius Cicero, B.C. 106~43)이다. 그는 플라톤과 아리스토텔레스로부터 부분적인 영향을 받았으나 그의 사상 대부분은 제논(Zenon)[8]과 그의 학파의 교리를 반영하고 있다. 그런데 그의 정치 철학은 헬레니즘 세계의 스토아학파보다 포괄적으로 인본주의를 강조하고 있으며, 국가의 근원이 상호 보호를 위한 인간 사이의 계약에 있다고 주장하고, 국가가 개인보다 우월하다는 점을 부정하였다. 그의 대표적인 저서로는 『웅변론』, 『공화국론』, 『의무론』 등이 있다.

---

8 키프로스의 제논(Kypros of Zenon, B.C. 335~263) : 그리스 철학자로서 스토아학파의 창시자. 아테네의 스토아포이킬레[柱廊]에서 가르쳤다는 뜻에서 스토아학파로 불렸다. 그의 사상은 인식론·자연학·윤리학 세 부분에 걸친 것인데, 헤라클레이투스(Heraclitus, B.C. 549~475)와 아리스토텔레스(Aristoteles, B.C. 384~322)의 영향을 많이 받았다. 그는 단 하나의 진정한 선은 덕이며, 단 하나의 진정한 악은 도덕적 박약(薄弱)이라고 주장했다. 따라서 진정한 선을 행하자면, 재물이나 고통 그리고 죽음까지도 문제가 되지 않아야 한다고 했다.

소위 로마의 평화 시대, 곧 B.C. 27∼A.D. 200년은 로마사에 있어서 가장 뛰어난 지적 · 예술적 발전이 나타난 시기이다. 이 시기에 개인주의적인 에피쿠로스 철학은 시인들의 작품에서 겨우 생명을 유지하고 있을 뿐, 대부분의 로마인들은 스토아 철학에 심취해 있었다. 세계주의적이고 자연적인 질서에 대한 순응과 의무를 강조한 스토아 철학은, 세계 제국을 향한 로마인들의 보수주의적이고 자신감 있는 정치적인 성향과 일치하여 크게 번성했다. 이 시기의 대표적인 스토아 철학가는 네로를 자문한 백만장자 세네카(Seneca, B.C. 4∼A.D. 65), 노예였던 에피크테투스(Epictetus, 60?∼120), 황제 마르쿠스 아우렐리우스(Marcus Aurelius, 121∼180) 등이다.

로마인들의 문학은 당대의 철학과 밀접한 관련을 맺고 있다. 이것은 특히 아우구스투스 시대의 뛰어난 작가들 대부분의 모든 작품에서 잘 나타난다. 가령, 에피쿠로스와 스토아학파의 영향을 받은 호라티우스(Horatius, B.C. 65∼8)의 대표적 작품인 『오데스』(Odes)는 로마인의 단순한 전원생활을 최고의 즐거움으로 묘사하고 있는 것이다. 베르길리우스의 작품도 당대의 철학적 기질을 잘 반영하고 있다. 그런데 그의 전원시가 비록 조용한 즐거움이라는 에피쿠로스적인 사상을 반영하고 있지만, 그의 시 대부분은 스토아적이다. 베르길리우스의 『아이네이스』는 호라티우스의 『오데스』와 마찬가지로 로마 건국의 어려움과 승리, 뛰어난 전통 그리고 장엄한 운명을 설명하는 서사시로서 로마 제국을 의도적으로 찬미하고 있다.

아우구스투스 시대 이후의 문학은 상호 대립적인 사회의 지적 경향을 반영하고 있다. 페트로니우스(Gaius Petronius, ?∼66)와 아풀레이우스(Lucius Apuleius, 123∼?)의 소설, 마르티알리스(Marcus Valerius Martialis, 40?∼

104?)의 풍자시는 삶의 쾌락적인 양상을 묘사하는 개인주의적인 작품의 표본이라 할 수 있다. 반면, 유베날리스(Juvenalis, 60?~140)의 풍자시는 로마의 도덕적 타락을 비판하고 있으며, 역사가 타키투스(Tacitus, 55?~117?)는 도덕적 관점에서 당대의 사건을 기술하고 있다. 타키투스의 『게르마니아』(Germania)는 고대 게르만인들의 관습을 통해 퇴폐적이고 나약한 로마인들을 비판하기 위한 것이다.

로마의 예술은 국가 생활의 표현으로서 확고한 특징을 가지고 있었다. 공화정 말기 로마의 예술은 헬레니즘 세계에 크게 의존했다. 로마인들은 정복자로서 그리스와 소아시아 지역으로부터 수많은 조각, 구조물, 대리석 등을 약탈하여 이탈리아로 가지고 와 소유하였다. 특히 로마의 건축은 권력과 영광을 기념하기 위해 세워졌고, 실용적이었다. 가장 거대하며 유명한 것은 아우구스투스의 조상을 위한 판테온 신전과 콜로세움이다. 콜로세움은 6,500명의 관중이 운집할 수 있는 거대한 경기장이다.

로마법은 로마인들이 후대에 넘겨준 가장 중요한 문화유산이다. 그 가운데서도 가장 흥미롭고 중요한 것은 자연법(jus naturale)이다. 이 법은 스토아 철학에 근원을 둔 것으로, 정의와 선을 구체화하는 자연의 합리적 질서와 개념을 발달시켰다. 스토아 철학에 의하면, 모든 사람은 본질적으로 동등하며 국가가 침해할 수 없는 근본적 권리를 소유하고 있다. 로마 자연법의 아버지인 키케로는 진실한 법은 모든 사람들에게 지속적으로 그리고 영구적으로 적용될 수 있는 자연과 일치하는 올바른 이성이라고 간주하고, 이 법은 국가보다 앞서며 이 법을 무시하는 통치자는 자동적으로 독재자로 전락한다고 주장했다. 법적 원리로서 자연법과 같은 추상적인 개념의 발전은 로마법이 남긴 가장 고상한 업적 가운데 하나라고 할 수 있다.

로마 제국의 과학 분야에 대한 업적은 미약했다. 비록 로마는 헬레니즘 세계의 과학적 발전으로부터 많은 영향을 받을 수 있었지만, 로마인들은 정치와 군사 문제에 너무 심취해 있었고, 또한 실용적이어서 자신이 살고 있는 세계에 대하여 열정적인 지적 호기심을 가지고 있지 않았다. 대표적인 로마 출신의 과학자는 『자연사』(*Natural History*)라는 과학 백과사전을 완성한 플리니(Pliny the Elder, 23~79)를 들 수 있다.

로마인들은 전통적으로 그리스 올림푸스의 신들을 라틴화하여 자연스럽게 받아들인 다신교 민족이었다. 그런데 로마인들의 전통 종교에 대한 신앙심은 공화정 말기 헬레니즘 세계 정복으로 크게 변질되었다. 로마의 상류층은 전통 종교 대신 스토아학파와 에피쿠로스학파의 철학에 심취했으며, 평민들 대부분도 고대의 로마 신들로부터 더 이상 만족을 얻을 수 없었다. 그러한 상황에서 동방으로부터 새로운 종교가 계속해서 이탈리아로 유입되었다. 그 결과 감정적인 신앙을 갈망하는 사람들을 만족시킬 수 있고, 사후 불멸을 제시하는 이집트의 이시스(Isis)와 오시리스(Osiris) 그리고 프리지아(Phrygia)의 지모地母 신앙 등 동양의 신비스러운 종교들이 빠른 속도로 퍼지게 되었다. 기원전 마지막 세기에는 페르시아 광명의 신인 미트라(Mithra)가 유입되어 이탈리아에서 강력한 토대를 구축하기도 하였다.

한편 로마의 아우구스투스와 그의 후계자들이 군사력에 입각한 세계적 제국의 기틀을 마련하여 번영을 누리고 있을 무렵, 로마 지배하에 있던 유대 지방에서는 그리스도와 그의 제자들이 보편적인 인류애에 바탕을 둔 세계적 교회의 터전을 닦고 있었다. 이 기독교 교회는 장차 로마 제국을 대신하여 새로운 세계를 여는 주역의 역할을 하게 되었다.

결국 그리스도는 29년경 십자가 위에서 처형당했다. 그리스도가 죽은 후 그의 추종자들의 열렬한 포교에 의하여 기독교는 차차 하나의 종교로 성장하여 로마 제국 내에 널리 퍼지기 시작하였다. 그중에서도 베드로와 바울의 전도와 순교는 기독교를 세계적 종교로 발전시키는 데 크게 공헌하였다. 결국 로마의 지배자들은 기독교들을 적으로 삼는 것은 통치에 지장이 있다고 생각하기에 이르렀고, 마침내 313년 콘스탄티누스(Constantinus, 274~337) 황제는 '밀라노 칙령'으로 기독교를 합법적인 신앙으로 인정하게 되었다. 그 후 392년 테오도시우스(Theodosius, 346~395) 황제는 기독교를 국교로 선포하여 오히려 다른 종교들이 박해를 받기에 이른다.

로마의 역사는 건국 이래 약 200년 동안 전쟁으로 연속되었다. 따라서 로마인들은 정치나 군사에 몰두하여 한가하게 명상에 잠기거나 또는 정신적인 예술 세계에 몰입할 수 없었다. 그리스인들이 항상 현실을 기반으로 하면서 그 현실을 넘어 이상의 세계를 희구한 것에 반하여, 로마인들은 항상 현실만 생각한 것이다. 그래서 로마는 그리스를 정복했으나 사상 및 예술은 그리스의 것을 그대로 모방하고 답습하게 되었던 것이다.

2. 번역과 번안 문학

그리스 문학이 로마에 유입된 것은 B.C. 3세기경이다. 물론 로마에 문학이 전혀 존재하지 않은 것은 아니다. 군신軍神 살리(Salii)의 제사에 사용한 전승무용戰勝舞踊의 노래, 지신地神 데비아(Deabia)의 제사에 드리는 노래, 또는 희극에 가까운 아텔라우(Atellau) 등이 있었다. 그러나 이러한 문학들은 원시 형태를 벗어나지 못한 유치하고 단조로운 것이었다. 때문에 통일을 완수한 로마제왕은 카르타고의 식민지인 그리스 문화와 예술을 받아들이기 시작했다.

안드로니쿠스 리비우스(Andronicus Livius, B.C. 272~207)는 그리스 문학을 처음으로 로마에 이식한 사람이며, 최초의 라틴어 작가이다. 원래 그는 그리스인으로 로마에 포로로 잡혀와 그의 이름도 그의 주인인 리비우스에서 유래했다고 한다. 그는 자기 주인 자녀의 가정교사로서 라틴어와 그리스어를 가르쳤고 후에 자유인이 되었다. 그의 작품은 후에 로마 비극과 희극의 모형이 되었다. 그는 호메로스의 『오디세이아』를 라틴어로 번역하였고, 후에 로마에서 상연하기도 했다. 또한 그리스극을 라틴어로 번안하기도 했다.

3. 희극과 비극

그리스에서는 비극과 희극이 함께 발달하였을 뿐만 아니라 비극이 희극보다 더욱 번성하였으나, 로마에서는 비극보다 주로 희극이 국민들의 환영을 받았다. 그런데도 로마의 희극은 오래 지속되지 못했고, 내용이 비속하여 사람들에게 악영향을 미친다고 하여 상연이 금지되었다. 이는 각각 국민성의 차이에서 오는 것으로, 로마인의 기질은 현실적이고 자극이 강해서 원형 경기장에서의 경기에 더 열광했기 때문이다.

로마의 최초의 희극 작가 플라우투스 맥시우스(Plautus Maccius, B.C. 254~184)는 중부 이탈리아의 작은 거리 사르시나의 가난한 집에서 태어났다. 그는 총 130여 편의 작품을 썼는데, 그 가운데 『유령의 집』

(*Mostellaria*), 『작은 금항아리』(*Aulularia*), 『포로』(*Captivi*), 『암피트리온』
(*Amphitryon*) 등 20편이 전한다. 뒤이은 희극 작가 테렌티우스 아페르
(Terentius Afer, Publius B.C. 195?~159)는 북아프리카에서 태어나 로마의
노예로 팔려갔는데 외모가 출중하고 현명하여 주인인 테렌티우스에게
총애를 받았다고 한다. 그래서 훌륭한 교육을 받을 수 있었고, 노예에서
해방되어 주인의 성까지 받았다고 전한다. 그의 희극 작품으로는 『안드
리아의 여인』(*Andria*), 『형제』(*Adelphoe*), 『거세 노예』(*Eunuchus*), 『포르미
오』(*Phormio*) 등 6편이 전한다. 같은 시기의 비극 작가로는 파쿠비우스
(Pacuvius, B.C. 220~130년경)와 아키우스(Lucius Accius, 170~86년경) 등
이 있다.

또한 철학자이자 시인이었던 세네카(Lucius Annaeus Seneca)는 비극 작
가로서도 유명하다. 그는 스페인 코르도바의 유복한 기사 계급의 명문
가에서 태어나 어릴 때 로마로 이사해 살았다. 그의 비극 9편은 모두 그
리스에서 나온 것으로 『미친 헤라클레스』(*Hercules Furens*), 『오이테의 헤
라클레스』(*Hercules Oetaeus*), 『트로이의 여인들』(*Troades*), 『페니키아의 여
인』(*Phoenissae*), 『메데이아』(*Medea*), 『파이드로스』(*Phaedra*), 『오이디푸스』
(*Oedipus*), 『아가멤논』(*Agamemnon*), 『티에스테스』(*Thyestes*) 등이 있다. 그
런데 이 작품들은 상연용이 아니라 낭독용의 레제 드라마였기 때문에
작품 자체의 예술성은 그리 대단하지 않았으나 근세 극문학에 큰 영향
을 끼쳤다.

다음 소개하는 『작은 금항아리』는 인색한 아버지가 황금에 눈이 어두
워 자식의 딸까지 팔아넘기는 내용이다. 이 작품의 인물 에우리크리오
는 후에 프랑스의 극작가 몰리에르(Molière, 1622~1673)의 작품 『수전
노』(*L'Avare*)의 주인공 아르파공의 모델이 된다. 또한 『안드리아의 여

인」은 르네상스 이래 희극의 모범으로 평가를 받아, 오늘날까지도 세련
된 그 문체는 라틴어를 공부하는 사람의 필독서로 남아 있다.

『작은 금항아리』(Aulularia)

늙고 인색한 에우리크리오가 어느 날 자기 집 뜰에서 보물이 든 작은 항아리를
발견한다. 즉시 항아리를 다시 묻고 시치미를 떼고 있지만, 마음속으로는 그 항아
리를 누가 훔쳐갈까봐 안절부절 불안해한다. 그래서 그 항아리가 묻힌 곳을 헤집
고 있는 닭까지 죽여버린다.

그때 에우리크리오의 딸 파에드리아가 젊은 류코니데스에게 붙들려가는 사건
이 발생한다. 그리고 그 젊은이의 숙부가 에우리크리오에게 그의 딸을 자기의 아
내로 삼겠다고 요구한다. 그러자 에우리크리오는 혹시 이들이 자기가 금항아리를
가지고 있다는 것을 알아채지 않았을까 하고 의심한다. 그래서 그 금항아리를 여
기저기 옮겨 감추다가 그만 류코니데스의 하인에게 발각되어 도둑을 맞고 만다.
금항아리를 잃어버린 에우리크리오는 금항아리를 돌려주는 사람에게 자기의 딸
과 결혼을 허락하겠다고 한다.

『안드리아의 여인』(Andria)

이 희극은 그리스의 메난드로스 작품에서 취재한 것이다.

청년 판피로스는 안드리아에서 온 여인 그류케륨을 사랑하는데, 그의 아버지
시모는 자기 친구인 크레메스의 딸을 며느리로 정한다. 그런데 크레메스는 판피
로스가 다른 여자를 사랑하는 것을 알고 파혼한다. 그러나 시모는 아들에게 파혼
사실을 숨기고 결혼식 준비를 서두른다. 그 이유는 크레메스를 설득하여 다시 결
혼을 성사시키려는 속셈에서이다. 하지만 그의 아들은 노예로부터 이미 파혼의
사실을 전해 들어 알고 있다. 그러는 사이에 그류케륨은 판피로스의 아이를 낳게
된다. 이 사실을 안 크레메스는 화가 나서 모든 것을 깬다. 그러나 그류케륨은 어
릴 때 행방불명이 된 크레메스의 친딸인 것이 판명된다. 마침내 이 젊은 연인들은
행복하게 결합하게 된다.

4. 서사시와 서정시

　　　　　　　　로마를 건국한 케사르(Julius Caesar, B.C. 100~43)가 죽은 후, 그의 양자인 옥타비아누스(Octavianus)는 반대파와 싸워 내분을 종식시키고 아우구스투스(Augustus) 대제의 칭호를 받게 된다. 그가 정치상의 실권을 장악한 B.C. 30년으로부터 그가 요절한 A.D. 14년까지 40년 동안, 그는 국방을 튼튼히 하며 내정을 혁신하고 문예를 장려하였기 때문에 많은 문학자와 시인들이 배출되었다. 그러므로 아우구스투스 시대를 로마 문학의 황금기라고 부른다. 특히 아우구스투스의 문화 정책에 있어 주목할 만한 것은, 당시까지 정치의 목적을 달성하기 위하여 그에 필요한 웅변술·수사학에 중점을 두어온 문단의 기풍을 일소하고, 독자적 입장에서 문학을 보호·장려한 점이다. 대제의 이런 정책은 로마 문학 성장에 강한 힘을 가하였으며, 이른바 3대 시인이라는 베르길리우스(Publius Vergilius Maro, B.C. 70~19), 호라티우스(Quintus Horatius Flaccus, B.C. 65~8), 오비디우스(Publius Ovidius Naso, B.C. 43~A.D. 17) 등을 길러냈다.

최초로 로마에 국민적 서사시를 헌정한 사람은 나에비우스(Cn. Naevius, B.C. 270~201)이다. 그는 자신이 직접 참가한 제1차 포에니 전쟁을 소재로 서사시를 지었다. 이어 엔니우스(Ennius, B.C. 239~169)는 로마 역사를 노래하는 『안날레스』(Annales)를 내놓았다.

로마 최대의 서사시인은 베르길리우스이다. 그는 북이탈리아 만투아 부근 안데스에서 농민의 아들로 태어났다. 그는 베로나와 밀라노에서 수사학과 철학을 공부한 후 로마로 가서 그리스 문학을 공부하였다. 아버지는 중류의 지주였으며 가계家系는 게르트의 혈통으로 추정된다. 그의 일생은 마침 아우구스투스 황제에 의한 로마 통일과 번영의 시기에 해당한다. 그는 한때 농토를 빼앗기기도 하였지만 아우구스투스 황제의 도움으로 다시 찾았다고 한다. 그는 무명시절 나폴리에서 『목가시집』(*Bucolica*)을 썼는데, 황제의 측근 정치가인 마에체나스(Maecenas)의 주목을 받게 되었고, 이로 말미암아 당시 문학 서클의 중심인물이 되었다. 그는 아테네 여행 중 아우구스투스 황제를 만나 함께 귀국하는 도중 발병하여 이탈리아에서 사망하였고 나폴리에 묻혔다. 그는 만년에 죽을 때까지 11년 동안 오직 거작 『아이네이스』(*Aeneis*)의 창작에 몰두했다. 그러나 최종적 완성을 이루지 못하고 세상을 뜨고 말았다. 이 서사시는 한마디로 말해서, 아우구스투스 황제의 뜻에 따라 로마 건국의 기원과 발전을 노래하고 찬미하는 국민 서사시이다.

　로마의 서정시는 그리스의 철학인 에피쿠로스의 철학을 기초하여 쓴 루크레티우스(Carus Titus Lucretius, B.C. 94~55?)의 교훈시 『사물의 본질에 관하여』(*De rerum natura*)에서 시작된다. 그런데 그의 생애에 대해서는 알려진 것이 없다. 서정시의 형식으로 쓴 『사물의 본질에 관하여』에서, 그는 신들이 인간 세계를 지배하고 죽은 뒤에 영혼을 재판한다는 것은 미신에 지나지 않는다고 부정했다. 그리하여 인간을 신들의 속박과 죽음의 공포에서 해방시키기 위하여 자연의 원리와 구조를 해명하고 있다. 그와 같은 시기에 로마 최대의 서정시인으로 평가되는 카툴루스(Gaius Valerius Catullus, B.C. 84~54)가 활약했다. 그는 베로나의 유복한 집안에서 태어나 청년기에 로마로 건너와 '청년시인'의 그룹에 합류하여 사교계에서 활동했다. 그의 서정시집인 『시집』은 사랑, 우정, 작품론, 인물 비판, 아우의 죽음, 여행의 이별, 망향 등 여러 가지 주제가 담긴 116편의 단시를 담고 있다. 또한 서사시인 베르길리우스도 『농경시』(*Georgica*)와 『전원시』(*Eclogae*)를 발표했다. 『농경시』는 전 4권으로 된 농경에 관한 교훈시이며, 『전원시』는 가장 초기에 속하는 작품으로 6각률六脚律에 의한 10편의 시를 모은 것이다. 이 시들은 전원시·목가시의 시조라 할 수 있는 그리스의 시인이며 시칠리아 섬의 태생인 테오크리토스(Theokritos, B.C. 3세기 전반)의 『시집』을 따른 것으로 평가받고 있다.

호라티우스는 남이탈리아의 베누시아에서 태어났다. 그의 아버지는 해방 노예 출신으로 교육열이 강하여, 그를 기사나 원로원 계급의 자제들이 공부하는 아테네의 제일 훌륭한 오르벨리우스 학교에 입학시켰다. 그가 그리스에 있었을 때 내란이 일어나자 그는 케사르(Caesar)를 암살한 브루투스군軍에 장교로 가담하고, 필리핀에서 싸웠으나 브루투스는 안토니우스에게 격파되고 만다. 그 후 그는 로마로 돌아와 하급 관리직에 종사하였으나, 아버지가 남긴 땅은 몰수당하고 결국 가난 때문에 시를 쓰기 시작했다. 이 무렵 그는 당시 일류 시인 베르길리우스와 벗이 되어, 아우구스투스의 총신이자 문예보호자였던 대귀족 마이케나스(Gaius Cilnius Maecenas, B.C. 70~8)에게 소개되어 B.C. 38년 무렵부터 문학그룹에 끼게 되었다. 그리하여 풍자시와 여러 가지 테마를 다룬 『에포디』(*Epodi*) 및 서간시를 썼다.

호라티우스의 가장 유명한 작품은 전 4권 103편이 수록된 『서정시집』(*Carmina*)이다. 이 시들은 거의 1세기에 걸친 로마의 내란과 사회적 불안 상태에서 아우구스투스의 세계 통일의 평화로운 시대로 옮겨지는 동안의 국민 감정과 아우구스투스의 통치 예찬을 내용으로 하고 있다. 그밖에 이 작품에는 사랑, 술, 여행, 시골 생활, 인생 비애, 애국 등에 이르기까지 여러 가지 제재를 노래하고 있다. 호라티우스는 또한 『풍자

119

시』(*Saturae*), 『서간집』(*Epistulae*)을 내놓았다. 이 두 작품집은 흥미 있는 기지와 유머에 가득 차 있으며, 그 내용과 방법은 문예부흥기의 서정시와 풍자시에 큰 영향을 끼쳤다. 또한 그는 『시론』(*Ars poetica*)을 발표하였는데, 이 책은 아리스토텔레스의 『시학』과 더불어 근세 고전주의 문학이론의 전거典據가 된다. 또한 호라티우스는 계관시인의 지위에 오르고 나서, 아우구스투스가 벌인 고대 축제 '100년제(Secular Games)'를 위해 서정시 운율을 사용하여 『세기의 찬가』(*Camen saeculare*)를 썼다.

카툴루스에 의해 개척된 서정시는 그 뒤 갈루스(*Cornelius Gallus*), 프로메르티우스(Propertius), 티불루스(Tibullus)를 거쳐 오비디우스에게 계승된다. 오비디우스는 이탈리아 고원 슬르모에서 기사 계급의 유복한 가정에서 태어났다. 법조계나 관계로 나가려고 로마와 아테네로 나와 법률과 수사학을 공부하다가, 문학에로 향하는 열정을 억제할 수 없어 24세 때 학문을 중단하고, 다시 아테네에서 시창작을 시작했다. 그의 명성이 절정에 달했을 때 『사랑의 기술』(*Ars Amatoria*) 3권을 출판했다. 이 작품으로 인해 그는, 당시 아우구스투스의 이른바 '남녀 풍기 숙청' 정책에 반대되며 로마의 전통적 위상을 손상시키는 작가라는 죄명으로 A.D. 8년 흑해거리 토미스(현재 루마니아 거리 콘스탄시아)로 추방형을 받았다. 추방 원인에 대해 그는 자신의 '어느 시와 어떤 과오'에 있다고 말했는데, 그 시는 『사랑의 기술』이며, 또한 과오는 아우구스투스의 손녀 유리아의 간통을 방조한 것이라고들 한다. 물론 유리아 역시 같은 해에 추방령에 처해졌다. 그는 추방의 충격으로 붓을 꺾고, 12권의 저술을 구상했지만 만 6권만을 쓴 채 추방지에서 일생을 마쳤다.

오비디우스는 연애시 『사랑의 노래』(*Amatoria*)와 『사랑의 기술』, 이야기시 『변신이야기』(*Metamorphoses*) 그리고 서정시 『비가』(*Tristia*)와 『흑해에서의 편지』(*Episulae ex Ponto*) 등 많은 작품을 남겼다. 이 가운데 『사랑의 기술』은 당시 유행하고 있던 문법 체계를 우롱하고 있다. 1, 2권은 여인을 발견하여 매혹시켜 붙잡아두는 방법을 남자들에게 가르치고, 3권은 남자를 농락하는 수단을 여인들에게 가르치고 있다. '사랑을 받고 싶다면 사랑스럽게 되어라' 등과 같은 인생관이나 날카로운 통찰을 비롯하여 전편에 해학미가 넘치고 있음을 엿볼 수 있다. 그리고 특히 『변신이야기』는 그리스 로마 신화를 집대성한 책으로서 중요한 의의를 지닌다.

■ 베르길리우스(Publius Vergilius Maro, B.C. 70~19)
　　　　　　　　　　　　　　 – 『아이네이스』(*Aeneis*)

로마 건국의 기초를 다진 전설의 영웅 아이네아스(Aeneas)의 이야기를 전 2권 약 1만여 행의 기나긴 서사시로 노래하고 있다. 미완성된 작품으로 베르길리우스가 죽을 때 원고를 없애버리도록 부탁했으나 아우구스투스 황제의 명령으로 발표되었다. '아이네이스'란 '아이네아스의 노래'라는 뜻이다.

이 서사시는 형식과 이야기의 줄거리에 있어서 호메로스의 『오디세이아』와 매우 유사한 점을 발견하게 된다. 즉, 아이네아스나 유리시스가 신에 의해서 방랑하게 되는 점, 유리시스는 알시노우스와의 향연에서 그리고 아이네아스는 디오와의 향연에서 전쟁 모험담을 이야기한다는 점, 또한 아이네아스나 유리시스가 모두 죽음의 왕국을 찾아간다는 점 등이 비슷하다. 그러나 베르길리우스의 서사시는 호메로스의 것보다 더 세련되고 복합적이며 라틴어의 아름다움을 최대한으로 살린 운율을 사용하였고, 보다 고요하고 부드러운 인정미가 넘치고 있다. 그 줄거리는 다음과 같다.

호메로스의 『일리아드』에서 노래된 그리스와 트로이의 전쟁이 끝난 뒤, 트로이의 용사 아이네아스는 아버지, 아내, 어린 아들, 많은 부하들을 이끌고 그리스를 탈출하여 배를 타고 새로운 나라를 찾아 나선다. 일행을 태운 21척의 배는 7년 동안 지중해의 이쪽저쪽으로 표류한 뒤, 폭풍우를 만나 카르타고에 이르게 된다. 그 나라는 젊은 과부인 디도 여왕의 강력한 통치 밑에서 번영하고 있는 도시이다. 디도 여왕은 그들을 환영해주었고, 아이네아스는 여왕에게 트로이 함락과 자신의 표랑하던 이야기를 들려준다. 디도는 그를 사랑하게 되어, 아이네아스를 자기 옆에 두려 한다. 아이네아스도 정착하여 여독을 풀려고 하였으나, 신들은 그들의 운명이 딴 곳에 있다는 것을 일깨워준다. 자신의 의무를 깨달은 아이네아스는 새로운 국가를 건설하기 위하여 출발한다. 디도 여왕은 그를 원망하며 자기 스스로 목숨을 끊어버리고 만다.

일행은 시실리아 섬에 도착하게 되었고, 거기에 일부 사람을 남겨 놓은 뒤에 다시 배를 북쪽으로 항해하여 나폴리 근처인 쿠마이에 도착하게 된다. 아이네아스는 아폴론의 무녀인 시뷸레를 방문하여 그녀의 안내로 죽음의 나라로 가서 돌아가신 아버지를 만나게 된다.

아버지는 아들에게 아이네아스가 건설한 로마 국가와 거기에 등장할 인물들에 관해 이야기해준다. 땅 위의 세계로 다시 돌아온 아이네아스는 부하들과 더불어 티베르 강에 이르러, 그 곳에 상륙하여 라티움 사람들과 전쟁을 벌인다. 그는 이 라티움의 영웅이며 자기 자신의 최대의 적이기도 한 투루투스와 단독으로 결투를 벌여, 그 싸움에서 승리하여 로마 건국의 기초를 다지게 된다.

■ 호라티우스(Ouintus Horatius Flaccus, B.C. 65~8)

– 『시론』(*Ars poetica*)

호라티우스는 3편의 서간체 시를 썼는데, 그 가운데 2편은 2권의 책으로 묶여 나왔다. 그리고 3번째 긴 서간시인 『피소 삼부자에게 보내는 편지』(*Epistles to the Pisos*)를 후세 사람들은 『시론』이라고 하였다. 이것을 맨 처음 『시론』이라고 부른 사람은 A.D. 1세기 후반의 유명한 변사학

교수 쿠인틸리아누스(Marcus Fabius Quintilianus, 35~96)이다. 이 책은 체계적인 문학론은 아니다. 헬레니즘 시대 프톨레마이오스(Ptolemaios) 왕조(B.C. 332~30) 기간의 문학 교과서에서 뽑은 금과옥조金科玉條에 호라티우스의 설명을 붙인 산만한 교훈집이라고 할 수 있다.

여기에 등장하는 피소를 그나에우스 피소(B.C. 23, 집정관)라고 한다면 『시론』의 연대는 B.C. 23~20년경으로 추정되나 루키우스 피소(B.C. 15)라면 연대는 더욱 내려간다.

『시론』은 젊은 시인들에게 지침이 될 30여 개의 격언과 편지 형식으로 이루어져 있다. 곧, 시인으로서의 풍부한 경험의 결과인 흥미로운 문학 비평인 셈이다. 이 작품은 좋은 글을 쓰기 위해서는 좋은 감각을 지녀야 한다고 하면서, 그 모델로 그리스 작품을 들고 있다. 먼저 극의 소재 · 운율 · 언어 · 구성 등을 논한 다음, 문학 일반에 대해 독창성과 모방 · 천부의 재능과 문학 등을 이야기하고 있다. 그리고 문학 작품은 반드시 훌륭한 사람의 비판을 받을 것과 9년 동안 발표하지 말고 두면서 고치고 또 고치는 끝없는 노력이 필요하다고 당부하고 있다.

이 서간은 라틴 문학에서는 위대한 작가의 유일한 문학론이었기 때문에 그 후세에 미친 영향은 매우 지대하였다. 특히 라틴 문학에 영향을 끼쳤을 뿐만 아니라, 아리스토텔레스와 함께 프랑스의 브왈로(Nicolas Boileau, 1636~1711)와 고전주의 작가들, 그리고 영국의 포프(Alexander Pope, 1688~1744)에게 큰 영향을 주었다. 특히 브왈로는 이 서간문을 번역하여 프랑스의 고전극을 규제하였다. 또한 호라티우스가 해석한 고대 그리스의 걸작을 모범으로 하여 그것을 라틴어로 옮기고, 그러면서 단순한 모사模寫가 아니라 새로운 창조에 의한 재현을 찾는다는 것이 고전주의의 지침이 되었다.

『시론』의 한 부분을 소개하면 다음과 같다.

　가령 어떤 화가가 사람의 머리에다 말의 목을 그려 붙이고, 몸통 부분은 다채
로운 깃털로 장식하는 등 온갖 동물의 발 부분을 빌려와 위쪽은 아름다운 여인이
나 맨 아래쪽은 보기 흉한 잿빛 물고기가 되어버린 괴상한 그림을 그려놓고 그대
들을 그의 화실로 초대했다고 한다면, 친구들이여, 그대들은 과연 이런 그림을 보
고 폭소를 터뜨리지 않을 수 있겠습니까?

　피소 3부자여, 내 그대들에게 진심으로 말하지만 열병 환자의 환상처럼 현실
성이 없는 공허한 표상들만 조각해냄으로써 머리와 발이 하나의 통일된 형상을
이루지 못하는 시작(詩作)이야말로 이러한 그림과 전혀 다를 게 없습니다. ‘예로
부터 화가들과 시인들에겐 무엇이든 시도할 수 있는 권한이 주어져 있습니다.’
물론 옳은 말입니다. 이러한 자유는 내 자신을 위해서도 요구하는 바이며, 다른
작가들에게도 허용하는 바입니다. 그러나 유순한 것을 난폭한 것과 결합시키는
자유, 가령 뱀을 새와 짝 지운다든가 호랑이를 어린 양과 짝 지우는 자유는 허용
할 수 없습니다.

　장엄한 서두로 웅장한 것을 약속해놓고는 거기에다 휘황찬란한 장식품인 여러
가지 자주색 줄무늬를 갖다 붙이는 경우가 허다한데, 이를테면 디아나 여신의 숲
과 제단, 아름다운 초원 위를 굽이쳐 흐르는 시냇물, 라인 강과 무지개 같은 것을
묘사하는 경우가 그렇습니다. 하지만 그곳은 그런 것을 서술할 장소가 아닙니다.
그대는 또한 삼(杉)나무도 그럴싸하게 그릴 수 있겠지요. 하지만 돈을 내고 그림
을 그려달라고 부탁하는 사람이 난파선에서 구사일생으로 헤엄쳐 나온 경우라면
그런 것이 무슨 소용이 있겠습니까? 이거야말로 도공(陶工)이 손잡이가 둘 달린
큰 항아리를 만들고자 도르래를 돌렸지만, 겨우 조그만 단지 하나가 만들어진 경
우와 뭐가 다를 게 있겠습니까? 한마디로 말해 그대가 만들려는 것이 무엇이든
그것은 단일성과 통일성을 유지하지 않으면 안 될 것입니다.

　친애하는 피소여, 그리고 아버지에 못지않은 젊은이들이여, 우리 시인들은 대
개 올바른 것의 겉모양만 보고 거기에 현혹되고 맙니다. 간결함을 추구하다 보면
모호해지고, 유려함을 추구하다 보면 박력과 불길이 꺼져버립니다. 장엄함을 찾
다 보면 부자연스러워지고, 너무 소심하게 감정의 비약을 피하다 보면 땅바닥 위
를 기는 꼴이 되고 맙니다. 단일한 소재에다 대담한 변화를 통하여 생기를 불어넣
고자 하는 자는 숲에다 돌고래를 그려 넣고 파도에다 멧돼지를 그려 넣습니다. 그

러나 예술 감각이 결여된 경우에는 과오를 피한다는 것이 오히려 실수의 원인이
되고 마는 것입니다. (…)

　작가들이여, 그대들은 자신의 능력에 알맞은 소재를 선택하십시오. 그대들이
감당하기 어려운 것은 무엇이며 감당할 수 있는 것은 무엇인지 오랜 시간을 두고
심사숙고하십시오. 자신의 능력에 알맞은 소재를 선택한 작가는 조사와 언어의
명쾌한 배열 때문에 곤란을 당하는 일이 없을 것입니다. 명쾌한 배열의 장점과 매
력은 내가 알기로는 지금 이 순간 꼭 필요한 말만 하고 나머지는 모두 뒤로 미루
어 지금은 말하지 않는 데 있습니다.

■ 오비디우스(Publius Ovidius Naso, B.C. 43~A.D. 17)
　　　　　　　　　　　　　　　　　　– 『변신이야기』(*Metamorphoses*)

일명 '전신보轉身譜', '변신담變身談', '변형담變形談'이라고도 불린
다. 이 이야기는 주로 그리스 신화나 전설의 형식으로 쓴 15권의 이야
기책이다. 신이나 인간이 별, 나무, 동물 등으로 변하는 이상한 이야기
를 2백여 편 모아놓고 있다.

이 설화는 태초에 카오스(혼돈)가 천지의 질서로 변하는 신화에서부
터 시작되어, 로마의 장군 시저가 죽은 뒤에 별이 되는 이야기로 끝난
다. 이 두 개의 이야기 사이에 온갖 신화와 전설이 전개되는데, 그 하나
하나의 이야기가 단편적으로 끝나는 것이 아니라 전체적인 통일을 이
루고 있다. 작품 전체가 그리스 신화의 백과사전처럼 되어 있어 중세와
근세에 걸쳐 널리 애독되었다. 오늘날 우리들에게 이야기되고 있는 대
부분의 그리스 신화는 이 설화집에 의한 것이다. 많은 이야기 가운데
예를 들면 다음과 같은 것이 있다.

　파에톤은 아버지인 태양의 수레를 타고 너무 대담하게 몰았기 때문에 햇볕에
타 죽고 만다. 그 죽음을 슬퍼하는 누나들은 포플러나무가 되고, 그 눈물은 호박

이 된다.

강의 신 케피소스와 님프 리리오페 사이에서 태어난 나르키소스는 참으로 아름다운 미소년이다. 숲과 샘, 그리고 메아리의 님프인 에코는 아름다운 소년 나르키소스를 사랑한다. 그러나 나르키소스는 에코의 사랑을 받아들이지 않고, 에코는 그리움으로 인해 몸이 바싹 말라 목소리만 남게 된다. 에코는 복수의 여신에게 나르키소스도 역시 똑같은 사랑의 고통을 겪게 해달라고 빈다. 복수의 여신은 에코의 소원을 들어주기로 한다. 사냥을 하던 나르키소스는 목이 말라 샘으로 다가갔다가 물에 비친 자신의 아름다운 모습을 사랑하게 된다. 그러다 결국 나르키소스는 물에 비치는 제 모습에 반하여 빠져 죽고 만다. 그가 죽은 자리에 한 송이 꽃이 피어났는데, 그의 이름을 따서 나르키소스(수선화)라고 부르게 된다.

아폴론은 음악의 신이며 의술의 신, 예언의 신이며 동시에 명사수이기도 하다. 그는 쌍둥이 남매 아르테미스와 함께 화살통을 둘러메고 산야를 누비벼 다닌다. 그런데 어린 에로스도 화살통을 들고 다니자, 이를 가소롭게 여긴 아폴론은 에로스에게 어린아이가 위험한 물건을 가지고 놀면 안 된다고 말한다. 자존심이 상한 에로스는 자신이 가지고 있는 화살 가운데 상사병에 걸리는 금화살을 아폴론에게 쏘고, 맞으면 혐오감을 느끼는 납화살을 다프네에게 쏜다. 화살에 맞은 아폴론은 다프네를 사랑하는 열병에 걸리지만, 미움의 덫에 걸린 다프네는 아폴론을 피해 다니게 된다. 아폴론과 다프네의 쫓고 쫓기는 추격전이 벌어지고, 아폴론에게 잡히기 직전 다프네는 아버지인 강의 신에게 자신의 아름다움을 거두어달라는 소원을 빈다. 그러자 다프네는 그 자리에서 월계수나무로 변한다. 아폴론은 다프네가 변한 월계수나무까지 사랑하여 그 잎을 자신의 화살통에 꽂고 다니고, 그 잎으로 승리자의 머리를 장식하도록 한다.

퓨라무스와 티스베는 바빌론에 살았는데 그들은 서로 사랑하는 사이다. 어느 날 그들은 니노스의 무덤에서 만나기로 약속한다. 그러나 퓨라무스는 티스베가 사자한테 물려 죽었다는 오해를 하게 된다. 그리하여 그는 슬픔에 못 이겨 스스로 목숨을 끊고 말았고, 뒤늦게 연인의 죽은 모습을 본 티스베도 칼로 자기의 목숨을 끊는다. 그때까지 하얗던 오디(뽕나무 열매)가 두 사람의 피를 뒤집어쓰며 까맣게 변한다.

키프로스의 왕이자 조각가인 피그말리온은 여성에게는 결점이 너무 많다고 생각하여 결혼을 하지 않고 혼자 산다. 대신 상아로 여성의 조각상을 만들어서 '갈라테이아' 라 이름을 붙여주고 마치 살아 있는 여인처럼 사랑한다. 아프로디테의 축제날, 피그말리온은 이 조각상 같은 여인을 아내로 삼게 해달라고 기원했고, 그의 마음을 헤아린 아프로디테가 그 조각상에 생명을 불어넣어 결국 피그말리온은 갈라테이아와 결혼하게 된다.

음악에 뛰어난 소질을 지니고 있던 오르페우스는 뱀한테 물려 죽은 아내 에우리디케를 찾아 죽음의 나라로 가서 끝내 사랑하는 아내를 삶의 나라로 다시 데려올 수 있게 된다. 그러나 지상에 돌아갈 때까지는 아내를 돌아보지 말라는 저승 세계의 지배자인 하데스의 말을 어긴 탓으로, 에우리디케는 다시 죽음의 나라로 사라진다. 오르페우스는 아내의 죽음을 몹시 슬퍼한 나머지 죽게 되었고 그의 리라 별자리가 되었다.

가난한 농부인 피레몬과 그의 아내 파우키스는 인간의 모습으로 변신하고 찾아온 제우스를 집에 맞아들여 정성껏 대접한다. 제우스는 그 두 사람에게 말하기를, 어서 산 위로 올라가라고 말한다. 그들이 그 말에 따라 산 위로 올라가자, 대홍수가 발생한다. 결국 이 세상 사람들은 전부 죽고 두 사람만이 살아남게 된다. 그들은 죽기 전에 두 그루 나무로 변신하여 길이길이 생명을 누리게 된다.

5. 산문 문학

로마의 건국자 케사르(Gaius Tullius Ceasar, B.C. 100~43)가 산문의 대가임은 널리 알려진 사실이다. 그는 로마 시의 유서 깊은 귀족의 집안에서 태어났다. 그는 우아하고 간결한 문체로 쓴 『갈리아 전기』(*Commentarii de bello Gallico*) 전 7권과 『내란기』(*Commentarii de bello civili*) 전 3권을 남기고 있다. 『갈리아 전기』는 그가 B.C. 50년 갈리아 총독으로 있을 때의 전쟁 기록으로, 자기의 업적을 3인칭으로 서술하여 객관적으로 자신의 입장을 이야기하고 있다. 뒤에 그의 부하인 히르티우스가 이 책의 제8권을 가필하였다. 또한 『내란기』는 B.C. 49년 1월 1일을 서두로 내란이 일어날 수밖에 없는 자신의 입장을 해명하고, 알렉산드리아 전쟁 중간까지의 전쟁 과정을 서술하고 있다. 이 시기에 그는

1월 11일 유명한 "주사위는 던져졌다"라는 말을 한 것으로 전한다.

로마의 B.C. 1세기는 공화정에서 제정帝政으로 넘어가는 격동기였다. 따라서 당시 정치상의 혼란은 법정과 원로원의 변론 발달에 최상의 기회를 주게 되었다. 일반적으로 라틴 산문의 창시자로 카토(Marcus Porcius Cato, B.C. 116~27)를 꼽는다. 그가 썼다고 하는 『로마사』(*Origines*) 전 7권은 오늘날 전하지는 않는다.

로마인에게 큰 영향력을 행사한 산문가로는 키케로(Marcus Tulliut Cicero, B.C. 106~43)를 들 수 있다. 그는 로마의 웅변가 · 철학가 · 정치가로 뛰어난 자질을 발휘하였다. 소도시 아르피눔의 기사 가문에서 태어난 그는, 소년 시절에 로마에서 수사학 · 철학 · 법률을 공부하여 젊어서부터 웅변가로 활약하였다. 당시 로마의 정치계는 귀족과 평민의 반목이 날로 격화되는 상태에 놓여 있어, 그는 웅변술의 길을 택했다. 그리하여 그의 아버지를 살해한 혐의를 받은 그의 식객食客을 변호한 '아메리카의 로스키우스의 변호'로 명성을 얻었다. 이후 로마의 손꼽히는 웅변가가 되었고, 유명한 '카틸리나 탄핵'의 대연설로 카틸리나의 음모[9]를 폭로하여 국가의 위기를 모면하고 국부國父의 칭호를 받았다. 이 유명한 『카틸리나 탄핵 연설』(*In Catilinae*) 4편은 『필립피카』(*Philipicae*) 등과 함께 연설문의 전범이 된다. 또한 키케로의 아름다운 문체를 보여주는 에세이 형식의 철학서 『우애론』(*De Amicitia*), 『노년론』(*De Senectute*),

---

9 카틸리나 음모 사건 : 로마 공화정 말기에 일어난 국가 전복 음모 사건. 카틸리나(B.C. 108?~62)는 제1차 음모 사건에 실패하자 B.C. 63년에 부랑자 · 전과자 · 몰락 귀족 · 불평 군인 · 방탕 파산자 그리고 야심이 있는 일부 원로원 관료 등을 모아 도당을 조직하고 폭력에 의한 정권 탈취를 기도하였다. 그 해 11월 8일 키케로는 원로원에서, 그 다음날에는 시민 공개 석상에서 결사적인 용기를 내어 카틸리나파의 탄핵을 연설하였다. 이후 제3차, 제4차의 탄핵 연설에 의해 카틸리나 도당은 완전히 소탕되었다.

『의무론』(*De Officiis*) 전 3권은 오늘날까지 많이 애독되고 있다.

세네카(Lucius Annaeus Seneca, B.C. 4~A.D. 65)는 낭송용 비극 작품을 많이 남겼지만 법정에서 뛰어난 변론의 재주를 보였고, 산문 분야에 있어서도 훌륭한 작품을 남겼다. 그는 코르시카에 8년간 유배당하였다가 네로의 어머니인 아그리피나(Agrippina)에 의해 네로의 가정교사가 되었으며, 네로가 즉위한 후에 사실상 제국의 지도자가 되었다. 그러나 네로와 불화하여 65년 가이우스 칼푸르니우스 피소의 모반에 연좌되어 자살하였다. 그의 학설은 스토아파 철학에 기초를 두고 그리스도교 세계관과 깊은 관계를 맺고 있다. 그의 『대화론』과 『행복론』은 각각 윤리와 인생에 관한 여러 문제를 다루고 있다. 또한 『도덕 서간』(*Epistulae Morales*)은 63~65년 사이에 캄파니아 출신인 연하의 친구 루킬리우스(Gaius Lucilius, B.C. 180~102)에게 보낸 스토아 철학을 풀이한 124통의 서간집이다. '도덕'은 그 내용에서 따 붙인 통칭이다.

플루타르코스(Plutarchos, 46~125)는 로마 식민지의 그리스인으로서 그를 일러 흔히들 최후의 그리스인이라고도 한다. 그 이유는 그가 그리스 사상과 문물에 통달했고, 오직 그리스적이었기 때문이다. 그는 중부 그리스 보이오티아 지방의 카이로네이아에서 태어나 그곳에서 죽었다. 그의 집안은 부유했으며 가족들의 교양 수준도 높았다. 그는 일찍이 플라톤 철학·자연 과학·변론술을 공부하였다. 그는 당시 로마의 황제 트라야누스(Trajanus, 98~117), 하드리아누스(Hadrianus, 76~138)의 신임을 받아 그리스 아카이아주의 지사에 임명되기도 했다. 그는 사료로서 가치가 높은 『플루타르크 영웅전』(*Bioi Paralleloi*)을 저술했다.

아풀레이우스(Lucius Apuleius, 123~170)는 로마 재정 초기의 대표적 소설가이다. 그는 아프리카의 마다우라에서 태어났다. 카르타고에서 유학한 후, 아테네로 가서 웅변학·수학·철학·음악 등을 공부했다. 각지를 편력하다가 이집트에서 병에 걸려 친구인 폰티아누스(Sicinius Pontianus)의 도움을 받게 되었는데, 그 친구의 어머니이며 미망인인 푸텐틸라(Pudentilla)와 결혼하게 된다. 그런데 재산 문제의 갈등에서 그녀의 친척들로부터 그가 마법으로 푸텐틸라를 농락했다고 고소를 당하게 된다. 그러나 그는 훌륭한 웅변으로 사면된다. 이것이 현존하는 유명한 저서 『변명』(*Apologia*)의 근원이 되었으며, 더불어 지방 도시의 생활·미신에 찬 시대상·마술의 유행 등의 중요한 자료가 되었다. 그 뒤 그는 카르타고에 정착하여 수사학 교수가 되었으며, 시정에까지 참여하게 되었고, 유력자로 꼽혀 광장에 동상까지 세워졌다. 작품으로는 『변명』 외에, 라틴어로 쓰인 고대 유일의 완전한 소설 『메타모르포세스』(*Metamorphoses*, 변형된 이야기)가 있다. 이 제목은 일반에서 『황금 당나귀』로 알려지기도 했다.

■ 키케로(Marcus Tulliut Cicero, B.C. 106~43)
－ 『의무론』(*De Officiis*)

이 작품은 키케로가 아테네에 유학 중인 아들 마르쿠스를 위해서 썼다고 한다. 케사르가 독재관獨裁官에 취임된 46년 이후, 자기가 죽을 때까지의 최악의 시대에 쓰인 몇 개의 작품 중 마지막 것으로 알려진다. 따라서 키케로의 도덕·철학적인 사색을 총 결산한 것이라고 할 수 있다.

이 작품에서 그는 자신의 생애를 반성하고 참회하며 잃어버린 공화제를 통탄한다. 또한 독재자 케사르의 이름은 거의 등장하지 않지만, 그에 대한 저주의 감정이 전편에 넘치고 있다. 이 작품은 바로 직전에 쓰인 『우정론』(*De amicitia*)과는 전혀 다른 격렬한 감정이 전편에 흐르고 있다.

이 책은 전 3권으로 되어 있으며, 1권은 도덕적 고귀성에 관해서, 2권은 유리성有利性에 관해서, 3권은 도덕적 고귀성과 유리성의 관계에 관해서 서술하고 있다. 제1, 2권은 스토아학파의 로도스에 있는 파나이티오스(Panaitios, B.C. 185?~109?)[10]의 철학에 의거하고 있다. 파나이티오스의 단편잔간短篇殘簡은 이 책에 의해 오늘날까지 전해지고 있는 부분이 많다. 제3권은 독자적인 자료 수집을 통하여 쓰였기 때문에 역사상의 실례가 많이 등장하고 있지만, 논의의 진행 방법은 제1, 2권에 비해 논리성이 미약한 편이다. 그러나 제3권의 가치가 떨어진다고는 볼 수 없다. 프로이센의 프리드리히 대왕(Friedrich Ⅱ, der Grosse, 1712~1786)이, 이 책을 가리켜 도덕에 관해서 쓰인 최고의 책이라고 한 말은 유명하다. 이 책은 철학 사상의 중요한 가치와 더불어 우리에게 큰 호소력을 주고 있는 것으로 평가받고 있다.

다음은 『의무론』의 한 부분이다.

제1권 7~10장

의무에 대한 모든 논의가 앞으로 진행될 것이므로, 우선 의무가 무엇인지부터 정의를 내리는 것이 좋을 것 같다. 나는 파나이티오스(Panaitios, B.C. 185~110)가 이를 간과했다는 사실에 놀랄 뿐이다. 왜냐면 이성에 의해 어떤 사물에 대한 교훈을 얻고자 하는 모든 문제는, 무엇에 대해 논의할 것인지를 알기 위해 개념 정의에서 출발해야 하기 때문이다.

의무에 관한 모든 문제는 이중적이다. 하나는 선의 극한, 즉 최고선에 관한 것이고, 또 하나는 일상생활 전 영역에 적용될 수 있는 교훈들에 관한 것이다. 두 가

---

10 파나이티오스(Panaitios) : 그리스의 철학자. 스토아학파의 학장. 옛 스토아의 엄격주의를 완하하고 로마 귀족 생활에 합당한 윤리를 내세워 학파 확대에 기여하였다. 금욕적인 덕목보다는 화려한 덕목을 내세웠고, 재물과 금전의 필요성을 강조하고, 청빈을 인정하지 않았다.

지 가운데 우위에 속하는 전자의 예들은 다음과 같다. 모든 의무는 완전한가? 어떤 의무가 다른 의무보다 더 큰가? 그리고 같은 종류의 의무들이란 어떤 것인가? 그런데 전수되어 오는 의무들에 관한 교훈은 비록 선의 극한, 즉 최고선에 관한 것이라 하더라도 그것은 별로 중요하지 않게 나타난다. 그 까닭은 오히려 공동생활에 관한 교훈들을 성찰하는 것이 더 중요하기 때문이다. 이 책에서 내가 설명하려고 하는 것은 바로 이것들에 대해서이다.

그 외에도 의무에 대한 또 다른 구분이 있다. 말하자면 그 자체는 선하지도 악하지도 않은, 때문에 그 결과를 놓고 따져봐야 하는 그러한 평범한 보통의 의무와 절대적 의무이다. 내 생각에는 완전하고 절대적인 의무란 올바른 의무라고 말할 수 있는데, 그 이유는 그리스인들은 이를 카토르토마(Katorthoma), 즉 완전하고 가치 있는 행위로 말하고 있고, 이와 반대로 평범한 보통의 의무를 카테콘(Kathekon), 즉 합당한 것으로 부르기 때문이다.

그들은 자신들이 그렇게 정의를 내렸기 때문에 올바른 것은 무엇이든지 간에 완전한 절대적 의무라고 해석하는 반면, 합리적 이성으로 그것이 어떻게 행해졌는가를 설명할 수 있는 것을 평범한 보통의 의무라고 말한다. 따라서 파나이티오스가 보여주고 있듯이, 어떤 행동을 하려고 결정할 때 고려해야 할 사항은 삼중적이다.

우선 첫째, 사람들은 심사숙고된 행동이 실제로 도덕적으로 선하고 명예로운지, 아니면 도덕적으로 나쁘고 추한 것인지에 대해 의문을 품는다. 그러한 고려를 하는 데 있어서 사람들은 흔히 상반된 의견으로 갈라진다. 둘째, 사람들은 자신의 심사숙고된 행동이 생활의 편리함과 즐거움, 많은 취업의 기회와 풍부한 재산, 부와 권력을 가져다주는지 그렇지 않은지를 조심스럽게 탐색하거나 추구하는데, 그러한 여러 가지를 이용하여 그들 자신과 그들에게 딸린 사람들을 도울 수 있는 것이다. 이 모든 고려는 유익함의 정도에 달려 있다. 셋째, 의문을 품고 고려해야 할 것은 유익하게 보이는 것이 도덕적으로 선하고 명예로운 것과 상충되는 것으로 보일 때이다. 참으로 유익함 쪽으로 마음이 쏠리면 도덕적으로 선하고 명예로운 쪽이 마음에 걸리고, 도덕적으로 선하고 명예로운 쪽으로 마음이 쏠리면 유익한 쪽이 마음에 걸리는 경우처럼, 마음은 심사숙고함에 혼란을 일으켜 사고하는 데 알 수 없는 불안감이 생기게 된다.

구분하는 데 있어서 무엇인가를 빠뜨리는 것이 최대의 결점인데도 위의 구분에서는 두 가지가 간과되었다. 왜냐하면 어떤 것이 도덕적으로 선하고 명예로운가, 나쁘고 추한 것인가가 고려되어야 할 뿐만 아니라, 도덕적으로 선하고 명예로운 것이 두 가지가 제시되었을 때 어느 것이 더 유익한지 곧잘 고려되어야 하기 때문이다. 따라서 파나이티오스가 세 가지로 생각했던 것은 마땅히 다섯 가지로 구분되어야 한다고 확신한다. 첫째, 도덕적으로 선하고 명예로운 것에 대하여는 이중적으로 논의되어야 할 것이고, 둘째, 유익함에 대해서도 마찬가지로 논의되어야 하며, 그리고 나서 마지막으로 이들에 대한 비교가 검토되어야 할 것이다.

■ 플루타르코스(Plutarchos, 46~125)
  – 『플루타르크 영웅전』(*Bioi Paralleloi*)

이 작품은 그리스와 로마의 특색 있는 인물 중에서 비슷한 생애를 보낸 사람 50명을 가려 뽑아 서로 대비하여 기술하고 있기 때문에 일명 『대비열전對比列傳』이라고도 불린다. 23조, 곧 46명의 인물을 대비하여 서술하고 있으며, 4조를 제외하고는 다른 모든 조의 기술 후에 비교 평론의 글을 싣고 있다. 그 밖의 현존하는 사본에는 4명의 독립된 전기가 실려 있다.

플루타르코스에게 있어서 역사는 윤리의 교재이며 고상한 오락이었다. 그 사료는 무비판적이며, 통속적인 흥미를 일으키는 많은 일화를 가미하여 기술하고 있다. 그러나 때로는 도덕적인 설교를 늘어놓기도 한다. 그러므로 역사서로서 높이 평가할 수는 없지만, 오늘날 전하지 않는 많은 사서史書를 내용으로 하고 있으므로, 유일한 사료로 사용되기도 한다. 가령 스파르타의 최고기에 대한 『리쿠르고스전』[11] 등이 그

---

11 리쿠르고스(Lykurgos, B.C. 396?~324?) : 그리스 아테네의 10대 웅변가 가운데 한 사람. 훌륭한 집안에서 태어났으며, 아테네 시의 재정을 맡는 높은 지위에 올랐다. 그리스 수사학의 완성자이며 정치평론가로 알려진 이소크라테스(Isokrates, B.C. 436~338) 문하에서 공부하였다. 고매한 정신의 소유자로 결코 돈을 위해서 변론을 하지 않았다. 그의 법정 고소 연설은 매우 준엄하였다고 한다. 그의 연설문은 15편으로 알려져 있는데, 현재 남아 있는 것은 한 편에 불과하다.

좋은 예이다. 그러므로 역사가에게는 이 전기의 사료적 가치가 크다고 할 수 있다.

또한 이 작품은 사상가나 역사가들의 높은 평가를 받는 것은 아니지만, 근세 유럽에서 널리 애독되고 있다. 특히 17, 8세기에 들어와서 전기가 많이 애독되었는데, 이 애독자 가운데에는 몽테스키외(Charles-Louis de Montesquieu, 1689~1755) 및 저명한 사람들이 많다. 내용의 차례는 다음과 같다.

1. 테세우스 2. 로물루스, 테세우스와 로물루스의 비교 3. 리쿠르고스 4. 누마, 리쿠르고스와 누마의 비교 5. 솔론 6. 푸풀리콜라, 솔론과 푸풀리콜라의 비교 7. 테미스트클레스 8. 카밀루스 9. 페리클레스 10. 파비우스 막시무스, 페리클레스와 파비우스 막시무스의 비교 11. 아르키비아데스 12. 가이우스 마르키우스, 코리올라누스, 아르키비아데스와 가이우스 마르키우스 및 코리올라누스의 비교 13. 티몰레온 14. 파울루스 아에밀리우스, 티몰레온과 파울루스 아에밀리우스의 비교 15. 페로비다스 16. 마르켈루스, 페로비다스와 마르켈루스의 비교 17. 아리스티데스 18. 호구총감(戶口摠監) 카토, 아리스티데스와 호구총감 카토의 비교 19. 필로포이멘 20. 티투스 퀸투스 프라미니누스, 필로포이멘과 티투스 퀸투스 프라미니누스의 비교 21. 필루스 22. 가이우스 마리우스 23. 리산드로스 24. 실라, 리산드로스와 실라의 비교 25. 키몬 26. 루쿨루스, 키몬과 루클루스의 비교 27. 니키아스 28. 마르쿠스 클랏수스, 니키아스와 마르쿠스 클랏수스의 비교 29. 세르트리우스 30. 에우메네스, 세르트리우스와 에우메네스의 비교 31. 아게실라우스 32. 폼페이우스, 아게실라우스와 폼페이우스의 비교 33. 알렉산드로스 34. 율리우스 케사르 35. 포키온 36. 소(小) 카토 37. 아기스 38. 클레오메네스 39. 티벨리우스 글락쿠스 40. 가이우스 글락쿠스, 아기스와 클레오메네스와 티벨리우스 및 가이우스 글락쿠스의 비교 41. 데모스테네스 42. 키케로, 데모스테네스와 키케로의 비교 43. 데메트리오스 44. 안토니우스, 데메트리오스와 안토니우스의 비교 45. 디온 46. 브루투스, 디온과 브루투스의 비교 47. 아르타크세르쿠세스 48. 아라투스 49. 갈바 50. 오토

■ 아풀레이우스(Lucius Apuleius, 123~170)

– 『황금 당나귀』(*Asinus aureus*)

라틴어로 쓰인 세계 최고의 소설로 평가된다. 페트로니우스(Gaius Petronius Titus, ?~66)[12]와 더불어 현대에 전해오는 유일한 고대 전기소설로서 전 세계에 널리 애독되어 왔다. 여러 가지 삽화나 윤색이 보태져 매우 사실성이 풍부하고 또한 풍자의 색채를 더하고 있다. 또한 독자들을 지루하게 하지 않게 호색적인 요소도 내포되어 있다. 특히 삽화에 사용된 「에페소스 이야기」에서의 내용은 후대의 『데카메론』, 『캔터베리 이야기』에 가미되어 있기도 한다.

인간이 당나귀 등의 동물로 둔갑하여 여러 가지 체험을 겪는 이야기는 널리 산견되고 있으며, 고대 세계에서도 2세기에 루키아노스[13] 작으로 불리는 『루키우스』 혹은 『당나귀』라는 작품이 있다. 그러나 본 『황금 당나귀』는 갖가지 에피소드를 삽입하고 현실성을 가미함으로써 한층 복잡하고 다채로운 풍자소설로 평가된다. 내용은 전 11권으로 짜여 있으며, 줄거리는 다음과 같다.

---

12 페트로니우스(Gaius Petronius, ?~66) : 그는 Petronius Arbiter라는 별명을 가지고 있다. 로마 제정 시대의 정치가이며 작가이다. 황제 네로의 총애를 받아 궁중에서 근무하다가 지방의 총독이 되었다. 그런데 피소의 모반에 개입했다는 모함을 받고 친구들과 담소하는 가운데 혈맥을 끊어 자살했다. 그때의 모습이 생케비치의 작품 『쿠오바디스』에 아름답게 묘사되어 있다. 그의 풍자소설 『사티리콘』(*Satyricon*)은 당시 문란했던 사회상을 예리하게 묘사한 것으로, 유럽 소설 발달사상 매우 중요한 작품으로 인정받고 있다.

13 루키아노스(Lukianos, 120?~180 이후) : 로마 제정기의 그리스 산문 작가. 시칠리아의 사모사테에서 태어났다. 소년 시절에 이오니아에서 당시 유명한 변사학, 곧 작문과 활용법을 배우는 학교에 입학하여, 변사가로서 성공했다. 그의 초기 작품은 시대 상황과 맞물려 주로 비판과 풍자로 향하고 있었는데, 중년 이후에는 진지한 철학적 사고의 작품을 내놓았다. 그는 80여 편의 작품을 남기고 있는데, 주로 『루키아노스의 대화』라는 명칭으로 알려져 있고, 많은 호평을 받으며 애독되어 오고 있다.

주인공인 그리스 청년 루키우스가 상업상 마술의 본고장인 테사리아로 여행을 떠나는 것으로 시작된다. 여행 도중 루키우스는 자기가 머물고 있는 여관집 여주인 팜필레가 마술사임을 알게 된다. 그녀가 자기의 몸에 비밀의 기름을 바르고, 수리부엉이가 되어 밖으로 날아가는 모습을 보게 된 것이다. 루키우스는 호기심이 발동하여 자신도 변하고 싶어진다. 그래서 비밀의 기름을 몰래 입수하여 몸에 바른다. 그러나 그는 기름통을 잘못 골라 당나귀의 모습으로 바뀌고 말게 되고, 결국 마구간에 넣어지게 된다.

마구간에서 그는 도둑들에게 붙들려 그들이 훔친 재화를 싣고 그들의 은신처로 가게 된다. 그러던 어느 날 그는 도둑들이 유괴해온 한 소녀를 만나게 된다. 슬픔에 잠겨 있는 그 소녀에게 어떤 노파가 '뮤피드와 프슈케'의 이야기를 들려준다. 이 이야기를 들은 루키우스는 도둑들로부터 소녀를 구하게 된다. 그 이후에도 당나귀는 차례차례 주인이 바뀌면서 고생한다. 제10권 끝에서, 그는 마구간을 뛰쳐나와 해변으로 가서 달을 우러러보며 구원을 청한다. 그리고 이집트의 여신 이시스의 꿈을 꾸고, 그 여신의 힘에 의하여 다시 인간의 모습으로 되돌아오게 된다. 제 모습을 찾은 그는 신앙생활을 하게 된다.

제2부 중세 문학

I. 서설

1. 중세 유럽 문화권 형성과 문화

지중해 세계의 통합된 정치 세력으로서의 고대 로마 제국이 분열되고 해체되면서 게르만 민족의 이동으로 인한 공백기가 이어졌다. 때문에 지방분권적인 특성을 가진 중세 사회가 나타났으며, 비로소 문화적·역사적 개념으로서 유럽 세계가 출현하게 되었다. 이 경우 유럽 세계는 일반적으로 서유럽을 가리킨다. **유럽 문명권**은 크게 세 개로 나뉘어 발전하였는데, 각각 로마 가톨릭교의 세계인 서로마 중심의 프랑크(로마–게르만) 문화권·그리스 정교의 세계였던 동로마 중심의 비잔틴(그리스–슬라브) 문화권·그리고 이슬람교의 세계였던 아라비아–터키 문화권 등이 그것이다. 이들 세 문화권은 각기 독특한 문화권을 형성하며 전개되었으나, 십자군 운동으로 서로 접촉하면서 융합되어 결국 통일적인 유럽 문화권을 형성하게 되었다.

일반적으로 중세기의 시대적 구분은, 게르만 용병 대장 오도아케르 (Odoacer, 434?~493)에 의해 서로마 제국이 멸망한 476년부터, 14~15세기 발생한 르네상스 시기까지 약 1000년의 시대를 말한다. 중세는 사회 발전의 추이에 따라 세 단계로 나눌 수 있다. 초기 5~10세기에는 민족 이동기의 혼란과 동요의 시기라 할 수 있고, 11~13세기는 문화의 성숙기로 볼 수 있는 안정기로 장원 경제에 바탕을 둔 봉건 제도와 프랑크 왕국의 지지를 받은 가톨릭교회가 2대 지주로 정착된 시기이다. 그리고 14~15세기는 십자군 운동의 결과로 말미암아 교황권이 쇠퇴하고 도시를 중심으로 상공업이 발달하여 지방 분권적 봉건 제도가 몰락하고 새로운 집권 국가가 탄생하는 시기이다.

중세(Middle Age)라는 용어는 일반적으로 '중간기', 곧 암흑 시대라는 의미로 사용되었다. 이것은 고전 고대와 근세 사이에 존재한 정체적이고 비진보적인 시대라는 르네상스적 의식으로부터 생긴 역사적 개념이다. 그러나 18세기 말과 19세기 초 낭만주의와 과학시대의 작가와 사상가들은 중세를 긍정적으로 평가하기도 한다. 이들은 중세 고딕 예술의 웅장미, 기독교가 남긴 업적과 경건함, 도시의 성장과 상공업의 발달, 대학의 등장, 과학 및 사상의 발달, 기사 정신의 정서적 매력 등을 재발견하고, 이 시대를 서양 문명의 역동적 형성기로 인식하였던 것이다.

서유럽 세계의 성립은 게르만족[1]의 이동에서 기초한다. 게르만족은

---

1 게르만족은 현재 독일인을 지칭하는 것은 아니다. 게르만족은 많은 부족과 언어를 지니고 있었다. 기원 1세기경 로마 제국과 분쟁이 시작되었을 때의 언어를 크게 분류해보면, 동게르만어(고딕)·서게르만어(독일어)·북게르만어(스칸디나비아어) 등으로 나눌 수 있다. 이 가운데 동게르만어는 6세기경 소멸되었고, 서게르만어는 다시 고지(高地, Hochdeutsch) 게르만어와 저지(低地, Niederdeutsch) 게르만어로 나뉜다. 고지 게르만어가 오늘날의 현대 독일어의 뿌리이며, 저지 게르만어는 영어·네덜란드어의 뿌리이다.

스칸디나비아 반도 및 발트 해 연안 지역에서 목축과 수렵에 종사하면서 살던 미개한 민족으로 그리스인이나 로마인과 같이 인도-유럽어족에 속하는 민족이었다. 게르만족 이동의 직접적인 계기가 된 것은 중앙아시아의 유목민인 흉노족(Huns)의 압박 때문이었다. 375년 흉노족이 흑해 연안의 동고트족(Ostrogoths)을 정복하자, 이에 공포를 느낀 서고트족(Visigoths)이 로마 제국의 허락을 얻어 다뉴브 강을 건너 로마의 영토 안에 이주한 것이 발단이 되었다. 이에 앞서 로마 제국은 동서로 분열되어 있었다. 로마의 황제 테오도시우스(Flavius Theodosius, 346?~395)는 서기 395년 거대한 제국을 동서로 나누어, 각각 동로마 제국은 장남인 아르카디우스(Arcadius, 377~408), 서로마 제국은 차남인 호노리우스(Honorius, 384~423)가 맡아 통치도록 하였다. 그런데 410년 서고트족의 로마 시 침입, 455년에는 반달족의 추장인 가이세릭(Gaiseric, 400?~477)의 로마 시 약탈 등에 의해 혼란과 무정부 상태에 놓이게 되었다. 이를 틈타 게르만의 여러 부족들은 로마 제국 내 모든 지역을 마음대로 이동하면서 마침내 로마를 멸망케 하였던 것이다.

게르만족의 이동은 각 부족 단위로 전 유럽 내륙에 걸쳐 광범위하게 전개되었다. 그러나 크게는 동유럽과 서유럽의 집단적 이동으로 양분할 수 있다. **동유럽**에서는 첫째, 서고트족은 원주지인 다뉴브 강 하류 지역에서 이탈리아를 거쳐 로마를 약탈하고, 스페인 지방에서 고트 왕국(419~711, 후에 사라센에 의해 멸망함)을 건설하였다. 둘째, 동고트족은 흑해 북부 해안의 원주지를 떠나 이탈리아 지방에 동고트 왕국(493~554, 후에 동로마 제국에 의해 멸망함)을 건설하였다. 셋째, 반달족(Vandals)은 오늘날의 오스트리아, 헝가리 지역에 해당하는 오데르 강 상류가 원주지였는데, 서고트족의 침입에 의해 아프리카의 북부 해안으로 이동하여 카르타고를 중심으로 반달 왕국(429~534)을 세웠다. 이 왕국은 동로마 제국에게 망할 때까지 100여 년 동안 지중해 연안 일대를 약탈하였으며, 440년 로마를 침략하기도 하였다. 넷째, 부르군드족(Burgundians)은 원래 오데르 강 유역에 거주하였는데, 점차 남하하여 갈리아 동부 지방에 부르군드 왕국(443~534, 후에 프랑크 왕국에 의해 멸망함)을 세웠다.

서유럽의 게르만족의 이동 과정을 살펴보면 첫째, 프랑크족(Franks)은 원주지가 라인 강 하류였는데, 갈리아 북부 지방에 이동하여 프랑크 왕국을 건설하였다. 이 왕국의 역사는 메로빙 왕조(Meroving, 486~752)와 카롤링 왕조(Caroling, 752~888)의 두 단계로 구분되며, 강력한 전제 정치를 통하여 유럽의 정치적 안정을 이룩하였다. 둘째, 롬바르드족(Lombards)은 다뉴브 강 상류에 거주하고 있었으나, 북부 이탈리아 지방으로 이동하여 롬바디아르 왕국(568~774, 후에 프랑크에 의해 정복당함)을 세웠다. 셋째, 앵글로−색슨족(Anglo−Saxons)은 5세기 중엽 오늘날의 덴마크와 엘베 강 하류 지역에 거주하였는데, 도버 해협을 건너 브리튼 섬에 침입하여 원주민 켈트족(Celts)과 스코트족(Scots)을 정복하여 이른바 7왕국을 건설하였다. 이것이 오늘날 잉글랜드(England)의 기원이 되었다.

게르만족은 로마 제국을 멸망하게 하였지만, 높은 로마의 문화를 받아들였다. 특히 정치면에서 로마의 제도를 채용하여 국가 체제를 정비하고 민심을 수습하여 더욱 기독교와 밀착하게 되었다. 이리하여 9~11세기에는 로마인과 게르만족이 완전히 융합되어 독자적인 문화를 창조하였고, 봉건 제도라는 새로운 사회 체계를 마련하게 되었다. 이처럼 유럽이 역사적으로 성립할 수 있었던 것은, 정치적으로 로마 제국의 행정 조직의 유산, 문화적으로 고대 전통의 계승, 정신적으로 가톨릭교회의 보편적인 통일성 등의 3요소가 합하여 이룩되었다고 볼 수 있다. 이 세 가지 요소 위에 게르만족이라는 제4의 요소가 결합함으로써 유럽의 형성이 비로소 가능했던 것이다.

한편 콘스탄티노플을 수도로 한 **비잔틴 제국**(동로마 제국)은 1453년 오스만 투르크(Osman Turks)에게 멸망할 때까지 약 1000년간 존속하면서 서유럽의 프랑크 왕국, 아랍 세계의 이슬람 제국과 더불어 중세 사회를 구성한 중요 세력이 되었다. 서유럽의 프랑크 왕국은 이민족의 거듭된 침입으로 지방 분권적인 봉건 체제가 보편화된 반면, 비잔틴 문명은 그리스·로마·기독교 그리고 동방적인 요소들이 혼합하여 성립되었다. 즉 언어·문학·학문은 그리스적 요소에, 법률·행정·군사는 로마적 배경에 영향을 받았다. 종교와 도덕은 기독교적 기원을 갖고 있었으나 예술이나 생활양식은 동방의 뿌리를 지녔다.

역사적으로 비잔틴 제국이라고 자칭했던 국가가 존재했던 사실은 없다. 비잔틴 제국이라는 호칭은 고대 말부터 로마 제국의 동방 부분에 존재했던 국가에 대해서 후대인들이 불렀다. 곧 당시 수도였던 비잔티움(후에 콘스탄티노플로 개칭함)을 따서 그 이전의 로마 제국과 구별하여 그렇게 불렀던 것이다. 따라서 비잔틴 제국의 시작을 명확하게 나타내는 연대는 없으나, 일반적으로 콘스탄티누스 대제의 시대를 비잔틴 제국의 시작으로 보고 있다. 이것은 전제 군주제의 확립, 기독교 공인(313), 콘스탄티노플 천도(330) 등 비잔틴 제국의 형성에 중대한 영향을 미친 여러 업적이 콘스탄티누스 대제에 의해 수행되었기 때문이다.

비잔틴 제국의 세력이 크게 팽창하여 옛 로마의 영광을 회복하고 문화를 높이 진흥시킨 것은 유스티니아누스(Justinianus, 527~565) 황제 때이다. 그는 트리보니아누스(Tribonianus, ?~545?) 등 16인의 법률학자에 명하여 로마공화국 이래의 로마의 법률, 판례, 칙령 및 여러 학설을 체계적으로 집대성하여 534년 로마법 대전(Corpus Juris Civilis)을 완성하기도 했다. 이후 9세기 말에 동로마 제국은 시리아의 북부와 크레타 섬을 회복하고, 다시 한 번 전성기를 맞이하여 10세기 말엽까지 그 세력을 휘둘렀다. 그러나 11세기부터는 중앙아시아의 유목민 투르크족의 일파인 셀주크 투르크(Seljuk Turks)인이 일어나자, 비잔틴 제국은 다시 소아시아의 땅을 이들에게 빼앗기게 되었다. 그리고 13세기 초에는 같은 기독교인 십자군 병사들이 콘스탄티노플을 점령하여 한때 라틴 제국을 세우는 등 제국의 힘은 점점 약화되어, 마침내 1453년 오스만 투르크에게 멸망당하고 말았다.

2. 중세의 학문과 사상

중세는 기독교 교리의 기초 위에 철학과 사상이 이론화되고 합리화되었다. 그리고 중세는 신학이 가장 지배적인 학문으로 자리하였다. 따라서 중세 신학의 발전은 크게 두 시기로 나눌 수 있는데, 하나는 10세기까지의 교부 철학의 시기이며, 또 하나는 11~13세기의 스콜라 철학의 시기다. 교부 철학 시기는 기독교 교의와 권위가 확립되어 초월적인 세계관과 교회의 우월성이 강조된 시기이다. '교부'라는 것은 초기 기독교의 지도자들을 가리키는 말인데, 2~4세기 사이에 걸쳐 로마교회를 지도하였으며, 그 대표적 인물은 성 아우구스티누스(St. Augustine, 354~540)이다. 그는 『신국론』(De Civitate Dei)에서 원죄설·은총설·예정설 등을 기독교 교의의 확립이라는 차원에서 설명하였다. 반면, 신학의 2단계를 형성한 스콜라 철학은 신앙과 이성, 실재론과 명목론의 사상적 대립을 통하여 점진적으로 확립되었다.

초기 교부 철학에서 발전한 스콜라 철학은 중세 사상을 지배했다. 당시 스콜라 철학의 시조로는 범신론적 입장을 지닌 에리우게나(Johannes Scotus Eriugena, 810~877경)이다. 그리하여 스콜라 철학은 9~12세기의 발생기, 13세기는 전성기, 14~15세기에 쇠퇴기를 맞이했다. 이러한 스콜라 철학은 중세 전성기에 아리스토텔레스의 저술이 소개되면서 소위 '보편 논쟁'을 불러일으켜 실제론(Realismus)과 명목론(Nomialismus) 두 학파로 나누어졌다. 실제론에서의, 보편적인 관념은 플라톤 철학과 아우구스티누스의 기독 교리를 계승한 것으로서 실재, 즉 사물의 참이란 보이는 현상에 있는 것이 아니라 정신 내에만 존재한다고 주장하였다. 반면 명목론에서는, 보편적 관념은 인간이 만들어낸 단순한 명칭에 불과하며 실제로는 존재하지 않는다고 주장하였다. 이것은, 사실은 현상계 자체가 '참 혹은 실제'라고 주장한 것이다.

이러한 논쟁을 조화 통일시켜 집대성한 사람이 바로 토마스 아퀴나스(Thomas Aquinas, 1224~1274)이다. 그의 『신학대전』(*Summa Theologiae*, 1266~1273)은 가톨릭의 세계관을 체계화한 것으로 그의 사상을 잘 드러내고 있다. 그리고 이러한 신학 체계를 근거로 단테는 『신곡』(*La Commedia*)을 집필했다.

중세 대학은 12세기 후반에서 13세기 초 일종의 길드라고 할 수 있는 학생 조합 혹은 교수 조합에서 시작되었다. 대학을 영어로 유니버시티(university)라고 한다. 이 말은 라틴어의 우니베르시타스(universitas)에서 유래된 말로 '전체'라는 뜻을 가지고 있으며, 어떤 공동의 목적을 가진 협동하는 집단을 의미했다. 그러므로 대학은 기본적으로 교육을 위한 길드였다. 가장 오래된 대학은 법학으로 명성을 얻은 볼로냐(Bolagna) 대학과 신학으로 유명한 파리(Paris) 대학이고 중세 자연 과학의 산실은 영국의 옥스퍼드 대학이다.

학문의 중심지로서 교회를 제치고 부상한 대학은 중세 문화 발전에 키다란 공헌을 하였다. 대부분의 저명한 학자들은 대학에 속해 있었고, 각 학부는 그 분야의 최고 권위를 인정받게 되었다. '중세 문화의 꽃' 인 대학은 자유정신을 고취시켜 게르만 침입 이래 정체된 중세 문화를 일으키는 기틀을 마련하였다.

학문 · 교육 분야와 함께 중세 기독교 이념을 가장 뚜렷하게 표현한 것은 건축 · 조각 · 그림 등 미술 분야이다. 중세 건축 양식은 전기의 로마네스크(Romanesque) 양식과 후기의 고딕(Gothic) 양식으로 나눌 수 있다. 10~12세기에 걸친 교회의 건축 양식은 대체로 로마식 아치를 갖춘 장중한 로마네스크 양식이었다. 그리고 12~15세기에 발달한 고딕 양식은 기둥이 가늘고 지붕이 뾰쪽한 첨탑을 채용하였으며, 벽은 얇고 창문이 많으며 유리창을 화려하게 장식하였다. 이는 주로 북부 유럽, 특히 프랑스를 중심으로 발달하였다.

Ⅱ. 중세 문학의 흐름과 양상

중세 문학은 크게 라틴어 문학과 각국어 문학 (vernacular literature)으로 양분된다. 라틴어는 사회 상류층의 공통어로 주로 교회의 예배나 설교, 대학의 강의나 저술 등에 사용되었다. 각국어는 당시 라틴어에 대해 속어俗語라 칭했다. 그것은 유럽의 일반 대중이 사용하는 언어로 각 지역의 지방어를 일컫는다. 라틴어는 주로 종교적이며 교훈적 · 사상적 · 공식적인 면, 곧 '정통 문학'에 쓰였다. 반면 그 반대로 대중 소설류의 민담, 모험담 등은 각국어로 쓰였다. 그리하여 각국의 언어로 민족문학이 성립되었다. 이렇게 각국 각 지방의 언어로 작품이 쓰였지만, 그 소재는 대부분 게르만족의 영웅 전설의 원형이라고 할 수 있는 사가(Saga)를 근거로 하거나, 프랑크 제국의 칼 대제(독일 : Karl der Geosse / 프랑스 : Charlemagne, 742~814)를 소재로 하였다.

속어 문학을 대표하는 것이 바로 기사 문학이라 할 수 있다. 기사 문학은 그 주제·내용·형식에 있어서 풍부하고 다양하게 발달되어 중세 문학의 정수를 이루었다. 기사 문학의 주제는 그리스 로마의 신화나 전설뿐만 아니라 각국의 민족 설화를 바탕으로 하였으며, 동시에 기사의 무용과 사랑을 대상으로 하였다. 이것은 프랑스에서 가장 먼저 발생하여 이후 유럽 각지에 전파되었다. 프랑스의 무훈시武勳詩로 기사 정신을 노래한『롤랑의 노래』(Chanson de Roland), 독일의 민족 서사시『니벨룽겐의 노래』(Nibelungenslied), 영국의 전설상의 지배자『아서 왕의 이야기』(Arthuriann Legends)는 기사들의 충성심과 영웅담을 담은 기사 문학의 대표작이다. 특히 프랑스 지역에서는 허무맹랑한 무용담이 로망어로 쓰였고 로망주의(Romantik), 곧 현재 낭만주의의 기원이 되었다.

기사 문학은 서정시의 형태로도 쓰였다. 주로 영웅 서사시가 쓰인 북부 프랑스와는 달리, 남부 프랑스의 프로방스 지방에서는 아름다운 여인과 기사들의 사랑을 표현한 서정시가 만들어졌다. 서정(음유)시인들을 프랑스에서는 트루바두르(Troubadour), 독일에서는 미네징거(Minnesinger)라고 불렀다. 이들은 대다수가 귀족 출신으로 봉건 영주들의 궁정을 돌아다니며 귀부인에 대한 기사들의 사랑 이야기를 노래하였다. 일종의 로맨스(Romance)라 할 수 있는 서정시는 초기 기사 문학에서 나타난 기사들의 무훈, 종교적 윤리성 그리고 충성심과는 달리, 감상적이며 낭만적인 경향을 보여주었다. 이것은 중세 기사들이 기독교적 윤리관을 받아들이면서도, 다른 한편으로는 세속적이며 이교도적인 생활 습관에 젖어 있음을 보여주는 것이라 할 수 있다.

중세인들의 세속적이며 이교도적인 생활 습관은 농민과 도시민의 생활에서 더욱 두드러지게 표출되었다. 그들의 신앙 대부분은 경건하지 못했고 이교도적인 관습까지도 섞여 있었다. 가령 북부 프랑스의 '당나귀 축제'에서는 모의 미사를 행하면서도 향로에 구두를 태우는가 하면, 영국의 '바보 축제'에서는 창녀를 주교석에 앉히는 일까지 있었다. 도시민들도 거의 마찬가지였다. 도시민들은 내세적 관심보다는 현세적 향락에 더욱 열중했다. 이들에게는 인간 사회의 경험, 사회적 풍자나 해학이 담긴 통속적인 문학, 즉 동물 이야기나 우화 등이 인기가 있었다. 중세 도시 문학에서 통속적인 내용을 담고 있는 대표작으로는 보카치오(Boccaccio)의 『데카메론』(*Decameron*, 1349~1351)과 초서(Geoffrey Chaucer)의 『캔터베리 이야기』(*The Canterbury Tales*, 1387~1400)가 있다.

봉건 사회였던 중세 전반기 문학 작품의 경향은 왕과 기사들이 지배적 인물로 묘사되는 가운데, 주인공들의 용기·충성심·명예 등을 추구하는 내용을 담았다. 이 시기의 작품들은 주로 사회의 제일 가치인 용맹과 충성심을 고양시키고 이상화하였다. 한편 중세의 중반기인 전성기의 작품은, 철저한 종교 사회로서 신앙에 기초를 두고 있었기 때문에 신앙심을 고취하려는 성자들의 지적인 문학이 중심을 이루었다. 이 시기는 기독교가 본격적으로 자리 잡고 유럽인들의 삶을 지배하였으므로, 기독교 정신을 반영하는 내용과 형식이 문학의 주조를 이루었던 것은 당연하다. 당시 기독교는 종교인 동시에 지배 이데올로기적인 기능을 수행하였다. 그러나 중세 말기 문학 작품은, 기사들의 예의바른 행동을 최고의 덕목으로 삼는 문학 작품이 등장했다. 이 기사들은 전사로서의 미덕보다는 궁중인들의 예의에 집착했다. 따라서 궁정 연애시가 대표적인 장르가 되었다.

중세 전 시기를 통해서 문자로 기록된 문학은 왕이나 귀족 그리고 기사들 같은 소수 사람들만이 접근할 수 있었다. 반면, 문자를 해독할 능력이 없는 사람들은 귀로 듣는 낭송 문학, 즉 구전 문학으로 작품을 이해했다. 그래서 교황 그레고리 2세는 글을 읽을 줄 모르는 사람을 위해, 교회의 벽면에 그림을 그려 성경의 내용을 가르쳤다고 한다. 또한 읽는 데 지루하지 않도록 리듬감을 살려 낭송하도록 했다고 한다. 여기서 운문의 형태가 등장하게 되었다. 그러나 엄격하게 운율을 중시하는 정형시 양식보다는 자유스런 양식이 대부분이었다.

이러한 중세의 문학은 그 성격에 따라 크게 네 가지로 구분할 수 있다. 종교 문학, 각 민족의 전통적 영웅 서사시, 기사도 문학 및 서정시, 비평적 내지 풍자문학 등이 그것이다. 그리고 중세 문학의 특징은 크게 전기와 후기로 나누어 살펴볼 수 있다. 먼저 전기는 헤브라이즘을 바탕으로 인간적 · 현세적 사상이 거부되고 예술과 학문이 배척된 소위 암흑시대라 할 수 있다. 그리하여 오직 신을 중심으로 모든 것이 집중되어, 영혼의 축복을 위하여 육체적인 것을 배제하고 희생시키는 문학의 경향을 보였다. 그리고 후기는 기독교 문학과 연결되어 민족문학이 전개됨으로써 신의 내세관과 영적 사상이 점점 미약해지는 경향을 보였다. 그리하여 아름다운 육체에 대한 관심이 고조되고, 독단적인 교회의 절대권을 거부하는 인간의 자유정신에 관심을 가진 문학 경향이 두드러지게 나타났다.

■ 칼 대제의 전설

칼 대제는 오늘의 프랑스의 전신인 프랑크[2]를 786~814년까지 통치

---

2 게르만족 중에서 가장 호전적이고 활동적인 부족은 다뉴브 강 남쪽 유역과 흑해 연안을 점령했던 '고트족'이다. '고트족'과는 달리 '프랑크족'은 게르만족 가운데 가장 이동을 하지 않았고 또한 가장 영속적인 문화를 지닌 부족이다. 그들은 라인 강 서쪽 지방에서 살았으며, 로마의 것을 모방하여 정부나 군사를 조직하였다. 그러다가 점진적으로 갈리아 지방을 장악하

했던 인물로, 통치 기간 동안의 전설적인 행적은 문학에 많은 영향을 끼치고 있다. 많은 역사적 실존 인물의 생애를 바탕으로 형성된 전설들이 그러하듯, 칼 대제의 이야기 역시 근본적인 뼈대는 사실을 바탕으로 하고 있지만, 대부분이 신원을 알 수 없는 시인과 이야기꾼들이 그들의 상상력을 첨가하여 놓은 것으로 추정된다. 또한 칼 대제의 통치와 그의 조부인 칼 마르텔(Karl Martell, 668?~741)의 통치를 혼동하여 기록하고 있기도 하다. 칼 대제의 전설은 피레네 산맥을 넘어 쳐들어온 스페인의 이교도 사라센군軍의 강력한 공격에 맞서, 그가 그리스도교를 옹호하며 용감하게 싸운 내용이 중심을 이룬다.

632년에 회교의 창시자인 마호메트가 죽자, 회교도들은 소아시아·이집트·북아프리카를 거쳐서 아라비아 전역으로 순식간에 퍼져 나갔다. 711년에 회교도들은 스페인으로 들어갔는데, 그곳에서 그들은 학살을 일삼는 프랑크족을 공략하기 위하여 피레네 산맥을 넘기 시작했다. 그로부터 거의 1세기 동안, 회교도들은 프랑크의 안전을 위협하는 위험한 존재가 된다.

725년에 사라센의 장군 안베사가 카르카소의 시가지를 점령하였고, 732년에 이어서 볼독스(Bordeaux)를 수중에 넣었으며, 그 여세를 몰아서

였다. 481~511년 사이를 통치하였던 영도자 클로비스(Clovis, 465~511)는 프랑스 북부 지방에 살았던 로마인들을 정복하였으며, 이어서 서고트족을 침공하여 라인 강과 피레네 산맥 사이의 모든 영토를 손아귀에 넣었다. 클로비스 이외의 많은 강력한 영도자들이 프랑크족에서 배출되었는데, 그중 가장 유명한 영도자는 칼 마르텔(Karl Martell, 688?~741)과 칼 대제(768 ~814)이다. 그 밖의 게르만족 중에는 해협을 횡단하여 영국으로 건너온 앵글족, 색슨족 그리고 주트족이 있다. 1678년까지 영국의 공식적인 영토는 아니었지만 프랑스 동부 지방에 정착하여 프랑크족의 지배를 받았던 부르고뉴족, 라인 강 중부 지역을 중심으로 살던 소수 부족인 알레만니족, 결국에는 북아프리카에 정착한 무자비하고 피에 굶주린 반달족을 기타의 게르만족에 포함시킬 수 있다.

위협적으로 프랑스 남부지역으로 쳐들어갔다. 이에 그들의 진격을 저지하기 위한 비상조치가 필요하게 되었다. 그 해 10월 칼 마르텔은 아퀴테인(Aquitaine) 왕의 전략적 도움을 받아 튜어즈에서 사라센 군대를 격파하고 그들의 진격을 완전히 봉쇄했다. 또한 그의 아들 피핀(Pippin, 714~768)은 프랑스 나르봉 전투에서 이슬람교의 세력을 섬멸시켰다. 이리하여 피핀의 아들인 칼 대제가 768년 왕위에 오르자 피레네 산맥 북쪽에는 더 이상 그들을 괴롭히는 회교 세력이 존재하지 않았다. 이후 칼 대제는 비록 스페인에서 사라센을 상대로 이따금씩 전투를 벌였지만, 프랑스 영토 내에서는 사라센과 싸우지 않게 되었다.

778년 칼 대제의 호위 부대가 최후의 한 사람까지 모두 죽음을 맞이했던 론세스발레스 전투는 가장 유명한 전설 중의 하나다. 『롤랑의 노래』에서 보여주듯이, 이 전투는 이슬람교도를 상대로 한 것이 아니라 소규모의 가스콘 산악병을 쳐부수기 위한 것이다. 그런데, 『롤랑의 노래』는 전투 당시 칼 대제의 나이를 200세 고령으로 등장시키고 있지만, 실제 그의 나이는 35세였다. 그러므로 카롤링(독 : Karolinger / 영 : Carolingans) 왕조 시대의 대부분의 전설은 미완성의 역사가 아니라, 오히려 그것은 일종의 라틴 연대기인 『칼 대제의 역사』(*De Gestis Caroli Magni*)라 할 수 있다.

이 저술에서 칼 대제는 초자연적인 권능을 지닌 흰 수염을 기른 족장으로 묘사된다. 그의 휘하에는 12명의 중세 기사도 정신으로 무장한 정의의 용사들이 있다. 그 기사들은 마치 아서 왕의 전설에 등장하는 원탁의 기사들과 매우 닮아 있다. 12용사 중 가장 유명한 용장 가운데 롤랑 두스 백작이 포함되어 있다. 그런데 롤랑은 칼 대제의 조카로 변신하여 이야기 속에 등장한다. 그는 용맹한 장수의 상징으로 등장하여 순교자가 된다. 또한 지혜로운 올리비에란 인물이 새롭게 만들어진다. 스페인 원정은 십자군 원정으로 바뀌고, 기독교인들인 바스크족은 40만 대군이나 되는 이슬람군으로 대체되어 묘사된다. 롤랑의 군대를 전멸시키는 것은 배신자 롤랑의 계부繼父인 가를롱의 배반 때문이고, 대주교 튀르팽의 존재는 이 전투에 십자군의 의미를 부여해준다. 샤를마뉴는 이슬람군을 전멸시키고 배신자 가를롱을 처형하고 조카의 복수를 하면서 이야기는 끝을 맺는다.

이렇게 새로 쓰인 이야기에 군중들은 더욱 흥미를 갖게 되었다. 『롤랑의 노래』는 결국 역사와는 아무런 관계도 없이 12세기 기사도적 무훈시의 정점에 자리매김했다. 이 작품 이후, 많은 모방작들이 나오게 되었다. 그리고 이런 무훈시는 중세 문학의 커다란 유행의 영향을 끼쳤다.

1. 기독교와 라틴 문학

서로마 제국이 멸망하는 과정에서 기독교는 활발한 선교 활동을 시작했다. 그 무렵 기독교 문학이라고 할 수 있는 것은 역사상 최후의 로마 귀족이라고 일컫는 보에티우스(Boethius, 480~524)에 의해 이루어졌다. 그는 플라톤 사상을 바탕으로 기독교의 여러 문제를 해석하여, 교회의 정통 신학자들과는 다른 영향을 중세에 남겼다. 그의 옥중 수상기인 5장으로 된 『철학의 위안』(*De Consolatione Philosophiae*)은 산문과 운문이 교체되는 형식으로 쓰여 있다. 이 책의 중점적인 내용은 이성과 신의 섭리를 신뢰함으로써 내적인 모든 감정과 외적인 혼란을 극복하려는 것이다. 그는 동로마 제국에 내통한 혐의로 고발된 친구를 변호한 까닭으로 같은 혐의로 투옥, 처형되었다. 그 외에 갈리아 지방의 작가로 알드헬름(Aldhelm, 639?~709)은 찬송가와 많은 시를 남겼고, 베다(Beda, 673?~735)는 당시 유럽의 유일한 학자라는 평을 들으며 라틴어로 된 『영국 교회사』(*Historia Ecclesiastica Gentis Anglorum*)를 남겼다.

사실 기독교 문학은 문학이라고 하기보다는 대부분 사상의 영역에 속하는 것으로, 주로 라틴어를 사용하고 있다. 가령 아우구스티누스(Augustinus, 354~430)의 『고백록』(*Confessiones*), 그리고 무명의 시인이 쓴 『십자가의 꿈』(*The Dream of the Rood*), 토마스 아 켐피스(Thomas a Kempis, 1380~1472)의 『그리스도를 본받아』(*Imitatio Christi*), 아벨라르(Pierre Abélard, 1079~1142)와 그의 애인 엘로이즈가 주고받은 서간 『왕복서간』(*Lettres complétes d'Abélard*), 성 프란체스코(St. Francesco, 1182~1226)의 『작은 꽃』(*I Fioretti*), 스페인의 곤살로 데 베르세오(Gonzalo de Berceo)의 『성모 마리아의 기적』(*Les Milagros de Nuestra Senora*, 13세기경) 등이 있다.

■ 아우구스티누스(Augustinus, 354~430) – 『고백록』(*Confessiones*)

아우구스티누스는 로마 그리스도교 최대의 교부이다. 그는 북부 아프리카의 타가스테에서 태어났다. 『고백록』을 쓸 당시는 로마 제국 말기였다. 그는 퇴폐와 혼란 속에서 영원한 진리를 추구하고 영혼의 구혼을 얻고자 이 책을 완성하였다. 그리고 그의 사상은 중세 1천 년에 걸친 기독교 지배의 기초를 쌓아 올리게 되었고, 나아가 오늘날까지 독자들을 감동시키고 있다. 또한 자기와의 대화를 통해 신과 대화를 한다는 독특한 형식은 고백문학의 효시가 된다.

이 책은 전 13권으로 구성되어 있는데, 먼저 1~9권은 유년 시대로부

터 그리스도교에 입신하기까지의 내용을 담은 생활편 내지 체험편이고
10~13권은 성서 해석에 중점을 두고 있는 사상편 내지 해석편이다. 즉
심리 관찰, 철학적 성찰, 신앙 체험, 신학설 등 주목할 만한 내용을 담고
있다. 따라서 이 책은 프로테스탄트나 가톨릭에서도 동시에 중요한 작
품으로 다루고 있다. 이 작품 이외에도 그는 『신국론』(*De Civitate Dei*),
『삼위일체론』(*De trinitate*) 등을 썼다. 다음은 『고백록』의 부분이다.

제10권 8장

그러니 나는 내 본성의 이러한 힘도 초월하여 나를 창조한 것에까지 단계적으
로 올라가리라. 그렇게 하면 나는 기억이라는 들판, 광대한 터에 이르게 되는 것
이다. 거기에는 여러 가지 감각에서 비롯한 무수한 심상(心象)이라는 보물 창고가
있다. 거기에는 또한 감각에 의해 파악한 것을 더하거나 덜하거나 그리고 다른 방
법으로 바꾸면서, 우리들이 생각해내는 모든 것이 저장되어 있다. 그 외에도 많은
것이 아직 망각에 의해 삼켜진 채 묻히지 않고 수용되어 저장되어 있다. 내가 그
보물 창고 속에 들어가 내가 구하는 것을 내놓으라고 명할 때 어떤 것은 즉시 나
오지만, 다른 것은 겨우 찾아내어 마치 멀리 있는 창고에서 가져오듯이 운반되기
도 한다. 또 다른 것은 무리를 지어 내가 다른 것을 찾고 있는 데도 성급히 한가운
데로 뛰어나오며, "우리들이 아닌가요?"라고 말할 듯한 기세를 부리기도 한다.
나는 그 모든 것을 마음의 손으로써 내 생각의 얼굴 앞에서 쫓아버린다. 그러면
마침내 내가 구하는 것이 모습을 나타내며, 숨었던 곳으로부터 밝은 곳으로 나오
게 된다. 또한 어떤 것은 바로 내가 구하는 바와 같이 정연히 줄을 지어 나타나고,
앞의 것은 뒤의 것에게 자리를 양보하여 뒷걸음질치며, 내가 찾을 때에 다시 나타
날 수 있게끔 준비를 한다. 이러한 일들이 모두 내가 기억에 의해 무엇을 말할 때
생기는 것이다.

거기에는 모든 것이 구별되고 분류되어 있으며, 그것들은 모두 각각의 통로
에서 운반되어온 것이다. 가령 빛과 모든 색깔과 물체의 형태는 눈을 통해 들어
온 것이다. 또한 귀에 들어온 것에는 온갖 종류의 소리가 있으며, 모든 향기는
코의 통로를 통하여, 모든 맛은 입의 통로를 통하여 들어온 것이다. 그리고 온몸
의 감각에 의하여 그 감각하는 바가 신체 안에 있든 밖에 있든, 무엇이 단단한

가, 무엇이 부드러운가, 무엇이 뜨거운가, 무엇이 찬가, 무엇이 매끄러운가, 무엇이 거친가, 무엇이 무거운가, 무엇이 가벼운가 하는 심상이 펼쳐지는 것이다. 이들 모든 것은 내 기억의 광대한 골방과 말할 수 없는 비밀의 방에 수용되어, 필요에 따라 끄집어낼 수 있게 되어 있다. 그것들은 모두 제각기의 문을 통해 들어가 수용되어 있는 것이다. 그러나 사물 그 자체가 들어오는 것이 아니라 단지 지각된 사물의 심상이 그것을 생각하게 하는 사유(思惟)로 준비되어 있는 데 지나지 않는다. 어떠한 감각이 그 모든 심상을 포착하여 내용에 수용했는지는 분명하지만, 그러나 그 모든 심상이 어떻게 만들어졌는가 하는 것은 아무도 설명할 수 없다. 그 증거로 나는 어두움과 침묵의 한가운데 있을 때라도 나의 기억 속에서 바라는 바대로 색깔을 꺼내, 백과 흑 또는 그 밖의 좋은 색을 구별할 수 있다. 그리고 내가 눈으로 지각한 것을 생각할 때에는 소리를 내어 방해하는 일은 없다. 소리도 역시 내 기억 속에 있으나 특별히 저장되어 숨어 있었기 때문에 보이지 않는 것이다. 실상 소리도 불러내고 싶을 때 부르면 즉시 나온다. 그리고 혀는 쉬고 인후는 침묵하고 있는 데도 나는 생각대로 노래할 수 있다. 먼저의 색깔의 심상은 계속해서 거기에 있으나, 다른 귀에서 들어온 보물이 꺼질 때까지는 내가 노래하는 것을 방해하지는 않는다. 마찬가지로 다른 감각에 의해 운반되어 겹겹이 싸여진 심상도 나는 내 마음대로 생각해낼 수 있다. 나는 어떤 향기를 냄새 맡지 않고도 백합의 향기와 오랑캐꽃의 향기를 구별한다. 나는 또한 포도즙보다 벌꿀을 좋아하고, 거친 것보다 매끄러운 것을 좋아하지만, 그러나 그에 즈음하여 전자를 맛보거나 후자에 손을 대거나 하는 것이 아니라 나는 단지 생각해낼 뿐인 것이다.

■ 무명 시인 – 『십자가의 꿈』(*The Dream of the Rood*)

이 작품은 그리스도교의 중심적 상징인 그리스도가 십자가에 못 박혀 죽은 사건에 관한 내용을 담고 있다. 따라서 중세 초기의 서정시에서 현대 복음 찬미가에 이르기까지의 많은 시 중 가장 훌륭한 시의 하나로 꼽히고 있다. 이 작품은 원래 앵글로－색슨 영국(500~1100년대)의 언어였던 고대 영어로 쓰였으며, 약 8세기경의 것으로 추정된다. 그런데 모든 고대 영어의 시처럼 음영시인吟詠詩人들이 공개 공연할 때 즉흥적으로 창작하던, 구두시口頭詩의 오랜 고대 전통을 공유하고 있다.

이 시는 중세에서 인기 있던 형식인 몽상의 수법을 사용한다. 즉, 꿈속의 환상을 다루는 매우 기교적인 작품이다. 꿈속에서 예수 그리스도가 처형당한 나무 십자가(Rood)의 환영을 보게 된 주인공은, 그 십자가가 들려주는 예수 그리스도의 장렬한 최후를 듣게 된다. 그 후 꿈에서 깨어나 덧없는 세상에 마음을 두지 않고 영원한 축복의 근원인 예수를 믿으며 살아가겠노라고 영적 다짐을 하게 된다. 이러한 꿈의 환상을 이용한 수법은 후대의 중세 영문학에서 더욱 본격화되어 초서(Geoffrey Chaucer, 1340?~1400)의 『명예의 전당』(*The House of Fame*), 『새들의 의회』(*The Parliament of Fowls*), 그리고 랭런드(William Langland, 1332?~1400)의 『농부 피어즈에 관한 윌리엄의 환상』(*The Vision of William concerning Piers, the Plowman*) 등의 작품을 중심으로 주요한 문학 장르로 자리 잡게 된다.

그런데 이 몽상에서 십자가는 이중적인 면을 가진다. 그것은 지상의 인간뿐만 아니라 하늘의 천사들에게도 눈에 보이는 찬란한 우주적 물체이다. 또한 십자가는 그리스도의 피로 '축축히 젖어' 있다. 예수를 십자가의 기둥에 결박하고 못으로 찔러 죽이는 형벌(crucifixion)을 이야기하는 대목에서는 놀랄 만한 영웅적 이미지를 제공한다. 이 시의 구성은 완벽하리만큼 대칭적이다.

다음은 『십자가의 꿈』 한 부분이다. 이 대목에서 하느님의 아들 예수는, 말을 타고 나가서 괴물을 퇴치하고 백성을 구하려는 게르만 왕과 거의 흡사하다. '전능하신 분' 그리스도는, 그가 다시 돌아와 벌을 주고 보상하는 최후의 심판(103~119행)에서, 그리고 마지막에는 '의기양양한' 지옥에의 하강(141~147행)에서 잠시 다시 나타난다.

> 그때 그 젊은 용사, 전능하신 하느님
> 용감하시고 단호하신 그분은 옷을 벗으시고
> 인류를 속죄하시려 많은 사람들 앞에서
> 당당하게 십자가에 오르셨다.
>
> —부분

■ 토마스 아 켐피스(Thomas a Kempis, 1380~1472)
– 『그리스도를 본받아』(*Imitation christi*)

토마스 아 켐피스는 독일에서 태어났고 신비주의자로 알려져 있으며, 이 책은 성서 다음으로 널리 애독되고 있다. 전 4권으로 구성되어 있는데 소개하면 다음과 같다.

제1권 「영적 생명에 도움이 되는 권고」 : 25장으로 이루어진다. 주요 내용은 오직 하나님을 사랑하고 하나님을 섬기는 일 이외에는 모든 것이 헛되며, 멸망할 것을 구하여 현세의 생명에만 마음을 빼앗겨서는 안 된다는 것이다.

제2권 「내적 생활에 관한 권고」 : 생활 속에서 그리스도와 교제해야 한다는 점이 강조된다.

제3권 「성찬식에 관한 권고」 : 성찬식을 임해야 할 마음의 준비로서 그리스도를 본받아야 할 것을 역설한다.

제4권 「내적 생명의 위안」 : 외적인 현실이 힘들고 고달프더라도 내적으로 그리스도를 모시면 큰 생명의 위안을 받을 것이라고 말한다. 제4권은 가장 길어 총 59장을 차지한다.

■ 아벨라르(Pierre Abélard, 1079~1142)
- 『왕복서간』(*Lettres complètes d' Abèlard*)

이 『왕복서간』은 사건이 일어난 지 약 15년 후인 아벨라르가 엘로이즈에게 보낸 것으로 1133~1137년 사이에 쓴 것으로 추정된다. 12개의 서간이 묶여져 있는데, 제1서간은 대체로 53세까지의 아벨라르의 자서전 같은 것이다. 제2, 3서간에는 엘로이즈의 정열적인 사랑의 글이 기술되어 있다. 제3, 5서간은 그것에 대한 아벨라르의 회답이다. 그 이후에도 계속 편지를 주고받았으나 제7, 8서간에는 수도원 생활에 주의할 점, 제9서간에는 신학 및 성서학적 문제에 대한 문답, 제10서간에는 자작의 찬미, 제11서간은 설교집, 제12서간에는 신앙의 정통성에 관한 의견을 싣고 있다.

이 『왕복서간』은 중세 이래 널리 알려져 여러 가지로 개변되거나 전설까지도 보태지게 되었으며 널리 읽혀졌다. 다음은 작품의 내용과 사건이다.

아벨라르는 중세 굴지의 석학이며 철학자이다. 후에 프랑스 파리에서 철학교수로 재직하던 중 39세 때 17세의 소녀 엘로이즈를 만나 서로 사랑에 빠진다. 그는 그녀의 후견인인 엘로이즈의 작은아버지 필베르에게 접근하여 그 집 가정교사로 취직한다. 그리고 그들은 한 몸이 된다. 그러나 그들의 비밀은 작은아버지에게 들키게 되고 작은아버지는 아벨라르에게 몰래 엘로이즈와 정식으로 결혼하라고 요구한다. 그녀는 이미 아벨라르의 아이를 임신하고 있었다. 그러나 아벨라르는 자신의 명성이 손상되는 것을 두려워하여 결혼을 극력 반대한다. 할 수 없이 그녀는 아벨라르의 고향에 도피해 살게 된다. 그리고 태어난 아이를 누이동생에게 맡긴 다음 다시 파리로 돌아온다. 그러나 필베르 일가에서는 그녀를 학대했고 그들의 결혼식을 발표해버린다.

아벨라르는 그녀를 수녀원에 도피시킨다. 그녀의 작은아버지는 엘로이즈가 수녀가 된 것으로 오해하고 아벨라르에 대한 복수를 계획한다. 그는 아벨라르의

'남성 상징의 한 부분'을 거세한다. 이에 아벨라르는 심한 수치심을 느끼고 수도원에 몸을 숨긴다. 엘로이즈 역시 영원히 수녀원에 남게 된다. 어린 시절에도 수녀원에서 자란 엘로이즈는, 아벨라르의 고향에 도피해 살았던 3년간의 짧은 기간을 제외하고 또다시 속세와 인연을 끊게 된 것이다.

이것이 두 사람의 연애 사건의 내용이다. 그리고 『왕복서간』의 첫째 편지에 기록되어 있다.

■ 성 프란체스코(St. Francesco, 1182~1226) - 『작은 꽃』(*I Fioretti*)

'작은 꽃'이란 이탈리아어로 사화집詞華集을 일컫는다. 이 책은 성 프란체스코와 그 제자들의 언행과 일화를 중심으로, 전 54장으로 구성되어 있다. 이탈리아의 시인 성 프란체스코는 그리스도교의 한 파인 프란체스코파의 시조로서, 본명은 죠반니 프란체스코 베르나르도네(Giovanni Francesco di Bernardone)이다. 그가 젊었을 때는 세속적인 욕망에 사로잡힌 적도 있었지만, 후에 모든 재산을 버리고 거지가 되어 나환자를 돕고 가난한 자를 벗하여 사랑과 봉사의 생활을 하였다. 1209년 로마에서 교황 인노켄티우스 3세(Innocentius Ⅲ, 1161~1216)로부터 교단 설립과 포교의 허가를 받았다. 그 후 프랑스, 스페인, 이집트 등지에서 전도하였다. 또한 그는 섬세한 감각을 가진 시인으로 자연미를 순박하게 찬양했다. 그의 그리스도교적인 리얼리즘은 근대적인 리얼리즘으로 이행되어, 그 종교 정신은 르네상스의 한 원동력이 된 것으로 평가할 수 있다. 그의 대표작 『피조물들의 찬가』(*Laudes Creaturarum*, 1225) 등은 오늘날 그리스도교의 중요한 작품으로 남아 있다. 다음은 『작은 꽃』의 한 부분이다.

제16장 「새에게의 설교」

나의 자매 새들이여, 너희들은 창조주 하나님에게 한없는 은총을 입고 있느니

라. 너희들은 언제 어느 곳에 있든지 항상 우리 주 하나님을 칭송하라. 하나님은 너희들의 소망대로 어디든 날아갈 수 있는 자유를 주시고, 너희들이 마실 샘과 물을 주시느니라. 하나님은 너희들에게 산과 골짜기를 집으로 주시고, 너희들과 너희들의 어린 것에게 옷을 입혀주시느니라. 그러므로 나의 자매 새들이여, 주님의 은혜를 잊는 죄를 범하지 말고 항상 우리 주 하나님을 칭송하라.

■ 곤살로 데 베르세오(Gonzalo de Berceo)
  − 『성모 마리아의 기적』(*Los Milagros de Nuestra Señora*)

이 작품은 알레고리적인 서문과 성모 마리아가 행하는 25편의 기적 이야기로 구성되어 있다. 알레고리적 서문에서 순례 여행은 인생을, 초원은 성모 마리아를, 샘물은 복음서를, 꽃들은 성모 마리아의 이름들을, 노래들은 축복 받은 자들의 목소리를, 초원의 아늑함은 신자들의 고통을 잊게 해주는 안식처로 상징화된다.

기적 이야기에서는, 성모 마리아가 자신을 숭배하는 사람들의 영혼을 구제하며 그들을 악으로부터 보호하기 위하여 기적을 행하는 이야기이다. 즉 성모를 믿는 도둑이 교수형에 처하게 되자, 성모 마리아가 손을 목과 밧줄 사이에 넣어 죽음으로부터 그를 구해준다. 또 어느 승려가 죄를 범한 후 돌아오다가 급류에 휘말려 죽게 되었는데, 속죄를 하게 하여 영혼을 구제하고 다시 살려준다. 물론 이와 유사한 이야기가 중세 유럽 전역의 라틴 문학에서 다루어지고 있기 때문에 베르세오의 완전한 창작품이라고 할 수는 없다. 그러나 라틴어로 쓰인 성모 마리아에 대한 이야기를 로만스어로 일반 대중에게 전해주었다는 데 의의가 있다. 다음은 작품의 한 부분이다.

친구들이여, 잠시만 기다리신다면
예수님이 젖을 빨았던
성모 마리아가 대신하여 보여준
다른 기적 이야기를 들려주겠습니다.
축복받은 한 승려가 어느 수도원에 살았습니다.
내가 읽지 않았다면 들려드리지 못하는 것이죠.
그 자는 마음을 다해 성모 마리아를 사랑했습니다.
매일 마리아의 형상에 인사를 했지요.
성모 마리아 형상 앞에 매일
무릎을 꿇고 말했습니다. "아베 마리아"라고.
그러자 그 수도원의 원장이 그를 미친 자가 아니라
정신이 바른 자로 보고 성물을 관리하는 사제로 임명했습니다.
악한 적은 늘 선한 자의 반대편이라
이 교활한 적이 바람을 넣어
그 사제를 부패하게 하여
간음을 저지르게 했지 뭡니까.
미친 죄인은 그 일이 버릇이 되어
밤에 원장이 잠자리에 들면
수도원 밖으로 잠자리를 빠져나와
나쁜 일을 저지르고 다녔지요.
들어갈 때나 나갈 때나
반드시 지나가야 할 제단 앞의
성모상에게 인사를 드리는 일은
한 번도 잊지 않았습니다.
수녀원 옆에 강물이 흐르고 있었는데
그곳을 이 사제는 늘 지나가야 했습니다.
그곳으로 그 사제는 미친 짓을 하러 왔다가,
그곳에 빠져 수도원 밖에서 질식해 죽었다는 게 아닙니까.

2. 각국의 민족 서사시

중세 유럽 문학의 특징은 게르만족의 유럽 정착 과정에서 보이는 전투와 영웅들의 무훈을 다루는 작품이 중심을 이룬다. 처참한 전투와 전쟁의 파괴를 배경으로 한 영웅 서사시의 내용은 용사의 생활과 감정에 대한 묘사, 영웅적 행위와 비극적인 최후의 찬양, 용장의 죽음에 대한 비탄 등을 다룬다. 영웅들은 절제·명예·충성·믿음·사랑 등의 덕목을 갖추고 있고, 분위기는 비정하고 엄숙하다. 그리고 영웅들은 정의와 운명에 몸을 의탁하면서 죽음을 두려워하지 않고 의연하게 대처한다. 이러한 영웅의 인간됨과 분위기는 독자들의 마음을 감동시킨다. 영웅들의 등장은 대부분 '누구의 아들'이라는 상용어구가 등장한다. 영웅주의 사회에서의 서사시 기능은, 영웅들의 업적이나 위대함을 찬양함으로써 용사들로 하여금 영웅심을 일깨워 영웅적인 행동을 흠모하도록 고무시키는 데 있는 것이다.

중세 대표적인 영웅 서사시로는 앵글로-색슨족에 의해 형성된 『베어울프』(*Beowulf*), 게르만의 영웅 전설을 집대성한 『니벨룽겐의 노래』(*Das Libelungenslied*), 스페인의 영웅을 찬양한 『엘 시드의 노래』(*EI Cantar de Mio Cid*), 샤를마뉴와 그 부하들의 활약을 찬양한 프랑스의 『롤랑의 노래』(*Chanson de Roland*), 아서 왕의 로망스를 다룬 최초의 독일 시인인 하르트만 폰 아우에(Hartmann von Aue, 1168~1215)의 『가련한 하인리히』(*Der arme Heinrich*), 신앙과 민족을 위한 기사 문학의 대표적인 서사시인 볼프람 폰 에셴바흐(Wolfram von Eschenbach, 1170~1220)의 『파르찌팔』(*Parzival*), 사랑의 서사시 『트리스탄과 이졸데』(*Tristan unt Isolde*), 그리고 교므 드 로리스(Guillaume de Lorris, 제1부)와 장 드 묑(Jean de

Meung, 제2부)에 의해 쓰인 프랑스의 최고 우화집 『장미 이야기』(*Roman de la Rose*) 등이 있다. 독일의 『파르찌팔』과 『트리스탄과 이졸데』의 원형은 프랑스 브르통 이야기(Romans Bretons)에서 온 것이며 약간의 차이가 있기는 하다. 또한 독일에는 궁정 서사시의 대표작으로 알려진 『아서 서사시 문학』(*Artusepik*)이 있으며, 이밖에 스칸디나비아 계열의 문학인 『에다』(*Edda*), 아이슬란드 문학인 『사가』(*Saga*) 등도 이에 포함시킬 수 있다.

『아서 서사시 문학』은 소재가 주로 아서 왕[3]을 중심으로 한 기사들의 무용담이라고 해서 붙여진 명칭이다. 이 장르에는 아서 왕과 원탁의 기사들을 중심으로 한 켈트족(Kelt)의 신화 세계에서 소재를 취한 대형식의 운문체 이야기들 및 그 뒤를 이었던 중세 중기 그리고 후기의 산문체 소설들이 포함된다. 아서 소설은 프랑스에서 기원하여 독일로 전파되었다. 아서 왕 전설의 바탕을 이루는 역사적 핵심은 기원 후 500년경 브리튼족의 전투에서 침입하는 앵글로-색슨족에 대항하여 맹활약한 아르토리우스(Artorius)라는 탁월한 전쟁 영웅의 존재에 관한 이야기인데, 이와 아서 문학과 상관 관계에 있는 것으로 추정된다.

또한 민족의 전통적인 영웅 서사시 가운데 아이슬란드에서 발생한 『에다』(*Edda*)와 『사가』(*Saga*) 등 게르만 계열의 것이 있다. '사가'란 말

---

3 아서 왕의 전설 : 아서 왕은 게르만족과 싸운 브리튼족의 영웅으로, 단순한 전설상의 인물인지 실재 인물인지는 분명치 않다. 그와 그의 기사들에 관한 이야기는 중세기에 가장 풍부한 문학의 소재가 되었고, 이것이 '브르통 이야기'라고 하는 것이다. 아서는 남(南)웨일즈 지방의 실류어즈라고 하는 브리튼의 한 부족의 왕이다. 그의 아버지는 유더, 어머니는 이그레인이다. 후에 유더 왕이 색슨족에게 살해되자, 아서는 15세에 즉위한다. 아서는 결국 색슨인을 토벌한다. 이어서 아일랜드와 아이슬란드를 정벌하고 12년간 평화스럽게 산다. 그리고 노르웨이도 정벌한다. 후에 로마에 진군하던 중 모오드레드의 모반 사건으로 귀국하여 싸우다가 중상을 입고 애벌론이라는 선녀가 사는 신비로운 애벌론(Avallon) 섬으로 갔다고 전한다.

은 고대 노르웨이어로 '이야기'란 뜻이다. 『사가』는 『에다』보다도 기독교 문화의 감화를 적게 받은 작품이다. 이 작품은 아이슬란드 또는 노르웨이의 군주와 영웅에 관한 신화 및 전설을 기록한 것이다. 원래 9세기 중엽 노르웨이 본국의 압제에 항거하여 자유를 찾아 얼음이 덮인 섬으로 이주한 사람들 사이에 전해지던 것으로, 후대에 성문화되었다. 이후, 『사가』의 전성기인 12세기에서 13세기에 걸친 역사적 색채가 짙은 것으로부터, 역사적 색채가 약한 비극적인 이야기를 다룬 것까지 여러 종류가 생겨났다. 이것들은 그 연대가 봉건제의 전성기에 속함에도 불구하고, 기독교 정신의 감화가 희박하여 그 감정은 완전히 중세 초기의 것을 그대로 지녔다고 할 수 있다. 그 가운데 아리 후로디(Ari Frothi, 1067~1148)의 『얼음섬나라 이야기』와 스투룰라 트로길슨(Sturla Thorgilsson, 1214~1284)의 『스투를룽가 사가』가 유명하다.

■ 영국 – 『베오울프』(*Beowulf*)

프랑크·고트·랑고바르드 민족이 그리스도교 문화를 크게 번성시킨 데 반하여, 게르만 민족 중 튜튼족은 민족적 이상의 표현으로서 예로부터 전해오는 신화·전설 또는 영웅적 선도자의 전설화된 사적을 주제로 한 서사시적 형태의 문학을 발생시켰다. 이들 가운데 독일 북부에서 영국 동남부로 이주해간 앵글로–색슨족에 의해 『베오울프』가 창작되었다.

이 영웅 서사시는 작자 미상이며 앵글로–색슨어에 의해 쓰였지만 주인공과 무대는 스칸디나비아식 혹은 독일식이다. 작품의 여러 곳에 그리스도교적인 요소를 발견할 수 있으나 제사 의식은 이교도적이다. 이 점으로 미루어 이 작품의 기원은 대륙이며, 아주 오래 전 구전하던 이야기가 이교도인에 의해 글자로 정착된 것을, 후세 그리스도교 시대에 들어와서 손질된 것이 아닌가 추정된다. 또한 성문화된 연대로 볼 때 가장 빨라서, 10세기 말에 베껴진 것으로 추정되는 옛 사본이 현존해 있으며, 그 원형은 그보다 훨씬 전인 700년경이라고 추측된다. 내용은 3,182행으로 구성되어 있다. 또 『베오울프』는 운명에 순종하고 정의를 위해서는 죽음도 두려워하지 않는 영웅적 정신이 돋보인다. 어쨌든 『베오울프』는 고대 영문학의 최고이자 유럽 속어로 쓰인 최초의 영웅 서사시이다.

그밖에 고대 영어로 쓰였으나 단편적인 작품으로 「핀즈부르흐」(*Finnsburh*), 「왈드헤레」(*Waldhere*), 「몰든의 전투」(*The Battle of Maldon*) 등이 있다. 『베오울프』의 줄거리는 두 부분으로 나뉘어져 있는데, 그 내용은 다음과 같다.

전반부

덴마크 왕 흐로트가르의 화려한 궁전 헤오로트에서 시작된다. 이곳은 12년 동안 밤마다 사악한 괴물 그렌델이 나타나 흐로트가르의 용사들을 끌고 가서 잡아먹는 바람에 공포에 휩싸이게 된다. 그런데 뜻밖에도 스웨덴 남부 예아트(Geats) 족의 왕자인 베오울프라는 청년이 한 무리의 부하를 이끌고 와 헤오로트에서 그 괴물을 퇴치해주겠다고 한다. 왕은 베오울프의 대담함에 놀라 그를 반갑게 맞아들이고, 매우 극진하게 향연을 열어준다.

밤이 되자 어김없이 늪에서 나온 그렌델은 잠자고 있던 예아트족 가운데 한 명을 잡아가다가 베오울프와 맞닥뜨려 싸우게 된다. 그 싸움에서 그렌델은 한쪽 팔이 떨어져 나가는 치명적인 부상을 입은 채 간신히 그곳을 빠져 나간다. 이 소식을 들은 헤오로트 사람들은 매우 기뻐한다.

그런데 다시 밤이 오고 용사들이 잠들자, 그렌델의 어미가 아들의 복수를 하기 위해 나타나 흐로트가르의 용사 중 한 명을 죽인다. 그러자 다음날 아침 베오울프는 늪의 바닥에 있는 동굴에서 어미를 찾아내어 죽여 버리고 그렌델의 목을 베어 헤오로트로 돌아온다. 사람들은 다시 한 번 기뻐하고 베오울프는 명예의 표지와 값진 선물을 많이 받아가지고 예아트족의 히엘락 왕에게로 돌아간다.

후반부

히엘락 왕이 전투에서 죽고 그의 아들마저 죽은 후, 베오울프가 왕위를 이어받아 50년 동안 태평성대를 이룬다는 이야기가 간략하게 서술된다. 그런데 입에서 불을 뿜는 용이 나라를 짓밟고 어지럽히는 사건이 벌어진다. 이에 용감하지만 이제는 늙어버린 베오울프가 그 용과 맞서게 된다. 그 싸움은 오래 지속되고 처절하다. 베오울프가 젊었을 때 벌인 싸움하고는 큰 대조를 보인다. 싸우는 동안 베오울프의 젊은 친척 위글라프를 뺀 모든 신하들은 도망쳐 버린다. 길고 처참한 결투 끝에 베오울프는 결국 용을 죽인다. 그러나 베오울프 역시 치명상을 입고 죽는다. 그의 장례 의식과 애가로 대서사시는 막을 내린다.

■ 독일 – 『니벨룽겐의 노래』(*Das Nibelungenslieds*, 죽음의 나라 사람들)

일찍이 『베오울프』가 독일 지방의 민족 이동기의 역사와 전설을 반영하고 있음에 반하여, 『니벨룽겐의 노래』는 뒤늦게 1200년경 도나우 연방 지역에서 생성되었다. 이 영웅 서사시는 독일 중세 문학의 가장 위대한 작품 가운데 하나로서, 한 민족의 대이동이라는 격동기와 그 사회에서 추구한 가치를 보여주는 전형적인 비극시이다. 이 서사시의 전설은 라인 강 하류의 지크프리트의 죽음에 관한 이야기와 훈족에 의한 부르군트 왕국의 멸망에 관한 역사적 사실을 배경으로 한다.

이 작품은 복수의 법칙이 지배하는 영웅들의 비극적이고도 이교도적인 모습을 담고 있다. 중세 문학이 지닌 윤리적 가치인 명예 · 미덕 · 충성 · 복수 · 철저함 그리고 정조 관념 등을 나타낸 작품이다. 두 주인공인 크림힐트와 하겐은 그들의 명예와 복수를 위해 목숨을 건다. 이러한 그들의 파괴적인 모습은 그들 삶의 원동력이다. 결국 이로 인해서 목숨을 잃지만 명예와 복수는 그들의 운명이다. 작품의 줄거리는 다음과 같다.

제1부 「지크프리트의 죽음」

프랑크 왕국의 지그문트 왕은 서쪽 나라의 여왕 지그리드와 결혼했으나, 얼마 안 되어 출정하여 전사한다. 남편을 잃은 여왕 지그리드는 깊은 산중으로 도망가 아이를 낳고 죽게 되고 아이는 사슴에 의해 길러지게 된다. 그 산중에는 미에라는 힘센 대장장이가 살고 있었는데, 벌거벗은 아이를 사슴이 핥아주고 있는 것을 보게 된다. 대장장이는 그 아이를 데려다가 이름을 지크프리트라 짓고 기른다. 그런데 이 아이는 5살인데도 어른처럼 키가 크고 힘도 세다. 대장장이는 두려워 그 아이를 죽이기로 결심하고 산중에 용이 되어 벌을 받고 있는 자기 동생과 짜고 지크프리트를 자기 동생이 있는 산중으로 보낸다. 그러나 결국 지크프리트는 그 용을 죽이고 그 피를 뒤집어써서 더욱 강철 같은 피부를 가지게 된다. 그런데 애석하게도 그때 나뭇잎이 떨어져 어깨 중간은 원래의 피부를 그대로 갖게 된다.

한편 라인 강변의 보름스 지방에는 부르군트족의 군터(Gunther) 왕이 살고 있다. 그의 누이동생인 크림힐트는 미모가 빼어나 각국의 수많은 기사들이 군터 왕의 보름스 성에 모여든다. 지크프리트도 다른 기사들처럼 그녀의 미모를 전해 듣고 그녀에게 구혼하기 위해 보름스 성에 와 있다가 군터 왕을 도와 많은 무훈을 세운다. 그리고 마침내 크림힐트를 보고 사랑에 빠진다.

그런데 군터 왕은 미모와 무예가 뛰어난 아이슬란드 섬의 여왕을 사모한다. 그녀는 무예로 자기를 굴복시키는 자가 아니면 그 누구의 구혼도 받아들이지 않겠다고 선언한 터다. 군터 왕은 지크프리트의 도움을 얻어 브룬힐트를 굴복시킨다. 그래서 군터 왕은 브룬힐트와, 지크프리트는 크림힐트와 각각 합동 결혼식을 거행하게 된다. 그런데 첫날밤 브룬힐트는 자기의 처녀성을 잃지 않으려고 버티었으나, 군터 왕은 다시 지크프리트의 도움을 얻어 그녀를 정복하게 된다. 그러한 과정에서 지크프리트는 브룬힐트로부터 빼앗은 처녀대(處女帶)와 반지를 자기 아내인 크림힐트에게 선물한다.

여러 해가 지난 후 이들 부부는 보름스에서 열린 축제에 초대받게 된다. 다시 만나게 된 브룬힐트와 크림힐트는 자기 남편의 사회적 지위를 놓고 서로 다툰다. 이 과정에서 크림힐트는 브룬힐트에게 처녀대와 반지를 보여주며 많은 사람들 앞에서 그녀를 매우 창피하게 만든다.

이에 브룬힐트 왕실의 지략과 용맹을 겸비한 장수 하겐이 왕가의 명예를 위하여 브룬힐트의 복수를 하겠다고 맹세하고 지크프리트를 해칠 계략을 꾸민다. 그 계략에 말려든 크림힐트는 하겐에게 남편의 유일한 약점을 알려주게 된다.

이 비밀을 알게 된 하겐은 다시 지크프리트에게 함께 사냥을 가자고 제의한다. 사냥터에서 하겐은 지크프리트를 샘터로 유인하여 물을 마시게 하고, 자기는 등 뒤에서 그의 약점 부위에 창을 찌르고 도망간다. 지크프리트의 시체는 크림힐트의 거처로 옮겨진다. 그런데 하겐이 지크프리트의 시체에 가까이 오자 상처에서 새롭게 피가 솟아나온다. 그러자 크림힐트는 남편의 원수가 누구인지 눈치챘다. 장례를 치른 후 크림힐트는 남편의 한 맺힌 영혼을 달래면서 남편이 결혼식 날 아침에 자기에게 준 니벨룽겐의 보물을 남편처럼 간직하고 지낸다.

제2부 「크림힐트의 복수」

크림힐트는 죽은 남편의 복수만을 생각하면서 13년을 지내게 된다. 마침 도나우 강변에 강력한 세력을 떨치고 있던 훈족의 왕 에첼이 왕비를 잃고 나서 크림힐트에게 구혼을 청한다. 크림힐트는 강력한 훈족의 힘을 빌려 죽은 남편의 원수를 갚을 생각으로 에첼의 왕비가 된다. 그리고 그녀는 왕에게 부탁하여 브룬힐트의 왕가를 초청하여 기회를 봐서 복수할 계획을 세운다. 그녀의 속셈을 미리 알아 챈 하겐은 초청을 거부하려고 했으나, 비겁하다는 말을 듣기 싫어 죽음을 각오하고 그곳으로 향한다.

이어 에첼의 성에서는 처참한 복수극이 벌어지게 되고 군터 왕 · 하겐 · 에첼 · 힐데브란트만이 살아남는다. 크림힐트는 하겐에게 니벨룽겐의 보물이 있는 곳을 알려주면 살려주겠다고 한다. 그 제안에 그는 "군터 왕이 살아 있는 한 죽어도 보물의 위치를 알려줄 수 없다"고 한다. 이에 격분한 크림힐트는 즉시 군터 왕의 목을 베어 하겐에게 보여주라고 명한다. 하지만 하겐은 끝내 입을 열지 않는다. 격분한 크림힐트는 하겐이 차고 있던 지크프리트의 보검을 뽑아 그의 목을 단칼에 베고 만다. 무려 25년간 쌓였던 원한을 푼 것이다. 그러나 이 광경을 목격한 크림힐트의 부하 힐데브란트는 용장 하겐이 한낱 여인의 손에 죽자 그녀의 목을 베어 버린다. 이렇게 하여 그들은 니벨룽겐이라는 이름처럼 모두 죽음의 나라로 가버리고 장편 서사시의 막은 내린다.

■ 프랑스 – 『롤랑의 노래』(*Chanson de Roland*)

이 작품은 778년 샤를마뉴 대제의 생애에서 발생한 한 역사적 사건을 다룬 프랑스어로 쓰인 최초의 설화시이다. 창작 연대는 정확하지는 않지만, 1100년 이후의 10년 혹은 수십 년에 걸쳐 지어진 것으로 추정된다. 이 작품은 전 4,002행으로 구성되어 있다.

이슬람인들은 711년 북아프리카에서 건너와 스페인의 북서부 산악 지대를 제외하고 전 지역을 점령했다. 이들은 프로방스까지 지배하였는데 샤를르 마르텔(Charles Martel, 680~741)이 732년 그들을 격퇴시키고, 피레네 산맥 남쪽에서는 프랑크인들이 그들을 격퇴시켰다. 그리하여 이슬람인들은 759년 나르본을 상실한 후 피레네 산맥 너머로 후퇴했다.

마침내 샤를마뉴 대제는 스페인 원정에서 승리하고 귀환길에 올랐다. 그들 일행이 피레네 산맥을 넘고 있을 때, 바스크 지방의 산중 사람들이 샤를마뉴 군대 후위 부대를 습격하여 많은 그의 부하들이 전사했다. 전사한 부하들 중에는 브르타뉴 변경의 백작 롤랑 두수가 포함되어 있었다. 그 후 3세기가 흐른 뒤, 11세기 스페인 북쪽에 위치한 갈리시아 지방의 콤포스텔라에서 성 야곱의 무덤이 발견되었고, 순례객들이 모여들게 되자 다시 모로인들과의 전쟁이 계속되었다. 따라서 『롤랑의 노래』는 역사적 사실과 관계없이 12세기 기사도적 무훈시의 가장 유명한 작품이 되어 중세 문학의 정점에 자리하게 되었다.

이 이야기의 주된 주제는 이슬람교도들과 싸우는 기독교인들의 투쟁으로 집중된다. 이교도에 대항하여 싸우는 기독교인의 모습, 군주에게 충성을 바치는 기사들의 모습, 십자군을 성전으로 승화시키고 왕과 신하의 충성 관계를 정당화시키고 있다. 기사도 정신이란 개인의 이익이나 안위보다도 단체나 집단을 위하여 기꺼이 희생되어야 함을 드러내준다. 이러한 행위야말로 영웅적인 행동인 것이다.

이 서사시에서 롤랑의 용맹성은 무모한 자만심으로 평가할 수 있다. 이러한 용맹성은 아무리 영웅이라 할지라도 자기가 책임져야 할 사람들과 자기 자신에게 파멸을 초래하는 어리석은 행동이다. 그럼에도 불구하고 롤랑의 모습은 비극적인 결말과 패배 속에서 초인간적인 숭고한 모습으로 중세의 영웅으로 남아 있는 것이다. 시인은 롤랑이라는 인물을 아킬레우스, 아이네아스, 햄릿과 함께 유럽 문학의 가장 위대한 영웅 중의 한 사람으로 창조해냈다. 롤랑이 육화(肉化)한 이념은 봉건 기사도의 이념인 것이다. 줄거리는 다음과 같다.

샤를마뉴 대제는 7년 전부터 스페인의 이슬람교도들과 전쟁을 하고 있었는데, 이제 사라고사 지역의 모로 왕 마르실을 정복하기만 하면 된다. 그런데 마르실 왕은 거짓 항복을 제의한다. 황제는 롤랑의 전언으로, 가를롱을 협상의 사절로 마르실 왕에게 보낸다. 가를롱은 샤를마뉴 대제의 여동생의 남편이며, 롤랑의 계부(繼父)이며, 궁정에서 매우 높은 지위를 차지하고 있는 인물이다. 가를롱은 롤랑을 미워하고 있는 터이기에 자신에게 위험한 임무를 맡긴 것에 앙심을 품는다. 즉, 롤랑이 자기를 지명함으로써 자기를 죽이려 한다고 생각해 배반감이 든 것이다. 그래서 사신으로 떠난 그는 사라고사의 모로 왕 마르실과 짜고 롤랑을 죽일 음모를 꾸민다. 이들은 샤를마뉴 군대가 프랑스로 귀환할 때 뒤에서 기습 공격을 하여 롤랑을 없애기로 한다.

마침내 샤를마뉴 대제 일행이 프랑스로 되돌아갈 때, 가를롱에 의해 롤랑은 12용사와 함께 후위군을 지휘하는 책임을 맡는다. 그런데 피레네 협곡에 당도했을 때, 마르실 대군이 후위군을 에워싸고 들이친다. 10만이나 되는 모로인들의 공격에 롤랑은 2만의 군사로 대적한다. 그는 위험이 닥치면 뿔피리를 불라는 왕의 명령을 어긴다. 롤랑의 오만한 자신감과 용기는 뿔피리를 불어 샤를마뉴 대제의 도움을 청하지 않는다. 올리비에는 그를 설득시키려고 노력하나 거절당한다. 롤랑은 구원을 요청하면 프랑스인들이 자기를 어리석게 여길 것이라고 두려워한다.

그러다가 자신의 주위에 60여 명의 병사 밖에 남지 않았을 때에야, 롤랑은 비로소 뿔피리를 불 결심을 한다. 그러나 이제는 올리비에가 명예를 이유로 하여 의견을 달리한다. 즉, 롤랑이 샤를마뉴 대제의 구원을 거절했는데, 대제로 하여금 이러한 처참한 재앙을 목격하게 한다는 것은 수치스러운 일이라는 것이다. 롤랑과 올리비에 사이의 언쟁인 이 장면은 이전 장면과 균형을 이룬다.

그리하여 롤랑은 끝까지 장렬히 싸우다가 전사한다. 하지만 롤랑 일행이 전몰 직전에 누군가 뿔피리를 불어 샤를마뉴 왕이 원정을 온다. 샤를마뉴 대제가 도착했을 때는 군사가 모두 죽어 있다. 샤를마뉴 대제는 이슬람교도들을 다 전멸시키고 가를롱을 처벌한다. 그리고 롤랑, 올리비에, 튀르팽 대주교의 유해를 프랑스로 가져간다. 다음날 가브리엘 천사가 샤를마뉴 꿈속에 나타나 새로운 십자군 전쟁을 명령한다.

■ 엘 시드(El Cid, 1040~1099) − 『엘 시드의 노래』(*El Cantar de Mio Cid*)

이 서사시는 지금까지 보존되어온 스페인어로 된 최초의 것으로 스페인 문학의 효시라고 할 수 있다. 1307년 페르 아밧(Per Abbat)이라는 사람의 필사본이 유일하게 전해지는데, 1779년 토마스 안토니오 산체스(Tomás Antonio Sánchez, 1723~1802)가 『15세기 이전 스페인 시집』(*Colección de Poesiás Castellanas anteriores al Sigio XL*) 제1권에 수록, 발간한 다음 비로소 알려지게 되었다. 『일리아드』나 『오디세이아』가 구전되다가 호메로스에 의해 정리되듯, 이 작품도 페르 아밧에 의해 수정·정리되었다고 할 수 있다. 그 이후 메넨데스 피달(Menéndez Pidal, 1869~1968)에 의해 완벽하게 연구된다. 원본은 1140년에 쓰인 것으로 추정된다. 3,730행으로 구성되어 있으며 맨 첫 장과 중간의 두 장이 손실되었으나, 메넨데스 피달이 『역대 20대 왕 연대기』(*Crónica de veinte Reyes*)에 수록된 산문화된 작품을 참조하여 이 부분을 복원하였다.

스페인 서사시는 유럽의 다른 국가, 특히 프랑스의 서사시와 유사한 점이 많지만, 동시에 그와 구별되는 매우 독특한 성격을 지닌다. 첫째는 사실주의적 역사성을 들 수 있다. 스페인 서사시는 실제 사실을 다루며 지형 등의 상황이 매우 사실적이다. 그리고 프랑스나 게르만 서사시에서 흔히 볼 수 있는 기적이나 환상적 요소 또는 초인간적인 능력을 배제하고 있다. 둘째, 전통성, 즉 지속성을 지니고 있어 시에 생명력을 불어넣고 있다. 프랑스의 서사시가 중세 말기를 끝으로, 그들의 문학에 어떠한 반향도 갖지 못했던 반면, 스페인 서사시는 후에도 여러 번 등장하여 수세기를 통해 스페인 문학사에서 독특한 맥을 이어왔다.

엘 시드는 스페인 역사상 실제로 존재했던 인물로서, 카스티야의 비바르 지방 출신으로 본명은 로드리고 디아스 데 비바르(Rodrigo Díaz de Vivar, 1040~1099)이다. 엘 시드뿐만 아니라 작품에 등장하는 미미한 존재에 이르기까지 역사적 기록에 나타나 있는 실제 인물이다. 엘 시드의 딸로 나오는 도냐 엘비라와 도냐 솔의 실제 이름은 크리스티나와 마리아이다. 엘 시드는 영웅적인 인물이지만 프랑스의 '롤랑'이나 독일의 '지크프리트'처럼 환상적인 인물은 아니다. 그의 업적은 대단한 것이었지만, 항상 인간의 한계 내에서 이루어진 것이다. 또한 까리온의 왕자들에 대한 복수도 개인적인 것이 아니라 왕 앞에서 합법적이고 정당하게 행해진다. 여기서 그의 신중함을 엿볼 수 있다. 왕과의 관계에 있어서도 그는 깊은 충성심으로 일관한다. 그리고 가족 관계에서도 책임을 다하고 있다. 그러나 엘 시드가 죽자, 그의 이야기는 역사에서 허구로 변하게 된다.

스페인은 1492년 남쪽에 위치한 그라나다를 마지막으로 정복할 때까지 8세기 동안 기독교와 이슬람이 공존하고 있었다. 8세기에는 북서부의 산악 지대로 쫓겨가 살다가 점차 남쪽으로 영토를 넓혀갔다. 1094년 엘 시드는 이슬람이 차지하고 있던 발렌시아라는 도시를 탈환했다. 이슬람에 대한 그의 무훈을 십자군 성격으로 그린 것이 바로『엘 시드의 노래』라는 서사시이다. 메넨데스 피달은 이 작품을 세 부분으로 분류하였다. 각각 제1부「추방의 노래」, 제2부「딸들의 결혼」, 제3부「코르페스 숲에서의 수모」등이 그것이다. 줄거리는 다음과 같다.

제1부「추방의 노래」

엘 시드는 안달루시아의 모로인 알폰소 6세에게 바치는 공물을 수거하러 세비야에 파견된다. 엘 시드는 원래 알폰소 왕의 형인 산초 왕의 신하였다. 산초 왕이 암살당하자 그의 동생인 알폰소가 왕위에 올랐다. 알폰소 왕은 자신이 산초 왕을 죽이지 않았다는 것을 선서하고, 산초 왕의 신하인 엘 시드를 부하로 맞이한 것이다. 엘 시드는 세비야에 머무는 동안 그곳이 공격을 받자 적을 무찌르고 많은 공물을 가지고 돌아온다. 이에 알폰소 왕의 신하들이 그를 시기하고 모함한다. 결국 그에게 앙심을 품고 있는 가르시아 오르도녜스 백작은 엘 시드가 무어인들에게서 거두어들인 공물의 일부를 가로챘다고 왕에게 거짓 보고를 한다. 이에 화가 난 왕은 엘 시드를 카스티야에서 추방한다. 그러자 엘 시드는 자기의 부인과 두 딸을 카르데냐 수도원에 맡기고 몇 명의 신하들과 함께 카스티야를 떠난다. 엘 시드는 카스티야 국경에 이르러 두에로 강을 건넌 후 피게루엘라에서 밤을 지낸다. 꿈에 가브리엘 대천사가 나타나 그에게 용기를 북돋아주고, 대승을 거두리라고 예언한다.

제2부「딸들의 결혼」

엘 시드는 발렌시아로 가서 3년 만에 발렌시아 인근 지역을 정복한다. 그리고 아홉 달 동안 발렌시아를 포위하여 결국 항복을 받아낸다. 이 소문을 들은 세비야 지역의 모로 왕이 3만의 군사로 그를 공격하지만, 엘 시드는 이들마저 무찌르고 많은 전리품을 얻는다. 엘 시드는 부하 미나야를 시켜 왕에게 말 백 마리를 선물하면서 그의 가족들을 자기 곁에 머물게 해달라고 청원한다. 기분이 좋아진 왕은 이를 허락한다. 그래서 엘 시드의 가족들은 발렌시아로 오게 된다. 이들 가족의 상봉은 시드뿐만 아니라 그의 부하들에게 커다란 기쁨을 안겨준다. 엘 시드는 가족들에게 자기가 정복한 땅을 자랑스럽게 보여준다. 엘 시드가 부자가 되고 명성을 얻게 되자 카리온의 왕자들은 엘 시드의 두 딸과 혼인하기를 청한다. 카리온의 왕자들은 엘 시드의 딸들과 결혼하면 자기들에게 이득이 되리라 생각하고 이를 추진한다. 그리하여 알폰소 왕은 중매를 자처하고, 엘 시드는 마음이 내키지 않지만 왕이 자신을 용서했던 지난날 호의를 생각하고 결혼을 승낙한다. 결혼식은 왕의 주관으로 성대하게 거행되어 15일 동안이나 축제가 열린다. 이들 카리온의 왕자들은 발렌시아에서 2년 동안 살게 된다.

제3부 「코르페스 숲에서의 수모」

엘 시드는 부하들과 사위와 함께 발렌시아에서 살고 있다. 그런데 모로코 왕부까르의 5만의 군대가 발렌시아를 공격하려고 상륙한다. 엘 시드는 전투에서 모로코 왕을 죽이고 전리품을 챙겨서 신하들에게 공평하게 나눠준다. 이 전투에서 왕자들은 비겁한 행동을 하여 엘 시드의 부하들에게 웃음거리가 된다. 어느 날 엘 시드가 낮잠을 자고 있는 동안 사자가 우리에서 뛰쳐나와 모든 사람이 공포에 떤다. 다른 부하들은 엘 시드를 보호하기 위해서 그를 둘러싸지만 카리온의 왕자들은 도망쳐 의자 밑으로 숨는다. 잠에서 깨어난 엘 시드가 사자의 목덜미를 잡아 우리 속으로 쳐 넣어버린다. 엘 시드가 왕자들을 찾으니 마루 밑에서 기어 나와 조롱거리가 된다. 왕자들은 자신들의 비겁함이 공개되자 모욕감 때문에 복수를 계획한다. 보복을 위해 두 왕자들은 자신들의 부인이자 엘 시드의 두 딸을 나무에 묶고 옷을 벗긴 뒤 죽음 직전까지 매질을 가한 다음 숲 속에 버려둔다. 이에 엘 시드는 결혼의 책임자인 왕에게 정의를 호소하고 왕은 톨레도에 의회 소집을 명하여 왕자들을 재판한다. 결국 엘 시드 측이 이기고 엘 시드의 딸들은 카리온의 왕자들보다 높은 신분인 나바라와 아라곤의 왕자들과 결혼한다. 이로써 엘 시드는 스페인 하류 귀족의 신분으로 태어났으나 상류 귀족들로부터 서민을 보호해주는 대변자의 지위에 오른다. 그리하여 왕의 중재하에 상류 귀족을 심판하고 결국 자신은 스페인의 모든 왕의 친척이 된다.

■ 하르트만 폰 아우에(Hartmann von Aue, 1165?~1210)
　　　　　　　　　　　－「가련한 하인리히」(*Der arme Heinrich*)

아서 소설은 프랑스에서 기원하여 독일로 전파되었는데, 하르트만 폰 아우에의 『에렉』(*Erec*)이 독일 아서 소설로 간주되기 때문에, 독일 아서 서사시 문학의 발전은 하르트만에서 출발한다. 하르트만의 서사시는 프랑스 서사시와는 달리 절제와 신앙, 자기 극복을 표현한다. 하르트만은 중세 기사 문학의 전성기인 호엔시타우펜 왕조 중엽의 대표적인 시인의 한 사람으로 나중에 기사가 되었다. 그의 생애에 대해서는 잘 알 수 없지만, 『에렉』을 비롯하여 『이바인』(Iwein), 『파르찌팔』(Parzipal), 『란첼롯』(Lanzelot), 『비갈로이스』(Wiegalois) 등의 서사시와 서정시 「연애 서정시와 십자군의 노래」 등 몇 편을 남겼다. 장편 서사시 『에렉』은 프랑스의 크레티앵 드 트루아(Chrétien de Troyes, 1135?~1188)의 작품을 소재로 쓴 아서 왕 원탁기사 이야기이다. 기사도와 부부애 사이에 놓인 갈등과 조화를 테마로 하여 여러 가지 취향을 바꾼 기사들의 모험을 담고 있다.

이후 하르트만은 1189년 십자군 원정에 참가한 듯 보이며, 단편 서사시 「가련한 하인리히」는 귀국 후에 쓴 작품이다. 시련에 부딪친 젊은 기사가 한 소녀의 신앙과 사랑에 의해 구원을 얻는다는 내용을 간명하고 우아한 필치로 이야기하고 있다. 이 작품은 하르트만의 대표작이라고 할 수 있다. 그는 다시 아서 왕의 이야기에 집착하여 장편 『이바인』을 썼는데, 이 작품 역시 『에렉』과 마찬가지로 크레티앵 드 트루아의 작품을 토대로 한 기사의 모험담이며, 무용의 도와 부부애의 조화를 테마로 하고 있다.

하르트만의 작품은 모두 견실하고 윤리적이며, 거기에는 당시 기사의 명분인 중용과 예절을 중심으로 하여 기사도의 올바른 자세를 교화적으로 나타내려는 자세가 엿보인다. 따라서 그의 간결하고 명석한 문체는 중세 문학의 전범으로 많은 모방작을 낳았다. 1,520행으로 이루어진 단편의 종교적 서사시 「가련한 하인리히」의 내용은 다음과 같다.

기사 하인리히는 명문 태생으로 부귀와 권세를 지니고 있을 뿐만 아니라 모범적인 기사도 정신을 갖추었다는 평을 받고 있다. 그러나 그는 세상의 행복이 신의 은총에서 비롯된다는 사실을 망각하고 살아간다. 그 오만한 생각은 신을 모독한 죄를 범했고, 그 벌로 문둥병에 걸리게 된다. 온갖 방법을 다 써보았으나 헛수고에 불과하다. 명의가 말하길, 이 병은 순결한 처녀가 자의로 자신의 심장의 피를 바친다면 치유될 수 있다고 말한다. 치료의 길이 없어진 하인리히는 절망에 빠져 자기 재산을 가난한 사람들에게 나누어주고 어느 소작인의 집에 몸을 의탁한다. 그 집에서는 하인리히를 따뜻하게 맞아주었는데, 그중에도 18세 되는 딸은 잠시도 그의 곁을 떠나지 않고 헌신적으로 봉사한다.

이후 3년이 지난 어느 날, 하인리히가 괴로워하는 것을 목격한 농부와 그의 아내는 하인리히의 병에 대해 이야기하게 되고, 하인리히가 쾌유할 수 있는 조건을 엿들은 소작인의 딸은 스스로 자기의 심장을 바치기로 결심한다. 이 소식을 들은 하인리히는 기뻐하며 농부의 딸을 데리고 수술할 수 있는 사례르노로 가 수술대에 오른다. 수술대 위에서 하인리히는 칼을 가는 소리를 들으면서, 문득 수술대에 묶인 아름다운 처녀의 나체를 바라본다. 그 순간 하인리히는 자신의 욕심을 반성하게 된다. 그는 수술을 중지시키고 소녀를 데리고 귀국길에 오른다.

이러한 하인리히의 참된 마음을 본 신은 그를 용서하고 기적을 베풀어 병을 낫게 한다. 그리하여 젊음과 건강을 다시 찾은 하인리히는 그 소작인의 딸과 결혼하여 행복하게 산다.

■ 볼프람 폰 에셴바흐(Wolfram von Eschenbach, 1170?~1220?)
– 『파르찌팔』(*Parzival*)

볼프람은 독일 남부 안스바흐 동남 에셴바흐촌村에서 태어났다. 가난한 집에서 태어났기 때문에 평생을 독일 각지의 궁정을 편력하면서 제후들의 보호를 받아왔다. 독학으로 넓은 지식과 교양을 쌓은 볼프람은 오늘날 하르트만 폰 아우에, 고트프리트 폰 스트라스부르크(Gottfried von Straßburg, 1170?~1210?)와 어깨를 나란히 하는 명성을 얻게 되었다.

『파르찌팔』은 1210년에 완성된 25,000행의 최고의 걸작 장편 서사시로 평가된다. 이 작품은 아서 왕과 원탁의 기사에 관한 세계적인 앵글로-프랑스 로망스에 바탕을 두고 있는데, 독일의 시인들과 번역가들에 의해 한층 더 진지하고 종교적으로 표현되었다. 이 서사시에는 찬란한 기사도 정신과 모험이 주인공에 의해서 재현되며, 영웅 파르찌팔의 상징적이고 의미 깊은 생애 속에 신적인 안정이 표현되어 있다. 따라서 이는 서양 중세인의 인생관에서 나온 예술적 표현이라고 할 수 있다. 이 작품은 또한 독일 소설 문학의 특징인 최초의 교양 소설로도 간주된다.

서양 중세에는 성배(Gral, Holy Grail) 전설이 널리 유포되어 있었다. 이 서사시는 서양 중세의 각각 흩어져 있는 전설인 '성배 전설', '아서 왕 전설', '파르찌팔 전설'을 하나로 모은 것이다. 후세에 리하르트 바그너는 로렌그린의 전설로 오페라 〈백조의 기사〉를 작곡하기도 하였다. 내용은 다음과 같다.

예수의 최후 만찬 때 사용된 성배는 예수가 십자가에 못 박혔을 때 로마군의 창에 찔려 흘린 피를 받았다는 전설의 그릇으로, 모든 병을 치유할 수 있을 뿐만 아니라 그것을 소유한 사람은 왕이 될 수 있다는 전설을 지니고 있다. 이 성배를 찾을 수 있는 사람은 인격적으로 완전한 기사여야 한다고 해서, 많은 기사들이 성배를 찾아 유랑한다.

또한 아서 왕이 가지고 있던 명검 엑스칼리버는 호수의 요정이 아서 왕에게 전해주었다는 설도 있고, 바위에 박혀 아무도 뽑아내지 못하고 있던 검을 아서 왕이 열다섯 살 때 뽑았다는 설도 있다. 이 명검은 아무리 많은 갑옷과 검에 부딪혀도 흠집이 전혀 나지 않고, 그 어떤 것도 다 뚫어내는 명검이다. 또한 엑스칼리버에 딸려 있는 칼집은 주인된 사람이 어떤 상처를 입어도 절대 피를 흘리지 않게 한다. 후일 아서 왕이 치명상을 입고 검을 호수에 돌려주려 하자 호수에서 손이 나와 검을 다시 받아 갔다고 한다.

고귀한 인품을 지닌 기사이며 왕인 가하무레트 왕은 전장에서 배반을 당해 죽고, 며칠 후 그의 왕비는 옥동자를 낳고 이름을 파르찌팔이라 한다. 왕비는 기사 생활의 허무함을 느끼고, 아이를 기사로 만들지 않으려고 속세를 떠나 산 속 깊은 곳으로 들어가 농사를 지으며 산다. 그러나 우연히 숲 속에서 기사들을 보게 된 후 파르찌팔은 집을 떠나 기사의 길을 가게 된다. 자기의 피는 속일 수 없었던 것이다.

이때부터 그는 기사의 모험을 하게 되면서 믿음에 대한 회의와 또 확신을 번갈아 지니면서, 많은 전투에 참가한다. 그러는 가운데 인격적인 완성에 이르고 결국 성배를 찾아 왕이 된다. 그 후 아들 로헨그린을 성배를 지키는 후계자로 삼는다.

■ 고트프리트 폰 스트라스부르크(Gottfried von Straßburg, 1170?~1210?)
  – 『트리스탄과 이졸데』(*Tristan und Isolde*)

겔트인의 옛 전설을 소재로 하여 12세기 중엽 프랑스에서 엮어진 『트리스탄과 이졸데』는 사랑과 죽음의 강렬함과 아름다움 때문에 서구 연애 문학의 전형이 되었다. 이 작품의 원본은 사라지고 없지만 영국·독일·이탈리아 등 여러 나라에서 발견된 사본들을 바탕으로 이야기를 재구성할 수 있다.

이 작품을 썼다고 알려진 고트프리트 폰 스트라스부르크의 전기는 명확하지 않지만 독일 엘자스 지방의 스타라스부르크 사람으로서 시민 계급 출신으로 추정된다. 그의 신분은 스트라스부르크의 관리나 성직자였을 것이라고들 짐작한다. 이 작품은 『파르찌팔』에 나타난 절제와 성실보다는 사랑에 더 중점을 두고 있다. 또한 이 작품은 프랑스 작품과 비슷하나 독일적인 고뇌를 보이고 있기도 하다. 고트프리트는 이 작품을 통하여, 진심으로 사랑의 여신에게 자신을 바치는 두 주인공의 고난을 보여 줌으로써 신비적 합일에 이르려는 종교적 심경을 드러낸다. 또 표현면에 있어서는 대구, 첩어 등의 수사학적 수법을 교묘하게 구사하여 밝고 화려한 문체를 선보였다. 이러한 문체는 당시 사람들에게 고전적 문체의 전범이 되었다. 그러나 이 작품은 그가 세상을 떠남으로써 약 4분의 3에 해당하는 19,548행으로 미완성되었다. 그 후 울리히 폰 튀르하임이 35년경에, 그리고 하인리히 프라이부르크가 90년경에 그 속편을 썼다. 바그너의 오페라는 이 작품을 바탕으로 한 것이다. 내용은 다음과 같다.

트리스탄은 태어나면서 어머니를 잃는 등 불우한 어린 시절을 보내지만 성장하면서 무예와 학식, 예술적 교양을 두루 갖추게 된다. 그러다가 트리스탄은 외숙 부인 코른발의 마르케 왕에게 가서 기사가 된다. 후사가 없던 왕은 그를 후계자로 삼는다. 그 후 왕은 아일랜드의 이졸데 공주와 결혼하게 되고 트리스탄에게 신부 이졸데를 호송하여 오도록 한다.

한편, 아일랜드 여왕은 공주가 결혼한 후 부부의 사이가 좋도록 약초로 빚은 사랑의 묘약을 함께 보낸다. 이 약은 한 번 먹으면 두 사람이 영원히 서로 사랑하게 되는 약이다. 그러나 트리스탄과 이졸데는 오는 도중 선상에서 이 약을 포도주로 잘못 알고 함께 마시게 된다. 그로부터 두 사람은 서로 죽도록 사랑하는 사이가 된다. 돌아온 후 이졸데는 마르케 왕과 결혼했으나 트리스탄과의 사랑을 억제할 수 없어 두 사람은 은밀히 만나 사랑을 나눈다. 그들이 마신 사랑의 묘약은 양심의 가책을 느끼지 않게 하며, 신의 심판도 두려워하지 않게 한다. 그러나 이들의 사랑의 행각은 결국 발각되고, 트리스탄은 이졸데에게 영원한 사랑을 맹세하고 노르망디로 떠나 다른 여인과 결혼한다.

트리스탄은 외국에서 전투 중 독칼에 상처를 입고 그 누구도 치료할 수 없게 되자, 결국 어머니에게 치료의 비방을 전수받은 이졸데에게 치료를 요청하게 된다. 트리스탄은 호송하는 부하에게 이르기를 만일 그녀와 함께 오거든 흰 돛을 달고, 오지 않거든 검은 돛을 달라고 부탁한다. 그리고 날마다 절벽 위에 올라 배가 나타나기만을 기다린다. 그러나 질투하는 부인의 간계로 이졸데가 오고 있음에도 불구하고 배는 검은 돛을 달고 오게 되고 이를 본 트리스탄은 절망한 나머지 죽는다. 도착한 이졸데는 트리스탄의 죽음을 목격하고, 그의 시체 위에 포개어 애절한 사랑을 노래하며 죽는다.

■ 기욤 드 로리스(Guillaume de Lorris, ?~1235?) · 장 드 묑(Jean de Meung, 1240~1305) – 『장미 이야기』(*Roman de la Rose*)

10세기 프랑스 우화의 대표작인 이 작품은 1237년 기욤 드 로리스에 의해 쓰이기 시작하여, 그가 총 4,059행(제1부)을 쓰고 미완성으로 남겨

둔 것을, 이후 장 드 묑이 1277년경 21,780행(제2부)을 추가하여 완성시
켰다. 기욤 드 로리스는 애인 · 장미 · 환대 · 수치 · 험구 · 원한 · 질투 ·
비애 · 노쇠 · 위선 · 빈곤 · 한가 등을 등장시켜 연애의 연속적인 상호감
정을 우의적으로 표현했다. 그는 로마의 시인 오비디우스의 『사랑의 기
술』에서 힌트를 얻어 우의와 의인법을 사용했다. 그리고 장 드 묑은 미
완성의 앞 작품에다 세계 · 인생 · 종교 · 도덕 등에 관한 자신의 생각을
펼쳤다. 이는 당시의 사고에 비해 매우 대담한 사상이었으므로 그를
'중세의 볼테르'라고 부를 정도였다.

이 작품 속에서 자연은 진리이며 아름다움의 원천이다. 이것은 교회
의 교리와 크게 대립된다. 쾌락의 정원은 몇몇 선택된 사람들만 다가갈
수 있으며 그것도 사랑에 의해서만 가능하다. 누구든지 그곳에 들어가
고자 하는 사람은 증오 · 불충실 · 천박함 · 탐욕 · 탐심 · 질투 · 노쇠 ·
거짓 · 신앙을 버려야 한다. 그러나 주인공이 소유해야 하는 실제적 덕
목들은 궁정식 사랑과 같이 윤리적인 것이 아니며, 단순히 귀족적인 것
들임을 볼 수 있다. 그것은 한가로움 · 즐거움 · 명랑함 · 사랑 · 아름다
움 · 부유함 · 관대함 · 솔직함 · 예절 바름 등인 것이다. 햇빛 · 물 · 꽃 ·
녹음을 사랑한 주인공에게는 매우 이교도적인 경향을 보인다.

제1부와 2부에서 '장미'라는 이상을 추구하는 주제 및 등장인물은
공통적이지만 본질적으로는 차이가 드러난다. 제1부는 우아한 사교 시
인이었던 작자를 반영하여 예술적 색채가 강하며 기사도적 연애의 찬
미로 일관되어 있다. 반면 제2부는 귀족 중심의 우아한 세계보다도 한
층 광범위하게 통용되어야 할 윤리를 추구하여 미신이나 신을 타파하
는 자연 철학을 제시한다. 그리하여 왕권, 귀족, 여성, 승려 등을 조소
하고 미신과 허위를 공격하고 있다. 2부의 철학은 완전히 신학에서 해

방되어 있는 것이다. 장 드 묑에게 있어서, '자연'은 정당한 권리의 원천이다. 그러므로 자연은 사회적 인간관계를 규정하지 않는다. 왕과 귀족, 그리고 평민 제도들은 모두 인간에 의해 설립된 관습이다. 따라서 '자연'은 덕의 원천이다. 자연에 따르는 것, 그것은 진정 선을 행하는 것이다.

이와 같이 『장미 이야기』 1부는 귀족 정신, 2부는 합리주의적 비판 정신이라는 중세의 2대 풍조를 종합하고 있다. 따라서 이 작품은 프랑스를 비롯한 외국에서 거의 2세기 동안 성공을 거두었고 특히 영국의 제프리 초서에게 영향을 미쳤다. 작품의 내용은 다음과 같다.

제1부

20세 청춘인 '애인'이 어느 봄날 꿈속에서 들판을 거닐다가 사랑의 정원 앞에 이른다. 문을 두드리니 '한가'가 나타나 '기쁨'이 소유한 동산으로 안내한다. 동산에서 '애인'은 '열락', '환희', '풍부', '환대'를 소개받는다. '애인'은 정원을 구경하다가 아름다운 장미 한 송이를 발견하고 꺾으려다가 가시엉겅퀴에 손을 찔리고, 사랑의 화살을 맞아 '장미'를 사랑하게 된다. 이 사랑의 화살에 맞은 상처는 아프고도 달콤하다. '애인'은 '수치'에 의해 뒤로 물러서는데, 겨우 '환대'의 허락을 받아 '장미' 앞에 나가 입맞춤한다.

그러나 '험구'가 이 소식을 사방에 퍼뜨리고 이 소식을 들은 '질투'가 달려와 감독을 철저하게 하지 못했다고 '수치'를 비난한다. 그리하여 성을 쌓고 '장미'를 가두고 '환대'는 성 중앙에 유폐시킨다. 그리고 '위험', '수치', '공포', '험구'를 성곽 귀퉁이에 배치시켜 '장미'를 지키게 한다. 이에 '애인'은 긴 한숨만 내쉰다.

제2부

'애인'은 '환대'가 성 중앙에 사로잡혀 있음을 한탄한다. 이러한 '애인' 앞에 '이성'과 '친구'가 나타나 '장미'에 대한 사랑을 포기하도록 충고하지만 '애인'

은 포기하지 못한다. '애인'의 마음을 달래려고 '이성'이 나타나 3,000행의 시구로 권고하지만 아무 소용이 없고 심지어 '친구'가 나타나 '애인'을 충고해도 소용없다. 할 수 없이 '사랑'이 자기의 모든 부하들과 함께 '애인'을 도우러 와서, '환대'가 갇혀 있는 성의 탑을 향해 돌격한다. 그 부하 가운데 '외모'가 '험구'를 포용하는 체하면서 목을 졸라 죽인다. '험구'가 죽자 다른 부하들이 요새에 들어가 '환대'를 구출한다. 그러나 '장미'를 지키는 자들의 공격을 받게 된다. '애인'은 마침내 '장미'를 꺾기 위해서는 '자연'의 힘이 필요함을 깨닫게 된다. '자연'은 이 기회를 틈타 하나의 완전한 세계관을 독자들에게 보여준다.

■ 북유럽 - 『에다』(*Edda*)

북유럽 스칸디나비아 지방에 고대 아이슬란드어로 기록된 『에다』라는 작품이 자료로 보전되어 있다. 이 작품은 각각 운문과 산문의 두 책으로 되어 있는데 『고에다』(운문)는 1050년에 신원미상의 시인에 의해 편집되고, 『신에다』(산문)는 1230년에 스노리 스투를루손(Snorri Sturluson, 1178~1241)이 쓴 것이다. 이 두 『에다』에는 이교도 시대와 기독교 시대의 수많은 영웅 가요들이 수록되어 있다. 먼 태고 시절의 신화와 전설에서 대부분 모티브를 따온 노래들[4]이 실려 있기도 하다. 그러나 노래의 중심에는 영웅과 신화로 된 역사적 사건이 위치한다.[5] 따라서 그 내용은 어느 정도 서로 유사성이 있다.

북유럽 일대에 퍼져 있던 이 유목민 계통의 신화는 운명에 대한 체념

---

4 예를 들면, 「용의 퇴치」, 「보석을 지키는 요괴」, 「마법에 의한 소녀의 소생」, 「이리로 변한 사나이」 등을 들 수 있다.

5 예를 들면, 고트국 왕 아르마나리히의 자살, 디트리히 폰 베른(Dietrich von Bern)과 테오도리쿠스 왕과의 대결, 『니벨룽겐의 노래』에 나오는 부르군트족의 멸망 등이 그것이다. 그 가운데 지크프리트(Siegfried)의 죽음에 관한 이야기와 훈족의 왕궁에서 멸망한 부르군트족의 이야기는 니벨룽겐 전설의 기초가 된다.

이 특징이며, 인간과 일정한 거리를 두고 살아가던 여신들마저 멸망을 면치 못한다. 이러한 장렬한 종말은 그리스 신화와 큰 대조를 이룬다. 창의 시대 · 칼의 시대 · 폭풍의 시대 · 이리의 시대를 거치면서 폭력이 지배하고 형제와 자매가 서로 싸우고 타락하는 무서운 겨울이 온다. 세계의 종말은 사악의 신 로키가 풀려나고 이리가 된 그의 아들 펜리르(Fenrir)가 글레이프의 침으로 빚어 만든 글레이프니르(Gleipnir)[6] 오랏줄을 끊으면서 시작된다. 토르(Thor)는 뱀 요르문간드와 사투를 벌이다 함께 쓰러지고, 프레이(Frey)는 거인 수르트(Surt)와 겨루다가 죽는다. 위아래 턱이 하늘을 찌르는 펜리르의 입 속으로 오딘이 빠져드는 순간, 칼을 빼든 오딘의 아들 비다르(Vidar)가 이리의 심장에 일격을 가하고, 온 세계는 수르트가 던진 불길에 휩싸여 종말을 고한다.

『에다』에서는, 그런 종말 뒤에 아름다운 푸른 숲의 새로운 땅이 바다에서 솟아오르고, 되살아난 발드르(Baidr) 신과 함께 이 세상은 성실한 사람들의 행복한 생활 터전이 될 것이라고 예언한다.

이 작품은 게르만족의 옛 시로서는 가장 오래된 것이며, 그 수도 많고 내용도 풍부해서 세계문학의 보배로 자리매김하고 있다. 작품의 내용은 다음과 같다.

『에다』에 의하면, 원래 우주는 공중에 자욱한 안개구름이 떠 있는 니풀하임이라고 불리는 밑바닥 없는 심연이었다. 이 공간에 유일한 생명체가 있다는 표징은 찬 물이 흐르는 12개의 강줄기를 갖는 샘물뿐이다. 샘에서 얼음덩어리가 생겨 점진적으로 밑바닥을 메운다. 안개구름 층 밑에는 빛의 세계인 무스펠하임이 있고,

---

6 글레이프니르(Gleipnir) : 고양이 발소리, 여자의 수염, 산의 뿌리, 곰의 공포, 물고기의 입김, 새의 침으로 만든 비단처럼 부드러우면서도 끊을 수 없는 줄을 말한다.

그곳으로부터 불어오는 온풍이 얼음을 녹여 구름을 만든다. 이 구름으로부터 서리거인인 유미르(Ymir)와 그의 소유인 암소 아우드훔블라와 많은 서리처녀들이 태어난다. 아우드훔블라는 얼음 속에 있는 염분을 먹고 살아가는데, 이 과정에서 우연히 최초의 신을 만들어낸다.

어느 날 암소가 얼음덩이를 핥고 있는 동안 신의 머리카락이 나타난다. 둘째 날에 머리 전체가, 셋째 날에는 몸통이 솟아오른다. 이 새로 생겨난 신은 서리처녀와 짝을 맺어 아들 오딘(Odin), 빌리, 베를 낳는다.

이렇듯 세계의 창조는 서리거인 유미르의 탄생에서 비롯되는데, 나중에 오딘 또는 보단(Wodan)과 그의 형제신들은 유미르를 죽여 그의 살은 대지, 뼈는 산맥, 두개골은 하늘, 뇌수는 구름, 피는 바다, 머리칼은 나무, 눈썹은 인간의 거류지인 미드가르드(Midgard, 지구의 일부분을 에워싸고 있는 장성)를 만들게 된다. 우주를 형성하고 난 후에, 신들은 물푸레나무로 최초의 남자 인간을 만들고, 느릅나무로 여자를 만들어 최초의 남자 인간에게 아내로 준다.

그리하여 인간은 세계의 중앙에 위치한 땅 미드가르드에서, 신들은 하늘에 있는 아스가르드(Asgard)에서 산다. 그리고 우주는 생과 사의 세계를 뚫고 자라는 거목 유그드라실이라는 물푸레나무에 의해 지탱된다. 이렇게 해서 만들어진 인류의 최초의 조상들은 불안정한 세계에서 불확실한 미래의 진로를 더듬거리며 개척해 나가게 된다.

신들도 인간 못지않게 불안정하다. 게르만인들에게 신들은 전지전능한 존재가 아니다. 신들은 단지 선을 옹호하여 요텐하임에 살고 있는 힘센 거인악마와 대항하는 세력에 불과할 뿐이다. 그리고 궁극적으로 거인인 악마가 승리하고 신들은 멸망할 것이라고 믿는다. 신들의 우월성은 단지 일시적인 것이라 믿기 때문에, 신들은 그들의 거주지인 아스가르드에서 운명의 날인 랙나룩(Ragnarok)의 도래를 차분하면서도 고독하게 기다린다.

신들 가운데 가장 중요한 신은 오딘 신이다. 오딘 신은 인류에게 선을 베풀려고 노력하고, 즐기지도 못하고 고생만 한다. 그는 지혜의 샘물 한 모금 마시는 조건으로 한 쪽 눈을 포기하고, 게르만의 알파벳인 루운 문자의 신비를 배우기 위해 9일 밤을 줄곧 바람이 휘몰아치는 곳에서 나무창에 찔린 채 매달려 있기도 한다. 그러나 오딘 신도 그리스의 제우스 신처럼 여자에게 대한 품행만은 단정하지 못하다. 오딘 신의 부인은 프리가(Friga)이다. 그리스의 헤라처럼 그녀도 고지식하고 질투심이 강한 여자이다. 그러나 프리가는 결혼의 신성함과 가정의 안전을 위해 열심히 노력한다.

오딘 신의 첫째 자식인 번개의 신 토르(Thor)는 신들 가운데 가장 힘이 세다. 그는 적을 상대로 거리낌 없이 해머를 휘둘렀으며, 근육의 힘을 배가시키는 혁대와 해머로 목표물을 정확하게 조준하는 한 켤레의 철제장갑을 갖고 있다. 그는 그리스의 헤르메스처럼, 매우 어려운 외교적 문제를 해결하는 임무를 맡고 있다. 토르의 동생 프레이(Frey)는 다산과 풍요의 신으로 햇빛과 비를 관장한다. 또한 토르의 셋째 동생인 티르(Tyr)는 전쟁의 신이다.

모든 신들 가운데 가장 사랑을 받는 신은 발르드(Baidr)이다. 발르드는 불사조와 같은 신이다. 많은 신들이 갖가지 치명적인 무기를 만들어 발르드에게 던져보지만, 그 무기들은 무기력하게 튕겨 나올 뿐이다. 그런데 사악한 불의 신 로키(Loki)가 장난으로 던진 연약한 겨우살이 잔가지가 발르드의 심장에 관통되어 결국 그는 죽고 만다. 모든 신들이 발르드를 구하려고 온갖 노력을 쏟지만, 발르드는 사자가 사는 헬라(Hela)로 가버린다.

3. 서정시

중세 시대의 교회권에 속하는 라틴어 문학에 대하여 일반에서는 속어, 곧 일상용어인 각국의 지방언어로 생활 감정을 표현하려는 기운이 생겨났다. 10세기 중엽이 되자 대중의 이해를 위해 라틴어로 쓰인 『성자전』 등이 자국의 언어인 프랑스어판으로 출간되었다. 가령 『성 알렉시스 전』(*La Vie de Saint Alexis*) 등이 그것이다. 이 속어 문학이 문학상의 큰 흐름이 된 것은, 11세기 말 남부 프랑스 프로방스 지방에서 생겨난 음유시인인 트루바두르(Troubadour)의 시에서 비롯된다. 트루바두르들은 당시의 금욕주의와는 반대로, 우아한 여성을 찬미한 사랑의 노래를 유행시켰다. 이것은 아라비아 궁정 연애시에서 영향을 받았을 것으로 추측된다. 사랑의 노래는 여러 곳을 편력하는 음유시인이 불렀지만, 후에는 왕과 귀족들 사이에서도 트루바두르가 출현하게 되었다.

　이러한 트루바두르들의 시가 프랑스 이야기시, 곧 로망스이다. 무훈시가 주로 용감하게 싸워 순교자가 된 영웅을 주제로 낭송된 반면, 로망스는 화려한 궁정 생활 속에서 우아한 기사도의 정신과 여성에 대한 충성, 애정을 주제로 하는 읽을거리로 발달했다. 무훈시가 역사적 사실에 상상을 가미하여 창작된 반면, 로망스는 역사적 사실에 관계없는 옛 켈트인의 전설 등에서 취재하여 독자로 하여금 상상의 세계에 몰입하게 하였다.

　프랑스 서정시의 가장 큰 주제는 사랑인데, 이는 트루바두르에 의해 독특한 개념으로 발전해나갔다. 시인들 스스로가 '이상적인 사랑'으로 명명한 이 사랑의 개념은 흔히 궁정 귀족들 간에 이루어지는 까닭으로 '궁정식 사랑'으로 말해지기도 한다. 여기서 주로 사랑의 대상이 되는 것은 감히 넘볼 수 없는 고귀한 신분의 귀부인이며, 이 귀부인은 사랑의 주체가 되는 남성보다 사회적 신분이 높은 경우가 많다. 게다가 여성은 이미 결혼한 상태여서 원칙적으로 이 사랑은 결혼과는 양립될 수 없다. 남성은 여성에게서 한 마디의 다정한 말, 한 번의 사랑에 찬 시선을 받을 때까지 무한한 기다림 속에서 사랑을 갈구한다. 이러한 트루바두르에 의해 개척된 서정시는 12세기 중엽부터는 북프랑스까지 전파되었다.

　프랑스의 무훈시가 랑그 도일(Langue dóil)로 쓰인 북부 지방의 문학이며 또한 남성적이고 집단의 이익을 대변하는 문학이라면, 이와 거의 동시대에 생겨난 서정시는 랑그 독(Langue dóc)[7]으로 쓰인 남방 문학이

---

7 프랑스의 경우 로망어는 크게 둘로 나누어진다. 대체로 현재의 대서양 해안의 라 로셸을 시작으로 중부 산악지대를 넘어 그르노블, 리용 정도를 잇는 선에서 남쪽의 언어는 '랑그 독'이라

며, 전체적으로 여성적이고 개인적인 감정을 토로하는 문학이다. 이러한 대표적인 서정시인으로는 브르타뉴 계통의 설화를 시화한 프랑스 최초의 여류시인 마리 드 프랑스(Marie de France)를 꼽을 수 있다. 그녀의 「인동덩굴」의 단시는 '트리스탄과 이졸데'의 전설을 시화한 것이다. 그밖에 「밤 꾀꼬리」, 「요넥」 등의 단시가 있다. 또한 12세기의 도마스(Thomas) 역시 '트리스탄과 이졸데'의 슬픈 사랑의 이야기를 서정시로 썼다. 이것이 바로 「트리스탄에 관한 시」이다.

프로방스 지방의 '트루바두어 서정시'(Trobadorlyrik)는 12세기 말경의 독일 연가(Minnesang)의 발생에 큰 영향을 미친다. 연가는 '궁정식 사랑'을 주제로 하며, 남성은 기사이고 여성은 귀부인이어야 한다. 기사는 귀부인에게서 아무런 보상도 요구하지 않으면서 단지 순수한 호의만을 바라고 사랑의 봉사를 하게 된다. 그러나 독일 서정시의 모티프는 프랑스와 마찬가지로 '사랑'이지만 독일적 특성이 가미된다. 독일에서 사랑이란 어떤 여인을 마음으로 사랑하는 기사들의 소위 정신적인 사랑을 의미한다. 그러므로 성애라기보다는 순수하게 여인을 보호하고 연모하는 사랑의 봉사를 하게 된다. 이러한 기사와 귀부인과의 사랑이라는 귀족 계층에서 시작된 연가는, 점차 시민적 성격을 띠게 되어 일반 민중들의 사랑으로 변화된다. 독일의 가장 유명한 서정시인은 발터 폰 데어 포겔바이데(Walter von der Vogelweide, 1168~1230)인데, 그의 서정시 「보리수나무 밑에서」는 지금까지도 읽히는 아름다운 시이다. 그러나 독일의 서정시 문학은 중세 후기에 몰락하는 과정에 처한다.

188

하고 그 북쪽의 언어는 '랑그 도일'이라 한다. 이 중 랑그 독은 오늘날의 프로방스 지방의 방언인 프로방살(Provencal)이 되고, 랑그 도일은 오늘날 불어의 모체가 되는 고대 프랑스어가 된다.

이베리아 반도 초기 서정시는 교양 서정시와 대중 서정시의 두 가지 유형이 있다. 교양 서정시로는 아랍어로 된 모악사하(Moaxaja)[8]와 가리시아 · 포르투갈어로 된 사랑의 노래를 들 수 있다. 모악사하는 아랍 전통시의 테마 · 문체 · 시작법에 이르기까지 고전 음유시를 모델로 삼고 있다. 중세 서반아에서는 11세기 초엽에 하르차(Jarcha)와 세헬(zéjel)이라는 서정시가 쓰였다. 하르차는 711년 회교도들이 서반아를 침략했을 때 그 지역에 남아 있던 기독교들인 모사라베(mozárabe)들이 로망스어로 지은 서정시이다. 모악사하가 교양아랍어로 쓰인 다분히 교양적인 시형식이라면, 세헬은 통속아랍어로 쓰인 노래하고 춤추기 위한 대중적인 시이다. 11세기 말에서 12세기 초의 코르도바 시인인 아벤 구스만(Abén Guzmán)의 『시가집』(*Cancionero*)에는 여러 편의 모악사하가 수록되어 있다.

12세기부터 프로방스의 시인들은 성지 순례단을 따라 서반아에 들어와 자신들의 작품을 알리고 서반아의 초기 서정시를 자극했다. 그리하여 서반아에서는 갈리시아 · 포르투갈 학파가 형성되어 서정시가 창작되었다. 따라서 서반아 초기 서정시는 두 가지 형태로 나뉜다. 그 하나는 갈리시아 · 포르투갈 서정시이고, 다른 하나는 카스티야 서정시이다. 갈리시아 · 포르투갈 서정시는 서정적인 깊이를 지녀 음악적인 반면, 카스티야 서정시는 다분히 서술적이다. 그리하여 갈리시아 · 포르투갈 서정시의 형태는 당시 다른 문학권에도 널리 알려졌고, 카스티야

---

8 모악사하(Moaxaja) : 9세기 말에서 10세기 초에 활동한 코르도바의 시인 무카당 벤 무아파(Mucaddam ben Muafa)가 새로운 시 형태를 만들어, 이를 무와차차스(muwaschahas)라 하였는데, 가르시아 고메스(Garcia Gómez)에 의해 스페인식으로 모악사하라 불렸다. 이것은 고전 아랍시와는 달리 짧은 시구로 되어 있으며, 마지막 연에 아랍 속어나 로망스어로 된 시구를 덧붙이고 있다. 오늘날에는 세헬과 혼동되어 쓰이고 있다.

지방에서도 사용되었지만, 갈리시아 지방에서는 매우 고유한 형태로 크게 번성했다.

갈리시아·포르투갈 서정시의 종류는 그 주제에 따라 각각 대중적인 성격을 띤 「사랑의 노래」와 「님의 노래」, 프로방스의 풍자적인 성격을 띤 「조소의 노래」, 양치는 아가씨와의 만남을 노래한 「목동의 노래」 등이 있다. 카스티야의 서정시 형태로는 「비안시코」[9]와 「님의 노래」, 「전원 서정가」 등이 있다. 13세기에 이르러 갈리시아·포르투갈 서정시는 절정에 다다른다. 13세기 서반아 최고의 서정시로 평가받고 있는 현왕 알폰소 10세(El Sabio Affonso X, 1221~1284)의 『성모 마리아 찬가집』(*Cantigas de Santa Mariá*)은 420편의 시들을 수록한 모음집인데, 카스티야 작가가 갈리시아어로 쓴 가장 뛰어난 작품집이다.

■ 마리 드 프랑스(Marie de France, 12세기)
― 「인동덩굴」(*Lai du Chè vrefeuille*, 개암나무와 덩굴)

프랑스 문학사상 최초의 여류시인인 마리(Marie)는 12세기 말엽, 영국의 앙리 2세(Henrie II)와 프랑스 출신의 왕비 알리에노르 다키탠느(Aliéonore d' Aquitaine)의 궁정에서 지냈다. 그녀는 로망보다 소규모의 래(lais, 단시)라고 불리는 로마네스크 장르에 관심을 가졌다. 그녀가 남긴 12편의 단시는 대부분 궁정 사회의 사랑에 대한 교리보다는, 오히려 자연의 힘으로서의 사랑이 인간의 운명에 끼친 영향을 노래했다. 우아한 글 솜씨로 인간 내면을 표출한 그녀의 단시들은 당시 독자들을 매혹

---

9 비안시코(los villancicos) : 스페인어로 된 시로, 15세기 몇몇 작품이 보존되고 있으나 대체로 16세기에 나타난다. 구성은 아랍 속어로 된 모악사하와 아주 비슷하다. 대중들의 민요로서 다양한 주제를 풍자적이고 해학적으로 노래한 것으로 오늘날까지도 그 맥이 이어져오고 있다.

시켰다. 그녀가 창작한 대표적 단시로는 「인동덩굴」을 비롯하여 「물푸레나무」(*Lai du Frêne*), 「랑발」(*Lanval*), 「엘리듀크」(*Lai de Eliduc*), 「두 연인」(*Lai des Deux amants*), 「밤 꾀꼬리」(*Lai du Rossignol*) 등이 있다. 특히 「인동덩굴」에서는 트리스탄과 이졸데의 숙명적인 연애를 다루고 있는데, 소개하면 다음과 같다.

트리스탄은 마르크 왕의 궁정에서 쫓겨나 사랑하는 이졸데로부터 멀리 떠나 있다. 그런데 어느 날 자기가 은거해 있는 숲 속을 이졸데가 지나가게 된다는 소식을 듣는다. 이에 그는 개암나무 가지를 꺾어 그 잎을 제거하고 예쁘게 장식한 뒤 거기에 자기의 이름을 새겨 오솔길 한복판에 꽂아 놓는다. 이졸데가 시녀와 함께 숲속을 거닐다가 그 표시를 발견하고 사랑하는 트리스탄이 있다는 것을 알아차린다. 드디어 둘은 만나서 이야기를 나누게 되고 트리스탄은 그녀를 떠나 사는 고통이 얼마나 슬픈가를 되풀이한다. 그들은 자신들의 처지가 개암나무와 인동덩굴과 같다고 탄식한다.

"둘이서 함께라면 살아갈 수 있어도,
따로따로 떼어놓으면 개암나무는 곧 죽어버리고
인동덩굴 역시 죽어버리니,
아름다운 님이여! 우리 또한 그와 같구나.
나 없으면 그대 없고, 그대 없으면 나 없도다."

■ 알폰소 현왕 10세(El Sabio Affonso X, 1221~1284)
― 『성모 마리아 찬가집』(*Cantigas de Santa Mariá*)

알폰소는 카스티야 레온 왕으로 1252~1284년까지 재위했다. 카스티야 왕국은 스페인 중앙부의 메세타를 중심으로 하는 왕국이다. 알폰소는 왕자 시절부터 무르시아 왕국을 정복하였으며, 재위 초기에는 카디스, 카르타헤나, 니에블라 등을 탈환하는 등 활발한 활동을 하였다.

1257년 신성 로마 황제를 노렸으나 낙선하였다. 그는 재위 당시 이슬람교도와 싸워 국토 회복 운동을 적극적으로 추진하는 한편 국내 정치에도 뜻을 두어 스페인 법의 기초가 되는『칠부법전七部篇典』을 발표했다.

또한 그는 카스티야어를 공식어로 지정하고, 자신이 직접 작품을 쓰면서 언어의 특성을 연구하였다. 이리하여 불필요한 현학주의와 라틴적 요소를 배제하였다. 여러 분야의 많은 작품을 번역하는 데 있어서 수많은 어휘를 창조할 필요성이 생기자 스페인어는 급격히 발달하였다. 그는『총연대기』와『대세계사』등 역사서 집필에 참여했으며,『천문학서』,『별자리와 보석』등 과학 서적을 편집하였고, 아랍어로 된『체스 교본』등 오락 서적을 번역하기도 하였다.

이렇듯 스페인 산문의 창시자인 알폰소 현왕은 420편에 달하는 성가를 직접 써서『성모 마리아 찬가집』을 내놓는 등 서정시사에 중요한 위치를 차지하고 있기도 하다. 이 서정시는 모두 갈리시아어로 쓰였는데, 왕은 당시 변화 단계에 있고 카스티야어보다는 음악적이며 시적인 언어인 갈리시아어를 더욱 선호하였기 때문이다. 이 서정시집은 사본이 여러 개 보존되어 오고 있다. 이 작품은 중세 기독교에 대한 전설을 모아놓은 귀중한 자료로서, 그 내용은 성모 마리아가 자신을 숭배하는 사람들을 항상 돕는다는 내용이다. 가령, 어느 수녀가 악마의 꾐에 빠져 어떤 기사를 사랑하게 된다. 그 수녀는 성모의 제단에 열쇠를 놓고 그와 함께 도망을 간다. 그러자 성모는 도망간 수녀의 모습을 하고, 그 수녀가 회개를 하고 다시 돌아올 때까지 그녀 행세를 해 아무도 그녀가 도망갔었다는 사실을 모르게 한다. 다음은『성모 마리아 찬가집』의 한 부분이다.

사람들은 나에게 결혼하라고 말하지만
나는 남편을 원하지 않아요.
나의 운을 결혼에 맡겨
모험을 할 바에야, 차라리
나는 이 산 속에서
자유롭게 살고 싶어요.
사람들은 나에게 결혼하라고 말하지만
나는 남편을 원하지 않아요.

4. 이야기와 파블리오

12~13세기에 걸쳐 기사도 문학 한 귀퉁이에서 비상한 생명력을 부여받은 문학이 발달했다. 곧 프랑스 서민들이 그들 자신의 문학을 형성하기 시작했던 것이다. 이는 자유롭고 조롱적이며 때로는 직설적인 명랑하고 통쾌한 문학이다. 이러한 서민의 일상생활에서 형성된 이야기로는 『여우 이야기』(*Le Roman de Renart*)와 파블리오(Les Fabliaux)를 들 수 있다.

『여우 이야기』는 운문으로 된 설화집으로 문학적 가치가 고르지 않고 기원이 매우 다양하다. 이 작품에서는 인간 사회를 흉내 낸 동물 사회가 등장한다. 즉 여우 르나르(Renart)와 늑대 이장그랭(Ysengrin)을 등장시켜 서로 충돌하는 가운데 귀족·성직자·평민들의 우스꽝스러운 모습을 패러디하여 보여주고 있다. 여우의 간지와 술책은 항상 자기보다 힘센 사자(노블)·곰(브룅) 등에게는 승리하고 그들을 실컷 우롱한다. 하지만 자기보다 약한 고양이(티베르)·수탉(샹트클레르)·새(드루이노)·귀뚜라미(프로베르) 등에게는 도리어 꾐에 빠져 낭패를 당한다.

이 작품은 전체적으로는 아무런 통일성이 없는 것처럼 보이지만, 지배 계급에 대한 피지배 계급의 신랄한 조롱, 혹은 종교·도덕·법률 등에 대해 교묘한 풍자를 함축하고 있다. 이렇듯 이 작품은 기발한 착상과 명랑한 필치로 형상화한 사회풍자 작품이라고 할 수 있다.

『여우 이야기』(*Jugement de Renart*)

여우 르나르가 많은 죄를 짓고 다니기 때문에 동물의 왕인 사자 노블은 제후(諸侯) 회의를 열어 그를 재판한다. 물론 르나르는 그 자리에 없다. 그래도 왕은 르나르의 죄에 대해 관대한 조치를 내리려고 한다. 그때 통곡하는 행렬이 나타난다. 먼저 수탉인 샹트클레르와 암탉들이 코페 부인이라는 암탉의 상여를 나르고 있다. 그 여자는 르나르의 배신으로 죽게 된 것이라고 말한다.

이러한 큰 죄에 제후들은 분노를 터뜨린다. 그리하여 여우 르나르에게 출두하라는 통지서를 전하는 임무를 맡고 곰 브룅이 파견된다. 그러나 오히려 곰은 머리 껍질이 벗겨지고 귀가 잘려 돌아온다. 그는 여우 르나르에게 가는 도중 갈라진 떡갈나무 속에서 꿀을 먹으려고 하자 여우가 그 쐐기를 빼내버린 것이다.

그래서 다음에는 고양이 티베르가 파견된다. 고양이는 몰매를 맞고 거의 목이 졸려 가지고 돌아온다. 고양이는 여우의 꼬임에 속아 기름진 생쥐가 시끌시끌 많다는 집에 들렀는데, 거기에는 가는 곳마다 덫이 놓여 있었다. 여우 르나르는 마침내 세 번째 소환장을 받게 된다. 이 소환장을 그의 사촌인 오소리 그랭베르가 가져왔기 때문에, 그의 사촌을 어쩌지 못하고 소환장을 받은 것이다.

마침내 여우는 사형을 선고받고 고함을 지르며 저주를 퍼붓는다. 그러다가 마침내 여우가 십자군에 참가하겠다고 약속함으로써 처형을 모면한다.

'파블리오'(les fabliaux)는 '짧고 우스운 이야기'라는 뜻으로 민간 전래의 이야기에 기원을 두면서 남편, 아내, 신부 3명을 주인공으로 삼아 서로 속이고 치고받는 생활을 그린다. 대개의 경우 남편은 놀림감이 되고, 아내는 정숙하지 못하고, 신부는 욕심 많은 게으름뱅이로 등장한다. 파블리오에 대한 기원은 정확하지 않지만 십자군 군사가 전쟁터 부근에서 가지고 돌아왔다고 추정만 할 뿐이다. 파블리오는 주로 13세기에 유행한 약 150여 종 가량의 각각의 독립된 운문으로 쓰인 이야기로써, 오늘날 약 50편이 전해지고 있다. 이 작품은 대부분 민간전승에서 유래하며, 일상생활에서 끌어낸 웃기기 위해서 만들어진 운문의 이야기이다. 8음절의 짧은 시구로 필치가 민첩하고 다채로우며 박력이 있고, 대화에는 자연스러움과 교활함이 담겨 있다. 그런 점에서 콩트(contes)의 시조라 할 수 있다.

프랑스의 시인 뤼트뵈프(Rustebeuf, 1245~1285)는 『여우 이야기』의 주인공을 빌어 유랑성직자단을 탄핵한 『변모 르나르』 등을 썼다. 파블리오는 대부분 무명의 음유시인들이 썼는데, 그 대표적인 작품으로는 『콩피에뉴의 세 장님』, 『구두 변론으로 천국을 얻어낸 농부』, 『농사꾼 의사』 등이 있다. 『농사꾼 의사』의 파블리오 앞부분은 몰리에르의 『억지 의사』에 줄거리를 제공하기도 하였다.

『농사꾼 의사』

어떤 농사꾼은 틈만 나면 자기의 부인을 때렸다. 그런데 어느 날 그 부인이 우연히 왕의 하인들을 만나게 된다. 하인들은, 공주가 생선을 먹다가 목에 가시가 걸려 의사를 찾고 있는 중이다. 농사꾼의 부인은 남편에게 앙갚음을 하려고 그들에게, "우리 집 영감은 비상한 재주를 가진 의사인데 참 괴짜랍니다. 죽을 만큼 얻어맞지 않으면 자기의 재능을 시인하려 하지 않거든요."라고 말한다. 하인들은 곧 그 농사꾼 집에 가서 계속 힘껏 때렸고, 녹초가 된 농사꾼은 뭐든지 시키는 대로 하겠다고 한다. 그래서 그는 궁으로 끌려갔고, 그가 공주 앞에 가서 몸을 뒤틀고 얼굴을 찡그리는 모습을 본 공주는 그만 폭소를 터뜨리지 않을 수 없었다. 이로 인해 공주는 자연스럽게 목구멍에 걸린 가시를 토해내게 된다.

공주의 목에 걸린 가시를 자연스럽게 빼냈다는 소문을 들은 병자들이 농사꾼 집에 몰려온다. 농사꾼은 그들을 쫓아버리기 위해 뜨겁게 불을 피워놓고 병자들 앞에 나가서, 지금부터 가장 많이 아픈 한 사람을 골라 불에 태우겠다고 한다. 그리고 이 죽은 환자의 재를 달여서 마시면 모두 낫는다고 말한다. 이에 모든 병자들은 자신은 병이 없다면서 달아나버린다. 왕은 농사꾼에게 큰 상을 내리고, 농사꾼은 부인에게 다시는 때리지 않겠다고 약속한다.

5. 단테 알리기에리의 『신곡』

1) 『신곡』의 집필 동기

단테(Dante Alighieri, 1265~1321)가 이 작품을 쓰게 된 동기는 대략 두 가지 점에서 찾아볼 수 있다. 첫 번째는 그의 청춘기에 큰 영향을 준 베아트리체(Beatrice, 1266?~1290)에 대한 숭고한 사랑에서 연유한다. 베아트리체는 기벨리니(Ghibellini)당의 명문 폴코 포르티나리 집안의 딸로, 나중에 시모네 디 바르디의 가문으로 시집을 갔고 24세의 젊은 나이로 죽었다.

단테는 9살 때 동갑내기인 그녀를 처음 보고 사랑에 빠졌다. 그리고 18살에 다시 만나 사랑을 불태웠다. 20살 때 트루바두어(Troubadour)의 양식으로 애인 베아트리체에게 헌시獻詩를 했다. 일생을 통해서 그녀에 대한 사랑은 변하지 않았으며, 그녀에 대한 그리움으로 일관했다. 단테의 베아트리체에 대한 사랑은 그의 젊은 날에 쓴 서정시집 『신생』(*La Vita Nuva*, 1292) 속에 생생하고 아름답게 표현된다. 따라서 『신곡』은 그녀의 사망이 준 충격을 종교적 차원에서 승화시킨 것으로, 이 연애 사건은 『신곡』이라는 위대한 작품을 쓰게 된 하나의 동기가 되었다고 할 수 있다.

다음으로는 그의 정치 활동과 유랑 생활에서 그 동기를 찾을 수 있다. 1295년부터 1302년까지 단테는 피렌체의 정치에 적극적으로 참여하는데, 그의 정치적 경력은 갑작스러운 유배로 인하여 끝이 났다. 그 유배 사건은 당시 상당히 극적인 것이었다.

단테는 35세 되던 1300년에 피렌체의 프리오레라는 관직에 오르게 되었다. 그것은 오늘날의 국무 장관 비슷한 것으로 추측된다. 그리고 그 다음 해 피렌체 대사로 로마 교황청에 교섭차 파견되었다. 그런데 그가 떠난 사이에 조국에서 정쟁政爭이 일어나, 단테가 소속된 교황당의 백당白黨은 같은 당의 흑당黑黨에게 참패를 당했다. 그 쿠데타 배후에는 프랑스의 샤를르 드 바로아와 교황 보니파티우스 8세(Bonifatius Ⅷ, 1235?~1303)의 음모가 숨어 있었다.

그리하여 단테는 1302년 1월 27일 흑당 정부에 의해 공금 횡령죄로 2년간의 국외 추방과 5백 피오리노의 벌금형을 받았다. 그러나 단테는 그 처분이 부당하다는 이유로 시의 출두에 응하지 않았고, 그 결과 같은 해 3월에 그는 영구 추방을 당하게 되었다. 그가 만약 귀국한다든가 또는 피렌체 사직司直에 걸려들 경우, 화형火刑에 처한다는 극형을 받게 되었다.

이미 정치가로, 법률가로, 시인으로 유명해졌던 단테는 망명 생활 동안 도시 국가의 귀족과 통치자들로부터 후원을 받으며 살아갔는데, 1318년 마지막으로 정착한 곳은 라벤나이었다. 당시 라벤나의 영주 폴렌타는 이 유랑 시인에게 안주할 땅을 주었고 단테는 여기서 『신곡』을 완성했다. 이렇게 단테는 20여 년에 가까운 유랑 생활을 하였고, 이것이 『신곡』의 집필 동기가 되었다.

최근 학자들에 의하면, 「지옥편」은 대략 1304~1308년경에, 「연옥편」은 1308~1313년경에 쓰였으며, 아울러 교정도 함께 이루어진 것으로 추측된다. 따라서 「천국편」은 1314년 이후에 쓰인 것으로 추측된다.

2) 구성과 제목의 의미, 작품의 문학적 의의

『신곡』은 「지옥편」, 「연옥편」, 「천국편」 세 편으로 구성되어 있으며, 각 편은 찬미가(칸티카, Cantica)라고 부른다. 각각의 찬미가는 다시 다양한 길이의 3연체의 운율(3韻句法)을 갖춘 곡(칸토, Canto)으로 나누어진다. 따라서 서곡을 포함해서 「지옥편」 34편, 「연옥편」 33편, 「천국편」 33편 등 총 100곡으로 짜여 있다. 여기서 33이라는 숫자는 그리스도가 속죄에 오른 연령에 해당하는 숫자이고, 100은 10의 제곱으로 경사의 의미를 가졌다고 한다. 또한 3계, 3연체의 운율 등 3이라는 숫자가 신비하게 이 작품의 구성을 지배한다. 이것은 단테가 『신생』에서 밝히고 있듯 기독교의 삼위일체三位一體 정신에 입각한 것이라 할 수 있다. 이러한 『신곡』의 각 편은 순례하는 단테의 여행기와 관련을 맺는다. 그리고 대부분의 곡은 136~151행 정도의 길이이며, 행수는 14,233행에 이른다.

원래 단테가 붙인 이 작품의 제목은 『코메디아』(희곡, *Comedia*)였다. 이것은 비극(Tragedia)에 대응되는 말이다. 아리스토텔레스의 고전적 입장에 편승하여 단테는, 칸그란데 델라 스칼라에게 보낸 서간문에서 그 이유를 밝히고 있다. 그는 이 이야기를 토스카나의 서민들 누구나 읽어서 쉽게 알 수 있는 지방어로 썼다. 또한 그는 무엇보다도 '슬픈 시작'에 이어 '행복한 결말'에 이를 때, 그것을 희극이라고 할 수 있다고 언급했다. 즉 무시무시한 지옥의 영원한 고통에 시달리는 사람들의 이야기로 시작해서 하느님의 섭리에 의해 구원받아 영원한 행복을 누리는 사람들의 이야기로 끝나기 때문에 희극이라는 것이다.

이 『코메디아』를 단순한 희극으로 보지 않고 신성하고 신비스러운 희극이라고 평하여 형용사 'Divina'를 붙인 사람은 1364년 보카치오(Giovanni

Boccaccio, 1313~1375)이다. 이 작품은 시재詩材가 숭고하고 시형이 고귀
함으로 '신성神性한 희극'(Divina Commedia)이라고 해야 어울린다는 것
이다. 그리고 간행본에서 『신곡』이라고 한 것은 1555년의 베네치아판
이 처음인데, 사본이든 간행본이든 이 제목으로 정착된 것은 단테 자신
이 「천국편」의 제23곡과 제25곡에서 '이 신성한 시', '이 거룩한 시'라
는 표현을 쓰고 있기 때문이다.

영국의 문예비평가 토마스 카알라일(Thomas Carlyle, 1795~1881)은
단테의 『신곡』을 가리켜 '중세 1천 년간의 침묵의 소리'라고 격찬하였
다. 그만큼 『신곡』은 가톨릭 신앙의 찬가이자, 고금의 기독교 문학 중
최고로 평가되고 있다. 따라서 이 서사시는 기독교적 세계관에 의한 일
대 축도라 할 수 있다.

이 작품이 예술적으로 높이 평가되고 있는 이유는 다음 세 가지 점
때문이다. 첫째는 빈틈없는 신앙이다. 미국의 교수이며 시인인 롱펠로
우(Henry Wadsworth, 1807~1882)는 『신곡』을 완벽한 건축물에 비유하
였다. 둘째는 그 묘사가 대부분 동사로 표현되었다는 점이다. 때문에
평론가들은 "단테는 작품을 그리지 않고 조각한다"고 말하기도 한다.
셋째는 이탈리아어로 썼다는 점이다. 당시의 학자들은 이 작품이 라틴
어로 쓰이지 않은 것을 유감스럽게 생각했지만, 단테가 이 작품에서 사
용한 용어는 이탈리아어의 기초가 되었다.

3) 라틴어가 아닌 이탈리아어로

당시 이탈리아에서는 라틴어로 글을 썼다. 그러나 『신곡』은 오늘날
이탈리아어의 모체인 토스카나 방언을 사용했다. 단테는 『신곡』을 쓰
기 전에 이미 『신생』에서 방언으로 된 산문체를 선보였고, 다음 『향연』

에서는 방언으로 된 산문체의 문학 장르를 완전히 정립한 바 있다. 이러한 그의 새로운 변화는 보카치오를 비롯하여 르네상스 시대의 저술가들에게 지대한 영향을 주었다. 단테는 칸그란데 델라 스칼라에게 보낸 서간문에서 그 이유를 "서민들 누구나 읽고 쉽게 알 수 있도록 지방어로 썼다."고 밝히고 있다.

단테가 그의 첫 번째 책 『신생』을 라틴어가 아닌 이탈리아어로 쓴 것은 그의 친구 카발칸티(Guido Cavalcanti, 1255?~1300)의 권유에 따른 것이라고 한다. 그래서 그는 라틴어가 아닌 현지 토속어를 변호하는 최초의 위대한 르네상스 학자 가운데 한 사람이 될 수 있었다. 때문에 그는 『신생』을 지적인 은혜를 입은 친구 카발칸티에게 바쳤다.

단테는 방언으로 쓰인 시의 전형을 구이도 구이니첼리(Guido Guinizelli, 1240~1276)에게서 찾았다. 구이니첼리는 청신체淸新體(Dolce stil novo)[10]로 시를 썼으며, 그의 시 개념을 따르는 토스카나 출신의 시인들에 의해 하나의 학파로 발전되어 나갔다. 단테도 바로 이 학파의 출신이었던 것이다. 그리하여 그도 토스카나 방언에 의한 작시법에 커다란 생명을 불어넣었던 청신체 창조에 열매를 맺게 했다.

당시로서는 라틴어 이외의 어떤 지방어를 가지고 문학 활동을 한다는 것이 모험이었다. 당시 지식인들은 철학이란 인간의 감정을 고상하

---

10 청신체(淸新體) : 13~14세기에 기사도의 완성과 함께 볼로냐에서 시작되어 피렌체에서 꽃을 피운 새로운 시 양식을 돌체 스틸 노보(Dolce stil novo)라고 한다. 이 시 양식은 사랑과 여인의 개념을 새롭게 규정하는 것으로 특징지을 수 있다. 부유한 피렌체의 궁정에 모여든 시인들은 매우 세련된 시어와 감상적인 테마로 새롭게 부상하고 있던 부르주아 계층의 취향에 맞는 시를 쓰며 중세 전통과는 다른 새로운 철학을 만들어내고 있었다. 이 시 양식은 일군의 토스카나 출신의 시인들에 의해 학파로 발전되어 나갔다. 이 학파의 대표적인 시인들로는 구이도 카발칸티, 라포 지안니(Lapo Gianni), 지안니 알파니(Gianni Alfani), 디노 프레스코발디(Dino Frescobaldi), 치노 다 피스토이아(Cino da Pistoia) 등을 들 수 있다.

게 해주고 인간을 고귀한 삶으로 이끌어 올린다고 믿으면서, 오로지 라틴어만이 철학에 맞는 언어라고 주장하였다. 그러한 사람들의 입장에서 볼 때, 단테야말로 철학과 문학을 가지고 매춘 행위를 하는 것이나 다름 없었다. 그래서 힘든 비난의 대상이 되기도 했다.

또한 단테는 라틴어로 된 『속어론』을 썼다. 이 책에서 그는 라틴어만이 유일한 문학어로 간주되던 시대에 속어의 중요성을 예언하고 있다. 그리고 유럽 각 지방, 곧 각 나라의 언어들을 조직적으로 연구하여 이탈리아에서 참다운 문학어를 발굴하려고 했다. 『속어론』은 오늘날 최초의 언어학 사전으로 이해되고 있다.

그러나 그의 산문체는 중세적 라틴 수사학의 그늘을 완전히 벗어난 것이 아니라, 어디까지나 거기에 바탕을 두고 새로운 변화를 모색한 것이다. 사상적인 측면에서 그를 중세와 근세의 과도기적 인물이라고 하는데, 그것은 문체적인 면에서도 해당된다. 어쨌든 단테는 라틴어가 아닌 이탈리아어를 시어로 선택함으로써 문학 발달 과정에 결정적인 영향을 미쳤다. 그는 조국에서 태동하기 시작한 시가 문화에 표현 능력을 빌려주었을 뿐만 아니라 이탈리아어가 수백 년 동안 서유럽에서 문학어로 쓰이게 되는 데 기여한 것이다. 다음은 『신곡』의 줄거리이다.

제1부 「지옥편」

1300년, 단테의 나이 35세 되던 봄의 일이다. 4월 8일 그리스도가 십자가에 못 박힌 성금요일 새벽녘에 그는 길을 잃고 어두컴컴한 숲속을 방황하고 있다. 그가 무서워서 되돌아오려고 할 때 돌연 그의 앞에 자기가 늘 진정한 철학과 시의 스승이라고 숭배하고 있던 로마의 대시성(大詩聖) 베르길리우스가 나타난다. 단테는 그에게 구원을 요청한다. 베르길리우스는 단테에게 천상의 뜻에 따라 그를 피안(彼岸)의 세계로 안내하겠다고 하면서 지옥으로 내려간다.

그들은 지옥의 문을 지나 아케론의 강변에 이른다. 지옥의 주위를 흐르고 있는 이 아케론의 뱃사공인 백발노인 카론은, 대안(對岸)에서 피안(彼岸)으로 영혼을 건네주는 임무를 맡고 있다. 그는 단지 노를 젓기만 한다.

그곳은 아홉 단계로 나누어져 구분되어 있다. 단테는 베르길리우스의 안내를 받아 먼저 상부 지옥으로 들어간다. 그리고 하부로 내려갈수록 무거운 죄인이 처빌빌고 있다.

제1옥 : 림보(Limbo)라는 곳으로 지옥의 변두리가 되는 득수한 장소이다. 이 속에는 세례를 받지 않은 어린이와 그리스도를 전혀 몰랐던 사람들의 영혼이 특별한 형벌 없이 지내고 있는 곳이다. 그리스도 이전에 태어난 호메로스, 아리스토텔레스의 모습이 보인다.

제2옥 : 여기부터 진짜 지옥이다. 죄수의 죄과를 판정하는 자는 옛날 크레타 섬의 왕비였던 미노스이다. 반인반수(半人半獸)의 얼굴을 한 미노스는 영혼들의 호소를 들으면서 합당한 죄옥(罪獄)을 결정한다. 이 옥은 사음(邪淫)에 빠진 자, 곧 불의의 사랑에 빠진 자들의 영혼이 있는 곳이다. 영혼들은 계속 불어오는 무서운 격풍과 모래와 먼지의 고통을 받으며 암흑 속에서 떨고 있다. 여기에는 클레오파트라와 세미라데스를 비롯하여, 『신곡』 전체에서 가장 많이 거론되고 있는 파울로와 르판체스카가 있다.

제3옥 : 미식(美食) 혹은 탐식(貪食)하는 사람을 벌하는 옥이다. 살을 에이는 눈비와 커다란 우박이 난무하여 참담한 환경을 이루고 있다. 욕심껏 먹어도 싫증을 모르는 머리가 셋 달린 괴견(怪犬) 체루베로가 새로 들어온 영혼에게 덤벼들어 살갗을 물어뜯어서 영혼들의 지각을 상실하게 만들고 있다.

제4옥 : 인색하거나 낭비하는 영혼들이 서로 다투고 있는 곳이다. 이 옥에서는 수많은 영혼들이 좌우 두 패로 나누어 각각 거대한 바위를 힘을 다하여 굴리며 충돌시키는 일을 반복하고 있다. 이 바위는 부(富)의 상징이다.

제5옥 : 큰 분노를 터뜨렸던 자들의 영혼이 있는 옥이다. 이곳에는 스티지라는 무서운 늪이 있고, 늪 가운데에는 디데라고 하는 증오의 성이 높이 솟아 있다. 이 늪에는 검은 탁류가 흐르고 있는데, 그 물 속에 알몸뚱이의 영혼들이 반신을 진창 속에 담그고 서 있다. 그 분노의 형상이 매우 처참하다. 그들은 서로 치고받고 싸우며, 심지어는 이빨로 물어뜯고 있다.

제6옥 : 이곳에서부터 가장 무서운 하부 지옥이 시작된다. 넓은 들판으로 독신죄(瀆神罪)의 지옥이다. 그리스도교에 반항한 이교도와 쾌락을 행복한 생활의 원

리라고 주장하는 에피쿠로스파 철학자들의 영혼이 있다. 모두 무덤구덩이에서 맹
렬한 불의 심판을 받고 신음하고 있다.

　　제7옥 : 포학계(暴虐界)의 옥으로 세 개의 원(圓)으로 나뉜다. 그곳은 고대 크레
타 섬의 반인반수 미노타우로가 누워 지키고 있다. 1원은 폭군과 살인자들의 영
혼이 피의 못 속에서 신음하고 있고, 2원은 자살한 영혼들이, 3원은 신을 모독한
자들과 인륜을 더럽힌 자들, 그리고 불로소득자들의 영혼이 벌을 받고 있다.

　　제8옥 : 독의 구렁이라고 하는데, 옥의 가장자리 모두 강철 암석으로 첩첩이
둘러 있는 가장 무서운 옥이다. 이 옥은 모두 10개의 악의 구렁으로 나뉘어, 죄상
에 따라 벌을 받는다. 1구렁에는 부녀자들을 유혹하고 매매했던 자들의 영혼이
혹독한 매질을 당하고 있다. 2구렁에서는 아첨자들의 영혼이 똥무더기 속에서 허
우적거리고 있다. 3구렁에서는 성직 매매를 범한 자들의 영혼이 거꾸로 매달려
발바닥을 불에 태우고 있다. 4구렁에서는 점쟁이들의 영혼이 신의 신비를 폭로한
죄로 앞을 보지 못하게 머리가 뒤로 돌아간 채 걸어가고 있다. 때문에 발은 앞으
로 걸어가나 얼굴은 뒤밖에 보지 못한다. 5구렁에서는 탐관오리들의 영혼이 끓는
못에 파묻혀 있다. 6구렁에서는 위선자들의 영혼이 무거운 납덩이 옷에 신음하고
있다. 7구렁에서는 도둑이었던 자들의 영혼이 뱀 떼에 물리고 있다. 8구렁에서는
음모와 중상을 일삼던 자들의 영혼이 불바다에 싸여 있다. 9구렁에서는 이간질,
중상모략, 선동자들의 영혼이 칼의 고통 속에 울부짖고 있다. 부질없이 기독교를
변경하고 교지를 곡해한 마호메트[11]의 살갗은 뺨으로부터 아래로 찢어져 종아리

---

11 마호메트(Mahomet, 570?~632) : 이슬람교의 창시자이며 이슬람 제국의 창립자이다. 아라비
아 반도의 한 상업도시 메카를 지배하고 있었던 쿠라이시족(族)에 속하는 하심가(家)의 한
사람으로 태어났으나 불우한 고아가 되어 빈곤한 생활 속에 성장했다. 이후 15년 연상의 부
유한 미망인 하디자와 결혼하여 평범한 상인으로서 대상(隊商)에 참가하며 각지를 여행하였
다. 아마도 여행하는 동안 그리스도교도나 가톨릭교도와 접촉하고 그 교리를 터득하여 그의
사상의 근저를 이룬 것으로 추정된다. 이리하여 40세경에 메카 교외에 있는 히라 산중의 동
굴에서 갑자기 신의 계시를 받아 스스로 예언자로서 포교를 시작했다. 그는 단순한 종교개
혁자가 아니라 사회개혁자이기도 했다. 메카의 하층계급의 지지를 받은 그는 특급계급인 쿠
라이시족과 그 카아바 우상 숭배를 먼저 철저히 공격했다. 그리하여 쿠라이시족의 박해를
받고 메카를 탈출하여 야드리브(후에 메디나)로 옮겼다. 이곳에서 그는 입법자로서 군림했
다. 야드리브의 유대인의 협력을 얻는 데는 실패했으나, 그 신앙과 정치적 수완으로 신도를
불러모아 이슬람교국을 육성하였다. 이어 8년 후인 630년에는 메카에 무혈입성(無血入城)하
여 비약적 발전을 꾀하고 세계사의 중요한 한몫을 차지한 이슬람제국의 기초를 닦았다.

사이로 창자가 늘어져 있으며, 오장육부가 환히 들여다보인다. 10구렁에서는 연금술사와 화폐위조자들의 영혼, 곧 사기꾼들의 영혼이 독한 피부병에 시달리며 자신의 몸을 쥐어뜯고 있다.

제9옥 : 지옥의 최하부로 반역자, 폭정자들의 영혼이 있는 곳이다. 철쇠에 묶여 얼음장 속에 잠겨 있는 팔한지옥(八寒地獄)이다. 국가를 반역한 매국노, 그리스도를 판 유다, 아우를 살해한 카인, 기벨리니당(황제당)에 겔피당(법황당)의 기밀을 판 복카 등이 이 빙옥에서 가장 혹독한 중벌을 받고 있다. 여기서는 주로 단테의 정적인 황제당의 죄상을 다루고 있다. 그리고 지옥의 맨 밑바닥의 빙원(氷原)에는 배신자라는 죄목으로 고통을 당하고 있는 무리들이 있다. 단테는 플로렌스군(軍)의 패배를 가져온 배신자 복카의 머리털을 한 움큼 뽑아버린다. 여기서 단테의 죄에 대한 등급과 평가 그리고 성향을 엿볼 수 있다.

두 시인이 지옥을 나왔을 때는, 인간 세상은 부활제 전야인 월요일의 새벽녘이었는데, 뭇 별은 아직도 찬란하게 연옥의 하늘을 비치고 있다. 그들은 다시 용기를 내어 연옥으로 올라간다.

제2부 「연옥편」

단테와 베르길리우스는 예루살렘과 대척점(對蹠點)에 있는 남반구 해상에 다다르는데, 거기엔 하늘 높이 치솟는 연옥이 있다. 부활절 일요일의 밝을 녘의 일이다. 연옥은 구원받을 영혼이 천국에 들어가기 전에 우선 죄를 씻는 곳이다. 보통 구원받을 영혼이라면 죽은 뒤에 테베레 강 어귀에서 천사의 배로 바다를 건너 이 물가로 온다.

연옥의 문 앞에는 칼을 든 천사가 지키고 있다. 단테가 문 앞에 당도하자 이마에 P(Peccata, 죄)를 7개 그려주면서 천국에 이르면 없어질 것이라고 한다. 이것은 연옥에서 속죄하여야 할 오만 · 질투 · 분노 · 태만 · 탐욕 · 폭식 · 색욕 등 7가지 악을 말하는 것이다. 천사는 금과 은으로 된 두 개의 열쇠로 연옥문을 연다. 연옥은 위로 올라가면서 7개의 두렁길로 각각 구분된다.

제1두렁길 : 오만자들의 영혼이 큰 돌을 어깨에 짊어지고 걸으면서 정죄한다. 암벽에는 겸양의 미덕을 설명하는 고사 몇 개가 정교하게 조각되어 있다.

제2두렁길 : 질투자들의 영혼이 정죄하는 곳이다. 영혼들은 속세에 있을 때 타인의 아름다움과 기쁨을 시기했기 때문에 고통을 당하고 있다. 그래서 어떤 기쁨도 맛볼 수 없도록 누더기 옷을 걸치고 있으며 눈은 철사로 꿰매져 있다.

제3두렁길 : 분노자들의 영혼이 정죄하는 곳이다. 이곳에서는 세 개의 이상한 환상이 나타난다. 첫째는 사랑하는 아들 그리스도를 찾으러 다니다가 마침내 예루살렘 궁전에서 찾아낸 성모 마리아이고, 둘째는 자기의 사랑하는 딸이 여러 사람 앞에서 어떤 젊은 청년에게 모욕당하는 것을 보고도 그 죄를 추궁하려 들지 않은 아테네의 왕 피시스트라토이스이다. 셋째는 원수를 용서하고, 도리어 그의 속죄를 빌며 죽어간 기독교의 최초 순교자 스데반이다. 모두가 온화순목(溫和淳穆)한 대표자들이다. 이 환상이 사라지자 어둠이 닥쳐온다.

제4두렁길 : 태만자들의 영혼이 정죄하는 곳이다. 현세에서 게으름을 피웠던 자들이 죄를 씻느라고 열심히 뛰어다니고 있다.

제5두렁길 : 탐욕자들의 영혼이 정죄하는 곳이다. "나의 영혼은 먼지에 불과하다"라는 시편의 구절 그대로 영혼들은 팔과 다리가 묶여진 채, 좁은 길바닥 위에 엎드려 울며 기도하고 있다.

제6두렁길 : 폭식자들의 영혼이 정죄하는 곳이다. 길의 중앙에 있는 능금나무에는 보석과 같은 과일이 주렁주렁 달려 있다. 그런데 아무도 올라가지 못하게 아래로 내려갈수록 줄기가 가늘다. 영혼들은 굶주림과 갈증에 시달리고 있다.

제7두렁길 : 색욕자들의 영혼이 정죄하는 곳이다. 현세에서 음욕에 빠졌던 영혼들은 "가장 자비로우신 신이여!" 하고 찬송가를 부르며 타오르는 불꽃 가운데에서 자기가 범한 죄를 씻고 있다.

단테가 각 두렁길을 통과할 때마다 그 두렁길의 천사가 이마에 새겨진 P자를 하나씩 지워준다. 마지막 두렁길에서는 이마의 글씨가 완전히 지워져서, 단테는 천국에 들어갈 자격을 얻는다. 그러나 이제까지 단테를 안내했던 베르길리우스가 천국에 들어서면서부터는 그의 곁을 떠난다.

제3부 「천국편」

푸른 숲으로 둘러싸인 넓은 초원에는 가지각색의 꽃들이 만발하고 레테 강이 흐른다. 황금 촛대를 든 신비로운 행렬을 선두로 천사가 꽃을 뿌리고, 그 꽃구름 사이에서 베아트리체가 나타난다. 베아트리체는 단테의 방황과 죄를 힐책한다. 그래서 그로 하여금 레테 강물에 몸을 적시게 하고 그 물을 마시게 함으로써, 모든 과거를 망각하고 깨끗한 정신으로 천국을 향하여 날아갈 수 있도록 한다. 베아트리체가 안내한 천국은 10개의 천계(天界)로 구성되어 있다.

제1하늘 : 월광천(月光天). 타인의 뜻을 거역할 수가 없어서 본의는 아니나, 신에 대한 맹세를 지키지 못한 사람들의 영혼이 살고 있다.

제2하늘 : 수성천(水星天). 공명심 때문에 선행을 행하였으나, 그 목적이 신의 영광이 아니고 인간 세계의 영예를 구하는 데에 있었던 사람들의 영혼이 살고 있다.

제3하늘 : 금성천(金星天). 속세에서 성스럽게 사랑을 실천했던 사람늘의 영혼이 살고 있다. 이 3하늘까지를 하천(下天)이라고 한다.

제4하늘 : 태양천(太陽天). 우주 창조, 성삼위(聖三位), 만물의 질서 등 훌륭한 지식으로 인간의 길을 밝혔던 사람들의 영혼이 살고 있다. 이곳에는 성 토마스 아퀴나스의 모습이 보인다.

제5하늘 : 화성천(火星天). 신앙을 지키기 위하여 순교했던 사람들의 영혼이 살고 있다. 그들은 십자가를 형성하며 빛을 발하고 있다.

제6하늘 : 목성천(木星天). 인간 세상을 어질게 다스렸던 현명한 왕, 슬기로운 군주, 유덕한 법관들의 영혼이 살고 있다. 그들은 라틴어로 "정의로써 다스리라(Diligite Ilsstitiam)"라는 구절을 형성하며, 얼굴들이 광채로 빛나고 있다.

제7하늘 : 토성천(土星天). 인간 세상에서 수도를 완전하게 실천한 사람들의 영혼이 살고 있다. 이들은 고승(高僧), 명상가(瞑想家) 또는 신비주의 사람들의 영혼이다.

제8하늘 : 항성천(恒星天). 믿음(信)·소망(望)·애(愛)의 대신삼덕(對神三德)을 완료한 지혜로운 성인들이 살고 있다. 단테는 이곳에서 성인들 중 기독교를 대표해서 나온 사도 베드로, 야고보, 요한 등으로부터 신앙과 자비에 관한 질문을 받는다.

제9하늘 : 원동천(原動天). 천사들이 모여 살면서 천체의 운행을 맡아보고 있다. 이 원동천은 다른 천계보다 더욱 신의 사랑과 빛에 넘쳐 있으며, 또한 여러 가지 운행을 측정하는 기준이 되고 있다.

제10하늘 : 광명천(光明天). 이곳은 또한 지고천(至高天)이라고도 불린다. 우주의 가장 높은 곳이며 가장 빛나고 밝은 곳이다. 신이 머무르고 계시는 곳으로, 백장미처럼 빛나는 천사와 성인들이 계단에 열좌(列坐)하고 있다. 단테를 안내해주었던 베아트리체는 여기서 자기 자리로 간다. 성 베르나르도의 안내로 아베마리아의 성가가 울리는 가운데, 단테는 신의 성안(聖顔)을 뵙게 되고, 삼위일체(三位一體)의 성스러운 교리를 터득하게 된다.

제3부 문예부흥기 문학

Ⅰ. 서설

1. 르네상스 문학의 역사적 배경과 문화

중세의 대표적인 제도와 사상인 기사 제도, 봉건 제도, 교황의 보편적 권위, 길드 제도 등은 1300년 이후 소멸되었다. 위대한 고딕 가톨릭의 시대는 종말을 고하고, 스콜라 철학도 경멸의 대상이 되었으며, 인생의 종교적·윤리적 해석도 약화되었다. 대신 집권적 국민 국가와 역동하는 자본주의적 경제에 기초한 새로운 제도와 사고방식이 대두되기 시작했다. 이러한 근대 사회와 문화의 태동은 르네상스·종교개혁·지리상의 발견·산업혁명·인쇄술의 발달 등으로 표출되었다.

르네상스 인문주의 운동은 도시와 상업의 부활이 가장 빨랐던 이탈리아에서부터 시작되어 급속하게 전개되었다. 이는 중세의 획일적인 예술관을 탈피하여 자연주의적이고 인간주의적이며 세속적인 문화를 창조하려는 시도였다. 또한 르네상스는 종교개혁에 의해 가시화되었는데,

종교개혁은 근대의 여명을 알리는 가장 중요한 사건의 하나라고 할 수 있다. 그만큼 르네상스와 종교개혁은 상호 밀접한 관련을 갖는다. 르네상스는 고대 그리스 로마 문화의 부흥이라는, 그리고 종교개혁은 원시 기독교 교리에로의 복귀라는 공통된 목적을 가지고 있었다. 곧, 르네상스가 중세 문화적 독단으로부터의 해방을 추구했다면, 종교개혁은 중세의 획일적인 정신 지배로부터의 해방을 추구했다. 그러나 이러한 유사점에도 불구하고 종교개혁을, 단지 르네상스의 종교적인 면에 불과하다고 보는 해석은 잘못된 것이다. 왜냐하면 이 두 운동은 과거의 회복을 추구했지만, 실제적인 면에 있어서 다른 방향으로 진행되었기 때문이다. 독일의 마틴 루터(Martin Luter, 1483~1536)의 종교개혁, 스위스의 율리히 츠빙글리(Ulrich Zwingli, 1484~1531)와 존 칼뱅(John Calvin, 1509~1564)의 종교개혁, 또한 영국 왕의 종교개혁, 그리고 가톨릭의 종교개혁의 결과는 유럽 기독교 세계를 가톨릭과 프로테스탄트라는 상호 적대적인 분파의 분리를 가져왔다.

지리상의 발견 동기는 우선 동방과의 무역에 참여하려는 스페인과 포르투갈의 야망 때문에 발생하였다. 그동안 동방과의 무역은 이탈리아의 도시 국가들이 독점했기 때문에 이베리아 반도의 사람들은 비단, 향수, 향료 등 동방으로부터 수입되는 물자들에 대해 높은 가격을 지불해야만 했다. 또 하나의 동기는 스페인들의 기독교를 포교하려는 열정에서였다. 또한 지리학적 지식, 자세한 해도, 조선술, 나침반의 소개로 인해 지금까지 알려져 있지 않은 미지의 세계로의 탐험이 보다 수월해졌기 때문이었다.

대서양을 맨 처음 항해한 사람은 포르투갈인들이었다. 포르투갈 항해 탐험대들은 1445년 아프리카 서해안을 따라 베르데 곶(Cape Verde)을 발견했다. 그리고 15세기 중엽까지 마데이라(Madeira)와 아조레(Azores) 군도를 발견했고, 아프리카 남단의 기나(Gina)까지 탐험했다. 바르톨로뮤 디아스(Bartholomeu Dias, 1450?~1500)는 1488년 아프리카 남단의 희망봉을 발견했고, 바스코 다가마(Vasco da Gama, 1469~1524)는 1497년 아프리카 남단을 돌아 다음해 인도로 향했다. 제노아 출신의 크리스토퍼 콜럼버스(Christopher Columbus, 1446경~1506)는 1492년 신대륙을 발견했다. 신대륙 발견으로 인해 스페인은 신대륙의 남서부 지역과 멕시코, 서인도 제도, 중앙아메리카 그리고 브라질을 제외한 남미의 모든 지역에 대한 통치권을 주장하게 되었다. 그 후 포르투갈의 페르디난도 마젤란(Ferdinand Magellan, 1480?~1521)은 신대륙의 남단을 돌아 태평양을 횡단하던 중 죽었으나, 남은 일행들은 1522년 세빌 항에 귀환함으로써 최초로 세계 일주 항해에 성공했다. 스페인의 뒤를 이어 영국과 프랑스도 지리상의 발견에 적극 참가했다.

지리상의 발견은 유럽인들로 하여금 지중해 무역의 좁은 한계에서 벗어나 세계적인 규모로 경제를 팽창시켰다. 그리고 교역의 양과 상품의 다양화가 이루어졌다. 이러한 물리적 · 경제적 팽창은 유럽인들에게 근대 의식을 심어주었다. 지리상의 발견으로 인해 유럽은 아시아, 아프리카, 신대륙 등에서 광범위한 식민지를 확보하고 진정한 의미의 세계사가 전개되는 것을 가능하게 했다. 이러한 유럽의 외형적인 팽창은 산업혁명이라는 거대한 경제적 발전을 초래했고, 점차 중상 계층이 주도하는 자본주의 체제의 수립을 가져오게 하였다.

지리상의 발견으로 인해 산업혁명은 강력한 자극을 받았다. 산업혁명의 중요한 특징은 은행업의 성장이다. 중세에는 고리대금업에 대한 강력한 규제 때문에 은행업이 존경받는 사업이 될 수 없었다. 은행업의 성장은 필연적으로 대규모 금융 거래를 위한 다양한 방법을 유도했다. 그 가운데 수표에 의한 지불 방법은 교역량이 증가함에 따라 더욱 중요시되었다. 그리고 산업혁명기 생산의 가장 대표적인 형태는 가내수공업 제도였다. 이러한 산업혁명은 후에 전개될 산업혁명을 위한 중요한 토대를 마련했다.

르네상스의 대표적인 사람들은 이탈리아 무역상이다. 그 가운데서도 특히 피렌체의 메디치(Medici) 가문과 밀라노의 스포르자(Sforz) 가문은 대표적인 르네상스의 후원자들이었다. 그 가문들은 예술가들에게 풍부한 자금을 후원하였고, 1453년 터키에 의해 동로마 제국이 멸망하자, 많은 동로마 학자들을 받아들여 플라톤 아카데미를 세워주기도 하였다. 또한 나폴리의 페르디난도 1세(Ferdinando Ⅰ, 1423~1493)도 예술의 보호자였다. 르네상스 문화는 이들에 의해 개화되었다고 할 수 있다.

1434년경 구텐베르크(Gutenberg, 1394?~1468)의 인쇄술 발명은 책을 대량으로 값싸게 생산·보급할 수 있게 하였다. 이에 지식은 빠르게 전달되었고 대중들이 쉽게 접할 수 있었다. 특히 성서는 특정한 사람만이 읽을 수 있는 고유한 권리로 생각하던 것을, 누구나 성서를 읽고 그 지식이나 신앙에 관하여 생각하고 말할 수 있게 되었다. 그리하여 사람들은 교회만이 누릴 수 있고 성직자에게만 의지하던 신앙에서 벗어나 독립적인 사고를 할 수 있게 된 것이다.

르네상스의 문학·예술·철학 등은 고대 또는 중세에 근원을 두고 있다. 르네상스의 인문주의 운동도 과거를 위한 찬미를 내포하였다. 과학과 정치학, 인간의 자유와 존엄성 추구, 개인의 권리에 대한 열정 등에서 진실로 새로운 사상들이 태동하고 있었다. 그리고 후기 르네상스는 근대의 여명을 명백히 예고하는 종교개혁과 병행되었다. 종교개혁은 1517년 발생하여 대부분의 북유럽 지역이 가톨릭 세계로부터 이탈하는 결과를 가져오고 1560년경 최고조에 달했던 가톨릭 종교개혁을 초래했다.

이처럼 르네상스와 종교개혁은 서로 밀접하게 관련되어 있다. 이 두 사건은 14, 15세기 기존 질서의 몰락을 가져온 강력한 개인주의적 조류의 산물이다. 동시에 이 사건들은 부르주아 사회의 발흥과 자본주의의 성장이라는 비슷한 경제적 원인에서 비롯되었다.

그러나 종교개혁은 르네상스의 한 부분, 곧 종교적인 면은 아니다. 르네상스의 본질은 인간과 자연에 대한 헌신이며 종교를 종속적으로 격하시켰다. 그러나 종교개혁의 정신은 세계적이며, 정신적인 것이 세속적인 것보다 우월하다는 강한 신념을 지닌다. 인문주의자들은 인간의 본성을 일반적으로 선하다고 보았으나, 종교개혁가들은 타락하고 부패한 것으로 보았다. 르네상스의 지도자들은 종교적 관용을 베풀었으나, 루터(Martin Luter, 1483~1536)와 칼뱅(John Calvin, 1509~1564)의 추종자들은 믿음과 종교적 순응을 강요했다. 르네상스와 종교개혁은 과거의 회복을 추구했지만, 실제적인 면에 있어서 다른 방향으로 진행된 것이다. 인문주의자들은 오염되지 않은 종교의 근원을 재생하려 하였고, 그래서 성서의 원본에 관심을 가지고 그리스 로마 고전 문화를 연구했다. 반면 종교개혁가들은 주로 사도 바울과 성 어거스틴의 가르침으로 회귀하는 데 관심을 집중했다. 또한 종교개혁은 평민들에게 많은 영향을 끼쳤던 반면, 르네상스는 귀족적 운동이었다.

종교개혁은 인문주의자들이 주도해온 운동보다 중세 말 문화와 급격히 단절되었다. 급진적인 종교개혁자들은 13세기 기독교의 근본적인 교리 및 관례와는 어떤 연관도 없었다. 종교개혁은 근대를 통해 지속적으로 전개되고 있는 경제적·정치적 흐름과 밀접하게 관련되었다.

그러나 종교개혁은 로마 가톨릭에 대항하는 종교적인 저항 운동은 아니다. 루터의 추종자들이 시작한 초기 운동은 주로 가톨릭교회의 남용에 대한 종교적 반란이었다. 성직의 매매, 면죄부[1] 판매, 특면장[2]의 매매, 성물의 미신적인 숭배 등은 교회의 개혁을 위해 가장 중요한 계기가 되었다. 교황 레오 10세(Leo X, 1475~1521)는 성 베드로 성당 건립을 위한 것이라면서 2,000여 개의 성직과 면죄부를 매매하여 큰돈을 거두어들였다.

종교개혁이 일어나게 된 또 다른 중요한 이유는 신비주의자들과 초기 개혁가들의 영향 때문이다. 루터가 등장하기 이전 2세기 동안 신비주의는 북유럽에서 종교적 표현의 가장 보편적 형태였다. 대부분 신비주의자들은 독일이나 저지대 출신이었다. 신비주의자들은 가톨릭에 대한 반란을 선동하지는 않았지만 중세교회가 제안하는 구원에 대한 의례적 절차에 강력히 반대했다. 이들은 개인이 자신의 영혼을 신에게 완전히 복종시키고 이기적인 욕망을 자제함으로서 구원받을 수 있다고 주장했다. 성자나 성직자의 기적보다 깊은 믿음과 경건함만이 구원에 필수적이라고 생각했다. 이러한 신비주의자들과 함께 개혁가들은 종교개혁을 위한 토대를 마련하는 데 괄목할 만한 영향력을 행사했다.

---

1 면죄부 : 13세기 스콜라 신학자들에 의해 발전된 유명한 '공적의 보물'(the Treasure of Merit)라는 교리에 근거한다. 이 교리에 의하면 그리스도와 성인들은 지상에서 행한 선행 때문에 천국에 충분한 공적을 축적할 수 있으며 교황은 그 여분의 은총을 보통 사람들을 위해 사용할 수 있다는 것이다. 원래 면죄부는 돈을 받고 발행되지 않았다. 자선 · 단식 · 십자군에 참여할 경우에 발행되었다. 그러나 사치스러운 생활을 영위하기 위해 많은 경비가 필요했던 르네상스 교황들은 면죄부 판매를 시작했다.
2 특면장(dispensations) : 교회 부정의 또 하나의 형태로, 교회법이나 이미 맹세한 서약으로부터 면제를 해주는 증서를 말한다.

그리하여 결과적으로 독일에서는 루터가, 스위스에서 칼뱅이 종교개
혁을 단행했다. 그리고 영국에서는 종교개혁가보다는 왕에 의해 종교
개혁이 시작되었다. 종교개혁의 가장 명백한 결과는 유럽 기독교 세계
가 상호 적대적인 분파로 분리되었다는 점이다. 유럽은 더 이상 종교적
통일을 향유하지 못했으며 북부 독일과 스칸디나비아 국가들은 루터파
가 되고 영국은 타협적인 프로테스탄트 국가가 되었다. 칼뱅주의는 스
코틀랜드 · 폴란드 · 스위스에서 발전하였으며, 단지 이탈리아 · 오스트
리아 · 프랑스 · 스페인 · 포르투갈 · 남부 독일 · 폴란드 · 아일랜드 등
이 가톨릭 국가로 남게 되었다. 이러한 기독교 세계의 분리는 유럽인들
에게 보다 나은 정치적 환경을 제공했다. 그리고 대중 교육을 증진하는
데 커다란 기여를 했다.

한편 프로테스탄티즘의 성장을 억제하고 가톨릭교회를 정화하기 위
한 운동이 발생하였는데, 이것을 가톨릭 종교개혁 혹은 반동종교개혁이
라고 부른다. 이 가톨릭 종교개혁은 프로테스탄트 운동과는 전혀 다른
독자적인 것이다. 15세기 말 스페인에서 왕의 승인에 따라 추기경 지메
네스(Ximenes)에 의해 시작된 종교적 재생운동은 스페인을 뿌리부터 흔
들었다. 스페인의 귀족 이그나티우스 로욜라(Ignatius of Loyola, 1491~
1556)는 '예수회'를 설립하고 추종자들을 모아 1534년 예수회교단을 수
립했다. 이들의 조직은 1540년 교황 파울 3세(Paulus Ⅲ, 1468~1549)에
의해 공식적으로 승인을 받았다. 가톨릭이 프로테스탄트의 이탈에도
불구하고 소생할 수 있었던 것은 무엇보다도 예수회의 공격적인 행동
에 기인한다고 할 수 있다.

2. 르네상스의 개념과 문학의 특징

르네상스 문학과 중세 말 문학을 획일하게 나누는 어떤 정확한 경계가 있는 것은 아니다. 사실 1300~1550년 사이의 르네상스의 중요한 문학적 업적들은 이미 12~13세기에 그 전조가 나타나고 있었다. '르네상스'라는 말은 13~16세기까지의 유럽의 문화 형상을 지칭하는 명사로 자리매김하고 있다. 어원학적으로 볼 때 르네상스는 이탈리아어의 'Rinascimento'(다시 태어남)라는 뜻을 지니고 있다. 이 개념은 고대 문화의 부흥과 재생을 통해 그동안 중세의 도그마에 억눌렸던 인간성을 회복하려는 운동이라고 할 수 있다.

그런데 여기서 말하는 고대 문화의 부흥이나 문예 부흥은 단순한 이교적인 '재생'의 운동은 아니다. 르네상스는 예술·문학·과학·철학·교육 그리고 종교에 있어서 괄목할 만한 새로운 업적을 포용하고 있다. 이러한 업적의 기초가 고전적이라 할지라도 그 결과는 고대 그리스 로마의 영향력을 초월하여 이루어진 것이다. 이 시기의 선각자들은 고대 문화에서 인간에 대한 긍정, 현실 생활에 대한 적극적인 태도, 낙관주의와 자유사상과 같은 활력적인 요소를 발견했다. 이들은 신흥 부르주아 계급인 시민 계급 문화를 창조하는 데 도움이 되는 여러 요소들을 찾아내, 그것을 바탕으로 새로운 문화와 사상 체계를 창조하려고 시도하였다. 이러한 사상 체계가 '인문주의'(Humanism)이며, 이를 연구하고 전파하는 학자를 '인문주의자'(Humanist), 그들이 연구하는 학문을 '인문학'(Srudia Humanitatis)이라고 불렀다. 이와 같은 학문적 관점에서 결국 모든 인간적 가치와 인간의 존엄성을 높이 평가하는 인생철학이 나오게 되었다.

　휴머니즘, 곧 인문주의는 중세 금욕주의에 대한 반항의 의미와 같다. 중세의 가장 큰 덕목은 사회적 욕구와 인간의 욕구를 끊임없이 억누르고 부정하는 것이었다. 지상의 모든 것은 헛된 것에 지나지 않았다. 죽음만이 비참하고 희망 없는 세상으로부터의 탈출이었다. 중세의 인간은 천국을 준비하는 열정 이외에는 아무 것도 없었다. 그러나 르네상스 인간은 반대로 현세와 인간에게 열정을 보였다. 현세는 아름다우며 흥미롭고, 신이 준 선물이라고 생각하기 시작했다. 신이 인간에게 요구하고 있는 것이 타당하다고 할지라도, 인간은 이 세상에서 기뻐하고 사랑하는 것이 정당한 권리라고 생각하였다. 이러한 권리의 신념이 곧, 휴머니즘인 것이다. 이것은 인간의 자아 발견이기도 하다. 중세에는 개인이란 것은 없었다. 교회는 자기를 버리고 그리스도를 닮자고 가르쳤다. 이러한 자아의 발견은 개성을 깨웠으며, 개성 또한 모든 분야에서 완전한 인간을 이상적 인간상으로 삼게 되었다.

　이러한 르네상스 문학의 특징은 일반적으로 세 가지로 정리할 수 있다.

　첫째, 그동안 문학 생산의 주요 공간은 교회였는데 궁정이나 도시 공간으로 옮겨지고, 문학의 소재도 신 중심에서 인간 중심으로 옮겨가게 되었다. 둘째, 상공업으로 큰 부를 축적한 새로운 사회계층이 생겨나 부르주아 시민계급으로 등장함으로써, 이상주의와 쾌락주의적 문학 요소가 주를 이루게 되었다. 셋째, 사회 전반에 과학주의가 자리 잡게 됨으로써, 모든 현상을 과학적으로 해석하고 비판하게 되었다. 그리하여 인간의 능력에 대한 신뢰감이 생기게 되었고, 인간 중심의 이성과 지성이 사고의 주요 바탕을 이루게 되었다. 절대 신성한 존재인 신과 신앙마저도 이성으로 파악해보려는 소위 이신주의理神主義가 확산되었다.

Ⅱ. 문예부흥기 문학의 흐름과 양상

1. 이탈리아의 문학

르네상스는 이탈리아에서 가장 먼저 일어났다. 우선 정치·경제적인 관점에서 보면, 이탈리아 반도에는 다른 유럽에 비해 도시 국가의 체제가 발달되어 있었고, 도시를 움직이는 계층은 상공업과 무역업으로 큰 부를 축적한 부르주아 계급이었다. 그리하여 이탈리아는 중세를 유지했던 두 가지 큰 축이었던 봉건 제도와 장원 경제의 틀에서 벗어났다. 그리고 스스로의 노력으로 운명을 개척하여 신분을 향상시킬 수 있는 사회 제도와 화폐를 매개로 하는 시장 경제를 발달시키고, 근대적 의미의 도시 국가 체제를 형성했다. 이렇게 이탈리아의 경제는 급속히 향상되고 이러한 경제 부흥의 견인차인 상인 계급, 특히 시민 부르주아 계급의 정치 참여로 인하여 이탈리아에서의 중세 기존 질서는 빠르게 붕괴되었다.

지리적인 면으로도 이탈리아는 대륙과 해양을 잇는 반도 국가이며,

고대 로마 이래 동서 문물이 만나는 지역이었다. 따라서 이탈리아 반도
에는 로마 가톨릭의 유럽과 정교회의 동로마 그리고 이슬람 세계가 경
제적·정치적 이해관계에 따라 만날 수 있는 문화다원주의가 펼쳐지고
있었다. 또한 문화적으로도, 이탈리아 반도에는 고대 로마의 유산이 고
스란히 남아 있었으며 고대 로마의 영광을 부활 재생하려는 국민 의식
이 만연해 있었다. 그들은 야만적인 게르만 문화에 동화되지 않고, 찬
란했던 로마 문화의 계승자로서 자긍심을 지니고 있었던 것이다.

이탈리아인은 천성적으로 다른 유럽인에 비해 합리적이고 현세적이
며 예술을 사랑하는 정서를 지니고 있었다. 이러한 특성은 인간을 속박
하는 경건하고 내세적인 중세 문화 속에서도 삶을 아름답게 장식하려
는 현실적인 인문주의 문화를 지향하게 하였다. 그런데 마침 동로마 제
국이 멸망하게 되었다. 그리고 동로마의 많은 석학들과 예술가들이 난
세를 피하여 고대 그리스 로마의 서적과 예술품을 가지고 이탈리아로
이주하게 되었다. 이로 말미암아 이탈리아 학자들 사이에 고전 연구의
열기가 일어나게 된 것이다.

이러한 이유 등으로 이탈리아 반도에서 르네상스가 가장 먼저 일어난
것이다. 또한 다른 유럽 지역과 달리 정치·경제·문화의 중심지가 되
었고 새로운 개념의 문명을 낳는 선두에서 그 사명을 수행하게 되었다.

■ 프란체스코 페트라르카(Francesco Petrarca, 1304~1374)
― 『서정시집』(*Canzoniere*, 1327~1374)

유럽 르네상스 문학은 이탈리아 르네상스 문학의 첫 작가인 프란체
스코 페트라르카로부터 시작되었다. 그의 아버지 페트라코(Petracco)는
단테와도 친교를 맺고 있는 인물로서 대대로 공증인 집안의 인물이었

으나, 단테와 함께 추방되어 유배 생활을 하게 되었다. 때문에 1311년 페트라르카는 아버지를 따라 남 프랑스의 아비뇽에서 자랐으며 아버지의 희망에 따라 볼로냐 대학에서 법학을 공부했다. 그러나 아버지의 사망 이후 법률 공부를 포기하고 문학 공부에 입문하였다. 그가 온 마음을 쏟아 연구했던 것은 주로 라틴어 고전 문학, 그 가운데서도 특히 치케로네(Cicerone) · 리비우스(Livius) · 베르길리우스의 고전 작품들이었다. 그래서 그는 고대 그리스와 로마 고전의 필사본을 수집하였다. 그에게 있어서 남프랑스의 아비뇽을 비롯하여 프로방스 지방은 그의 마음의 고향이 되었다.

그는 라틴어로 로마의 장군 스키피오(Scipio, B.C. 185~129)와 카르타고의 총사령관 한니발(Hannibal, B.C. 247~183)이라는 두 영웅과 제2차 포에니 전쟁을 배경으로 한 『아프리카』(*Africa*)라는 작품을 써 1341년 '로마 계관시인'의 칭호를 부여받았다. 그밖에도 라틴어로 쓴 작품 『목가시』(*Bucolicum carmen*), 『고독한 삶에 대하여』(*De vita solitaria*), 『비밀』(*Secertum*) 등이 있다.

페트라르카는 1427년 성금요일에 산타 키이라(Santa chiara) 성당에서 운명적으로 라우라(Laura)라는 부인을 만났는데, 그녀는 그의 영원한 여성으로 자리 잡고 있으며 그의 시에 많은 영감을 주었다. 그는 주요 작품을 라틴어로 썼는데, 오히려 이탈리아어로 쓴 작품이 르네상스 시대의 대표적 작품으로 꼽혔고 그를 민족 시인으로 남게 하였다. 이탈리아어로 쓴 『서정시집』(*Canzoniere*)은 그의 가장 우수한 시집이다. 이 시집으로 인해 이른바 '소네트'라는 양식이 유럽 문학사에 본격적으로 정착하게 되었다.

페트라르카는 끊임없이 고전 작품을 찾아 수집하고 탐색했다. 따라서 그의 작품에는 시에 대한 무조건적인 사랑, 정치사상, 정신세계, 중세적 전통으로부터 분리된 문화 양식, 그리고 자신의 내면의 갈등 등 많은 분야에서 근대성이 발견된다. 단테에게 있어서 시가 하나의 진리를 입증하기 위한 사명과 수단이라면, 페트라르카에게 있어서는 바로 시 자체에 그 목적이 있다. 단테는 세상에 평화와 질서를 줄 수 있는 신성 로마 제국에 대한 깊은 신앙을 가지고 있었으나, 페트라르카는 이러한 사상이 이미 사라져 버렸다. 그는 이탈리아를 정치적으로 독립된 개체로 이해한 첫 인물인 것이다.

물론 그는 교회에서는 충실한 신자였다. 그러나 그것이 현세적인 것으로 시선을 돌리는 데 방해가 되지는 않았다. 중세에서 근세로 이어지는 과도기에 살았던 그는 이 두 대립되는 세계 사이의 끊임없는 변화를 몸소 체험하며 이를 작품 세계에 담았고, 종교적 열망과 세속적 유혹 사이에서 계속되는 투쟁을 그의 작품 세계에 반영하였다.

『서정시집』(*Canzoniere*)은 317편의 소네트를 포함하여 전 366편의 서정시가 수록되어 있다. 바티칸 도서관에 필사본으로 보존되어 있으며 그중에는 친필도 있다. 이 시집은 오랜 기간에 걸쳐 쓰인 것으로, 약 30여 편을 제외하고는 모두 라우라에 대한 사랑을 읊은 시이다. 일반적으로 전반부와 후반부로 나뉘는데, 전반부는 라우라의 생전에 쓰인 것이고 후반부는 그녀의 사망 후에 쓰인 것이라고 한다.

전반부에서 페트라르카의 라우라에 대한 사랑은 매우 인간적이며 때로는 열정적인 충동을 드러내고 있다. 라우라는 페트라르카 작품 속에서 현실적인 선과 색을 가지고 있다. 그는 그녀의 금발, 빛나는 눈, 검은 속눈썹, 가녀린 손을 노래한다. 그리고 시인은 라우라의 아름다움을 찬미하면서, 육체적 아름다움과 정신적 아름다움이 조화를 이루어야 한다고 역설한다. 후반부에서는 라우라의 죽음으로 인한 고통스러운 심정을 잘 드러내고 있다. 라우라의 죽음에까지 계속되는 그의 사랑을 이제는 천상적인 것으로 승화시킨다. 그의 환상 속에서 라우라는 여전히 화려하고 아름답지만, 그러나 좀 더 온화하고 거의 그의 어머니와 같이 표현되어 있다.

이 시집은 페트라르카의 영혼 속에 잠재되어 있는 천상과 지상 사이, 육체와 정신 사이에서의 치유될 수 없는 사랑의 갈등을 드러내고 있다. 인간적인 것, 특히 아름다움의 덧없음에 대한 묵상에서 갈등은 더욱 깊어진다. 그러나 첫 번째 소네트에서는 정열의 헛됨을 확신하고 있으며, 마지막 소네트에서는 이미 그의 사상은 천상적인 것들과 죽음으로 기울어져 있다. 그리하여 그는 성모 마리아에게 용서와 보호를 간청하고 있다. 산·해변·강·숲 등의 자연 배경은 페트라르카의 정서를 훌륭하게 뒷받침해주고 있다.

페트라르카가 처음으로 서정시를 쓴 것은 아니었으나 너무나도 아름답게 썼기 때문에 대중적 인기를 얻었고, 후세에 그 영향을 받은 서구 시인들이 그를 본받으려 하여 소위 '페트라르카주의'(구원한 여성을 향한 정신적인 사랑)를 낳게 하였다. 오늘날 그는 '최초의 근대시인'이라는 명칭을 얻고 있다. 다음은 페트라르카의 『서정시집』에 수록된 서정시 한 편이다.

1

그대 들어보아요, 흩어진 시구로 이루어진 그 소리, 그 한탄
나 그 안에서 마음의 자양분 취하고
내 젊은 날의 첫 실수 위에

지금의 나와는 사뭇 달랐던 그때.

내가 울며 생각에 잠겼던 다양한 시 속에서
헛된 희망과 고통 사이를 헤매며,
시련을 통해 사랑을 알게 되는 누군가 있다면,
바라건대 용서뿐 아니라 연민까지도 얻으리.

이제야 나는 알게 되었네
사람들에게 오래도록 조소거리였음을
가끔은 스스로 부끄러워진다네.

내 철부지 같은 사랑 행각은 수치심이요, 뉘우침이니,
분명코 깨달은 바는
세상 사람들이 그토록 좋다는 연애가 한낱 꿈에 불과한 것을.

    2

그녀에게 우아한 복수를 하려 하네.
어느 날엔가 숱한 사랑의 모독에 앙갚음하려고
남몰래 사랑의 화살을 당겼지요.
때와 장소를 기다려 상처를 주기 위해.

내 온 힘을 마음에 모아
내 마음과 눈에서 그녀를 몰아내었네.
온갖 화살 꽂힌 이 가슴
죽음의 충격으로 철렁 내려앉았네.

허나 첫 공격에 당혹하여,
공격의 무기를 잡을 수도 있었을 것을
그만 허공에 나뒹굴고 말았네.

닿기 힘든 저 높은 산정으로
간신히 피할 수만 있었다면
오늘 나의 고통이 덜할 수도 있었으련만, 아무 소용 없었네.

■ 죠반니 보카치오(Giovanni Boccaccio, 1313~1375)
− 『데카메론』(*Decameron*, 1349~1353)

보카치오는 페트라르카의 인문주의를 계승하여 탁월한 산문력과 창작력을 구사하여 대중 깊숙이 파고든 작가이다. 그는 피렌체의 부유한 상인과 프랑스 귀족 미망인 사이에서 서자로 태어났다. 그의 아버지는 보카치오를 상인으로 키우려고 나폴리로 보냈다. 그러나 그는 나폴리 왕궁에 드나들면서 인문주의자들과 접촉하게 되었고 문학 수업에 더욱 열정을 보였다. 그러다가 그는 1340년 4월 7일 산토 스테파노 교회의 미사에 참석하는 도중 한 미인을 만난다. 그 미인은 나폴리 왕의 사생녀인 마리아(Maria)였고 그들은 곧 사랑에 빠지게 된다. 그녀는 나폴리 왕정의 꽃이며 사교계의 중심인물이기도 했다. 당시 보카치오는 23세였고, 마리아는 이미 결혼한 귀부인이었다. 그러나 그에게는 이러한 세속적인 구속이 전혀 방해될 게 없었다. 이후 마리아는 보카치오의 기쁨과 절망이자 문학적 모티프가 되어 피암메타(Fiammetta, 작은 불꽃)라는 이름으로 작품 속에 등장한다. 그의 초기 작품들은 마리아와의 사랑 · 즐거움 · 번뇌를 노래하는 시들로 이루어졌다. 그러나 이런 그녀와의 사랑은 오래가지 않았다. 마리아가 결국 보카치오의 곁을 떠났으며, 그 후 얼마 안 되어 세상마저 떠나버린 것이다.

그는 나폴리에서 보내면서 주로 이탈리아어를 사용하여 글을 썼는데, 산문 작품 『필로콜로』(*Filocolo*), 시 작품 『필로스트라토』(*Filostrato*)와 『테세이다』(*Teseida*) 등이 있다. 또한 피렌체로 돌아와 쓴 시와 산문이 섞인 『아메토의 요정』(*Ninfale d'Ameto*), 산문으로 된 『사랑스런 환영』(*L'amorosa Visione*) 등이 있다. 그리고 라틴어로 쓴 작품 가운데 가장 대표적인 것은 15권으로 되어 있는 『관대한 신들의 계보에 관하여』(*De genealogiis deorum gentilium*, 1363~1375)이다. 이 작품은 내용이 풍부하고 고전 우화의 광범위한 소재를 다루고 있어 문학사적으로 중요한 위치를 차지하며, 수세기 동안 신화에 관한 기본 텍스트가 되었다. 특히 문학을 옹호하고 작가의 변명을 담고 있어서 현대인들이 관심을 보이고 있기도 하다.

보카치오는 시보다는 산문에 관심을 보였다. 그를 세계적인 위대한 작가 대열에 들게 한 문학 작품은 1348년경 피렌체로 돌아와 쓴 『데카메론』(*Decameron*)이다. 이 작품에서 소개하고 있는 이야기들의 대부분은 옛날부터 전해 내려오는 이야기들에서 수집했다. 그 이야기들은 중세, 특히 프랑스의 전설과 해학 문학 또는 옛날 이탈리아의 설화 전통과 지방 역사에 이르기까지 다양하다. 그는 수집한 자료를 그대로 이야기한 것이 아니라 자신의 개성을 담아 변형했다. 이탈리아어로 쓴 첫 번째 위대한 산문인 이 작품은, 인간의 다양한 삶의 모습과 방법을 보여주는 시대정신의 대표적 작품으로 평가받고 있다.

• 구성과 배경

『데카메론』은 1349년에 착수하여 1353년에 완성한 작품이다. 10일 동안 이야기 모임에서 나온 100가지 이야기와 10편의 발라드로 구성되어 있다. 제목 '데카메론'은 그리스어에서 연유한 '10일의'라는 뜻이다. 곧 10일을 의미하는 희랍어 '데카'(Deca)와 날짜를 의미하는 '헤메라'(Hemera)의 합성어로 이루어진 것이다. 이 이야기들은 비록 서로서로가 독립되어 있지만, 일정한 규격 속에 질서 정연하게 분류된 단편소설들이다.

1348년경 이탈리아의 가장 아름다운 도시 피렌체에 갑자기 페스트가 퍼졌다. 시 당국에서 전염병을 막기 위하여 온갖 노력을 다했으나 많은 시민들이 떼죽음을 당했다. 이러한 역사적 재난이 이 작품의 배경이다. 페스트에 걸리면 전신에 검붉은 반점이 생겨 대부분 3일도 되지 않아 쓰러진다. 교회는 묘지로 산을 이루고, 유족들은 재산을 버리고 시골로 도망갔으며, 부랑자는 제멋대로 남의 집에 들어가 배를 채우고, 어떤 자는 자포자기하여 음락의 구렁텅이로, 귀부인들은 방탕에 빠졌으며, 성직자나 관리할 것 없이 인간의 법률도 신의 율법도 완전히 무시하는 무정부 상태가 된다. 이전의 화려한 왕궁, 저택도 모두 사라지고 도시 는 완전히 피폐해간다.

이런 상황의 피렌체에 살고 있는 7명의 숙녀는 금요일 아침 산타마리아 노벨라(Snta Maria Novella) 성당에서 만나게 된다. 각각 팜피네아 · 필로메나 · 네이필레 · 피암메타 · 라우레타 · 에밀리아 · 엘리자라 등의 여인들이다. 여인들은 살아날 궁리를 하던 끝에 피난 가는 데 합의한 다. 그러나 여자들만 가기에는 어려운 점이 많으리라 판단하고 남자들 과 함께 가기로 한다. 때마침 세 명의 잘생긴 청년들이 성당에 들어온 다. 그들은 필로스트라토 · 팜팔로 · 디오네오라는 청년들이다. 그들은 숙녀들의 설명을 듣고 즉시 찬성한다. 그리하여 이들 10명의 젊은 남녀 들은 한 무리가 되어 피렌체 시의 교외에 있는 피에솔레(Fiesole) 언덕에 서 약 2마일 떨어진 별장에 머물게 된다.

그들은 여장을 풀고 드디어 안도의 숨을 돌린다. 그리고 앞으로 무료 한 시간을 어떻게 보낼까 궁리한 끝에 열 사람이 차례로 하루에 한 편씩 이야기하기로 한다. 이렇게 해서 10일 동안 10명이 10편씩 이야기를 하게 되니 모두 100편의 이야기가 나오게 된다. 그들은 2주일 동안 그곳에 머문다. 그러나 그리스도의 수난일인 금요일과 토요일에는 휴식을 취하기로 되어 있어서 실제 그들이 이야기하는 날은 10일간이다. 오후의 따스한 기운이 감도는 푸른 초원의 나무 그늘 아래 누워, 그들은 각각 한 가지 이야기를 돌아가면서 한다. 10명이 모두 이야기를 끝내면 밤이 된다. 그들은 빙 둘러앉아 노래도 부르고 춤도 춘다. 이때 부르는 발라드가 매일 한 편씩 있으므로 『데카메론』에는 100편의 이야기와 10편의 발라드가 담겨져 있다. 이 100편의 이야기 속에는 사회의 각계각층의 인물들이 비유적으로 풍자되어 있어 시대상이 적나라하게 드러나 있다.

• **주제와 내용상의 특징**

『데카메론』의 첫째 날과 아홉째 날의 주제는 자유이다. 둘째 날은 많은 갈등과 고뇌를 겪고 난 후 행복한 결말을 맺게 되는 사람들의 이야기, 셋째 날은 소망하고 갈망하던 것을 성취·획득하는 사람들의 이야기, 넷째 날은 불행하게 끝을 맺는 사랑 이야기, 다섯째 날은 넷째 날과 반대로 행복한 사랑의 결실을 맺는 사람들의 이야기, 여섯째 날은 재치 있게 교묘한 응답으로 위기에서 벗어난 사람들의 이야기, 일곱째 날과 여덟째 날은 부부 간이나 남녀 간에 서로 속고 속이는 이야기, 마지막 날에는 고상하고 관대한 주제와 영혼의 위대성에 관한 이야기를 한다. 이 가운데 가장 우수하다고 인정받은 이야기는 셋째 날과 일곱째 날의 것으로서, 각각 네이필레 숙녀와 디오네오 청년의 주재하에 진행된 것이다.

100편의 이야기 속에서 작가가 우리에게 주고자 한 공통된 주제는 삶에 대한 애착심이라 할 수 있다. 운명과 싸우고 그것을 극복하며, 가능하다면 운명을 개척하기까지 하는 인간의 모습을 의도적으로 보여주고 있는 것이다. 선과 운명이라는 이 뚜렷한 이원론은 르네상스적 감정과 사고에 뿌리를 둔 것이다. 삶을 영위해야 할 인간은 삶을 사랑해야 하며, 도덕적으로나 종교적인 관점에서 올바르게 살아야 한다는 것이다. 또 인생이란 사랑 · 지성 · 친절 · 모험 · 영웅심과 직결되어 있으며, 이 모든 것은 운명의 손아귀에 달려 있다는 일종의 운명론자의 입장을 취하고 있기도 하다. 이 점은 단테가 『신곡』 「지옥편」 제8곡에서 보여준 입장이기도 하다.

『데카메론』에 따르면, 진실로 고귀해지기 위해서 인간은 운명을 있는 그대로 달게 받아들여야 한다. 그래서 무엇보다도 기대에 어긋나거나 비극적인 것이 될지라도 자신의 행동에 따르는 결과를 당연히 받아들여야 한다. 또한 현세의 행복을 실현하기 위해서 인간은 자신의 힘으로 이룰 수 있는 욕망을 지녀야 하며, 이루지 못할 절대적 욕구는 깨끗이 포기해야 한다. 이와 같이 보카치오는 인간의 능력과 인간이 빠져나갈 수 없는 한계를 모두 강조하고 있다.

100편의 이야기는 고대로부터 중세, 특히 프랑스의 전설과 해학 문학 또는 옛날 이탈리아의 설화 전통과 지방 역사에 이르기까지 다양하다. 심지어는 작가 자신이 이전에 썼던 소설 등에서 유래한 것들도 있다. 그런데 이 모든 이야기는 수집하고 들은 것을 그대로 이야기한 것이 아니라, 보카치오의 무한한 상상력으로 변형되어 펼쳐진다. 그러나 이 모든 이야기들이 질서 있게 분류된 사실은 퍽 흥미롭다. 작가 정신에서 우러나오는 예술론에 입각한 통일성과 인간 지성의 한계를 초월한 표현의 우월성이 돋보이는 작품이다.

• 보카치오의 근대성

일반적으로 단테는 중세의 마지막 목소리로 불려지고, 그 뒤를 이은 페트라르카는 중세와 근세를 잇는 인물로 평가된다. 다시 말해 작품 속에 나타나는 기독교적 종교관·우주관·여성관 등으로 인하여 단테는 중세의 마지막 인물로 불리며, 페트라르카는 인문주의 사상을 기본으로 중세의 신 중심의 사고와는 달리 인간 그 자체를 다룬 근대 문학의 창시자로 불린다.

르네상스의 문법학자나 수사학자들은 『데카메론』을 명작이라고 규정했고, 보카치오를 단테, 페트라르카와 함께 그 시대의 선구자라고 명명했다. 그리고 이 작품은 이탈리아뿐만 아니라 전 유럽에 걸쳐 산문으로 된 문체를 구사한 최초 최고 소설로 알려져 있다. 이 작품은 사랑에 관한 장면을 솔직하게 묘사하고 금기로 되어 있던 성직자나 귀족들의 숨겨진 부분을 들추어내고 있다. 그래서 역사상 가장 많은 나라에서 가장 오랜 기간 동안 금서로 낙인 찍혀 민중의 접근이 금지되었다. 그러나 오늘날 이 작품은 이탈리아 산문의 효시이며 세계문학에 결정적인 영향을 준 작품이라 평가된다. 14세기는 단테의 『신곡』으로 시작되어 보카치오의 『데카메론』으로 종결된 것이라 한다. 또한 이 작품은 단테의 『신곡』에 빗대어 '인곡人曲'(Umana Commedia)이라고 불리기도 한다.

『데카메론』은 당시 봉건주의를 비판하고 교회의 부패와 타락을 폭로하였으며 인간의 평등과 사랑의 자유를 주장하면서 세속적인 삶의 새로운 지평을 열어주었다. 즉 물질적·육체적 향락과 열정을 긍정적으로 제시한다는 것은 당시로서 파격적인 사상이 아닐 수 없는 것이다. 이처럼 이 작품은 당시대의 근대정신을 발휘하여 문학사의 귀중한 위치를 차지하고 있는 것이다. 7명의 숙녀와 3명의 젊은이, 곧 10명이 하루에 한 가지씩 10일 동안 이야기한 100편 가운데, 몇 가지 이야기를 간략하여 소개하면 다음과 같다.

그들이 도착한 **첫째 날**은 팜피네아의 주재 아래 각자 자신이 좋아하는 이야기를 하나씩 한다. 팜필로가 첫 번째로 이야기하였는데 다음과 같다.

차펠레토라는 남자는 온갖 나쁜 짓을 일삼고, 성당에 대해서 항상 욕만 하는 사람이다. 그런데 그가 병에 걸려 죽게 되자 자신의 시체를 받아줄 성당이 없을 것임을 염려하게 된다. 그래서 그는 어느 믿음 깊은 신부님을 모셔와 거짓 고해성사를 한다. 곧, 그는 자신의 큰 죄는 모두 감춘 채 아주 사소한 죄만을 들먹이며, 그러한 죄를 진심으로 뉘우치는 모습을 신부님에게 보인 것이다. 신부님은 그의 뉘우치는 모습에 속는다. 그리하여, 그러한 잘못은 누구나 할 수 있는 것이라고 하면서 그에게 면죄를 선고하고, 그가 죽으면 자신의 수도원에 묻어주겠다고 약속한다. 그리하여 그는 생전에 커다란 나쁜 짓만 하고 살았지만, 죽을 때에는 성자의 영예를 얻어 성 차펠레토라는 칭호를 받게 된다.

셋째 날은 '소망하고 갈망하던 것을 성취·획득하는 사람들의 이야기'를 하기로 한다. 네이필레가 주재하였고, 필로스트라토가 첫 번째로 이야기하였는데 다음과 같다.

신성하기로 이름난 수녀원에 여덟 명의 젊은 수녀와 수녀원장, 그리고 남자 정원사 한 명이 살고 있다. 그런데 정원사가 급료가 적은 데 불만을 품고 고향 람포키레오로 돌아가버린다. 그리고 고향에서 몸집이 건장하고 남자다운 젊은이 마제라토를 만나 수녀원에 후임이 필요함을 말한다. 그 말을 들은 마제라토는 젊은 수녀들과 함께 살아보고 싶어, 수녀원을 찾아가 벙어리 흉내를 내며 일하고 먹을 것을 얻는다. 원장은 그가 일을 잘 하는 것을 보고, 수녀원에 두기로 결정한다.

어느 날 마제라토가 일을 마치고 쉬고 있었는데, 수녀 2명이 수녀원에 찾아오는 부인들에게서 들은 남녀의 정사이야기를 하면서 마제라토를 곳간으로 데려가 교대로 즐긴다. 그는 수녀들을 충분히 만족시켜준다. 그 후 두 수녀는 기회만 있으면 이 벙어리와 즐기게 되고, 이를 알게 된 나머지 수녀들도 그와 교대로 쾌락을 즐긴다. 수녀원장 또한 혼자 마당을 거닐다가 바람에 옷이 벗겨진 마제라토의 몸을 보고 욕정에 사로잡혀 그를 며칠동안 자신의 방에 잡아놓고 즐거움을 맛본다.

마제라토는 원장을 비롯한 다른 수녀들 전부를 만족시키기가 너무 힘들어 벙어리 흉내 내기를 그만두기로 하고, 더 이상 쾌락의 봉사를 할 수 없다면서 수녀원장에게 자신의 정체를 밝힌다. 이에 수녀원장과 수녀들은 해결 방안을 모색하게 된다. 그리고 그녀들은 벙어리였던 마제라토가 수녀원의 수호 성인의 공덕으로 말을 할 수 있게 되었다고 세상 사람들에게 퍼뜨린다. 그리하여 그를 관리인으로 임명하고 그의 몸을 지탱할 수 있는 온갖 방법을 찾아 강건함을 유지하게 한다.

마제라토는 젊은 수녀들에게 몇 번이나 아이를 갖게 하는 사태를 일으켰지만 세상에는 알려지지 않는다. 그러는 동안 수녀원장은 세상을 떠났고, 마제라토도 나이를 먹어 자기 고향으로 내려오게 된다. 그리고 수녀원에서 청춘을 보내고 자신이 이렇게 성공하여 고향에 돌아올 수 있었던 것은, 정말 그리스도의 덕분이라고 말한다.

일곱째 날은 디오네오가 주재하였는데, 그는 '부인들이 사랑을 위해, 혹은 자신을 구하기 위해 남편을 속이는 이야기'를 하자고 제안한다. 네이필레는 여덟 번째로 다음과 같은 이야기를 한다.

아르리구치오라는 부자 상인은 시스몬다라는 귀족 아가씨와 결혼하였으나, 그는 사업상 부인과 함께 지내는 일이 드물다. 그래서 그녀는 전부터 그녀를 사모하던 루베르토라는 청년과 깊은 관계를 맺게 된다. 그런데 하루는 남편이 무슨 눈치를 챘는지, 장사도 접어둔 채 아내를 감시한다. 그녀는 남편이 일단 잠들면 좀처럼 깨지 않는 점을 이용해 침실 창문밖으로 끈을 한 가닥 내려뜨린다. 그리고 한쪽 끝을 자기 엄지발가락에 맨 채 기다리다가, 남편이 잠들면 끈으로 창문 아래에서 기다리는 루베르토에게 신호를 보낸다. 이러한 방법으로 둘은 남편 몰래 함께할 수 있게 된다.

그러던 어느 날, 남편은 이상한 끈이 아내의 발가락에 매어 있는 것을 발견하고 아내가 잠이 들자 살그머니 자기 발가락에 옮겨 맨다. 이윽고 신호를 보내자 남편은 무기를 들고 달려 나가고, 이 상황을 눈치챈 루베르토는 도망을 간다. 시끄러운 소리에 잠을 깬 아내는 비밀이 들통난 것을 알고 심복 하녀를 불러 자기 대신 침대에 누워 남편을 상대해줄 것을 부탁한다. 집으로 돌아온 아르리구치오는 침대에 누워 있는 하녀가 자기 부인인 줄 알고 마구 때리고 머리카락까지 잘라 버린다. 그리고 아내의 친정에 이러한 사실을 알리러 간다. 남편이 나가자, 숨어 있던 시스몬다 부인은 하녀를 위로하고 많은 돈을 주어 자기 방으로 돌아가게 한다. 그리고는 재빨리 침대를 정돈하고는 마치 아무 일도 없었던 것처럼 바느질을 한다.

아르리구치오는 장모님 그리고 처남 셋과 함께 돌아온다. 그들은 그녀가 맞은 자국도 없고 머리칼도 잘려 나가지 않은 채 바느질하고 있는 것을 보고 놀란다. 오히려 스시몬다 부인은 자기 남편에게, 술독에 빠져서 하루도 취하지 않은 날이 없으며 난봉꾼이라고 트집을 잡는다. 그러자 그녀의 어머니와 오빠들은 아르리구치오를 원망하고 욕한다. 한참을 멍하게 서 있던 아르리구치오는 자기가 한 일이 정말이었는지, 아니면 꿈을 꾼 것인지 갈피를 잡지 못해 아내를 그대로 내버려둔다. 아내는 순간의 기지로 위기를 모면했을 뿐만 아니라, 그 뒤로는 남편의 눈을 조금도 신경쓰지 않고 사랑의 환희를 마음껏 즐긴다.

아홉째 날은 에밀리아가 주재하였는데, 어떤 주제 없이 자유롭게 이야기하도록 한다. 에밀리아가 한 아홉째 이야기는 다음과 같다.

라얏조 출신의 귀족인 멜릿소라는 젊은이는 자주 동네 사람들을 초대하여 잔치를 베풀지만 그를 좋아하는 사람은 없다. 그래서 어떻게 하면 다른 사람의 사랑을 받을 수 있을까 현명한 솔로몬 왕에게 묻기 위해 길을 나선다. 그는 길을 가던 중, 요셉이라는 젊은이를 만나게 되는데, 그 역시 자기 처가 사납고 고집이 세어 아무리 타이르고 사정을 해도 막무가내로 굴기에 솔로몬 왕의 의견을 들으러 간다고 한다. 이리하여 두 사람은 솔로몬 왕을 찾아뵙고, 자신들의 고민을 털어놓는다. 그러자 솔로몬 왕은 멜릿소에게 "진심으로 사랑하라"고 대답하고, 요셉에게는 "거위 다리에 가보라"고 대답한다.

두 사람은 왕이 한 말을 이해하지 못한 채 돌아가는 길에 다리를 건너게 되었는데, 노새 한 마리가 다리를 건너려 하지 않자 마부가 노새를 마구 때리는 모습을 보게 된다. 이를 본 멜릿소와 요셉이 마부를 말리자 그는 저 노새를 다루는 방법은 자기가 더 잘 알고 있다면서 계속 때리고 마침내 노새는 앞으로 나아간다. 그 두 사람은 바로 그 다리가 '거위 다리'라는 것을 알고는, 솔로몬 왕의 말을 상기한다. 요셉은 자기 집에 도착하자 멜릿소를 붙들어 이삼 일 쉬어가라고 말한다. 그의 아내는 싫은 낯으로 그들을 맞이했고, 주문한 음식과는 전혀 반대의 음식을 내놓으면서 먹기 싫으면 먹지 말라고 큰소리까지 친다.

요셉은 멜릿소에게 솔로몬 왕의 충고를 시험해보겠다고 말하면서 몽둥이를 들고 침실로 들어가 아내를 마구 때린다. 부인이 잘못을 빌어도 요셉은 멈추지 않고 자기 힘이 다할 때가지 계속 때린다. 그러자 다음 날 아침에 부인은 어떤 음식을 장만할까 하고 물어보기 위해 요셉에게 사람을 보냈고, 식당에는 지시한 음식이 그대로 성대하게 차려져 있다.

그로부터 며칠 뒤 멜릿소는 자기 집으로 돌아와 총명하다는 어떤 사람에게 솔로몬 왕의 충고를 들려준다. 그랬더니 그 사람은 "그보다 더 훌륭한 충고를 당신에게 해줄 사람은 아마 없을 겁니다. 당신이 베푼 값진 요리와 접대는 단순히 과시하려는 허영에 불과했습니다. 솔로몬 왕의 말처럼 다른 사람을 진심으로 사랑하면, 남들로부터 사랑을 받을 것입니다."라고 말한다. 이렇게 해서 요셉의 사나운 아내는 순하게 되고, 멜릿소는 남을 사랑하고 또 사랑 받게 된다.

마지막 날은 팜필로가 주재하였는데, '사랑 또는 그밖의 사건에서 남에게 너그러운 마음, 인자한 마음을 베풀게 된 사람들의 이야기'가 펼쳐진다. 세 번째의 필로스트라토의 이야기는 다음과 같다.

카타요 지방에 재산도 많고 도량이 넓고 관대한 나탄이라는 귀족이 살고 있다. 그의 관대한 행동은 명성을 얻어 널리 퍼진다. 한편 나탄의 저택에서 멀지 않은 곳에 미트리다네스라는 젊은이가 살고 있는데, 그는 나탄의 명성을 시기하여, 자기가 더욱 관대하다는 것을 과시하기 위해 나탄의 행동을 흉내 내고 있다. 그러던 어느 날 미트리다네스 저택에 초라한 한 여인이 동냥을 청한다. 그 여인은 계속 그 저택의 다른 문으로 들어와 동냥 청하기를 12번이나 한다. 13번째에 이르자, 미트리다네스는 그 여인에게 문마다 들어와 계속 구걸하는 것은 너무 지나친 행동이라고 나무란다. 그러자 그 여인은 나탄의 집에는 32개의 문이 있는데, 자기가 얼굴을 내밀 때마다 얼굴을 찌푸리지 않고 계속 보태준다고 말한다. 이 말을 들은 미트리다네스는 질투심이 치밀어 나탄을 죽이기로 결심하고 그가 있는 곳으로 간다.

나탄이 초라한 차림으로 산책을 하고 있는데, 미트리다네스가 나탄을 알아보지 못하고, 나탄에게 자신의 계획을 말하고 도움을 청한다. 나탄은 그를 집으로 데려가 하인들에게 입 단속을 시키고 극진하게 대접한다. 그리고 나탄은 그에게 "나탄은 매일 아침 여기서 반 마일쯤 떨어진 숲에서 산책을 합니다. 그러니 그 숲에서 그를 죽인 다음, 숲 왼쪽 길로 도망가면 아무에게도 들키지 않을 것입니다."라고 말한다. 다음날 아침 미트리다네스는 활과 칼을 가지고 숲으로 간다. 그런데 나탄이 바로 그 초라한 모습의 그 사람이라는 것을 알게 된다. 나탄에게 나탄을 죽일 수 있는 방법을 배운 것이다. 그는 분노가 수치로 변해 나탄의 발 아래 꿇어 엎드려 용서를 빈다. 나탄은 미트리다네스를 일으켜 세워 인자하게 끌어안으며 말한다. "나는 내 집에 오는 손님의 부탁은 할 수 있는 것은 무엇이나 들어준답니다. 그런데 당신은 내 생명을 원했기 때문에 내 목숨을 주려고 한 것뿐입니다."

이렇게 나탄은 자기 생명을 걸고 모험한 결과 그를 새 사람으로 만든다.

■ 루도비코 아리오스토(Ludovico Ariosto, 1474~1533)
　　　– 『성난 오를란도』(*L'Orlando Furioso*, 1516~1531)

아리오스토는 렉기오 에밀리아(Reggio Emilia)에서 태어났으며, 대부분을 페라라(Ferrara)에서 보냈다. 그는 아버지의 뜻에 따라 법률 공부를 시작했지만, 문학에 대한 열정에 법률 공부를 포기하였다. 1500년대에 그는 만토바(Mantova) 에스테(Este) 가문의 휘하에 들어가 르네상스 시대에 가장 활동적인 인물로 부각되는 이폴리토(Ippolito) 추기경의 비서로 일하였다. 그러면서 그는 외교 사절로 여러 곳을 여행하면서 임무를 수행하였기 때문에, 문학과 창작 활동, 사랑하는 아내로부터는 멀어질 수밖에 없었다. 1517년 그는 이폴리토 추기경을 따라 헝가리에 가는 임무를 포기하고, 알폰소(Alfonso) 공작 휘하에 들어갔다. 알폰소 공작은 아리오스토를 산적이 들끓고 있던 가르파냐나(Garfagnana)에 파견하였고, 그는 이곳을 3년간 통치했다. 1525년 그는 다시 페라라에 돌아와 만년의 평온한 휴식을 취하면서 작품을 썼다.

그의 작품으로는 서사시 『성난 오를란도』(*L'Orlando Furioso*), 『풍자시』(*Le Satire*), 『희극』(*Le Commedie*) 등이 있으며, 이외에도 라틴 속어로 쓴 『시편』(*Le Rime*), 라틴어로 쓴 『카르미나』(*Carmina*) 등이 있다.

『풍자시』는 3연체로 된 7편의 시구로 구성되어 있으며, 아리오스토의 부모님과 친구들에게 보내는 친밀한 내용을 서간문 형식으로 표현하고 있다. 이 시들은 길고 복잡한 수정을 거친 후 1534년 유작으로 출판되었다. 이 작품에서 아리오스토는 자신의 삶의 변화를 기술하고, 인간과 사물에 대한 자신의 견해를 밝히며, 부드럽고 상냥한 어조로 현명한 충고를 하고, 인간의 나쁜 습관과 악덕을 비난하고 있다. 그러나 그는 비난을 하면서 꾸짖기보다는 오히려 관대한 미소로써 포용하고 있는 태도를 보였다. 아리오스토의 다섯 편의 『희극』은 모두 로마 희극을 모델로 삼고 있으나, 단순히 로마 희극을 번역한 것이 아니라, 라틴 속어로 쓰인 최초의 창작품으로 『금상자 이야기』(*Cassaeia*), 『바뀌어진 아이』(*Suppositi*), 『마술사』(*Negromante*), 『레나』(*Lena*), 『학생들』(*Studenti*) 등이 있다. 작품은 3막으로 나뉘어져 있고 일반적으로는 이웃을 속이려는 악한의 음모를 서술했다. 그리고 고대 희극의 등장인물들을 소재로 삼았는데 인색한 아버지, 방탕한 젊은이, 교활한 하인 등이 그것이다. 비록 고전적 소재를 다루고 있지만, 작품 구성이 자유롭고 또한 고전적 요소를 작품에 따라서 새롭게 사용했다.

단테와 더불어 중세기가 종지부를 찍었던 것처럼, 아리오스토의 작품은 르네상스의 종합을 나타냈다. 그는 인간의 가능성을 고양시키고 모험의 욕구를 충족시켰으며, 미를 찬미하고, 세속적 부를 향유하려는 생각을 자신의 작품 속에 표현했다.

『성난 오를란도』(*L' Orlando Furioso*)는 8연체 46곡으로 된 기사문학적 서사시이다. 1502년경에 집필하기 시작하여 1516년에 초판이 나왔고, 1532년에 최종판이 발행되었다. 아리오스토는 고전 작품들과 보이아르도(Matteo Maria Boiardo, 1441~1491)의 『사랑에 빠진 오를란도』(*Orlando Innamorato*), 그리고 1500년대 궁정에서 유행하고 있던 모든 무훈시나 기사문학에서 작품의 실마리를 이끌어냈다. 따라서 그의 이 작품은 『사랑에 빠진 오를란도』의 후속편의 성격을 띤 것으로, 똑같은 테마의 그 뒷이야기를 전개해나가고 있다. 작품의 배경은 파리와 그 후 비제르타(Biserta)에서 일어나는 기독교 세계와 이슬람교 세계의 전쟁이며, 그 가운데 수많은 에피소드와 사건들을 담고 있다. 그중 에스테(Este) 가문의 원조가 되는 루제로(Ruggero)와 브라다만테(Bradamante)의 사랑에 대한 에피소드도 있다. 『성난 오를난도』의 참된 소재는 다양하고 놀라운 복합적인 사건들이 아닌, 바로 등장인물들을 움직이는 감정들에 있다. 아리오스토는 이런 모든 감정들, 즉 관능적인 사랑이나 사랑하는 연인의 망연자실한 관조, 죽음에 이르기까지 변치 않은 충실한 우정, 모험과 경이로움의 취향들을 일정한 거리감을 두고 마치 농담하듯이 능숙하게 다루고 있다. 이 작품의 장면 장면들은 동화 같은 분위기를 자아내며, 이 서사시의 모든 등장인물들에게 잘 어울리는 배경을 형성해준다. 따라서 이 작품은 당대를 대표하는 가장 고상한 작품인 동시에 시대를 초월하는 영원한 예술적 미를 간직한 작품이라고 할 수 있다.

이 작품의 주요 내용은 안젤리카에 대한 오를란도의 열정적인 사랑인데, 그 줄거리를 간략하면 다음과 같다.

> 아그라만테는 사라센 제국의 군대를 인솔하고, 기독교 왕국인 프랑스를 섬멸시키기 위해 파리를 포위한다. 또한 회교국 카타이오 왕은 기독교의 무장들을 뇌살시키기 위해 미모의 왕녀 안젤리카를 프랑스군에 몰래 잠입시킨다. 한편, 프랑스의 카를로 대제 막하의 12신장(神將) 중에는 오를란도와 라나르드가 포함되어 있는데, 그 두 신장들은 모두 안젤리카를 연모한다. 이에 카를로 대제는 중재에 나서서, 두 사람 가운데 무용이 더 뛰어난 장군을 그녀와 결혼시키겠다고 약속한다. 그리하여 안젤리카는 카를로 대제에 의해 성에 감금된다. 그러나 안젤리카는 자신이 가지고 있는 모습을 숨기는 마력을 지닌 반지를 이용해 성에서 도망쳐 이슬람교 무사인 메도로(Medoro)와 결혼한다. 이로 인해 불행한 연인 오를란도의 광기를 유발시키게 된다.
>
> 오를란도는 커다란 몽둥이를 들고 스페인의 이곳저곳을 방황하게 된다. 이를 본 아스톨포(Astolfo)는 이포그리포(Ippogrifo, 말의 몸에 독수리의 머리와 날개를 가진 괴물)를 타고, 허황된 환상을 쫓다가 이성을 잃어버린 사람들의 두뇌가 보관되어 있는 달나라에 올라간다. 그리고 이 두뇌들 중에서 오를란도의 두뇌를 찾아, 약병에 담아 지구로 다시 가져온다. 결국 이러한 아스톨포의 노력으로 오를란도는 다시 이성을 되찾아 정상적인 상태로 돌아온다.

■ 니콜로 마키아벨리(Niccolo Machiavelli, 1469~1527)
- 『군주론』(*Il Principe*, 1532)

마키아벨리는 1469년 피렌체 귀족 출신으로 태어나, 인문주의적 교육을 받으면서 성장했다. 그의 나이 23세 되던 해에, 메디치 가문(Medici Family)이 폭동에 의해 지배권을 상실하면서 피렌체에는 공화정이 들어서게 되었다. 마키아벨리는 29살에 피렌체 공화정부에 입문하여 '평화와 자유에 관한 10인 위원회' 서기로 발탁되었다. 그의 재임 기간인 1498~1512년 동안의 주요 행적을 살펴보면 다음과 같다.

마키아벨리는 체자레 보르지아(Cesare Borgia) 측근으로 활동하였고, 로마 궁정에서 주요 임무를 맡았으며, 프랑스의 루이 12세(Louis XII, 1462~1515)와 막시밀리안 1세(Massimiliano Ⅰ, 1459~1519)에게 대사로 파견되기도 하는 등 유능한 관리였으며, 피렌체가 이탈리아 내의 소국가와 협상을 맺어야 할 때나 프랑스 등과 협상을 벌여야 할 때, 항상 외교관으로 파견되었다. 혼란한 정치적 상황에서 수완 있고 능력 있는 외교관의 역할은 매우 중요한 것이다. 그는 이러한 외교관으로서의 역할을 충실히 다하는 한편, 활동하면서 여러 가지를 보고 들은 것들을 모아 『프랑스 견문기』(*Ritratti delle cose di Francia*), 『독일 견문기』(*Ritratti delle cose di Magna*) 등을 저술했다.

그런데 피렌체의 공화정은 또다시 메디치가의 혁명에 의해 무너지게 되었다. 메디치가 집권하자 그는 관직에서 쫓겨나 감옥에 투옥되었고, 그후 산 카사노(San Casciano)에 있는 자신의 자택에 연금당했다. 『군주론』(*Il Principe*) 등 마키아벨리가 학자로서 명성을 얻은 저작들은 이때 쓴 것이다. 그밖에 『티투스 리비우스의 로마사론에 관한 논고』(*Discorsi sulla prima deca di Tito Livio*, 1513~1521), 『전략론』(*Arte della guerra*,

1519~1521), 『피렌체사』(*Le Istorie Fiorentine*, 1520~1525), 희극 『만드라 골라』(*Mandragola*, 1520) 등의 저술을 남기고 있다.

『군주론』은 마키아벨리에게 영광과 함께 비난을 안겨준 유명한 책이다. 그러나 이 책은 당시의 정서에 어긋나는 주장들이 많아 그의 생전에는 출판되지 못하고, 그가 죽은 후인 1532년 출판되었다. 이 책의 첫 페이지에는 '올리는 글, 니콜로 마키아벨리가 위대한 로렌초 데 메디치에게 올림'이라고 쓰여 있다. 이것이 바로 이 책의 성격을 근본적으로 규정해준다고 할 수 있다. 곧 그는 다시 집권한 메디치가 어떻게 하면 이탈리아를 통일할 수 있는가, 어떻게 하면 강한 국가를 만들 수 있는가 하는 방법을 제안했던 것이다. 그것도 민중의 편에서가 아니라 군주의 편에서이다. 이 책은 전체 26장으로 구성되어 있으며, 크게 세 부분으로 나눌 수 있다.

마키아벨리의 『군주론』은 많은 논쟁을 불러일으켰고 정치가 등 많은 독자들에게 읽혀졌다. 1513년에 완성된 이 책이 처음으로 출판된 것은 1532년이다. 출판되자 많은 비난이 쏟아졌는데 교황청의 무능, 탐욕, 타락을 비판하는 내용이 담겨져 있어 먼저 교회에서 이 책을 불사르고 금서로 지정했다. 거기에는 교황청이 루터의 종교개혁으로 위기에 처해 있었던 이유도 있었다. 특히 프로이센의 프리드리히 2세(Friedrich Ⅱ, 1712~1786)는 『반마키아벨리론』을 썼는데, '군주는 국가의 첫째가는 심부름꾼'이라면서, 『군주론』에는 범죄적인 생각·사기·모반·야비함으로 가득 찼다고 지적했다. 또한 이 작품의 참뜻을 왜곡함으로써 '마키아벨리즘'(Machiavellism)이라는 용어가 생겨났다. 오늘날 마키아벨리즘이란 자신의 권력과 세력을 유지하고 팽창시키기 위해서는 도덕성·윤리성·종교성을 버리고 목적을 위해 수단과 방법을 가리지 않는 권모술수주의를 뜻한다. 그러나 이것은 『군주론』의 본질과는 상당한 차이가 있다고 할 수 있다.

'목적은 수단을 정당화한다'라는 말은, 목적을 위해서는 그것이 아무리 폭력적이고 비인간적이라고 할지라도 수단과 방법을 가리지 않는다는 뜻이다. 이 말은 마키아벨리의 정치 이론을 충분히 설명하고 있는 것처럼 보인다. 그러나 상식은 그 이면을 알지 못한다면 항상 표면적인 지식에 지나지 않는다. 이 말을 구성하고 있는 중요한 낱말은 '목적'과 '수단'이다. 만약 목적이 여기서 개인의 단순한 이익만을 말한다면, 이 말은 권세와 모략과 중상 등 비도덕적인 방법이 허용된다는 권모술수론을 핵심적으로 보여주는 것이 된다.

그러나 마키아벨리가 말하는 목적은 국가 질서이다. 15세기 이탈리아는 5개의 도시국가로 나뉘어 동맹과 전쟁, 반목과 갈등을 거듭하는 극도의 혼란 상태에 처해 있었다. 이러한 정치적 무질서에 종지부를 찍기 위해서 무엇보다도 필요한 것이 강력한 국가였던 것이다. 따라서 마키아벨리의 『군주론』은 정치적 공동체의 확고부동한 토대, 즉 국가를 구축할 수 있는 정치 기술을 서술하고 있는 근대의 고전이다. 우리가 오늘날 당연한 것으로 받아들이고 있는 국가는 사실 근대의 산물이다. 국가는 사회의 악惡이라고 할 수 있는 전쟁과 갈등을 극복하고 평화를 정착시킬 수 있는 질서로 발전된 것이다. 이런 점에서 보면 『군주론』은 사실 최초의 국가론이다.

마키아벨리는 국가를 세우기 위해서는 우선 시각의 전환이 필요하다고 말한다. 그것은 하늘로부터 땅, 이상으로부터 현실, 이성으로부터 권력으로의 방향 전환을 말한다. 삶과 현실을 바라보는 개념의 체계를 패러다임이라고 한다면, 『군주론』은 고대와 중세의 이성 중심적 또는 신 중심적 패러다임으로부터 권력 중심적 또는 인간 중심적 패러다임으로 바뀌는 전환점이라고 할 수 있다. 이것은 르네상스의 핵심인 '인간의 발견'과도 일치하는 주장이다.

『군주론』에서 주장하고 있는 내용을 정리하면 명료하다. 이 책이 대상으로 하고 있는 사람은 군주이다. 따라서 이 책에서 주장하고 있는 내용은 일반 민중이나 국민이 실천하는 것이 아니라 군주가 실행해야 되는 것들이다.

첫째, 마키아벨리는 인간의 본성에 대해 매우 불신한다. 또한 일반 민중이나 국민의 본성에 대해서도 전혀 믿음이 없다. 국민들은 쉽게 변하고, 힘에 따라 좌우될 수 있다. 이는 중국 법가 사상에서 인간의 본성을 악하다고 보는 입장과 비슷하다. 군주는 먼저 이 점을 염두에 두고 통치해야 한다. 따라서 군주가 국민을 대할 때는 진실하게 대해서는 안 된다. 항상 자신의 본색을 숨기고, 겉으로 가장해야 한다. 만약 본심을 그대로 드러낼 경우 국민들이 이를 악용할 수 있기 때문이다. 또 군주는 국민들로부터 사랑을 받는 것보다는 존경을 받는 것이 필요하다. 이는 신하들의 경우에는 마찬가지이다. 조언을 구할 때에는 항상 소수에게 은밀히 구해야 한다. 또한 그들을 통제하기 위해 항상 주의를 게을리하면 안 된다.

둘째, 국가를 다스리는 정치는 개인의 일과 다르다. 국가는 국민 전체의 생명과 재산을 보호해야 하고, 군주는 우선적으로 이것을 책임져야 하는 사람이다. 따라서 군주가 국가를 통치할 때에는 이런 국가의 성격에 최우선을 두어야 한다. 만약 그렇게 한다면 개인적으로는 허용되지 않는 일도 군주에게는 허용될 수 있다. 가령, 무자비한 폭력의 사용이나 기만의 사용도 필요할 경우가 있다. 그리고 폭력을 사용할 때에는 단호하게 사용해야 한다. 실제로 군주에게는 한편으로는 인자함과 자비로움이 있어야 하지만, 또 한편으로는 잔인해야 한다. 즉 폭력이 수반되어야 한다. 실제로 유능한 군대 지도자나 군주는 양면을 다 가진 사람이었다. 마키아벨리는 이러한 예로 한니발을 들고 있다.

셋째, 한 국가가 진실로 강해지기 위해서는 두 가지 요소가 필요하다. 하나는 훌륭한 법률이고 다른 하나는 훌륭한 군대이다. 그런데 이 중에서도 매우 중요한 것은 훌륭한 군대이다. 왜냐하면 힘이 없이는 법률을 제정할 수도 또 집행할 수도 없기 때문이다. 군대는 반드시 국민들이 직접 병역의 의무를 지는 국민병 형태가 되어야 한다. 당시 이탈리아의 군대는 상당수가 용병이었다. 이들은 돈에만 관심이 있지 싸움에는 관심이 없었다. 또 그들의 힘이 지나치게 강하면 나라에 해가 될 수도 있다. 따라서 군주는 반드시 국민군을 가져야 한다. 마키아벨리는 이것을 몇 번이나 힘주어 강조했다. 『군주론』 가운데 제18장을 소개하면 다음과 같다.

제18장 「군주는 어떻게 약속을 지켜야 하는가」

군주가 자신의 약속을 지키며 남을 기만하지 않고 정직하게 사는 것이야말로 매우 찬양받을 만한 일임을 모든 사람들은 잘 알고 있다. 그럼에도 경험상 우리 시대에 위대한 업적을 성취한 군주는 자신이 한 약속을 별로 지키지 않고, 오히려 인간을 혼란스럽게 만드는 데 익숙한 인물들이었음을 알 수 있다. 그들은 신의를 지키는 자들을 항상 이겼다.

싸움에는 두 가지 방법이 있다는 점을 알아야 한다. 그중 하나는 법률에 따른 것이고, 다른 하나는 힘에 의존하는 것이다. 첫 번째 방법은 인간에게 합당한 것이고, 두 번째 방법은 짐승에게 합당한 것이다. 그러나 첫 번째 방법만으로는 현실에서 발생하는 모든 상황을 감당하기에 불충분하기 때문에 두 번째 방법을 사용할 줄 알아야 한다. 고대의 저술가들은 이러한 것을 군주들에게 비유적으로 가르쳤다. 그들은 그리스 신화에 나오는 영웅 아킬레우스(Achilleus)를 비롯한 고대의 많은 군주들[3]이 반인반수(伴人半獸)의 케이론(Chiron)[4]에게 맡겨져 양육되었다는 점을 지적하고 있다. 반인반수를 스승으로 섬겼다는 것은 군주가 이 두 가지 성품을 갖추어야 하며, 그중 어느 한 쪽이라도 가지지 않으면 그 지위를 오래 보존할 수 없다는 것을 의미한다.

따라서 군주는 짐승처럼 행동하는 법을 알아야 하고 특히 여우와 사자의 기질을 모방해야 한다. 사자는 함정에 빠지기 쉽고 여우는 힘으로 늑대를 물리칠 수 없기 때문이다. 따라서 함정에 빠지지 않기 위해서는 여우가 되어야 하고, 늑대를 물리치기 위해서는 사자가 되어야 한다. 단순히 사자의 힘에만 의존하는 군주는 상황의 변화를 제대로 파악하지 못한다.

현명한 군주는 신의를 지키는 것이 그에게 불리하게 작용하고 약속을 했던 이유가 더 이상 존재하지 않을 때, 약속을 지킬 수 없을 뿐더러 지켜서도 안 된다. 만약 모든 인간이 정직하게 생활한다면 이 교훈은 적절하지 못할 것이다. 그러나 인간은 원래 사악하여 신의가 없고 군주와 맺은 약속을 지키려고 하지 않기 때문에, 군주 자신도 그들과 맺은 약속에 얽매일 필요는 전혀 없다. 더욱이 인간은 약속을 지키지 못한 이유를 항상 그럴싸하게 꾸며댈 수 있다. 얼마나 많은 평화 조약과 협정을 신의 없는 군주들이 파기하고 무효화했는지에 대한 근래의 무수한 예들이 제시될 수 있다. 그들 중 여우의 기질을 모방한 자들이 가장 큰 성공을 거두었다.

그러나 여우의 기질은 잘 위장하여 교묘하게 숨겨야 한다. 군주는 능숙한 기만자이며 위장자여야 한다. 또한 인간은 매우 단순하여 눈앞의 필요에 따라 쉽게 행동하기 때문에 능숙한 기만자는 쉽게 속일 수 있는 사람들을 언제든지 찾을 수 있다.

나는 최근의 한 사례를 인용하고자 한다. 교황 알렉산더 6세(Alexander Ⅵ, 1481~1503)는 사람을 속이기만 했으며, 다른 행동을 생각하지도 않았다. 그는

---

3 헤라클레스(Heracules), 테세우스(Theseus), 아스클레피우스(Aesculapius), 제이슨(Jason) 등을 말한다.

4 케이론(Chiron) : 그리스 신화에 등장하는 반인반수의 괴물인 켄타우로스 가운데 하나이다. 허리 위쪽 부분은 사람의 형상을, 아래쪽 부분은 말의 형상을 하고 있다. 현자(賢者)로 일컬어지며 그리스 신화의 여러 영웅들을 배출해냈다고 알려져 있다.

언제나 쉽게 속일 수 있는 사람들을 발견했다. 그는 모든 일을 확고한 서약으로 약속하고서도 그 약속을 지키지 않았다. 그럼에도 그는 인간의 단순함을 잘 활용했기 때문에 그의 기만은 항상 성공을 거두었다.

그렇기 때문에 군주는 앞서 언급한 모든 좋은 성품을 다 갖출 필요는 없지만, 갖추어진 듯 보이는 것은 반드시 필요하다. 심지어 나는 군주가 그러한 성품을 모두 갖추고 항상 준수하는 것은 해롭지만, 갖춘 듯 보이는 것은 유용하다고 말하고 싶다. 예컨대, 자비롭고 신의가 있으며 인간적이고 정직하며 종교적으로 경건한 것처럼 보이는 것이 좋다. 또한 그러한 성품을 보이지 않고 다른 식으로 행동하는 것이 필요할 경우, 정반대로 행동할 수 있어야 하며, 실제로 그렇게 행동할 줄 알아야 한다.

그리고 군주는, 특히 신생 군주는, 사람들이 높이 평가하는 성품들을 따를 수 없다는 점을 이해해야 한다. 군주는 자신의 권력을 유지하기 위해 종종 신의 없이 무자비하게 비인간적으로 행동하고 종교의 계율을 무시해야 할 상황에 직면하기 때문이다. 따라서 군주는 운명과 변화하는 상황이 그를 제약하는 대로 자신의 행동을 거기에 맞추어 자유자재로 바꿀 각오가 되어 있어야 한다. 앞에서 말한 것처럼, 가능한 한 올바른 행동에서 벗어나지 말아야 하지만, 필요하다면 옳지 못한 행동을 과감히 저지를 수도 있어야 한다.

현명한 군주는 자신이 말하는 모든 말들이 앞에서 언급한 다섯 가지의 성품들로 가득 차 있도록 주의를 집중시켜야 한다. 그를 바라보고 이야기를 경청하는 사람들에게 지극히 자비롭고 신의가 있으며, 정직하고 인간적이며, 신앙심이 깊은 것처럼 보여야 한다. 그리고 이러한 성품 중에서도 특히 신앙심이 깊은 것처럼 보여야 한다.

대부분의 사람들은 손으로 만져보고 판단하기보다는 눈으로 보고 판단하기 마련이다. 대부분의 사람들은 군주를 볼 수 있지만, 직접 만져볼 수는 없기 때문이다. 모든 사람이 군주의 겉모습을 보지만, 극히 소수만이 군주의 모습을 본다. 이들 소수 또한 군주의 위엄에 의존하는 다수의 의견에 결코 도전하지 못한다. 인간의 모든 행동에 관해, 특히 설명을 요구할 수 없는 군주의 모든 행동에 관해 사람들은 결과에만 관심을 가진다.

그래서 군주가 전쟁에서 승리하고 국가를 보존하게 되면, 그 수단은 모든 사람들로부터 언제나 찬양받을 만한 것으로 여겨질 것이다. 일반적으로 사람들은 외양과 결과에 현혹되기 때문이다. 어디에서나 평범한 사람들이 다수를 차지한다.

그리고 다수가 의지하는 근거가 사라질 때만 소수는 설 자리를 발견하게 된다.

굳이 이름을 밝히지는 않겠지만, 우리 시대의 한 군주는 실상 평화와 믿음에 대해 적대적임에도 입으로는 언제나 이를 외쳐대고 있다. 하지만 그가 자신의 말대로 실천했다면, 그는 자신의 명망이나 왕국을 여러 번 잃었을 것이다.

■ 토르콰토 탓소(Torquato Tasso, 1544~1595)
− 『해방된 예루살렘』(*la Gerusalemme Liberata*, 1570~1575)

탓소는 소렌토에서 태어나 불우한 어린 시절을 보냈다. 8살 때 아버지를 따라 로마로 갔는데, 그 이후 어머니를 영원히 만나지 못했다. 그의 아버지 베르나르도(Bernardo) 역시 시인이었고 주로 기사시를 쓰는 작가였다. 그는 8살의 어린 나이에 벌써 시문을 썼다고 한다. 13세에 구이두발도 2세(Guidubaldo Ⅱ)의 휘하에 들어가 우르비노의 궁정에서 살았다. 이후 베네치아와 파도바에서 법학을 공부했고 볼로냐에서 수사학과 철학을 공부했다. 1565~1575년까지 페라라에서 지냈는데, 이때가 그의 생애에 있어서 가장 행복하고 왕성한 창작 활동을 한 시기였다. 처음에는 에스테 가문의 루이지 추기경을 섬기다가, 1572년 페라라 군주 알폰소 2세 휘하에 들어갔다.

그는 1575년 대표작 『해방된 예루살렘』(*la Gerusalemme Liberata*)을 완성하였는데, 그때부터 정신 신경증의 징후가 나타났다. 이 작품은 세속적인 것과 성스러운 것을 혼합하여 창작했다는 비난을 받았는데, 실제로 탓소는 두 번에 걸쳐 종교재판소의 조사를 받은 바 있다. 그리고 무죄 판결이 내려졌음에도 불구하고 그는 끊임없이 종교재판의 악몽에 시달렸다. 결국 그는 완전히 미치광이로 취급되어 쇠사슬에 묶인 채 병원에 감금되어, 1579~1586년까지 불행한 독방 생활을 했다. 그런데 가끔 제정신이 돌아왔을 때는 감금된 상태에서 『대화』(*Dialoghi*), 『시편들』

(*Rime*) 등에 실린 유명한 몇 편의 작품을 썼다.

1586년 정신병원에서 풀려난 탓소는 만토바의 군주 빈첸초 곤차가(Vincenzo Gonzaga)의 배려로 그의 궁정에서 1년간 살았다. 그러나 정신병이 다시 재발하여 이탈리아의 많은 도시들을 떠돌아다니다가, 죽음 직전 로마로 돌아와, 성 오노프리오 수도원에서 마지막 여생을 보내다가 1595년 그곳에서 생을 마감했다.

그의 작품은 영웅 서사시 『해방된 예루살렘』 외에 전원극 『아민타』(*L'Aminta*, 1575), 그리고 그가 18세에 쓴 기사문학적 서사시 『리날도』(*Rinaldo*, 1562), 『해방된 예루살렘』을 개작한 『정복된 예루살렘』(*Gerusalemme Conquistata*, 1593), 『시편들』, 산문 『대화』 등이 있다.

『해방된 예루살렘』은 제1차 십자군 원정(1096~1099)의 6년째 되는 해(역사적으로는 3년째), 후반기에 고프레도 디 불리오네(Goffredo di Buglione)가 지휘하는 기독교 군대의 여러 가지 공적을 노래하고 있다. 이슬람에게 함락되어 그들에 의해 지배되고 있는 거룩한 땅 예루살렘을 되찾기 위해, 기독교 국가인 이탈리아 · 프랑스 · 독일 · 영국 등은 군대를 예루살렘으로 파송한다. 전후 7차례에 걸친 원정 중에서 그 첫 번째 원정을 주제로 하여 쓰인 서사시이다.

『해방된 예루살렘』의 진정한 본질은 휴머니즘적인 요소에 있다. 즉 주요 등장인물에서 나타나는 인간적인 감정들이 바로 이것을 잘 드러내고 있는 것이다. 그런데 시어적 측면에서는 『성난 오를란도』의 자연스러움이 없으며, 라틴어적인 어법이 많이 드러나고 어휘도 빈곤한 편이다. 문체에 있어서도 대조법 · 돈호법 · 의문법 등 바로크식의 수사학적 기법을 많이 사용하고 있다. 그리하여 자연스럽지 못하고 오히려 근엄하고 딱딱한 느낌을 준다. 그러나 내용 면에 있어서는 르네상스 시대의 특징인 평온하고 조화로운 삶에 대한 열망과 세속적이고 이교도적인 감정들을 다루고 있으며, 결국 침묵 속으로 사라지게 될 인간적인 사랑과 아름다움의 덧없음을 표현하고 있다.

고통과 외로움을 뼈저리게 체험했던 시인 탓소는 아름다운 시구 속에 자신의 삶에 대한 고통과 인간의 비극, 그리고 몰락해가는 한 시대의 슬픈 단면을 그렸다. 이리하여 르네상스의 화려했던 문학은 시인 탓소의 애가조의 노래 속에서 막을 내리게 된다. 내용의 흐름은 다음과 같다.

양군 사이에 치열한 전투가 매일 계속되고 있다. 양군 모두 쟁쟁한 용사들이 모여 있는데, 기독교군 측에는 최고 사령과 고프레도를 위시하여 탄크레디(Tancredi) · 리날도(Rinaldo) 등의 용사가 분투하고 있다. 반면 이슬람군 측에는 예루살렘의 왕 알라디노(Aladino)를 위시하여 아르간테(Argante) · 솔리마노(Solimano)와 여전사 클로린다(Clorinda)가 분투한다. 그리고 마녀 아르미다(Armida)도 기독교군 측의 많은 용사들을 포로로 잡아온다. 양측 용사들은 모두 뛰어난 용사들이기 때문에 좀처럼 승부가 나지 않는다.

고프레도가 지휘하는 기독교군이 예루살렘 진영으로 진군해오자, 다마스코(Damasco) 왕이며 마법사인 이도라테(Idorate)는 자신의 조카인 아르미다를 적진인 십자군 진영에 보낸다. 그녀는 십자군 천막을 불태우고 기독교 지휘관들을 사로잡았으나, 리날도는 대항한다. 결국 그녀는 그를 꼬여 사로잡게 되지만, 그의 모습을 보는 순간 그만 반하고 만다. 그로 인해 아르미다는 마법의 힘을 잃고 오직 리날도를 애정의 대상으로만 붙잡아두려고 한다. 영웅적 지도자를 잃은 기독교군은 이교도군에게 위협당한다.

이제 기독교군과 이슬람군은 운명적으로 최후의 결전을 벌여야만 한다. 처음에는 기독교군이 불리했지만, 리날도의 귀환으로 힘을 되찾게 된다. 반면, 이슬람군은 대장 알라디노의 전사로 인해 사기가 땅에 떨어지게 된다. 최후 승리는 기독교군이 차지했고 예루살렘은 해방을 맞이하게 된다.

2. 프랑스의 문학

　　　　　　　프랑스의 초기 자본주의는 이탈리아에 비해 늦게 형성되었으며, 기타 제국에 비해 봉건 전제국가의 통일이 일찍 이루어졌다. 특히 백년 전쟁(1339~1453)이 끝나고 중앙집권화가 가속되어 지방 영주의 중앙 관료화가 이루어짐으로써, 봉건 제도는 이탈리아를 제외한 다른 지역에 비해 일찍 무너지고 있었다. 따라서 중앙집권적 귀족 계급과 문화가 발달하게 되었다.

프랑스의 이러한 역사적 조건으로 인하여 프랑스의 인문주의는 일반적으로 귀족적 경향을 띠게 되었다. 그리고 프랑스 인문주의 문학은 선진 이탈리아 문학의 반봉건적 · 반교회적 전통을 계승하면서 인문주의 문학을 성숙한 단계로 끌어올렸다.

16세기에 들어 프랑스에서는 상공업이 융성하고 수공업이 발달함에 따라 초기 자본주의가 그 모습을 드러냈다. 그리하여 이 시기에 유럽에서 가장 강력한 중앙집권국가가 되었다. 이때부터 이탈리아와 접촉하면서 프랑스 귀족들은 이탈리아 인문주의의 찬란한 문화와 접하게 되었다. 특히 프랑소와 1세는 1530년에 프랑스 대학을 창설하고 수하에 많은 학자와 예술가들을 불러 모아 프랑스 문예부흥을 선도해나갔다.

16세기 중반에 프랑스는 일대 변혁을 맞았다. 신구교 간의 대립으로 종교적 갈등과 함께 인문주의자들 간에 분열과 갈등이 시작된 것이다. 즉 귀족적 인문주의자와 시민적 인문주의자로 나누어진 것이다. 귀족적 인문주의자의 대표로는 플레야드(Pleiade)파의 뒤 벨레(Joachim du Bellay, 1522~1560), 롱사르(Pierre de Ronnsard, 1524~1585) 등이 활약했으며, 시민적 인문주의자의 대표로는 프랑소아 라블레(Francois Rabelais, 1494~

1553)가 활약했다. 라블레는 가르강튀아의 아들 팡타그뤼엘의 모험 이야기인 『팡타그뤼엘』(*Pantagruel*, 1532)을 먼저 썼고, 이야기 전개상으로 보면 앞의 책에 해당하는 『가르강튀아』(*Gargantua*, 1534)를 나중에 썼다. 즉 아들의 연대기에서 아버지의 연대기로 거슬러 올라간 것이다.

뒤 벨레의 페트라르카풍의 소네트시집 『올리브』(*Olive*, 1549)와 그의 마지막 작품이며 로마에서 고국을 그리워하며 쓴 소네트 시집 『망향』(*Regrets*, 1558)은 부드럽고 섬세하며 애수 어린 표현 등으로 낭만주의적 본질을 담고 있다. 롱사르의 『오드 시집』(*Odes*, 1550~1553)[5]과 이어서 출간된 『연애 시집』(*amours*, 1552)은 유럽 전체의 찬사를 받았고, 이후 『논설 시집』(*Discours*, 1562~1563)은 내란이 발생했을 때 가톨릭교도의 입장에서 정열적인 시구를 사용하여 노래로 부르기도 했다. 또한 종교 내란 시대에 가톨릭 신자인 프랑스 원수元帥 몽뤼크(Monluc, 1502~1577)가 쓴 『회상록』(*Commentaires*)이 있는데, 이 작품은 '군인의 성서'라고 불리기도 했다. 전투적이며 공격적 풍자문학으로 알려진 아그리파 도비녜(Agrippa d' Aubigne, 1550~1630)의 서사시 『비창곡』(*Les Tragiques*, 1616) 등도 프랑스 르네상스 문학을 대표한다.

그밖에 몽테뉴(Michel de Montaigne, 1532~1592)는 프랑스 인문주의

---

5 『오드 시집』 : 1550~1553년 사이에 출간했는데 전체 5권으로 짜여 있다. 이 작품들은 그리스의 합창 서정시인 핀다로스(Pindaros, B.C. 518/522~446 이후)나 혹은 호라티우스로부터 착상을 얻고 있다. 오드(Ode, 訟詩)는 B.C. 600년경 음악으로 알려진 레스보스 섬의 사포(Sappho)와 알카이오스(Alkaios)의 두 시인에 의해 정상의 자리에 올랐다. 정열의 여류시인 사포는 동성애적인 애정의 여러 감정을 여성 특유의 감수성으로 아름다운 시를 쓴 인물이다. 알카이오스는 남성적인 행동인으로서 신들에 대한 찬가와 정치시 외에 술과 여인 등 여러 방면에 걸쳐 노래했다. 레스보스에는 이 두 시인의 뒤를 이을 만한 사람이 없었고, 남쪽 테오스 섬의 아나크레온(Anacreon, B.C. 582~485)이 그 뒤를 이었다.

의 위기를 대표하는 사상가이다. 그는 대표작인 『수상록』(*Essais*, 1580)을 통하여, 사물에 대한 철저한 회의를 통해서만이 비로소 진리에 도달할 수 있음을 시사하고 있다. 일종의 회의론이 생겨난 것이다. 그에 의해 인간의 존재에 대한 깊은 회의와 존엄성에 대한 발견이 이루어진 것이다.

■ 프랑소아 라블레(Francois Rabelais, 1494~1553?)
　　　 - 『가르강튀아와 팡타그뤼엘』(*Gargantua et Pantagruel*, 1532~1562)

16세기 프랑스 인문주의 문학의 대표자인 라블레는 투렌느 지방의 쉬농(Chinon) 변호사의 막내아들로 태어났다. 그의 생애에 대해서는 명확하지 못한 점이 많다. 1520년에는 프와투우 지방의 프란체스코회 수도원의 수도사로서 기거하며 철학·신학을 공부하는 한편 그리스어를 독학했다. 프랑스의 인문주의자 뷔데(Guillaume Budé, 1468~1540)와 편지를 주고받으며 그곳 학예 서클에 참가했고, 그리스의 철학가 헤로도토스(Herodotos, B.C. 484~428)의 『역사』 제2권을 라틴어로 번역하기도 하면서 고대 문화 흡수에 의욕을 불태우기도 했다. 1524~5년경 베네딕트회숍로 옮겨 주로 프와티 부근에 살면서 학자·문인과 가깝게 지냈다. 1528년경 그는 수도 생활을 청산하고, 파리로 와서 의학을 공부하여 직업에 충실한 의사가 되었다.

그는 당시 프로테스탄트와 가톨릭 간의 갈등을 몸소 겪으면서 종교의 실체에 대해 깊은 회의를 가졌다. 그리하여 인간의 육체와 정신을 속박하는 중세 가톨릭의 금욕주의에 대항했다. 그리고 그는 자신의 모든 추억과 경험, 모든 원한과 감흥, 그리고 광기를 전부 쏟아 하나의 작품을 만들기로 구상하였다. 드디어 그는 '인간은 저마다 자기의 육체적 존재를 자유롭게 꽃피울 권리가 있다' 는 신념 아래 다소 황당무계한 이야기를 꾸미기에 이른다. 이것이 그의 대표작인 『가르강튀아와 팡타그뤼엘』(*Gargantua et Pantagruel*)이다. 이 책은 1532년부터 시작하여 30년에 걸쳐 이따금씩 출간되었는데, 이미 그가 죽었다고 알려진 9년 후 1562년에도 출간되었다.

전 5권으로 구성되어 있는 『가르강튀아와 팡타그뤼엘』(*Gargantua et Pantagruel*)은 거인의 왕 그랑구지에(Grandgousier)와 그의 아들 가르강튀아 부자, 그리고 가르강튀아와 그의 아들 팡타그뤼엘 부자, 이를 따르는 수도사와 떠돌이꾼 파뉘르지 등 동일 인물이 등장한다는 점에서는 하나의 작품이지만, 내용적으로는 각기 독립되어 있다. 제1, 2권은 당시 널리 읽혀졌던 중세 말 기사도 이야기처럼 영웅의 탄생과 유년 시대, 편력 수업, 초인적 무훈 등으로 이루어졌지만 중세 말의 기사도 문학이 단순하고 황당무계한 것인 반면, 이 작품은 건전한 유머와 풍자 그리고 사실 묘사에 있어서 인문주의자다운 작가의 사상과 학식, 그리고 풍부한 상상력을 가미한 매우 독창적인 작품으로 평가된다. 그의 작품의 내용을 연대기적으로 살펴보면 다음과 같다.

제1권 : 거인왕 그랑구지에 아들 가르강튀아 왕자는 태어나면서 "목말라, 목말라" 하고 운다. 결국 17,913마리의 소에서 짜낸 우유를 몽땅 마셔 갈증을 해소한다. 그 아이는 자라면서 튀발 올로페르느와 조블랭 브리데두 선생님에게 맡겨져 공부하게 되는데, 그들은 왕자에게 구식 교육을 시킨다. 그래서 왕자는 어리석고, 멍청하고 이상한 천치같이 된다. 그러자 거인왕은 화가 나서 아들을 포노크라트(Ponocrates, 매우 열심히 공부하는 사람)에게 맡긴다. 이 선생은 새로운 교육 방법을 제시하고 왕자를 데리고 파리로 가서 훌륭한 교육을 시킨다. 그가 파리에서 유학하는 동안 거인국은 이웃 나라인 피크로콜(Picrochole, 쓴 담즙)의 공격을 받아

궁지에 몰리게 된다. 조국이 위기에 처했다는 소식을 들은 가르강튀아는 서둘러 조국으로 돌아간다. 피크로콜의 포병들은 거인 가르강튀아에게 대포를 쏘아대지만, 그에게는 파리떼 정도에 불과하다. 결국 가르강튀아가 승리를 하게 되고, 열심히 싸운 수도사에게 텔렘(Théléme) 수도원을 지어준다. 수도원은 좋은 집안의 젊은 남녀들이 공동생활을 하는 곳인데, 수도원의 유일한 규칙은 '네 멋대로 하라'는 것뿐이다.

제2권 : 가르강튀아의 아들 팡타그뤼엘의 모험으로 시작된다. 가르강튀아가 484세가 되었을 때 팡타그뤼엘이라는 아들을 얻는다. 태어나면서 어머니를 잃은 이 아이의 식성은 매우 놀랍다. 갓난아이가 4,600마리 분의 우유를 마시는가 하면, 암소 한 마리를 거뜬히 먹어 치우기도 한다. 또한 두뇌도 매우 총명하다. 파리에 유학을 가게 된 이 아이는 거기에서 파뉘르지(Panurge, 무궁무진한 수단을 갖고 있는 사람)라는 친구를 사귀게 된다. 이 사나이는 돈이 필요할 때 언제든지 돈을 만드는 63가지 방법을 알고 있는데, 그 가운데 가장 훌륭하고 편한 방법은 훔치는 것이다. 그러던 어느날 팡타그뤼엘은 갑자기 아버지가 죽었다는 소식과 디프소드(Dipsode, 부패한 사람들) 사람들이 유토피아의 땅을 침범했다는 소식을 듣게 된다. 그는 조국으로 돌아가 침략자를 물리치고 침략국의 왕들도 응징한다. 힘없는 백성들을 괴롭히고 자신들의 쾌락을 위해서 세상을 어지럽히는 침략국의 왕들은 우스꽝스러운 처지에 놓이게 된다. 이는 각국 군주의 침략 정책, 비뚤어진 현실 등을 신랄하게 비판한 것이라 할 수 있다.

제3권 : 파뉘르지가 결혼 문제를 팡타그뤼엘에게 의논한다. 그는 그밖에 많은 사람들, 즉 무녀·시인·의사·철학자에게 자신의 결혼 문제를 차례차례 의논하지만 각자 서로 상반된 의견을 내놓는다. 이는 작자의 박식과 인간 통찰의 모든 것을 투입한 사상성이 돋보이는 이야기 전개이다. 그들의 상반된 의견에 파뉘르지는 팡타그뤼엘과 함께 '신성병'(神聖甁, Dive Bouteille)의 신탁을 들어보기 위해 원대한 여행을 떠나기로 한다. 익살스런 『일리아드』에 이어 풍자적인 『오디세이아』가 계속된다.

제4권 : 길을 떠난 팡타그뤼엘과 파뉘르지가 이상한 바다들을 떠돌며 헤매는 이야기이다. 땅의 탐색으로부터 바다의 탐색으로 이동한 것이다. 여행 도중 염소를 매매하는 장사꾼과 말다툼을 하는데 파뉘르지가 염소 한 마리를 바다에 던지자, 남은 염소 전부가 그 뒤를 따라 바다에 뛰어드는 사건도 일어난다. 결혼 문제는 한쪽으로 젖혀놓고 상징적이고 우의적인 여러 섬의 이야기가 펼쳐진다. 작자의 가톨릭과 신교에 대한 풍자를 담은 이 작품은, 한 섬의 학예학사(學藝學士)를 통해 '모든 것은 창자를 위한 것'이라고 단언한다.

제5권 : 여행의 종말을 이야기한다. 팡타그뤼엘과 파뉘르지는 이러한 여러 가지 사건을 겪은 후 드디어 '신성병' 앞에 당도한다. 신은 '마셔라'는 한 마디 계시만 남긴다. 그 말을 파뉘르지는 '술을 마셔라'는 뜻으로 풀이했고, 팡타그뤼엘은 '지식의 온갖 샘물을 마시라'는 뜻으로 풀이한다.

■ 피에르 드 롱사르(Pierre de Ronnsard, 1524~1553)

– 『연애 시집』(*Les Amours*, 1552)

롱사르는 방도므와주州 영주 저택에서 태어나 목장에서 조용한 소년 시절을 보낸 후, 왕태자의 시동으로 궁정 생활에 들어갔다. 그는 사람들을 끌어들이는 기술을 지녀, 외교계나 군대에 들어가 훌륭한 일을 하고 싶어 했지만, 불행하게도 귀머거리가 되었다. 그래서 그는 신앙생활을 하면서 독서에 몰두하게 되고 그리스어 학자 도라(Dorat)가 운영하는 파리의 한 학교에 은거하게 되었다. 그후 조아생 뒤 벨레가 그 학교에 들어와 친교를 맺었다. 그들은 미래의 플레야드 추종자 핵심 인물이 되어 프랑스 시가의 개혁에 전력을 다했다. 그는 『오드 시집』을 통하여 고대인의 직접적인 모방에 의해 풍부한 서정을 도입하고 강한 약동과 절도 있는 운율을 확립했다. 또한 『연애 시집』은 서정미의 극치를 보여주어 모든 사람들에게 열렬한 찬양을 받았다. 즉 관능적이고 애수 어린 기질로 모든 덧없고 감미로운 것들, 사랑과 쾌락과 자연을 찬미했다. 그리하여 그는 '프랑스 시인의 왕자'라는 칭호를 받게 되었다.

종교 전쟁이 일어나자 그는 단호하게 가톨릭교도의 입장을 보였고, 이 내란으로 『논설 시집』을 썼다. 이 작품은 매력적인 연애 감정을 다룬 시구와는 표현 방법이 다르지만, 그의 가장 훌륭한 작품 가운데 하나로 꼽힌다. 그가 61세의 나이로 세상을 떴을 때 사람들은 '프랑스 시인 중 처음이자 마지막 시인'이라고 말했다.

『연애 시집』(*Les Amours*)은 3권으로 짜여 있는데, 제1권은 카산드르(Cassandre)라는 여인을 노래한다. 그 여인은 롱사르가 20세 때 블르와를 여행하던 중 만난 이탈리아의 처녀이다. 제2권은 마리(Marie)라는 여인을 노래한다. 이 여인은 그가 30세 때 사랑한 '15세의 앙주의 꽃'으로 21세 때 세상을 떠난다. 제3권은 카트리느 드 메디시스의 시녀 엘레느(Héléne)에게 바친 것이다. 이 여인이 그의 마지막 애인이며, 이 때 롱사르의 나이는 45세였다. 그 밖에 여러 다른 여인들에 대한 사랑을 소재로 삼은 『아스트레이아를 위한 소네트와 마드리갈』(*Sonnets et madrigal pour Astrée*), 『에우리메돈과 칼리로에의 노래』(*Les Vers d' Eurymédon et Calliée*), 그리고 『다양한 사랑들』(*Amours diverses*) 등의 짧은 시집들이 있다.

이 시집의 시들은 관능적이고 우울함을 내포하고 있다. 인생의 덧없음, 어느 것도 영원하지 않기 때문에 늦기 전에 즐기자는 끊임없는 충고들로 가득 차 있다. 이는 호라티우스의 노래를 본 딴 것이기도 하다. 그는 절로 솟아오르는 애정으로 반짝이는 눈, 빛나는 미소, 싱그러운 얼굴빛 등을 감미롭고 정열적으로 노래하였다. 또한 그는 자연을 예찬했다. 출발의 봄, 꽃피는 여름, 푸르러 가는 숲 속의 나무, 오월의 장미, 보석으로 장식된 목장의 정경, 황혼으로 물든 황금빛 저녁 등 자신의 고뇌와 환희에 자연을 결합시키고 있다.

이렇듯 롱사르의 『연애 시집』은 사랑과 자연을 몽상과 관능으로 섬세하게 노래하였다. 이 모든 것 사랑·자연·죽음 등은 그의 보편적인 주제들인 동시에, 자신의 가장 내면적인 감동의 정점에서 찾아내고 있는데, 이것이 바로 롱사르의 서정시의 특성이다. 그의 시는 훗날 낭만주의 작가들, 특히 생트 뵈브(Sainte-Beuve, 1804~1869)에 의해 다시 빛나게 된다.

「카산드르에 대한 사랑의 시집」에서, 시인은 천상에서 온 신성한 여인을 바라보게 되자 거부할 수 없는 열정의 포로가 된다. 이 열정은 시인의 운명을 결정한다. 시인 또한 그 운명으로부터 자신이 벗어날 수 없음을 알고 있다. 롱사르는 페트라르카에게서 시의 소재를 빌려온다. 단테의 『신생』에서 시작된 궁정식 사랑의 전통을 계승한 페트라르카의 여성에 대한 절대적 복종은 롱사르 시집의 원동력이다. 시인이 사랑하는 여인은 그의 영혼을 사로잡는 절대적 이상의 여인이고, 그녀의 모습은 시인을 떠나지 않는다. 그녀는 여신처럼 우상화되고 칭송된다. 다음은 카산드르와의 숭고한 사랑을 읊은 시의 부분이다.

> 내 그녀를 보게 된 것은
> 막 그녀가 천상에서 내려올 때였으니
> 내 영혼은 넋을 잃어 그녀에게 미치고 말았다
> 게다가 잔인한 운명은 날카로운 화살로
> 내 영혼에 그녀를 새겨 놓고 말았다.
> 그리하여 살아 있든 죽어 있든 나는 결코
> 다른 어떤 여인의 초상도 가슴에 지니지 않게 되리라.
>
> (…)
>
> 내 칭송하는 여인이
> 하늘에 처음 이르러 그곳을 아름답게 만드니,
> 레아의 아들은 모든 신들을 불러 모아
> 그녀를 또 다른 판도라로 만들었다.
>
> 아폴론은 그녀를 화려하게 장식하고,

빛으로 그녀의 눈을 만들었으며,
그녀에게 감미로운 음악과
신탁과 아름다운 시마저 주었다.

마르스는 그녀에게 당당한 냉정함을 주었고,
아프로디테는 미소를, 디오네는 아름다움을,
페이토는 목소리를, 세레스는 풍만함을 주었다.

새벽의 여신은 손가락과 풀어헤친 머리칼을,
사랑의 신은 화살을, 네레리드는 자신의 발을,
클레이오는 영광을 그리고 팔리스는 신중함을 주었다.

■ 미셸 드 몽테뉴(Michel de Montaigne, 1532~1592)
— 『수상록』(*Essais*, 1580)

몽테뉴는 남 프랑스 페리고르주 상인 출신의 귀족 집안에서 태어났다. 두 살 때부터 아버지의 새로운 교육 방침에 의해 라틴어 가정교육을 받고, 6~13세까지 보르도의 귀엔 학교를 다녔다. 1557년 보르도 최고법원 평정관이 되었으며, 1568년 아버지가 세상을 떠나자 뒤를 이어 몽테뉴성城의 영주가 되었다. 1571년 법관 생활을 은퇴하고, 자택에 머물면서 자기 성찰의 생활에 들어갔다. 1572년부터 메모라고 할 수 있는 짧은 글을 쓰기 시작하여, 새로운 독서 · 견문 · 체험에서 얻은 감상과 논고를 적극적으로 전개시킨 글을 쓰게 되었다. 이것을 한데 묶어 2권 94장의 『수상록』을 1580년에 출판했다.

1582~1583년까지 신장 결석 치료를 위해 독일 · 스위스 · 이탈리아를 여행하면서 견문을 넓혔다. 이때 『이탈리아 기행』을 썼는데, 이 책은 르네상스 시대의 귀중한 증언이 되었다. 이 여행 도중 그도 그의 아

버지처럼 보르도의 시장으로 선출되어 1585년까지 재임했다. 재임 기간 동안 전통적인 가톨릭 편에 서서 국왕 앙리 3세를 옹호하였다. 그러면서도 보르도 시市를 가톨릭과 프로테스탄트 양 파의 항쟁과 유혈의 장소로 만들지 않기 위해, 나아가서는 프랑스 전체를 전란으로부터 구하기 위해 초당파적인 태도와 방법으로 두 파간의 융화에 온 힘을 기울였다.

시장직에서 물러나자 다시 저택에 묻혀 독서와 집필을 계속하고, 1588년 『수상록』의 신판을 간행했다. 새로운 자료와 재고찰로 많은 가필을 하게 되었고, 또한 13장으로 된 많은 분량의 제3권이 첨부되었다. 이렇게 독서와 저서의 가필을 하면서 저택에서 조용히 생애를 마쳤다.

『수상록』(Essais)은 3권 107장으로 구성되어 있다. 최초의 수필집으로 높이 평가되는 몽테뉴가 붙인 '수상록'이라는 표제는 '시험해본다'는 뜻이다. 즉 겸허하고 솔직한 자신의 성찰을 자유로운 형식으로 쓴 글이다. 자기 속에서 발견되는 살아 있는 모습의 인간성을 섬세하게 추구하려는 인간성 탐구의 태도에 의하여 『수상록』은 프랑스 모랄리스트 문학, 심리 탐구 문학의 원천이 되었다. 주요 내용의 흐름을 간략하면 다음과 같다.

제1권의 8장은 '한가로움'에 관하여 이야기하고 있는데, 몽테뉴가 『수상록』을 쓰게 된 동기를 밝히고 있다. 19장에서는 '철학한다'는 것은 어떻게 죽느냐를 배우는 것이라고 말한다. 25장에서는 '어린이 교육'에 대한 몽테뉴의 교육법을 서술한다. 27장에서는 '우정'을 찬미하고 있다. 전체적으로 제1권은 몽테뉴의 스토아 철학적인 태도를 잘 드러내주고 있다.

제2권의 10장은 '책'에 관하여 곧, 그의 독서에 관한 비평을 서술하고 있다. 12장은 15세기의 스페인 신학자 '레몽 드 스봉드(Raymond de Sebonde)의 변호'에 관한 것인데, 몽테뉴의 철학이 잘 나타나 있다. 전권 중 6분의 1을 차지하는 이 장은 플루타르코스와 루크레티우스 등의 자료를 사용하면서, 사상 대립에 의한 전란의 시대에 사상의 헛됨을 주장한다. 이는 시대를 초월하여 인간을 구제하려는 것이며, 그의 생활과 완전히 일치한다. 또한 이 장에서 "내가 아는 것이 무엇인가"(크 세 쥬, Que sais-je?)라는 유명한 말이 나온다. 이 장은 파스칼에게 수많은 논거를 제공하기도 했다. 17장은 '자만심'에 관한 것인데, 그의 문체·습관·인격이 진솔하게 표출되어 있는 자서전적인 장이다. 전체적으로 제2권은 몽테뉴의 독특한 회의 사상을 엿볼 수 있다. 그는 인간을 자연계에 있어서의 다른 사물과 같은 위치로 끌어내린다. 그리하여 자살을 유일한 구원의 길로 삼고 이를 사색의 중심으로 끌어들이고 있다.

제3권의 2장은 '뉘우침'에 대해 이야기하고 있는데, 인생을 살아가는 데 성실함이 무엇보다도 필요함을 말한다. 3장은 '세 가지의 교제법'을 말하면서, 그의 서재를 묘사하고 있으며, 명상과 독서에 관해 성찰하고 있다. 9장은 '허무'에 관하여 이야기하면서, 그의 사무 처리와 일 그리고 여행 방법에 대해 말하고 있다. 10장은 '자기의 의지'를 아껴야 함을 말하는 가운데 일을 할 때는 '남에게 자기를 빌려줘야지 자기를 주어서는 안 된다'고 말한다. 13장은 '경험'에 관하여 자신의 사색들을 펼치고 있다. 전체적으로 제3권은 몽테뉴의 경험과 사고가 풍부해졌음을 알 수 있고, 그것은 회의주의보다는 적극적인 경험을 토대로 상식을 중심으로 삼아야 함을 설파하고 있음을 볼 수 있다. 다음은 『수상록』 제1권 1장이다.

우리에게 원한을 품고 있으며 우리를 그들 마음대로 할 수 있고 언제라도 우리에게 복수할 수 있는 사람들의 마음을 부드럽게 만들 수 있는 가장 일반적인 방법은, 그들에게 굴복함으로써 그들의 마음을 동정과 연민 쪽으로 향하게 하는 것이다. 그러나 그와는 완전히 반대되는 방법으로 대담하고 의연한 태도를 취하는 것도 때로는 똑같은 효과를 가져다주기도 한다.

귀이엔느(Guyenne)를 오랫동안 통치한 웨일즈(Wales)의 왕공(王公) 에드워드(Edward)[6]는 ― 그는 자신의 특성과 운명 속에 고매한 특징적 요소들을 많이 지난 사람이었다 ― 리모쥬인들(Limousins)[7]로부터 많은 해악을 당한 후 무력으로써 그들의 도시를 빼앗았을 때, 학살당하기 위해 끌려가는 민중과 여자들과 어린아이들이 울며 그의 자비를 구하고 그의 발밑에 몸을 던졌음에도 불구하고 점진적으로 그 도시 안으로 진격해 들어갔다. 그러나 세 명의 프랑스 귀족이 버티고 서서 승리에 찬 그의 군대의 공격을 저지하고 있는 모습을 보자, 매우 뛰어난 그들의 용기에 찬탄과 존경심이 일어, 그의 분노는 비로소 누그러들었다. 그리하여 그는 그 세 사람에게 자비를 베풀었을 뿐만 아니라 그 도시의 모든 주민들에게도 자비를 베풀었다. (…)

나는, 이상의 두 가지 방법 중 어느 방법에 의해서도 쉽게 설복당할 것이다. 왜냐하면 나는 연민과 관용에 대해서는 놀라울 정도로 약하기 때문이다. 그러나 사실 나는 자신이 상대방에 대한 찬탄보다는 상대방에 대한 동정 쪽으로 더 마음이 쏠린다고 생각한다. 그러나 스토아학파(Stoics)에게 있어서는 동정심은 하나의 사악한 감정이다. 그러므로 그들은 우리가 불행한 사람들을 도와주기를 바랄 뿐 그들을 보고 감동한다거나 그들을 동정해서는 안 된다고 생각한다.

그러나 나는 이 실례들이 정말 적절한 것으로 생각한다. 왜냐하면, 우리는 그들이 두 가지의 서로 다른 방법에 의해 공격받고 시험당하고 있지만, 한쪽 방법에 대해서는 조금도 흔들림이 없이 확고한 반면에 다른 쪽 방법에 대해서는 굴복해 버림을 볼 수 있기 때문이다. 그런데 "동정심으로 인해 마음을 억제하는 것은 방종과 연약함에서 오는 행위로서, 여자와 어린아이들, 그리고 속중(俗衆)과 같이

---

6 에드워드 3세(Edward Ⅲ, 1312~1377) : 백년 전쟁 시 프랑스를 침공하여 각지에서 승리를 거두었다. 리모쥬를 포위 공격한 것은 1370년의 일이다.

7 리모쥬인들(Limousins) : 귀이엔느주(州) 북동쪽에 있는 프랑스의 중부 도시의 사람들.

약한 성질을 가진 사람들은 동정심의 영향을 받기 쉽다. 반대로 눈물이나 애원에는 조금도 흔들리지 않고 오직 용기 있는 숭고한 태도 앞에서만 존경심으로 인해 마음을 굽히는 것은 씩씩하고 완강한 용기를 사랑하고 존경하는 강한 불굴의 영혼으로부터 오는 행위이다."라고 말할 수 있을 것이다. (…)

실로 인간은 놀라울 정도로 공허하고 다양하고 변덕스런 존재이다.[8] 인간에 대해 일정불변한 어떤 판단을 세우기는 어렵다. 폼페이우스(Pompeius)[9]는 마메르틴인들(Mamertines)의 도시[10]에 대해 심한 증오심을 품고 있었음에도 불구하고 그 시민인 스테논(Stheno)[11]이 민중의 죄를 자기 한몸에 떠맡고 자신만을 처벌해달라고 요구해오자, 그의 용기와 도량에 감탄하여 그 도시 전체를 용서해주었다. 그러나 술라(Sulla)[12]를 자기 집에 머물게 하고 환대해주었던 어떤 사람은 프라에네스테(Praeneste) 시(市)[13]에서 그와 흡사한 용기를 보여주었지만, 자신을 위해서도 다른 사람들을 위해서도 아무런 유익함도 얻지 못했다.

또한 내가 처음에 든 예와 정반대되는 일도 있다. 누구보다도 용감하고 패자에 대해서도 몹시 관대했던 알렉산더(Alexander) 대왕[14]은 많은 큰 어려움들을 거친 후, 가자(Gaza)라는 도시[15]로 침입해 들어갈 때, 적장 베티스(Betis)와 마주쳤다. 대왕은 포위 공격 동안에 직접 놀랄 만한 그의 용기를 본 일이 있었다. 그러나 이

---

8 몽테뉴의 인간의 존재에 대한 정의로서 유명한 말이다.

9 폼페이우스(Magnus Gnaeus Pompeius, B.C. 106~48) : 로마 공화정 말기의 정치가이며 장군. 제1차 삼두정치(三頭政治)의 한 사람이며, 시저와 대립 관계에 있었다.

10 시실리 섬 북쪽에 있던 그리스 도시인 히메라(Himera).

11 스테논(Stheno) : 히메라의 정치가.

12 술라(Lucius Cornelius Sulla, B.C. 138~78) : 로마 장군이며 정치가. 로마의 장군이며 정치가인 마리우스(Marius)와 함께 유구르타 전쟁에 종군하여 무명(武名)을 떨쳤다. 한때 로마시를 점령하기도 했다.

13 프라에네스테(Praeneste) 시 : 로마 동쪽의 도시. 술라가 이 도시를 공격했을 때, 일찍이 자기를 환대해주었던 그 사람을 제외한 모든 사람을 죽이려 하자, 그 사람은 그것을 거절하고 함께 처형당했다.

14 알렉산더 대왕(Alexandros III, B.C. 356~323) : 마케도니아 왕. 필립포스 2세의 아들. 소년 시대에 아리스토텔레스에게 사사(師事)했다. 몽테뉴는 이 책의 여러 곳에서 그를 찬미하고 있다.

15 가자(Gaza) : 팔레스티나의 항구 도시. 알렉산더 대왕은 기원전 332년에 잇소스 싸움에서 다리우스 3세를 대파시키고 페르시아의 근거지이며 해군의 거점이었던 이 도시를 함락시켰다.

제 그는 부하들에게 배신당하고 갑옷이 갈기갈기 찢어진 채 온몸이 피투성이가 되어, 사방에서 공격해오는 수많은 마케도니아(Macedonia) 병사들에 대항하여 혼자서 분전하고 있었다. 대왕은 그토록 비싼 대가를 지불하고 얻은 승리에 대해 화가 났다. 왜냐하면 대왕은 많은 손해를 입었을 뿐만 아니라 자신의 몸에도 두 군데 부상을 입었기 때문이다. 대왕은 그에게 말했다. "베티스, 나는 그대가 원하는 대로 죽이지는 않을 것이다. 포로에게 가해질 수 있는 온갖 고문을 당할 각오를 하라." 그러나 이러한 협박에도 불구하고 베티스는 태연할 뿐만 아니라 오만불손한 태도로 아무런 대꾸도 하지 않고 묵묵히 서 있었다. 그의 오만하고 완강한 침묵에 화가 난 알렉산더 대왕은 이렇게 말했다. "무릎을 꿇지 못하겠는가? 애원이라도 하지 않겠는가? 좋다, 네 놈의 입에서 말소리가 나오도록 만들겠다. 만일 네 놈의 입에서 말소리가 나지 않는다면, 신음소리라도 흘러나오게 만들겠다." 그의 노기가 분노로 변했다. 그는 명령을 내려 베티스의 발뒤꿈치에 구멍을 뚫게 하여 산 채로 바퀴 뒤에 매달아 질질 끌고 다니게 하여 그의 사지를 갈갈이 찢어버렸다.

그러한 대담함은, 알렉산더 대왕에게는 너무도 흔한 것이어서, 그다지 존경할 만한 일도 찬탄할 만한 일도 아니었기 때문일까? 아니면 대왕은 대담함을 자기 자신만이 지니고 있는 덕으로 생각하여 그것이 다른 사람에게서 그토록 숭고하게 나타나는 것을 보고 질투심을 견딜 수 없었기 때문일까? 아니면 그의 분노의 격렬함은 어떤 존재가 자기에게 대항하는 것을 본디 참을 수 없었기 때문이었을까? 만일 그의 분노가 제어될 수 있었더라면, 그는 테베(Thebes) 시(市)를 점령하고 황폐화시켰을 때, 전쟁에 패하여 더 이상 자기들의 도시를 지킬 아무런 방법도 가지고 있지 않은 수많은 용감한 병사들이 잔인하게도 칼에 찔려 죽임을 당하는 것을 보고 분노를 누그러뜨렸을 것이다. 왜냐하면 그때 6천 명의 병사들이 살육당했지만, 그들 중 도망치거나 자비를 애걸하는 자는 한 사람도 없었을 뿐만 아니라 오히려 그들은 도시의 여기저기에서 의기양양한 적들에 대항하여 명예로운 죽음을 택하려 했기 때문이다. 자신이 아무리 심한 부상을 입고 쓰러져 있다 하더라도, 마지막 숨을 거두는 순간까지 복수를 하려 하지 않는 사람은 없으며, 필사적으로 무기를 휘둘러 적군 중 누군가를 죽임으로써 자기의 죽음을 위로하려 하지 않은 사람은 이제까지 없었다. 그럼에도 불구하고 그들의 용맹함은 알렉산더 대왕의 연민의 정을 불러일으키지 못했으며, 알렉산더 대왕의 복수심을 만족시키기 위해서는 하루 종일 살육해도 충분하지 않았다. 이 살육은 마지막 한 방울의 피가 없어질 때까지 계속되었으며, 노인·부녀자·어린아이 등 무장하지 않은 사람들에 이르러 비로소 살육이 그쳤다. 그러나 그들 중에서도 3만 명이 노예로 끌려갔다.

3. 영국의 문학

다른 나라보다 산업혁명이 먼저 시작된 영국은 자본주의가 일찍 발전했기 때문에 산업화에 따른 계급 구조와 갈등이 첨예화되었다. 따라서 영국의 르네상스 문학은 이러한 사회상을 반영하면서 반봉건·반자본주의 경향이 뚜렷하게 나타났다. 14세기 초 영국에서는 봉건 경제가 쇠퇴하기 시작하여, 14세기 말에 이르러 농노 제도가 소멸된다. 그리하여 초기 자본주의 경제가 상당히 발전하였다. 15세기 말에는 중앙집권적 왕권이 확립되었고, 16세기부터 자본주의 상업이 급속도로 발전하였다. 이 시기에는 양모업의 발달로 농토가 목초지로 변환됨에 따라 농민들은 토지를 잃고 방황하게 되었다. 그리하여 농민 봉기가 일어나기도 하였다.

영국의 인문주의는 고대 그리스 로마의 철학과 문화유산을 연구하는 옥스퍼드와 케임브리지 대학의 학자들 사이에서 먼저 일어났다. 따라서 영국의 르네상스는 단순하고 합리적인 기독교와 개인의 자유를 옹호하고 권력의 남용을 시정할 것을 촉구했다. 영국의 대표적인 인문주의자인 토마스 모어(Thomas More, 1478~1535)의 철학은 『유토피아』(*Utopia*, 1516)에 잘 묘사되어 있다. 이 저서는 당시 영국에 팽배하고 있는 사회적 불평등에 대한 고발로서 만연된 빈곤, 부의 불평등한 분배, 종교적 박해, 전쟁의 잔인 등을 태초의 기독교적 공산사회로 회귀함으로써 교정하려는 것이다. 프란시스 베이컨(Francis Bacon, 1561~1626)은 소설

『신아틀란티스』(*The New Atlantis*, 1627)를 비롯하여 산문 『신기연론』(*The New Organum*, 1620), 『수필집』(*Essays*, 1597~1625) 등을 저술했다. 또한 14세기 말 초서(Geoffrey Chaucer, 1340년경~1400)는 운문소설 『캔터베리 이야기』(*The Canterbury Tales*, 1340~1400)를 통해 세속적인 국민문학을 소개했고, 엘리자베스 여왕 시기에는 뛰어난 극작가 셰익스피어(William Shakespeare, 1564~1616)가 출현하여 많은 희곡들을 내놓음으로써 르네상스 국민문학의 완성을 가져왔다.

■ 토마스 모어(Thomas More, 1478~1535) – 『유토피아』(*Utopia*, 1515)

모어는 영국 런던에서 태어난 정치가이며 인문학자이다. 캔터베리 사원의 시동으로 있을 때, 대승정에게 그 재질이 발견되어 14세 때 옥스퍼드 대학에 입학하게 되었다. 그는 옥스퍼드 재학 중 유럽 대륙에 널리 퍼져 있던 르네상스적 문화운동의 영향을 받고 휴머니스트로서의 인격을 형성했다. 이후 변호사, 국회의원, 중의원 의장 등으로 명성을 떨쳤다. 젊어서부터 네덜란드 학자인 에라스무스(Desiderius Erasmus, 1469~1536)와 친교를 맺었다. 1504년 하원 의원으로 정계에 진출했고, 헨리 8세(Henry Ⅷ, 1491~1547)의 신임을 얻어 대법관이 되었다. 속인으로서 이 직책에 오른 것은 그가 최초였다. 그는 재판의 능률과 공정을 기하여 직무를 수행하였으나 이단異端에 대한 처단은 엄격하였다. 가톨릭 교도로서의 입장을 고수하여, 국왕의 이혼 문제를 인정하지 않았으며, 또 왕을 영국 국교회의 최고 수장으로 삼는 데 반대하였다. 이로 인해 런던탑에 감금되었다가 참수되었다. 그가 1515년 통상 문제로 네덜란드에 파견되었을 때 영국 사회의 현상을 비판하고 이상적 국가상을 그린 『유토피아』(*Utopia*)의 집필에 착수하여 그 이듬해에 완성시켰다.

영국 인문주의의 대표작이라고 할 수 있는 『유토피아』는 2권으로 구성되어 있는 공상소설이다. 이 작품은 당시의 삶에 대한 거대한 문제들과 연관되어 있는 인문주의의 사회적·정치적 특색을 잘 반영하고 있다. 이 책은 사회 문제의 원인을 밝히고 그 해결 방안을 제시하면서, 영국의 헌법과 통치에 직접적인 영향을 전달하기 위한 목적으로 쓰인 것이기도 하다.

이 책의 제1권은 최선의 국가 상태, 제2권은 유토피아에서의 정치와 법률·도시·관리·지식과 직업·생활·여행·노예와 환자의 결혼·전쟁·종교 등을 9장으로 다루고 있다. 모어는 플라톤의 『공화국』에 묘사된 이상사회의 사상에 깊은 공명을 느꼈고, 이를 계기로 이야기의 실마리를 찾아 자신의 사상과 이상을 유토피아에 실현시키고자 한 것이다. 따라서 이 작품은 당시의 영국 사회를 풍자한 것이기도 하다. 주인공 히들로디(Raphael Hythloday)의 넓고 깊은 지식은 영국의 정치·법률·질서에 큰 영향을 끼쳤다.

히들로디는 늙은 선원으로 미 대륙 최초의 발견자이며 아메리카라는 이름을 따오게 한 유명한 아메리고 베스푸치(Amerigo Vespucci)의 친구이다. 두 사람은 함께 항해에 나섰지만, 히들로디는 아메리고와 이별하고 혼자서 더 항해를 계속하다가 유토피아라는 상상의 섬을 발견하게 된다. 이 늙은 선원의 입을 통하여 이상향 유토피아의 제도와 풍속 등이 서술된다.

토마스 모어는 유토피아라는 나라의 모습을 잘 알고 있는 한 가공의 인물과 대화하면서 이야기를 이끌어가고 있다. 이 책에서의 유토피아는 당시의 영국이 처했던 현실이나 당면 문제의 해결책들과는 대조를 보인다. 작가는, 서민 계층들을 위한 전반적인 삶의 질을 개선하고 평등을 수립하자는 데 핵심을 두고 있다. 이는 부르주아의 한계를 뛰어넘는, 당시 진보적 사회단체가 꿈꾼 이상적인 사상이기도 하다. 현실을 날카롭게 비판한 이 책은 유럽의 인문주의자들에게 큰 호응을 얻었으며, 이후 사회적 이상향에 대한 저술들의 초석이 되었고 나중에는 '공상적 사회주의'의 기초가 되었다.

모어의 『유토피아』는 많은 아류작을 만들어냈는데, 종교 재판에 회부되었던 이탈리아의 성직철학자 토마소 캄파넬라(Tommaso Campanella, 1568~1639)의 『태양의 도시』, 베이컨의 『신 아틀란티스』 등이 있다. 『유토피아』의 '결론부' 내용은 다음과 같다.

결론부

그곳에는 백성들이 모두 재화를 공유한다는 이상적인 공산사회 조직을 가진 공화국이 있다. 개인 소유도 없고, 적대 계층도 존재하지 않는다. 남녀에게 평등한 교육이 행해진다. 노동에서 면제 혜택을 받는 사람은 연구에 전념하는 사람 외에는 아무도 없다. 사람들을 타락시키는 보석은 하찮은 것으로 취급된다. 유토피아 시민들은 활발한 상업 활동을 하면서 매우 문명화된 생활을 한다. 인구가 많아질 경우, 황무지를 개간하여 새로운 식민지를 건설하고, 원주민들을 자국민과 동등하게 대우한다. 도덕과 가정생활은 엄격한 법률에 따라 지켜진다. 예술은 명예로운 것으로 대우받는다. 그곳 사람들의 정치 구조는 민중들의 대표를 기반으로 하고 있다. 침략자들을 방어하거나 폭군 아래 신음하는 백성들을 해방시키기 위한 전쟁 외의 모든 전쟁은 짐승들의 짓이라고 경멸한다. 유토피아 백성들의 향락은 인간 행복의 원천인데, 지고의 향락은 육체적인 것이 아니라 정신적인 것이다. 이런 까닭으로 그곳에는 학술적인 생활이 매우 발달한다. 종교적인 삶은 어떠한 강제나 강압 없이 누구나 자신이 원하는 신앙을 자유롭게 선택할 수 있다. (…)

그렇기 때문에 오늘날 번영하고 있는 다른 여러 나라들의 참된 가치를 내 마음속에서 저울질해볼 때 좀 과한 독설일는지도 모르겠지만, 공화국(국가)이란 그 이름의 미명 아래 오직 자기네들만의 이익을 추구하려는 부자들의 어떤 종류의 음모라는 것 외에 다른 아무것도 아닌 것이다. 그것은 부정한 짓을 해서 모은 재산을 안전하게 보존하는 동시에, 가난한 사람들의 노동력을 될 수 있는 대로 싼값으로 흥정하고, 또 될 수 있는 대로 압박할 수 있는 모든 수단 방법을 강구하는 데만 혈안이 되어 있는 부자들만을 위한 국가에 지나지 않는다. 부자들만이 아닌 가난한 국민들까지 공평하게 보호해주어야 하는 사명을 띤 정부라야 하는데도 불구하고, 부자들만의 손으로 꾸며진 법령을 통과, 실시하는 편벽(偏僻)된 행동을 하고 있는 정부들이란 말이다. 공평한 물자 분배만 한다면 모든 국민의 수요를 충족시키고도 남아돌아갈 물자를, 이 만족을 모르는 탐욕자들인 악독한 부자들끼리만 짜고 나누어 가지는 것이다. (…)

내 말의 뜻을 좀 더 명백히 하기 위해서 한 가지 예를 들겠다. 흉년이 들어 수천 명의 사람들이 굶어 죽는 해가 있었다고 가정해보자. 그 해 연말에 누가 부자들의 광을 뒤진다면, 흉작 때문에 굶어 죽은 사람들은 물론, 기근 뒤에 으레 따르는 전염병에 걸려 죽은 숱한 사람들까지 먹여 살릴 수 있는 넉넉한 곡식이 남아 있는 것을 발견했을 것이다. 우리가 일상생활의 필수품을 얻는 데 사용하는 태환권(兌換券)에 불과한 돈 자체가 우리의 기를 꺾지만 않았던들, 최저 생활에 필요한 물자가 얼마나 쉽게 공급될 수 있는가를 생각해보라. 부자들도 물론 이 사실을 잘 알고 있다. 그리고 잉여 물자를 극소수의 부자들끼리만 나누어 가지지 말고 개개인에게 생활필수품으로 공급해주는 것이 더 효과적이라는 것도 알고 있고, 숱한 재물을 몇몇 곳에만 집중해 쌓아놓고 괴로워하는 것보다는 헤아릴 수 없이 많은 사회악을 근절시키는 것이 훨씬 더 실질적이라는 것까지도 그들은 잘 알고 있다.

모든 사회악의 근원인 동시에 앞잡이인 자존심이라는 괴물이 금지하지만 않았더라면, 벌써 오래 전에 온 세계는 유토피아 방식의 법률들을 채택했을 것이다. 각 개인의 참된 이익이 어디 있다는 것을 이지적으로 자각했거나, 혹은 지극히 높은 지혜를 가지고 우리 인간을 사랑하며, 인간의 행복이 어디 있다는 것을 잘 아는 구세주 그리스도의 명령에 의하여 벌써 오래 전에 온 세계는 유토피아인들의 생활양식을 본받았을 것에 틀림없다. 그것이 실현될 수 없었던 것은 자존심이 가로막고 훼방을 놓기 때문이다. 자존심은 자신의 번영을 재는 척도를 자신의 이익에 두지 않고, 남들의 비참과 불이익에 두고 있다. 자존심이란 자신보다 열등한 지위에 있는 것들을 정복해 개가를 올리고, 또 지배할 수 있는 대상이 있음으로 하여 유쾌하고, 신처럼 군림하고자 하는 것이다. 자존심은 곤경에 빠져 있는 사람들과 자기의 지위를 비교해봄으로써 자신의 행복을 명쾌하게 발휘할 수 있다. 이러한 자존심을 누리는 자들이 번영하면 할수록 빈궁한 다른 사람들은 한층 더 속박되고 더 큰 손해를 보게 마련이다. 자존심은 인간의 마음속으로 기어 들어오는 독사 같은 것이어서, 인간이 보다 더 좋은 생활을 택하려는 것을 방해하여 주저하게 만들어주는 악이다.

자존심이란 인간의 마음에 너무나 뿌리 깊게 파고들어 있는 것이기 때문에 뽑아버리기가 결코 쉬운 것은 아니다. 그러므로 유토피아인들이 자존심을 무시한 훌륭한 사회 조직체를 구성해놓은 것을 나는 진심으로 치하하는 동시에, 온 인류가 그들의 사회 조직을 모방하기를 진심으로 바라고 있다. 유토피아의 제도와 기관들이 그들 국민으로 하여금 행복한 생활을 영위할 수 있는 도덕적 또는 사회적 기초를 구축해주었으며, 그런 제도와 기관들은 영원토록 계승되고 존재하리라고 나는 예언할 수 있다. 왜냐하면, 그런 제도와 기관들은 그들의 일상생활에서 자존심과 분쟁, 그리고 그 밖의 여러 사회악을 뿌리째 뽑아 버린 까닭으로 내란이 일어날 위험성이 조금도 없기 때문이다. 표면상으로는 안전한 것 같이 보이는 나라들이 내란으로 인하여 망하게 된 일이 많이 있는데, 망하게 되는 원인은 자존심과 분쟁, 그 밖의 여러 가지 악을 근절시키지 못한 데 있는 것이다.

■ 프란시스 베이컨(Francis Bacon, 1561~1626)
- 『수필집』(*Essays*, 1597, 1612, 1625)

베이컨은 엘리자베스 1세에 중용되었던 정치가의 아들로 태어나 케임브리지 대학을 졸업하고 법률가로서 정계에 진출했다. 여왕이 세상을 뜬 후 제임스 1세의 총애를 받아 세력을 굳히고 18세에 대법관이 되었다. 그는 정치가로서 활약했지만 사상가로서도 근대 사상 확립을 위해 많은 노력을 기울였다. 당시 남아 있던 중세의 스콜라 철학적 사고와 아리스토텔레스적 연역법을 배격하고, 사실을 기초로 하는 경험적 귀납법을 주장했다. 과거의 지식인들은 스콜라 철학의 노예로서 위선과 편견 때문에 진정한 진리를 찾을 수 없었다고 주장하는 베이컨은, 정확한 지식을 습득하기 위해 자연과 인간을 격리시키는 각종의 우상을 제거하는 귀납법을 제시했던 것이다. 이러한 그의 주장은 『신기연론』에 체계적으로 전개되어 있다. 『신아틀란티스』에서는 그의 이상국

가상이 제시되어 있기도 하다. 그런데 무엇보다도 그의 이름을 빛나게 했던 것은 『수필집』(*Essays*)이다. 이 책으로 인하여 그는 영국의 에세이 문학 창시자라는 칭호를 받게 되었다.

베이컨의 『수필집』은 생전에 세 가지 판으로 출간되었다. 제1판(1597)은 「면학에 관하여」를 비롯하여 9편이 수록되어 있으며, 제2판(1612)은 38편이 수록되었고, 제3판(1625)에는 58편이 수록되어 있다. 해를 거듭함에 따라 작품 편수가 늘어났을 뿐만 아니라, 이전의 작품에 가필이나 증보를 했다. 때문에 같은 제목이면서도 전연 별개의 것인 듯 생각되는 것도 있다. 초판은 간결하고 정확한 문체로 냉정하게 계산된 금언이나 경구와 같은 느낌을 주는 단문이 많다. 그런데 후판으로 갈수록 문체가 더욱 원숙해지고 때로는 화려하기 그지없고 또 때로는 구수한 느낌을 주기도 한다.

이러한 베이컨의 『수필집』은 한 마디로 말해서 처세훈으로, 대인적 대사회적 고찰이 기조를 이루고 있다. 처세술·출세 교제법·결혼·여행·미신·건축·야심 등 인간사에 관해 기록되어 있는 것이다. 가령 출세 교제법에 대해서는 '선한 일과 악한 일을 뒤섞지 않고 입신하기란 어려운 노릇이다.' '입신출세를 하기 위해서는 신용을 얻는 것이 급선무이다. 그러기 위해서는 비밀을 지키는 습관, 적당한 시기에 써야 할 속임수, 어쩔 수 없을 때에는 가면을 쓸 수 있는 능력도 구비하고 있어야 한다.' 결혼에 관해서는, '처자를 가지고 있는 사람은 그 운명을 인질 잡힌 것이다.' 독서의 방법에 관해서는 '어떤 사람은 그 맛을 볼 것이고(발췌독), 어떤 책은 그 내용을 삼켜버릴 것이고(통독), 어떤 소수의 책은 씹어서 소화할 것이다(정독)' 등의 내용을 담고 있다.

베이컨의 에세이는 이지적으로 냉정하게 인생 제반의 일들을 비판하고 이것을 사람들에게 가르친다는 성격을 지닌다. 그러므로 자기의 감회를 붓 가는 대로 써 내려간다는 수필의 성격과는 차이가 있다. 따라서 당시 번역되어 널리 읽혀지고 있었던 몽테뉴의 에세이와는 표제만 같을 뿐, 개성적이 아니라는 점에서 서로 구별된다고 할 수 있다.

「진리」

진리가 무엇이냐, 하고 빌라도는 비웃으면서 말했다. 그리고 대답을 기다리려 하지 않았다.[16] 확실히 끊임없이 생각을 바꾸기 좋아하는 사람들이 있다. 어떤 신념에 고정되는 것을 속박이라고 느끼고, 사고(思考)에 있어서나 행동에 있어서나 자유로운 의지를 좋아한다. 그리고 그와 같은 종류에 속하는 철학자[17]들은 이제 없어졌다고 하지만, 생각을 줄곧 바꾸는 어떤 종류의 사람들은 남아 있으며, 그 경향에는 같은 것이 있다. 다만 고대 그리스나 로마인들에게서 볼 수 있었던 것만큼의 원기가 그 속에 보이지 않을 뿐이다.

그러나 사람들이 진리를 발견하려고 할 때 느끼는 곤란과 수고 때문이라든가, 또 그것이 발견되었을 경우에 사람들의 사고를 속박하기 때문에 사람들이 거짓말을 좋아하게 되는 것은 아니다.

거짓말 그 자체를 사랑하는, 자연스럽지만 타락한 기분이 있다. 후기 그리스 학파의 한 사람[18]은 이 문제를 검토하여, 대체 무엇이 사람들로 하여금 거짓말을 좋아하게 하는가를 고민하고 있다. 그것은 시인의 경우처럼 기쁨이 생기는 것도 아니고, 상인의 경우처럼 이익이 되는 것도 아니며, 단지 거짓말 그 자체 때문인 것이다. 이 진리라는 것은 속세간의 가면극이나 묵극(默劇)이나 공연물과는 달리 촛불 빛만큼 당당하게도 아름답게도 보이는, 적나라하고 훤한 대낮의 빛이라고

---

16 「요한복음」 18장 38절.

17 아리스토텔레스와 거의 같은 시대의 그리스 철학자 필론(Philon, B.C. 30~A.D. 45) 및 그 일파인 회의철학자(懷疑哲學者)들.

18 루키아누스(Lukianus, 120경~195?) : 로마 제정기 그리스의 산문작가. 그는 저서 『진실한 이야기』(alethe dihegemata)를 통하여, 다른 작가들의 엉터리 여행을 흉내 내면서 그 거짓을 비꼬고 있다.

단언할 수는 없다. 진리는 아마도 낮에 가장 잘 보이는 진주의 가치 정도는 될지도 모른다. 그러나 여러 가지 빛 중에서 제일 잘 보이는 다이아몬드나 루비 같은 가치에는 미치지 못할 것이다.

허위를 섞는다는 것은, 확실히 기쁨을 늘리는 일이다. 사람의 마음속에서 공허한 의견이나 가슴 설레게 하는 희망이나 그릇된 평가나 제멋대로의 상상 같은 것을 제거하면, 대개의 사람들 마음은 가난하고 시들어, 우울과 권태에 차서 자기가 보아도 재미없는 것이 되어버릴 것을 누가 의심하겠는가? 초기 그리스도교의 교부(敎父) 한 사람은, 매우 격렬한 어조로 시를 '악마의 술'[19]이라고 부르고 있다. 왜냐하면 그것은 상상력을 채우기는 하나, 단지 허위의 그림자로 창작하는 것이기 때문이다. 그러나 허위 중에서도, 마음속을 통과해버리는 것이 아니라 그곳에 가라앉아 고정해버리는 허위는 해를 주는 것이다. 그것에 대해서는 이미 언급했다.

그런데 인간의 타락한 판단력이나 감정 속에서 이런 일이 어째서 일어나느냐 하는 것은 제쳐놓고, 어쨌든 진리는 본디 자기를 판단하는 데 남의 기준에 의하지 않는 것이다. 진리의 탐구는 그것에 구애하는 일 또는 청혼하는 일이라고도 할 수 있다는 것, 진리의 지식은 그것이 현존한다는 것, 그리고 진리의 신념이란 그곳을 맛보는 것이며, 즉 이 진리는 인간성의 가장 높은 선인 것이다. 며칠이나 걸린 작업 중에서 신이 처음으로 만든 것은 감각의 빛이었고 마지막 것은 이성의 빛이었다. 그리고 그 뒤 안식일의 작업은 성령(聖靈)의 광명이었다. 우선 먼저 물질 즉 혼돈의 얼굴 위에 빛을 뿌렸다. 다음에, 인간의 얼굴 속에 빛을 불어넣었다. 그리고 언제나 그 선민(選民)의 얼굴 속에 입김을 불어넣고, 빛을 불어넣고 있는 것이다. 여러 가지 점에서 다른 것보다 못할지도 모를 어떤 한 파[20]의 철학에 아름다움을 보탠 그 시인[21]은, 다음과 같은 훌륭한 말을 하고 있다. "물가에 서서, 배가 바다 위에서 시달리고 있는 것을 보는 것은 즐겁다. 성의 창가에 서서, 저 아래의 싸움과 그 경과를 지켜보는 것은 즐겁다. 그러나 어떤 즐거움도, 진리가

---

19 '악마의 술'이라는 말은, 베이컨이 히에로니무스(Hieronymus, 347경~420)의 『서한』과 아우구스티누스(Aurelius Augustinus, 354~430)의 『고백록』 속에 있는 말을 섞어서 쓴 듯하며, 같은 말이 베이컨의 『학문의 진보』에도 나온다.

20 에피쿠로스 등의 쾌락주의 철학의 일파를 가리킨다.

21 로마 시인 루크레티우스(Carus Titus Lucretius, B.C. 94~55?), 그의 저서 『사물의 본질에 관해서』를 인용하고 있다.

차지하는 위치와 비할 수 있는 것은 없다(그 진리의 언덕은 다른 데서 내려다볼 수도 없으며, 그곳 공기는 언제나 맑고 온화하다). 그곳에서는 저 아래 골짜기에서 벌어지고 있는 잘못이나 미망, 안개나 폭풍 같은 것을 바라볼 수 있다." 그러므로 언제나 이런 조망에는 오만이나 자랑이 아닌, 연민이 수반되는 것이다. 확실히 지상의 천국이라고 말할 수 있는 것은, 인간의 마음이 자애 속에서 움직이고, 하늘의 섭리 속에서 편안을 찾으며, 진리의 양극을 축으로 하여 돌게 하기 때문이다.

신학과 철학의 진리에서 일반 문제의 진리로 말을 옮겨보자. 그것을 실행하지 않는 사람도 인정하게 될 줄 알지만, 명백하고 솔직한 거래는 인간성의 명예이다. 그리고 거짓을 섞는다는 것은, 금과 은의 화폐에 나쁜 질의 합금을 하는 것과 같다. 그것으로 금속의 작용은 좋아질지 모르지만, 품질은 떨어지게 된다. 왜냐하면 이런 꾸불꾸불한 방법은 뱀의 진행 방법이다. 그것은 엎드려서 나아가는 비열한 방법이며, 두 다리로 서는 것과는 다르다. 악덕이 무엇이라 해도, 거짓말을 하고 또 불성실하다는 것을 알게 되는 것만큼 인간을 수치스럽게 하는 일도 없다. 그러므로 몽테뉴는 거짓말이 어째서 대단한 치욕이며 혐오할 만한 비난의 대상이 되느냐 하는 이유를 적절히 말한 바 있다. 그의 말에 의하면 "곰곰이 생각해보면 거짓말을 하는 사람이라는 뜻은, 신에 대해서는 용감하고 인간에 대해서는 비겁하다는 말과 같다"[22]는 것이다. 즉 거짓말이라는 것은 신에게는 얼굴을 들지만, 인간으로부터는 뒷걸음질 치게 한다는 것이다. 허위와 신앙 파기의 사악함을 아마도 가장 심하게 표현한 것은, 그것이 인간의 세대 위에 신의 최후 심판을 불러내는 마지막 나팔 소리가 되리라는 것이다. 그리스도가 올 때 "그는 이 세상에서 신의(信義)[23]를 볼 수 없을 것이다"라는 것이 예고되고 있기 때문이다.

---

22 몽테뉴 자신의 말이 아니라, 그의 저서 『수상록』에서 「한 사람의 고대인」으로서 플루타르코스 『대비열전(對比列傳)』(뤼산드로스 편)의 1절을 인용한 것이다.

23 「누가복음」 18장 8절에는 '신의'가 아니라 '믿음'이라고 되어 있다. 베이컨은 그즈음 이미 존재하고 있던 제임스 1세의 『흠정영역성서(欽定英譯聖書)』에 의하지 않고, 재래의 라틴어 번역 성서를 이 경우에 적합하게 마음대로 해석하고 있는 듯하다.

■ 제프리 초서(Geoffrey Chaucer, 1340~1400)
  - 『캔터베리 이야기』(*The Canterburg Tales*, 1386?~1400?)

• **영시의 아버지 초서 시대의 배경**

가장 다사다난했던 시대를 산 초서는 봉건 중세에서 근대 왕국으로의 변혁의 소용돌이 속에서 일생을 보냈다. 제프리 초서의 문학 세계를 이해하는 데에는 14세기 후반의 유럽, 특히 영국을 이해하는 것이 크게 도움이 된다. 그가 살던 14세기 영국은 무능한 군주 에드워드 2세(Edward Ⅱ, 1307~1327)의 사치와 향락으로 말미암아 사회적으로 몹시 불안정하였고, 노르만(Norman) 귀족들은 세력 다툼으로 나라를 어지럽히고 있었다. 그러나 그 뒤를 이은 에드워드 3세(1327~1377)는 현명하고 유능한 군주였다. 그래서 그는 프랑스와 대결해서 싸울 때 앵글로-색슨(Anglo-Saxon) 평민 중에서 군인을 모집하여 싸우게 하였다.

이 싸움에서 프랑스 군인들은 영국 군인들의 능숙한 활 솜씨 때문에 크게 패하였고, 영국 사람들은 능력과 자신감에서 오는 독립 정신을 의식하게 되었다. 그러나 오랜 전쟁은 민중의 생활을 파탄시켰고, 귀족 계급의 사치와 방탕 그리고 당파 싸움은 사회를 불안의 도가니에 몰아넣었다.

에드워드 3세의 세자 블랙 프린스(Black Prince)가 요절하자, 리처드 2세가 어린 나이로 등극하게 되었다. 이때 영국 통치는 역사상 가장 불행한 섭정 시기였다. 귀족들의 피비린내 나는 세력 다툼과 사치와 무절제로 리처드 2세는 영국을 황폐하게 만들었던 것이다.

영국은 이미 1348년과 그 이듬해 흑사병으로 말미암아, 거의 인구의 반을 잃어서 노동력의 손실이 컸다. 그 결과 물가는 올라가고 농장 노동자들은 일자리를 구하기 어렵게 되었다. 이에 농민들은 자신들의 처지에 반발하여 드디어 1381년 농민 폭동까지 일으켰다. 그리고 서민들은 그들 자신의 사회적 지위를 향상시키기 위해 노력하였고, 의회에 진출한 중산 계급은 정치 세력을 확보하려고 혈안이 되어 있었으며, 차차 고개를 들기 시작하던 상인 계급은 외국 무역에 박차를 가하고 있었다.

이렇듯 변동이 심할 때 영문학은 새롭고도 다양하게 싹트고 있었다. 노르만족은 본래 자신들의 언어를 완전히 잃어버렸고 대신 영어를 쓰게 되었다. 잠자고 있던 영어는 비록 예전과는 다른 양상으로 변하기는 했지만, 다시금 제자리를 찾게 되었다. 자신감을 되찾은 영국 사람들은 자주 독립 정신과 민족적 긍지를 가지고 정치 · 사회 · 종교의 부패를 개선하려는 굳센 의지를 보였다.

그리고 이러한 그들의 생활과 정신을 문학으로 표현하려 했다. 영국 사람들의 민족적 자각과 문화적 각성은 14세기 후반 다방면에 걸쳐서 중요한 작품을 낳게 하였고, 특히 중세 문학을 요약한 사람으로 그리고 영시의 아버지로 길이 남는 제프리 초서를 배출하기도 했다. 비록 이 시기는 매우 짧은 시기이긴 하지만 영문학상 가장 중요한, 진정한 의미에서 영문학이 본격적으로 시작된 시기이기도 하다.

당시 영문학의 수준은 이탈리아나 프랑스 같은 선진국에 비해 형편없이 뒤떨어진 상태에 놓여 있었다. 영국은 문화의 중심지로부터 멀리 떨어져 있었을 뿐만 아니라 교통 · 통신 수단이 원활하지도 못했고, 섬나라였기 때문에 다른 나라와 접촉하기 어려워 문화 · 문명과도 담을 쌓고 있었다. 약 300년 동안이나 자기 나라말을 공식적으로 쓰지 못한 영국은 이런 까닭으로 자신들의 국어를 갈고 닦을 기회가 전혀 없었다.

이러한 상황에서 영국민들은 서서히 자기 말에 대한 자각을 하기 시작했다. 프랑스어는 점점 자취를 감추고 있었다. 장사뿐 아니라 모든 거래에서도 사람들은 브리튼 섬을 침략했던 게르만인들이 사용하던 앵글로-색슨어와 또 노르만 정복에 의하여 봉건 군주들이 쓰던 노르만 프렌치어(Norman-French)를 사용하지 않았다. 그들은 일반적으로 미들 잉글리쉬(Middle-English)라 일컫는 새롭고 간소한 용어를 사용하였다.

이 말이 일반적으로 쓰이자, 1362년 국가에서조차 법정의 재판에 쓰는 모든 말을 프랑스어가 아니라 영어로 쓰도록 하였다. 초서의 어린 시절 역시 학교에서도 프랑스어 대신 영어를 사용하게 되었다. 그래서 그는 어렸을 때부터 이미 라틴어를 프랑스어가 아니라 영어로 옮기는 것이 가능했으며, 후일에도 영어로 작품을 쓸 수 있었다. 초서는 우선 영어를 자기 작품의 매체로 삼았다. 영어는 이탈리아와 스페인 그리고 프랑스어에 비하면 세련미가 없는 투박한 말이었다. 그러나 초서는 우직하게도 영어를 고집하여 피눈물 나는 노력으로 세련되게 갈고 닦았던 것이다.

초서는 자국 문학의 발전을 위해서 프랑스 문학의 우수성을 연구하기 시작하였다. 그는 프랑스 문학의 우수성이 무엇인지, 거기서 배울 점이 무엇인지, 어떻게 하면 영어와 영문학을 세련된 예술로 승화시킬 수 있는지를 연구하고 습작 내지는 모방작을 시도했다. 그의 모국어 순화에 대한 노력은 철저했으며, 그가 미친 영향 또한 지대했다. 교양인들 사이에서는 그가 작품에서 사용한 영어를 두루 이용하고 표준어로 삼았다.

• 작품의 발상과 집필

『캔터베리 이야기』는 1386년, 아마도 초서가 런던에서 동쪽으로 수

273

마일 떨어져 있는 그리니치에 살고 있을 당시에 처음 구상되었던 듯하다. 그곳에 살면서 그는, 1170년 자기 자신의 성당에서 살해된 영국의 유명한 성인 캔터베리 대주교 토마스 아 베케트(Thomas a Becket)의 성지로 가는 순례자들을 바라볼 수 있었을 것이다. 중세의 순례객들은 이야기꾼들로 유명하였다. 초서는 캔터베리로 말을 타고 가는 순례객들의 모습을 보고 또 그들의 이야기를 들으면서 가공의 순례 여행을 꾸며낼 것을 계획하였는지도 모른다. 그래서 이 순례 여행에서 많은 사람들의 다양한 이야기를 엮을 수 있는 '이야기들'이 만들어졌다고 짐작 할 수 있다.

그러한 장치에 의해 이야기들을 모아서 엮어내는 것은 중세 후기에 흔히 볼 수 있는 문학 방식이다. 초서와 동시대인인 존 가우어(John Gower, 1325?~1408)[24]의 『연인의 고백』(*Confessio Amantis*)도 그런 방식으로 쓰였다. 보카치오(Giovanni Boccaccio, 1313~1375)의 『데카메론』 또한 100개의 이야기로 10명이 10일 동안 한 가지씩 이야기하는 구성을 취하고 있다. 그리고 이탈리아의 조반니 세르캄비(Giovanni Sercambi, 1347~1424)도 말을 타고 여행하는 한 무리의 사람들을 안내하는 지도자의 입을 빌려 이야기를 전개시키고 있다.[25]

원래 이 작품을 구상할 때 초서의 계획은 각 순례객들이 캔터베리로

---

24 초서는 그를 '도덕가 가우어군(君)'이라 불렀다. 가우어의 대표작인 『연인의 고백』은 사랑의 신의 사제와 연인과의 대화라는 구성으로, 그 안에 중세에 유포되는 많은 이야기를 배치한 영어의 운문이다.

25 세르캄비의 주요한 저서의 하나인 『설화집』(1374)은 『데카메론』을 그대로 본따 룻카 시(市)를 휩쓴 전염병을 피해 온 한 무리의 남녀가 교회에 모여 이야기한 100편을 모은 것이다. 이야기는 주로 에로틱하고 도둑놈에 대한 것이다. 그런데 상상력이 부족하여 예술적으로 낮은 평가를 받고 있으나 사회의 단층을 보여주는 자료적 가치와 당시의 전설·민화가 많이 기록되어 있다는 점에서 그 가치를 인정받고 있다.

가는 길에 두 가지, 또 돌아오는 길에 두 가지 이야기를 하도록 하였다. '전체 서시'에서 초서가 밝힌 바로는 순례단의 일원이 29명으로 되어 있다. 그러나 실제 작품상에 드러난 순례객 일행은 여관집 주인 해리 베일리를 포함하여 31명으로 구성되어 있다. 거기다 도중에 성당 참사 회원과 그 하인이 합류하여 총 33명의 인원을 형성한다.

그 사람들 가운데 23명이 이야기를 하고 있는데, 그 이야기꾼 가운데 초서가 「토파즈 경의 이야기」와 「멜리베우스 이야기」 등 2개의 이야기를 한다. 그래서 이야기의 총수는 24개가 된다. 그러나 또한 이 이야기 가운데 「요리사의 이야기」, 「토파즈 경의 이야기」, 「기사 후보생의 이야기」는 도중에 중단되어 있다. 그렇다면 완전한 이야기의 총수는 21개이다. 그러니까 초서의 원래 계획은 100개 내지 130개의 이야기를 구상하고 있었다고 볼 수 있다. 또한 초서가 작품의 원래 계획을 수정한 흔적도 나타난다. 애초에 타바드 여관에 모였던 순례객 일행이 아닌 사람이 중간에 끼어든 것만 보아도 알 수 있다. 즉 둘째 수녀의 이야기가 끝났을 때, 고위 성직자인 성당 참사 회원과 그의 하인 두 사람이 순례객 일행에 합류한 것 등이 그것이다.

『캔터베리 이야기』에 나오는 이야기들은 그 어느 것도 집필 시기를 정확히 알 수 없다. 단지 초서가 공직을 떠나 비교적 한가한 시기인 1386년부터 작품을 쓰기 시작한 것으로 추정할 뿐이다. 그 후 그는 생을 마감할 때까지 문학에 많은 관심을 가진 것으로 생각된다. 따라서 대부분의 이야기는 초서 생애의 마지막인 14년 동안에 쓰인 것이라고 할 수 있다. 그러나 이 작품에서 이야기꾼과 별로 어울리지 않는 일부 이야기는 그보다 더 이른 시기에 쓰였는지도 모른다.

중세 후기의 영국에서 이 이야기가 누리던 인기는 현존하는 필사본의 수효에 의해서도 입증된다. 필사본은 대부분 15세기에 제작된 것이지만, 80여 종에 달하는 필사본이 현재까지도 전해져 내려오고 있다.

• 테마분석

『캔터베리 이야기』의 내용을 테마별로 살펴보면, 크게 세 묶음으로 나눌 수 있다. 그 첫 번째는 '로맨스'이다. 이 로맨스는 다시 둘로 나누어 생각할 수 있는데, 곧 '궁정 로맨스'와 '육체적 로맨스'이다. 궁정 로맨스의 대표적 이야기로는 「기사 이야기」가 있다. 한 여자를 두고 두 사촌 형제가 서로 사랑하게 된 기구한 운명의 장난, 그러나 그들은 기사답게 서로 결투하여 여인을 차지하기로 한다. 결국 그들은 용서와 화해로 끝을 맺는다.

육체적 로맨스의 대표적 예로는 「방앗간 주인의 이야기」가 있다. 돈 많은 늙은 목수가 젊고 아름다운 아내를 맞았는데, 그 아내가 옥스퍼드 대학생과 바람을 핀다는 내용이다. 또한 「무역상의 이야기」에서는, 부유한 늙은 기사가 젊고 예쁜 아내를 얻었는데, 그 아내가 자기 남편을 시중들고 있는 젊은 기사와 바람을 핀다는 내용이다.

다음은 '부부 사이의 갈등'을 다루고 있는 일련의 이야기들이 있다. 이 이야기들 또한 둘로 나누어 생각할 수 있는데, '여성 우위'를 주장하는 이야기와 '남성 우위'를 주장하는 이야기가 있다. 여성 우위의 대표적인 이야기는 「바스의 여장부 이야기」이다. 그녀는 프롤로그에서 여성의 정절을 비웃는다. 그러면서 자신의 다섯 번 결혼한 경력을 과시하는 가운데 남편 길들이는 법을 역설한다. 그녀는 현실적으로 적극적인 여성 우위를 주장하는 초서 시대의 신여성이라 할 수 있다. 반면 남성 우위를 나타내는 대표적 이야기로는 「옥스포드 대학생의 이야기」를 들 수 있다. 이 이야기의 여주인공 그리셀다는 일관된 지조로 남편 월터에게 순종하는 여인이다. 또한 「의사 이야기」에 등장하는 처녀 비르지니아는 아버지의 뜻에 따라 순결을 지키려고 목숨을 버리는 여인이다. 이 이야기 또한 여성 위에 군림하는 남성 우위를 보여주는 이야기이다.

또 하나의 묶음은 '속세와 종교'의 세계를 그리고 있다. 속세적인 것의 대표적 이야기로는 「면죄사의 이야기」가 있다. 온갖 못된 짓을 일삼는 불한당 세 놈이 있었는데, 황금 덩어리에 눈이 어두워 서로 그것을 독차지하려다가 결국엔 모두 죽는다는 내용이다. 「성당 참사 회원 하인의 이야기」 역시, 교회의 고위 성직자인 참사 회원이 연금술로 사기를 쳐서 사제를 속인다는 내용이다. 세속적인 탐욕에 물든 교회 성직자의 부패상을 보여주고 있다.

종교적 이야기의 대표적인 것은 「둘째 수녀 이야기」와 「본당 신부 이야기」가 있다. 「둘째 수녀 이야기」는 순결한 순교녀 성 세실리아에 대한 것이다. 그녀는 결혼을 했지만 순결을 지켰고, 그리스도교인들에 대한 박해가 심했을 당시 남편을 비롯하여 많은 사람을 그리스도의 품안으로 인도한다. 그리고 그녀는 끝내 거룩하게 순교했으며, 그녀가 살던 집은 성 세실리아 성당으로 명명된다. 「본당 신부 이야기」는 종교적 규범과 진리로 속세 인간 행위와 순례자들을 올바른 길로 인도하고자 한다. 그리하여 참회와 일곱 가지 죄 곧, 오만·질투·분노·나태·탐욕·탐식·사음 등의 근원과 그 구제책에 대해 설교하고 있다. 그리고 현세의 덧없음을 이야기한다. 다음은 운문소설 『캔터베리 이야기』의 주요 내용을 간략한 것이다.

4월의 단비가 촉촉이 내려, 가물었던 3월의 초목에 생명을 불어넣어 꽃이 피기 시작한다. 부드러운 나뭇가지에 서풍이 향기로운 입김을 내뿜는 어느 봄날, 캔터베리로 향하는 순례자들이 방방곡곡에서 런던 교외 사자크[26]의 타바드 여관으로 모여든다. 이들 29명과 초서는 곧 친밀하게 된다.

기사는 진리와 자유, 기사도와 명예를 사랑하는 완벽하고도 점잖은 인물이다. 기독교를 위하여 빛나는 무공을 쌓았으나 겸손한 태도를 보인다. 기사의 아들인 기사 후보생은 외양에 관심이 많고, 노래·그림·피리 등의 솜씨가 뛰어날 뿐만 아니라 실전의 경험도 있다. 또한 아버지의 시중도 잘 든다. 기사 부자를 따라온 하인은 자기 본분에 맞는 평범한 옷을 입고 있다.

수녀원장은 세련된 상류사회의 귀부인을 방불케 한다. 수정 같은 회색눈에 늘 수줍은 미소를 띠고 있으며, 자그마하고 빨간 입술이 부드러워 보인다. 성품이 인자해서 생쥐가 덫에 걸린 것만 보아도 눈물이 괴일 정도다. 수도원장은 비서격인 수녀 한 사람과 사제 3명을 거느리고 있다. 수도원 밖으로만 나다니는 비대한 수도승은 사냥과 사치, 식도락에 빠져 종교의 계율 같은 것에는 개의치 않는다. 청산유수처럼 말 잘하고 난봉꾼인 탁발승도 넉살좋게 순례단에 끼여 있다. 그는 가난하고 소외된 사람보다는 주로 돈 있는 사람들과 사귀기를 즐긴다. 약삭빠른 무역상은 수염을 양쪽으로 갈라지게 기른 모습이 능수능란한 장사치답다. 그에게는 돈벌이가 유일한 과제이며 자기 부채에 대해서는 일언반구도 하지 않는다.

여윈 말을 타고 닳아빠진 외투를 입은 바짝 마른 옥스퍼드 대학생은 학자답게 연구에 전념하는 학구파이다. 그는 필요한 말 이외에는 수다를 떠는 일이 없고, 언제나 도덕적이다. 유능하고 현명한 변호사는 법률 지식이 뛰어나고 모든 판례를 다 외다시피 해서, 굵직한 사건들을 도맡아 처리하여 엄청난 사례금을 챙긴다. 그는 재산 증식에도 관심이 많다. 변호사와 동행한 시골 향반은 인생을 유쾌하게 즐기며 이웃들과 화목하게 지내는 사람의 전형이다.

이 순례단에는 어떤 큰 종교 단체의 제복을 똑같이 입고 온 잡화상인·목수·직조공·염색 기술자·융단 제조업자 등도 끼여 있는데, 이들이 지닌 소지품들은 제법 화려한 것으로 남부럽지 않은 형편을 과시하려는 듯하다. 요리사까지 거

---

26 사자크(Southwark) : 런던의 템스 강 남쪽에 있는 구역. 현재 그곳에는 타바드(Tabard)라는 간판을 건 술집이 있다. 캔터베리로 향하는 순례자들은 대부분 이곳 사자크에 모여, 타바드 여인숙에서 하룻밤을 묵고, 말을 빌려 무리를 이루어 출발하는 것이 상례이다.

느리고 온 것으로 보아도 알 수 있다. 망망대해에서 햇볕에 그을린 좀 거친 성품의 사나이는, 영국에서 스페인까지 모든 항구와 뱃길을 샅샅이 다 알고 있는 유능한 선장이다. 그는 동정심과 도덕성과는 아예 담을 쌓았다. 점성술과 의술을 접목한 유식한 의사도 일행 중에 끼여 있다. 그는 흑사병이 돌 때 한밑천 톡톡히 잡았으며, 약장수들과 짝짜꿍되어 많은 돈을 벌어들였지만 인색하기 짝이 없는 사람이다.

직조업이 성행하던 바스 지방에서 온 여장부는 괄괄한 성품과 걸쭉한 입심, 화려한 몸차림으로 대중을 압도하는 힘을 갖고 있다. 그녀는 애인은 고사하고 정식으로 결혼한 남편만도 5명이나 된다. 또한 그녀는 여행을 몹시 좋아한다. 가난한 시골 신부도 일행 중에 있는데, 그는 이상적인 성직자의 참모습을 드러낸다. 이 신부를 따라온 신부의 동생 농부는 모범적인 신부만큼이나 독실한 기독교인으로서 성심 성의껏 농사일에 최선을 다하는 정직한 사람이다.

어깨가 딱 벌어지고 골격이 장대한 방앗간 주인은 힘이 장사이고, 음담패설을 지껄여대는 것이 장기이다. 그는 부도덕하고 나쁜 일을 서슴없이 하여 남의 곡식을 빼돌리는가 하면 방앗삯은 터무니없이 많이 받아먹는다. 그의 콧잔등에는 큼직한 사마귀가 자리 잡고 있고, 그 한가운데 박힌 털은 빨간 돼지털과 흡사하다.

사법 연수원에 식품을 조달하는 담당자는 치밀한 사람으로, 식료품 구입에 있어 대학교 학자들을 속이는 재주를 가지고 있다. 농장 일꾼들이 염병처럼 무서워하는 농장 감독은, 농장의 모든 일을 물샐틈없이 철저히 관리하기 때문에 주인에게서 신임을 받고 때로는 두둑한 선물까지 받곤 한다. 그러나 사실 그는 정직한 사람이 아니어서, 주인 몰래 축재한 표리부동(表裏不同)한 위인이다.

종교재판소에서 죄인을 소환하는 담당자는 얼굴이 원숭이 볼기짝처럼 빨갛고 여드름과 부스럼투성이며, 술고래인데다가 뇌물을 좋아한다. 이 작자와 난형난제(難兄難弟) 격인 면죄부 판매인은 로마에서 막 돌아오는 길이라면서 면죄부를 가득 쑤셔 넣어가지고 있었는데, 그가 벌어들이는 하루 수입이 시골 신부들의 두 달 수입보다 더 많다. 그리고 돼지 뼈다귀를 유리 상자 속에 넣어 가지고 다니면서 성자의 유골이라고 속이고, 그럴듯한 설교를 하여 백성들의 돈을 뜯곤 한다. 그는 가장 부패한 종교인이다.

사자크 여관 주인 해리 베일리는 쾌활하고도 사교적이며 통솔력 있는 사람이다. 순례단을 거느리고 캔터베리까지 안내하게 되는데, 그는 여행길의 지루함을 덜기 위해, 갈 때와 올 때 각 순례자들이 두 편씩 이야기할 것을 제안한다. 그리고 가장 우수한 이야기를 한 사람에게 공동 부담으로 그 여관에서 한턱 쏠 것을 제의하자, 모든 순례자들은 이에 동의한다.

다음 날 아침 성 토마스의 샘가에 다다랐을 때, 이야기 순서를 정하기 위해 제비뽑기를 한다. 그 결과 첫 순서는 기사가 된다.

기사는 아테네의 테세우스를 칭송하면서, 사촌 형제인 팔라몬과 아르시타 사이의 사랑의 갈등을 그린, 중세 로맨스를 내용으로 한 이야기를 한다. 기사의 이야기가 끝나자 단장은 당시 사회적인 지위로 보아 수도승에게 순서를 넘긴다. 그러나 그때 중류 계급에 속하는 방앗간 주인이 술에 잔뜩 취해 자기가 이야기하겠다고 나선다.

그는 목수의 아내가 자기 집에 하숙하는 대학생과 바람 핀 이야기를 한다. 그래서 목수만 어리석게 당했다는 내용이다. 이에 노한 원래 전직이 목수였던 농장 감독은, 방앗간 주인이 자기 꾀에 넘어가 자기 아내와 딸을 두 신학생에게 농락당하게 한다는 이야기로 응수한다. 요리사는 이 이야기에 흥분해서, 어떤 여관 주인에 관한 음탕한 이야기를 끄집어냈으나 도중에서 중단하고 만다.

변호사는 갖은 시련을 극복하고 남편을 기독교로 개종시킨 로마의 콘스탄스 공주의 이야기를 한다. 다음은 신부 차례였으나, 신부는 단장의 말투가 좀 거칠다며 꾸지람을 하는 바람에 뱃사람이 이야기를 하게 된다. 수녀원장은 유대인의 기독교 박해로 어린아이가 살해당하는 애절한 전설의 이야기를 한다. 이에 일행들이 침울해하자, 단장은 말없이 일행을 뒤따르고 있는 초서에게 이야기를 권한다. 그는 토파즈 경에 대한 낡은 시밖에 모른다고 전제한 다음 그것을 이야기하다가 중도에 제지당한다. 그러자 멜리베우스에 관한 이야기를 하게 되는데, 멜리베우스가 현명한 그의 아내 프루던스의 설득에 의해, 자비와 관용으로 그의 적들과 화해한다는 내용이다.

단장은 다음으로 수도승을 지적한다. 수도승은 과거 역사상 나타난 20명에 가까운 비극적 인물들을 지루하게 이야기한다. 단장은 끝없이 이어지는 수도승의 이야기를 중단시킨다. 그리고 수녀원 사제가 수탉·암탉·여우에 관한 우화를 이야기한다. 이어 바스 여장부가 자기의 다섯 남편의 약점을 들추며, 남편 다루는 기술을 피력한다. 덧붙여 결혼 생활에 있어서 행복의 비결은 남편을 지배하는 데 있다는 '아서 왕의 기사 이야기'를 한다.

여장부의 이야기 다음에 탁발승이, 사람의 호주머니만 털던 소환리가 마침내 악마를 만나 지옥으로 끌려간다는 이야기를 한다. 이에 노한 소환리는 위선과 탐욕에 찬 탁발승이 병자의 호주머니를 털다가 크게 봉변만 당한다는 이야기로 응수한다.

옥스퍼드 대학생은 어떤 경우에라도 남편에게 순종하고 충실한 그리셀다의 이야기를 한다. 이 이야기에 무역상인은 그리셀다 부인을 칭찬하면서, 늙은 기사가 어린 아내를 맞아 농락당한 이야기를 한다. 즉, 늙은 기사가 지나친 정력 소비로 실명을 하게 되었고, 그의 어린 아내가 남편을 속여 바람을 피운다는 내용이다.

다음으로 기사 후보생이 동양 이야기를 하고 있는 도중, 시골 향반이 끼어들어 자기 이야기를 먼저 하겠다고 부득부득 우긴다. 그래서 기사 후보생의 이야기는 중단되고 만다. 시골 향반은 남편이 아내에게 관용을 베풀었다는 내용으로, 행복한 결혼 생활은 부부 중 누가 지배하느냐에 달려 있지 않고, 오로지 사랑과 인내에 의해서만 굴복된다고 이야기한다. 의사의 이야기는 로마의 훌륭한 인격을 지닌 기사가 자기 딸의 순결을 지켜주기 위해 딸을 죽였다는 슬픈 내용이다.

단지 아름답다는 이유만으로 끔찍한 비극을 만난 비르지니아의 애처로운 이야기에 감동한 단장은 면죄사에게 즐거운 이야기를 요청한다. 면죄사는 불한당 세 놈이 금덩어리를 얻어 서로 독차지하려다가 결국 모두 죽어버렸다는 이야기를 한다. 다음 둘째 수녀는 순결한 성 세실리아의 이야기를 한다. 이어서 성당 참사 회원의 하인이, 성당 참사 회원이 연금술로 사람을 속여 사기 친 이야기를 한다. 다음 식품 조달인은 까마귀가 어째서 검은 깃털을 갖게 되었는지, 아름다운 노래를 왜 못 부르게 되었는지 그 유래를 알려주는 이야기를 한다.

마지막으로 본당 신부가 일곱 가지 큰 죄악을 하나씩 열거하며 설교한다. 본당 신부의 이야기가 끝날 때, 태양은 지평선으로 기울고 일행은 마을 변두리에 이른다.

■ 셰익스피어(William Shakespeare, 1564~1616)의 희곡

• **셰익스피어 시대의 배경**

16세기의 서양에서 영국은 정치적 · 문화적으로 변방에 불과했다. 그 영국에서 인류 사상 최고의 대문호가 탄생한 것이다. 이것은 셰익스피어 개인의 천재성만으로 돌릴 수 없는 시대적 조건이 뒤따른 덕분이다.

로마 제국의 영향은 장구한 세월 동안 위세를 떨치며 전 유럽을 장악했다. 이런 로마의 영향 아래서, 기독교 세력에 의한 정치·종교는 서로 긴밀히 유착되어 있었으며 유럽 통치의 중심은 이탈리아가 되었다. 영국은 한편으로는 이러한 세력 휘하에 있는 프랑스·스페인·독일 등 대륙 국가들의 눈치를 살피며, 또 한편으로는 섬 안 세 나라의 저 스코틀랜드·아일랜드·웨일즈 등을 평정하는 데 급급했다.

셰익스피어 시대의 영국이라고 하면 일반적으로 16세기 영국을 가리키며, 튜더(Tudor) 왕조를 의미하기도 한다. 셰익스피어는 1564년에 출생하여 1616년에 사망하였기 때문에, 엄밀하게 말하자면 그가 살았던 영국은 엘리자베스 여왕과 제임스 1세가 다스리던 영국이다. 엘리자베스는 1558년 11월 7일 등극했다. 그녀가 왕위에 오를 당시만 해도 아무도 엘리자베스 시대라는 새 시대가 동트게 되리라는 것을 예상치 못했다. 그녀의 장수·독신·정치적 수완은 빛나는 엘리자베스 시대를 영국에 안겨주었다. 그는 70여 세로 장수했다. 그녀의 장수는 정치적 안정과 지속적인 경제 성장을 이룩하는 데 큰 요소가 되었다. 엘리자베스 여왕은 어릴 적부터 여러 가지 경험을 통하여 정치적 수완을 닦았다. 이와 같은 수완은 종교 정책에도 발휘되어, 국민은 영국의 국교에 급속히 적응하게 되었고 종교적인 총화도 이룩하게 되었다. 또한 그녀의 수완은 외교 정책에서도 나타났다. 등극하던 25세 때만 해도 여왕은 외교적 침략을 격퇴시킬 능력이 없었다. 그러나 여왕은 당시 영국을 두고 벌이던 스페인과 프랑스의 경쟁을 교묘하게 이용하여 영국의 독립과 주권을 유지했다.

1600년이 지나면서 여왕의 건강은 급속도로 쇠약해졌다. 법에 따라 왕위는 헨리 8세 누이의 자손에게 넘어가게 되었다. 그러나 여왕은 조국의 앞날을 위해 스코틀랜드의 제임스 6세를 후계자로 지목했다. 그가 영국의 제임스 1세(James I)로 등극함에 따라 스튜어트(Stuart) 왕조가 들어섰다. 제임스 1세는 1603년 4월 5일 등극했다. 제임스가 영국의 왕이 됨으로써 두 나라의 연합이 이루어졌다. 그가 영국의 피를 받았고, 정통적인 신교도라는 점은 영국인들에게 호감을 주었다. 그러나 그는 영국과 영국의 정치 풍토를 몰라서, 영국의 하원들이 그의 말에 새로운 권리를 주장하게 되었다.

제임스 1세가 세금 징수를 독단적으로 감행하거나 하원의 의견을 알아보는 정도에 그치면 하원들은 즉시 반발했다. 국왕과 의회의 반목은 극한 상황을 향해 달렸고, 마침내 1611년 2월 국왕은 의회를 해산해버리고, 1614년에 다시 의회를 소집하였다. 그러나 이때에도 하원들은 왕의 대접을 소홀히 하였다. 그러나 1621년 1월 왕은 다시 의회를 해산하였다. 1625년 3월 제임스 1세가 사망함으로로써 셰익스피어 시대는 완전히 막을 내렸다.

이와 같이 16세기 영국에서 갑자기 셰익스피어가 돌출한 것은 아니다. 국가 세력의 확장에 힘입어 국민의 고양된 자긍심이 문화의 독창력으로 승화된 계기를 맞은 결과이다. 15세기 이탈리아에서 시작된 문예부흥 운동이 대륙을 거쳐 토마스 모어에 의해 영국에 점화된 때가 대륙보다 한 세기 늦은 16세기 전반이었다. 그러나 에드먼드 스펜서(Edmund Spenser, 1552~1599)가 고전 문학의 단순한 모방 차원을 넘어 모국어 지평을 넓힌 것이나, 대학 재사들이 신극 운동으로 고전극의 답습에 머물지 않고 영국 토착극을 발전시켜 독창성을 발휘할 가능성을 암시해준 것 등이, 셰익스피어 문학 세계를 풍성하게 한 밑거름이 되었다. 어쨌든 문화의 변방에서 그렇게 단시간에 수입된 문화를 독창적으로 재창조하여 전 세계에 역수출한 것은, 여러 방향에서 불어주는 순풍을 잘 이용한 셰익스피어 개인의 천재성과 합일을 이룬 결과라고 볼 수 있다.

• 작가와 작품

셰익스피어의 생애는 안개에 가린 듯 분명치가 않다. 그는 영국의 전형적인 소도시 스트래트포드 온 에이븐(Stratford on Avon)에서 태어났다. 아버지 존 셰익스피어와 어머니 메리 아든 사이에서 태어나 1564년 4월 26일 홀리 트리니티 교회에서 세례를 받았다. 세례에 얽힌 당시의 관례로 미루어, 그는 4월 23일 태어난 것으로 추정된다. 그의 아버지는 경제적으로 기반을 잡고 행정에까지 깊이 관여한 유명 재사이기도 했다. 존은 슬하에 자녀 10명을 두었는데, 윌리엄 셰익스피어는 그중 셋째였다.

그의 교육 과정을 살펴보면, 그는 그래머 스쿨조차 끝마치지 못한 채, 5학년 과정에서 중퇴했으리라고 추측된다. 이유는 그의 나이 13~14세쯤 되었을 때, 아버지의 사업 부진과 여러 가지 사건, 그러니까 격동하는 정치 등으로 가세가 기울어졌기 때문이다. 그는 그래머 스쿨을 중퇴하고 어떤 변호사의 서기로 취직했다. 명석한 그는 아마 이 시절에 법률 서적을 많이 읽었을 것으로 추측된다. 그래서 뒷날 그의 사극이나 비극에서 전개되는 권력 투쟁의 세계는 이런 지식이 뒷받침되었던 것으로 생각할 수 있다. 이후 가정의 재흥이 불가능하자 셰익스피어는 출세를 위해 런던으로 상경했을 가능성이 크다.

그는 1582년 11월 28일 스트래트포드의 서쪽 약 1마일 지점에 있는 쇼터리라는 마을의 지체 있는 부농의 딸 앤 해서웨이(Anne Hathaway)와 결혼했다. 그때 그는 18세였으며, 신부는 26세였다. 그리고 결혼한 지 5

개월 뒤인 1583년 5월 23일 큰딸 스잔나가, 1585년 2월에는 남자아이 함네트와 여자아이 주디스 쌍둥이가 태어났다. 여기서 그의 생애는 일단 중단된다. 연상의 여인과 결혼한 셰익스피어의 생활이 불행했으리라고 논증한 학자들이 이따금 있다.

런던의 극계에 발을 들여놓은 셰익스피어는 우선 '레스터 백작(Earl of Leicester) 소속 극단'의 말[馬]지기로 취직했다. 『맥베스』에서 깊은 밤 문지기의 훌륭한 대사는 이 시절의 생생한 체험이었는지도 모른다. 비록 그의 직책이 말지기였으나, 극단의 일원으로 가끔 극에 관여할 기회가 있었다. 그는 이런 기회를 잘 이용하여 재능을 인정받게 되고 배우로 등용되었다. 이후 그는 '궁내 대신 소속 극단', '국왕 소속 극단' 등의 일원으로 극장에서 활동했다. 그러다가 1599년 그는 런던 시의 남쪽 템스 강 건너에 '글로브 극장'을 자체적으로 세우고 활동하게 되었다.

그는 33세 때, 고향 스트래트포드에 호화로운 저택을 구입하였다. 그런데 1613년 6월 29일 글로브 극장에서 『헨리 8세』를 초연하고 있던 중 화재가 발생하여, 극장이 소실되었다. 그래서 그는 은퇴를 결심하고 고향으로 내려갔다. 혹은 1610년 『겨울 이야기』를 끝으로 그의 창작력이 쇠퇴하여 은퇴했다는 설이 있기도 하다. 은퇴 후, 그의 나이 52세, 1616년 4월 23일 세상을 떠났다. 그의 유해는 고향의 홀리 트리니티 교회당 가장 안쪽에 가족들의 유해와 함께 잠들고 있다. 그의 희곡은 총 36편, 시집은 3권으로 극시인으로서 최고의 위치를 차지했다. 영국이 식민지를 모두 포기한다 해도 셰익스피어는 지키겠다고 할 만큼 그는 영국의 자존심이었다.

학자들은 대부분 그의 작품과 시대 구분을 네 단계로 나누어 말하고 있다. 제1기는 습작 시대, 제2기는 역사극과 희극의 완성기, 제3기는 소위 4대 비극의 탄생 시기, 제4기는 전기극의 시대로 언급하고 있는 것이다.

제1기의 작품 『실수 연발』(*The Comey of Errors*, 1952), 『베로나의 두 신사』(*Two Gentlemén of Verona*, 1594) 등 소극과 『한여름 밤의 꿈』(*Midsummer Nigh's Dream*, 1595), 『로미오와 줄리엣』(*Romeo and Juliet*, 1594) 등은 서정적이고 젊음이 넘쳐흐른다. 제2기의 작품 『헨리 4세』(*Henry Ⅳ*, 1597~1598), 『베니스의 상인』(*The Merchant of Venice*, 1596), 『십이야』(*Twelfth Night*, 1599) 등은 원숙한 경지를 보여주며, 제3기의 작품 『햄릿』(*Hamlet*, 1600), 『맥베스』(*Macbeth*, 1605), 『오셀로』(*Othello*, 1604), 『리어 왕』(*King Lear*, 1605) 등은 이른바 불후의 명작인 4대 비극으로 꼽히고 있다. 제4기 작품 『심베린』(*Cymbeline*, 1609), 『겨울 이야기』(*The Winters Tale*, 1610), 『템페스트』(*Tempest*, 1611) 등은 해맑은 심경의 로맨스에 도달하고 있다. 그밖에 영국의 극작가 존 플레처(John Fletcher, 1579~1625)와 합작으로 쓴 『헨리 8세』(*Henry Ⅷ*), 『두 귀족』(*Two Noble Kinsmen*) 등이 있고, 시집으로 『비너스와 아도니스』(*Venus and Adonis*, 1592), 『루크리스의 능욕』(*The Rape of Lucrece*, 1593) 등 2권의 이야기 시집과 영어로 쓰인 최고의 소네트집이 있다. 다음은 그의 4대 비극의 줄거리이다.

『햄릿』(*Hamlet*, 1600)

제1막　덴마크 성벽 위 망대에서 보초를 서고 있는 병사 앞에 급사한 선왕(先王)의 혼령이 나타난다. 이틀 밤을 연달아서 그 혼령을 본 호레이쇼는 햄릿 왕자에게 이 사실을 알린다. 햄릿은 급사한 선왕과 왕비 거트루드의 아들이다. 왕비는 남편이 죽고 슬픔의 눈물이 채 마르기도 전에 왕위를 물려받은 시동생 클로디어스와 결혼한 터이다.

한편, 클로디어스 왕의 심복인 간사스러운 폴로니어스는 슬하에 레어티스와 오필리어 남매를 두고 있다. 레어티스는 장부답고 오필리어는 청순하고 아름답다. 햄릿과 오필리어는 서로 사랑하는 사이다. 레어티스는 프랑스에 유학하고 있었는데, 왕의 서거 소식을 듣고 식에 참석하려고 잠시 귀국 중이다. 그는 다시 프랑스로 떠난다.

부왕의 망령이 나타난다는 보고를 받은 햄릿은 그 혼령을 만나보고자 한다. 바람이 세고 날씨가 차가운 한밤중, 성벽 위에 혼령이 나타나 두 부자는 만난다. 혼령은 아들에게 자기가 독살당했다고 하면서, 복수를 부탁한다.

제2막 누구의 입에서 시작되었는지 햄릿 왕자가 정신 이상이라는 풍문이 성 안에 쫙 퍼진다. 그러나 햄릿의 광기는 진짜가 아니다. 그는 혼령을 만난 후부터 자기 나름대로의 계획이 있어, 남들이 눈치채지 못하게 미친 척할 뿐이다. 선천적으로 다감하고 섬세한 성격을 지닌 햄릿으로서는, 일단 복수를 결심하였지만 실천에 옮기기까지는 문제가 남아 있다. 무엇보다도 클로디어스 왕은 호위병의 경호를 받고 있어서 좀처럼 접근할 수 없다. 그리고 왕비가 밤낮 그 옆에 있으니 자신의 계획을 실행할 기회가 주어지지 않는다. 또 제아무리 극악무도한 악당이라 할지라도 자신의 친숙부이며, 어머니의 남편이라는 엄연한 사실 앞에서, 결심은 흔들릴 수밖에 없다.

클로디어스 왕에게는 로젠크랜츠와 길덴스턴이라는 충직한 신하가 있다. 그들은 클로디어스 왕의 명령을 받고 햄릿이 정말 미쳤는가 알아보기 위해서 찾아온다. 그들은 햄릿의 동태를 살피고, 머지않아 햄릿을 위로하기 위하여 지방 공연을 한 극단이 찾아올 것이라고 전한다. 그 소식에 햄릿은, 배우들에게 숙부 앞에서 아버지의 살해 장면과 비슷한 연극을 하게 하여 숙부의 안색을 살피려는 계획을 세우게 된다.

제3막 간악한 클로디어스 왕은 갖은 수단을 써서 햄릿의 광증에 대한 원인을 캐내려고 한다. 그래서 오필리어와 만나게 하고, 그 현장을 엿보기로 한다. 클로디어스 왕과 폴로니어스는 오필리어에게 잘 당부하고 방장 뒤로 숨는다. 오필리어는 왕자가 자기 때문에 그렇게 된 것이라고 마음 아파하면서, 왕자를 소생시킬 의무감에 차 있다.

오필리어와 만나기로 한 날, 햄릿은 역시 헝클어진 차림으로 나타난다. 그는 번민을 이기지 못하여 "사느냐 죽느냐? 이것이 문제로다….." 하면서 중얼거린다. 그러다가 경건하게 기도를 올리고 있는 오필리어를 보게 된다. 햄릿은 여전히 미친 척하고 그녀를 속인다. 오필리어는 참담하고 슬픈 마음이다. 방장 뒤에서 나온 클로디어스 왕은 햄릿의 갑작스러운 변화가 결코 사랑 때문이라고 믿을 수 없다. 그 광태 속에 무엇인지 걷잡을 수 없는 진실함이 느껴져 오히려 불안해지기 시작한다.

그날 밤, 궁성 안은 연극 공연 준비로 분주하다. 햄릿 왕자는 직접 배우들을 지도한다. 그의 태도는 건강한 사람처럼 생기가 있고 열정적이다. 마침내 왕과 왕비를 위시한 문무백관들이 장내에 모여들고 연극이 시작된다. 연극의 줄거리는 다음과 같다. 옛날 곤자고라는 왕이 있었다. 그런데 그의 조카 루시어너스는 숙부의 왕관과 재산을 탐내어 암살의 기회를 노린다. 어느 날 그는 왕이 정원에서 낮잠을 자고 있는 틈을 타서 독살하고, 마침내 왕위와 왕비를 가로챈다는 내용이다.

클로디어스 왕은 불쑥 자리에서 일어나 연극을 중단시키라고 고함치면서, 급병을 구실로 왕비와 더불어 대궐 안으로 사라진다. 자기 방으로 돌아온 클로디어스 왕은 공포와 분노를 억제하지 못하여, 신하들에게 하루속히 햄릿을 영국으로 추방하라고 호령한다. 신하들이 물러나가고, 클로디어스 왕은 말할 수 없는 침울함으로 마룻바닥에 무릎을 꿇고 기도를 올린다. 이때 마침 어머니 방으로 건너가던 햄릿은 기도하는 왕의 뒷모습을 발견하게 된다. 그리고 단도를 손에 쥐고 한 발 한 발 가까이 간다.

그러나 들었던 칼을 다시 칼집에 넣고 어머니의 거실로 발길을 재촉한다. 햄릿이 어머니의 꾸지람을 듣고 있는데, 갑자기 방장이 흔들리며 인기척이 들려온다. 그 순간 햄릿은 방장 뒤에 왕이 숨어들었다고 생각하고 칼을 날린다. 그러나 피를 흘리고 쓰러진 사람은 사랑하는 오필리어의 아버지 폴로니어스이다. 왕비는 햄릿이 더 이상 구제할 수 없는 미치광이가 되었다고 슬피 운다.

제4막 이런 사건의 앞뒤 관계를 들은 왕은 한시바삐 햄릿을 영국으로 추방하는 것이 자신의 안전을 위하는 길이라고 믿는다. 그래서 이튿날 아침 그를 배에 태워 출발시킨다. 왕의 계획은 항해 도중에 햄릿을 죽이는 것이다. 그리고 폴로니어스의 시체는 아무도 모르게 암장한다. 그러나 또 하나의 가엾은 희생자가 나타난다. 오필리어가 진짜 미치고 말았기 때문이다.

비록 간사하고 요사스런 아버지였지만, 오필리어에게는 하나밖에 없는 자비로운 아버지였다. 그러므로 뜻하지 않은 아버지의 죽음은 오필리어를 미치게 하고 만다. 우아하고 아름다운 오필리어는 머리를 풀어헤치고, 중얼거리며 궁성 안을 이리저리 배회한다. 오필리어의 오빠 레어티스도 아버지가 죽었다는 말을 듣고 귀국한다. 그는 흥분하여 클로디어스 왕에게 아버지가 돌아가시게 된 까닭을 묻는다.

한편 영국으로 떠난 햄릿은 해적들의 습격을 받아 포로가 된다. 그러나 햄릿이 덴마크 왕자임을 안 해적들은, 그를 인질로 하여 보상금을 타기 위해 극진하게 대우한다. 그리고 사람을 시켜 덴마크 왕 앞으로 편지를 써 보낸다. 햄릿이 무사히 귀국한다는 소식을 들은 클로디어스 왕은 또 다른 간교한 계략을 생각해낸다. 즉 레어티스와 결투를 시키는 것이다. 그래서 왕은 레어티스에게, 그의 아버지를 죽인 범인이 햄릿이라고 하면서 복수를 부추긴다. 그리고 검으로 결투를 시키기로 하고, 레어티스의 칼 끝에 독을 칠해서 햄릿이 조금만 상처를 입어도 즉사하게 한다. 재앙이 꼬리를 물고 와서 오필리어까지 개울가에 빠져 죽는 사건이 발생한다. 레어티스는 미칠 듯이 통곡한다.

제5막 덴마크에 돌아온 햄릿은 공교롭게도 오필리어의 장례식을 목격하게 된다. 자기의 눈과 귀를 의심했지만 엄연한 사실이다. 넋을 잃고 서 있던 햄릿은 오필리어의 무덤 속으로 뛰어든다. 그를 발견한 레어티스는 증오의 폭언을 한다. 두 사람은 결투하기로 하고, 장소는 궁성 안의 넓은 마루로 결정한다.

레어티스는 미리 계획한 독을 바른 칼을 가지고 결투에 임한다. 결투의 1회전은 햄릿이 승리한다. 왕은 햄릿에게 승리를 축하하며, 미리 독약을 타놓은 포도주를 권한다. 햄릿은 그 포도주를 마시지 않고 술잔을 그대로 탁자 위에 놓고 2회전으로 접어든다. 손에 땀을 쥐며 보고 있던 왕비는 갈증이 나자, 햄릿이 마시려다 둔 술잔을 무심코 집어든다. 이 광경을 본 클로디어스 왕은 깜짝 놀라 마시지 말라고 말렸으나 왕비가 이미 마신 뒤이다.

왕이 극도로 당황하고 있는데, 시합은 3회전으로 접어든다. 햄릿이 피로를 풀기 위해서 잠깐 쉬려는데, 비겁하게 레어티스가 햄릿에게 공세를 가하여 가벼운 상처를 입힌다. 이에 격분한 햄릿이 다시 공세를 취하다가 두 사람 모두 칼을 놓치고 만다. 그때 칼이 뒤바뀐다. 결투를 다시 시작할 때쯤 왕비는 심한 고통을 받기 시작한다. 이 순간 햄릿은 레어티스에게 깊은 상처를 입힌다. 햄릿 역시 상처를 입는다. 두 사람 몸에선 선혈이 흐르고, 마침내 왕비는 쓰러진다.

모든 간계를 알아차린 햄릿은 뜨거운 분노에서 극독이 묻은 칼로 왕의 가슴을 찌른다. 왕이 비명을 지르며 쓰러지자, 햄릿은 술잔에 남아 있는 포도주를 그의 입에 억지로 부어넣는다. 레어티스는 서로의 죄를 용서하자면서 숨을 거둔다. 그리고 얼마 후 햄릿도 죽는다.

『오셀로』(*Othello*, 1604)

　제1막　무어인 오셀로는 베니스 공화국에 고용된 흑인 장군이다. 그는 수많은 무훈을 세워 신망을 얻고 있다. 그의 기수인 이아고는, 캐시오가 자격 있는 자신을 제치고 부관으로 기용되자 앙심을 품게 된다. 그는 데스데모나에게 반한 로더리고에게, 그녀가 오셀로와 사랑의 도피를 했다고 말하면서, 합세하여 잠자고 있는 그녀의 아버지인 원로원 브러밴쇼를 소리쳐 깨운다. 정말 딸이 집에 없는 것을 발견한 브러밴쇼는 딸을 찾아 나선다.

　오셀로와 브러밴쇼가 충돌하려 할 때, 마침 공작의 급한 호출이 있어서, 이 문제를 공작이 처리하도록 하자는 데 합의를 본다. 터키의 사이프러스 침공 문제로 원로원 의원들과 공작이 모여 있는 회의실에서 오셀로는 데스데모나의 사랑을 얻게 된 이유를 설명한다. 그리고 조금 후 소환되어온 데스데모나는 오셀로의 설명을 확인해준다. 이에 브러밴쇼는 체념한다. 그리고 본건 토의로 들어가 오셀로가 구원병 사령관직을 맡아, 임박한 터키의 사이프러스 공격에 대처하도록 결정한다. 오셀로는 데스데모나와 동행할 것을 간청하고, 이에 공작은 허락한다.

　제2막　오셀로는 데스데모나를 신뢰하는 부하 이아고에게 부탁하고 다른 배로 출발한다. 이아고는 데스데모나를 좋아하는 로더리고도 함께 섬으로 가자고 권한다. 그는 로더리고를 이용하여 캐시오와 데스데모나 그리고 오셀로를 파멸시키려는 계획을 세운다. 여기서부터 이아고의 간계로 인하여 비극적 결말이 급진전한다.

　사이프러스로 향한 사람들이 탄 배는 세 척으로 나뉜다. 폭풍으로 뱃길이 험해 캐시오가 먼저 도착하고, 그 다음에는 데스데모나 · 에밀리어 · 로더리고 · 시종들이 탄 배가 도착한다. 그리고 오셀로가 승선한 배는, 먼저 도착한 사람들이 애를 태우는 가운데 좀 늦게 도착한다. 다행히 폭풍으로 터키 함대가 자진 파멸하자, 오셀로는 이를 축하하기 위해 잔치를 명한다.

　이아고는 축제를 이용하여 로더리고와 캐시오가 술에 취하여 싸우도록 꾸민다. 오셀로에게 치안 유지의 명령을 받은 캐시오는 술을 마시지 않으려고 한다. 그러나 이아고는 교묘하게 간계를 꾸며 캐시오에게 술을 먹여 폭력을 휘두르게 한다. 이를 말리는 몬타노와 캐시오 사이에 또 시비가 붙어 몬타노가 부상을 입기에 이른다. 그 결과 캐시오는 오셀로에게 직분을 박탈당하게 된다. 기가 죽어 있는 캐시오에게 이아고는 데스데모나에게 복직을 간청하면 될 것이라고 말한다. 복직을 원하는 캐시오는 이아고의 교활한 권유에 동의하여 데스데모나에게 도움을 구하기로 한다. 이것은 오셀로로 하여금 데스데모나의 정절을 의심하게 하여 질투심을 유발게 하자는 술책이다.

제3막 다음날 아침 일찍 캐시오는 오셀로의 총애를 되찾기 위한 조처를 취하기 시작한다. 그는 악사들을 동원하여 아직도 새벽잠을 즐기고 있을 오셀로의 마음을 즐겁게 하기 위해 창가에서 음악을 연주하게 한다. 그러나 오셀로의 정숙하라는 전갈로 인해 연주는 중단되고 만다. 그러자 캐시오는 악사에게 돈을 주며 이아고의 부인인 에밀리어를 좀 만나게 해달라고 한다. 이때 이아고가 나와서 캐시오에게, 오셀로가 없는 동안 데스데모나에게 복직을 부탁할 수 있도록 마련해주겠다고 말한다.

그러나 실제로는 캐시오가 데스네모나와 함께 있을 때 오셀로가 집으로 돌아오도록 꾸민다. 그리고 교묘하게 그들이 오셀로를 속이고 있다는 암시를 함으로써 오셀로의 질투심을 발동시킨다. 일찍이 오셀로가 사랑의 선물로 데스데모나에게 준 수놓은 손수건을 아내 에밀리어에게서 넘겨받은 이아고는, 그것을 캐시오의 방에 넣어둔다. 이아고는 이 손수건을 데스데모나의 부정의 증거로 사용한다. 이에 오셀로의 질투심은 더욱 증폭된다. 손수건을 발견한 캐시오는 그의 애인 비앵커에게 주면서 그것을 임자가 찾아가기 전에 본을 떠달라고 했던 것이다.

한편 이아고는 오셀로에게, 데스데모나가 캐시오와 잠자리를 같이 하고 있는 광경을 떠올리게 함으로써 더욱 그의 질투심을 돋우어놓는다. 이 거짓말에 쉽게 넘어간 오셀로가 졸도까지 하는 것을 보고 이아고는 만족한다. 또한 이아고는 캐시오가 비앵커에게 경멸조로 말하는 것을, 마치 캐시오가 데스데모나에 대해 경멸적인 말을 한 것처럼 꾸며, 오셀로가 오해하도록 한다. 또 마침 비앵커는 캐시오에게 손수건의 수를 베껴놓을 마음이 없다고 선언한다. 아내의 간통을 확신한 오셀로는 이아고에게 캐시오를 살해하라고 명령하고 자기는 데스데모나를 죽이기로 결심한다. 이아고는 데스데모나를 그녀가 더럽힌 침대에서 교살하면 그녀의 죄값에 상응하는 벌이 될 것이라고 말한다. 오셀로는 그 방법이 마음에 든다면서 받아들인다.

제4막 한편 사이프러스에 브러밴쇼의 동생 그레샤노와 친척뻘 되는 귀족 로도비코가 인솔하는 사절단이 도착한다. 이들 앞에서 아무것도 모르는 데스데모나는 오셀로와 캐시오의 불화 관계를 말하면서 중재해줄 것을 부탁한다. 이에 오셀로는 데스데모나의 뺨을 치며 인격을 모욕하면서 물러가라고 호통친다. 사절단은 오셀로를 본국으로 소환하고 대신 캐시오로 하여금 그 자리를 잇게 하라는 공작의 명을 전한다. 이것 역시 오셀로에게 심적인 영향을 미친다.

한편 로더리고는 혼자 있는 이아고를 찾아와 데스데모나에게 전달해달라고 맡긴 것들과 선물을 어째서 아직도 그대로 간직하고 있냐면서 노발대발한다. 이아고는 임기응변의 꾀로, 캐시오가 사이프러스의 패권을 맡은 사실을 전한다. 그러면서 만약 캐시오를 살해하면 오셀로 부부가 계속 섬에 남게 될 것이고, 그럴 경우 로더리고가 데스데모나를 차지할 수 있게 된다고 유혹한다.

제5막 한밤중 아이고의 지시에 따라 로더리고는 거리에서 캐시오를 기다린다. 약간 떨어진 곳에 대기 중인 이아고는, 이번 일에서 어느 한 사람만 죽든 아니면 둘 다 죽든 자신에게는 유리하다는 생각으로 흡족해한다. 한편 데스데모나는 남편의 명령에 따라 하인들을 모두 내보내고, 에밀리어의 도움을 받으며 잠옷으로 갈아입고 남편을 기다리다 잠든다.

한편 캐시오가 나타나자 로더리고는 칼을 빼들지만 오히려 캐시오에게 부상을 당한다. 사건이 예기치 않게 진행되자 이아고는 뒤에서 캐시오의 다리를 찌르고 도망친다. 조금 떨어진 곳에서 사건을 주시하고 있던 오셀로는, 땅바닥에 쓰러진 로더리고가 캐시오인 줄로 믿는다. 그래서 그는 이아고가 일을 잘 마무리한 것으로 결론짓고, 데스데모나를 처치하려고 자기의 침실로 향한다.

고함 소리를 듣고 그레샤노와 로도비코가 부상당한 캐시오 앞에 다가온다. 이아고 또한 나타나서 부상당한 캐시오의 다리를 걱정해주는 척하면서 주변에서 로더리고를 찾아내 칼로 찔러 죽인다. 에밀리어가 캐시오의 부상과 로더리고의 죽음을 보고 오셀로 부부에게 소식을 전하러 간다. 홀로 남은 이아고는 그날 밤이야말로, 자신의 계획이 최종적인 성공을 거두든지 실패하든지 결판날 것이라고 말한다.

오셀로는 침실로 들어가 아내에게 죄를 회개하라고 한다. 데스데모나는 자기가 왜 죽어야 하느냐고 묻는다. 오셀로는 아내에게 자신의 죄를 생각해보라고 한다. 그리고 자기가 선물로 준 손수건을 캐시오가 가지고 있는 것을 보았으니, 임종의 자리에서 위증의 죄까지 짓지 말라고 한다. 이어서 캐시오가 그녀와 간통했음을 공개적으로 시인했으며, 이아고가 그자의 입을 영원히 막아버렸기 때문에 캐시오를 소환할 수도 없게 되었다고 덧붙인다. 데스데모나는 자비를 탄원하면서 결백을 주장한다. 그러나 오셀로는 아내의 목덜미를 잡고 그녀를 질식시킨다. 달려온 에밀리어에게 오셀로는 손수건을 증거로 언급하면서 아내를 간통 때문에 죽였다고 말한다.

이에 에밀리어는 남편 이아고의 술책을 폭로한다. 이아고는 에밀리어를 칼로 찔러 죽인다. 진실을 알게 된 오셀로는 슬픔과 회한으로 자살한다. 로도비코는 이아고가 죽을 때까지 고문하라는 지시를 내리고, 결백한 캐시오를 사이프러스 사령관으로 임명한다. 그리고 오셀로와 데스데모나의 비극적인 운명을 보고하기 위해 베니스로 귀환한다.

『맥베스』(*Macbeth*, 1605)

제1막 스코틀랜드의 장군인 맥베스는 동료 장군 벤쿠오와 함께 반란을 평정하고 돌아오는 길에, 광야에서 우연히 세 마녀(Three Witches)를 만난다. 이 마녀들은 맥베스에게 '코더(Cawdor)의 성주이며, 장차 왕이 될 분'이라고 예언을 하며 만세를 부른다. 그리고 벤쿠오에게는 '당신은 비록 왕이 되지 못하지만 자손이 왕이 될 것'이라고 말한다. 맥베스로서는 지금 막 던컨 왕에게 반기를 들었던 코더의 성주를 무찌르고 오는 터라, 첫 번째 예언은 그래도 가능할지 모르나 그 자신이 왕이 된다니 내심 놀란다.

참으로 빠르게 마녀의 첫 번째 말은 적중하여, 던컨 왕의 사신이 두 장군을 영접하면서 벌써 맥베스에게 '코더의 성주'라고 칭한다. 던컨 왕의 빠른 논공행상이다. 맥베스는 여느 때 같으면 여기에 만족할 수 있었으나 더 큰 야망, 곧 자신이 왕이 된다는 마녀의 예언을 떨쳐버릴 수 없다. 맥베스는 이왕이면 빨리 그 두 번째 예언을 실현시키고자 하는 야망을 품게 된다. 왕과 그 일족을 죽이고 자기가 왕이 되려는 음모를 꾸민 것이다. 그 사실을 안 맥베스 부인도 한층 더 남편을 부추기며, 그 음모의 결행을 적극 거든다.

제2막 맥베스 부부의 이렇듯 상상치도 않았던 '왕좌'에 대한 야심이 고조되자 그 기회도 재빠르게 진행된다. 곧 던컨 왕이 맥베스의 성을 내방하겠다고 한 것이다. 던컨 왕은 왕자 맬컴과 도널베인을 동행하고 맥베스 성을 찾는다. 왕은 기쁜 얼굴로 맥베스 부인을 칭찬하고 많은 값진 보석을 선물한다. 밤이 깊어 던컨 왕은 잠자리에 든다. 맥베스는 막상 왕을 없애려니 겁이 나서 망설인다. 부인은 맥베스의 이러한 태도를 격려하면서 단행하라고 한다. 맥베스는 드디어 잠자고 있던 왕을 살해하고 만다.

레녹스는 왕의 침실 시종들이 피 묻은 단검들을 베개에 놓고 잠들어 있었음을 알리고, 맥베스는 그자들을 던컨 왕의 죽음에 대한 보복으로 처형한다. 그 와중에 두 왕자는 불길한 예감이 들어 국외로 도망간다. 맬컴은 영국으로, 도널베인은 아일랜드로 각각 몸을 피한 것이다. 그러자 맥베스는 조국을 떠난 왕자에게 의혹이 쏠리게 만들어, 자신이 죽은 국왕의 가까운 친척이라는 명분으로 왕위를 계승받아 권좌에 오른다.

제3막 맥베스는 야망대로 왕이 되어 천하를 호령하게 되자, 의심쩍은 사람들을 차례차례 살해하게 된다. 그러나 가장 마음에 걸리는 사람은 마녀가 '비록 왕이 되지는 못하지만, 자손이 왕이 될 분'이라고 한 벤쿠오 장군이다. 맥베스는 두 자객을 시켜 벤쿠오와 그의 아들 플리언스를 죽일 간계를 세운다. 두 자객들은 벤쿠오 부자를 덮쳤으나 벤쿠오만 죽고 플리언스는 간신히 도망친다. 그 후 맥베스는 벤쿠오의 유령에 시달리게 된다. 이상한 행동을 하는 맥베스를 보고, 귀족들은 의혹의 눈으로 주시하게 되고 그의 곁을 떠나게 된다. 맥베스 부인은 이러한 왕의 행동을 저지하려 하지만 불가항력(不可抗力)이다.

한편 맥베스에게 왕위를 빼앗긴 던컨 왕의 태자는, 영국 에드워드 왕에게 몸을 의탁하고 있다. 그러면서 그는 그곳 왕의 도움으로 왕위를 되찾으려 한다. 이 소문을 들은 맥베스는 크게 노하여 전쟁 준비를 한다.

제4막 여전히 불안한 맥베스는 또다시 마녀를 찾아 나선다. 마녀는 해답을 알 듯 모를 듯한 말을 한다. 즉 마녀들은 맥더프를 경계하라고 한다. 또 여자의 몸에서 태어난 사람은 그 누구도 맥베스를 해치지 못한다고 한다. 그리고 버넘 숲이 단시네인 언덕으로 오기 전에는 맥베스가 굴복당하지 않을 것이라고 한다. 또 마녀들은, 여덟 사람의 왕이 나타나는데 최후의 왕이 손에 거울을 들고 있으며, 벤쿠오의 망령이 그 뒤를 따르는 것을 보여준다. 벤쿠오는 미소를 지으며 그들은 자기의 자손이라고 가리킨다.

맥베스는 자기를 적대시하는 귀족 맥더프가 영국에 있는 맬컴 왕자 곁으로 도망갔다는 소식을 듣게 된다. 그래서 맥더프의 성을 습격하고 그의 처자뿐 아니라 그와 혈통 관계를 가진 모든 사람들을 살해한다. 이러한 연속 살인에 많은 귀족들은 맥베스를 떠나간다.

영국으로 망명한 맥더프는 왕자 맬컴을 만나 맥베스를 없애고 다시 나라를 찾을 방법을 의논한다. 그때 역시 망명해온 스코틀랜드의 귀족인 로스가 등장한다. 맥더프가 자기 가족의 안부를 묻자, 가족들은 맥베스에 의해 무참히 살해당하였다고 한다. 이 말을 들은 맥더프는 눈물을 흘리면서 복수를 다짐한다.

제5막 그토록 강인하게 보이던 맥베스 부인은 몽유병에 시달린다. 그러다가 결국 자살하고 만다. 한편 그의 숙부 시워드와 맥더프는 영국군을 인솔하고 공격해온다. 맥베스는 미친 듯이 고민하며 단시네인 본성의 방위를 견고히 한다. 맥베스는 성 안의 방에서 '여자가 낳은 자식은 자기를 어쩌지 못한다'는 마녀들의 예언을 생각한다. 그런데 그는 진격해오는 군사들이 '버넘 숲'의 나뭇가지를 꺾어 위장하고는 언덕 위 그의 단시네인 성으로 올라온다는 보고를 받는다. 마녀들의 예언을 필사적으로 믿을 수밖에 없는 맥베스는, 이 시각의 운명이 자신을 등지고 있음을 느끼기 시작한다.

맥베스는 동요되었지만 그대로 주저앉지 않고 결사적 각오로 성 밖으로 나간다. 전장에서 맞부딪친 맥더프가 자신은 '여자의 몸에서 태어난 것'이 아니라 제왕절개 수술로 태어났음을 알린다. 그러자 맥베스의 마지막 기대가 무너진다. 의기를 상실한 맥베스는 맥더프 칼 아래 쓰러진다. 맥베스의 목이 맬컴 왕자에게 바쳐지고, 맬컴은 새로운 국왕으로 선포되어 스코틀랜드의 질서가 다시 회복된다.

『리어 왕』(*King lear*, 1605)

제1막 영국의 리어 왕에게 세 딸이 있다. 맏딸 고네릴은 알바니 공작에게, 둘째 딸 리건은 콘월 공작에게 출가하였으나, 막내딸 코델리아는 버건디 공작과 프랑스 왕에게 청혼을 받고 있는 중이다. 연로한 리어 왕은 은퇴하기 위해 왕국을 세 딸에게 나누어줄 것을 결심한다. 그리고 자기에 대한 딸들의 사랑이 얼마나 큰가에 따라 땅을 주겠다고 말한다. 맏딸 고네릴과 둘째 딸 리건은 온갖 아첨의 말로 노왕의 마음을 크게 기쁘게 한다. 그래서 각각 왕국의 기름진 땅 삼분의 일씩 분배받는다.

리어 왕은 가장 사랑하는 막내딸의 대답을 기다린다. 그러나 막내딸인 코델리아는 "저는 아버지를 사랑합니다. 그러나 결혼한다면 제 사랑 모두를 아버지에게만 바칠 수는 없습니다."라고 말한다. 리어 왕은 격노하여 왕국을 고네릴과 리건에게만 나누어주고, 코델리아를 결혼 지참금도 없이 프랑스 왕에게 넘긴다. 그리고 부녀의 인연을 끊는다고 선언한다. 충신 켄트 백작은 코델리아를 용서해달라고 왕에게 간청하나, 도리어 왕의 분노를 사 추방당하는 신세가 된다. 그러나 충성스런 켄트 백작은 변장하고 돌아와 리어 왕을 보호하는 하인이 된다.

한편 글로스터 백작은 리어 왕처럼 그의 사생아 에드먼드에게 속아, 효성이 지극한 적자 에드거가 자신을 살해하고 재산을 차지하려는 음모를 꾸민다고 믿게 된다. 드디어 리어 왕은 기사 100명과 함께 맏딸 고네릴에게 몸을 의탁하게 되지만, 고네릴은 점점 아버지를 귀찮은 존재로 여긴다. 냉대를 받은 리어 왕은 화가나서 "누구든지 좋다. 내가 누구인지 가르쳐달라"고 소리친다. 어릿광대가 "리어의 그림자이다"라고 대답한다. 리어는 실체가 없는 그림자라는 것이다. 리어 왕은 이미 고네릴이 기사 중 50명을 추방한 사실을 알고 저주하며, 둘째 딸에게로 가리라 마음먹는다.

리어 옆에는 추방된 켄트 백작이 허름하게 변장하고 따르고 있다. 리어 왕은 켄트에게 편지를 주어 둘째 딸을 찾아가게 한다. 그러나 교활한 고네릴이 심복 부하 오스왈드를 통해 이미 리건에게 편지를 보낸 뒤다. 첫째 딸에게 냉대를 받은 리어 왕은 하늘을 우러러 탄식을 한다. "아아! 나는 나쁜 일을 저질렀다!" 그때 어릿광대가 리어 왕에게 말한다. "왜 달팽이가 집을 지고 다니는지 아시오?" "왜 그렇지?" "머리를 보관해두기 위해서지요. 그것을 딸들에게 주고 자기는 온몸에 비를 흠뻑 맞는 미련한 짓은 하지 않지요." 리어 왕은 하늘을 향하여 기도한다. "아아, 하늘이여 나를 정신병자만 되게 하지 마십시오. 정신만은 똑똑히 지니고 있게 하소서!"

제2막 콘월과 리건이 글로스터의 성을 방문하기 위해 막 도착한다. 글로스터 백작의 사생아 에드먼드는 적자인 형 에드거를 완전히 제거할 음모를 꾸민다. 그래서 글로스터로 하여금 에드거가 불효자식이란 확신을 갖게 만든다. 글로스터는 에드먼드의 말을 그대로 믿고 영지를 그에게 넘겨주기로 한다. 그때 리건과 콘월이 막 도착한 것이다. 그들 부부는 리어 왕이 고네릴과 결별했다는 소식을 듣고 글로스터의 조언을 들으러 왔다는 것이나, 사실은 리어 왕이 자기네 집으로 향했다는 말을 듣고 도망쳐 나온 것이다. 즉 자기들의 저택에 리어 왕을 맞아들이기 싫었던 것이다. 에드먼드를 만나게 된 콘월은 그의 효심에 감동한다면서 그를 자신의 신하로 쓰겠다고 한다. 성 앞에서는 변장한 켄트와 고네릴의 신하 오스왈드가 기다리고 있다. 그들은 사소한 일로 싸우게 되고, 리건 부부는 켄트에게 족쇄를 채워 감옥에 가둔다.

날이 새자 리어 왕은 둘째 딸 리건을 찾아온다. 그리고 족쇄가 채워진 켄트를 보게 된다. 고네릴 또한 리건의 집에 당도하여 거기에 나타난다. 리건은 고네릴과 결탁하고 리어 왕에게 말한다. "제게 오시려거든 부하를 25명으로 줄이세요." "없을수록 더 좋아요. 우리 집에는 그보다 배나 되는 하인이 심부름을 하고 있으니까요." 뒤늦게 두 딸의 본심을 알게 된 리어 왕은 어릿광대와 더불어 폭풍우가

이는 험악한 광야로 나간다.

제3막 알바니와 콘월 간에 불화가 점증하고 있다는 소문과 프랑스 군대가 비밀리에 영국으로 오고 있다는 소문이 퍼진다. 한편, 광야에서 폭풍을 향해 절규하는 리어 왕의 가슴 속에는 더 큰 폭풍이 휘몰아친다. 켄트는 그러한 왕의 모습을 발견한다. 그는 오두막을 발견하고 리어 왕을 모신다. 그 오두막에는 톰이라고 자칭하는 미친 거지가 있다. 그 거지는 붙잡히면 사형에 처한다는 것을 알고 변장해 숨어 있는 에드거이다.

리어 왕은 거짓으로 미친 척하는 에드거의 비참한 모습을 보고 탄식한다. 그때 리어 왕을 걱정한 글로스터 백작이 폭풍 속을 달려온다. 켄트는 그에게 리어 왕을 도와달라고 부탁한다. 글로스터는 변장을 하고 자기 앞에 있는 에드거를 몰라본다. 글로스터 백작은 정신이 이상해지기 시작한 노왕을 위해 농가에 피난처를 구한다. 미친 리어 왕은 모의재판을 열어 딸들을 규탄한다. 켄트가 겨우 리어 왕을 진정시키고 있는데, 글로스터 백작이 급히 되돌아온다. 그리고 딸들이 왕의 목숨을 노리는 음모를 꾸미고 있으니 시급히 왕을 도버(Dover)로 모셔야 한다고 말한다. 도버에는 노왕을 받아들일 친구들이 있다고 믿고 있었던 것이다.

한편 에드먼드 역시 글로스터 백작을 죽일 음모를 꾸민다. 그래서 에드먼드는 콘월과 두 딸들에게, 자기 아버지인 글로스터 백작이 코델리아의 침략을 돕고 있으며 리어 왕과 결탁하고 있다는 증거를 내준다. 그리고 그는 그들이 글로스터 백작을 마음 놓고 벌할 수 있도록 성을 나가버린다. 콘월은 돌아온 글로스터 백작을 심문하고 그의 두 눈을 빼버린다. 그는 장님이 된 뒤에야 비로소 에드먼드의 검은 마음과 에드거의 착한 마음을 깨닫는다. 글로스터 백작의 하인은, 그러한 잔악한 행위를 보고 분노를 느껴 콘월을 찔러 치명상을 입힌다.

제4막 에드거는 혼자 황야를 거닐다가 어느 노인에게 부축을 받고 있는 눈먼 아버지 글로스터 백작을 만나게 된다. 그는 아버지로부터 적자 아들 에드거에 대해 격분한 것이 잘못이었다는 고백을 듣는다. 에드거는 신원을 밝히지 않은 채 아버지의 안내자가 된다. 글로스터 백작은 자살하기 위해 도버 해협의 절벽으로 가기를 원한다. 에드거는 계략을 써 글로스터 백작으로 하여금, 절벽에서 뛰어내렸지만 기적적으로 죽음을 모면했다는 착각을 갖도록 한다. 그래서 글로스터 백작은 살기로 결심한다. 에드거의 계책은 성공한 것이다. 한편 군대를 이끌고 프랑스에서 도버에 도착한 코델리아는 들꽃으로 옷을 차려 입은 미친 아버지 리어 왕을 발견하고 정성껏 돌본다.

그 직후 오스왈드가 거리를 지나가다가 글로스터 백작을 보고 달려든다. 에드거가 뛰어들어 칼로 그를 찌른다. 오스왈드의 호주머니에서 편지가 나온다. 그 편지는 고네릴이 에드먼드에게 사랑을 맹세하며, 남편 알바니를 살해해달라고 부탁하는 편지이다. 고네릴과 리건은 다 같이 에드먼드에게 욕정을 품고 있다. 한편 콘월이 앞서의 치명상으로 사망하게 되자 에드먼드가 영국군의 총사령관이 된다.

제5막 프랑스군과 대진한 영국군은 고네릴과 리건 자매, 에드먼드, 그리고 리어 왕을 어떻게 해서든 구출하려고 하는 알바니에 의해 인도된다. 알바니에게 변장한 에드거가 찾아와, 고네릴이 에드먼드에게 보내는 편지를 내민다. 그는 이 편지를 전투 전에 읽고, 영국군이 승리했을 때는 나팔을 불어 자기를 찾아줄 것을 당부한다. 알바니는 오직 프랑스 침략군으로부터 영국을 보호한다는 애국심에서 에드먼드 군대와 자신의 군대를 합쳐 공동 작전을 편다.

그러나 프랑스군은 대패하게 된다. 리어 왕과 코델리아는 에드먼드에게 포로로 잡힌다. 에드먼드는 표면적으로 그들을 보호하기 위해서 감옥으로 보내는 것이라지만, 실제로는 알바니가 그들에게 온정을 베풀 수 없도록 하기 위해서이다. 그런 다음 에드먼드는 그 두 사람을 처형하라는 비밀 지령을 내린다. 고네릴은 리건이 과부가 된 것을 부러워하고, 에드먼드에 대한 리건의 사랑에 질투심이 생겨 동생을 독살한다. 그녀 자신도 에드먼드와의 간통 사실이 알바니에게 탄로나자 스스로 목숨을 끊는다.

한편 장님이 된 글로스터 백작은 에드거의 신원을 알게 되자 가슴이 터져 죽는다. 에드거의 고발로 알바니는 에드먼드를 대역죄로 체포한다. 에드먼드는 에드거와 공식 결투를 하게 된다. 에드거는 악한 에드먼드의 비행을 성토하며 그에게 치명상을 입힌다. 에드먼드는 죽기 직전 잘못을 뉘우치고, 자신이 이미 내린 코델리아와 리어 왕의 처형 명령을 취소한다.

그러나 리어 왕과 코델리아를 구하기에는 이미 늦었다. 리어 왕은 코델리아를 보호하려 했으나 그녀는 교살당한다. 비탄에 잠긴 리어 왕은 딸을 소생시키려 애쓰다가 죽고 만다. 알바니는 에드거와 켄트의 도움을 받아 왕국을 복구하게 된다. 그런 뒤 충신 켄트는 곧 떠나야 할 여행이 있다면서, 주인이 부르고 있어서 거절할 수 없다고 말한다. 이것은 그가 생존시 모시던 죽은 리어 왕의 뒤를 따르겠다는 의향을 밝힌 것이다.

4. 스페인의 문학

스페인의 르네상스는 다른 나라에 비해 늦은 편이다. 그 이유를 단적으로 말하자면, 그 하나는 지리적으로 피레네 산맥이 장벽이 되어 반도를 대륙과 분리하고 있어서 어느 정도 고립되어 있었기 때문이다. 또 다른 이유는 강력한 가톨릭의 영향이 인문주의적인 것을 막았기 때문이다. 스페인의 16세기는 중세로부터 근대적 성격을 띤 국가로 발전해나가는 과정이라 할 수 있다. 그만큼 정치 · 사회 · 경제 · 문화면에서 다양한 변혁을 거치게 된다. 1492년 콜럼버스(Cristóbal de Colón)의 신대륙 발견 등 스페인은 다른 유럽 국가들에 비해 가장 빠른 식민지 사업을 운영하였다. 또한 스페인은 합스부르그(Habsburger) 왕조에 속하는 카를로스 1세(Carlos Ⅰ, 1500~1558)[27]를 영입함으로써 네덜란드 왕국을 편입시켰다. 그리고 그 뒤를 이어 즉위한 펠리페 2세(Felipe Ⅱ, 1527~1598)는 포르투갈 왕국을 정복함으로써 당시 스페인 왕국은 한때 신대륙, 동남아 등지에 걸쳐 막강한 군사력과 재력을 바탕으로 한 식민지를 경영하게 되었고, 영국에 훨씬 앞서 해가 지지 않는 나라를 이룩하였다.

문화적으로도 가톨릭 양왕(Reyes Católicos)의 정치적 · 사상적 통일을 위한 정책들과 아울러 다양한 발전이 이루어졌다. 언어 정책으로서 카

---

27 칼 5세(Karl Ⅴ) : 신성 로마 황제(1519~1558). 스페인 국왕으로서는 카를로스 1세(1516~1556). 벨기에에서 막시밀리안 1세의 아들 필립과 스페인의 공주 후아나 사이에서 출생하였다. 1515년 막시밀리안의 사후(死後)에 독일 왕이 되고, 1519년 대립 후보인 프랑스의 프랑스와 1세에게 이겨 신성 로마 황제가 되었다. 그는 신대륙을 포함한 광대한 스페인 왕국을 상속하였기 때문에, 스페인 · 독일에 걸치는 광대한 합스부르그 왕국이 출현하였다.

스티야 왕국(Castilla)이 사용하는 카스테야노를 정식 국어로 정하여 국민들에게 천명하였으며, 문법학자에게 카스티야어 문법을 편찬하게 하여 체계적인 문법을 공표하였다. 또한 예술 및 문학 방면의 해외 지식을 적극 도입하여 이미 15세기에 일어났던 이탈리아의 르네상스를 흡수하려는 열성과 노력을 아끼지 않았으며, 예술가와 문인을 공경하였다. 더불어 스페인 각 도시에 세워진 인쇄공장들은 서적 보급을 확대함으로써 주로 상류사회를 중심으로 하여 문화의 각 분야가 발전하게 되었다.

스페인 문학의 황금세기는 16세기 르네상스 문학에서부터 출발한다. 그 시기는 대략 카를로스 1세의 즉위년인 1516년부터 칼데론 데 라 바르카(Cakderón de la Barca)가 사망한 해인 1681년까지로 상정할 수 있다. 곧 16세기 스페인 문학은 이탈리아 르네상스의 영향을 받아 문예부흥기를 맞이함으로써 황금세기의 전반기를 형성한다고 할 수 있으며, 점진적으로 스페인 자체의 독창적인 특성을 발전시켜나갔던 시기라고 볼 수 있다.

스페인에 있어서의 르네상스, 곧 인문주의는 이탈리아 인문주의자들과의 접촉으로부터 영향을 받게 된다. 가톨릭 양왕의 적극적인 해외 문물 수용 노력의 일환으로 이탈리아 인문주의자들이 초청을 받아 스페인에 들어왔으며, 스페인의 지식인들 또한 이탈리아에 가서 직접 르네상스 문물을 접하기도 하였다. 또한 고등 교육의 중심지인 대학과 도서관이 속속 설립되고 인쇄술의 개발로 인해 사상의 보급이 널리 확대되었다. 이에 따라 네덜란드의 인문주의자 에라스무스(Desiderius Erasmus, 1469~1536)의 사상도 스페인에 보급되어, 그의 작품 발간이 금지되는 1536년까지 많은 스페인의 인문주의자들에게 영향을 주었다.

이 시기의 스페인 르네상스 문학은 이탈리아의 영향에 의한 내용만을 담고 전개된 것은 아니다. 르네상스 문학은 스페인의 전통적인 정서와 내용에 연결되어 발전함으로써 곧이어 도래하는 17세기 찬란한 스페인의 독자적인 문학을 이루는 바탕이 되었다. 16세기의 스페인 르네상스 문학은 본질적으로 이중성을 지니며 발전했다. 즉 전통적인 신앙관과 인본주의적인 사상관 · 대중성과 교양미 · 현실주의와 이상주의 · 윤리적인 측면과 미학적인 측면 · 표현의 자유와 문체의 제약 등 갈등이 함께 하면서, 조화와 발전의 과정을 이루어 스페인적인 독특한 문화예술을 창조해나갔던 것이다.

스페인의 르네상스 시기의 대표적인 작자와 작품은 우선 악자소설惡子小說(Novela picaresca)을 들 수 있다. 문학사적으로 피카레스크소설(Picaresque Roman)은 스페인 소설로부터 시작된다. 주인공 악한(picaro)은 대개 하층 계급 출신이거나 혹은 상층 계급과 하층 계급의 사이에서 태어난 서자로서 사회적인 인습과 법을 파기하고 남을 속이면서 살아가는 방랑아들이다. 따라서 이들의 삶은 모험의 연속이기도 하다. 이것은 상층 계급의 허위와 기만을 웃음과 비판으로 예리하게 묘사함으로써 시민사회의 전조를 보이고 있다. 악자소설 『라사리요 데 토르메스의 생애』(*La vida de Lazarillo de Tormes*)를 위시한 현실적인 경향의 소설들은 스페인 르네상스의 황금세기를 더욱 풍성하게 하였다.

또한 스페인의 르네상스를 빛나게 한 작가와 작품으로, 미겔 데 세르반테스(Miguel de Cervantes Saavedra, 1547~1616)의 『재치 있는 시골 양반 라 만차의 돈 키호테』(*El ingenioso hidalgo don Quijote la Mancha*)를 비롯하여, 그와 어깨를 나란히 명성을 떨친 로페 데 베가(Lope Félix de Vega Carpio, 1562~1635)의 시 · 소설 등 방대한 작품을 들 수 있다. 기록에 의하면, 로페 드 베가는 1,800여 편의 극작품과 400여 편의 성찬 비극을 썼는데 현재까지 전해 내려오는 것은 470여 편에 불과하다. 그의 종교적인 극『훌륭한 수호녀』(*La buena guarda*)는 섬세한 감정묘사가 돋보이는 작품으로, 한 미남자의 유혹에 빠져 수도원을 도망 나온 수녀가 성모 마리아에 대한 신앙을 버리지 않고, 후회와 눈물과 함께 다시 성모님의 품으로 돌아온다는 전형적인 내용을 담고 있다. 티르소 데 몰리나(Tirso de Molina, 1584~1648)의 본명은 가브리엘 테예스(Gabriel Téllez)이다. 그는『톨레도의 교외 별장』(*Los cigarrales de Toledo*)과『향상되는 즐거움』(*Deleitar aprouchando*)이라는 두 편의 작품집과 400여 편의 극작품을 남기고 있다. 그 가운데『톨레도의 교외 별장』은 보카치오의 『데카메론』에서 영감을 얻은 것으로, 「조롱당한 세 남편」(*Los tres maridos burlados*) 등이 손꼽힌다. 특히, 그의 1630년에 출판된 극작품『세비야의 난봉꾼과 석상의 초대』(*El Burlador de Sevilla y Convidado de piedra*)는 스페인은 물론 유럽 전역에 커다란 반향을 불러일으켰다. 스페인의 중세 문학사에서 칼데론 데 라 바르카(Calderón de la Barca, 1600~ 1681) 역시 생전에 120여 편의 희곡과 80여 편의 성찬 비극을 썼는데, 그의 대표적인 철학적 내용의 극『인생은 꿈』(*La vida es sueño*)은 오늘날까지 그 가치를 잃지 않고 있다.

■ 티르소 데 몰리나(Tirso de Molina, 1584~1648)
- 『세비야의 난봉꾼과 석상의 초대』(*El Burlador de Sevilla y Convidado de piedra*, 1621/1622?)

이 희곡은 매우 유명한 두 가지 전설에서 유래한다. 하나는 방탕하고 신앙심이 없는 주인공에 대한 설화이고, 다른 하나는 석상이 한 방탕아를 초대한다는 설화이다. 따라서 이 작품은 '돈 후안'이라는 불멸의 인간형을 창조했다. 첫 번째 이야기의 주인공은 '신앙생활을 게을리 하고 예쁜 여자들만을 쫓아다니는 남자', '난폭하면서 약삭빠른 청년', '기도보다는 애인을 만나러 교회에 간 마드리드의 한 기사' 등으로 표현된다. 두 번째 이야기는 전 유럽에서 발견되는 매우 유명한 설화로 특히 스페인과 포르투갈에서 널리 퍼졌다. 티르소는 이 두 이야기를 바탕으로 세계문학사에 남을 불세출의 작품을 만들어낸 것이다.

주인공의 엽색 행각과 불에 의한 죽음은 문학적인 소재를 제공했고 더불어 수많은 논의를 불러일으키면서 전설적인 인물이 되었다. 17세기 바로크 시대의 끝없는 감각에의 탐닉을 시사하는 주인공 돈 후안의 비극적인 최후는 낭만주의 시대에 들어서는 윤리적인 장벽과 사회적인 편견에 맞서 싸우는 반항아의 상징으로 미화되었다. 그리하여 호세 소리야 이 모랄(José Zorrilla y Moral, 1817~1893)의 작품 『돈 후안 테노리오』(*Don Juan Tenorio*, 1844)에서는 구원을 받는 줄거리로 개작되기도 한다. 또한 이 작품은 국내외의 수많은 작가들에게 강력한 영감을 주었는데, 스페인 내에서는 사모라 안토니오(Zamora Antonio), 하신토 그라우(Jacinto Grau) 등에게 영향을 주었다. 그리고 다른 국가에서는 몰리에르(Molière, 1622~1673), 토마스 쉐드웰(Thomas Shadwell, 1642~1692), 골도니(Carlo Osvaldo Goldoni, 1707~1793), 바이런(George Gordon Lord Byron, 1788~1824), 알렉상드르 뒤마(Alexandre Dumas, 1802~1870), 르노르망(Henri-René Lenormand, 1882~1951), 버나드 쇼(George Bernard Shaw, 1856~1950), 에드먼드 로스탠드(Edmond Rostand, 1868~1918)가 '돈 후안'을 소재로 한 작품을 썼다. 그리고 코르네유(Pierre Corneille, 1606~1684)는 몰리에르의 작품을 토대로 『피에르의 향연』(*Festin de Pierre*)을 발표했으며, 모차르트(Wolfgang

Amadeus Mozart, 1756~1791)는 〈돈 죠반니〉(Don Giovanni)를 작곡하였다.

희곡 『세비야의 난봉꾼과 석상의 초대』의 작품 구조는 돈 후안이 네 곳에서 네 명의 다른 여성들을 농락하고 버리는 단순한 구조를 띠고 있다. 이 작품에서의 유일한 공통적 요소는 속임수, 성관계, 도주로 요약되는 돈 후안의 행동이다. 다음은 작품의 줄거리이다.

세비야의 귀족 자제 돈 후안 테노리오(Don Juan Tenorio)는 천하의 호색가(好色家)이다. 그는 수많은 여인을 농락한다. 자신과 동등한 계층에 속해 있는 여인에게는 열정적인 사랑으로, 낮은 계층에 속해 있는 여인에게는 신분상의 이점을 이용한 위선으로 농락한다.

돈 후안은 나폴리의 왕궁에서 절친한 친구 옥타비오 공작의 약혼녀인 이사벨라의 침실에 밤을 틈타 잠입하여, 옥타비오 공작인 양 속이고 그녀와 하룻밤을 보낸다. 그러나 자신이 같이 잔 사람이 옥타비오가 아니라는 것을 깨달은 이사벨라는 소리쳐 경비병을 부르고, 왕은 카스티야 대사 돈 페드로를 불러 일의 해결을 맡긴다. 그러나 돈 페드로는 돈 후안의 삼촌이다. 돈 후안은 삼촌의 도움으로 왕국에서 도망쳐 나폴리로 달아난다. 도망가는 도중 타라고나 해변에서 난파되어 어느 어부의 딸 티스베아에게 구조된다. 돈 후안은 그녀와 결혼을 약속하고 그녀를 취하고 몰래 그녀의 말을 타고 또 도망친다. 세비야로 돌아온 돈 후안은 친구라 모타 후작을 만난다. 그는 돈 후안의 친구이자 사창가를 같이 드나들며 자신들의 여자를 점검하는 동지이다. 그러나 모타 후작은 자신의 사촌인 도냐 아나를 진심으로 사랑한다.

그러나 왕 알폰소 11세는 처음에 도냐 아나를 돈 후안과 결혼시키고 싶어한다. 그러나 돈 후안의 행각으로 옥타비오 공작이 억울하게 피해를 입었음을 알게 되고, 돈 후안 대신 옥타비오 공작을 도냐 아나의 배필로, 돈 후안은 이사벨라의 배필로 맺어주려고 한다. 그러나 돈 후안은 새로운 여자인 도냐 아나를 취하려는 계획을 세운다. 마침 그때 도냐 아나가 그의 애인 모타 후작에게 보낸 밀회의 편지를 입수하게 된 돈 후안은 도냐 아나의 방에 잠입한다. 그러나 정체가 탄로나 그녀가 외치는 소리를 듣고 그녀의 아버지 돈 곤살로가 달려온다. 돈 후안은 돈 곤살로와 싸워 그를 죽이고 세비야에서 도망친다. 사직(司直)에서는 엉뚱하게 범인으로 모타 후작을 체포한다.

돈 후안은 도스 에르마나스로 도망쳐 마침 한 농부의 결혼식에 맞닥뜨리게 된다. 그곳에서 그는 신랑을 감언으로 속이고 신부 아민타를 단념하게 한다. 그런 다음 아민타의 아버지에게 그와 결혼할 것을 약속하고 이번에도 그녀를 농락하고는 도망쳐 버린다. 그리고는 돈 후안은 다시 세비야에 돌아와 어느 성당에서 숨을 은신처를 찾는다. 그러나 그 성당은 자신이 죽였던 돈 곤살로가 묻혀 있는 곳이며 무덤에는 그의 석상이 세워져 있다. 돈 후안은 돈 곤살로가 복수를 기다리고 있다고 남긴 묘비의 글을 읽으며, 그의 수염을 잡아당기며 조롱하고 그날 밤 자신의 거처로 저녁을 먹으러 오라고 초대한다. 그러자 정말로 그날 밤 석상이 저녁식사에 찾아와 저녁을 먹는다. 그리고 이번에는 석상이 돈 후안을 저녁식사에 초대한다. 돈 후안이 초대에 응해 참석하게 되고, 석상은 그에게 악수를 청한다. 악수를 하자 석상의 손으로부터 지옥의 불이 전해진다. 돈 후안은 마지막으로 참회의 고백을 하고 싶다고 하지만 "이젠 늦었어." 하고 석상은 말한다. 마침내 돈 후안은 불길에 휩싸여 죽는다.

■ 칼데론 데 라 바르카(Calderón de la Barca, 1600~1681)
　　　　　　　　　　　　- 『인생은 꿈』(*La Vita es suenó*, 1635)

이 연극은 철학적 내용의 극으로 인간 존재에 대한 철학적인 여러 문제들, 곧 교육의 중요성, 운명에 대항하는 의지의 힘, 현세적이고 감각적인 것에 대한 회의 등 많은 의문점을 던져주고 있다. 주인공인 왕자는 탑 속에 갇혀 있다가 궁정으로 끌려 나가고, 그 후에 다시 탑으로 돌아온 상황을 꿈으로 인식한다. 그에게 주어진 유일한 실재는 탑 속에 갇혀 있는 자아일 뿐이다. 그의 운명적인 삶은 '인생은 꿈'이라는 의식의 깨달음과 사랑의 감정에 의해 관대한 행동을 보임과 아울러 "만약 꿈이라면 나는 그것을 극복하겠다"라는 보다 적극적으로 고양된 면모를 보여주기에 이른다. 이러한 그의 태도는 인식 능력을 지닌 이성적인 인간, 짐승과 같은 상태의 무지로부터 벗어나 자유 의지를 추구하는 인간으로서의 승화된 모습을 상징하고 있다.

이 작품은 인생에 대한 당대의 관념을 극 형태로 풀어놓은 것이다. 이 작품에서 가장 중요한 문제는 현실과 꿈의 문제이며, 이는 자연스럽게 존재론적 인식론으로 이어진다. 그 이유는, 만일 인생이 꿈이라면 과연 우리가 현재 살고 있는 현실에서 우리의 존재는 어떠한 가치를 가지고 있는가라는 문제가 대두되기 때문이다. 주인공이 현실과 꿈 사이에서 겪는 혼동과 이를 해결해나가는 모습은 자유의지와 결정론의 갈등의 모습이며, 나아가 17세기에 널리 공유되고 있던 인간 존재론과 맞닿아 있다.

존재의 문제는 인간과 그를 둘러싼 우주 사이의 내적 관계의 총체로 다루어진다. 작품에는 '인간(세히스문도)과 존재론적 의식/존재의 외적인 현실(탑과 궁전)' 이라는 대응구조가 기본으로 설정되어 있다. 즉 존재에 대한 내적인 의식과 그 존재를 둘러싸고 있는 외적인 현실 사이에 변증법이 작용하고 있는 것이다. 작품에서는 존재에 대한 이러한 두 가지 구성요소 사이에 마찰이 일어나 극 사건의 발단이 되고, 그 마찰의 결과가 바실리오의 세히스문도에 대한 시험의 대단원에서 해결되고 있다. 곧 이 작품에서 연극적 장치로서 존재의 내적인 의식은 자유의지에 의해 유지되고 있으며 존재의 외적인 현실은 결정론에 의해 유지되고 있다. 작품의 줄거리는 다음과 같다.

폴란드 왕 바실리오(Basilio)는 왕자가 태어나면 자신의 자리를 빼앗긴다는 별자리 점괘를 믿고, 조국을 구한다는 명목으로 자신의 갓난 아들 세히스문도(Segimundo)를 높은 탑 위에 가두고 왕자가 태어났다는 사실을 비밀에 부친다. 클로탈도(Clotaldo)에 의해서 양육되는 왕자는 아무도 보지 못하고 교육도 받지 못한 채 짐승처럼 성장한다. 한참 지난 후 후계자를 지목해야 할 때가 오자, 왕은 마음의 변화를 일으켜 세히스문도 왕자에 대한 지금까지의 비밀을 밝히고 그를 풀어주어 폭군이 될 소지가 있는지 여부를 알아보려 한다. 그러나 왕자를 갑자기 궁전으로 데려오면 왕자가 극심한 혼란과 충격을 느낄 것이기 때문에, 마취제를 먹인 상태에서 궁전으로 데리고 오게 한다. 그리고 왕자가 깨어났을 때 사실을 말하고, 만일 올바르게 행동하면 계속 왕자로 대접할 것이고, 폭군의 기질을 보이면 다시 탑에 감금시켜 궁전에서의 일을 꿈이라고 믿게 한다는 계획을 세운다. 그러나 마취 상태에서 깨어난 세히스문도는 자신의 신분을 알지 못한 채 난폭한 행동을 한다. 자신을 감시하고 교육시켰던 클로탈도를 죽이려 하고, 아름다운 여인들을 희롱하며, 선행을 하라는 아버지 바실리오의 말을 무시한다. 이에 왕은 왕자에게 다시 약을 먹여 탑 속에 가두게 하여, 궁전에서 일어났던 모든 일이 꿈이었다고 믿게 한다. 이 사건을 계기로 세히스문도는 인생은 꿈이라는 사실과 비록 꿈일지라도 선행을 해야 한다는 사실을 깨닫는다.

세월이 흐르고 왕위가 바실리오의 조카이며 러시아 태생인 아스톨포와 에스트레야에게 계승된다는 것이 공포되자 국민들과 군인들이 반란을 일으킨다. 정통을 이을 왕자가 있음에도 불구하고 외국인에게 왕위가 넘어간다는 소식을 듣고 반란을 일으킨 것이다. 그들은 세히스문도 왕자를 구출하고 자신들을 이끌어 달라고 요구한다. 그런데 이번에는 세히스문도가 아주 신중하게 행동한다. 이것이 또 꿈일 수도 있다고 생각했기 때문이다. 그러나 결국 세히스문도는 이것이 꿈이 아니라는 것을 알고 반란을 지휘하기로 한다. 전쟁은 왕자의 승리로 돌아가 세히스문도는 왕위에 오른다. 그러나 자신이 다시 탑으로 돌아왔을 때 현실 세계의 모든 영화는 꿈이라고 느꼈던 삶의 깊은 깨달음에서 아버지 바실리오를 관대하게 용서한다.

■ 악자소설
- 『라사리요 데 토르메스의 생애』(*La vida de Lazarillo de Tormes*, 1554)

· 소설의 성격

문학사적으로 피카레스크소설(Picaresque Roman)이라고 알려진 악자소설(Novela picaresca)의 초판본은 '라사리요 데 토르메스의 생애와 그의 행운과 역경'(*Vida de Lazarillo de Tormes y sus fortunas y adversidades*)이라는 제목으로 1554년 간행되었다. 작자 미상의 이 작품은 현실성 많은 악자소설의 효시가 되었다. 악자소설은 기사소설의 주인공에 대해 반대적 입장을 지닌 악자를 등장시켜, 자서전적인 수법을 통해 현실 상황 비판과 해학을 담는다. 이 작품은 라사리요 데 토르메스(Lazarillo de Tormes)라는 젊고 간악한 악자가 자신이 살아온 풍운아로서의 파란만장한 삶을 7편으로 나누어 자전적으로 고백하는 형식을 취하고 있다. 간행되자마자 스페인 국민들의 대단한 관심을 얻었다.

이 작품은 비현실적인 애정을 추구하는 전원적·귀족적 산물인 목가소설이나 환상적인 이상을 동경하는 기사소설에 대한 반동으로 등장한 스페인의 자연 발생적인 소설 양식이라고 할 수 있다. 곧 스페인의 전통과 당대 문화의 산물인 것이다. 그리고 이 작품은 중세 이후 면면히 이어져 내려오던 스페인 정신의 표출인 14세기의 서사시 『엘 시드의 노래』(*El Cantar de Mio Cid*)와 환 루이스, 아르시프레스테 데 이타(Juan Ruiz, Arcipreste de Hita)의 수필 형식의 방대한 시 『아름다운 사랑의 책』(*Libro de Buen Amor*), 15세기 페르난도 데 로하스(Fernando de Rojas)의 희곡 『라 셀레스티나』(*La Celestina*)의 영향을 받았다고 평가된다.

악자소설은 16세기 중반의 『라사리요 데 토르메스의 생애』 이후 17세기 중반까지 스페인 소설계에 뚜렷하게 자리매김 되었다. 『라사리요 데 토르메스의 생애』에서 볼 수 있던 약한 경향의 풍자와 비판은 바로크적인 성격을 지닌 신랄하고도 강한 풍자로 전환되었다. 그리고 초기의 삶에 대한 환멸과 도덕적인 내성의 소리와 더불어 약간의 교화적인 내용을 지닌 이야기들은 점점 날카로운 대립, 진솔한 사실성, 리얼한 사회 묘사 등으로 바뀌었다. 곧 당시의 스페인 상황과 깊은 관련을 맺고 있는 국력의 쇠퇴와 경제력의 약화, 도덕성의 타락 등을 적나라하게 하층민들의 다양한 성격, 존재 양상 및 감정에 담아 구현시켰던 것이다.

● 내용과 구조 그리고 문체

이 소설은 7개 부분으로 나뉘어져 있으며, 각각 독립된 에피소드를 담은 내용들이 주인공 라사리요의 사실주의적 시각에 의해 전개된다. 새로운 사건의 등장으로 에피소드의 내용이 단절되기도 하지만, 자전적인 형식의 차분하고 담담한 어조로 사회 현실을 풍자하고 있다. 주인공 라사리요가 점진적으로 사회 현실에 적응해가면서, 소설 구조는 완화된 분위기를 띠며 마지막에는 해피엔딩으로 끝난다. 이로 인해 소설로서의 효과가 줄어든 감을 주지만, 사실적인 표현과 뛰어난 심리 묘사가 이를 보완해주고 있다.

또한 이 작품의 문체는 간결하고 단순하여 일반 대중이나 하류 계층도 쉽게 이해할 수 있다. 이는 작품이 소재로 다루고 있는 내용과 그 현실적인 정신의 발현이라고 할 수 있다. 더불어 이 작품에 쓰인 용어는 직접적이며 명쾌하여 한층 더 일반 대중들에게 다가서기 알맞다고 평가된다.

● 악자의 사회적 신분과 비판 의식

『라사리요 데 토르메스의 생애』의 주인공 악자는 기사소설의 주인공과는 반대이다. 주인공 라사로는 기사소설의 주인공처럼 상류 계층의 훌륭한 가문에 속해 있으며 고결한 인품을 지닌 영웅이 아니다. 그는 비천한 상황에서 빠져나갈 수 없는 운명을 지닌 하류 계층에 속한 가련한 소년이다. 즉 비현실적인 높은 이상만을 추구하는 이상주의자나 관념주의자가 아니라, 평범하고 구차한 현실에 억압당할 수밖에 없는 실체적 인물인 것이다. 인간의 현실 생활을 리얼하게 묘사하기 위해 등장한 악자들에게 가장 절실한 문제는 의식주의 해결, 특히 배고픔의 해결이다. 그래서 그들이 보여주는 분위기는 숙명적으로 악의 세계가 빚어내는 모습을 보여준다. 또한 영웅은 싸워서 이기거나 사랑을 쟁취하는 승리자의 형상으로 묘사되지만, 악자들은 주변의 혹독한 사회 현실에 몸부림치지만 헛수고만 하고 더욱 깊은 좌절감을 느끼게 될 뿐이다.

그러나 이 작품에 등장하는 라사로는 천민 계층으로부터 신분 상승을 획득하면서 사회 현실에 순응해가는 모습을 보여준다. 처음에는 장님을 죽이고 도둑질하는 등 악자의 전형적인 형태를 띠고 있지만, 점점 사회 현실에 눈을 뜨게 되고 주인으로 모시는 추악한 인물들을 골탕 먹이면서 현명하게 대처해나가며, 자기만의 세계를 형성해간다. 말하자면 주인공은 부르주아 사회가 빚어내는 실상을 비판하고 풍자하고 있지만, 강력한 자세의 혁명이 아니라 점차 수용해나가는 점진적 발전의 자세를 견지하는 모습으로 형상화되어 있다.

이 작품은 악자소설의 최초에 해당하는 16세기 작품이며, 본격적인 악자소설은 17세기에 나타난다. 따라서 이 작품은 유머와 해학적 풍자성을 지닌 건전한 비판 형식을 띠고 있다. 주인공 라사로는 사회 현실을 비판하고 조롱하지만, 그는 악인의 전형적인 인물로서만 그려져 있는 것이 아니라, 인정과 호의를 겸비하고 있으며 사회의 평범한 일상성에 적응해나가는 따뜻한 마음을 지니고 있는 인물인 것이다.

이 작품은 본질적으로 리얼리즘 소설로서의 일상사를 소재로 다루었을 뿐만 아니라 표현 기법에 있어서도 리얼한 면을 지니고 있다. 곧, 구체적인 인물들이 빚어내는 현실상을 리얼한 감정으로 표현하는 심리묘사가 곳곳에 발견된다. 또한 주제 자체도 당시 사회가 안고 있는 부정적인 면, 어두운 면을 풍자적인 입장에서 다루고 있다. 이러한 점은 모든 것을 사실적으로 추구하고 표현하려는 르네상스 정신의 직접적인

반영이라고 볼 수 있으며, 관찰적·심리적 묘사의 다양함과 적확함 등
은 그 실제적 결과라고 할 수 있다. 다음은 『라사리요 데 토르메스의 생
애』의 줄거리이다.

　라사로는 토르메스 강의 어느 방앗간에서 태어난다. 라사로가 여덟 살 때 아버
지는 그곳에서 방아를 찧기 위해 온 손님들의 가마니에 칼집을 내서 곡식을 도둑
질했다는 죄목으로 잡혀간다. 아버지는 재판장에서 범죄 사실을 부인하지 않고
사실을 고백하여 처벌을 받는다. 그 죄로 인해 아버지는 당시 모로족과의 전쟁에
참가하는 어느 기사의 마부로 끌려가 같이 전쟁에 참가한다. 그리고 충실한 하인
으로서 그 기사와 함께 죽음을 맞이한다.
　아버지의 죽음 이후 라사로는 흑인인 새아버지 사이데를 맞게 된다. 그 새아버
지 역시 어머니를 위해 물건들을 훔치다가 새아버지와 어머니가 함께 처벌을 받
게 되고, 이후로 라사로는 다시는 새아버지와 어머니를 못 보게 된다. 이렇듯 범
죄로 인해 가족과 뿔뿔이 헤어지게 된 라사로는, 현실에 직면하여 자기의 삶을 자
신이 스스로 해결해나가야 한다는 숙명에 처하게 된다.
　이후 세상 밖에 던져진 라사로는 아버지의 범죄, 발각, 재판, 고백, 처벌로 인
한 추방이라는 운명을 그대로 대물림 받는다. 장님에게 팔려 간 라사로는 면죄부
사, 몰락 귀족, 탁발승, 주임 신부 등 다양한 주인을 섬기면서 굶주림과 엄청난 구
박을 당하면서 살아간다. 그리고 매 순간순간 라사로는 갖가지 잔꾀로 어려움을
모면해가면서 살아간다.
　하루는 마을 입구에 있는 황소 모형의 큰 석상이 있는 다리에서, 장님의 명령
에 따라 석상에 귀를 대었다가 장님이 자기의 머리를 돌에 힘껏 부딪치는 바람
에 사흘간이나 머리가 아픈 고통을 당하기도 한다. 또 하루는 장님에게 포도주병으
로 머리를 심하게 맞아 정신을 잃고, 병 조각이 얼굴에 박혀 많은 상처를 입고, 이
빨이 부러지는 고난을 당하기도 한다. 이렇듯 라사로는 육감과 간교함을 통해 생
존해가는 장님에게 피투성이로 맞아가면서 간교함을 배우며 증오와 복수심을 키
운다. 그리하여 라사로는 속임수 끝에 장님의 머리를 석상의 기둥에 부딪쳐 죽게
만든다. 결국 라사로는 간접 살인을 한 셈인데, 그러한 자신의 죄를 정당화시키기
위해 장님으로부터 받은 폭력을 더 드라마틱하게 재현한다.
　이후 라사로는 산살바도르 신부와 정을 통하던 하녀를 아내로 맞게 되면서 비

교적 풍족한 삶을 누리게 된다. 새로 얻은 아내는 어머니의 삶을 기묘하게 닮아 있고, 라사로 역시 아버지의 삶을 대물림한다. 라사로는 자신의 아내에 대한 추문으로 곤란한 처지에 빠진 주임 신부에 대한 청문에서 자신의 처지를 정당화시키면서 변론한다. 라사로는 사회에 생존하기 위해 지배층과 타협하는 길을 택한 것이다.

■ 세르반테스(Miguel de Cervantes Saavedra, 1547~1616)
　　　　　－『돈 키호테』(*Don Quijote*, 1부 : 1605, 2부 : 1615)

• 작품의 구성과 구조

세르반테스의 시대는 그가 태어난 1547년부터 케베도가 죽은 1645년까지의 약 100년 동안이다. 그가 남긴 불후의 명작 『돈 키호테』는 세계 문학사에 가장 많이 소개되고 번역된 작품 가운데 하나이다. 또한 1605년 『돈 키호테』의 첫 권에서부터 오늘의 서구 소설이 발돋움을 시작했다고 할 만큼 내용이나 성격 면에서 근대 소설은 세르반테스로부터 시작된다는 평가를 받는다. 세르반테스는 의식적으로 '『돈 키호테』를 쓴 목적은 예술, 즉 새로운 언어로 새로운 문체를 창조하기 위한 것'(제1권 52장)이라고 밝히고 있다. 또한 세르반테스는 그의 『모범소설집』(*Novelas de Ejemplate*, 1613)의 서문에서 장르의 실험을 밝히고 있기도 하다.

기사소설을 위해서 발견한 세르반테스의 새로운 문학 장르는, 그 시대의 반항아적인 사회적 여건에서 자신의 성실성 내지는 자유에 대한 염원을 잘 대변해준다. 세르반테스에 있어서 소설은 인간의 꿈과 이상만으로 사건들을 이야기하거나 묘사하는 것이 아니다. 그것보다는 직접 그 사건 속에 몰입하여 행동하는 실존의 모습을 표현한 삶의 무대이다. 주인공의 입을 통해 자유는 신이 인간에게 준 가장 큰 은혜(제2권 59장)라고 역설하는 세르반테스는, 그의 소설 기법에서도 자유와 해방을 가장 커다란 목표로 삼고 있다.

『돈 키호테』의 제1부는 1605년 마드리드에서 프란시스코 데 로블레스(Francisco de Robles)가 책임자로 있던 후안 델 라 쿠에스타(Juan de la Cuesta) 출판사에서 간행되었다. 베하르(Béjar) 공작에게 드리는 헌시가 실려 있는 이 작품은 간행되자마자 대단한 인기를 얻어 그 해에 6판을 찍었다. 곧 마드리드의 같은 출판사에 의해 재판이 나왔으며, 리스본에서는 3판을, 발렌시아에서는 2판을 출간하였다. 또한 1612년에는 영어, 1614년에는 프랑스어로 번역, 소개되어 등 모두 16판을 발행하는 성과를 거두었으며, 출판 후 신대륙으로 수백 권이 보내어지는 등 그의 명성을 높여주었다.

『돈 키호테』 제2부가 출간되기 1년 전인 1614년에 타라고나에서 알론소 페르난데스 데 아베야네다(Alonso Fernández de Avellaneda)라는 필명으로 위작僞作인 『돈 키호테』 2권이 출현하여, 그 서문에 세르반테스를 신랄하게 공격하는 내용을 담았다. 이는 다음해인 1615년 세르반테스가 제2부를 출간하는 계기가 되었다.

『돈 키호테』 제1부는 52장으로 되어 있고, 10년 뒤에 출간된 제2부는 74장으로 엮어진 방대한 분량으로 등장인물의 수만 해도 거의 600여 명에 달한다. 그러나 가장 중요한 인물은 '슬픈 용모의 기사' 돈 키호테와 그의 종자 산초 판자(Sancho Panza), 그가 사모하여 찬미하는 여인 둘시네아 델 토보소(Dulcinea del Toboso)이다.

『돈 키호테』의 기본 성격은 패러디적인 면을 띠고 있으며, 제1, 2부는 세르반테스가 추구하였던 모든 주제와 성격이 총망라되어 있다. 곧 기사소설의 희작戱作 내지는 변작變作이라고 할 수 있을 정도로 편력기사 돈 키호테와 그의 종자 산초 판자를 중심으로 주된 내용을 이루고 있다. 그러나 작품 구조는 소설 기법과 함께 다양한 면모를 지닌다.

제1부에서는 기본적인 구조 이외에 부분적인 주제와 성격을 형성하는 소구조들을 살펴볼 수 있다. 즉 마르셀라(Marcela)와 그리소스토모(Grisóstomo)의 이야기는 목가소설, 포로들의 이야기는 무어인 주제소설, 카르데니오(Cardenio)와 루신다(Luscinda)의 경우는 감상소설, 그리고 뻔뻔스런 인물 쿠리오소(Curioso)와 관련된 부분은 심리소설, 노 젓는 죄수들에 대한 에피소드는 악자소설의 경향을 띠고 있다고 볼 수 있다. 따라서 이들이 형성하는 주제와 성격들이 전체 구조 속에서 융합, 조화되어 있다.

제2부를 통해서 볼 때 이러한 점은 더욱 분명해진다. 세르반테스의 섬세한 문체를 통해 전개되는 코믹한 효과는, 작품이 그로테스크한 면에 빠지지 않게 하는 동시에 작가가 의도한 대로 분위기와 등장인물들의 모습이 점차 진화하는 양상을 띤다. 그로 인해 미학적인 측면과 심리적인 측면이 강화되며, 특히 마지막 부분의 처리는 매우 인상적인 것으로, 알론소 키하노를 통해서 세르반테스가 목적하고 있는 작품의 성격이 현실적인 문제와 마음 속 깊은 곳에서 접합되어 있음을 알게 해준다. 즉 돈 키호테가 죽음 직전에 제정신을 찾아 환상의 세계에서 현실의 세계로 되돌아온 건전한 사람이 되었음을 주목해볼 때, 작가가 표현하고자 했던 본질적 요소는 단순한 기사소설의 패러디가 아니라 모든 요소들을 조화 속에서 심화시키고 부드러움 속에서 형상화시키는 것이었음을 엿볼 수 있는 것이다.

• 작품의 양면성과 해학성28

돈 키호테는 산초 판자와의 관계를 통하여 흔히 현실과 대립되는 이

---

28 김현창, 『스페인 문학사』, 범우사, 2004, pp. 204~207 참조.

상주의 추구형으로 평가되어 왔으며, 특히 낭만주의 시대에는 이상주의자의 전형으로 동경의 대상이 되기도 했다. 『돈 키호테』 작품 곳곳에서 엿보이는 양면성은 크게 두 가지 측면으로 구분된다.

첫째 기호학적 측면에서 보자면, 『돈 키호테』는 기호의 세계와 실질의 세계가 끊임없이 충돌하는 가운데 배태된 소설이라고 할 수 있다. 일반 사람들이 의·식·주를 영위하며 사는 것이 실질의 세계라면, 돈 키호테가 지향하는 기사도적 이상의 추구는 기호의 세계에서만 이해될 수 있는 다른 세계이다. 곧 돈 키호테는 실용적인 현실의 세계에서 기호의 세계로 돌진한 최초의 현대인이다. 이러한 양면성을 가장 잘 살펴볼 수 있는 것이 돈 키호테와 산초 판자의 대립이라 할 수 있다. 작품 곳곳에서 무수히 나타나는 요소들은 기호학에서 흔히 말하는 '이항 대립'으로 현실과 이상, 현실과 꿈, 물질과 정신, 사실과 환상의 충돌을 상징하고 있다. 더불어 마술사를 등장시킴으로써 풍차를 거인으로 보게 한다든지, 양떼를 군대로 보게 하는 것도 같은 부류에 속하는 사실의 세계와 환상의 세계가 서로 대립되어 나타난 것이라 할 수 있다.

둘째 산초 판자의 행동에서 나타난 양면성을 보자면, 산초 판자는 돈 키호테와 대립되는 현실주의를 상징하고 있는 것으로 여러 평설을 통하여 이야기되어 왔다. 겉으로 보기에는 그의 인물평은 물질주의자이자 겁 많고 무식한 시골사람으로서 탐욕스런 면에 치중되어 있다. 산초 판자는 섬의 총독을 시켜주겠다는 돈 키호테의 황당한 약속을 믿고, 자신의 물질적·세속적 욕구를 충족시키기 위해 그를 따라나선다. 이상주의자로서의 환상에 가득 차 있는 인물 돈 키호테와 인간적인 관계를 맺는 산초 판자의 결점은 겁쟁이, 무식자로서의 성격이다. 산초 판자는 이 결점들을 감추려는 의도와 자신이 추구하는 물질적 욕심으로 인해 매우 교활한 악자의 모습을 보이기도 한다. 즉 그는 현실과 이상이라는 두 세계를 넘나들면서 자신의 이익만을 위해 돈 키호테와의 관계를 유지하는 충실한 종자로서의 역할을 담당하고 있다.

그러나 피상적인 측면을 좀 더 구체화하여 심층적인 측면을 살펴보면, 그와는 정반대인 모습, 곧 '용감한 산초 판자', '현명한 산초 판자'를 발견할 수 있다. 산초 판자의 용감성은 두 가지로 살펴볼 수 있는데, 우선 돈 키호테에 대한 충성심에서 주인이 위험에 처할 때 그를 구하기 위해 발휘된다. 다음으로는 자기 자신을 보호하고 혼자만의 이익을 추구하기 위해 나타난다. 특히 그는 돈 키호테의 이상주의와 인도주의, 그에 대한 충성심에서 강한 용기를 보여준다. 이러한 용기는 우나무노(Miguel de Unamuno)에 의해서 '스페인 정신'으로 파악되는데, 이상적인 영웅에 충성심을 보여온 스페인 사람들의 성격에 관련되어 있다. '현명한 산초'는 바라타리아 섬의 총독이 되어 평민들의 사건을 해결해주는 부분에서 잘 드러나는데, 그의 지식은 대중의 지혜를 의미하고 있다. 이런 점으로 볼 때 산초 판자의 행동은 세속적인 욕망에 탐닉해 있는 물질주의자의 전형뿐만 아니라 자신이 지니고 있는 순진성, 소박성과 함께 관대함, 현명함을 갖춘 휴머니스트의 모습을 띠고 있다고 볼 수 있다.

『돈 키호테』에서 엿볼 수 있는 해학성은 주인공인 편력기사 돈 키호테의 사고와 행동을 통해서 찾아볼 수 있다. 그것은 작가 세르반테스의 생애와 깊은 관련을 맺고 있다. 즉 세르반테스는 젊은 시절에 영웅적인 활동을 하였으며, 레판도 해전에서는 치명적인 상처를 입었고 상당 기간의 포로 생활도 하였다. 그는 또한 기사소설의 애독자로서 환상적인 영웅들의 모험에 향수의 정을 느끼기도 하였다. 그러나 스페인에 돌아온 후에는 궁핍한 생활에 찌들고 나이가 들어감에 따라 현실 생활은 환멸과 실망으로 서서히 물들어가지 않을 수 없었다.

작품에 나타나는 돈 키호테의 비극성은 곧 세르반테스 자신의 것이라고 할 수 있다. 하지만 전체적인 분위기를 통해 낙관주의가 지속되고 있으며, 돈 키호테가 높은 정신적 가치를 끊임없이 추구하고 있다는 점이 거듭되는 실패의 쓰라림을 극복하는 요소로 작용하고 있다. 곧 세르반테스는 이상적인 영웅으로 설정해놓은 돈 키호테의 불운 앞에서, 독자들로 하여금 부정적인 비관주의보다는 우수 어린 미소를 띠게 해준다. 이런 점이 작품에서 그를 때로는 희화시키기도 하고, 정신적인 고귀함을 지닌 존재로 혹은 교감을 느낄 수밖에 없는 존재로 다가오게 한다. 또한 세르반테스의 해학성은 작가 자신이 비판하고 풍자하는 것에 대하여, 공감을 느끼는 사람들에게 가슴 깊은 곳에서 우러나오는 감동을 안겨주기도 한다.

• 작가의 의도와 영향

『돈 키호테』는 세르반테스의 기사소설에 대한 반감과 함께 출발한다. 돈 키호테는 패러디화한 복합적인 성격을 지닌 인간형이다. 그 인간형은 곧 16~17세기 스페인 사람의 전형으로서, 해가 지지 않았던 스페인 제국의 영웅주의와 비참한 패배를 함께 상징하고 있다. 무력적 영웅주의는 문학을 통해 영웅주의로 묘사되고, 국가주의적 영웅주의는 모든 사람에게 관련되어 있는 범인간적 인도주의로 탈바꿈되어, 당시대를 직접 체험한 세르반테스의 문학 속에서 돈 키호테로 형상화된다. 작가가 말하고 있듯이 돈 키호테라는 편력기사는 이미 한 세기 전에 소멸해버린 기사 제도와 그 낡아빠진 탈을 쓰고 등장하는 소설 속의 인물이다. 그리고 정신 나간 광인으로서 현 세계의 가치에 비추어보면 전 시대에 속하는 맹신의 화신이며 조롱의 구체적인 대상이다. 여기서 중요한 장치로서 설정되어 있는 것이 산초를 비롯하여 조카딸, 신부, 이발사 등의 인간관계를 통한 돈 키호테라는 인물의 개성 회복이다. 현실 세계에서 부단하게 몸을 부딪치며 투쟁하고 시달려야 하는 인간 모습의 원형은, 곧 그가 실존적이고 구체적인 실체임을 인식하고 공감할 수 있게 한다. 아라비아 마술사가 등장하는 부분에서 직감할 수 있는 것은 운명에 저항하는 인간의 실존적 모습이다.

그러나 세르반테스의 의도가 더욱 잘 나타나는 요소는 돈 키호테를 구체적·실존적 인간의 상징일 뿐만 아니라 예술적 실체로 설정해놓은 점이다. 그럼으로써, 단순한 패러디문학이나 여러 잡다한 경향을 모아놓은 것이 아니라 순수 미학적 측면을 고양시킨 보편성을 획득하고 있다는 사실이다. 돈 키호테는 신들린 상태, 곧 보다 높은 정신적 경지를 지향하는 존재로서 단순한 미치광이 이상이다. 돈 키호테는 삶에 미침으로써 삶으로 정신적인 고양을 이루고 미치광이 상태에서 시간과 공간을 초월한 영원성을 획득하고자 한다. 이러한 미학적 차원이 줄곧 복합적인 인물 돈 키호테의 정신 및 심리 상태를 이끌어가며 영원에 가까운 보편성을 획득하게 한다. 그럼으로써, 모든 독자들로 하여금 공감하게 하는 중요한 요소로 작용하고 있다.

『돈 키호테』는 출판되자마자 스페인 문학사상 놀랄 만한 성공을 거두어 세르반테스 생전에 16판이 나오고 각국어로 번역, 소개되었다. 이러한 사실은 작품이 보편성을 지니고 있다는 것을 증명하는 것으로, 주제나 사상이 시대와 감성을 초월하여 영원성을 갖고 있음을 의미한다. 좁은 의미에서 『돈 키호테』는 이상의 세계에 대한 가치와 현실 세계에 대한 날카로운 인식으로 당시의 스페인 상황을 해학적으로 묘사하고 있는데, 물론 그 대표적인 인물은 돈 키호테와 산초 판자로서 조화와 균형을 위한 진화적인 모습을 띠고 있다. 즉 돈 키호테는 제정신을 회복하여 사리를 분별하고 현실에 대한 환멸을 느끼게 되며, 산초 판자는 이상의 세계가 빚어내는 호의, 정의감에 대한 열망을 지니게 되는 존재로 점차 자신을 진화시켜간다. 넓은 의미에서 돈 키호테는 인간의 전형적인 실체로서 자신을 비롯하여 타인, 사회 및 세계와의 관계에 있어 늘 부대끼며 살아가야 하는 보편적인 가치를 지닌 구체적인 상징물이다. 곧 시간과 공간을 초월하여 영원히 삶을 유지하고 조화를 이루어가는 모습을 띠고 있다.

『돈 키호테』에 대한 해석은 시대에 따라 각기 다른 시각을 보였다. 17세기 당시에는 단지 매우 흥미로운 소설로 간주되었으며, 낭만주의 시대에는 이상주의와 현실주의의 대립 상징으로 보았고, 실존주의 시대에는 실존적 인간의 전형으로 소개되었다. 『돈 키호테』가 후세에 끼친 영향은 매우 커서 플로베르(Gustave Flaubert, 1821~1880), 디킨즈(Charles Dickens, 1812~1870), 톨스토이(Lev Nikolaevich Tolstoi, 1828~1910) 등 19세기의 위대한 소설가들에게 영향을 끼쳤다. 또한 많은 비평가들이 그의 작품을 연구하였으며, 근대 소설의 창시자로서의 자리매김과 함께 세계문학사에 그의 명성을 남겼다. 다음은 『돈 키호테』의 간략한 내용이다.

제1권

스페인 라 만차(La Mancha) 마을에 조카딸과 가정부, 그리고 하인과 평범하게 살아가는 알론소 키하노(Aloso Quijano)라는 시골 귀족이 살고 있다. 그는 잠을 자지 않고 기사도 이야기책을 읽다가 자기를 기사도 소설에 등장하는 '기사'로 착각하여, 약자를 돕고 불의를 응징해서 기사다운 명예를 세우겠다는 결심을 한다. 그리하여 자신을 스스로 '돈 키호테 데 라 만차'(Don Quixote de la Mancha), 자기의 말라빠진 말은 '로시난테'(Rocinante)라는 이름을 붙이기도 하며, 자기가 사모하는 귀부인 시골 처녀 알돈자 로렌조(Aldonza Lorenzo)에게 '둘시네아 델 토보소'(Dulcinea del Toboso)라는 이름을 바치기도 한다. 그리고 헛간에서 옛날의 갑옷과 투구를 꺼내 손질하고 우스꽝스런 모습으로, 어느 여름철 먼동이 틀 무렵 살짝 집을 빠져나간다. 돈 키호테의 첫 번째 가출은 한무리의 상인들에게서 몽둥이 찜질을 당하는 것으로 끝난다. 그런데 신부, 이발사 등을 비롯한 몇몇 마을 사람들의 치료를 받고는 돈 키호테는 다시금 집을 떠나는데, 이번에는 종자로서 산초 판자를 동반한다. 그는 산초에게 섬나라를 정복하면 그 나라의 영주를 시켜준다는 터무니없는 약속을 하여 꼬인 것이다.

두 사람은 여러 가지 사건과 접하게 되는데 풍차와의 싸움, 산양치기와 만남, 맘브리노(Mambrino)의 투구, 노 젓는 죄수들에 대한 이야기 등이 펼쳐진다. 돈 키호테는 흠모하는 기사 아마디스(Amadis)를 모방하여 둘시네아를 위한 속죄와 고행으로 산에서 머물기도 하는 등 갖가지 행각을 벌인 후, 사모하는 여인 둘시네아에게 보내는 편지를 전달하기 위해 산초 판자를 되돌려 보내고, 결국 그의 귀향을 위해 헌신적으로 노력하던 신부와 이발사의 계책으로 다시 집으로 돌아오게 된다. 조카딸과 가정부는 돈 키호테의 몸이 어느 정도 회복되면, 또 집을 빠져나가지 않을까 벌써부터 걱정을 한다. 걱정은 불행하게도 사실로 나타난다.

제2권

신부와 이발사가 돈 키호테의 병세에 관해서 나누는 이야기로부터 시작된다. 이어 돈 키호테의 조카딸, 가정부, 산초 판자와 그의 아내 테레사, 그리고 돈 키호테의 새로 사귄 친구인 학자 산손 카라스코(Sansón Carrasco) 사이에 오고간 이런저런 이야기와 사건이 전개된다. 그리고 돈 키호테는 세 번째 방랑기사의 모험을 떠나게 된다. 방랑 도중 돈 키호테는 매사냥을 하는 공작 부처와 사냥꾼들을 만나게 되고, 그 부처의 성에 초대를 받는다.

공작 부처는 돈 키호테의 광기와 산초의 어리석음을 통하여 즐거움을 얻고자한다. 그래서 그들은 두 사람을 가지고 노는 갖가지 연극 소동을 벌인다. 공작 부처의 성에서 돈 키호테는 자기를 비난하는 사제에게 열변을 토한 것을 서두로 해서, 몬테시노스의 말을 전하러 온 죽음의 신인 마술사를 통하여, 둘시네아 델 토보소를 마술에서 풀어내는 방법에 대한 지시를 받게 된다. 즉, 그 방법이란 종자인 산초의 옷을 벗겨 양쪽 엉덩이를 삼천삼백 차례 매질하라는 것이다. 그밖에 '비탄의 노시녀' 트리팔디 백작 부인이 겪은 기이한 사건과 관련하여, 돈 키호테와 산초는 눈을 가리고 목마와 목마의 엉덩이에 각각 올라앉아 공중을 나는 모험을 성공적으로 완수한다.

공작의 배려로 드디어 산초는 그토록 갈망하던 성의 영주로 부임하게 된다. 산초가 부임하기 전 돈 키호테는 그 직위에 앉아 어떻게 처신해야 하는지 충고한다. 산초가 출발하고 나자 돈 키호테는 무어라 말할 수 없는 고독감에 사로잡힌다. 그러다가 우연히 자기를 애타게 사모하는 공작 부인의 시녀 알티시도라의 고백을 엿듣게 된다. 마침내 돈 키호테는 사랑에 괴로워하는 알티시도라의 구애를 받게 된다.

돈 키호테는 공작의 성에서 보내고 있는 생활이 기사도의 법도에 어긋난다고 생각하여 떠나기로 결심한다. 그런데 돈 키호테에게 늙은 시녀 도냐 로드리게스가 찾아와, 정조를 빼앗기고 남자에게 버림받은 자기 딸을 도와달라고 간청한다. 이에 돈 키호테는 그 남자와 결투를 원한다. 그러나 그 남자가 도망을 치자, 할 수 없이 공작의 젊은 하인 토실로스와 결투하기로 한다. 그런데 그만 토실로스는 도냐 로드리게스에게 반하여 그녀에게 청혼을 한다. 그래서 결투는 결국 무산되고 만다. 한편 산초 판자는 섬나라를 다스리다가 지칠대로 지쳐 영주직을 사임하기에 이른다. 그래서 다시 돈 키호테를 만나 공작의 성을 떠나게 된다.

어느 날 아침, 돈 키호테는 갑옷을 입고 바닷가를 산책하러 나갔다가 눈부신 달이 그려져 있는 방패를 든 '은달(銀月, Caballero de la Blanca Luna)의 기사'와 만나 결투를 하게 된다. 이 결투에서 돈 키호테는 패배를 하고, 고향으로 돌아가라는 명령을 받아들이게 된다. 그 '은달의 기사'는 사실 돈 키호테를 고향으로 데려가기 위해 변장한 산손 카라스코였다. 돈 키호테는 고향으로 돌아오는 길에 돼지 떼에게 봉변을 당하는가 하면, 공작 부처에 의해 또 한 번 놀림을 당하게 된다. 즉 돈 키호테와 산초는 공작의 성으로 강제로 끌려가, 알티시도라의 죽음을 목격하게 된다. 그리고 그녀를 소생시키기 위해서 산초가 뺨을 스물두 번 맞고, 열두 번 꼬집히고, 팔과 허벅지를 여섯 번이나 바늘로 찔림을 당한 것이다.

집으로 돌아온 돈 키호테는 이제 목부(牧夫)가 되어 평안한 삶을 살아보려 결심을 하지만 병이 들고 만다. 결국 돈 키호테는 알론소 키하노라는 이름을 되찾고 제 정신을 회복한 직후 유언장을 만들고 숨을 거두게 된다. 그 유언장에서 그는 기사도 소설에 대한 강한 혐오를 나타낸다.

5. 독일의 문학

이탈리아의 열정적이고 왕성한 르네상스는 점진적으로 알프스 이북의 유럽 지역으로 전파되었다. 북유럽의 사회적·경제적 변화도 이탈리아의 도시 국가들의 경제적 발전과 거의 비슷하게 전개되어, 알프스 이북에서 문예부흥이 발생할 수 있는 계기를 제공했다. 북유럽의 거의 모든 지역에서 봉건 제도가 사라지고 자본주의적인 경제가 탄생하고 있었으며, 새로운 개인주의적 사조가 중세의 획일적인 가톨릭 제도의 바탕을 흔들고 있었다. 공통된 경제적·사회적 관심은 유사한 문화를 창출하기 시작하고 나아가 국민국가의 형성에 커다란 영향을 끼쳤다.

이탈리아의 르네상스와 북유럽의 르네상스는 많은 점에서 차이가 있었다. 이탈리아의 르네상스가 도시적이고 귀족적인 데 반해, 북유럽의 르네상스는 국민국가의 궁정을 중심으로 전개되었다. 이탈리아 르네상스의 영향을 받은 북유럽의 최초의 지역은 독일이었다. 특히 독일은 이탈리아와 지리적으로 인접할 뿐만 아니라 많은 학생들이 이탈리아의 대학에서 연구했기 때문에, 유럽의 어느 지역보다도 이탈리아 르네상스의 영향을 빨리 받았다. 그럼에도 불구하고 이 지역에 대한 이탈리아 르네상스의 영향은 단기적이었으며 광범위하지도 못했다.

독일 르네상스의 가장 대표적인 인물은 울리히 폰 후텐(Ultich von Hutten, 1488~1523)과 크로투스 루비아누스(Crotus Rubianus, 1480~1539)이다. 후텐은 기존의 모든 사회 질서에 대해 항거하는 프랑켄(Franken)의 오래된 기사 계급 출신으로서 루비아누스와 함께 중세 말 가톨릭 성직자들의 위선과 세속성을 비판하는 『무명인사 서한집』

(*Epistolae obscurorum virum*)을 남겼다. 예술 분야에 있어서 독일 르네상스는 회화와 판화를 중심으로 발전했다. 대표적인 화가인 알브레히트 뒤러(Albrecht Durer, 1471~1528)와 한스 홀바인(Hans Holbein, 1497~1543)은 이탈리아적 전통에 큰 영향을 받은 인물로서 우울한 독일의 신비주의적 정신을 작품 속에 남겼다. 특히 한스 홀바인은 데시데리우스 에라스무스(Desiderius Erasmus, 1469~1536)와 헨리 8세(Henry Ⅷ, 1491~1547)의 초상화로 유명하며, 후에 가톨릭교회의 부패를 풍자하는 그림을 그려 루터의 종교개혁에 예술적 정당성을 제공했다.

북유럽의 르네상스는 저지대 지역을 중심으로 활발히 전개되었다. 저지대 지역이 17세기까지 외국의 지배하에 있었음에도 불구하고 북유럽 르네상스의 중요한 중심지로 부각된 이유는, 이 지역이 무역의 중심지로서 경제적으로 발전하고 있었기 때문이었다. 저지대 지역의 르네상스는 에라스무스의 업적을 꼽을 수 있다. 네덜란드의 인문학자이며, 북유럽 르네상스의 가장 위대한 학자인 에라스무스는 『우신 예찬』(*Encomium Moriae*, 1509)이라는 글에서 교회의 부패, 신학자들의 교조주의, 대중의 무지 등을 비판했으나 루터의 종교개혁을 지지하지는 않았다.

독일의 인문주의자들은 그 자신의 표방 언어로 라틴어를 선택했다. 라틴어는 지금까지 교회와 학문의 언어였는데, 인문주의 사상의 근간이 되는 서양 고대를 다시 깨닫자는 사상에 힘입어 더욱 강력히 부흥되었다. 그리스·로마 작가 연구를 인문학(humanitatis studia)이라고 하며, 이것은 인간 교육의 완성을 뜻한다. 이탈리아는 고대 세계 가운데서 낙천적이고 개방적이며 모든 인간의 정신력을 북돋우는 세속의 현실 문화를 발견하였다. 그런데 독일인은 이들 이탈리아인들처럼 살 수는 없었다. 독일인의 사회적·문화적 상황 그리고 종교적 내면성 속에는 아직도 중세의 유산이 남아 있었던 것이다. 그래서 독일의 인문주의는 이탈리아의 르네상스와 다른 얼굴을 갖는다. 독일인이 찾은 것은 갈등으로부터의 구원에의 형식이었으며 인식에의 길로서의 학문이었다. 16세기 초 이후로 스콜라 학문의 권위에 대한 여러 차례의 싸움을 거친 후 인문주의는 하나의 막강한 힘을 갖는다. 이 새로운 정신의 중심점은 에라스무스에 의하여 구축되기 시작한 것이다.

■ 데시데리우스 에라스무스(Desiderius Erasmus, 1469~1536)
– 『우신 예찬』(*Encomium Moriae*, 1509)

에라스무스는 중세기가 마감되는 시기에 네덜란드의 로테르담에서 태어났다. 그리하여 고전적인 고대로의 회귀를 지향하는 문예부흥 시기인 르네상스와 복음으로의 회귀를 주장하는 종교개혁의 움직임이 한창인 때 성장하였다. 아버지가 일찍 사망하였기 때문에 고아가 된 그는 자서전에서 자신의 출생을 '신성모독적인 결합'이었다고 고백하고 있다.

소년 시절에 그는 데벤테르라는 곳에 위치한 공동생활형제단에서 2년 동안 수학하다가, 16세에 스테인에 있는 아우구스티누스 수도회에 들어갔다. 수습수도사를 수련하다가 성직에 임명된 후, 1494~1495년에 그는 『야만인들에 반하여』(*Antibarbaroum Liber*)라는 책을 썼는데, 여기서 이교적 학문의 필요성을 정당화하였다. 이후 그는 주교의 조언에 따라 파리 대학에서 신학박사 과정을 밟으면서, 신학 및 고전과 그리스도교의 유산들을 새롭게 하여 인문주의의 소양을 쌓는 데 주력하였다. 그러면서 한편 고대 문학에서 지혜로운 내용의 경구와 잠언을 선별하고 수집하여 『격언집』(*Adagia*), 『대화록』(*Colloquia*) 등을 쓰기 시작하였다.

그는 1497년 영국 여행길에 올랐는데, 영국에서 평생 우정을 나누게 될 절친한 친구인 토머스 모어와 존 콜릿을 만나게 된다. 그의 『우신 예찬』은 후에 영국의 토머스 모어의 집에 머물면서 쓴 것이다.

이 작품은 조롱조의 우아한 문체로 쓰인 세속의 어리석음에 대한 풍자글이다. 신앙에 이르기까지의 삶의 모든 문제를 다루고 있다. 그는 처음에 루터의 종교개혁에 동조했지만 조화 · 관용 · 절제 · 형식을 존중하는 그의 사고는 과격한 종교개혁의 악마적 모습에 경악을 금치 못했다. 교양 세계의 귀족이며 형식에 있어 미학자이며 신앙에 있어서 도덕가였던 그는, 종교개혁이 뜻하는 바의 행동이 유발하는 열기에 끝까지 동참할 수 없었다. 이 점에서 에라스무스는 오직 절대적 신앙 세계만을 추구하는 루터(Martin Luther, 1483~1546)와는 상반된 모습을 갖는다.

'우신 예찬', 곧 어리석은 신에 대한 예찬은 가톨릭교회에 대한 인문주의적 풍자이다. 에라스무스는 1509년 알프스를 넘으면서 이 책을 착상했다. 그리고 『유토피아』의 저자이며 영국의 인문주의자 토마스 모어의 집에서 열흘 동안 머물면서 마치 장기를 두는 기분으로 이 책을 썼다고 한다. 에라스무스가 평소 이상적 인간상으로 존경하던 친구 모어(More)의 이름을 떠올리게 하는 우신, '모리아(Moria)'가 '현자인 바보들을 꾸짖는다'는 연설조의 『우신 예찬』은 인간의 순수한 어리석음에 대한 예찬론이다.

'우신'이란 바보의 신이다. 이 바보의 신은 '부유의 신'을 아버지로, '청춘의 신'을 어머니로, 그리고 '도취'와 '무지'의 두 유모의 젖을 먹고 자랐다. 이 우신은 친구들을 여러 명 두고 있다. 추종의 신, 게으름의 신, 향락의 신, 무분별의 신, 방탕의 신, 미식과 수면의 신 등이 그들이다. 이 어리석은 신들을 통하여 저자는 당시 학자들의 어리석음을,

인간 세계의 일체가 어리석다는 것을 크게 풍자한다. 특히 신과 그리스 도야말로 어리석은 자의 표본이라고 확언하는 대목에서 가장 설득력을 발휘한다.

그에 따르면, 인간 세상의 모든 일이 바보신에 의해 좌우되고 있다. 인간의 모든 행위의 근본은 바보짓이고 어리석기 짝이 없다. 특히 저자는 중세적인 형식주의와 당시의 군주와 사제들의 세속적인 것을 공격한다. 이 작품에서 보여주는 어리석음과 웃음, 풍자와 해학의 가면을 걷어내면 현실을 적나라하게 재현, 고발하고 있는 날카로움이 도사리고 있다. 이 작품은 이성의 힘을 앞세우며 진리를 논하는 우아한 관념적 문학보다 좀 더 진솔하게 삶에 대한 진실을 밝힌 진정한 리얼리즘을 표방했다고 할 수 있다. 다음은 『우신 예찬』의 예문이다.[29]

24

앞에서 말한 철학자들은 인생을 살면서 할 줄 아는 것이 아무것도 없었다. 소크라테스를 보면 알 수 있지 않은가. 아폴론은 신탁을 통해 소크라테스가 뛰어난 현자라는 사실을 인정했지만, 바로 그날따라 소크라테스의 지혜는 부족함을 드러냈다. 어떤 주제였는지는 생각나지 않지만 대중을 향해 뭔가 말하려고 하면 소크라테스는 사람들이 모두 비웃어버리자 입을 다물어야 했던 것이다. 그가 상식적인 모습을 보여준 것은 스스로 현자라 불리는 것을 거부하고 그 호칭은 오직 신에게만 사용되어야 한다고 했을 때와 동료들에게 공적인 일에 참견하지 말라고 조언했을 때뿐이었다. 사람들에게 인간답게 살려면 지혜를 삼가라고 가르쳤더라면 더 좋았을텐데. 소크라테스가 독배를 마셔야 했던 것은 바로 지혜를 사용한 죗값을 치른 것이 아닌가? 그는 사색에 빠져들었고 망상에 몰두하였으며 벼룩의 다리 길이를 재고 날벌레의 윙윙거리는 소리를 관찰한 반면, 삶의 일상에 관해서는 아무것도 몰랐다.

---

29 데시데리우스 에라스무스, 강민정 역, 『우신 예찬』, 서해클래식 019, 2008, pp. 56~60 참조.

여기, 자신의 스승을 죽음에서 구하기 위해 그를 변호한 뛰어난 변호인 플라톤
이 있다. 그러나 그는 군중이 떠드는 소음에 넋이 나가 자기가 써온 연설문을 가
까스로 반밖에 낭독하지 못한 적도 있었다. 연단에 올랐을 때 마치 늑대라도 본
듯 갑자기 말문이 막혀버린 테오프라스토스[30]는 또 어떠한가! 그러한 자가 전장
에서 군사들을 이끌 수 있겠는가? 이소크라테스[31]는 너무 소심하여 차마 입을 열
지도 못했다. 로마에서 제일이라는 웅변의 아버지 마르쿠스 툴리우스[32]는 흐느
끼는 아이처럼 고통스럽게 떨면서 연설의 서두를 열기도 했다. 퀸틸리아누스[33]
는 그런 태도에서 위기를 감지하는 지혜로운 웅변가의 기미를 보았지만, 이런 현
명함이 오히려 성공에 방해가 된다는 것을 솔직하게 시인하는 것이 더 나았을지
도 모르겠다. 말로만 하는 싸움에서도 두려움에 얼어붙는 사람들이 손에 검을 쥐
었다한들 무엇을 할 수 있겠는가?

그런데도 사람들은 신들이 마음에 들어하는 플라톤의 다음과 같은 유명한 잠
언을 칭송한다. "철학자가 지도자이고, 지도자가 철학자인 나라는 행복하다!" 하
지만 만약 지나간 역사를 되돌아본다면, 이런 사실과는 반대로 철학이나 문학을
어설프게 아는 사람이 지도자인 정부가 최악의 정부였다는 사실을 알게 될 것이

---

30 테오프라스토스(Theophrastos, B.C. 372/369~283/285) : 고대 그리스의 철학자. 레스보스
   섬의 에레소스 출신. 플라톤과 아리스토텔레스에게 사사(師事)하였는데, 아리스토텔레스의
   사후에는, 아리스토텔레스가 아테네에 창설한 학원 리케이온(Lykeion)의 학장으로서 그의
   학풍을 수호하고 발전시켰다. 그는 아리스토텔레스 형이상학의 문제점을 연구했으며 식물
   학의 시조로 꼽힌다.

31 이소크라테스(Isokrates, B.C. 436~338) : 아테네의 변론가. 소피스트, 특히 고르기아스
   (Gorgias, B.C. 483 경~376)에게서 변론학을 배우고 B.C. 392년경 아테네에 학교를 설립하
   고 수사학을 중심으로 넓은 교양과 도덕의 예찬을 제자들에게 요구하여 플라톤 등 철학자의
   학교와 비길 만한 명성을 얻었다. 수많은 웅변가를 길러냈고, 그리스의 통일과 페르시아 원
   정을 주장했다.

32 마르쿠스 툴리우스(Cicero, Marcus Tullius, B.C. 106~43) : 로마의 웅변가 · 철학자 · 정치가
   인 키케로를 말한다. 아르피눔의 기사 가문에서 태어났다. 로마에서 수사학 · 철학 · 법률을
   배웠는데 당시의 로마 정치 상황은 귀족과 평민의 반목이 날로 격화되는 상태여서 그는 출
   세의 길은 웅변술에 있다고 판단하였고, 결국 로마에서 손꼽히는 웅변가가 되었다.

33 퀸틸리아누스(Marcus Fabius Quintilianus, 35경~100) : 스페인 출생으로 로마의 웅변가, 수
   사학자. 그의 저서 『웅변교수론』에서 키케로를 언어와 문장을 전거(典據)로 삼을 것을 주장
   하였다. 르네상스 인문학자들 사이에서는 최대의 스승이 키케로인가 퀸탈리아누스인가의
   논쟁마저 불러일으켰다.

다. 두 명의 카토[34]가 바로 이를 증명하는 결정적인 예가 된다. 한 카토는 지나친 고발을 일삼으며 나라를 혼란스럽게 만들었고, 다른 카토는 현명함이 지나쳐 로마 시민의 자유를 옹호한답시고 되레 자유를 되돌릴 수 없을 만큼 위태로운 지경으로 몰아넣고 말았다. 게다가 브루투스,[35] 카시우스,[36] 그락쿠스[37] 그리고 키케로에 이르기까지 연관지어 생각해보자. 아테네 공화국의 독이던 데모스테네스처럼 키케로는 심지어 로마 공화국에선 경멸의 대상이 되지 않았던가. 마르쿠스 안토니우스[38]의 철학이 사람들의 호평을 받지 못한 사실로 미루어보아 나는 그가 훌륭한 통치자가 아니었으리라고 생각한다. 혹 안토니우스가 훌륭한 통치자였다고 인정한다 해도, 그는 지도자의 자질을 발휘하여 공화국에 이익을 가져다주었다기보다는 그의 아들로 인해 오히려 더 많은 해를 끼쳤다. 지혜를 익히는 데 전념한 이런 종류의 사람들은 무슨 일에든 운이 나쁘며, 특히 자식운이 없는 경우가 많다. 그러므로 자연의 선견지명에 따라 이러한 지혜의 독이 과도하게 퍼져 나가는 것을 막아야 한다. 키케로의 아들은 바보였고, 현자 소크라테스의 자식들은

---

34 大카토(Censorius Cato, B.C. 234~149) : 로마의 정치가이며 학자. 투스쿨룸의 농민의 아들로 태어나 청년 시대에는 한니발 전쟁에 참가하였고 재무관, 법무관, 집정관을 역임했다. 大카토의 손자인 小카토(Uticensis Cato, B.C. 95~46)는 로마 공화정 말기의 정치가이다. 케사르에 반대하여 결국 자살했다.

35 브루투스(Marcus Junius Brutus, B.C. 85?~42) : 로마의 정치가. 케사르 암살의 주모자. 小카토의 지도를 받아 원로원파에 속하고, B.C. 49년 내란이 일어나자 폼페이우스 쪽을 편들었다.

36 카시우스(Cassius Longinus Gaius B.C. ?~42) : 로마의 정치가. 브루투스와 의형제 사이로 그와 함께 케사르를 암살한 인물이다. 안토니우스 및 옥타비아누스의 군대에 패배하고 자살하였다. 로마 공화정을 수호하기 위하여 싸운 최후의 로마인으로 칭송받는다.

37 그락쿠스(Gracchus) 형제 : 형은 티베리우스 그락쿠스(Tiberius Sempronius Gracchus, B.C. 162?~133)이며 동생은 가이우스 그락쿠스(Gaius Sempronius Gracchus, B.C. 159?~121)이다. 이들 형제는 로마 공화정 말기 사회개혁 운동가, 정치가이다. 형은 그리스 철학자에게 민주주의적 사상을 배우고 농업개혁운동을 펼쳤으나 귀족의 반대에 부딪쳤고 이후 호민관이 되려다가 반대파에 의해 타살되었다. 동생은 호민관에 취임하여 형의 뜻을 계승하여 토지 문제뿐만 아니라 원로원의 권한 박탈에 의한 민주주의를 시도했다. 그러나 원로원의 반대에 부딪쳐 실패하고 티베리스 강가에서 자살하였다.

38 마르쿠스 안토니우스(Marcus Antonius, B.C. 82~30) : 로마 공화정 말기의 정치가, 군인. 제2차 삼두정치를 행하고, 동방 원정에 전념하여 군사·정치적으로 막강한 세력을 쌓았다. 악티움 해전에서 옥타비아누스에게 패하여 자살하였다. 이집트의 여왕 클레오파트라와 사랑에 빠져 결혼한 것으로도 유명하다.

어떤 작가가 단언하는 바에 따르면, 소크라테스보다 그의 아내를 더 닮았다. 말하자면 미치광이였다.

52

이제 철학자들에 대해서 말해보자. 수염과 외투 덕분에 존경스러워 보이는 철학자들은 다른 사람들을 모두 우유부단한 허깨비라 여기고 자신들만이 현자라고 자처한다. 그들이 셀 수 없을 만큼 많은 세계를 만들고 손가락과 실로 하늘과 달, 별, 천체들의 크기를 재면서 벼락, 바람, 일식 등 설명하기 힘든 것들을 막힘없이 설명해 보일 때 얼마나 짜릿한 흥분을 느꼈겠는가! 그들은 마치 자신들이 신들의 회의에서 대행자로 뽑히기라도 한 양 세계를 건설한 대자연과 절친한 친구라도 된 듯 행세하지 않는가! 그렇지만 자연은 그들과 그들의 추측을 비웃는다. 왜냐하면 어느 것 하나 확실한 근거를 바탕으로 해서 이뤄진 것이 아니기 때문이다. 그들이 끊임없이 논쟁을 하는 것이 바로 그렇다는 증거다. 그들은 아무것도 모르면서 별것 아닌 것에 대해서도 모두 아는 것처럼 주장한다. 자신들에 대해서도 잘 알지 못하는 그들은 눈이 피곤해서인지, 아니면 정신을 다른 데 팔아서인지, 길가의 도랑과 돌멩이도 구별하지 못한다. 그러면서 보편적 개념들, (범주에 따라 분류된) 형상들, 제1의 원소들, 본질, 개성 원리[39] 등 린케우스[40]라도 이해하기 어려운 모든 사물에 대해 잘 알고 있다고 주장한다. 그들은 매번 삼각형, 정사각형, 원 같은 기하학 도형들을 마치 미로처럼 섞어 혼란스럽게 만들고, 알파벳을 아무렇게나 늘어놓으며, 무식한 사람들에게 눈을 멀게 만드는 가루를 뿌린다. 어떤 사람들은 별을 보고 미래를 점치며 마술을 넘어서는 기적을 약속하기도 한다. 그런데 그들의 이런 말을 믿는 사람들이 있으니, 그들은 참으로 운이 좋다.

---

[39] 개성 원리(個性原理) : 스콜라 철학의 한 개념 '이것임(Thisness)' 이라는 뜻으로, 예를 들어 순이는 '순이다움' 이라는 개성 원리에 의해 하나의 개체로 존재한다는 것이다.

[40] 린케우스 : 그리스 신화에 나오는 이다스의 쌍둥이 동생. 참나무 둥치도 꿰뚫어볼 수 있는 천리안을 가진 그는 사냥과 전쟁에서 뛰어난 능력을 발휘했다.

제4부 17세기 문학

Ⅰ. 서설

1. 역사적 배경과 신고전주의 문학

르네상스 시대에 이루어진 개인주의와 민족의 각성은 유럽 각국에 민족국가를 탄생시켰다. 17세기 전반에는 혼란이 계속되었지만 후반에 이르러서는 독일을 제외한 나라들이 통일을 이룩하고 절대왕정 체제를 확립했다.

프랑스는 16세기 후반 신교와 구교 간 종교적 대립으로 극심한 혼란을 겪으며 30년 전쟁(위그노 전쟁)을 치렀다. 결국 1598년 낭트 칙령(Édit de Nantes)[1]으로 사태를 수습하였으나 앙리 4세가 자객에 의해 살해당하자, 열 살의 루이 13세가 왕이 되었고 그의 어머니 마리 드 메디치(피렌체의 메디치가)가 섭정하게 되었다. 그리하여 루이 14세에 이르러서야 절대

---

1 낭트 칙령(Édit de Nantes) : 프랑스 국왕 앙리 4세가 국내의 프로테스탄트(위그노)에게 신앙의 자유를 인정한 칙령. 국내의 종교적 분쟁을 해결하기 위해 본래 프로테스탄트였던 앙리 4세는 1593년 가톨릭으로 개종함과 동시에, 이 칙령으로 신앙의 자유를 인정했다.

왕정 체제를 확실하게 구축하게 되었다. 국가의 통일과 그 구성원 간의 단합을 무엇보다도 중요하게 생각했던 루이 14세의 강력한 통치하의 프랑스는 정치 · 경제 · 문화의 모든 분야에 있어서 유럽의 중심이 되었다.

영국의 17세기는 왕권과 시민권과의 투쟁이 계속되었다. 엘리자베스 여왕의 뒤를 이은 제임스 1세가 왕권신수설인 '국왕신권설'을 내세우면서 청교도들을 박해하여 1642년 크롬웰의 청교도혁명이 일어나 공화정치가 행해지기도 했지만, 공화정은 18년밖에 지속되지 못하고 또다시 왕정복고가 일어나는 악순환이 계속되었다. 이후 1688년 명예혁명(Glorious Revolution)[2]이 일어나 내각책임제가 확립되었다. 이때부터 스코틀랜드와 잉글랜드가 연합하여 대영제국의 기반이 이루어지고, 강력한 해군력을 바탕으로 해외 식민지를 확보하게 되었다. 또한 1701년 왕권신수설을 이론적으로 반박하는 존 로크의 글은 의회 민주주의의 기틀을 완수하였다.

독일은 프랑스의 종교 전쟁이 끝난 후인 1618년에 30년 전쟁이 시작되었다. 그러나 독일의 30년 전쟁은 종교 전쟁의 성격 외에 유럽 각국이 그들의 이권을 놓고 다 참가하는 국제 전쟁의 양상을 띠었다. 이 전쟁으로 독일 국토는 초토화되고 1,600만 명이던 인구가 600만 명으로 줄 정도로 피해가 컸다. 전쟁이 끝난 후 베스트팔렌 평화조약이 맺어졌

---

2 명예혁명(Glorious Revolution) : 영국 시민혁명의 일환. 왕정복고 후 국왕 찰스 2세, 제임스 2세는 다 같이 안으로는 가톨릭을 신봉하고 밖으로는 굴욕적 친프랑스 정책을 추진하는 등 의회를 무시한 폭정을 강행했다. 때마침 제임스 2세에게 황태자가 탄생하자, 다시 가톨릭의 전제 군주가 출현할 위험을 우려한 의회는 왕의 전처의 장녀인 메리(후의 메리 2세)와 그의 남편 오란예 공(公) 윌리엄(후에 윌리엄 3세)을 네덜란드로부터 초청했다. 사면초가에 빠진 제임스는 프랑스로 도망함으로써 왕위를 버리고, 대신 들어온 윌리엄 부처가 공동 통치자로서 군림하였다. 청교도혁명과 같은 유혈의 비극을 수반하지 않고 수행되었으므로, 영국인들은 이를 명예혁명이라고 불렀다.

는데 이 조약은 역사적으로 큰 의미를 지닌다. 이제 보편적인 종교의 지배는 끝나고 민족적·국가적 이해관계의 시대가 개막되었다. 종교가 아닌 국가가 역사의 원동력이 된 것이다. 그러나 독일은 분열된 상태가 계속 유지되면서 통일의 길이 막막한 상태가 되었다.

스페인은 16세기 중반 펠리페 2세 치하에 유럽에서 가장 먼저 절대왕정 체제를 확립했다. 무적함대를 거느린 스페인은 해상권을 장악하면서 식민지의 금·은을 바탕으로 왕권을 강화하여 이른바 '황금세기'를 맞이하였다. 그러나 신교와 구교 간의 갈등과 1558년 스페인이 자랑하던 무적함대(Amada Invencible)가 영국과의 해전에서 패하면서 정치적으로 쇠퇴의 길을 걷게 되었고, 17세기 중엽에는 프랑스에 유럽의 패권을 넘겨주게 되었다. 그리하여 스페인의 형상은 호세 까달소(José Cadalso, 1741~1782)가 『모로코인의 편지』(*Cartas marruecas*)에서 풍자한 것처럼 '해골만 남은 거인'이 되었다. 스페인의 강성을 시기하는 유럽의 타국가들이 연합하여 빈번히 전쟁을 걸어왔고, 경제 사정은 더욱 어려워져만 갔다. 결국 카를로스 2세가 죽은 1700년대에는 18세기의 개막과 함께 합스부르그 왕가로부터 프랑스 혈통의 부르봉 왕가로 전환하게 된다.

어느 시기이든 문학사는 사회사와 밀접한 관련을 맺으며 전개되어왔다. 유럽 사회사에서는 국가에 따라 차이가 있으나 일반적으로 16세기로부터 18세기에 걸친 시기를 절대주의(Absolutism) 시대라고 한다. 이 시기는 유럽 사회가 봉건 사회를 탈피하여 근대적인 발전의 단계로 접어든 시기로서 유럽 근대 사회 성립의 초기 단계라고 할 수 있다. 따라서 정치·사회·경제·문화·예술 면에서 근대적인 발전의 모습이 두드러지게 나타난다. 그러나 다른 한편으로는 아직도 봉건적인 요소나 세력이 잔존하고 있던 시기이기도 하다. 그러한 봉건적 잔재는 18세기 후반으로부터 19세기 초에 걸쳐 시민혁명과 산업혁명으로 일소되어 마침내 19세기에 이르러 근대적인 시민사회가 확립되었다.

유럽에서 절대주의의 내용은 시기와 지역에 따라서 서로 다르다. 하지만 대체로 유럽의 절대주의는 16세기 스페인의 종교적 절대주의, 17세기 프랑스의 궁정식 절대주의, 18세기 프로이센·오스트리아·러시아의 계몽 절대주의로 대별할 수 있다. 이 가운데 스페인의 절대주의는 다소 미숙한 형태였다고 볼 수 있으며, 프랑스의 절대주의가 가장 전형적인 것이었다고 할 수 있고, 동유럽의 절대주의는 말기적인 절대주의였다고 평가할 수 있다.

르네상스 운동의 발전에 주요한 계기가 되었던 근대 과학이 본격적으로 발달하게 된 것은 '지적 혁명'(Intellectual Revolution) 혹은 '과학 혁명'(Scientific Revolution)의 시대로 불렸던 17세기 이후의 일이다. 17세기는 뛰어나게 자연과학이 발달했던 시대로서, 이 시기에 이루어진 과학적 업적을 총칭하여 과학 혁명이라고들 한다. 이 시대에는 갈릴레이(Galileo Galiei, 1564~1642), 뉴턴(Sir Isaac Newton, 1642~1727), 데카르트(René Descartes, 1596~1650), 호이헨스(Constantijn Huygens, 1596~1678), 파스칼(Blaise Pascal, 1623~1662)과 같은 위대한 과학자가 출현했다. 과학 혁명은 근대 과학의 확립을 의미했을 뿐만 아니라, 정신과 의식에 있어서의 거대한 혁명이기도 했다.

과학 혁명은 르네상스 이래 과학과 과학적 사고의 발전이 누적된 결과였다. 코페르니쿠스 이후의 천문학의 발달, 베이컨과 데카르트에 의한 새로운 과학적 방법론의 제공, 근대인의 과학에 대한 관심의 증대 등이 17세기에 들어와서 마침내 결실을 보게 된 것이다. 그리하여 17세기 말에 와서 과학은 진정한 의미의 지적이고 문화적인 영향력을 행사

할 수 있었다. 유럽 각국에서는 절대왕권의 후원 하에 과학 연구를 위한 학회가 설립되었는데, 특히 1662년 만들어진 영국왕립협회(Royal Society)와 1666년 설립된 프랑스 과학 아카데미(Academie des Sciences)가 대표적이었다. 이들 학회는 과학 연구뿐만 아니라 인구·경제·무역·항해 등에 관한 많은 주제들을 다루어 당시의 현실적 문제의식을 반영하였다.

17세기 과학혁명의 진수를 보여준 것은 영국왕립협회의 후원으로 1687년 발간된 뉴턴의 『프린키피아』(*Principia*)이다. 우주의 운행에 대한 과학적 설명을 완성시켰던 뉴턴은 이 책에서 기계론적인 우주관을 확립함으로써 르네상스 이래의 자연과학적 성과들을 종합하였다. 그는 갈릴레이의 방법론을 계승하여 만유인력의 법칙을 발견하였고, 이를 통해 자연의 합리성을 입증하였다.

이러한 자연 법칙의 발견과 그것의 인간 문제에 대한 적용 의지는, 기독교적 우주관과 세계관에 사로잡혀 있던 당시의 서유럽인들에게 커다란 충격을 주었다. 신의 존재 자체가 의문시될 정도로 기독교적인 세계관의 토대는 근본적으로 흔들리게 되었다. 또한 전통적인 신념 체계에 대한 전반적인 불신 풍조가 만연하였고, 종교개혁 이후 진행되고 있었던 유럽 사회의 세속화 과정이 더욱 촉진되었다. 이제 우주는 전지전능하신 신의 섭리에 따라 움직이는 것이 아니라, 자연 법칙에 따라 규칙적으로 질서정연하게 움직이는 것으로 믿게 되었다.

과학 혁명은 무엇보다도 인간과 사회를 보는 태도와 인식을 근본적으로 바꾸어놓았다. 우주의 운행과 자연의 움직임을 설명할 수 있는 자연의 법칙이 있다고 한다면, 인간 사회의 움직임을 설명할 수 있는 법칙도 당연히 있을 것이라는 생각에서, 그러한 사회의 법칙을 발견하려는 사람들이 나타나게 되었다. 다시 말하면 합리주의 시대가 열리고 있는 것이었다.

2. 신고전주의 문학의 사상과 특징

일반적으로 신고전주의는 17, 8세기 프랑스·영국·독일에서 일어났던 문예운동을 가리킨다. 이는 고대 그리스·로마의 고전주의와 구별하기 위해 신고전주의(Neo-classicism) 혹은 의고전주의(Pseudo-classicism)라 불린다. '고전적'(classic)란 용어는 라틴어 '클라시쿠스'(classicus)에서 온 말로, 로마 시민 6계급 가운데 세금을 가장 많이 내는 제1급 시민을 가리킨 말이다. 이를 2세기경 문법학자 아울루스 겔리우스(Aulus Gellius, 123?~165?)는 '제1급의 작가'(classicus scriptor)를 가리키는 말로 전용했는데, 이는 평민 대중을 상대로 한 영세 작가가 아닌 귀족 사회의 소수 엘리트를 상대로 한 작가를 의미하는 것이었다.

신고전주의는 14세기 이탈리아에서 최초로 일어난 르네상스에서 벌써 싹이 트고 있었다. 르네상스 인문주의자들은 그리스·로마의 고전을 통하여, 인간이란 항상 스스로 선택한 목적을 추구할 특권을 가진 '이성적 존재'라는 것을 인식했다. 그리하여 그들은 정신과 육체, 사상과 감정이 조화를 이룬 전인적 인간상을 인간관으로 삼았다. 또한 그들은 천국이라는 비현실적인 종교적 차원보다는, 현세에 관심을 두고 현세를 합리적으로 바라보는 세속적 합리주의를 세계관으로 삼았다.

그런데 같은 신고전주의라 하더라도 국가에 따라 그 시기와 양상이 다르다. 가령 가장 모범적인 신고전주의를 전개한 프랑스의 경우에는 17세기 후반에 성립되었고, 가장 이론적이고 규범적인 완성된 형태를 띠고 있다. 영국에서는 16세기 중엽부터 신고전주의라고 할 수 있는 작품이 쓰였는데, 프랑스에 비해 훨씬 엄격하지 않은 형태를 띠고 있다. 한편 독일의 신고전주의는 18세기경에 모습을 드러내는데, 이미 그 시기에 낭만주의 문학 운동이 일어나고 있었기 때문에 작품에 낭만주의적 요소를 포함하고 있다.

이렇듯 시기에 따라 국가에 따라 신고전주의의 양상이 다르기는 하지만 신고전주의가 지향하는 방향은 그리스 예술이다. 즉 그리스 예술의 이성적·합리적·현실적인 면, 그리고 조화와 통일·장엄함의 추구는 고전주의 문학의 토대를 이루고 있는 것이다.

신고전주의의 세계관이 합리주의였기 때문에 문학 이론이 매우 큰 비중을 차지했다. 이것은 브왈로(Nicolas Boileau, 1636~1711), 드라이든(John Dryden, 1631~1700), 포프(Alexander Pope, 1688~1744) 같은 신고전주의의 시학을 정립한 대표적 비평가들이, 창작도 겸한 사실과 무관하지 않다. 신고전주의 비평은 문학의 특수한 면이 아니라 문체·구조·구성 요소의 성질, 예술가의 제재 처리, 작품의 효과를 창조하는 수단 등 문학 일반에 대한 이론이다. 그리고 신고전주의 비평은 아리스토텔레스의 "시는 자연의 모방이다"라고 한 모방 이론으로 특징지을 수 있다.

엄밀히 말하면 신고전주의는 학파나 이념의 문제가 아니다. 신고전주의라는 용어 자체도 그 당시에는 존재하지 않았다. 이는 당시 작가들의 공통된 기호와 철학과 사고방식, 그리고 글쓰기의 문제였다. 따라서 신고전주의의 성격이 무엇인가를 이야기할 때 고대의 모방, 감성에 대한 이성의 우위, 질서나 조화의 추구, 논리적이고 명확한 글쓰기, 우아하고 세련된 표현 등 어느 정도 추상적인 언어로 묶을 수밖에 없다.

Ⅱ. 17세기 문학의 흐름과 양상

1. 프랑스의 신고전주의 문학

16세기 프랑스를 극심한 혼란으로 몰아넣었던 신·구교 간의 종교 전쟁은 1598년 앙리 4세가 신교도의 신앙 자유를 허용하는 낭트 칙령을 발표함으로써 일단 막을 내리게 되었다. 그럼에도 불구하고 프랑스에서는 종교적 갈등과 정치적 음모가 그치지 않았고 마침내 1610년 왕은 가톨릭 광신도의 손에 암살당하고 말았다.

이후 내전과 외국과의 전쟁으로 지친 프랑스는 1648년 베스트팔렌 조약, 1659년 피레네 조약으로 안정을 되찾게 되었다. 무엇보다 1661년 루이 14세가 친히 나라를 다스리게 되면서부터 프랑스는 유럽의 가장 강력한 국가로 부상했다. 그리하여 프랑스는 정치·군사·경제 모든 면에서 유럽의 중심에 위치하게 되고 또한 문화적으로도 찬란한 꽃을 피우게 되었다.

흔히 17세기의 프랑스 문학을 신고전주의라고 하지만, 엄밀한 의미에서 신고전주의 문학은 루이 14세가 친정 체제를 구축하여 프랑스의 황금시기를 이룩한 약 1660~1680년대까지를 말한다. 혼란을 거듭하던 17세기 전반기의 프랑스 문학은 후반부의 조화와 절제, 세련된 문학과는 달리 대단히 다양하고 복잡하며 때로는 거칠고 조악한 성격을 띠게 되었다. 정치적으로 불안정한 이 시기의 문학을 바로크(제대로 다듬어지지 않은 보석)라 하는데, 이는 상반된 성격의 신고전주의와 더불어 17세기를 특징짓는 문학의 한 흐름을 형성했다.

17세기 전반부는 분명 바로크 정신이 지배하고 있었지만, 그러나 이때에도 이미 곧 다가올 고전주의 문학을 준비하듯 조화와 질서를 중시하는 일련의 문학의 흐름이 깔려 있었다. 우선 17세기 전반부의 혼란 속에서도 통합과 질서를 지향하는 사회 · 정치적 분위기가 점차로 팽배해지고 있었던 것이다. 프랑스 신고전주의 형성 과정에서 무엇보다 영향력을 끼친 것은, 몽테뉴(Montaigne)로부터 데카르트(Descartes)에 이르기까지 인간 이성에 대한 전면적인 검증을 통해, 이성의 권위를 회복하게 하고 이성으로 하여금 지적 세계를 통치하게 만든 일이다.

그리하여 문학에 있어서도 규범과 질서를 중시하는 경향이 생겨나게 되었다. 그리고 일련의 이론가들은 다른 문학 장르보다 **연극 분야**에 관심을 쏟았다. 당시의 이론가들이 가장 큰 스승으로 받들고 있는 사람과 책은 아리스토텔레스와 『시학』이며, 주로 비극에 관심을 보였다. 특히 루이 13세 시대의 리슐리외 추기경(Richelieu, 1585~1642)은 프랑스 아카데미(Académie Francaise)를 창설하고 작가가 지켜야 할 '삼일치(Troisuniés)의 법칙'(하루 안에 동일한 장소에서 한 사건이 행해져야 한다는 규칙)과 '순수성의 법칙'(비극은 비극적 요소로만, 희극은 희극적 요소로만 작품을 써야 한다는 규칙)을 중시한 바 있다. 이 규칙 밑에서 이른바 프랑스 3대 신고전주의 극작가 코르네유(Pierre Corneille, 1606~1684), 몰리에르(Molière, 1622~1673), 라신느(Jean Baptiste Racine, 1639~1699) 등이 등장하여 수많은 작품을 발표했다.

소설 분야에서는 세비녜 부인(Madame de Sévigné, 1626~1696)과 라 파예트 부인(Marie Madeleine La fayette, 1634~1693) 등 여류소설가와 르 사주(Alain Le Sage, 1668~1747) 등이 활약했다. 특히 라 파예트 부인의 궁정 연애소설 『클레브 공작 부인』(*La Princesse de Cleves*, 1678)과 르 사주의 스페인의 악자소설의 영향을 받은 『질 블라스』(*Gil Blas*, 1715)는 독자들의 많은 사랑을 받았다.

그밖에 17세기 가장 뛰어난 시인으로 주목받고 있는 라 퐁텐(Jean de La Fontaine, 1621~1695)은 『우화시집』(*Fables*, 1668, 1678~1679, 1694)을 남기고 있고, 신고전주의 미학을 확립한 브왈로(Boileau, 1636~1711)는 대표작 『시법』(*L'Art poétique*, 1674), 파스칼(Blaise Pascal, 1623~1662)은 『팡세』(*Les Pensées*, 1669~1670)를 내놓아 17세기 후반에 이름을 빛냈다.

■ 코르네유(Pierre Comeille, 1606~1684) ― 『르 시드』(*Le Cid*, 1637)

프랑스의 극작가이며 고전극의 아버지로 불리는 코르네유는, 노르망디의 루앙에서 대대로 법관을 지낸 가문의 장남으로 태어났다. 그는 루앙의 예수회 학원을 다니면서 반숙명론적 자유 의지론의 영향을 받았고, 라틴어에 능통하여 로마사를 정독하면서 지식의 기초를 쌓았다. 법학사, 변호사의 자격을 획득했으나 공상적인 성격에다 말하는 것이 서툴러 시작詩作에 열중하게 되면서 극작劇作을 쓰기 시작했다.

코르네유의 작품 활동 전성기는 17세기 전반부에 집중되어 있다. 그는 연극 분야에서 신고전주의의 이론적 형성이 한창 이루어지고 있을 때 그 중심에 위치하고 있었으며, 그의 작품은 찬양과 논란 속에서 항상 문제가 되었다. 왜냐하면 삼일치의 법칙을 엄수하지 않은 것, 내용이 부도덕적이라는 이유 때문이었다. 그러나 그는 3년간 침묵한 후, 삼일치의 법칙을 엄격히 지키고 내용이 건전한 작품을 연이어 발표하여 비난을 잠재웠다.

그의 작품으로는 비극 18편, 희극 8편, 희비극 7편이 있다. 말년에는 더 인기 있는 라신느의 등장으로 가난과, 대중에게 잊혀진 인물이 되어 남은 생을 보내게 되었다. 어쨌든 그는 신고전주의의 완성에 초석을 마련하였으며 프랑스 비극을 한 단계 끌어올린 17세기 전반부의 가장 위대한 극작가라 할 수 있다.

그의 극작은 비극이 아니라 희극으로 시작하였는데, 자신이 겪었던 사랑을 소재로 쓴 『멜리트』(*Melite*, 1629)를 비롯하여 『미망인』(*La Veuve*, 1630~1631) 등이 있다. 이후 그의 대표작 『르 시드』(*Le Cid*, 1637)는 대단한 성공을 거두었으나 동시에 이론가들에게 많은 공격을 받기도 했다. 고대 로마의 애국심을 묘사한 『오라스』(*Horace*, 1640), 로마 초기의 관대한 정신을 보인 『신나』(*Cinna*, 1640), 아르메니아에서의 귀족의 신앙 비극을 다룬 『폴리외트』(*Polyeucte*, 1643), 격조 높은 성격희극 『거짓말쟁이』(*Le Menteur*, 1644) 등이 있다.

5막의 운문희극인 『르 시드』는 스페인의 길렌 드 카스트로(Guillen de Castro, 1569~1631)의 『엘 시드의 청년 시절』에서 주제를 따온 것이라고도 하는데, 무대는 11세기 스페인의 세비야이다. 작가는 여기서 사랑과 명예 사이에서 갈등을 겪는 주인공의 의지를 통해 자신의 운명을 개척해나가는 비극적 영웅의 모습을 그리고 있다. 작품의 줄거리는 다음과 같다.

돈 디에그의 아들인 로드리고와 돈 고메스의 딸인 시메느는 서로 사랑하며 장래를 약속한 사이다. 그러나 두 연인의 아버지인 디에그와 고메스는 원래 사이가 좋지 않다. 어느 날 두 아버지들은 궁정에서 왕자의 스승을 결정하는 문제로 말다툼을 하게 되고, 고메스가 디에그의 뺨을 때리는 무례한 짓을 범하게 된다. 모욕을 받은 디에그는 아들에게 복수를 부탁한다. 사랑과 명예의 틈바구니에서 고민하던 로드리고는 어쩔 수 없이 사랑하는 여인의 아버지인 고메스와 결투하게 된다. 그리고 예상대로 로드리고의 칼에 고메스는 숨지고 만다. 로드리고는 시메느를 찾아가서 자신을 죽여달라고 간청하지만, 시메느는 사랑하는 사람을 차마 죽이지 못하고 깊은 슬픔에 빠지고 만다. 그러나 그녀는 자신의 아버지를 죽인 로드리고의 목을 왕에게 요구하게 된다.

때마침 무어인이 침입해오자, 로드리고는 그 문제를 미해결로 남겨둔 채, 아버지의 명에 따라 전쟁터로 나가게 된다. 그리고 마침내 로드리고는 승리를 쟁취하여 귀환한다. 왕은 로드리고에게 '시드'라는 칭호를 내려 그의 공을 치하한다. 시메느는 그의 승리를 찬양하면서도 그를 미워해야 하는 자신의 운명을 한탄한다. 이에 왕은 시메느를 대신하여, 돈 산슈를 불러들여 로드리고와 결투를 하게 한다. 그리고 이 결투에서 만약 로드리고가 승리하면 시메느를 아내로 맞이하도록 한다. 이 결투에서 로드리고가 이겼지만, 왕은 시메느의 마음을 떠보려고 로드리고가 패배하여 죽었다고 그녀에게 말한다. 그러자 시메느는 실신한다.

결국 왕은 죽은 아버지의 입장을 생각해야 하는 시메느에게, 로드리고가 무어인을 완전히 물리친 후 결혼하도록 조처한다. 왕의 명령으로 로드리고는 시메느의 눈물이 마를 때까지 전쟁터에 나가게 된다.

■ 라신느(Jean Racine, 1639~1699) － 『페드르』(*Phédre*, 1677)

코르네유의 뒤를 이은 17세기 후반 프랑스의 비극 작가 라신느는 파리 근처 페르테 밀롱에서 태어났다. 일찍이 고아가 된 그는 외가에 의해 쟝세니즘(Jansénisme)[3]이라는 염세적인 기독교 분위기에서 성장했다.

---

3 쟝세니즘(Jansénisme) : 네덜란드의 신학자 얀센(Cornelis Jansen, 1585~1638)이 주창한 교의(教義). 이 교의는 생 시랑(1581~1643)에 의하여 프랑스의 포르르와얄 수녀원에서 강하게 받아들여, 소위 포르르와얄 운동으로서 전개되었다. 이 교리의 본질은 아우구스티누스의 은총론을 전개시킨 것으로, 특히 제주이트 교단(Society of Jesus, 일명 예수회라고도 하는 로마 가톨릭교회에 속한 교단)을 비판하였기 때문에 심한 반격과 탄압을 받았다. 파스칼 등 문학사상 저명한 인물들이 이 파에 속한다.

그는 얀센파 초등학교 졸업 후 얀센파를 옹호하는 글을 쓰기도 했다. 이후 파리 다르쿠르 대학에서 철학을 공부하고, 파리 문화계의 대부라고 하는 라 퐁텐(Jean de La Fontaine, 1621~1695)과 브왈로(Boileau, 1636~1711)에게 인정을 받았다. 그는 1660년 루이 14세의 결혼 축시를 써 연금을 받기도 했다. 그의 첫 작품 『테바이드』(*La Thébaïde*, 1664)는 큰 성공을 거두지 못했지만, 살롱을 드나들며 견문을 넓혀 작품을 썼다. 그의 대표작으로는 『앙드로마크』(*Andromaque*, 1667), 『이피게네이아』(*Iphigénia*, 1674), 『페드르』(*Phèdre*, 1677) 등을 꼽을 수 있다. 그는 총 12편의 희곡을 남기고 있다.

코르네유가 운명을 헤쳐나가는 영웅적인 인간의 모습을 그리고 있다면, 라신느는 운명의 힘에 무너지고 마는 비극적인 인물을 제시하고 있다. 그의 작품은 구성의 치밀함, 날카로운 심리 묘사, 표현의 정확성, 강력한 시적 효과 등으로 높은 예술적 경지를 지닌다고들 평가한다.

『페드르』는 그리스의 극작가 에우리피데스의 작품인 『힙포리토스』(*Hippolytus*, 428)를 개작하여 썼다는 것으로 알려져 있는데, 그 줄거리는 다음과 같다.

아테네 왕 테제가 원정을 나가 소식이 끊어지게 되자, 아들인 이폴리트는 아버지를 찾아 왕궁을 떠나고자 한다. 왕궁에는 테제의 아내이자 이폴리트의 계모인 젊고 아름다운 왕비 페드르가 독수공방 하고 있다. 그러는 동안 그녀는 전처의 아들 이폴리트에게 연정을 품게 된다. 마침내 왕이 죽었다는 소식이 들려오자, 왕비는 이폴리트에게 자기의 심정을 고백하고, 왕자는 왕비를 꾸짖으면서 거절한다. 수치심과 정염으로 불타오른 페드르는 격한 말로 이폴리트에게 사랑을 요구한다. 그러나, 바로 그때 죽었다고 소문이 나 있던 테제 왕이 뜻밖에 귀국한다.

페드르는 스스로 목숨을 끊으려 하지만 뜻을 이루지 못한다. 그래서 페드르는 자신의 부정이 들통나는 것을 두려워한 나머지 유모 에논느에게 선수를 쳐 오히려 이폴리트를 모함하게 한다. 곧 유모는 왕에게 이폴리트가 페드르를 범하려 했다고 거짓 증언을 한 것이다. 테제 왕은 분노하여 아들을 불러 사실을 실토하라고 했으나, 이폴리트는 아버지의 명예를 위하여 끝내 누명을 쓰고 고국을 떠나게 된다. 아들을 추방하고 난 왕은 바다의 신에게 그를 벌하여 달라고 기원한다. 이폴리트는 사랑하는 연인 아리사와 함께 외국으로 떠난다. 아리사가 이폴리트의 진심을 테제에게 전하자, 왕은 진상을 알아보려고 유모를 찾지만 페드르에게 버림받은 유모는 이미 자살한 후이다. 한편 외국으로 가던 이폴리트는 왕의 저주로 말미암아 바다의 신이 보낸 괴물 넵튠에게 무참한 최후를 맞고 만다.

헤어날 수 없는 정염의 포로가 된 페드르는 처음에는 에논느의 음모에 가담했으나, 이폴리트가 뜻하지 않게 죽는 것을 보고서는 돌이킬 수 없는 죄의 뉘우침에 빠진다. 결국 모든 잘못이 자신에게 있음을 왕에게 고백한 뒤, 그녀 또한 독을 마시고 죽는다. 자신의 경솔함을 뉘우친 테제는 아리사를 양녀로 삼아 속죄한다.

■ 몰리에르(Mollére, 1622~1673) - 『수전노』(L'Avare, 1668)

코르네유와 라신느가 고전주의 비극의 쌍벽을 이루고 있다면, 몰리에르는 희극에 있어서 독보적인 위치를 차지했다. 그의 본명은 장 바티스트 포클렝(Jean Baptiste Poquelin)이며, 파리의 왕실가구 조달인 집안에서 태어났다. 1642년 오를레앙 대학에서 법학사의 자격을 획득하였지만, 그는 연극인의 길을 택하고 평생 순교자처럼 연극을 위하여 모든 것을 바쳤다. 그는 단순히 극작가뿐만 아니라 뛰어난 배우 · 연출가 · 극장 경영인이었다. 그는 일뤼스트르 극단(Illustre Théâtre)에 가입하여, 12년간의 고된 지방 순회 극단 생활을 마치고 파리로 돌아온 후 차츰 이름을 날리기 시작했으며, 1659년 『우스꽝스러운 재녀들』(Les Précieuses ridicules)의 성공으로 루이 14세의 총애를 받게 되었다. 이후 그는 국왕의 보호 아래 왕성한 작품 활동을 하였으나 그의 뛰어난 재능과 신랄한 비판 정신은 많은 적들을 만들었다. 사교계인들, 문인들, 귀족들, 종교인들이 그에게 악의에 찬 중상모략을 퍼부었으나 그는 이에 굴하지 않았다. 그는 피로와 병고에 시달리면서도 마지막 작품인 『상상병 환자』 (*Le Malade imaginaire*, 1673)를 공연하다가 무대 위에서 피를 토하고 쓰러져 파란 많은 생애를 마감했다. 약 13년 동안 그는 30여 편의 훌륭한 희극 작품을 남기고 있다.

그의 주요 작품으로는 『남편 학교』(*L' École des maris*, 1661), 『돈 주앙』 (*Don Juan*, 1665), 『인간 혐오자』(*Le Misanthrope*, 1666), 『타르튀프』(*Tartuffe*, 1664~1669), 『수전노』(*L' Avare*, 1668), 『평민 귀족』(*Le Bourgeois Gentilhomme*, 1670), 『여학자의 무리』(*Les Femmes savantes*, 1672), 『상상병 환자』(*Le Malade Imaginaire*, 1673) 등이 있다.

5막의 운문희곡 『수전노』에서는 구두쇠 상인 알파공이 자기의 아들 클레앙트를 돈 많은 미망인과, 딸인 엘리제를 지참금 없이도 데려가려는 노인과 결혼시키려는, 돈만을 최고의 가치로 아는 수전노의 모습을 그리고 있다. 다음은 작품의 줄거리이다.

파리에서도 이름난 돈 많은 수전노 알파공은 슬하에 아들 클레앙트와 딸 엘리제 남매를 두고 있다. 그러나 아버지인 알파공이 이들 남매를 전혀 이해하려 하지 않기 때문에, 그들 남매 역시 아버지를 존경하지 않는다.

엘리제는 자기 집에 세 들어 살고 있는 멋쟁이 미남 발레르를 사랑한다. 클레앙트도 가난한 집 딸인 마리앙느를 사랑하고 있다. 그러나 수전노 아버지는 여자가 가난하다는 것을 핑계로 그들의 결혼을 반대하고, 음흉스럽게도 자기가 오히려 마리앙느와 결혼하고자 한다. 마리앙느는 알파공이 클레앙트의 아버지라는 사실을 전혀 모르고 만난다. 그러나 너무나 음흉하고 보기 싫은 모습에 몸서리를 친다. 클레앙트는 자기 아버지가 마리앙느를 꼬이고 있다는 사실을 알고 분개하고, 알파공은 아들로 인해 자기 계획이 뜻대로 이루어지지 않자 분개한다. 그래서 부자지간에 큰 싸움이 벌어진다.

이렇듯 사건이 복잡하게 얽혀져 갈 때 또 한바탕 소동이 벌어진다. 그것은 알파공이 아무도 모르게 마당에 파묻어둔 1만 프랑이 든 상자가 감쪽같이 없어져

버렸기 때문이다. 그 사건의 혐의는 발레르에게 돌아간다. 일이 난처하게 된 발레르는 자기의 본명을 밝히게 되고 마리앙느가 발레르의 누이동생이라는 사실을 알게 된다. 뿐만 아니라, 알파공이 자기 딸 엘리제를 시집보내려고 하는 50대 남자 안셀름이 발레르와 마리앙느의 아버지라는 사실이 밝혀지게 되면서 또 한바탕 소동이 벌어지게 된다. 이때 알파공의 아들 클레앙트가 등장하여 아버지와 협상을 벌인다. 만약 자기와 마리앙느를 결혼시켜 준다면 1만 프랑이 든 상자를 아버지에게 돌려주겠다고 제의한 것이다. 이렇게 하여 돈을 감춘 범인이 아들 클레앙트라는 사실이 밝혀진다.

알파공은 돈이냐, 사랑이냐를 놓고 둘 중 하나를 선택해야 할 처지에 몰린다. 알파공은 주저하지 않고 '돈이 최고지' 하면서 돈을 선택한다. 그래서 클레앙트와 마리앙느의 결혼이 성사되고, 엘리제와 발레르의 결혼도 성사된다. 단, 한 가지 조건이 있다. 이 두 쌍의 결혼식에 알파공은 한 푼도 투자할 수 없으며, 결혼식장에 입을 양복을 자식들 스스로 마련해야 한다는 조건이다.

■ 라 파예트 부인(Marie Madeleine La Fayette, 1634~1693)
　　　 – 『클레브 공작 부인』(*La Princesse de Cleves*, 1678)

라 파예트 부인은 소귀족의 집안에 태어나 프랑스와 드 라 파예트 백작과 결혼하였다. 소녀 시절부터 재녀로 주목받았으며, 당시 사교계를 떠들썩하게 했던 프레시외즈(Préieuse)[4]의 한 사람이었다. 세비녜 부인 그리고 『잠언록』(*Les Maximes*, 1664)을 쓴 프랑스의 모랄리스트 라 로시푸코(La Rochefoucauld, 1613~1680)와 친교했다.

그녀의 대표작 『클레브 공작 부인』은 기품과 절도 있는 문체로, 기혼

---

4 프레시외즈(Préieuse) : '귀중함' 혹은 '소중함' 이라는 뜻으로 처음에는 조잡한 취미를 버린 '품위 있고 훌륭함' 을 의미했다. 그런데 그것이 너무 지나쳐서 '멋부리기' 혹은 '난 체하기' 로 발전하여 익살스러운 요소를 지니게 되었고 사람들의 빈축을 사기에 이르렀다. 그러한 남자를 프레시외(Précieux), 여자를 프레시외즈라고 불렀는데, 그들의 언동을 그대로 모방하는 사람들은 희극작가들에게 더없이 좋은 소재를 제공하게 되었고, 결국 몰리에르에 의해 희롱을 당하게 되었다.

부인이 괴로운 애정과 싸워 자신의 감정을 고수하는 과정을 묘사하고 있다. 이 작품은 17세기 프랑스 최고의 소설인 동시에, 프랑스 심리소설의 전통을 세운 걸작으로 읽혀지고 있다. 소설의 줄거리는 다음과 같다.

프랑스 루이 왕조의 호화로운 궁정 생활이 펼쳐지고 있는 가운데 아름다운 아가씨 샤를로트가 사교계에 등장한다. 그녀는 대재산가의 외동딸로서, 아버지를 일찍 여의고 어머니 슬하에서 자랐다. 이 아름답고 정숙한 아가씨는 곧 사교계의 여왕으로 군림하게 된다. 세상을 모르는 순진한 아가씨는 아버지처럼 믿음직한 존재인 클레브 공작이 차지하게 된다.

한편 궁정에는 사교계의 중심인물 가운데 누무르 공작이 있다. 단정한 미남자이며, 뛰어난 용기와 재치 그리고 문예 면에서도 그의 적수가 되는 사람이 없다. 그는 샤를로트가 궁정에 데뷔했을 때 왕의 명령으로 국외에 나가 있어서, 그녀를 만나지 못했다. 그리고 그들이 처음 만났을 때는 샤를로트가 이미 클레브 공작의 부인이 되어 있을 때다. 그 두 남녀는 첫눈에 서로 반한다. 그리고 누무르 공작이 지금까지 사귀어 오던 수많은 여성들과의 관계를 끊어버리고, 오로지 한 여성만을 사모하여 병들어 있다는 소문이 나돈다. 사람들은 그 여성이 과연 누구일까 하고 추측해본다. 어떤 사람은 황태자비라고 말하기도 했으나, 사실은 처녀 시절부터 다른 남성에겐 절대로 곁눈질하지 않는 클레브 부인 때문이다.

클레브 부인은 구실을 만들어 자주 만나러 오는 누무르 공작, 언제나 열띤 눈으로 바라보는 누무르 공작을 대할 때마다 마음이 설레기 시작한다. 그러나 그녀가 받아온 교육에 의하면 그러한 사랑을 받아들인 수 없다. 부인이 공작에게 느낀 감정이야말로 지금까지 한 번도 없었던 사랑이란 것을 알면서도, 클레브 부인은 누무르 공작을 의식적으로 피한다.

자꾸만 흘러가는 세월에 따라 누무르 공과 클레브 부인의 사랑도 무르익어 간다. 끝내 누무르 공작은 그녀의 방에까지 몰래 침입하는 모험까지 감행한다. 그러나 그녀는 혼자 있을 때는 누무르 공작을 그리워하지만, 결코 자신의 감정을 상대방에게 고백하지 않는다. 그러나 결국 클레브 공작은 두 사람이 진정으로 사랑하고 있다는 것을 깨닫게 된다. 그리하여 클레브 공작은 자신이 사랑하는 아내의 마음을 사로잡지 못했음을 상심하다가 끝내 세상을 뜬다.

이제야말로 두 사람은 마음껏 사랑을 나눌 수 있게 된 것이다. 누무르 공작은 클레브 부인에게 끈질긴 구혼의 손길을 펼친다. 그러나 클레브 부인은 끝내 결혼을 승낙하지 않는다. 그녀는 얼마나 자신이 누무르 공작을 사랑해왔는지, 그리고 누무르 공작의 사랑을 얼마나 기뻐했는지 고백하면서도, 그녀에게 있어서 남편을 향한 정절은 이미 끊어버릴 수 없는 강한 쇠사슬이 되어 있었던 것이다.

2. 영국의 신고전주의 문학

프랑스와는 달리 영국의 17세기 전반은 엘리자베스 시대에 계속해서 남아 있던 중세적 세계관이 근대적 세계관으로, 왕권이 의회정치로, 봉건적 농업이 산업주의로 각각 격변의 길을 걸었다. 1642~1649년 사이의 찰스 1세와 국회 사이의 내란, 크롬웰에 의한 왕의 처형, 1660년 공화국에서 왕정복고 등의 격동의 시대에 직면한 것이다. 이런 상황에서 청교도가 문학의 주류를 차지했고, 1660년까지를 '퓨리터니즘의 시대'라고 말한다. 이 청교도 사상을 철저하게 반영한 작품이 밀턴(John Milton, 1608~1674)의 서사시 『실낙원』(*Paradise Lost*, 1667)이다. 이 서사시는 17세기 중엽을 지나 왕정복고 전후에 쓰인 것이지만, 그 정신에 있어서는 오히려 르네상스의 마지막을 장식하는 대작으로 볼 수 있다. 『실낙원』이 출간된 뒤 이어서 『복낙원』(*Paradise Regained*, 1671), 『투사 삼손』(*Samson Agonistes*, 1671)이 함께 출간되었다.

영국의 신고전주의는 엘리자베스 시대에 이미 싹트고 있었다. 가령 필립 시드니(Sir Philip Sidney, 1554~1586)는 『시의 변호』(*An apologie for poetrie*, 1595)에서 아리스토텔레스의 『시학』을 소개하면서, 그의 신고전주의적 입장을 나타내었던 것이다. 또한 벤 존슨(Ben Jonson, 1572~1637)은 그리스·로마 작가들의 영향을 많이 받았는데, 특히 '삼일치의 법칙'을 준수하려고 노력하였다.

영국의 신고전주의는 고대 문학에 대한 동경과 존경심을 갖고 있었지만, 프랑스의 고전주의처럼 규범적이거나 형식 논리에 치중하지 않았다. 영국의 작가들은 고대 문학을 통하여 가장 영국적인 것을 추구하고자 하였던 것이다. 포프와 존슨 이후 영국의 신고전주의는 차츰 쇠퇴하기 시작하였고 결국 낭만주의에 자리를 내주고 만다.

1660년 왕정복고와 더불어 본격적인 영국의 신고전주의가 시작되는데, 이 시기를 대표하는 작가는 존 드라이든(John Dryden, 1631~1700)이다. 그는 프랑스 신고전주의의 영향을 받은 『그라나다의 정복』(*The Conquest of Granada*, 1670)과 같은 영웅 비극을 통하여, 프랑스의 코르네유와 마찬가지로 명예와 사랑의 갈림길에서 고민하는 인물들의 갈등을 그리고 있다. 또한 소설가 존 버니언(John Bunyan, 1628~1688)은 『천로역정』(*The Pilgrims Progress*, 1678~1684)을 발표했다.

■ 밀턴 (John Milton, 1608~1674) − 『실낙원』(*Paradise Lost*, 1667)

• 시대적 배경과 청교도

밀턴의 시대는 영국 역사상 가장 파란이 많고 변화가 많던 시대였다. 세 번의 정변에 이어 런던의 대화재까지 겹쳤다. 정치적으로는 엘리자베스의 뒤를 이어 제임스 4세가 왕위에 올랐다. 특히 찰스 1세는 의회의 존재를 완전히 무시하다가 결국 내란이 일어나 단두대의 이슬로 사라지고, 의회군과 지도자 크롬웰(Cromwell, 1599~1658)이 새 공화국을 수립하여 정권을 잡았다.

이 신생 공화국은 청교도 국가로서 규율이 엄했고, 이로 인해 국민들은 시달리게 되었다. 이러한 전제주의적인 선민 정책은 1658년 크롬웰이 세상을 떠나자 붕괴되었다. 그리하여 1660년 왕정복고가 이루어져 찰스 2세가 왕이 되었다. 과거로 되돌아가려는 반동의 시대가 된 것이다. 사회적으로는 청교도혁명으로 인하여 상인들 중심의 중상 계급이 신흥 세력으로 대두되었다. 칼빈 교리의 영향을 받은 신흥 세력들은, 광범위한 하류 중산층과 자유주의적인 귀족들과 손을 잡고, 몰락에 허덕이는 봉건 세력과 충돌했다. 이러한 행동은 한편으로는 인간 중심의 르네상스 사조의 영향이기도 하지만, 또 한편으로는 토머스 모어의 유명한 유토피아의 동경에서 촉발되었다. 곧 사람들은 자신의 처지를 돌아보고 인간의 지성에 관심을 돌려 스스로 자연의 신비를 탐색하고자 한 것이다.

이러한 영향은 종교에도 미쳤다. 민중은 성경을 스스로 읽고 신의 뜻과 교리의 소재를 스스로 탐구할 뿐만 아니라, 교양과 양식良識과 비판 능력까지 얻게 되었다. 특히 농상農商 노동 계급은 궁정의 지나친 사치와 귀족의 불미한 생활에 불만을 느끼기까지 했다. 여기서 자신들의 자유를 찾아 봉기하는 것은 불가피한 상황이었다.

당시에는 신교가 국교로 되어 있었다. 그러나 이미 엘리자베스 여왕 시대부터 교회 감독 제도가 관료제를 실시하고 있었다. 그래서 민중은, 교회는 위에서 지배할 것이 아니라, 자치에 의해 장로를 선거하는 민주적인 제도로 다스려야 한다고 주장하였다. 그러나 뜻을 이루지는 못했다. 그러자 여러 사람들은 국교회의 혁신을 외치기도 하였고, 또는 미국으로 건너가서 신앙의 자유를 찾기도 하였다. 이들이 바로 청교도이다. 당시의 청교도 정신이란 신의 뜻을 최상의 법칙으로 받들고 인간의 권위를 두려워하지 않는 것이었다. 청교도는 국교회가 타율적인 권위를 존중하고 의식이나 예절 등 형식적인 것만 중요시하는 것을 반대하고, 칼빈이 주장한 대로 신과 인간은 직접 연결될 수 있다고 부르짖었다.

밀턴의 할아버지는 옥스퍼드셔의 자영농을 경영하면서 강건한 로마 가톨릭교를 신봉하는 인물이었다. 그러나 아들, 그러니까 밀턴의 아버지가 프로테스탄트로 개종하자 인연을 끊었다. 밀턴의 아버지는 런던으로 이주하여 공증인과 사채업으로 상당한 재산을 모았다. 또한 그는 아들에 대한 교육열이 대단하였다. 따라서 밀턴은 이미 소년 시절부터 라틴어, 그리스어를 자국어나 다름없이 익히게 되었고 그 수준은 스펜서와 베이컨을 탐독할 정도에 이르렀다. 그가 16세에 케임브리지 대학에 입학했을 때 '케임브리지 숙녀'라는 별명을 얻은 것에서 그의 성격이 단적으로 드러난다.

그는 소년 시절부터 청교도 정신에 충실했고, 그의 강렬한 자아의식과 맞물려 열성적으로 성경을 연구했다. 때문에 그는 청교도혁명에 적극 가담하여 의회파 크롬웰을 지지하며, 20여 년간 정치적인 문필 생활을 했다. 밀턴의 열렬한 집필은 그의 명성만큼, 그의 시력을 약화시켰고 1651~1652년 겨울에는 완전히 실명하고 말았다. 그때 밀턴은 겨우 43세였다. 그는 실명의 비극에도 굴하지 않고 공화정 신문 《정치 보도》의 검열관과 책임 편집자로 재직했다. 크롬웰이 죽은 다음 밀턴의 실망은 아주 컸다.

『실낙원』은 그의 젊은 시절부터 상상 속에 맴돌았던 위대한 시극을 전개시킨 것이다. 눈이 먼 그는 딸에게 받아쓰게 하고, 조카와 친지의 도움을 받으면서 20여 년간의 파란만장한 고심 속에 이 작품을 완성시켰다. 그리고 그는 다시 『복낙원』(*Paradise Regained*, 1971), 『투사 삼손』(*Samson Agonistes*, 1671) 등의 책을 내놓게 된다.

• **주제와 사상**

이 서사시의 주제는 한마디로 인간의 낙원 상실과 구원 사상이다. 이것은 밀턴이 당시 타락한 양심과 부패한 종교계에 들려 준 일종의 경종이다.

『실낙원』의 소재는 구약 「창세기」에 기술된 인류 창조 당시의 이야기이다. 중심 사건은 인류의 시조인 아담과 이브의 타락이다. 그리하여 이 작품은 소재와 중심 사건을 통하여, 신과 인간과의 관계를 기독교인의 눈으로 통찰한 시이다. 따라서 이 시에 등장하는 주인공은 어느 개인이나 영웅이 아니라 인류 자체이고, 시의 무대도 지구의 어느 한 부분이 아니라 우주 자체이다. 곧 자비롭고 전능한 신이 창조한 이 세계에 어떻게 무질서, 타락, 악의 씨가 들어왔는가 하는 문제이다.

『실낙원』의 사상은 전통적인 기독교 세계관을 바탕으로 하고 있다. 기독교적 세계관에서 악의 기원은 죄이다. 죄가 가능한 것은 인간이 자유 의지를 지닌 데서 기인한다. 물론 신이 인간을 그렇게 창조한 것이다. 인간이 신을 섬기는 길로 나아갈 때 그들은 선을 택한 것이고, 반대로 섬기기를 거부할 때 악을 택하는 것이다.

사탄은 저희가 신의 창조물임을 잊고 도리어 신이 되고자 모반한다. 그래서 그들은 필연적으로 지옥에 떨어진다. 사탄은 신의 피조물들을 유혹하여 그들로 하여금 신의 뜻을 섬기지 않고, 저희들 뜻을 좇도록 한다. 그러나 그들의 성공은 잠시 동안이다. 사탄에 의하여 인간은 타락했지만, 신은 인간이 되어 사탄의 악을 꺾는다. 곧 아담의 죄와 인류의 악은 위대하신 예수로 말미암아 선이 된다.

이처럼 기독교적 인간관에서는, 인간은 지옥에 떨어지나 예수의 속죄를 통하여 구원받을 수 있고, 악에서 선을 솟아나게 할 수 있다. 이리하여 에덴동산의 원죄는 확대되어, 전 인류의 내면사를 이루며 최후의 심판날까지 지속된다. 밀턴은 『실낙원』의 주제를 극적으로 전개시키기 위하여, 이야기의 초점을 네 가지로 집중시킨다. 곧 지옥과 천국, 그리고 에덴동산과 인류의 타락이다. 서사시 『실낙원』에서 보여주는 내용의 흐름은 다음과 같다.

「천사장의 반란」

태고 시절, 해와 달이 아직 형성되지 않은 때이다. 만물을 통솔하는 전지전능하신 하느님께서는 성자(예수)를 후계자로서 모든 신의 위에 있게 한다. 모든 천사들의 대환호성이 넘치는 하늘 한 구석에 재주와 용맹이 빛나는 천사장이 도사리고 있다. 천사장은 하느님의 총애를 받아왔으며, 하느님 다음으로 큰 세력을 지니고 있다. 천사장은 분개하여 "내 어찌 굴종의 치욕을 참을 수 있으랴." 하고 반역을 일으켜 많은 천사 군사들을 자기편에 끌어 들여 전쟁을 일으킨다. 그러나 그는 결국 하나님의 군사에 압도되어, 자기편의 천사들과 함께 하늘에서 쫓겨나 대심연 속으로 떨어진다. 그때부터 천국에서는 그를 사탄이라고 부른다.

사탄은 불꽃 바닥에서 구일구야(九日九夜) 동안 혼수 속에 빠져 있다가 눈을 뜬다. 사탄은 자기 다음 가는 바알세붑을 불러 전 군단을 깨워 일으키게 하고, 하늘을 탈환할 희망이 있다고 말한다. 사탄의 무리들은 대회의를 열어, 우선 또 하나의 새로운 세계와 인류가 창조되리라는 하늘의 예언이 사실인가 탐색하기로 한다. 그리고 탐색자는 수령인 사탄이 맡기로 한다. 사탄은 지옥의 문을 향해 날아간다. 지옥의 문은 굳게 닫혀 있고, 무시무시한 두 괴물이 지키고 있다. 하나는 그의 머리에서 튀어나온 딸 '죄'이고, 또 하나는 그 딸과 교접해서 낳은 아들 '죽음'이다. 그 괴물들은 사탄의 계획을 듣고 기꺼이 지옥의 문을 열어준다. 이어 사탄은 혼돈왕 개오스, 암흑왕 나이트의 협조를 얻어 신세계의 지름길을 알아낸다.

「에덴동산」

하느님은 보좌에 앉아 갓 창조된 에덴동산을 향해 날아오는 사탄을 바라본다. 그리고 오른쪽에 앉아 있는 성자에게 사탄이 인류를 유혹하는 데 성공하리라고 예언한다. 그러나 인간은 사탄처럼 자기의 악의에서가 아니라 사탄의 유혹에 의해 타락한다는 점에서, 인간에 대한 자비심을 베풀 것을 선언한다. 그러나 인간은 신격을 얻고자 함으로써 하느님의 존엄을 더럽혔기 때문에 충분히 속죄하고 그의 벌을 받을 자가 나타나지 않는 한, 그의 자손과 더불어 죽을 수밖에 없다고 한다. 이때 하느님의 아들이 자진하여 대신 벌을 받겠다고 청한다. 하느님은 이를 받아들인다.

사탄은 에덴동산의 높은 담을 뛰어넘어 문 안쪽에 내린다. 그리고 처음으로 아담과 이브를 본다. 두 사람은 손을 잡고 나체로 녹음과 분수 옆에서 쉬고 있다. 사탄은 그들 가까이 가서 그들이 하는 이야기를 엿듣고, 금지된 지혜의 나무 열매에 대해 알게 된다. 사탄은 그들을 꾀어서 죄를 범하도록 유혹하리라 결심한다.

아담과 이브는 잠자리에 든다. 사탄은 이브에게 마술로써 환각과 공상을 갖게 한다. 그녀의 순결한 머릿속에 동물적인 신을 집어넣어 불평불만의 생각을 갖게 하고, 방종한 욕망과 오만의 환상을 갖게 한다. 에덴동산을 경비하는 두 천사는, 이브의 귓전에서 그녀를 유혹하고 있는 악령을 발견한다. 그들은 반항하는 사탄을 가브리엘에게 데려간다. 가브리엘의 심문에 사탄은 대항하려 하다가, 하늘의 징표를 보고 어쩔 수 없이 도망친다.

「인류 타락과 그 이후」

아침이 되자 이브는, 낯선 이에게 유혹되어 지혜의 열매를 따먹은, 간밤의 괴로운 꿈 이야기를 아담에게 말한다. 아담은 걱정스럽지만 이브를 위로하고, 그들은 하느님을 찬양한다. 다시 마음속에 평화와 안정이 돌아온 그들은 기쁜 마음으로 일하러 나간다. 하느님은 라파엘을 불러 아담과 이브에게 앞으로 위험이 있음을 알려서 경계하도록 이른다. 라파엘은 곧 낙원으로 내려와서 아담과 이브에게 적이 가까이 와 있고, 그 적은 누구이며, 왜 적이 되었는가, 그밖에 아담이 궁금해하는 것들에 대해서 이야기한다.

한편 사탄은 치밀한 간계를 품고 다시 에덴동산으로 돌아온다. 그리고 가장 간사한 뱀을 만난다. 사탄은 그 뱀의 입을 통해 몸속으로 숨어들어 간다. 그리고 혼자 있는 이브에게 접근하여 온갖 아첨으로 그녀를 칭찬한다. 이브는 뱀에게 어떻게 해서 인간의 말과 이해력을 얻게 되었느냐고 묻는다. 뱀은 지혜의 나무에 달린 과일을 먹어서 그렇게 되었다고 대답한다. 그러면서 이브도 그 과일을 먹으면 틀림없이 신이 될 것이라고 유혹한다. 이브는 마침내 열매를 따먹는다. 죄를 범한 뱀은 풀 속으로 미끄러져 도망간다. 이브는 열매를 가지고 아담에게로 돌아와 그간 있었던 일을 말한다. 아담은 그녀가 범한 죄를 듣고 크게 놀랐으나, 자신도 그녀와 함께 멸망할 것을 결심하고 열매를 먹는다.

그리하여 두 사람은 정욕의 환락에 빠진다. 그들은 알몸을 부끄럽게 여겨 무화과 잎을 엮어 허리에 감는다. 인간의 범죄는 곧 하늘에 알려진다. 하느님은 범죄자들을 심판하기 위하여 성자(예수)를 보낸다. 성자는 내려와 먼저 뱀에게 배로 땅을 기고 먼지를 먹으라는 저주를 내린다. 다음으로 이브에게는 임신의 슬픔과 고통을, 아담에게는 땀 흘려 빵을 먹고 마침내 먼지로 돌아가라고 선고한다. 성자는 두 사람을 가엾게 여겨 짐승 가죽을 입히고 다시 하늘로 돌아온다.

아담과 이브를 추방시키기 위해 그리고 그보다 우선 아담에게 미래의 일을 계시하기 위해 한 무리의 케룹 천사를 거느린 미카엘이 내려온다. 이브를 잠재우고 천사는 아담과 함께 높은 산으로 올라간다. 그리고 그로부터 대홍수가 일어났던 일들까지 환영으로 보여준다. 그것은 바로 아담과 이브의 원죄가 일으킨 죄과들이다. 카인이 아벨을 죽이는 장면, 갖가지 무서운 병에 신음하다가 고통스럽게 죽어가는 인간들의 모습, 홍수 이전의 세계 문명 곧 아담의 장남 카인의 자손에 대한 이야기와 셋째 아들의 자손에 대한 이야기, 홍수 직전의 타락 곧 거인의 포악함과 애녹의 이야기, 노아의 홍수, 그리고 홍수 후의 천지 부흥과 새로운 은혜의 약속 등이다. 아담은 환영을 보는 동안 인간의 비참한 타락에 충격과 비애로 괴로워한다. 그러다가 마지막 한 사람의 의인, 노아에 의해 하느님의 노여움이 풀려 다시는 홍수로 땅을 망치지 않으리라는 약속을 듣고 크게 기뻐한다.

천사는 대홍수에 이어 계속 그 다음에 일어날 일들을 이야기한다. 아브라함을 이야기하는 대목에서 아담과 이브가 심판을 받는 날, 그들에게 약속했던 여자의 씨가 누구인가를 설명한다. 예수의 수육, 죽음, 부활, 그리고 승천 등이다.

예수는 이 땅에 육신으로 와서 십자가에 못 박힌다. 그러나 사흘째 여명이 돌아오기 전에 부활한다. 그리하여 영원히 생을 잃고 죽어야 한다는 인간의 단죄는 취소되고, 사탄은 머리를 상해 힘을 잃게 된다. 아담은 천사의 말을 듣고 복종이 최선임을 깨닫고, 오직 한 분인 하느님을 사랑하겠노라고 맹세한다. 그리고 천사와 함께 산을 내려온다.

이브는 이미 깨어 그들을 맞이한다. 그녀는 꿈속에서 이미 모든 환영을 본 것이다. 그녀의 마음은 평온과 순종으로 가득하다. 미카엘은 두 사람을 낙원 밖으로 인도한다. 그들은 손을 잡고, 에덴동산을 뒤로 한 채 쓸쓸한 발걸음을 옮긴다.

■ 존 드라이든 (John Dryden, 1631~1700)
 - 『압살롬과 아히도벨』(*Absalom and Achitophel*, 1681)

드라이든은 노샘프턴셔의 앨드윙클에서 태어났다. 그의 아버지는 준 남작으로 치안판사였으며, 드라이든을 엄격한 청교도 신앙으로 교육시켰다. 그는 웨스트민스터 학교와 케임브리지 대학에서 공부하면서 고전에 심취하여, 왕정복고 시기의 시·극·평론 등의 문학을 대표한 다재다능한 작가가 되었다.

그는 1657년 크롬웰의 애도시를 써 문단에 데뷔하여, 당시 상당한 수입이 보장된 연극에 눈길을 돌려 거의 20여 년 동안 극을 썼다. 그러다가 찰스 2세가 프랑스에서 돌아와 왕위에 오르자 즉시 왕당파로 전향하였다. 그리고 왕을 여신으로 격상시켜 「정의의 여신의 귀환」(*Astraca Redux*, 1682)이라는 시를 써서 왕을 환영하였다. 또한 국교회의 신앙을 옹호하는 장시 「평신도의 신앙」(*Religio Laici*, 1682)을 썼다. 이후 가톨릭교도인 제임스 2세가 즉위하자, 그는 개종하여 다시 동물우화의 형식으로 『암사슴과 표범』(*The Hind and the Panther*, 1687)을 발간했다. 이 작품에서 '암사슴'은 가톨릭교이고 '표범'은 국교회의 상징이었다. 이로 인해 그는 끊임없이 변절자라는 비난을 받게 되었다. 그러나 그는 이러한 비난에도 불구하고 1670년 계관시인이 되었다. 사실 그는 다음으로 이어지는 18세기의 위대한 산문 시대의 기초를 구축하였다.

1988년 무혈혁명이 일어났을 때, 그는 신교도의 충성을 거부하여, 그의 모든 공직과 연금을 박탈당했다. 그는 만년에 다시 문학에 전념하여 1697년에 서정시 「알렉산더의 축연」(*Alexander's Feast*)이라는 유명한 송시를 남겼다. 이밖에 그의 대표작으로는 영웅극 『그라나다의 정복』(*The Conquest of Granada*, 1670), 풍속 희극 『현대식 결혼』(*Marriage-a-La-Mode*, 1672)

등이 있고, 서사적 풍자시로 『압살롬과 아히도벨』(*Absalom and Achitophel*, 1681), 풍자 영웅시 『맥 플렉노』(*Mac Flecknoe*, 1682) 등이 있다. 또한 비평론으로는 『극시론』(*An Essay of Poesy*, 1668)이 있다.

서사적 풍자시 『압살롬과 아히도벨』에서 드라이든은 풍유적 기법으로 당시의 정치 상황을 풍자했다. 당시 찰스 2세의 후계자로 동생인 제임스 2세가 즉위하게 되어 있었다. 그런데, 휘그(Whig)당 정치가인 샤프츠베리 백작은 그가 로마 가톨릭이라는 이유를 들어 즉위를 반대하고, 찰스 2세의 사생아인 몬모우스 공작을 옹립하려 했다. 이에 드라이든은 구약성경에서 풍부한 인유를 끌어냈다. 곧 압살롬이 그의 아버지 다비드를 배역하여 모반을 일으킨 이야기를 소재로, 당시의 정치 상황을 빗댄 것이다. 다음은 시의 부분이다.

> 배역자들 중에서 아히도벨이 첫째이니
> 만대에 저주받을 이름이라.
> 치밀한 음모와 사악한 계책에 능하며
> 명석하고, 대담하고, 기묘한 생각으로 가득차
> 신념과 지위가 불안하여 초조하고
> 세도에 만족치 못하며, 치욕에는 발끈하여
> 그 불타는 영혼이 솟구쳐
> 왜소한 몸을 불태워 부식시키며,
> 온 세상에 술렁인다.
> 극한 상황에서 담대한 물길의 안내자.
> 파도 높을 때 그 위험을 즐기며
> 폭풍을 찾아다니고, 평온함은 체질에 맞지 않아
> 모래톱 너무 가까이 배를 몰아, 자신의 재간을 뽐내는구나.
> 대단한 천재들은 확실히 미친 자와 거의 같도다.
> 얇은 칸막이가 그들의 경계를 갈라놓을 뿐
> 그렇지 않다면 부귀와 영화를 누리면서

왜 그는 그의 노년에 긴요한 휴식의 시간을 거부하랴.

그가 위안을 줄 수 없는 육신을 벌하고,

인생이 풍비박산되어도, 순조로운 삶을 탕진하겠는가.

그러니 그가 각고 끝에 얻은 모든 것을

저 깃털도 안 난 두 다리 달린 것인, 아들에게 남겨주기 위해서다.

그의 영혼이 헷갈려 있는 동안 만늘어신

무정부상태처럼 엉망진창인 형체로 태어나 자식에게

우정도 거짓이고, 증오심으로 불타올라

국가를 파멸시키거나 아니면 통치하려고 작정한 자…

그 후 겁에 질려 있지만 여전히 명망을 쫓으면서

모든 죄를 사해주는 애국자라는 이름을 강탈하도다.

파당이 심한 시대에는 집단적인 광기로

개인의 죄를 숨기는 것은 아주 쉽구나.

■ 존 버니언(John Bunyan, 1628~1688)
　　　　　　　　　－ 『천로역정』(*The Pilgrim's Progress*, 1678)

　청교도 정신을 대변하는 시인이 존 밀턴이라면, 산문 작가로서는 존 버니언이 있다. 버니언은 영국 베드포드 두메산골 가까이에 있는 엘스토우라는 작은 마을의 옻칠장이 집안에서 태어났다. 그는 한동안 학교에 다녔지만 곧 아버지의 가업을 이었다. 버니언이 16세 때, 아버지는 재혼했으며, 그는 집을 나와 의회군議會軍 병사가 되었다. 20세 때 결혼하여 아내의 감화와 아내가 가져온 두 권의 종교서적에 의해 신앙과 지식을 얻고 독실한 종교인이 되었다. 그의 자서전 『죄인의 괴수에게 넘치는 은혜』(*Grace Abounding to the Chief of Sinners*, 1666)는 이때의 영적 고투를 기록한 것이다. 이후 그는 교회의 설교사가 되어 점차로 명성을 얻어갔으나, 1660년 왕정복고가 되자 승인 없이 설교했다는 이유로 체포되어 12년 동안 감금생활을 보냈다. 이 기간 동안 그는 『거룩한 도시 또는 새 예루살렘』(*The Holy City or the New Jerusalem*, 1665), 『천로역정』(*The Pilgrim's Progree*, 1678) 제1부 등을 썼다. 출옥 후 다시 베드포드 목사가 되어 각처를 돌아다니며 설교했고, 다시 투옥되었다. 이 2차 투옥 중 『천로역정』(1684) 제2부를 썼다. 이 외에도 우화 『악인의 일생』(*The Life and Death of Mr. Badman*, 1680), 『성스러운 싸움』(*The Holy War*, 1682) 등을 남기고 있다.

성서 다음으로 많이 번역되었다는 『천로역정』의 원제목은 '이 세상에서 올 세상에 이르는 순례의 나그넷길'(*The Pilgrim's Progress from this World to that which is to come*)이다. 그리스도 교도가 위험과 혼란을 겪으며 하늘의 도성을 향해 순례하는 이야기이다. 이 종교적 서사시는 영국 근대 소설의 효시라고 평가되고 있으며, 이 작품의 주인공은 세상의 쾌락을 버리고 영원한 세계를 목표로 하여 나아가는 퓨리턴의 모습을 그리고 있다. 따라서 현실 세계는 하나의 여로가 되는 것이다. 제2부는 주인공의 아내 그리스차나가 네 자녀와 그리고 친구 마시와 함께 남편 뒤를 따라 천국을 향해 가는 내용이다. 중세 이래로 하나의 전통이 되고 있는 알레고리(우화) 문학의 계보에 속하는 작품이다. 또한 이 작품은 곧 18세기에 뒤이어질 다니엘 디포(Daniel Defoe)류의 사실주의적 소설을 예기해주고 있는 것으로 평가받고 있다. 이 작품을 간략하면 다음과 같다.

나는 황량한 이 세상을 방황하면서 광야를 걸어다니다가 어느 동굴에 이르게 되고, 그 속에 들어가 잠을 자게 된다. 나는 꿈속에서, 파멸의 도시에서 한 크리스천이라는 가난한 죄인이 살고 있음을 본다. 크리스천은 자기가 살고 있는 도시가 운명의 날을 맞이할 것이라는 사실을 알게 된다. 크리스천은 책을 읽으면서 울며 무서워한다. 그는 더 이상 참을 수 없어 슬픈 목소리로 이렇게 외친다. "나는 어떻게 해야 하는가." 그는 '멸망의 도시'에 있는 자기 집으로 돌아가 아내와 자녀들에게 괴로움을 털어놓지만, 처자는 그의 말을 진지하게 들으려 하지 않는다. 그는 공포에 휩싸여 봇짐을 싸서 등에 지고 그 도시로부터 탈출한다. 그러면서 "어

떻게 해야 구원을 받을 것인가." 하고 울며 들을 거닐다가 한 복음전도자
(Evangelist)를 만난다.

복음전도자는 손을 들어 그에게 넓은 들을 가리키며 "저기 저 건너편 좁은 문
이 보입니까?" 묻지만 그는 보이지 않는다. 그러자 복음전도자가 다시 "저기 비
치는 빛은 보입니까?" 하고 묻는다. 그가 보이는 것 같다고 말하자, 전도자는 "저
빛을 바라보며 가면 거기 문이 있을 것이요. 문을 두드리면 당신이 어떻게 해야
할 지를 가르쳐 줄 사람이 있을 것입니다."라고 말한다. 그 말을 들은 크리스천은
멸망시를 떠나 그 빛을 향해 달려간다. 아내와 자녀들이 뒤따라 와서 울부짖으며
되돌아가자고 졸랐으나, 그는 귀를 막고 "생명, 생명, 영원한 생명!" 외치면서 광
야 저편을 향해 달려간다. 이웃에 사는 '고집쟁이'와 '연약자'도 잠시 따라오다
가 곧 되돌아간다.

크리스천은 이윽고 언덕 위에 있는 좁은 문에 이르게 된다. 그는 거기서 교훈
을 받고 새 힘을 얻는다. 그때 그가 등에 지고 있던 죄의 무거운 짐이 저절로 땅
밑으로 굴러 떨어지고, 그는 축복과 한 권의 책을 받아들고 다시금 길은 떠난다.
그러나 그가 가는 앞길은 험난하기만 하다. '어려움의 산'을 지나, '겸손의 골짜
기'에서 악마와 싸워 승리한다. '죽음의 그늘진 골짜기'에서 끝없이 펼쳐진 늪의
고난의 길을 지나며 신앙과 동행하게 된다. 그러나 그들은 '허영의 시장'에서 시
민에게 회개하라고 전도하다가 체포되어 재판에 회부된다. 거기서 신앙은 순교의
죽음을 언도 받는다.

크리스천이 허영의 시장을 탈출하는데, 또다시 '절망'이라는 거인이 그를 잡
아 '회의'의 어두운 지하 감옥 속으로 내던져버린다. '절망'은 크리스천에게 자
살을 권하지만, 그는 '구원의 열쇠'로 탈옥하여 '기쁨의 산'에 도착한다. 그곳에
서 그는 처음으로 '천상의 도시'를 본다. 그러나 그와 그의 안식처 사이에는 깊고
무서운 강이 가로놓여 있다. 그는 결국 그 강을 건너 마침내 천국의 문에 이르게
된다. 그 '천상의 도시'는 태양처럼 빛났고 거리는 황금으로 깔렸으며, 시민들은
머리에 관을 쓰고 손에 종려나무 가지와 거문고를 들고 노래한다. 천사들이 내려
와 노래 부르며 크리스천의 '천상의 도시' 입성을 경축한다.

3. 독일의 신고전주의 문학

독일은 다른 나라보다 늦게 30년 종교 전쟁(1618~1648)을 겪은 후 종교적 혼란과 국토의 분열로 약소국의 처지에 처해 있었다. 게다가 인접 국가인 프랑스의 문화적 영향으로 독일 자체의 문학은 제대로 발달하지 못하고 있었다. 이처럼 17세기 독일 문학은 그 정치적인 상황만큼이나 문학적으로도 조악한 시기였고, 18세기에 들어서 비로소 정치적·문화적으로 정상을 되찾기 시작했다.

독일의 신고전주의는 18세기에 들어서 모습을 갖추게 된다. 그런데 또한 이 시기는 독일의 낭만주의가 발현되는 시기이기도 하다. 다시 말하여 신고전주의는 낭만주의와 병행하여 진행된 것이다. 독일의 신고전주의는 프랑스의 강력한 영향권에 있었다. 독일의 문예 이론은 프랑스의 것을 따르기에 급급하였고, 무엇보다도 브왈로(Nicola Boileau, 1636~1711)의 『시론』(*I' Art Poétique*, 1674)을 전범으로 받아들였다.

프랑스의 신고전주의를 독일에 이식하고자 한 문인은 고트셰트(Johann Christoph Gottsched, 1700~1766)이다. 그는 문학에 있어서 감수성과 상상력보다는 합리성과 명확성을 강조하였다.

독일 신고전주의 문학 활동을 한 작가로서는 먼저 쉴러(Friedrich von Schiller, 1759~1805)를 들 수 있다. 쉴러는 결코 서정시에서의 감정이나 열정주의에 반대하지는 않지만, '거리'를 두어야 함을 역설하였다. 이러한 거리는 시간적 거리, 혹은 과거의 회상을 의미한다. 그의 시 「그리스의 신들」(*Die Götter Griechenlands*), 「예술가들」(*Die Künstler*), 「이상과 삶」(*Das Ideal und das Leben*), 「산책」(*Der Spaziergang*) 등의 사상시는 이러한 그의 주장을 바탕으로 하고 있다. 또한 쉴러는 레싱(Gotthold Efraim Lessing, 1729~1781)이 배격했던 프랑스의 '고전적 비극' 의 엄격하고 폐쇄적인 형식을 다시 택했다. 이러한 그의 주장은 『돈 카를로스』(*Don Carlos*, 1787)를 비롯하여 『발렌슈타인』(*Wallenstein*, 1789~1799) 삼부작, 정치극 『빌헬름 텔』(*Wilhelm Tell*, 1804) 등에 드러나고 있다.

독일의 신고전주의를 논함에 있어 가장 중요한 인물 가운데 한 사람은 괴테(Johann Wolfgang Goethe, 1749~1832)이다. 사실 괴테는 신고전주의 작가로 볼 수 있지만, 낭만주의 작가로도 볼 수 있다. 그만큼 그의 작품 세계는 다양하다. 그는 대표작이자 세계 인류의 고전이라 할 수 있는 소설 『젊은 베르테르의 슬픔』(*Die Leiden des jungen Werthers*, 1774)과 『빌헬름 마이스터의 수업기』(*Wilhelm Meisters Lehrjahre*, 1794~1796), 그리고 마이스터 주제를 다시 붙들고 쓴 『빌헬름 마이스터의 편력기』(*Wilhelm Meisters Wanderjahre*, 1821) 등을 내놓았다. 이밖에도 희곡 『타우리스의 이피게네이아』(*Iphigenia auf Tauris*, 1787)와 『파우스트』(*Faust*, 1부 1808, 2부 1831) 등 많은 작품들을 남기고 있다. 이들 소설과 희곡 작품은 분명 신고전주의 작품으로 평가되지만, 낭만주의적 성격도 아울러 지니고 있기도 하다.

■ 쉴러(Friedrich von Schiller, 1759~1805)

– 『빌헬름 텔』(*Wilhelm Tell*, 1804)

쉴러는 시바벤의 넥카 강변 마르바하에서 태어났다. 그의 아버지는 시바벤의 군의 외과의사였고, 가정에는 경건한 종교적 분위기가 지배하고 있었다. 그는 군인과 관리를 양성하는 학교에서 법학과 의학을 공부했다. 그러나 그는 연극에 관심을 갖고 슈트름 운트 드랑(Sturm und

Drang)[5]의 거센 바람에 편승하여 처녀 극작품 『군도』(*Die Räuber*, 1781)를 쓰게 되었다. 학교를 졸업한 후 연대 전속 군의관으로 배속되었으나, 만하임으로 도망을 쳐 다시는 군대에 돌아가지 않았다. 이후 1783년 만하임 극장의 전속 작가가 되어 활약하였다. 이어서 시민 비극 『간계와 사랑』(*Kabale und Liebe*, 1784), 질풍노도에서 고전주의로 전향하는 전환기적 희곡 『돈 카를로스』(*Don Carlos*, 1787)를 내놓았다.

『군도』는 독일 현실을 주제로 하고 있으며, 이후 쉴러는 역사 가운데서 소재를 찾기 시작했다. 『발렌슈타인』(*Wallenstein*, 1798~1799) 3부작은 17세기가 무대이며, 『마리아 슈투아르트』(*Maria Stuart*, 1800)는 16세기 영국의 역사를 다루고, 『오를레앙스의 소녀』(*Jungfrau von Orleans*, 1801)는 15세기 프랑스 역사가 그 배경이다. 이러한 작품을 쓰면서 쉴러는 레싱(Gotthold Efraim Lessing, 1729~1781)이 물리치고자 했던 프랑스의 고전적 비극의 엄격하고 폐쇄적인 형식을 다시 택했다. 이후 중세 후기 스위스의 독립운동을 귀족과 대중 그리고 주인공 텔에 비추어 해명하려 했던 정치 이념극인 『빌헬름 텔』(*Wilhelm Tell*, 1804)을 썼다. 이 극작품은 쉴러의 마지막 작품으로 『돈 카를로스』와 함께 19세기 자유 민주운동의 정치적 선구자라는 의미를 지니고 있다. 그리고 독일인의 마음에 향토와 조국에 대한 사랑을 불어넣었다.

또한 쉴러는 감정이나 열정주의에는 반대하지 않았지만, 감정을 직접적으로 표현하는 소위 '체험시'(Erlebnislyrik)는 반대했다. 그는 오히

---

5 슈트름 운트 드랑(Sturm und Drang) : 질풍노도문학. 바이마르 고전주의가 꽃피기 이전의 독일문학사 시대를 지칭하는 개념으로서, 일반적으로 헤르더(Johann Gottfried Herder)의 『신(新)독일문학에 관한 단편』(*Fragmente über die neuere deutsche Literatur*)이 출간된 1767년부터 괴테와 쉴러가 고전주의로 넘어가는 1785년까지를 일컫는다.

려 사랑과 고뇌, 기쁨과 고통의 표현은 '거리를 두어야 한다'고 주장했다. 그의 이러한 시학 사상을 바탕으로 한 소위 사상시(Gedankenlyrik)로는 「그리스의 신들」(*Die Götter Griechenlands*), 「예술가들」(*Die Künstler*), 「이상과 삶」(*Das Ideal und das Leben*), 「산책」(*Der Spaziergang*), 「종」(*Die Glocke*) 등이 있다.

1805년 쉴러는 10년 연상의 친구 괴테를 두고 46세에 요절했다. 괴테는 쉴러의 영혼을 달래기 위해 「쉴러의 종鐘을 위한 에필로그」 한 편을 남겼다. 다음은 『빌헬름 텔』의 내용이다.

제1막 이 이야기는 14세기경 하얀 눈과 얼음으로 뒤덮인 알프스 산비탈의 아름다운 페어발트슈테테 호수와 초록색 목장이 있는 스위스 아프도르트 마을을 배경으로 일어난 이야기이다. 이 목가적인 마을에 볼펜쉬센의 총독을 살해한 바움가르텐이 나타난다. 바움가르텐을 추적하던 기병들이 가택을 침입하자, 마을의 평화가 깨어진다. 바움가르텐은 강 건너편으로 도망가고자 하나, 마침 폭풍우가 몰려오자 사공은 호수를 건너기를 거절한다. 이에 용감한 명사수인 텔이 나타나서 위험을 무릅쓰고 바움가르텐을 건네주어 그의 목숨을 구한다.

한편 슈비츠의 주민인 슈타우파허는 총독들의 만행으로 재산권을 위협받고, 주민들은 자신들의 감옥을 짓는 공사에 부역을 강요당한다. 주민들은 벌써 오랜 세월 동안 그들은 악한 행정관 게슬러에게 괴로움을 받으며 살아오고 있다. 게슬러는 마을 광장에 나무를 세우고 그 위에 자기 모자를 걸어놓고는, 오가는 사람에게 인사하도록 강요한다. 소를 빼앗아가는 총독의 하인을 때려주고 피신 중인 멜히탈은 란덴베르크의 총독이 자기 아버지의 눈알을 빼게 하였다는 소식을 듣는다.

제2막 조국을 사랑하는 아팅하우젠 남작은 영주들의 총애나 받으려 하고, 폰 브라우넥 아가씨에 대한 열정만 불태우며, 조국을 등지려는 조카 울리히폰 루텐츠와 언쟁을 벌린다. 내분이 이는 귀족사회와는 대조적으로 초기 3개주가 '옛 동맹'을 근거로 '새로운 동맹의 맹세'를 하기 위해 뤼틀리에 모인다. "우리는 형제들로 이루어진 유일한 민족으로 어떠한 곤궁이나 위험을 당하여도 헤어지지 않을 것이다"라고 그들은 맹세한다.

제3, 4막 민족 공동체의 형성에 따라 귀족인 베르타 폰 브라우넥과 울리히 폰 루텐츠가 단합한다. 한편 텔이 장남 발터를 데리고 게슬러가 모자를 걸어놓은 곳을 지나가다가 모자에 인사하는 것을 깜빡 잊은 채 그대로 지나간다. 심술궂은 게슬러는 끝내 텔을 용서하지 않는다. 그리고 아들인 발터의 머리에 사과를 올려놓고 그 사과를 활로 쏘아 맞추면 용서해주겠다고 한다. 아버지의 활솜씨를 믿는 발터는 두려움 없이 머리에 사과를 올려놓았고, 텔은 그 사과를 정확하게 맞춘다. 게슬러는 텔이 실패할 경우, 두 번째의 화살이 자신을 향할 것임을 알았기 때문에 총독을 쏘려고 했다는 죄로 텔을 결박해 연행하게 한다. 하지만 연행 도중 폭풍을 틈타 텔은 게슬러를 죽이고 탈출에 성공한다. 텔은 이 거사를 하기 전에 긴 독백을 통해서 살해의 동기를 성찰한다.

제5막 민중과 귀족들이 힘을 합하여 봉기한다. 집으로 돌아온 텔은 친족 및 황제 살해범인 파리치다와의 대화에서, 자신과 자신의 행동의 모티브가 다른 점을 확실히 한다. 파리치다에게는 속죄의 길을 가라고 권한다. 동맹의 동지들은 정치적인 해방과 인류 역사에 자유가 시작되었음을 선언한다. 텔은 자유의 영웅으로 모든 국민들의 환영을 받는다. 스위스 사람들은 자유를 위해 일어나게 되고, "텔 만세!" 소리와 함께 스위스에 평화가 찾아오게 된다.

■ 괴테(Johann Wolfgang von Goethe, 1749~1832)
– 『파우스트』(*Faust*, 1790~1831)

• 생애와 작품 활동

괴테는 신성 로마 제국의 추밀원 고문관을 지낸 아버지에게서 엄격한 기풍을, 프랑크푸르트 시장 딸인 어머니에게서 상상력이 풍부한 예술가적 성격을 받고 태어났다. 그는 부유한 상류 가정에서 철저한 교육을 받아 뒷날 천재적인 대성의 바탕을 마련했다. 그는 학교가 아닌 아버지로부터 교육을 받았다.

15세에 그레첸이라는 소녀와의 첫사랑 이후, 생애 동안 9명의 여성과 애정 관계를 가졌다. 라이프치히 대학 법대 재학 시절에는 미술과 문학에 심취하여 자유분방한 생활을 즐겼으며, 1768년 중병에 걸려 고향에 돌아왔다. 요양 중 46세의 경건주의적 신앙이 두터운 노처녀인 클레텐베르크를 만났고, 건강을 회복한 그는 슈트라스부르크로 유학하여 학위를 받았다. 이 시기에 5년 선배인 헤르더(Johan Gottfried Herder, 1744~1803)를 알게 되어, 그의 민족과 개성을 존중하는 문예관에 영향을 받아 후일 슈트름 운트 드랑(질풍노도) 문학 운동의 기초를 닦았다. 이때 목사의 딸인 순진한 브리온과의 사랑으로 많은 새로운 사상의 원천을 얻었지만, 그는 이상한 강박 관념으로 인해 브리온을 버린다. 이 사건은 괴테의 가슴에 언제나 지워지지 않고 남아, 시창작의 테마가 된다.

1771년 변호사 자격증을 얻었고, 이즈음 메츨라르에서 샬로테부프라는 여인을 알게 되는데, 이 여인은 이미 약혼자가 있어 그들의 사랑은 결국 이루어질 수 없는 사랑으로 끝을 맺는다. 그 직후 괴테의 친구인 빌헬름 예루살렘이 유부녀와의 사랑 끝에 자살하는 사건이 일어난다. 『젊은 베르테르의 슬픔』(*Die Leiden des jungen Werthers*, 1774)은 이 두 사건을 혼합시켜 주인공 베르테르가 이미 약혼자가 있는 여인을 사랑하다가 실패하고 결국 생을 마감한다는 내용으로, 전 유럽 독서계의 관심을 모았다. 이처럼 『젊은 베르테르의 슬픔』은 자전적 소설이라는 점도 있지만, 질풍노도라는 문학 운동의 출발로서 큰 문학적 의의와 가치를 지니고 있다.

1775년 초 괴테는 세네만과 사랑하여 약혼까지 했으나 곧 파혼하고 바이마르 공화국으로 초청되어, 그곳에서 영주의 고문관이 되어 치적을 쌓으며 평생 안주하였다. 26세의 괴테는 33세의 7자녀를 둔 슈타인 부인을 만나 사랑에 빠졌다. 이들의 사랑은 괴테의 질풍노도적인 격정을 진정·순화시켜 질서를 존중하는 고전주의로 향하게 한 계기가 되었다. 10년에 걸친 바이마르 생활에 싫증난 괴테는 이탈리아로 가, 그곳에서 고대 예술과 고대인의 생활에 대해 공부했다. 반면 그는 독일의 동시대인과의 연대 관계를 상실해갔다. 이탈리아는 괴테를 독일로부터 격리시킨 것이다.

1778년 괴테는 크리스티아네를 만나 결혼하였고, 자녀도 두고 비로소 가정의 행복을 맛본다. 그리고 1794년부터 시작되는 쉴러와의 교우 관계는 침체했던 그의 창작 활동에 새로운 활력소를 불어넣었다. 괴테가 직관적이고 소박한 데 비해, 쉴러는 사변적이고 의식적이었다. 이처럼 정 반대의 기질을 가진 이 두 천재의 협력은 독일문학사에 새로운 고전주의 시대를 초래했다. 특히 『파우스트』(1부)와 『빌헬름 마이스터』(*Wilhelm Meister*, 1부 1795~96, 2부 1821~29)는 쉴러의 격려가 결정적인 힘이 되었다. 쉴러가 세상을 떠났을 때 괴테는 "내 존재의 절반을 잃었다"면서 탄식했다.

1816년 아내가 죽었으나 74세의 괴테는 19세의 처녀 레베초를 만나 열렬히 구애했고, 결국 거절당했다. 1829년 『빌헬름 마이스터』를 완성했고, 23세 때부터 쓰기 시작하여 무려 60년이나 걸린 생애 최고의 대작인 『파우스트』(2부)를 1831년 완성했다. 그는 혁명에 대해서는 부정적이었으나, 인류의 진보와 행복에 대해서는 정열을 바쳤다. 또한 낭만주의의 병적 경향을 싫어하여 고전주의로 전향하였으나, 만년의 작품에는 다분히 낭만적 요소가 실려 있다.

다시 말하여 괴테는 한마디로 규정하기 어렵다. 금욕주의자도, 신비주의자도, 성인이나 은자도 아니다. 그렇다고 돈 주앙과 같은 호색한도 아니다. 다만 그는 정제된 감성적 인간의 지고한 단계에 이르기 위해 자신의 능력을 최대한 발휘하며 분투했던 것이다.

• 파우스트의 전설

『파우스트』의 소재는 파우스트 전설에서 유래한다. 원래 15세기 말에 살았다는 학자 파우스트의 이야기가 각 지방에 여러 형태로 전해 내려오던 것을 16세기 말 영국의 작가 말로가 연극화하면서부터 널리 민중극과 인형극으로 퍼졌다. 그는 약간의 과학적 지식을 이용한 마술사로 각지를 유랑한 인간인데, 여기에 갖가지 마술사 전설이 부가되면서 소위 '파우스트 전설'이 등장했다. 그 줄거리는 다음과 같다.

> 모든 학문을 섭렵하고도 만족을 얻을 수 없었던 파우스트는 마력의 힘을 빌어 천지의 신비를 캐고, 거부(巨富)를 얻으며, 향락을 맛보면서, 잠시만이라도 신과 필적하는 자가 될 것을 염원하여 악마와 계약을 체결한다. 계약에 따르면 24년간은 악마가 그에게 봉사하지만 이 기간이 지나면 반대로 파우스트를 악마가 마음대로 한다는 내용이다.
>
> 여기서부터 파우스트는 악마를 따라 여러 곳을 구경하고, 마법의 힘으로 여러 가지 향락을 맛보며, 공작의 궁전에 살면서 죽은 사람을 살리고 공작 부인을 유혹하기도 하지만, 결국 마음속으로부터 진정한 만족은 얻지 못한다. 회개할 생각이 든 그가 신에게 구원을 청하려 하였으나, 그때는 벌써 계약 기간이 지나 폭풍이 휘몰아치는 밤에 그는 악마에 의해 비참한 최후를 마치고 영혼은 지옥에 떨어진다.

이상과 같은 전설이 1587년 저술 형식으로 나왔는데, 괴테의 고향인 프랑크푸르트의 서점인 쉬피스에서 간행했다. 이것이 영역되어 영국의 배우 겸 극작가였던 말로의 눈에 띄어, 『포스타스 박사의 비화』라는 비극이 탄생하였다. 이것이 영국 여행자에 의해 독일에 역수입되어 민중극과 인형극으로 공연되었다. 소년 시대에 이미 인형극과 민중극을 통해 파우스트 전설과 친숙했던 괴테는 자신도 심혈을 기울여 『파우스트』를 썼던 것이다.

- • 주제와 중심 사상

- - 파우스트적 인간

일반적으로 중세에서는 모든 사랑과 정열이 신에게로만 향했다. 그러나 르네상스 이후로 그 사랑과 정열이 신과 하늘로부터 인간과 땅으로 변화되었다. 나아가 인간은 자연계의 비밀을 끝까지 탐구하려 하였고, 정신 면이나 물질 면에서 인간성을 확장하여 그 해방을 추구하려 했다. 이러한 인간은 만족을 모르고 더 많은 것을 추구하는데, 이를 '파우스트적 인간'이라고 한다.

괴테는 이러한 파우스트를 영원히 생성, 변화되어가는 인간으로 묘사하고 있다. 그는 당시 유행하던 인본주의적 사고방식의 영향을 받아 인간은 무한히 노력하고 발전할 수 있으며, 그러한 인간은 구원된다는 주제와 연결시키고 있다. 작가는 파우스트의 형상 속에 인간 존재의 본질적인 사랑의 모티브를 적용시켜 인간 한계의 극복과 구원의 문제를 제시했던 것이다.

전설 속의 파우스트 박사는 자기의 영혼을 최고의 향락, 최고의 지식과 맞바꾸면서 분에 넘친 욕망으로 파멸한다. 이러한 비극적 운명의 어두운 이야기를, 괴테는 밝은 빛으로 다시 조명하여 무한한 높이를 찾아 인간 능력의 한계에 도전하고자 했다. 그리하여 이 전설을 고난 속에서 정진을 계속하는 진취적 인생의 드라마로 바꿔놓고, 여기에 청순한 처녀 그레첸의 참사랑과 고전적인 헬레네 이야기를 곁들여 근대 문학의 최고 걸작품을 탄생시킨 것이다.

다시 말하여 『파우스트』의 주제는 시민적 개체의 자기 인식, 개인적 행복과 의미 있는 사회 활동에 대한 추구라고 할 수 있다.

이 작품은 심오한 깊이와 '서로 뒤섞여 진행되는 구성'으로 작품 해석이 까다롭다. 그래서 오늘날까지 작품 평가가 매우 다양하고 복잡하지만, 문학 언어의 가능성을 전대미문前代未聞의 방식으로 완벽하게 보여준 극이라는 점에서는 비평가들의 견해가 일치한다.

– 신의 은총에 의한 인간 구원

그러나 독자들은 "악마에게 혼을 판 파우스트가 어떻게 구원될 수 있는가" 하고 의문을 제기할 수 있다. 결국 이 작품에서 파우스트의 영혼 구혼 문제는 대두될 수밖에 없다. 이 문제에 대해 만년의 괴테는 파우스트를 천상으로 인도하는 천사들의 노래인 "영의 세계의 귀하신 분이/ 악으로부터 구원을 받았습니다/ 언제나 노력하며 애쓰는 자를/ 우리는 구할 수가 있습니다/ 게다가 이분에겐 천상으로부터의/ 사랑의 은혜가 관여하여 왔으니/ 축복 받은 사람들의 무리가 진심으로 환대할 것입니다"의 구절을 인용하며 다음과 같이 말한다.

> 이 시구 속에 파우스트 구원의 수수께끼를 푸는 열쇠가 있다. 파우스트 그 사람 속에는 점차로 높은 차원에 올라가 순수하게 되는 활동이 마지막 날에 이르기까지 행해지고, 또 하늘로부터는 그를 도우려고 하는 영원한 사랑이 내리고 있다. 그것은 우리들의 종교적 관념과 완전한 조화를 이루고 있고, 그것에 따른다면 우리는 스스로의 힘에 의해서 하늘의 은총을 받는 것이 아니라, 하늘의 은총이 내려질 때 그것이 가능해지는 것이다.

수많은 죄를 짓게 된 파우스트는 제1부에서 그레첸처럼 이 드라마의 종결점에서 구원을 받게 된다. 신적 세계 구도 안에는 개체의 실패나 오류도 인간의 긍정적 성향과 더불어 함께 예견되어 있다. 이 전체적 조화는 악마의 유혹이나 인간적인 약점에 의해 결코 침해받지 않는다. 다음은 『파우스트』 제1, 2부의 줄거리다.

제1부

막이 오르면서 파우스트 교수가 서재에서 독백하는 장면이 시작된다. "아! 어느새 나는 철학도, 법학도, 의학도, 게다가 쓸데없는 신학까지도 전부 연구했다. 그런데 그 결과가 아무짝에도 쓸모가 없구나. 국가는 예전보다 더욱 현명해졌지만 인간은 조금도 현명해지지 않았다." 그는 우주의 본질을 규명하고자 인간의 지혜가 미칠 수 있는 모든 학문에 통달하였으나. 이에 실패했음을 한탄한다.

이처럼 그는 우주와 인간 존재의 규명에 대한 학문적 노력에 회의를 느끼면서 새로운 충동을 느낀다. 즉 천국에 올라가고 싶은 욕망과 땅 위의 쾌락에 빠지고 싶은 욕망으로 갈등한다. 그때 악마인 메피스토펠레스가 나타나 그를 땅위의 쾌락으로 유인한다. 메피스토펠레스는 파우스트를 마녀에게 데리고 가, 어떤 여자든지 절세의 미녀 헬레나처럼 보이게 되는 마약을 먹인다. 그리고 그 약은 파우스트를 다시 젊게 만든다. 늙은 학자 파우스트는 30년이나 젊어져 청년 파우스트가 된다.

악마는 그의 종이 되어 그의 모든 소원을 들어주되, 만약 파우스트가 향락에 빠져서 정진을 그만두고 거기에 만족해버리면 그 순간에 그의 영혼을 빼앗아도 좋다는 계약을 맺는다. 즉 "내가 어느 순간을 보고 '멈추어라, 너는 정말 아름답구나!' 하고 말하면, 너는 나를 꽁꽁 묶어도 좋다. 그대로 나는 망해도 좋다"고 파우스트는 약속한다. 이리하여 파우스트를 타락시키고 그 영혼을 앗아가려는 악마와, 오히려 그 악마를 노예처럼 부리며 넓은 세계를 마음껏 체험하고 학문으로써 도달치 못한 우주의 근본 이치를 규명해보려는 파우스트는 인생 수업의 길을 떠나게 된다.

악마의 힘으로 젊어진 파우스트는 거리에서 평범하고 순수한 처녀인 그레첸과 만나 사랑에 빠진다. 그것은 악마의 예상과는 달리 너무도 진실한 사랑이다. 그리고 얼마 후 그레첸은 임신을 한다. 그레첸의 오빠 바렌틴은 분개하며 파우스트에게 싸움을 건다. 메피스토펠레스의 농간으로 그레첸은 어머니를, 파우스트는 그레첸의 오빠를 죽이게 된다. 파우스트는 후회하면서 도망친다. 파우스트는 그레첸과의 진정한 사랑을 통해, 지식보다 중요한 삶의 의미와 행복을 깨닫게 된다. 그는 그동안 자신의 내면에 잠재해 있던 사랑의 정열을 그녀를 통해서 깨닫게 되고, 자아 세계에 대한 새로운 지평을 열게 된다. 그녀의 절대적 헌신성과 숭고한 사랑을 경험하면서 진정한 사랑을 인식하게 되고 보다 높은 차원으로 비상하는 계기를 맞게 된다.

그레첸은 자기 때문에 어머니와 오빠가 죽은 것을 괴로워하다가 미쳐버리고 그런 상태에서 자기가 낳은 파우스트의 사생아를 연못에 버린다. 그녀는 결국 아이를 죽인 죄로 감옥에 갇힌다. 파우스트는 그레첸에게 함께 도망가자고 설득하지만, 그녀는 이를 거절하고 어머니와 아이를 죽인 형벌을 감수함으로써 하나님의 심판을 받으려 한다. 하늘로부터 "그 소녀는 구원되었다"는 소리가 들리고, 승천하는 그레첸은 "하인리히! 하인리히!" 하고 파우스트를 부른다. 그러나 파우스트는 메피스토펠레스에게 끌려 재빨리 도망친 뒤다.

제2부

지친 피우스트가 꽃이 만발한 풀밭에 누워 있다. 그런 파우스트를 데리고 악마는 독일 중세의 궁전으로 들어간다. 여기서 파우스트는 재정난에 빠진 황제를 위해 마음껏 지폐를 찍어내어 부자가 되게 한다. 이로 인해 그는 황제의 궁전에서 영화를 누리지만, 그는 여기에 만족하지 않는다. 황제는 파우스트를 현자로 믿고, 그리스의 대표적 미남과 미녀인 파리스와 헬레네를 눈앞에 보여달라고 분부한다. 파우스트는 악마와 상의하여 시간과 공간을 넘어 '어머니들의 세계'에 도착한다. 그리고 헬레나와 파리스가 서로 사랑하는 장면을 목격한다. 파우스트는 이 과거의 환상적 세계로부터 헬레네를 빼앗는다. 그리고 그리스 신화의 세계에 들어가, 인두마신(人頭馬身) 히론의 힘을 빌려 고대의 세계로 들어간다. 마침내 헬레나는 현실의 여성이 되어 파우스트 앞에 나타난다.

헬레네를 사랑하게 된 파우스트는 그녀와 결혼하여, 그들 사이에 오이포리온이 태어난다. 이 아이는 영국의 천재 시인 바이런을 암시한다. 이 아이는 즉시 날 수 있게 된다. "자, 저를 뛰어오르게 해주세요. 아무리 높은 공중에서라도 치솟고 싶은 것이 저의 소망입니다. 벌써 그런 소원에 사로잡혀버렸어요." 하며 하늘 높이 날아다니다가 그리스의 이카루스처럼 언덕에 떨어져 죽는다. 오리포리온의 죽음으로 인해 파우스트와 헬레네의 사랑도 끝을 맺는다. "행복과 아름다움은 언제까지나 함께 할 수 없다는 옛말이 서운하게도 이 한 몸으로 증명되었습니다"라고 헬레네는 말한다. 그리고 그 여자의 육신은 사라지고 의상과 면사포만 파우스트의 팔에 남는다.

그러나 그리스의 고전주의적 방문으로 이상이 풍부해져 돌아온 파우스트는, 자신의 지나간 잘못을 뉘우치고, 인류 사회의 공익을 위한 자신의 헌신적 노력으로써 의미를 얻으려 한다. "이 지구에는 아직도 위대한 일을 할 것들이 남아 있다. 나는 놀랄만한 일을 해내겠다. 일이 전부일 뿐 명성은 허무한 것이다"라고 말하며 건설 사업에 착수한다. 그는 황제로부터 광대한 습지를 받아 개간하여 만인을 위한 옥토를 만들려는 의욕에 불탄다. 그리하여 그는 자유로운 민중과 함께 자유로운 땅에서 살아갈 꿈을 갖고, 전력을 다해 노력함으로써 지상에서의 정신적 만족을 얻는다. 100세가 된 파우스트는 요녀가 뿜어낸 입김으로 눈까지 멀어 앞을 보지 못하게 되지만, 마음의 눈은 더 밝아져 그때야 비로소 인생의 참된 의의를 발견한다. 이제 곧 완성될 새 땅에 오곡이 무르익자, 만백성이 살아갈 모습을 상상하고 행복한 예감에 싸여 다음과 같이 말하면서 숨은 거둔다.

> "자유도 생명도 싸워서 차지하는 자만이
> 그것을 누릴 만한 가치가 있는 것이다
> 나는 그러한 인간의 집단을 바라보며
> 자유로운 땅에서 자유로운 백성과 함께 살고 싶은 것이다
> 그렇게 되면 나는 순간을 향하여 이렇게 부르짖어도 좋을 것이다
> '멈추어라, 순간이여, 너는 진정 아름답구나!' 라고"

이 순간을 기다려온 메피스토펠레스는 당연히 파우스트 영혼이 자기 것이라고 생각한다. 그때 하늘에서 천사들이 내려와 "항상 노력하는 자는 우리가 구원할 수 있다"고 말하며, 파우스트의 영혼을 악마로부터 보호하면서 그의 시체 위에 장미 꽃송이를 뿌린다. 메피스토펠레스는 파우스트의 영혼을 빼앗아가려 하지만 장미꽃이 불꽃보다 뜨겁기 때문에 뜻을 이루지 못한다. 천국에서는 속죄하고 있던 옛 애인 그레첸이 파우스트의 죄를 용서해달라고 성모 마리아에게 간청한다. 성모 마리아는 그레첸의 기원을 들어주며 "자, 이리 와서 보다 높은 하늘로 오르라! 그 사람도 너인 줄 짐작하면 곧 뒤따르리라!"고 말한다. 뒤이어 "영원히 여성적인 것만이 우리를 구원한다"는 신비의 합창과 함께 장편 시극은 막을 내린다.

4. 스페인의 신고전주의 문학

스페인 문학은 16세기의 인문주의와 전통주의의 대립과 갈등을 조정과 화합으로 마무리하였다. 그리하여

17세기에는 본격적인 황금세기가 전개되었고 세계문학사상 불후의 명작을 남긴 문호들이 다수 배출되었다. 르네상스 문학은 세계와 인간에 대한 열광적인 분위기와 함께 고전 문화에 대한 인식과 탐구에 힘을 기울였다. 그런데 17세기에 와서는 현 생활과 자연의 산물 자체에 만족하지 않고 다양한 미학을 추구하는 바로크 문학으로 전환되었고, 나아가 스페인 문학은 전통적인 요소들과 결합하여 국민적이며 창조적 문학을 성립시켰다.

17세기 스페인의 바로크 문학은 과식주의(Culteranismo)[6]와 기지주의(Conceptismo)[7]라는 두 조류로 나뉜다. 과식주의는 주로 시를 중심으로, 기지주의는 주로 산문을 중심으로 발전해오다가 장르를 서로 공유하는 경향을 보이게 된다. 과식주의는 산문·연극·종교적인 연설문 등으로 영역을 확대했으며, 기지주의 또한 산문을 뛰어넘어 연극·역사물·시에 이르기까지 보편화되었다.

17세기 가장 위대한 시인으로서 루이스 데 공고라(Luis de Góngora y Argote, 1561~1627)를 들 수 있다. 그의 초기 시들은 명확한 문체와 서민적 테마로 독자들의 감흥을 불어넣은 대중적 시들이었으나, 후기에 들면서 파격적 구문을 사용하고 대담하게 언어의 위치를 바꾸거나 과감한 비

---

6 과식주의(culteranismo) : 공고리즘(Gongorism) 혹은 교양주의(教養主義)라고도 불린다. 감각적인 가치에 관심을 두면서 절대미의 세계를 창조하려는 열망 아래 전위(轉位)된 비유법과 교양시어를 사용한다. 곧 이해하기 힘든 비유법, 신조어, 도치법, 특별 형용사, 신화의 테마 차용 등을 통해 이른바 교양 있는 지식층만이 이해할 수 있었다. 이는 바로크 예술의 전형적인 과장된 모습을 보인 것이기도 하다.

7 기지주의(Conceptismo) : 경구(警句) 문학이라고도 불린다. 관념이나 단어의 교묘한 조합을 기조로 하여 이미지의 아름다움과 세련된 표현, 사고의 섬세함과 예리한 문구를 만들어낸다. 특징은 될 수 있는 한 적은 수의 단어들을 사용하여 보다 많은 다양한 의미를 세련되게 창출해내는, 즉 간결하고 날카로운 문체로 까다롭고 복합적인 개념을 표출하는 데 있다.

유를 사용하는 복잡한 수사법을 시도하는 과식적 작품을 발표하였다. 과식적 작품의 대표적인 시집으로는 『폴리페모와 갈라테아의 이야기』(*Fábula de Polifemo y Galatea*, 1612), 『고독의 시』(*Soledades*, 1613) 등이 있다.

과식주의자 공고라와 더불어 17세기 스페인 황금시대를 장식하는 대표적인 시인으로, 기지주의자 프란시스코 데 케베도(*Francisco de Quevedo*, 1580~1645)를 들 수 있다. 그는 산문가이며 소설가로도 높이 평가받고 있다. 그의 작품 사상은 한마디로 숭고한 정신적 가치의 추구와 인간의 추악함에 대한 신랄한 비판이라고 할 수 있다. 그의 시 경향은 크게 두 가지로 나눌 수 있는데, 그 하나는 도덕적인 주제나 정치적인 테마를 다룬 장중하고 근엄한 어조의 시이며, 다른 하나는 사랑이나 익살스런 내용을 담고 있는 유희적인 시이다. 그러나 대부분 그의 작품에서 강력하게 추구하고 있는 것은 정의, 권위, 애국심에 대한 도덕적 신념이며 현실의 저속함을 예리하게 뚫어볼 수 있는 직관력이다. 그러나 그를 둘러싸고 있는 사회 현실은 부패와 타락 속에서 헤어나지 못하고 있기 때문에, 그는 불가피하게 비관주의로 향하게 된다. 이러한 깊은 절망감은 그로 하여금 그리스도교적인 윤리관으로 희망을 삼게 한다. 케베도의 대표적인 시집으로는 유고시집인 『스페인 시단』(*El Parnaso*, 1648), 『최근의 가스티야 3시재들』(*Las tres musas últimas castellanas*, 1970) 등이 있다.

산문 문학의 대표적 작품으로는 『엘 부스꼰』(*El Buscón*, 1603~1608), 『몽상』(*Los Suenos*, 1606), 『도덕적 환상』(*Las fantasias morales*) 등이 있다. 『도덕적 환상』에는 「모든 악마들 또는 수정된 지옥에 대한 연설」(*Discurso de todos los diablos o infierno emendado*, 1628 출판)과 「모든 사람들의 시간과 이성을 지닌 운명의 신」(*La hora de todos y la fortuna con seso*, 1635)이 실려 있다.

또한 스페인 문학사에서 세르반테스와 어깨를 나란히 명성을 떨친 극작가로 로페 데 베가(Lope de Vega, 1562~1635)가 있다. 그는 전통적인 고전극을 버리고 국민 연극을 확립하여 당시의 스페인 민중 생활을 리얼하게 그려냈다. 또한 그는 독창적인 연극 기법을 확립하여 스페인은 물론 프랑스의 연극 발전에 커다란 영향을 끼쳤다. 그러나 그는 세르반테스나 칼데론이 내놓은 걸작과 같은 작품은 내놓지 못했다.

■ 루이스 데 공고라(Luis de Góngora, 1561~1627) - 『폴리페모와 갈라테아의 이야기』(*Fábula de Polifemo y Galatea*, 1612)

루이스 데 공고라는 코르도바에서 태어났다. 그는 15세 때 살라망카로 가서 공부했으며 외삼촌의 도움을 받아 코르도바 성당의 하위직 사제가 되었다. 1576년 살라망카의 수도원에 등록하여 수년 동안 수학했으며, 1580년경부터 시를 쓰기 시작하여 빠른 속도로 명성을 얻어갔다. 이는 1584년 후안 루포(Juan Rufo)가 『아우뜨리아다』(*Austriada*)의 앞부분에 공고라의 소네트를 등장시키고, 다음해 세르반테스가 『라 갈라테아』의 「깔리오페의 노래」에서 그를 찬양한 것을 보아도 알 수 있다.

그 뒤 그는 외삼촌의 비호 아래 고위직 사제가 되지만, 1587년 코르도바에 새로 부임한 주교로부터 합창단을 잘 보좌하지 못하고 속된 구경거리인 투우경기나 연극을 보러 다닌다는 등의 훈계를 듣는다. 이후 그는 승려회 사절로서 스페인 각지를 여행하면서 점차 시의 경향을 달리하게 되었다. 그는 55세에 레르마 공작의 후원으로 펠리페 3세의 명예로운 사제가 되어 궁정시인으로서 당대의 문학인들과 관계를 맺게 되는데, 오만하고 곧은 성격 때문에 로페 데 베가나 케베도와는 화해할 수 없는 적이 되기도 하였다.

펠리페 3세의 사망(1621) 이후 그의 정치적 위치는 추락하고, 궁중에서의 지나친 씀씀이와 유희를 좋아하는 성격으로 인해 가중된 경제적인 어려움이 심화되었다. 그러다가 오래 전부터 앓아온 지병이 악화되어 말년에는 마드리드에서 고통 속에 보냈다. 그는 기억력을 상실하고 잦은 현기증과 두통에 시달리며 투병하다가 코르도바에 돌아와 세상을 떠났다.

공고라의 시는 사용된 운율과 작가의 의도에 따라 나누어볼 수 있다. 먼저 운율면에 있어서는 짧고 대중적인 운율을 지닌 시들과 소네트, 『고독의 시』(*Soledades*)와 『폴리페모와 갈라테아의 이야기』(*Fábula de Polifemo y Galatea*) 등 11음절 시구를 사용한 난해시로 나눠볼 수 있다. 그리고 작가의 의도에 초점을 두면, 크게 현실적이고 서민적인 주제를 담은 해학적인 내용의 시들과 절대미의 세계 창출을 목적으로 하는 시들로 양분할 수 있다. 또한 그의 시를 전기와 후기로 나눠볼 수도 있다. 전기는 명확한 문체에 집착하면서 서민적인 테마에 감흥을 불어넣었던 시기였다. 후기는 어위語位의 전환이나 도피, 파격적인 구문을 사용하고 독자적인 문장 구성과 대담한 비유, 섬세한 표현이 혼합된 복잡한 수사법을 시도하는 등 과식주의의 체계를 확립한 시기라고 할 수 있다.

『폴리페모와 갈라테아의 이야기』는 8행으로 이루어진 한 연이 총 65개로 된 장시이다. 시인의 격정에 따라 한순간 충격으로부터 나온 듯 시상이 나아가는 대로 자유롭게 쓸 수 있는 '실바'(Silva) 형태의 작품이다. 물론 자유롭다고 해서 아무런 규칙이 없는 것은 아니다.

『폴리페모와 갈라테아의 이야기』의 줄거리는 오비디우스의 『변신』에 나오는 폴리페모와 갈라테아 이야기를 기본으로 하고 있다. 원전의 내용은 간단하다. 외눈박이 거인 폴리페모가 아름다운 요정 갈라테아를 사랑하여, 그녀의 연인이자 목동인 아시스에게 바위를 던져 그를 죽게 한다. 이에 갈라테아는 신들에게 부탁하여 아시스에게서 나온 피를 물로 바꾼 뒤 아시스를 강으로 변하게 한다. 아시스를 죽였던 바위에서는 한 젊은이가 나왔다고 한다. 여기서 폴리페모는 무식하고 아둔한, 하지만 사랑에 빠진 자로 등장한다. 공고라는 오비디우스의 이러한 이야기를 아주 극적으로 바꾸어 바로크 시대의 이야기로 재창조했다. 가령 『변신』에는 없는, 어떻게 아시스와 갈라테아가 서로 사랑하게 되었는지에 대한 내용을 덧붙였던 것이다. 공고라는 오비디우스보다 등장인물들을 지극히 인간적으로 그리고 있다. 작품의 내용은 다음과 같다.

갈라테아가 시칠리 주민들로부터 괴롭힘을 당하며 도망다니다가 피곤에 지쳐 잠이 든다. 아시스가 길을 가다가 이 잠든 요정을 발견하고, 그녀의 아름다움에 반하여 편도열매와 꿀을 선물로 놓고 간다. 요정이 깨어나 그 선물을 보고 자신이 잠들어 있던 상황을 이용하기보다 오히려 선물을 놔두고 갔다는 사실에 가슴 설렌다. 그래서 갈라테아는 그 선물의 주인공이 누구인지를 찾는다. 아시스는 갈라테아가 자신에게 다가오는 것을 잠든 척하고 지켜보다가 자기에게 관심이 있음을 깨닫고, 그녀의 발아래 몸을 던진다. 갈라테아는 자신을 진정으로 아껴줄 뿐만 아니라 잘 생기고 매력 있는 아시스와 사랑에 빠진다.

아시스와 갈라테아는 폴리페모의 포도밭에서 사랑을 속삭이고 있다. 그런데 폴리페모는 자기의 포도밭을 망치는 염소들을 내쫓기 위해 돌을 던진다. 그러자 마침 그 염소들 중 몇 마리가 아시스와 갈라테아가 있는 곳으로 도망을 친다. 두 연인은 자신들이 포도밭에 숨은 것이 발각되었다고 생각하고 달려 나가게 되고, 이 과정에서 그만 아시스가 돌에 맞아 죽게 된다.

폴리페모는 내려오는 전설이 전하는 것처럼 증오할 만한 괴물도 우스꽝스러운 야만인도 아니다. 비록 아시스를 죽인 자이기는 하지만 폴리페모 또한 희생자이다. 물론 야수들도 무서워하는 존재이기는 하지만 그는 갈라테아를 진심으로 사랑하게 된다. 본능적인 충동이 아닌 갈라테아의 아름다움을 진정으로 찬미하는, 그리고 갈라테아의 냉정함에 너무나 고통스러워하는 존재이다. 그는 갈라테아의 마음에 드는 일이면 무엇이든 한다. 그러다 보니 예전에 잔인했던 모습이 사라지고 관대하고 상냥한 모습으로 바뀐다. 사랑의 힘으로 그는 세련되고 근면

하며 교양 있는 목자가 된다. 그에게 갈라테아는 백조이고 공작이고 별이다. 갈라테아가 자기 말에 귀 기울여 줄 기회를 갖는다면 자기와 결혼해줄 것이라 믿고 있다.

하지만 아무리 폴리페모가 노력해도 아시스처럼 갈라테아의 사랑을 얻을 수 없는 이유는 너무나 추하게 생겼기 때문이다. 여기서 비극이 발생한다. 그의 죄는 법적인 차원에서는 문제가 되지만 인간적인 차원에서는 문제가 되지 않을 수도 있다. 자기가 너무나도 사랑하는 여인이 자기가 아닌 다른 연인과 사랑하고 있다는 것을 알았을 때, 그리고 그 여인이 결코 자기의 것이 될 수 없다는 것을 이해했을 때, 다시 말해 환멸을 맛보았을 때, 그는 예전의 짐승으로 돌아간다. 사랑으로 완전히 다른 존재가 될 수 있었는데, 질투 앞에 무너져버려 조금씩 얻어가고 있던 인간적, 도덕적 차원의 존엄성을 잃어버린 것이다. 다음은 펠리페모가 갈라테아에게 보내는 노래이다.

아! 아름다운 갈라테아여! 여명이
부수어버린 카네이션보다도 더 부드럽고
달콤하게 움직이는 물에 거주하는
그 새의 깃털보다 더 하얗구나.
화려함에서는 자기의 푸른 망토를
수많은 눈으로 씌운 새와 같고
수많은 별을 박고 있는 사파이어 하늘과 같구나.
아, 그런데 너의 두 눈에 가장 아름다운 두 별이 들어가 있다니!

■ 프란시스코 데 케베도(Francisco de Quevedo, 1580~1645)
　　　　　　　– 『스페인의 파르나소스』(El Parnaso Espanol, 1648)

프란시스코 데 케베도는 마드리드에서 태어났다. 그의 아버지는 카를로스 5세의 딸인 마리아 공주와 펠리페 2세의 네 번째 왕후인 도냐 아나 데 아우스트리아의 비서관이었으며, 어머니는 왕후의 시녀로서 두 사람 모두 몬타나 출신이었다. 그는 안짱다리에 한쪽 발을 절었으며, 뚱뚱하고 시력도 매우 좋지 않아서, 외모에 심각한 열등감을 가졌다. 케베도는 6살 때 아버지를 잃고 어머니를 따라 어려서부터 궁중 생활을 하였다. 1596~1600년 사이에 알칼라 대학에서 고전라틴어, 프랑스어, 이탈리아어와 철학을 배우고 다시 바야돌리드에서 신학을 수학하는 등 인문주의 지식을 폭넓게 습득하였다. 이후 궁전에서 일을 맡게 되었고 유명한 인문주의자 후스토 립시오(Justo Lipsio)와 세르반테스를 비롯한 많은 문인들과 친분 관계를 맺었다.

그는 마드리드에서 눈부신 문학 활동을 하면서 수많은 작품을 창작했다. 그러나 마드리드의 무술교관 루이스 파체코 데 나르바에스(Luis Pacheco de Narváez)와 불편한 관계가 되면서, 루이스가 수감되는 불상사가 발생했다. 또한 케베도는 1611년에 한 신사가 부인을 주먹으로 때리는 장면을 목격하고 그 신사와 결투를 벌여 그 남자를 죽이게 되었다. 이 사건으로 그는 씨우다드 레알의 조그만 별장으로 몸을 숨겼다. 이후 친구 오수나(Osuna) 공작을 따라서 시칠리아로 건너갔다가 공작이 나폴리 총독이 되자 재정보좌관 일을 하다가 1618년 5월에 발생한 모반으로 인해 거지로 변장하고 베네치아로 도망갔다.

그 후 케베도는 올리바레스 공작의 행실을 비판하는 시 「신성하신 가톨릭 왕권」(*Católica, Sacara, Real Majestad*)을 국왕의 냅킨 밑에 놓았다가 단죄되어 레온에 있는 산 마르코스(San Marcos)의 지하 감방에 4년간 유배되었다. 그러다가 올리바레스의 실각 이후 1643년 6월에 몹시 쇠약해진 몸으로 출옥하였고, 병을 치료하러 집을 떠난 후 1645년 9월 비야누에바 데 로스 인판테스에서 숨을 거두었다.

그의 시는 산문 못지않게 중요한 위치를 차지하고 있다. 『스페인의 파르나소스』는 그의 사후인 1648년에 출간되었고, 1670년에는 『최근의 가스티야 3시재들』이 출간되었다. 또한 그의 산문으로는 가장 대표적인 피카레스크 소설 『사기꾼』(*Historia de la Vida del Buscón*, 1603, 1626 출간), 그리고 풍자적 환상 산문집 『꿈』(1627) 등이 있다. 다음은 시집 『스페인의 파르나소스』에 게재된 대표적 소네트이다.

「잿더미 뒤에도 살아 숨쉬는, 영혼에 새겨진 사랑」

나의 죽음이 나의 사랑의 소산이라면
얼마나 행복한 태어남이 되랴.
나의 목숨을 뚫고 사랑이 태어나다니,
사랑이 죽음에서 태어나니, 이 아니 영광이랴!

내 가슴을 태우는 불을 영혼에 안고
나 어디든지 그대로 가리라, 내가 잠든
무덤 속에서라도, 그 차가운 잿더미와 함께
고이 그 불길을 간직하리라.

무정한 죽음의 저 편, 나의 그림자 속에
그러나 나의 사랑은 살아가리라.
망각의 강 건너편에서, 추억은 살리라.

운명의 횡포와 망각으로부터, 그녀의 아름다움과
나의 불타는 순수한 사랑의 말이 살아 남으리니,
사랑하였음으로, 나의 없어짐 또한 나의 영광이리.

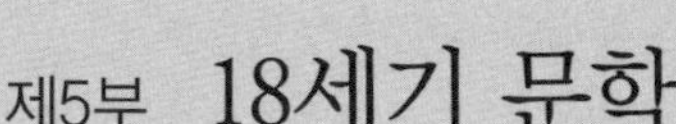

제5부 18세기 문학

Ⅰ. 서설

1. 역사적 배경과 계몽주의 문학의 출현

유럽의 18세기는 혁명의 시대다. 1798년에 일어난 프랑스혁명과 산업혁명은 18세기 유럽을 대변하는 사건이라고 할 수 있다. 1776년 미국은 독립전쟁을 통하여 영국으로부터 독립을 선언하면서 역사상 최초의 민주공화국이 되었다. 산업혁명을 통해 근대 자본주의가 자리 잡게 되었으며, 프랑스혁명으로 대변되는 유럽의 혁명들을 통해 근대 시민사회가 확립되었다.

18세기는 또한 낡은 것과 새로운 것이 충돌하면서 새로운 에너지를 만들어낸 계몽의 시대이기도 하다. 르네상스 이래로 이루어진 자연과학의 발전으로 인류는 우주와 종교적 신비를 벗기고 나아가 자연을 정복하게 되었다. 자연의 관찰과 정복은 경제와 산업의 발전은 물론, 지성의 발전도 가져왔다. 새롭게 대두한 시민계급을 중심으로 이제 사람들은 합리적인 이성을 추구하며, 이성을 보편적인 심판자로 내세우고 전통적인 권위를 배척했다. 철학은 관념적인 것에서 실천적인 것으로 탈바꿈되었다. 왕의 권력이 신으로부터 주어진 것이라는 왕권신수설은 주권재민의 사상으로 바뀌어갔고, 과학의 권위가 종교의 권위를 대체하며, 무지몽매한 사람들에게 필요한 것은 교육이라는 믿음, 인류의 역사는 앞으로 영원히 진보할 것이라는 낙관적인 믿음이 18세기를 지배하게 되었다. 이런 경향을 통틀어 계몽주의라고 부르고, 계몽사상을 담은 많은 저작들이 프랑스혁명과 미국독립이라는 18세기의 뜻 깊은 사건을 이루는 데 기여했다.

18세기는 문화적인 관점에서, 그리고 철학적인 관점에서 크게 두 시기로 나뉜다. 1750년을 전후로 해서 상당히 다른 경향을 보이는데, 전반기에는 합리주의 정신의 영향 아래 있었지만, 후반기에는 감정적인 충동과 상상적인 욕구가 냉철한 지성의 작용을 뒤흔들기 시작했다. 이러한 18세기 후반, 19세기 초반의 경향을 통틀어 전기 낭만주의라고 부른다.

이 시기는 소설 장르가 태동한 시기이기도 하다. 이전까지 문학의 큰 주류는 연극과 서사시가 이끌고 있었는데, 이때부터 산문문학, 특히 소설이라는 형태가 등장했다. 귀족계급을 대체해 새로운 권력 계급으로 부상하게 된 부르주아들은 늘어난 여가 시간과 구매력을 바탕으로 쉽게 읽히면서도 오락과 교훈을 줄 수 있는 좀 더 대중적인 문학 장르를 요구하게 되었고, 여기에 부응한 장르가 바로 소설이다. 새로운 부르주아 이데올로기의 표현 양식을 대변한다고 할 수 있는 소설 장르는 대부분 많은 상상력을 요구하고, 남녀 간의 애정 문제 등이 담겨 있어서, 초기에는 이성을 신봉하는 사람들로부터 배척받기도 했다. 그러나 19세기 이후로 문학에 있어서 탄탄한 위치를 확보하게 된다. 신문과 잡지들이 생겨나면서 저널리즘이 발전하고 풍자문학, 서간문학 또한 눈에 띄게 발전했다.

2. 계몽주의 문학의 사상과 특징

대체로 17세기 후반부터 18세기를 통하여 서유럽에서는 계몽사상(Enlightenment, Aufklarung)이라는 경험론적 합리주의 사상이 나타났다. 18세기 후반에는 '계몽' 또는 '개화'라는 개념이 동시대의 정신적·문화적 상황을 특징짓고 널리 사용되기 시작하였다. 그런데 바로 그처럼 널리 일반적으로 사용되어 왔다는 사실 자체가 그 개념의 정밀한 규정 및 시대적 경계선의 구획을 어렵게 만들기도 한다. 예를 들어, 독일문학사의 경우 어떤 사람은 고트세트(Johann Christoph Gottsched, 1700~1766)와 레싱(Gotthold Efraim Lessing, 1729~1781)뿐만 아니라 감상주의와 슈트름 운트 드랑 운동까지를 계몽주의 사상적 발전 과정 안에 포괄시키는가 하면, 다른 사람은 슈트름 운트 드랑의 반계몽주의적 성격을 강조하기도 한다. 이때 각각의 논의들은 계몽주의에 대한 서로 상이한 개념 규정을 전제하고 있는 것이다.

계몽주의는 단순히 어느 한두 나라에 국한된 이념적 운동이 아니라, 르네상스 이후 지속적으로 전개되어 온 사회적·사상적 변화에 기초한 범유럽적 운동이다. 그것은 중세 봉건체제를 극복하는 과정에서 성립된 하나의 세계관인 동시에 그러한 세계관을 창출할 만한 객관적인 역사적 조건의 반영이기도 하다. 이러한 계몽사상은 과학혁명에서 확립된 지적 기반을 바탕으로, 당시의 절대 왕정의 위기 내지 모순을 배경으로 하여 전개되었다. 그리하여 계몽사상은 봉건적인 성격을 지니고 있던 기존 지식 체계의 타당성에 회의를 품고, 프랑스 절대왕정의 말기적 증상을 나타내는 '구체제(앙시엥 레짐)'[1] 하의 현실에 직면하여 기존의 체제에 대한 비판과 개혁의 사상 내지 시민혁명을 위한 혁명 이론으로 발전하였다. 계몽사상가들은 자연법이 지배하는 완전 사회를 추구하여 불평등한 기존의 제도들은 '자연법'에 어긋나는 것이므로 타도되어야 한다고 역설하였다. 즉, 계몽사상가들은 합리주의적이고 진보주의적 관점에서, 또한 이미 밝혀진 지식에 입각하여 다양한 사회 개혁 진행 과정을 제시하였다.

계몽주의가 유럽 전체를 이끄는 운동으로 성장하기 위해서는 위대한 학자와 사상가들의 여러 세대에 걸친 독창적 업적들이 축적됨으로써 가능했다. 데카르트(Decartes, 1596~1651)의 인식론적 합리주의와 베이컨(Bacon, 1561~1626)으로부터 뉴턴(Newton, 1643~1727)에 이르기까지의 자연과학적 경험주의는 계몽주의의 정신적 기초가 되었다. 홉스(Hobbes, 1588~1679), 로크(Locke, 1632~1704), 스피노자(Spinoza, 1632~1677), 라이프니츠(Leibniz, 1646~1716) 등은 그 기초 위에 세워진 사상적 초석의 다음 단계 작업을 맡았다.

계몽사상의 선구자는 영국의 존 로크(John Locke, 1632~1704)이다. 그의 저술 『관용에 관한 서한』(*Epistola de tolerantia*, 1689)은 영국 계몽주의의 출발을 예고하는 것으로서, 그에 의하면 '사람의 영혼은 백지와 같고 경험을 통해 거기에 글자가 쓰인다'는 것이다. 이러한 생각은 영

---

1 앙시엥 레짐(Ancien Régime) : '앙시엥'은 '오래된', '낡은'이라는 뜻이고 '레짐'은 '체제'를 말한다. 일반적으로 프랑스혁명 이전의 구체제, 즉 절대왕정 체제와 신분제 등을 총괄하는 체제를 말하며 프랑스혁명은 이러한 구체제를 타파하고자 했다.

국 계몽주의의 경험론적 특징을 말해주는데, 그것은 영국의 이신론자
(Deism, 理神論)[2]와 자유사상가들에게 계승되고 새프츠베리(Shaftesbury,
1671~1713), 버클리(Berkeley, 1685~1753), 흄(Hume, 1711~1776) 같
은 사상가들에게로 이어졌다.

---

2 이신론(理神論) : 세계가 신에 의해 창조된 것이지만 신의 지배를 벗어나 자연의 이치에 따라
움직인다는 사상이다. 넓은 의미로 자연신론, 범신론과 연결된다.

Ⅱ. 18세기 문학의 흐름과 양상

1. 프랑스의 계몽주의 문학

영국에서 계몽주의를 넘겨받은 18세기 프랑스는 계몽사상의 중심지가 된다. 프랑스 계몽주의 문학은 앙시엥 레짐으로부터의 인간 해방을 주창했다. 17세기의 합리주의 철학자들이 르네상스 철학자로서 중세적 속박에서 자신을 해방시켰다면, 18세기 계몽주의자들은 국가와 교회의 권위로부터의 해방을 요구했다. 또한 17세기 작가들이 문학의 형식과 기술에 치중한 것에 반해 계몽주의 작가들은 내용에 더 치중했다. 계몽주의 문학은 계몽이란 말 그대로 무지를 깨우치려는 데 치중했고 실용적이면서 정치와 사회를 개선시킬 수 있는 내용들을 담았다. 따라서 당시 '톨레랑스'(tolérance)[3]라는 용어

---

3 톨레랑스(tolérance) : 프랑스 계몽주의 시대에 유행했던 용어로 개혁, 사상의 자유, 관용을 의미한다. 이러한 톨레랑스 사상은 자유 · 평등 · 박애와 더불어 프랑스의 바탕을 이루는 정신 중의 하나다.

가 유행했다.

프랑스의 계몽 사상가들은 1751년부터 간행되기 시작한 『백과사전』(*Encyclopédie*, 1751~1772)을 중심으로 활약했다. 몽테스키외(Charles-Louis de Montesquieu, 1689~1755), 볼테르(Voltaire, 1694~1778), 루소(Jean-Jacques Rousseau, 1712~1778), 디드로(Denis Diderot, 1713~1784)를 비롯한 많은 지식인, 철학자, 실용과학의 전문가들이 『백과사전』 편찬에 협력했다. 이 책은 출판 금지, 판매 금지, 발행 금지 등으로 우여곡절을 겪으면서 원고 집필자만도 200여 명, 1751~1772년까지 총 제작 기간이 21년, 본문 17권과 도판 11권인 총 28권으로 발행되었고 1780년에 색인 2권이 첨가되었다. 따라서 이 책은 당시 프랑스를 대표하는 지성들이 총집결하여 과학·예술·산업 등에 대한 모든 지식을 체계적으로 모아놓은 18세기 지식과 철학의 총결산이라고 할 수 있다. 이 책은 반종교적이고 유물론적인 사상을 바탕으로 자유사상을 전파한 계몽시대의 무기로서, 지식인들뿐만 아니라 사제들의 필독서가 되었다.

계몽주의 시대의 작품으로는 몽테스키외의 『페르시아인의 편지』(*Letters Persanes*, 1721), 『법의 정신』(*L'Esprit des lois*, 1748), 볼테르의 편지 모음집인 『철학서간』(*Letters Philosophiques*, 1734)을 비롯하여 소설 작품 『자디그』(*Zadig*, 1748), 『캉디드』(*Candide*, 1759), 디드로의 무신론적이며 유물론적 사상을 전개한 『맹인에 관한 편지』(*Lettre sur les Aveugles*, 1749)를 비롯하여 대화체 소설 『라모의 조카』(*Le Neveu de Rameau*, 1774), 『운명론자 자크와 그 주인』(*Jacques le fataliste st son maitre*, 1796) 등이 있다. 또한 장 자크 루소(Jean-Jacques Rousseau)는 서간체 연애소설 『신 엘로이즈』(*Nouvelle Héloïse*, 1761)를 비롯하여, 단편적 논문 형식의 『사회계약론』(*Socil Contract*, 1762), 자전적 작품 『고백론』(*Les Confessions*, 1756~

1770), 소설 형식의 교육론 『에밀』(*Émile*, 1762), 자전적 수상록 『고독한 산책자의 명상』(*Rêverie d' un Promeneur*, 1782) 등을 내놓았다.

이밖에 18세기 작가로 프레보 데그질(Antoine Francois Prevst d'Exiles, 1697~1763)의 소설 『데그리외 기사와 마농 레스코의 진정한 이야기』(*Manon Lescaut*, 1753)가 있다. 이 작품은 흔히 『마농 레스코』로 불리며, 쥘 마스네의 오페라 「마농」(1881), 푸치니의 유명한 4막 오페라 「마농 레스코」(1893)도 이 작품을 바탕으로 꾸며졌다. 따라서 이 작품은 사실적인 풍속소설, 연애 심리소설, 낭만주의 문학을 예고하는 작품으로 평가 받고 있다. 마리보(Marivaux, 1688~1763)의 희극 『사랑과 우연의 장난』(*Le Jeu de l' Amour et du Hasard*, 1730), 심리 분석의 고백소설 『마리안의 일생』(*La Vie de Marianne*, 1731~1741) 등도 유명하다. 마리보의 작품은 몽상적인 분위기를 자아내며 연애 심리의 묘사와 새로운 언어 구사, 그리고 독특한 문체를 보인다. 또한 보마르셰(Beaumarchais, 1732~1799)의 희극 『세비야의 이발사』(*Le Barbier de Séville*, 1775), 『피가로의 결혼』(*Le Mariage de Figaro*, 1784) 등이 있다.

그리고 18세기 후반 프랑스의 이색적인 작가 사드(Donatien Alphonse François, Comte de Sade, 1740~1874)가 있다. 그는 일생 동안 계속 글을 썼는데, 성욕 도착의 외설 작품, 부도덕한 작품을 많이 남겼다. 그리하여 성적 대상에게 고통을 줌으로써 성적 쾌감을 얻는 이상 성행위, 성적 가학증을 말하는 '사디즘(sadism)'이라는 의학 용어가 그의 이름에서 유래했다. 그의 행위와 작품은 그가 세상을 뜬 후 19세기 말까지도 비난의 대상이 되었다. 그러나 20세기에 들어서, 특히 초현실주의자들과 실존주의자들에 의해서 '사회와 창조자에 대한 대담한 반항아', '가장 자유로운 정신'의 본보기로서 새로운 평가를 받기 시작했다.

■ 몽테스키외(Charles-Louis de Montesquieu, 1689~1755)
– 『페르시아인의 편지』(*Lettres Persanes*, 1721)

몽테스키외는 보르도에서 태어나 집안의 전통을 따라 법관이 되어 고등법원에서 법원장까지 지냈다. 그러나 1726년 전적으로 문학과 철학을 연구하기 위해 법조계를 떠났다. 1721년 『페르시아인의 편지』를 써서 익명으로 국외에서 출판하여 크게 성공을 거두었다. 그의 또 다른 대표작인 『법의 정신』(*L'Eprit des lois*, 1748)은 제네바에서 출판되었는데 1년이 채 안 되어 22판까지 출판할 정도로 큰 성공을 거두었다. 이 저서는 '법은 어떤 것이어야 하는가?' 가 아니라 구체적으로 '무엇이 법을 만들어내는가?' 하는 것이다. 그는 법은 사물의 본성으로부터 나오는 필연적인 모든 관계로서, 신의 의지로부터 나오는 것은 아니라고 역설하고 있다. 그 관계를 설명하기 위해 몽테스키외는 각 나라의 지리적 조건과 국민성 등의 요인에 주의를 기울이고 있다.

『페르시아인의 편지』는 서간문 형식의 동양소설류 작품으로서, 수록된 편지의 수는 초판에서는 150통, 재판에서는 153통, 1754년판에서는 161통에 달한다. 이 작품은 두 명의 페르시아인이 프랑스를 방문해서 직접 눈으로 보고 귀로 들은 바를 고향 사람들에게 알려주는 편지 형식을 띤다. 유럽과 페르시아의 풍습, 제도를 대조하면서 프랑스의 풍속과 습관을 예리하게 비판하고 있다.

이 작품에 나오는 주인공들은 몽테스키외가 설정한 가상의 페르시아인들이지만, 다름 아닌 몽테스키외 자신이다. 또한 이 작품은 한마디로 사람의 마음을 찔러 감동시키는 풍자소설이다. 주인공이 내뱉는 언어들을 유심히 따라가다 보면 몽테스키외의 집요하고 엄청난 비판 정신에 빠져들게 되는 것이다. 몇 통의 편지를 소개하면 다음과 같다.

〈편지 1〉

우스벡이 친구 루스탄에게 본낸 편지

수신지 : 이스파한[4]

우리는 콤[5]에서 하루만 머물렀네. 12명의 예언자를 낳으신 동정녀[6]의 무덤에 참배를 올리고 다시 여행길에 올라, 이스파한을 떠난 지 25일째인 어제 타브리지[7]에 도착했네.

리카와 나는 아마도 페르시아인들 중에서 지적 욕망을 좇아 지혜를 구하겠다는 일념으로 평탄한 삶의 낙을 포기한 채 조국을 떠난 최초의 사람들일 걸세.

우리는 재물과 문예가 번창한 왕국에서 태어났지만 국경은 우리가 가진 지식의 한계가 되었네. 나는 동방의 예지만이 우리 삶의 지표가 되어야 한다고 생각하지는 않네.

우리의 여행에 대해 어떤 말들이 나도는지 내게 편지로 알려주게나. 내게 듣기 좋은 말만 전해줄 필요는 없어. 지지자들이 많을 거라고는 기대하지 않거든. 에르주름[8]에서 얼마간 머물 예정이니 그리로 편지를 보내게.

잘 있게, 나의 벗 루스탄, 세상 어느 곳에 있든지 자네를 향한 내 우정은 변함이 없다는 걸 잊지 말아주게.

— 타브리즈에서, 1711년 사파르(4월) 15일[9]

〈편지 2〉

우스벡이 흑인 내시장(內侍長)에게 보낸 편지

수신지 : 이스파한의 하렘

너는 페르시아에서 가장 아름다운 여인들을 지키는 충성스러운 수호자이다.

---

4 이스파한 : 1721년 당시 페르시아의 수도.

5 콤 : '쿰' 으로도 불리며, 이스파한 북쪽에 위치한 도시. 현재 이란 중북부에 위치한다.

6 동정녀 : 모하메트의 딸이자, 열두 계승자들의 조모인 파티마를 지칭한다.

7 타브리즈 : 현재 이란의 북서쪽에 위치한 도시.

8 에르주름 : 터키의 아르메니아 고원에 위치한 도시.

9 저자는 각 편지의 날짜를 표기하기 위해 연도는 서력기원을, 달은 이슬람력을 사용하였다. 괄호 안은 태양력과 일치하는 달이다.

내가 세상에서 가진 것 중 가장 귀한 것을 네게 맡겼다. 너는 나만을 위해 열리는 숙명의 문의 열쇠꾸러미를 손안에 쥐고 있는 것이다.

네가 나의 애정이 가득 담긴 그 소중한 곳을 지키는 한, 내 마음은 온전한 안심 속에 편안히 쉴 수 있지. 너는 밤의 정적 속에서나 대낮의 소란 속에서나 보호와 경비를 게을리하지 않지. 여인들의 정조가 조금이라도 흔들거릴라 치면 지칠 줄 모르는 온 정성으로 곧게 바로잡아 주지. 네가 지키는 여인들이 자신들의 의무에서 벗어나길 바란다면 그런 희망을 버리도록 만들겠지. 너는 악덕을 벌하는 재앙이며 정조를 받드는 기둥이니까.

너는 그녀들에게 명령을 내리는 동시에 또 그녀들에게 복종을 한다. 그녀들이 원하는 모든 것을 무조건 들어주고 그녀들로 하여금 하렘의 규율을 무조건 지키게 한다. 가장 하찮은 부탁까지 들어줌으로써 너는 영광을 느끼지. 너는 그녀들의 정당한 명령에 존경과 경외의 마음으로 복종을 하고, 그녀들의 노예가 되기나 한 듯 그녀들을 섬기지. 하지만 정숙과 겸허의 규율이 느슨해질까 두려워지면 권위를 내세워 주인인 듯 나처럼 명령을 내리지.

네가 아직 미천한 노예였던 시절, 내 소중한 여인들을 맡길 의도로 너를 지금의 직책에 명하여 그 신분에서 구제하기 직전, 그때 네가 처해 있던 공허한 시절을 항상 기억해라. 내 사랑을 받는 그녀들 앞에서 진정으로 겸손한 자세를 취하라. 그러나 한편으론 그녀들이 최대한으로 네게 의존하게 만들어라. 그녀들에게 해가 되지 않을 법한 유희거리를 제공해주어라. 그녀들의 근심을 잊게 하고 음악과 춤, 달콤한 음료로 즐겁게 해주어라. 그녀들을 설득해서 서로 자주 모임을 갖도록 해라. 만약 그녀들이 전원 풍경을 그리워한다면 밖으로 데리고 나가도록 허락하느니, 네 부하들에게 그녀들 앞에 모습을 드러내는 모든 남자들을 무참히 처벌하게 하라. 그녀들에게 깨끗하게 단장하라고 권해주어라. 그것은 곧 영혼의 청결함을 상징하기 때문이다.[10] 그녀들에게 내 얘기를 가끔 해주어라. 그녀들이 지금 내 옆에 있어, 이곳의 아름다움이 한층 더하다는 것을 보고 싶구나.

— 타브리즈에서, 1711년 사파르(4월) 18일

---

10 저자는 모하메트의 "종교는 청결을 토대로 하며, 청결하면 교리의 절반은 행한 것이다"라는 금언을 염두에 두었다.

〈편지 161〉

록산느가 우스벡에게 보낸 편지

수신지 : 파리

그래요, 나는 당신을 배신했어요. 당신의 내시들을 유혹했고, 당신의 질투심 같은 건 아랑곳하지 않았죠. 나는 당신의 지옥 같은 하렘을 유희와 쾌락의 장소로 만드는 방법을 알았던 것입니다.

나는 곧 죽을 거예요. 독약이 곧 내 혈관 속에 흐를 겁니다. 이 이승에 날 묶어 두던 남자가 죽었는데, 내가 여기서 무엇을 하겠습니까? 나는 죽습니다. 하지만 내 그림자는 혼자 하늘로 올라가지 않습니다. 이 세상에서 가장 아름다운 피를 흘뿌린 파렴치한 내시들을 지금 막 내 앞에 저승으로 보낸 참이거든요.

당신은 어떻게 내가 오직 당신을 숭배하기 위해 이 세상에 존재한다고 믿을 정도로 순진하다고 생각했죠? 어떻게 당신은 당신이 하고 싶은 건 다하면서, 내 욕망을 억제할 수 있는 권리를 가졌다고 생각했죠? 아니에요! 예속된 삶 속에 살았지만, 난 늘 자유로웠어요. 내 스스로 당신이 만든 법도를 자연의 법칙에 맞춰 고쳤고, 내 영혼은 언제나 독립성을 잃지 않았죠.

내가 당신을 위해 한 희생에 대해, 내가 당신 앞에서 정조를 지키는 척할 정도로 내 자신을 낮춘 것에 대해, 온 세상에 대해, 당신의 허영에 대한 나의 복종이 정조라는 이름으로 불리는 것을 용납하면서 그 정조를 더럽혔다는 점에 대해, 당신은 오히려 내게 감사를 표해야 할 것입니다.

당신은 나에게서 사랑의 격정을 발견하지 못하는 데 놀라워했죠. 당신이 나를 잘 알았다면, 내게서 대단히 명렬한 증오를 발견했을 겁니다.

그러나 당신은 내 마음이 당신에게 종속되었다고 믿음으로써, 그에 대한 이익을 오랫동안 톡톡히 봤어요. 우리 둘 다 행복했어요. 당신은 내가 당신 수작에 말려들었다고 믿었고, 나는 당신을 속이고 있었던 겁니다.

지금 내가 하는 말이 당신에겐 낯설게 느껴질 테지요. 당신에게 이런 심한 고통을 안겨준 후에도, 내 용기에 감탄하지 않을 수 없게 만들 수 있을까요? 그러나 이제는 더 이상 어쩔 도리가 없네요. 제 안에 점점 독이 퍼지고 있습니다. 힘이 스르르 빠지고, 펜이 손에서 떨어지는군요. 나의 증오까지 약해지는 게 느껴집니다. 나는 죽어가고 있습니다.

— 이스파한의 하렘에서, 1720년 레비압(5월) 8일

■ 볼테르(Voltaire, 1694~1778) – 『캉디드』(*Candide*, 1759)

본명은 프랑수아 마리 아루에(Francois-Marie Arouet)이며, 파리의 공증인 아들로 태어나 예수회 학교에서 공부하면서 문학적 소양을 익혔다. 프랑스 섭정시대(1815~1823)에 살롱에 드나들면서 사교계의 총아가 되었는데, 오를레앙 공작(philippe d'Orléans)을 풍자하는 시를 쓴 죄로 바스티유 감옥에 2년간 수감되었다. 옥중에서 쓴 비극『오이디푸스』(1718년 상연)가 성공한 후부터 볼테르라는 필명을 사용하기 시작하였다. 루이 15세의 결혼식에 세 편의 극작을 써서 왕의 총애와 연금을 한꺼번에 얻는 대성공을 거두었지만 한 귀족과의 싸움으로 재차 부단하게 투옥되었고, 국외 망명을 조건으로 석방되어 영국으로 건너갔다. 이것이 볼테르와 프랑스, 그리고 전 유럽에 큰 영향을 가져왔다.

타고난 비판 정신을 가지고 있었던 볼테르는 영국에서 왕과 의회의 관계를 보면서 수많은 편지를 썼고, 영국의 저명인사들과 교류하면서 뉴턴, 로크의 영향을 받아 자유사상가가 되었다. 영국 체류 중에 쓴 편지들을 모아 『철학서간』(또는 『영국서간』)을 펴냈는데, 여기서 영국을 이상화하고 프랑스 사회를 비판하여 정부의 노여움을 사기도 했다.

그는 이신론, 합리주의의 입장에서 초자연을 부정하고 사회악, 특히 광신狂信을 날카롭게 배격했다. 역사가로서 정확한 고증, 문화사적 관심 등으로 근대 사학의 선구자였으며, 또한 동서 문화의 교류에 관심을 갖고 근대 문화와 식민지주의의 관계도 추구하였다.

그의 저서들은 상당수 출판 금지를 당했고, 정치적인 이유로 스위스로 피신해 약 20년간을 살았다. 말년에 파리에서 공연되는 자신의 연극을 보기 위해 귀국해 대대적인 환영을 받았으나 몇 개월 후 사망했다.

『캉디드』는 '낙천주의' 라는 부제목이 암시하듯이 주인공을 통해 '최상의 상태에 있는 세계에서 모든 것은 최선의 상태다' 라고 주장한 독일의 철학자 라이프니츠(Leibniz)의 낙천적인 세계관을 조소하고 사회적 부정과 불합리를 고발하고 있다. '하지만 이제 우리들의 정원을 가꾸어 나가야 하겠습니다' 라는 작품의 마지막 말은 널리 애용되고 있다. 이 말은 비참한 체험과 온갖 사회적 불합리에도 불구하고 허무나 실의 또는 염세사상에 빠지지 않고, 자신의 운명을 스스로 개척해나가면서 인간 사회의 개선 의욕을 잃지 않아야 한다는 작가의 정신을 잘 반영하고 있다. 작품의 줄거리는 다음과 같다.

주인공 캉디드는 유순한 청년으로 웨스트팔리아에 있는 숙부 저택에 거주한다. 그 저택에서 캉디드는 사촌형과 그의 동생 퀴네공드 공주와 함께 철학자 팡그로스 박사의 가르침을 받으며 성장한다. 독일의 철학자 볼프(Christian, 1679~1754)의 제자이기도 한 팡그로스 박사는 '모든 것은 최선의 상태에 놓여 있다' 라고 가르치는 낙천가이다. 그런데 캉디드는 사촌 퀴네공드 공주를 사랑하게 되고, 이것이 화근이 되어 숙부집에서 쫓겨나게 된다.

캉디드는 불가리아군(軍)에 징집되었으나 곧 탈출하여 네덜란드로 간다. 그는 그곳에서 옛 스승 팡그로스를 만나게 되고 그로부터 숙부의 집이 전쟁통에 불타버렸다는 소식을 듣는다. 그리고 캉디드는 팡그로스와 함께 포르투갈의 리스본으로 가던 중 배가 난파되어 체포된다. 그들은 종교재판소에 회부되어 팡그로스는 교수형을, 캉디드는 태형을 받게 된다. 그런데 마침 공주의 도움으로 구조되어 부에노스아이레스로 두 사람이 함께 도망가다가 다시 뿔뿔이 헤어지게 된다.

캉디드는 파라과이에서 우연한 일로 사촌형을 죽이게 되고, 산중을 방황하다가 황금의 고장 엘도라도에 도착한다. 이 유토피아야말로 '모든 것이 최선에 놓인' 나라인 것이다. 이곳에서 보석을 손에 넣은 캉디드는 퀴네공드를 잊을 수 없어 찾아 나선다. 그러다가 도중에서 철학자 말틴을 알게 되어 유럽으로 돌아간다. 온갖 고난을 겪은 이 철학자는 '모든 것은 악(惡)일 뿐' 이라고 주장하는 불행한 사람이다. 두 사람은 유럽 각지를 돌아다닌다. 그러다가 캉디드는 공주가 추악한 모습으로 변해 터키의 노예가 된 것을 알게 된다. 그래서 찾아가던 중 죽은 줄로만 안 옛 스승과 사촌형을 죄인의 호송선에서 발견하게 된다.

캉디드와 철학자 말틴은 이들 두 사람과 공주를 구해낸다. 그런 다음 터키에 땅
을 사고 정착한다. 캉디드는 한때 깊은 권태에 빠져 고민하기도 하지만 곧 생활의
의의를 찾고 매일을 논쟁으로 보내는 두 철학자에게 "모두가 지당한 말씀입니다.
하지만 이제 우리들의 정원을 가꾸어 나가야 하겠습니다"라고 결론을 맺는다.

■ 디드로(Denis Diderot, 1713~1784)
 - 『라모의 조카』(*La Neveu de Rameau*, 1774)

디드로는 샹파뉴 지방의 랑그르에서 칼장수의 아들로 태어나, 성직
자가 되기를 희망하던 아버지의 기대와는 달리 파리에 유학하여 철
학·문학·수학을 공부했다. 1732년 학업을 마치고 가정교사, 번역 등
을 하며 방랑 생활을 하다가 콩디약(Etienne Bonnot de Condillac, 1715~
1780), 루소(Jean-Jacques Rousseau, 1712~1778) 등과 친교하게 되고,
1743년 가난한 재단사의 딸이며 자신이 살던 집의 세탁부였던 안 트와
네트 샹피옹과 비밀 결혼을 했다.

1749년 『맹인에 관한 편지』(*Lettre sur les Aveugles*)에서 무신론적, 유물론
적 사상을 개진하여 3개월간 뱅센느 감옥에 투옥되었다. 석방 후 『백과
사전』에 힘을 기울여 달랑베르(Jean d'Alembert, 1717~1783)와 함께 공
동 편찬자로 일했다. 1751년 당시의 모든 진보적인 사상가를 동원하여
대출판의 제1권을 간행하였다. 그러나 여러 번 박해를 받고 1759년에는
끝내 금지령이 내려져, 달랑베르를 위시한 대부분의 협력자들이 『백과
사전』 편찬에 손을 떼었다. 그러나 디드로는 극비리에 사업을 계속하여
1772년까지 원문 17권, 도판圖版 11권을 완성하였다. 디드로는 열정적
인 편집장이었으며, 오늘날에도 역사가들이 높이 평가하는 뛰어난 질
의 3,000~4,000개의 도판을 감독해냈다. 그의 생애는 거의 『백과사전』
편찬 사업에 몰두하였지만 그는 철학·문학·연극·미술 등에 관한 많

은 저서를 남겼다.

그의 대표적인 작품으로는 철학서 『달랑베르의 꿈』(*La reve d'Alembert*, 1830 발행), 소설 『운명론자 자크와 그 주인』(*Jacques le fataliste*, 1796 발행), 『라모의 조카』(*Le Neveu de Rameau*, 1774), 또한 희곡 『사생아』(*Le Fils naturel ou les Epreuves de la vertu*, 1757, 1771년 초연), 『일가의 아버지』(*Le Père de famille*, 1759, 1761년 초연) 등이 있다.

『라모의 조카』는 대화체 소설로서 '제21의 풍자' 라는 부제가 붙어 있다. 식객의 눈을 통하여 저자의 예리한 시대 풍자를 생생하게 보여준다. 이 작품은 계몽주의 사상가로서의 디드로와는 서로 상반되는 자기 분열, 내면적인 갈등을 적나라하게 드러내고 있다. 또한 라모의 조카를 통해서 당시 프랑스 사회를 공격 비판하면서, 작가의 현실 긍정의 태도를 교묘하게 대립시키고 있다. 이 작품은 1771~1774년에 쓰였지만, 루이 왕조의 절대군주제도 밑에서는 발행할 수 없어 1821년 괴테가 독일어로 번역한 후 비로소 프랑스어로 재번역되었다. 소설 『라모의 조카』의 줄거리는 질서정연하게 말하기는 불가능하다. 왜냐하면 이 작품은 하나의 이야기가 아니라 대화이기 때문이다. 작가는 이 대화 속에서 자유분방한 음악가인 주인공의 기이한 성격을 묘사하고 있다. 대략 그 내용을 간추리면 다음과 같다.

어느 날 오후, 나(디드로)는 체스를 잘 두는 사람들을 구경하기 위해 파리의 라레장스 카페에 들어간다. 카페에서 체스놀이를 하고 있는 많은 손님들 가운데서, 유명한 음악가 라모[11]의 조카를 발견한다. 이 사나이는 음악가인데 고매함과 비

---

11 라모(Jean-Philippe Rameau, 1683~1764) : 프랑스의 유명한 작곡가. 그의 걸작으로 〈카스토르와 폴뤽스(Castor et Pollux)〉 등이 있다.

열함, 상식과 몰상식을 동시에 지니고 있으며 남의 집 식객으로 있는 보헤미안이다. 그는 '나는 얼마나 비참한가!' '나는 쫄딱 망했다'고 말한다. 그는 이제까지 편안하게 살고 있던 집에서 쫓겨난 것이다.

'그'는 나에게 오더니 과장된 몸짓으로 말을 걸었다. 그의 화제는 자기와 같은 떠돌이의 생활, 철학자의 숙적인 베르탕 가(家)의 근황, 작가나 시인 또는 음악가만으로는 생계를 꾸려나갈 수 없다는 등의 이야기를 한다. 이와 같은 문제들에 대해 나는 전반적으로 건설적인 모랄을 전개하지만, 그는 생활자로서의 체험적 실감을 강하게 내세운다. 그 때문에 우리는 결국 정면으로 충돌하고 만다. '나'는 '그'에게 거지노릇을 하며 입에 발린 말을 하지 말고, 조금이라도 자기 재능에 대해 자부심을 가지는 음악가로서의 길을 걷도록 하라고 권고한다. 그러나 '그'는 자기보다 재능이 없는 인간이 여유 있는 생활을 하는 것을 볼 때, 더 이상 인생을 성실하게 사는 것이 바보스럽다는 것을 느끼게 된다고 말한다. 그는 대귀족이나 대부호들은 큰 도적들이며, 그들에게 아첨하고 살아가는 문인이나 음악가 등도 결국 사회악의 협력자라고 욕설을 퍼붓는다.

계속해서 라모의 조카는, 자기는 인생의 실패자로서 곡예단의 원숭이와 같은 존재라고 생각한다고 한다. 부를 독점하고 있는 무리의 존재를 허용하고 있는 사회 구조가 '그'를 타락하게 하였고, '그'에게 곡예단의 원숭이가 되도록 강요했다는 것이다. '그'는 사물을 생각하는 사람치고 떠돌이가 아닌 사람이 어디 있느냐고 힘주어 말한다. "원숭이라 한들 어떻습니까. 원숭이가 되어 우스꽝그러운 판토마임을 추는 편이 오히려 낫지요." 그러면서 라모의 조카는 자기 자신도 권문 세가에 의지하여 연명해나가는 한 사람의 기식자에 불과하다는 것을 잘 알고 있다고 말한다. 그리고 자신의 타락한 생활에 혐오를 느낀다면서 자기의 비행을 고백한다. 자신은 한 가지 재주, 즉 음악에 대한 애착심이 강하여 음악을 가르쳐가며 생계를 유지하였는데, 그만 제자의 돈을 훔쳤다고 한다. 도덕이란 허영에 불과하며 누구나 마음속으로는 쾌락을 추구하는 것이며, 먹기 위해서는 못할 짓도 하게 되는 것이라고 한다. 그래서 자기는 타락하려면 아주 밑바닥 끝까지 타락해버리고 싶다고 열변을 토한다.

계속해서 그는 이탈리아 음악에 대하여도 열변을 토한다. 이 뻔뻔스러운 라모의 조카는 파렴치하지만 건방지지는 않는다. 그리고 그는 자기가 괴짜라는 것을 감추려하지 않는다. 그는 정열적인 예술가이다. 그는 아름다운 음악을 사랑하고 있으며, 그를 열중케 하는 유일한 것이다. '나'는 '그의 궤변'에 자신의 의견을 맞

세운다. 그러나 '그'의 의견은 이따금 '나'의 확신을 흔들고 '그'를 몽상으로 빠지게 한다.

"그런데 당신은 내가 죽을 때까지 이렇게 살 것이라고 생각하십니까?" 그 물음에 대해 내가 "안됐지만 아마 그럴 것이라고 생각하네" 하고 대답할 때 5시 30분을 알리는 종소리가 울린다. 그는 내게 이렇게 말하고 자리를 떠난다. "나는 앞으로도 40년가량 현재의 불행을 지고 살겠지요. 그런데 마지막에 웃는 사람이 참으로 웃는 사람이겠지요."

■ 루소(Jean-Jacques Rousseau, 1712~1778)
– 『에밀』(Emile, 1762)

루소는 제네바에서 시계직공의 아들로 태어났으나, 어머니는 그를 낳자마자 세상을 떠났다. 그의 나이 10세 때 아버지는 다른 사람과 사소한 언쟁으로 도피 생활을 하게 되자, 루소를 숙부에게 맡겼다. 숙부의 집에서 루소는 공장의 심부름 따위를 하면서 소년 시절을 보냈다. 그러다가 16세 때 제네바를 떠나 방랑 생활을 하면서 온갖 힘들고 기구한 생활을 했다. 19세 때 바랑 남작부인을 만나 모자 간의 사랑과 이성 간의 사랑이 기묘하게 뒤섞인 관계를 맺었고, 부인의 저택 집사로 일하면서 공부할 기회를 얻게 되었다. 수년간의 면학 끝에 1742년 파리로 떠나 디드로 등의 문학가들과 사귀면서 문학과 음악 창작에 관심을 갖고, 상류사회에 출입하였다.

1749년 뱅센느 감옥으로 디드로를 면회하러 가는 길에서 우연히 디종 아카데미가 현상 공모한 주제를 보고 응모한, 학문과 예술의 진보가 인간을 타락시켰다는 요지의 논문 「학예론」(Discours sur les sciences et les arts)이 당선되면서 사상가로서 인정받게 되었다. 이후 『인간불평등기원론』(Discours sur L'origine et les fondements de L'inégalité Parmi Les hommes, 1755)에서 자연 상태에서는 선량하고 행복했던 인간이 사회 속에서 타락하고 불행하게 된다는 대담한 사상을 전개했다. 이런 사상은 『사회계약론』(*Contrat social*, 1762)에서 더욱 발전된 형태로 펼쳐졌다. 그런데『달랑베르에게 보내는 연극에 관한 편지』(*Lettre à Dalembert sur les spectacles*, 1758)가 디드로와 절교 상태를 유발케 했고, 두 사람은 극한적으로 대립하게 되었다.

계속해서 『신 엘로이즈』(*Nouvelle Héloise*, 1761), 『에밀』(*Emile*, 1762) 등을 발표하면서 루소의 명성은 높아갔다. 그러나 『에밀』에 들어 있던 범신론적 사상이 파리 고등법원의 비위를 거슬러 신변의 위험을 느끼면서, 루소는 은둔과 도피의 생활을 계속하였다. 1771년 파리로 돌아온 루소는 강박 관념과 피해망상에 시달리면서 쓸쓸한 만년을 보내다가 1778년 파리 근처의 에르므농빌에서 갑작스러운 죽음을 맞이하였다.

이 기간 동안에 자신의 자전적 소설인 『고백론』(*Confessions*, 1765~1770)과 『고독한 산책자의 명상』(*Rêveries d' un Promeneur Solitaire*, 1777~1778)을 썼는데, 『고백론』은 최초의 고백문학이라는 점에서 낭만주의의 원류로 인정되기도 하고, 자연 풍경과 일상생활을 자세하게 묘사했다는 점에서는 사실주의로 통하는 작품이기도 하며, 깊고 예리한 심리 분석을 시도했다는 점에서 근대 심리소설 계열의 선두에 서기도 한다.

루소는 1745년부터 하숙집 하녀이며 저능아이고 글자도 전혀 알지 못하는 테레즈 르 바쇠르와 함께 지내다가 1768년 정식으로 결혼하였다. 루소는 그녀와의 사이에 다섯 아이를 낳았는데, 이 아이들을 차례로 고아원에 버렸다. 자신의 사생활과 아이들을 고아원에 버린 행위 등을 폭로하는 익명의 팸플릿이 나돌자, 루소는 자기변명과 동시에 진정한 자신의 모습을 밝히려는 생각으로 자전적 작품 『고백록』을 저술한 것이다.

『에밀』은 루소의 '자연인'을 길러내는 것을 목적으로 하는 교육론이 드러나 있는 논문으로, 전체 5부로 이루어져 있다. 『에밀』의 개요와 예문은 다음과 같다.

개요

제1권 : 루소는 먼저 교육의 목적을 설정한다. 어린이를 특정의 직업을 위해서 훈육해서는 안 된다. 오로지 하나의 인간을 만들기 위해서만 노력해야 한다. 어머니 자신이 어린이에게 젖을 주고, 아버지가 그를 기르고, 아버지가 없는 경우에는 어린이에 대해서 충분한 권위를 가진 가정 교사가 그를 기른다. 어린이는 시골서 기르고, 온갖 방법으로 단련시킨다.

제2권 : 초기의 교육은 소극적이어야 한다. 지리·역사 등 어린이로서는 도저히 이해할 수 없는 책들은 모두 멀리한다. 경험 자체가 그에게 기본적인 관념을 가져다줄 것이다. 필요한 경우에는, 교사는 갖가지 사실들 자체에 의해서 교훈이 주어지는 것 같이 보이도록 환경을 꾸며놓아야 한다. 12살 때까지, 무엇보다도 중요한 것은, 끊임없이 신체를 단련하고 주의 깊게 감각의 교육을 실시하는 일이다. 이렇게 해서 에밀은 같은 또래의 다른 아이보다도 더 성숙해지고 더 튼튼해지고 더 많은 경험을 쌓게 된다.

제3권 : 12살 때 적극적인 교육이 시작된다. 그러나 책은 여전히 사용하지 않는다. 책을 읽는 어린이는 생각을 하지 않고, 그저 읽기만 하며, 말을 배울 뿐이다. 교사는 사실과 사물들에 의해서 에밀의 지성을 길러준다. 또한 교사의 역할은 매우 신중해야 하고, 어린이로 하여금 깊이 생각하도록 유도하는 데 그쳐야 한다. '눈에 보이는 태양의 운행에 관해 깊이 생각하게 함으로써 천문학에 관한 첫 공부를 할 것이고, 자기가 사는 지역을 공부함으로써 지리를 배울 것이다' 등등. 동시에 에밀에게 하나의 직업을 갖게 한다. 그는 목수가 될 것이다. 왜냐하면 '우리는 위기의 상태와 혁명의 세기에 다가서고 있으니까.' 이리하여 에밀의 신체와 지성은 단련되었으니, 이제 해야 할 것은 그의 양심을 길러주는 것뿐이다.

제4권 : 에밀은 이제 15살이다. 정열에 눈을 뜨고, 사람들 사이에서 활동할 때이다. 옛날 길을 잘못 든 사제가 루소 앞에서 신앙의 고백을 함으로써 다시 하느님에게 되돌아오게 된 사례를 본받아, 교사는 에밀에게 자연 종교를 가르쳐주는 것만으로 만족할 것이다. 만약 에밀이 다른 종교를 가져야 한다면, 자기 혼자서 그것을 고를 것이다.' 그리고 교사는 에밀이 만나기를 바라는 이상적인 반려자에 관해서 에밀에게 이야기하기 시작하는데, 사실은 그는 에밀을 위해 오래 전부터 그런 짝을 골라놓았던 것이다.

제5권 : 루소는 여성 교육에 관해서는 단호히 보수적인 태도를 보인다. 모든 여성 교육은 여성이 장래 갖게 될 부부 생활과 관계되지 않으면 안 된다. 교사는 에밀과 소피(Sophie)의 만남이 로마네스크한 환경 속에서 이루어지도록 배려한다. 그리고 그들이 서로 사랑하게 되면, 교사는 에밀이 소피와 헤어지도록 요구한다. 아무리 그것이 순수한 정열이라 하더라도, 에밀이 자기의 정열을 극복할 수 있는지 어떤지를 확인하기 위해서이다. 에밀은 2년간 여행을 하고 여러 나라의 정부와 국민을 알고 난 뒤, 소피 곁으로 돌아와 그 여자와 결혼한다.

제1부 「신체의 자유를 구속하지 않는 양육」

모든 것은 창조자의 수중에서 나올 때는 선한데 인간의 수중에서 모두 타락한다. 인간은 어떤 땅에서 나는 산물을 다른 땅에게 기르도록 강요하며, 어떤 나무의 과일을 다른 나무에게 맺으라고 강요한다. 인간은 또 기후와 자연 조건과 계절에 혼란을 주며, 개와 말과 노예를 불구로 만든다. 인간은 모든 것을 뒤죽박죽으로 보기 흉하게 만들며, 기형과 괴물을 좋아한다. 그들은 무엇 하나 자연이 만든 상태 그대로 남아 있는 것을 좋아하지 않는다. 심지어는 인간에 대해서까지도 조련된 말처럼 자신들을 위해 훈련시켜야 하며, 그들 정원의 수목들처럼 그들의 기호에 따라 만들어야 한다.

하지만 그런 식으로라도 하지 않으면 모든 것은 훨씬 더 악화될 것이다. 우리 인간은 어중간한 상태로 만들어지는 것을 바라지 않기 때문이다. 그러한 형편이기에 태어나자마자 홀로 타인들 틈에 내팽개쳐진 인간은 세상에서 가장 보기 흉한 모습이 될 것이다. 편견과 권위와 필요와 본보기들, 그리고 우리를 옭아매고 있는 모든 사회 제도는 그에게서 본성을 질식시켜, 그 자리에 아무것도 채워주지 않을 것이다. 본성은, 우연히 길 한가운데에 태어나 행인들에 의해 마구잡이로 밟혀 으깨짐으로써 죽게 되는 한 그루 관목과 같으리라.

내가 말하는 대상은 당신, 즉 갓 태어난 그 관목을 큰길로부터 비켜나게 하여 세상 사람들의 인습의 충격으로부터 보호해줄 줄 아는 애정 깊고 용의주도한 어머니, 바로 당신이다. 이린 식물을, 죽기 전에 물을 주고 돌보아라. 그 열매는 언젠가는 당신에게 큰 기쁨을 가져다주리라. 당신 아이의 영혼에 일찍이 울타리를 둘러라. 그 울타리는 다른 사람도 계획할 수 있지만, 울타리를 직접 쳐주어야 할 사람은 오로지 당신밖에 없다.

식물은 재배를 통해 가꾸어지며, 인간은 교육을 통해 만들어진다. 인간이 설령 키가 크고 강하게 태어난다 할지라도 그가 그것을 이용할 줄 알 때까지는 그것은 그에게 아무 쓸모가 없을 것이다. 그 큰 키와 센 힘 때문에 누가 그를 돌볼 생각을 하지 않기에 오히려 그에게 그것들은 장애물이 될 것이다. 그리하여 홀로 버려진 그는 자기에게 무엇이 필요한지 알기도 전에 굶어 죽고 말 것이다. 사람들은 어린이의 무력한 상태를 한탄한다! 그것은, 인간이 어린이로부터 시작하지 않았다면 인류가 이미 멸망했을 것이라는 사실을 알지 못하기 때문이다.[12]

우리는 약하게 태어난다. 그러므로 우리에게는 힘이 필요하다. 우리는 모든 것이 결핍된 상태로 태어나므로 도움이 필요하며, 우둔한 상태로 태어나므로 판단력이 필요하다. 어른이 되면 필요하겠지만 태어나면서 가지지 못한 모든 것은 교육을 통해 우리에게 주어진다.

그 교육은 자연이나 사물 또는 인간의 소산이다. 우리의 능력과 기관들의 내적인 성장은 자연의 교육이다. 반면, 그 성장을 이용하도록 우리에게 가르치는 것은 인간의 교육이다. 그리고 우리와 접촉하는 대상들에 대한 경험 획득은 사물의 교육이다.

그러므로 우리 모두는 세 종류의 선생을 통해 교육받는다. 그 세 선생의 가르침이 서로 대립되는 교육을 받은 학생은 제대로 된 교육을 받지 못하여, 결코 조화로운 사람이 되지 못할 것이다. 그 세 선생의 가르침이 일치하고 같은 목표로 향할 때에만 학생은 자기의 목적지를 향해 나아가며 시종 일관되게 산다. 그 사람만이 올바른 교육을 받은 사람이다.

그런데 그 상이한 세 교육 중 자연의 교육은 우리가 어떻게 할 수 있는 문제가 전혀 아니다. 사물의 교육은 몇 가지 점에서만 우리가 어떻게 할 수 있다. 인간의 교육만이 진정으로 우리가 마음대로 할 수 있는 교육이다. 그것마저도 가정(假定)상으로만 그럴 뿐이다. 도대체 한 어린이 주위의 모든 사람의 언행을 누가 완전히 선도할 수 있다고 기대하는가?

그러므로 교육은 하나의 기술이 되자마자 거의 성공할 수가 없다. 왜냐하면 그

것의 성공에 필요한 그 세 가지 교육의 일치를 누구에게서도 기대할 수 없기 때문이다. 모든 정성을 기울여 할 수 있는 것이라고는 목표에 어느 정도 가까이 가는 것뿐, 그 목표에 이르기 위해서는 행운이 따라야 하리라.

그러면 그 목표란 무엇인가? 앞에서 말했듯이 그것은 자연의 목표 그 자체이다. 그 세 교육의 일치는 각자 교육의 완성에 필요하기 때문에, 다른 두 교육을 통솔해야 하는 것은 우리가 어찌할 도리가 없는 바로 그 자연의 교육이다. 그런데 그 자연이란 말은 아마 너무 막연한 의미를 지닐 것이다. 그러니 여기서 그 의미를 정확히 해두어야 하겠다.

자연은 습관일 뿐이라고 사람들은 말한다. 그 말은 무슨 뜻인가? 강제로 형성되는 습관은 없는가? 자연을 질식시키지 않는 습관은 없는가? 예를 들면 수직 방향의 성장을 방해받는 식물의 습성이 바로 그런 것이다. 그 식물은 그 방해로부터 해방되더라도 사람들이 강요한 그 구부림이 남는다. 하지만 수액은 그의 본래의 성장 방향을 전혀 바꾼 적이 없기 때문에, 식물이 성장을 계속하는 한 그것은 다시 수직으로 커간다.

인간의 성향도 그와 마찬가지이다. 동일한 상태에 머물러 있는 한 인간은 습관에서 유래한 성향들, 심지어는 가장 부자연스러운 성향들까지도 보존한다. 하지만 그 상태가 변하자마자 곧 습관은 사라지고 자연이 되살아난다. 교육은 분명 하나의 습관일 뿐이다. 그런데 자신이 받은 교육을 잊어버리거나 잃어버리는 사람들은 없는지? 그 교육을 계속 보존하고 있는 사람들은 없는지? 그러면 그러한 차이는 어디에서 오는지? 만일 '자연'이라는 말을 자연에 일치된 습관들에 국한시킨다면, 우리는 그 모호한 말의 피해를 양쪽에 입히지 않을 수 있다.

■ 프레보 데그질(Antoine François Prévost d'Exiles, 1697~1763)
　　　　　　　　　　　　　　　　　　　　　－ 『마농 레스코』(*Manon Lescaut*, 1731)

프레보 데그질은 북프랑스의 귀족 출신으로 제슈이트(Jésuite)파의 학교에서 성직자로서의 수업을 쌓다가 세속적인 야망에 사로잡혀 1716년 군대에 들어갔으나, 루이 14세 말기의 전쟁에는 별로 활기를 느끼지 못하여, 1720년 또 종교 생활로 돌아왔다. 그리고 1726년에는 정식 사제가 되어 설교로써 신도들의 인기를 얻었다. 그러나 또다시 세속적인 자

유를 찾아 교단으로부터의 추방을 각오하고 영국으로 건너갔다가 오란
다로, 오란다에서 또 영국으로 왕래하며, 마농을 연상케 하는 랑키
(Lenki)라는 여성에 반하여 방탕한 생활을 하다가, 중년에 이르러 겨우
고국으로 돌아와 정착하였다.

그간 『마농 레스코』를 비롯하여 많은 소설을 쓰고, 영문학을 소개하
는 신문 《르 푸르 에 르 콩트르》(*le Pour et le Contre*, 1733~1740)를 발행하
여, 영국의 소설가 리처드슨(Richardson)의 『파멜라』(*Pamela*)와 『클라리스
할로우』(*Clarisse Harlowe*, 1754) 등을 번역, 소개하였다.

프레보의 명성을 떨치게 한 작품은 그의 반평생의 자서전 『한 귀인의
회상』(*Mémoire dun homme de qualité*)의 제7권에 해당하는 『마농 레스코』
이다. 이 작품은 감성을 중시하는 새로운 인간 묘사 방법을 선보이고
있다. 종교나 도덕보다도 정열이 우월하다는 새로운 테마를 감성적 ·
사실적으로 그리고 있으며, 따라서 프랑스 심리소설의 걸작이라고 평
가받고 있다. 줄거리는 다음과 같다.

명문가의 둘째 아들 데 그리외는 아미엥에서 고등학교 과정을 마치고 고향에
돌아가기 전날 밤, 음탕한 여자 마농 레스코를 만나게 된다. 마농은 좋지 못한 행
동을 하여 수도원으로 보내진 여인이다. 데 그리외는 마농의 미모에 사로잡혀 함
께 파리로 달아난다. 세상 물정을 모르는 데 그리외는 그녀와 함께 파리에서 꿈과
같은 달콤한 생활을 한다. 그러다가 생활이 곤란하게 되자 허영심이 강한 마농은
자기의 미모를 이용하여 몰래 부자 노인과 정을 통하고 금품을 우려낸다. 데 그리
외는 마농의 자기에 대한 사랑이 변함없다는 것을 알지만, 그러한 마농의 행동으
로 인해 큰 상처를 받는다. 그러나 데 그리외는 아버지, 집, 우정, 사회 등 모든 것
을 잊고 오로지 그녀와의 정념에만 열중한다.

그러던 중 부자 노인은 마농을 독차지하기 위해 데 그리외의 아버지에게 그의
생활을 몰래 일러바치고 데 그리외는 아버지에게 끌려가게 된다. 데 그리외는 이
것이 마농의 짓이라 생각하고, 배신한 마농을 잊기 위해 다시 신학교에 들어가 사

제가 된다. 그러나 마지막 삭발식 때 마농을 다시 만나게 되자 데 그리외는 애써 잊으려 했던 정열이 되살아난다. 그리하여 또다시 그녀와 함께 도망을 가 파리의 교외에서 동거 생활을 시작한다. 이후 데 그리외는 난폭하고 파렴치한 마농의 사촌오빠 레스코의 꾐에 빠져, 마농의 사치와 유흥을 만족시켜 주기 위해 놀음과 타락의 소굴로 빠져든다.

데 그리외와 마농이 함께 체포, 투옥, 탈옥을 반복하는 가운데 데 그리외는 풀려나지만 마농은 미국으로 추방된다. 데 그리외는 대담하게 그녀를 쫓아 배를 타고 뉴올리언스로 간다. 두 달의 항해 끝에 도착한 어느 섬에서 그들은 촌장을 비롯한 원주민들에게 환영과 존경을 받는다. 데 그리외와 마농은 촌장에게 자기들의 사정을 고백하고 결혼식을 올리려 하지만 걸림돌이 생긴다. 촌장의 조카가 그만 마농에게 반해 버린 것이다. 마침내 데 그리외는 촌장의 조카와 결투를 하게 된다. 그 결투에서 데 그리외는 촌장의 조카에게 중상을 입히고 마농과 함께 사막으로 도망친다. 맹수가 우글거리는 미개한 사막 벌판에서 지친 마농은 싸늘한 시체로 변한다. 데 그리외는 그 시체를 모래 속에 묻은 뒤 친구의 도움으로 목숨을 건져 프랑스로 돌아온다.

■ 보마르셰(Beaumarchais, 1732~1799)
- 『피가로의 결혼』(*Le Mariage de Figaro*, 1784)

보마르셰의 본명은 피에르 오귀스탱 카롱(Pierre Augustin Caron)이다. 그의 일생은 그의 작품과 마찬가지로 다툼과 모험, 그리고 음모의 드라마라고 할 수 있다. 파리의 시계상의 일곱 번째 아들로 태어나 처음에는 부친의 직업을 이어받을 결심으로 13세에 학교를 그만두고 견습공 노릇을 했다. 그러다가 루이 15세에게 자기가 직접 제조한 시계를 헌납한 것을 계기로 궁중에 드나들게 되었다. 베르사유의 왕실집기 관리관, 루이 15세의 딸들의 음악 교사 등을 차례차례 거친 후 은행가와 교류하면서 큰 부자가 되었다. 1761년에는 국왕 비서의 칭호를, 그 후에는 왕실 수렵 대리관의 직책을 돈으로 사서 귀족의 칭호를 가지게 되었기 때문에 카롱 드 보마르셰로 불리게 되었다.

여러 번 소송 사건에 휘말렸고, 소송에 이기기 위해 판사에게 뇌물을 주었다가 돌려받기도 했으며, 프랑스 정부의 비밀 정보원으로 유럽 각지에서 프랑스 왕과 왕비에 대한 비난을 막는 일을 하기도 했다. 또한 미국 독립전쟁이 일어나자 개입을 꺼리던 프랑스 정부로부터 은밀한 허가를 얻어내어 미국 독립군에 무기를 공급하기도 했다.

1777년에는 극작가 단체를 결성해 저작권 보호를 위해 활약하기도 했으나, 프랑스혁명이 터지자 바스티유 감옥 앞에 지은 호화 저택 때문에 의심을 받게 되어 투옥되었다. 옛 애인의 개입으로 석방된 후 혁명 정부에 협력했으나, 결국은 국외로 피신했다가 1796년 집정관 정부 시대에 파리로 돌아와 몇 년 후 세상을 떠났다.

보마르셰는 여러 편의 극작품을 썼지만 『세비야의 이발사』(*Le Barbier de Séville*, 1775)와 『피가로의 결혼』(*Le Mariage de Figaro*, 1784) 등은 오늘날에도 참신함을 유지하고 있다. 그리하여 몰리에르 및 몇몇 희극과 더불어 프랑스 독립극장인 코메디 프랑세스의 상연 종목 가운데서 가장 중요한 위치를 차지하고 있다. 특히 『피가로의 결혼』에서는 첫날밤의 권리를 비롯하여 봉건 제도의 부당한 특권에 대한 용감한 반항, 권위에 대한 신랄한 비판, 언론 자유의 요구 등이 제3계급의 대변자인 피가로의 입에서 거침없이 튀어나온다. 무엇보다도 이 작품이 지닌 신선미는 하인이나 시녀의 사랑이 중심이 된다는 것이다. 하인들이 정의나 미덕을 대표하고 있으며, 그들의 자각적인 행동은 재치나 생활력에 있어서 주인을 능가하고 있다. 이 작품의 줄거리는 다음과 같다.

피가로는 알마비바 백작의 하인이 된다. 피가로는 백작부인 로진느의 사랑스런 하녀 쉬잔느와의 결혼을 허락받고 매우 좋아한다. 그러나 거기에는 장해가 되는 두 가지 계략이 숨어 있다. 하나는 호색한인 백작이 이 결혼을 이용하여 은밀히 첫날밤의 권리를 행사하려는 것이고, 다른 하나는 피가로를 짓궂게 따라다니는 노처녀 마르슬린느의 계략이다. 전에 피가로는 마르슬린느로부터 돈을 꾼 일이 있었고, 그 돈을 갚지 못하면 그녀와 결혼하겠다는 증서를 써준 일이 있었다. 그녀는 그 증서를 내보이며, 피가로와 쉬잔느의 결혼에 대해 이의를 제기하려는 것이다.

백작은 쉬잔느가 고분고분 자기 말을 들을 것 같지 않아서 초조해한다. 한편 백작의 바람기를 한탄하는 백작부인 로진느는, 피가로를 부추겨 거짓 편지를 쓰게 해서 남편의 질투심을 부채질하려 한다. 그 일을 하기 위해 머슴 셰르팡을 여자로 변장시키고 있는데 갑자기 백작이 등장한다. 당황한 셰르팡은 창문에서 뛰어내리면서, 피가로가 쓴 거짓 편지를 떨어뜨리게 되고, 그 편지는 결국 백작의 손에 들어가게 된다.

백작은 이 모든 일을 조정하는 것이 피가로라는 사실에 대해 화를 내고, 또 쉬잔느가 자기 말을 듣지 않는 데 대해 화가 치민다. 그리하여 백작은 마르슬린느의 제소를 받아들여 재판을 열고 마르슬린느가 이겼다는 판정을 내린다. 피가로는 진퇴양난의 어려움에 처하게 된다. 그런데 마지막 순간에 마르슬린느는 피가로가 옛날에 잃어버린 자기의 아들이라는 사실을 알게 된다.

한편 셰르팡의 여장 계획이 실패로 돌아가자, 백작부인은 자신이 쉬잔느로 변장하여 백작과 만나기로 한 장소에 가기로 한다. 쉬진느와 합의를 본 이 일은 피가로에게는 비밀리에 추진된다. 백작뿐만 아니라 피가로까지도 변장한 백작부인을 진짜 쉬잔느로 알고 한바탕 소동이 벌어지지만, 백작이 애써서 얻은 여자가 다름 아닌 자기 아내라는 사실이 밝혀지게 된다. 그리하여 백작의 바람기도 물거품으로 돌아가고, 피가로와 쉬잔느가 결혼하여 흥겨운 노래를 부르는 가운데 막이 내린다.

2. 영국의 계몽주의 문학

영국의 18세기는 근대적 시민사회가 성립된 시대였다. 1688년 명예혁명에 의하여 실질적인 의회정치가 시작되었고, 지방의 지주와 신흥 상공업 계급에 기초를 둔 휘그당의 천하가 오래 계속되면서, 시대의 중심이 중산계급으로 옮겨 갔다. 그리고 1760년경에 시작된 산업혁명과 더불어 부르주아 신흥 상공업 계급이 점점 사회의 실권을 장악하여 시민사회가 성립되었다. 저널리즘이 번창하고 소설 문학이 발생했다는 것은 시민사회의 성립과 밀접한 관계가 있다. 그러나 귀족 계급이 완전히 소멸된 것은 아니고, 귀족적인 교양과 전통에서 나오는 문학 작품들은 고전주의의 규범을 지켜 나가며 그 명맥을 계속 유지해갔다.

영국의 18세기는 유럽 대부분의 국가들과 마찬가지로 새로운 것과 낡은 것이 충돌하는 시대였다. 따라서 저널리즘, 풍자문학, 계몽문학, 여행기와 전기, 역사서, 사상서 등 다양한 형태의 문학 작품들이 실제의 사회 현상과 관계를 맺으면서 나타났다.

실제 계몽주의의 원류는 홉스(Thomas Hobbes, 1588~1679), 로크(John Lock, 1632~1704)를 비롯한 17세기 영국에서 시작되었다. 영국은 프랑스보다 1세기나 앞서 근대적인 시민혁명을 성취한 나라이고, 그 혁명사상은 18세기 프랑스 계몽사상으로 이어졌던 것이다. 홉스는 프랑스의 데카르트와 함께 계몽사상의 원조라고 할 수 있지만, 고유한 의미에서의 영국 계몽철학은 로크와 흄(David Hume, 1711~1776)에서 시작되었다.

홉스는 그의 대표작 『리바이어던』(*Leviathan*)에서, 인간은 본래 이기적이어서 자연 상태에서는 개인의 힘이 권리가 되어 자기 이익을 끝까지 추구하는 '만인에 대한 만인의 투쟁'이 불가피하다고 보았다. 그러므로 각자의 이익을 위해 사람들은 계약으로써 국가를 만들어 자연권을 제한하게 된다고 했다. 즉 유물론을 바탕으로 자연·인간·국가의 체계를 세운 것이다. 로크의 기본적인 사상은 인간 지식의 토대가 되는 경험론과 정치적 자유주의다. 그는 경험론을 인식론 안에 도입해 인간의 자연 상태를 자유의 실존이라고 규정했다. 로크는 『인간 오성론』 (*Essay Concerning Human Understanding*, 1690)에서, 인간의 마음이란 태어날 때 '백지'와 같은 상태이며, 감정과 경험을 통해서 관념을 얻는다고 말한다. 논리학과 수학을 제외하고 모든 지식은 경험에서 비롯되며, 태어날 때부터 갖는 생득관념은 없다고 주장했다. 문체가 투명하고 전문적인 철학 용어를 배제했기 때문에 『인간 오성론』은 그 시대에 가장 널리 읽힌 철학 서적이 되었다.

로크는 정치적인 입장에서 타협과 절제에 근거한 정치 체제를 옹호한 자유주의자였다. 두 번째 저서인 『민간 정부론』(*Two treaties of government*, 1690)은 1688년 영국에서 일어난 무혈혁명, 즉 명예혁명이 진행되는 동안 저술된 것으로서 민주주의와 의회제도의 이정표가 되었다. 로크의 정치적 목적은 국민의 동의 하에 신왕이 즉위해야 한다는 것과 전 세계에 인간의 정당하고 자연적인 권리를 전파하는 데 있었다. "모든 사람은 자연의 법칙에 자유롭고 평등하게 태어났고, 생명과 자유와 재산에 관한 권리를 부여받았다. 그리고 타인의 그런 권리를 존중해야 할 도덕적인 의무가 있다."고 말한 로크의 이론은 프랑스의 볼테르와 미국의 제퍼슨 등에게 큰 감동을 주었다. 이러한 로크의 명구名句는 미국의 '독립선언'과 헌법에 깊이 새겨지게 되었다.

18세기 영국 문학은 도덕적이고 사회 고발적인 작품들이 많다. 사회의 부패를 폭로하고 신랄하게 비판하기도 하며, 낮은 신분 출신 주인공의 성공을 찬미하기도 하는데, 그러한 경향을 대표하는 작가는 조나단 스위프트(Jonathan Swift, 1667~1745), 새뮤얼 리처드슨(Samuel Richardson, 1689~1761), 헨리 필딩(Henry Fielding, 1707~1754) 등이다.

스위프트는 고전과 근대 서적의 우열을 두고 벌어지는 논쟁을 풍자한 『책들의 전쟁』(*The Battle of the Books*, 1704), 가상 모험의 대표적 풍자 작품 『걸리버 여행기』(*Gulliver's Tavels*, 1726)를 내놓았다. 리처드슨은 선과 악의 갈등 문제를 다룬 도덕소설 『파멜라』(*Pamela or Virtue Rewarded*, 1740) 등을 썼다. 필딩은 리처드슨의 『파멜라』가 큰 호평을 받자 그것을 언짢게 생각하고, 그 작품을 희화화할 의도로 정숙한 파멜라 대신 그녀의 오빠 조지프를 주인공으로 한 『조지프 앤드류스』(*Joseph Andrews*, 1942)를 썼다. 이후 주인공의 파란만장한 일생을 다룬 대표작 『톰 존스』(*Tom Jones*, 1749)를 내놓았다. 『조지프 앤드류스』는 처음 의도와는 다르게 아이러니와 적절한 사회 비판을 첨가하여, 리처드슨의 개인적이고 편협한 도덕관과는 다른 자신의 도덕관을 제시하였다. 참된 미美란 도덕적인 겉모습과 반드시 일치하는 것은 아니고, 본 바탕만 선하다면 때로는 실수할 수도 있고 잘못할 수 있는 것이라는 필딩 자신의 도덕관은, 한편으로 18세기 특유의 낙관주의 표현이기도 하다.

그밖에 18세기 영국 소설의 선구자이며 스위프트의 풍자문학과 더불어 영국 산문문학의 쌍벽을 이루는 다니엘 디포(Daniel Defoe, 1659~1731)의 바다에서 난파해 무인도에서 27년간 살아가는 이야기를 사실적으로 그린 『로빈슨 크루소』(*Robinson Crusoe*, 1719), 자신의 죄를 속죄하여 도덕적 성장에 이르는 한 인간의 모습을 보여준 『몰 플랜더스』(*Moll Flanders*, 1722) 등이 있다.

■ 토마스 홉스(Thomas Hobbes, 1588~1679)

― 『리바이어던』(*Leviathan*, 1651)

홉스는 런던 교외의 작은 마을에서 교구 목사의 아들로 태어났다. 그의 아버지는 싸움을 일삼다가 가족을 남겨둔 채 도망을 가버렸기 때문에, 홉스는 숙부의 손에 의해 키워졌다. 1603년 옥스퍼드 대학에 입학했으나 학교 교과에 별다른 흥미를 느끼지 못했고, 서점을 돌아다니거나 세계지도를 보며 생각에 잠기는 것을 낙으로 삼았다. 대학 졸업 후 디밴셔 백작가의 가정교사로 들어가면서, 홉스는 백작가의 풍부한 정서와 충분한 여유를 통해 학구생활의 기회를 얻었다.

근대 사회과학의 선구자인 홉스는 무신론자라는 말을 들을 정도로 합리주의적인 사상을 지녔다. 현실 정치에도 관여하였으나, 별 성공 없이 여러 차례 위험에 빠지기도 하였으며, 한때 청교도혁명을 피하여 파리로 망명한 적도 있었다. 철학사적으로는 베이컨의 경험론에 기하학적 논리를 추가한 공적이 높이 평가되고 있으며, 정치 사상적으로는 사람들의 자기 보존권, 즉 자연권은 사회계약에 의한 절대 주권의 설정을 통해서 합리적으로 실현될 수 있다는 주장을 세운 것으로 높이 평가되고 있다.

『리바이어던』은 홉스 사상의 집대성으로 총 4부로 되어 있다. 「인간론」, 「국가론」, 「기독교 국가론」, 「암흑의 세계론」이 그것이다. '리바이어던'은 구약성서의 '욥기'에 나오는 수중 괴물의 이름으로 가사可死적인 신神이며, 지상 최강의 존재인 국가 권력의 상징이다. 인간의 다양한 형태는 자기 보존과 쾌락 추구라는 두 개의 근본적인 욕구들의 결과다. 이러한 인간은 자연 상태에 있어서는 평등하며, '만인의 만인에 대한 투쟁'의 상태에 빠질 것이다. 이러한 불안한 자연 상태로부터 벗어나 계약 상태에 이르러 국가가 발생하게 된다. 국가는 처음에는 독립적, 이기적이던 개인들이 자연권을 포기하고 개별적인 인간들의 상위에 놓여 있는 기준에 자연권을 양도함으로써 발생한다. 이러한 권리 양도를 계약이라고 한다. 여기서 계약 당사자들은 퍼지배자들이고 지배자는 계약과는 무관하다. 피지배자들에게 평화를 보장해주는 리바이어던은 권력 분립을 모르는 절대주의적 특성을 갖는다. 본문을 소개하면 다음과 같다.

제1부 13장 「인류의 행·불행에 관한 자연 상태에 대하여」

자연은 인간을 신체와 정신 능력에 있어서 평등하게 창조했다. (…)

이러한 능력의 평등에서 우리의 목적을 달성하는 데 있어 희망의 평등이 생긴다. 그러므로 만일 어떤 두 사람이 같은 것을 희망하는 데도 불구하고 둘 다 그것을 향유할 수 없다면, 그들은 적이 된다. 그리고 그들의 목표를 달성하는 과정에서(이 목표는 대체로 그들 자신의 보존이고 때로는 그들의 환락일 뿐이다) 서로를 멸망시키거나 굴복시키려고 노력한다. 그리고 여기에서 다음과 같은 일이 생겨난다. 침입자가 타인의 단독적 힘 이외에 두려운 것이 없는 곳에서는, 즉 한 개인이 밭을 갈아 씨를 뿌리고 쾌적한 거처를 만들거나 혹은 소유한다면, 다른 사람들이 결속된 폭력을 가지고 그에게서 노동의 성과뿐만 아니라 그의 자유나 생명을 약탈하려고 할 것이다. 그리고 침입자는 다시, 다른 상대자로부터의 그와 같은 위험에 부딪히게 될 것이다.

어떤 사람이든지 이 상호 불신으로부터 자신을 지키는 데 있어서 선수를 치는 것만큼 적절한 방법은 없다. 즉 폭력이나 간계에 의해서 자기를 위태롭게 하는 데 충분한 다른 힘이 보이지 않을 때까지, 개인은 할 수 있는 한 많은 사람들을 지배하려고 할 것이다. 이는 그 자신의 보존을 위해 필요한 것에 지나지 않으며, 일반적으로 허용되는 것이다. 또한 자신들의 안전을 위해 필요한 것 이상으로 정복 행위를 추구하면서, 그들 자신의 힘을 과시하며 기쁨을 느끼는 자들이 있기도 하다. 때문에, 만일 그와 달리 겸허한 한계 안에서 안락을 즐기려는 사람들이라 할지라도, 침략을 통하여 그들의 힘을 증대시키지 않는다면, 단지 수세를 취하는 것만으로는 오래 생존해나갈 수 없다. 따라서 인간에 대한 지배의 이러한 증대는 인간의 삶에 필요한 것이기 때문에, 인간에게 허용되어야만 한다.

또한 인간은 그들 모두를 위압할 수 있는 힘이 없는 곳에서는 친구를 사귀는 기쁨을 갖지 못하고 반대로 많은 비애를 갖는다. 왜냐면 모든 사람은 그가 자기 자신을 평가하는 정도로 그의 친구들이 자신을 평가해주기를 바라기 때문이다. 그리고 경멸이나 과소평가의 낌새가 뚜렷해지면 자연히 그는 자신을 경멸하는 자에게 손해를 끼침으로써, 그리고 타인들에게 본보기를 보여줌으로써 자신에 대한 더 높은 평가를 얻어내기 위해 노력할 것이다(이런 노력은 그들을 압도하는 공통의 힘이 존재하지 않을 경우 그들 서로를 멸망시키기에 충분하다).

그러므로 인간의 본성에서 우리는 세 가지 주요한 분쟁의 원인을 발견한다. 첫째는 경쟁이고, 둘째는 불신이며, 셋째는 명예이다.

첫째는 이득을 얻기 위하여, 둘째는 안전을 위하여, 셋째는 명성을 위해서 침략하게 만든다. 첫째는 그들 스스로를 타인의 인격, 부인, 자녀와 가축의 지배자로 만들기 위해 폭력을 사용한다. 둘째는 그들을 방어하기 위해서, 셋째는 한 마디 말이나 웃음, 그리고 상이한 의견과 과소평가의 어떤 징후 같은 사소한 것들 때문에 폭력을 행사한다. 이런 경우 그것은 직접적으로 자기 일신에 관한 것이거나 간접적으로 자기의 친구나 친지, 국민, 직업 및 가문에 관계되는 것이다.

이로써 다음과 같은 사정이 분명해진다. 즉 인간이 그들 모두를 두렵게 하는 공통의 힘이 없이 사는 때에는 그들은 전쟁상태[13]에 있으며, 그러한 전쟁은 모든 사람에 대한 모든 사람의 전쟁이다. 왜냐하면 전쟁은 전투나 싸우는 행동에만 존재하는 것이 아니고, 전투에 의해 싸우고자 하는 의지가 충분히 알려진 기간에 존재하기 때문이다. 그러므로 시간의 개념은 날씨의 본질에 있어서처럼 전쟁의 본질에 있어서도 고려되어야 한다. 불순한 날씨의 본질이 한두 번의 소나기에 존재하는 것이 아니라 여러 날에 걸치는 그러한 경향에 존재하는 것처럼, 전쟁 역시 실제의 싸움에 있지 않고 투쟁으로의 명확한 지향에 존재하는 것이다. 그 기간 중에는 그와 반대 방향으로 향하는 어떠한 보장도 존재하지 않으며, 그밖의 모든 기간은 평화이다.

그러므로 모든 사람이 모든 사람에 대해 적이 되어 있는 곳에서 전쟁의 시기에 일어나는 것의 모든 결과는, 인간이 그들 자신의 힘과 연구가 제공해주는 것 이외의 다른 안전책이 없이 사는 시기에도 일어난다. 그러한 상태에서는 힘써 일할 여지가 없다. 그 성과가 불확실하기 때문이다. 토지의 경작이나 항해 및 바다를 통해 수입될 수 있는 상품의 사용, 편리한 건물, 많은 힘을 필요로 하는 것을 운반하고 이동하는 기계, 지구 표면에 관한 지식, 시간의 계산, 기술이나 문학, 그리고 사회 같은 것이 존재하지 않는다. 무엇보다도 나쁜 것은 계속적인 폭력에 의한 죽

---

13 전쟁상태 : 인간들이 계약에 의해 주권을 성립시키고 사회를 이루기 이전의 자연상태를 의미한다.

음에 대한 공포이며, 인간의 생활은 고독하고 가난하고 더럽고 잔인하며 짧은 것
이다. (…)

　　그러나 그러한 상태로부터 빠져 나올 수 있는 가능성이 있는데, 그 가능성의
일부는 정념에, 일부는 인간의 이성에 존재한다.

　　인간을 평화로 지향케 하는 정념은 죽음에 대한 공포에서 벗어나 필요한 생필
품을 얻을 수 있는 것이다. 그들은 자유로운 근로에 의해서 그깃들을 획득하려 소
망한다. 그리고 이성은 인간들이 동의에 이를 수 있는 적절한 평화의 조항들을 시
사한다. 이러한 조항들은 자연의 법률이라고 불리는 것이다.

■ 조나단 스위프트(Jonathan Swift, 1667~1745)
　　　　　　　　　－ 『걸리버 여행기』(*Gulliver's Tavels*, 1726)

스위프트는 1667년 더블린에서 영국계 부모의 유복자로 태어났다. 더
블린에서 킬케니 스쿨(Kilkenny School)과 트리니티 컬리지(Trinity College)
를 졸업하였다. 이후 제임스 2세의 왕위 양위와 그에 따른 아일랜드의
침공으로 인해 잉글랜드로 이주하였다. 그리하여 퇴역한 외교관이자
그의 친척인 윌리엄 템플 경의 집에서 비서로 지내면서 많은 책을 읽게
되었다. 엄격한 집안의 전통으로 마지못해 교회 계통의 일자리를 구한
스위프트는 풍자가로서의 재능을 발휘하여 종교와 학문에 관한 강력한
풍자에세이 『설교단의 이야기』(*Tale of a Tub*, 1704)와 『책들의 전쟁』(*The
Battle of the Books*, 1704)을 썼다. 『설교단의 이야기』는 그 당시의 여러 교
회들에 대한 풍자였고, 이 작품으로 그는 당시 가장 통렬한 풍자가로서
주목을 받기 시작했다.

이후 그는 성직을 떠나 런던의 정치적 파당 분쟁의 중심으로 들어서
게 되었다. 그는 영국 국교회에 대적하는 로마 가톨릭교, 비국교도들,
그리고 이신론자들에 대해 반기를 들었다. 그리고 1710년 휘그당을 탈
당했다. 런던은 휘그당과 토리당원들의 전쟁터였던 것이다. 스위프트

는 각 당의 정당 정책에 대한 어떤 확고한 주견이 있는 것은 아니었다. 실제 그는 양당 모두를 혐오하고 있었으며, 주된 관심사는 교회나 국정에 있어서 그의 요구를 채워줄 중책을 맡는 것이었다. 그는 토리당이 득세할 때는 토리당을 지원하여, 한때 그가 옹호했던 휘그당에 대해 신랄한 풍자를 서슴지 않았다. 그는 새로운 자신의 위상을 의식하며 점점 더 독선적이고 오만해져 갔다.

그러나 토리당이 권좌에서 물러나게 되자, 그의 앞날은 불안정해졌고, 그는 1713년 더블린의 성 페트릭(St. Patrick) 성당의 지방 부감독으로 임명되어 봉직했다.

스위프트가 아일랜드로 돌아온 이후에 그의 인생 후반기가 시작되었다. 이곳에서 그는 그의 대표적 풍자 작품 『걸리버 여행기』(*Gulliver's Travels*, 1726)를 썼다. 그러나 삶에 대한 회한과 슬픔으로 인해 정신적 질환을 앓다가 1745년 생을 마감했다. 『걸리버 여행기』는 주인공 걸리버가 항해 중 난파해 소인국, 거인국, 하늘을 나는 섬나라, 말[馬] 나라를 여행한다는 총 4권으로 이루어진 가상의 모험담이다. 스위프트가 이 작품을 쓰게 된 동기는 당시에 항해와 여행에 대한 책들이 인기를 끌고 있었기 때문이다. 작품의 줄거리는 다음과 같다.

「작은 사람들의 나라」

작품의 주인공 레뮤얼 걸리버는 소지주의 아들로서 케임브리지(Cambridge) 대학을 졸업한 후 런던의 외과의사 밑에서 수련의를 하던 인물이다. 그는 안테로페(Antelope)라는 배의 의사가 되어 항해에 나선다. 걸리버는 상냥하고, 쾌활하고, 지혜롭고, 탐구적이고, 애국심이 강하다. 그의 첫 번째 모험은 그가 항해 도중 폭풍에 휘말려 조난당한 나라인 릴리퍼트(Lilliput)에서 시작된다. 그가 해변가에서 의식을 되찾았을 때, 그는 수백 개의 밧줄로 땅에 묶여 있었다. 그는 곧 이곳은 6

인치 크기의 소인들이 사는 나라이며, 자기는 소인들의 포로가 되어 있음을 알게 된다. 그는 특별히 맞춰진 마차에 실려 소인국의 수도로 끌려간다. 그는 소인들의 거대한 건축 축조물에 사슬로 묶여져 지낸다. 그는 신사적 행동과 선량한 마음으로 왕실에 봉사하여 국왕의 총애를 얻어내고, 나라의 규율을 잘 지키겠다는 조건으로 풀려나게 된다. 그리고 당시에 유럽 사회와 비슷한 그 나라 수도 밀덴도(Mildendo)를 방문한다. 그리고 그는 릴리퍼트가 이웃나라 블레프스큐(Blefuscu)의 침공으로 인하여 위협에 시달리는 것을 알고, 그의 지략을 이용하여 그 적들의 배를 끌고 온다. 그의 큰 공훈은 왕으로부터 매우 칭찬을 받았으나 포로의 처리 문제로 왕실과 불화를 빚는다. 왜냐하면 왕은 포로들을 노예로 삼으려 했고, 그는 이들을 풀어주려 했기 때문이다. 이 일로 그는 블레프스큐와의 전쟁에 적극적인 참가를 거부하게 된다. 그리하여 그는 왕비의 궁전에 화재가 발생했을 때 오줌을 누어 불을 끈 일과 더불어, 그의 선전에 질투를 느끼고 있던 정치가들의 책동으로 반역죄의 재판을 받게 된다. 그는 재판을 받기 직전 이웃나라로 탈출하여 거기서 영국으로 귀환한다.

「큰 사람들의 나라」

영국으로 귀환하여 한동안 가족과 함께 지내다가, 그는 다시 두 번째 여행에 나선다. 배가 강렬한 바람으로 인해 휩쓸려 거대한 타르타리(Tartary) 해안가에 다다르게 된다. 다른 동료들은 식량을 찾으러 갔고, 걸리버만 혼자 남게 된다. 그는 거인들이 그의 동료들을 다시 배로 내몰고 있는 것을 목격한다. 그리고 걸리버도 들판에서 타작을 하고 있는 40피트 크기의 거인들에게 붙잡힌다. 걸리버는 이 거인 농부와 가족의 애완동물이 되어 우스꽝스러운 몸짓으로 그들을 즐겁게 하며 지내게 된다. 그 농부의 9살짜리 딸은 걸리버를 사랑했고 보호해준다. 이후 거인 농부는 걸리버를 끌고 다니면서 사람들에게 구경시키고 돈을 챙긴다. 돈을 많이 벌어들일수록 농부는 재물에 대한 욕심을 자꾸만 낸다. 걸리버의 건강은 극도로 악화되어 뼈만 남을 정도가 된다.

그러는 가운데 걸리버의 이야기가 궁중에까지 퍼지게 되고, 궁중 관리가 와서 걸리버를 데려간다. 농부는 걸리버의 건강이 악화되어 곧 죽게 될 것이라 믿고, 걸리버를 왕비에게 팔아넘긴다. 걸리버는 왕비에게 농부의 딸과 함께 있도록 허락해달라고 간청하고, 왕비는 이를 받아들인다. 왕비는 걸리버를 왕에게 데리고 간다. 이후 걸리버는 왕실에서 생활하면서 왕과 토론을 갖게 되었는데, 왕은 종종 그가 살았던 영국의 제도에 대해 질문한다. 이러한 거인들의 나라인 브롭딩냉(Brobdingnag)에서 2년을 보낸 어느 날, 커다란 새가 걸리버를 넣어둔 상자를 물고 하늘로 날아가다가, 새장을 바다에 떨어뜨리게 된다. 그 바람에 걸리버는 극적으로 탈출하여 귀환하게 된다.

「하늘을 나는 섬의 나라」

걸리버는 콘웰 출신의 선장 윌리엄 로빈슨에 의해, 배의 외과의사 자격으로 다시 세 번째 여행을 하게 된다. 걸리버는 항해 도중 해적질을 당해 표류하다가 어느 바위섬에 당도하게 된다. 어느 날 그는 하늘로부터 하강하는 커다란 부유물체를 발견한다. 날아다니는 섬인 라퓨타(Laputa)에 올라탔을 때, 그는 이 나라에 오로지 추상적이고 비실용적인 측면에서만 사고하는 지성인들이 타고 있음을 발견한다. 그 부유하는 섬이 발리바르비(Balnibari) 대륙에 당도했을 때, 그는 이곳의 그랜드 아카데미(Grand Academy)를 방문한다. 이곳에서 그는 농업과 건축의 개량을 위해 터무니없는 무수한 계획이 진행되고 있음을 보고 놀란다. 이런 것들은 걸리버를 싫증나게 했고, 그는 기회가 닿으면 그곳을 떠나기로 결심한다. 다음으로 그는 보트를 타고 마법사들의 나라인 글럽덥드립(Glubbduddrib)이라는 섬에 가서 이미 죽어버린 호메로스, 아리스토텔레스, 버질 등 고대의 학자들의 혼령과 만나 대화한다. 다음으로 영국이나 유럽의 지난 2, 3백 년 동안 훌륭한 국왕의 혼령을 만난다. 그리고 그들에게서 잔인함과 위선, 기만, 사기의 진상을 보고 메스꺼움과 놀라움을 금치 못한다. 계속해서 걸리버는 일본으로 갔다가 그곳에서 영국으로 돌아간다.

「말[馬]의 나라」

걸리버는 다섯 달 동안 가족들과 함께 행복하게 지낸다. 그러다가 상선 어드벤처호의 선장이 유리한 제안을 해오자, 또다시 항해를 하게 된다. 이번에는 선장 자격으로 외과의사를 고용하고 배를 타게 된다. 그런데 항해 도중 배에서 반란이 일어나 걸리버는 선실에 강금되었다가 결국 반란자에 의해 보트에 태워져 어느 해안가에 놓여지게 된다. 이상한 섬에서 그는 매우 기분 나쁜 동물들을 목격하게 된다. 걸리버는 휴이넘(Houyhnm)이라고 하는 언어를 사용하며 이성을 가진 말(馬)들이, 사람의 형상을 한 야후(Yahoo)를 가축으로 사육하고 있다는 사실을 발견한다. 그리고 그는 휴이넘 가족의 마굿간에서 기거하게 된다. 휴이넘들은 걸리버를 통해, 영국에서 인간들은 말들을 야후처럼 짐을 나르는 짐승으로 이용한다는 말을 듣고 경악한다. 그는 영국의 법과 전쟁에 관해서 그들에게 이야기해주지만, 휴이넘들은 이러한 제도들이나 기관들에 대해 전혀 이해하지 못하겠다는 듯한 태도를 보인다. 마침내 휴이넘들의 의회에서, 평범한 야후로 남아 있든지, 아니면 그의 나라로 귀국하든지 둘 중 하나를 선택하라고 걸리버에게 말한다. 그러자 걸리버는 영국으로의 귀국을 결정한다. 그는 보트를 만들어 바다로 나가다 포르투갈 배에 구조되어 영국에 무사히 귀국한다. 인간 세계에 돌아온 걸리버는 여전히 부패에 심한 혐오를 느끼며, 휴이넘의 세계를 그리워하면서 하루하루 살아간다.

■ 헨리 필딩(Henry Fielding, 1707~1754)

– 『톰 존스』(*Tom Jones*, 1749)

필딩은 도셋셔(Dorsetshire)의 이스트 스투어(East Stour)에서 태어났다. 이튼(Eton)과 레이든(Leyden) 대학을 졸업하는 등 훌륭한 교육을 받았다. 그는 소극이나 익살극들을 쓰기도 했으며, 극장 관리인, 변호사, 런던 법원의 판사 등 다채로운 경력을 쌓았다. 그는 대학을 졸업한 후 무대공연을 위한 여러 작품들을 썼다. 그리고 1735년 결혼했는데, 생활이 어려워지자 런던으로 가서 극작품을 쓰거나 신문 일을 도와 돈을 벌며, 법학을 공부했다. 1784년에는 웨스트민스터(Westerminster)의 치안판사로 활동하기도 했다.

그는 1742년 그의 최초의 소설 『조지프 앤드류스』(*Joseph Andrews*)를 썼다. 이것은 리처드슨의 『파멜라』를 희화화할 의도로 쓰인 작품이기도 하다. 이어 1749년 그의 대표작인 『톰 존스』을 썼고, 1751년에는 마지막 소설 『어밀리아』(*Amelia*)를 남겼다. 그는 만년에 작품들을 집필하면서 지방행정관으로서의 직무에 혼신의 힘을 기울였고, 1754년 리스

본에서 세상을 떴다.

소설 『톰 존스』은 주인공 톰의 파란만장한 일생을 다룬 것으로 전체 18부로 짜여 있다. 처음 6부는 서머셋셔(Somersetshire)의 올워디(Allworthy)의 소유지를 중심으로 이야기가 전개되고, 중반부 6부는 런던으로 떠나가는 톰과 소피아(Sophia)의 각각의 여정을 다뤘다. 그리고 후반부 6부에서는 런던에서 서머셋셔의 관련 인물들이 모여 그동안에 톰을 둘러싸고 얽혔던 사건들의 비밀들을 풀어내고 주인공들인 톰과 소피아는 마침내 결혼하게 된다.

톰 존스는 재산은 없지만 상식을 밑천으로 최선을 다해 세파와 싸워나가는 건강한 인물이다. 톰은 과오를 저지르면서 교훈을 얻어간다. 잘못을 저지르지만 결국 자신의 일에서 성공을 거두고, 사랑과 미움 그리고 즐거움과 슬픔을 겪어나가는 보통 젊은이의 삶의 역정이 탁월하게 형상화되어 있다. 줄거리는 다음과 같다.

아이가 없는 홀아비인 올워디(Allworthy)는 런던으로 돌아와 그의 침대에 한 아이가 놓여 있는 것을 보고 깜짝 놀란다. 어찌된 영문인지 수소문해 보지만 알 수 없다. 그는 한때 여동생 브리지겟(Bridget)을 간호했던 하녀 제니 조네스(Jenney Jones)의 소행이 아닌가 의심한다. 제니는 평범한 용모를 지녔지만 총명한 여인으로, 파트리지(Partridge) 선생의 눈에 띄어 그의 하녀가 된 여자였다. 올워디는 이 아이가 제니와 파트리지 선생 사이에서 낳은 아이라고 단정하고, 파트리지의 재산을 박탈한 후 그를 마을에서 쫓아버린다. 그러나 사실상 그들은 누명을 쓴 것이다. 인정 많은 올워디는 그 아이의 이름을 톰이라 하고 자기가 키운다.

한편 올워디의 여동생 브리지겟은 블라이필(Blifil) 대위와 사랑에 빠져 결혼하고 아들을 낳게 된다. 여동생은 자기 아들을 블라이필이라고 이름 짓는다. 그런데 불행하게도 블라이필 대위가 병으로 죽고, 얼마 후 여동생도 죽는다. 결국 올워디는 업동이 톰과 함께 블라이필을 키우게 된다. 블라이필은 올워디 가문의 유력한 상속자가 되지만, 톰으로 인해 서로 경쟁 관계에 놓이게 된다. 음험한 성격의 블라이필은 어른들을 잘 속였으며, 경쟁 상대인 톰을 모함하려 한다. 반면 톰은 성격이 밝고, 순진하고, 착하지만 아직 어린 혈기로 인해 부주의한 행동을 하기도 한다.

올워디의 저택 부근에 웨스턴(Western)이라는 쾌활한 성격의 지주가 살고 있다. 그는 사냥에 열광하는 인물인데, 그에게는 소피아(Sophia)라는 아름다운 외동딸이 있다. 톰은 주변 사냥터에 들렀다가 그녀를 좋아하게 된다. 어느 날 소피아가 타던 말이 미쳐 날뛰었고, 톰은 그녀를 구출하다가 팔을 다쳐 그녀의 집에서 간호를 받게 된다. 그리고 서로의 사랑을 고백하게 된다.

톰과 소피아는 변함없는 사랑을 맹세하지만 그녀의 아버지인 웨스턴은 딸을 변변한 재산도 없는 톰에게 결혼시키고 싶지 않아 한다. 결국 웨스턴은 소피아의 고모와 합세하여 그녀를 블라이필에게 강제로 시집을 보내려 한다. 그리고 이러한 사실을 올워디에게 알린다. 블라이필은 톰에게 불리하게 돌아가는 상황을 놓치지 않고 이용하여, 톰이 올워디가 매우 위독하여 임종 순간에 이른 적이 있었을 때 술을 마시고 놀았다고 모함한다. 이에 격분한 올워디는 톰을 그의 집에서 추방한다.

여기서부터 톰의 여정이 시작된다. 이 여정에서 톰은 자신의 아버지로 의심 받고 추방당한 파트리지(Paridge) 선생을 만나게 된다. 그리고 두 사람은 함께 길을 떠난다. 그들은 여행길에서 한 여인을 구출해준다. 그 여인은 워터스(Waters) 대위의 부인이었다. 이 부인은 구원에 대한 감사로 톰을 식사에 초대했고, 멋지고 젊은 톰에게 욕정을 보인다. 톰은 소피아를 생각하면서도 그 부인의 육체적 공세를 극복하지 못하고 무너진다. 그런데 나중에 알고 보니, 이 워터스 부인이 한때 톰의 어머니로 소문이 난 제니 조네스였다.

톰과 파트리지가 묵고 있는 여관에 소피아가 도착한다. 그리고 톰의 외도 사실을 알고 그대로 떠나버린다. 톰은 소피아를 뒤쫓아 런던으로 가 밀러(Miller) 부인의 집에 거처를 정한다. 하지만 이곳에서도 다시 벨라스톤 부인이 그에게 연정을 품고 유혹을 하지만 그는 간신히 그녀로부터 벗어난다. 한편 소피아의 고모는 소피아를 상류 계급의 로드 펠라마(Lord Fellamar)와 결혼시키고자 한다. 이것이 순조롭게 이루어지지 않자 펠라마는 강제로 소피아를 겁탈하려고 한다. 간신히 그 순간을 모면하고, 소피아는 아버지 웨스턴에 의해 집으로 끌려간다. 톰은 이 소식에 절망하여 워터스 부인을 찾아갔다가, 질투심에 불타는 부인의 남편과 격투를 벌여 감옥에 가게 된다.

마침내 톰은 브리지겟 부인과 어느 학생 사이에서 낳은 아이임을 밝혀지고, 워터스 부인의 남편은 톰이 감옥에서 풀려날 수 있도록 해준다. 모든 관련 인물들이 톰이 묵고 있었던 밀러 부인 집에 모여들고, 블라이필이 그동안 톰을 위해하려고 했던 모든 악행들을 밝힌다. 한편 그들의 가정교사였던 스퀘아레(Square)가 죽으면서 톰의 누명을 벗겨주는 편지를 남긴다. 그리하여 톰의 선행과 미덕이 올워디 가문에 알려지게 되고 소피아 역시 톰의 많은 결점에도 불구하고 그를 받아들이게 된다. 마침내 톰은 올워디의 진정한 상속자가 되고, 웨스턴의 승낙으로 소피아와 행복한 결혼을 한다.

■ 다니엘 디포(Daniel Defoe, 1660~1731)
　　　　　　　　　　　　– 『로빈슨 크루소』(*Robinson Crusoe*, 1719)

디포는 런던에서 푸줏간의 아들로 태어났다. 청교도인인 아버지의 뜻에 따라 성직을 지망했지만 교육을 제대로 받지 못했기 때문에 뜻을 이루지 못했다. 그는 사회의 실리주의자로서 상인 · 군인 · 정치가 · 종교가 · 관리 · 편집인 등의 다양한 직종을 편력했다. 이러한 생애를 통해 그는 정치 · 경제 · 종교 · 사회에 관한 수많은 논설을 써서 300여 종의 소책자를 만들어 당시 사회의 여러 가지 문제를 제기했다.

그는 언론인으로서 《태틀러》(*The Tatler*)지보다도 4년 앞서는 《서평》(*Review*)지를 주관 발행하였으며 정치 시사 논평가로서 휘그당과 토리당에 대해 정치적 풍자를 퍼부었다. 그는 양당에 대한 정치적 기밀을 미리 알고, 한 당이 권력을 상실하고 다른 당이 득세하면 권력을 쥔 당에 힘을 실어주었다.

디포는 그 자신이 비국교도였음에도 불구하고 영국 국교회를 지지하는 왕당원임을 가장하여 '비국교도를 처리할 수 있는 첩경'(*The Shortest Way with the Dissenters*)이라는 팸플릿을 발표하여 악명을 얻었다. 그리하여 비국교도들은 그를 차코에 묶어 거리의 조롱거리가 되게 했다. 또한 토리당에 대한 풍자와 비방으로 인하여 차코에서 귀를 잘리는 형벌을 당했고, 뿐만 아니라 뉴게이트(Newgate) 감옥에서 1년 동안 복역하였다. 이 기간 동안 그는 범죄를 저지른 수많은 죄인들과 뒤섞여 생활하면서 그의 악자소설의 기조를 마련했다.

디포의 나이 거의 60이 되었을 때 그는 소설에 관심을 가졌다. 『로빈슨 크루소』는 출간되자마자 즉각적인 성공을 거두었고, 디포는 일약 유럽 전역에 그 명성을 떨쳤다. 그의 대표적 작품들로는 『몰 플랜더스』(*Moll Flanders*, 1722), 『역병 일기』(*A Journal of Plague*, 1722) 등이 있다.

『로빈슨 크루소』의 이야기는 알렉산더 셀커크(Alexander Selkirk)라는 사람의 실제 체험기를 바탕으로 하고 있다. 셀커크는 칠레의 해안 앞에 위치한 후안 페르난데스(Juan Fernandez) 섬에 유배되어 5년 동안 홀로 보냈던 사람이다. 1709년 셀커크가 영국으로 귀환하면서 그의 체험이 알려지게 되었다. 고도에 갇힌 한 인간이 다시 고향으로 귀환할 때까지의 역정을 디포는 사실주의적 수법으로 세밀하게 묘사하였다. 주인공은 불굴의 정신으로 모든 역경을 극복해낸다. 주인공은 그가 처한 상황에 대해 처음에 절망하고, 다음에는 난관을 헤쳐 나가기 위해 깊이 고심하며, 이를 극복하기 위해 구체적인 계획을 짜서 실행에 옮긴다. 그리하여 나약한 인간의 속성을 극복하고 결국은 자기 자신의 승리자가 된다. 이러한 상황이 바로 평범한 인간들이 놓일 수 있는 상황이며, 우리도 어느 날 갑자기 그러한 주인공이 될 수도 있는 현실 속에의 상황이기도 하다. 따라서 이 작품의 주인공은 자기 자신의 힘으로 온갖 난관을 헤쳐나가야 하는 모든 문명인을 상징한다. 루소(Rousseau)는 이 작품이 어떤 교양서보다도 자녀의 교육을 위한 훌륭한 작품임을 인정했다. 줄거리는 다음과 같다.

영국 중산 계급 출신인 로빈슨 크루소는 항상 뱃사람의 생활을 갈망해오다가, 아프리카로 향한 항해 도중 해적들에게 나포되어 노예 생활을 하는 곤욕을 치르기도 한다. 그러나 그의 해상 모험에 대한 열정은 식지 않는다. 그는 어느 영국인 식민지 상인으로부터 또 다른 항해에 대한 제의를 받자, 아버지의 만류를 뿌리치고 다시 아프리카로 항해를 떠난다. 이 항해가 그의 운명적인 27년간의 무인도 생활을 가져온다. 크루소가 탄 배가 난파당해 남아메리카의 해안 앞에서 좌초된다. 모든 선원들은 행방불명이 되었고, 크루소는 기절한 채 어느 무인도로 떠내려가 정신을 차리게 된다. 그런데 이 섬은 완전한 고도로서 인간은 물론 동물도 없는 곳이다.

크루소는 그 섬을 절망도라고 이름짓는다. 그리고 다음 날부터 그는 난파된 배로부터 식량과 탄약 그리고 물 등의 물품을 가져오기 위해 뗏목을 건조한다. 그리하여 난파한 배에서 식량, 의류, 무기, 배, 고양이를 운반해온다. 그는 가져온 잉크와 펜으로 이곳에서의 삶을 기록하는 일기를 쓰면서 매일 날짜를 새긴다. 크루소는 원시인처럼 도구를 만들어 그가 거처할 토굴을 만들고 샘을 찾아 용수로 사용한다. 그리고 콩, 보리, 쌀 등을 재배하여 식량을 조달하여 빵을 만들어 먹는다. 그리고 혹시 발생할지도 모르는 외부의 적을 막기 위해 토굴의 방비를 튼튼히 한다. 한편 이러한 절망적인 상황에서도 그는 신에 대한 감사를 잊지 않는다. 배로부터 가져온 성경을 주의 깊게 읽으며 신께 감사 기도를 드린다. 이렇게 그는 20여 년을 산다.

그런데 어느 날 문득 크루소는 해변에서 사람의 발자국을 발견하고 놀라움과 함께 공포를 느낀다. 그러나 신앙심으로 마음의 평정을 찾는다. 며칠 뒤 그곳에 가 보니 사람의 뼈가 흩어져 있다. 크루소는 지금까지 사람을 그리워했는데 이제는 사람이 두려워진다. 그 해가 저무는 어느 날, 사람의 뼈가 흩어져 있던 그곳에서 연기가 오른다. 크루소가 언덕에 올라 망원경으로 그곳을 바라보니, 약 열 명가량 되는 식인종이 해변에 상륙하여 사람을 잡아먹은 뒤 떠나가고 있다. 그 동안 크루소는 사람이 없다고 생각한 이 섬에서 다른 섬으로부터 온 식인종들을 발견하게 되고, 그 식인종들이 포로들을 포획하여 먹어치우는 잔인한 현장을 목격하게 된 것이다.

얼마 후 식인종들은 다시 포로로 잡아온 토인을 죽이려 한다. 크루소는 식인종들이 축연을 벌이는 동안 배에서 가져온 총으로 이들을 쏘고 포로 중에서 한 사람을 구출한다. 그는 구출한 사람에게 프라이데이(Friday)라는 이름을 붙여주었는데, 그 이유는 구출한 그 날이 바로 금요일이었기 때문이다. 이로서 그는 한 인간의 동료를 갖게 된다. 그는 프라이데이를 문명인으로 만들기 위해 영어를 가르친다. 그는 크루소의 친구인 동시에 충실한 하인의 역할을 한다. 크루소는 프라이데이로부터 이웃한 섬에 다른 포로들이 더 있다는 이야기를 듣는다. 그리하여 크루소는 그 두 사람을 구출하게 되는데, 이들 중에서 한 사람은 스페인 선교사이고 또 한 사람은 프라이데이의 아버지이다.

마침내 영국의 배가 이 섬에 도착하게 된다. 선원들이 반란을 일으켜 이 섬에 선장과 다른 두 사람을 내버리고 가려는 것이다. 크루소는 그들을 구해주고 난동을 벌인 배를 탈취하는 데 성공한다. 그리하여 결국 크루소는 프라이데이와 함께 영국으로 돌아갈 수 있게 된다.

3. 스페인의 계몽주의 문학

유럽 역사에서 계몽주의라는 용어는 1648년 30년 전쟁이 끝나는 시점부터 1789년 프랑스혁명까지를 가리킨다. 유럽의 18세기는 르네상스 시대에서 시작된 세속화 과정이 절정에 달한 시대이다. 그리고 이 시기는 데카르트의 합리주의와 로크로 대표되는 영국의 경험주의를 철학적 배경으로 하는 계몽주의 시대이자 문예사조로는 신고전주의 시대로 규정된다.

스페인의 18세기는 합스부르그(Habsburger) 왕가[14]의 마지막 왕인 카를로스 2세(Carlos II) 가 1700년 왕위 계승자 없이 서거하자 유럽의 패권을 놓고 7년간에 걸친 왕위계승 전쟁을 치러 프랑스 부르봉 왕가의

---

14 합스부르그가(Habsburger家) : 신성 로마 제국의 오스트리아 왕가. 그 이름은 스위스에 있는 거성(居城) 하비히츠부르크에서 유래한다. 10세기 중엽에 창건되어 13세기경 남독일에서 가장 강력한 제후가 되었다. 1273년 루돌프 1세가 처음으로 황제가 되어 오스트리아, 시타이에르마르크 공국을 획득하였는데, 1438년 알브레히트 2세 이후 제위를 세습화하였다.

펠리페 5세(Felipe V)가 왕위에 오르면서 시작된다. 이에 연방 형식의 스페인 왕국은 종말을 고하게 되었다. 따라서 스페인은 근대 유럽으로 편입하고자 하는 개혁 세력과 전통의 유지를 주장하는 보수 세력으로 양분된다. 보수주의자의 반대에도 불구하고 계몽주의 사상이 들어오고 부르주아와 왕실은 힘을 모아 경제적 근대화의 발전을 도모했다.

카를로스 3세 시대로 접어들면서 문학에서도 계몽주의적 개혁 경향이 중심에 자리했다. 계몽주의자들은 문학 장르를 이용하여 합리주의, 진보, 과학주의, 비판 정신, 교육 기회의 확대 등 계몽사상을 보급하고자 노력했다. 이는 문학의 목적은 유익함이라는 신고전주의 미학과 일치하기도 한 것이다. 이 시대의 계몽주의 작가들은 사람들이 믿는 미신이나 편견을 추방하고 계몽사상의 보급을 문학의 최우선 과제로 삼았다. 따라서 당시의 과학의 발전에 관한 것이 문학의 주제가 될 정도로, 문학은 계몽주의 철학 사상을 전달하는 중요한 도구 역할을 하였다.

'빛의 세기', '철학의 세기', '비판의 세기'라고 하는 스페인의 18세기는 계몽주의 작가들이 합리주의 정신을 바탕으로 자신의 시대의 불합리함을 비판한 데서 기인한다. 스페인의 개혁주의자들은 스페인의 문제를 직시하고 그 처방을 제시하였는데 이는 공동선을 위한 일반 대중의 계몽이었다. 이렇듯 스페인의 계몽주의는 스페인 특유의 뿌리 깊은 가톨릭 전통과 조화를 추구한 '기독교적 계몽주의'라는 절충적 용어로 정의할 수 있다.

이러한 스페인의 계몽주의는 크게 3기로 나누어볼 수 있다. 첫째, 단순한 형식주의와 수사학에 빠진 바로크 문학이 프랑스 고전주의와 접촉하는 시기, 둘째, 신고전주의 시대, 셋째, 전기 낭만주의 시대로 18세기 말에 해당한다.

　18세기 스페인의 계몽주의 산문문학 장르는 수필문학 형식이 가장 활발하게 나타났는데, 이는 작가 자신들의 이념을 알리기 위해 수필 등의 산문을 써서 보급했기 때문이다. 다른 한편 18세기에 새롭게 등장한 산문 장르는 신문 기사로서 계몽주의 이념과 문화의 전달자 역할을 하였다.

　스페인의 대표적 계몽주의자로는 베니토 헤로니모 페이호(Fray benito Feijoo Francisco de Isla, 1676~1764)와 이그나시오 데 루산(Ignacio de Luzán, 1702~1754)이다. 그들은 바로크[15] 문학을 비판하고 나선 것이다. 또한 스페인에서 발간된 최초 문화잡지인 《스페인 문인지》(*Diario de los literatos de Eapana*, 1737~1742)의 기고자들도 바로크주의에 대항하여 싸웠다.

　18세기 스페인 계몽주의 시문학의 대표적인 작가와 작품은 이그나시오 데 루산의 서사시 「오란의 정복」(*La conquista de Oràn*)과 신화시 「파리의 심판」(*El juicio de París*), 그리고 시 이론서 『시학』(*Poética*, 1728 이탈리아어판, 1737 스페인어판) 등이 있다. 또한 멜렌데스 발데스(Juan Meléndez Valdés, 1754~1817)의 『아나크레온풍의 송가집』(*Odas anacreonticas*),

---

15　바로크(Barock) : 예술 양식으로서의 바로크란 '비뚤어진(타원형의 진주)', '다듬어지지 않은 보석'이란 의미의 포르투갈어 단어 'barocco'에서 유래하여 처음에는 조형예술에 사용되었다. 1756년 고고학자 빙켈만(J. J. Winckelmann)의 서한에 최초로 나타나는 형용사 '바로크'는 문예부흥기의 균형과 조화를 이룬 형식에 반해 과장, 왜곡되고 허식이 심하다는 경멸적인 의미를 지닌다. 일반적으로 바로크는 17세기 유럽 건축 양식의 대명사로 통한다. 또한 17세기 초반 유럽의 바로크 문학 경향은 고전주의 시대의 조화와 절제를 중시하는 문학과는 달리, 매우 다양하고 복잡하며 때로 거칠고 조악하기까지 한 성격을 지닌 문학을 말한다. 바로크 문학은 표현이 자유분방한데, 진기함을 유발하기 위해 지나치게 새롭고 이상한 것을 추구하다 보니 불규칙적이고 기괴하고 무질서하며 과장되고 장식적인 경향을 띠게 되었다. 그러나 다양함과 풍요로움 그리고 무한한 상상력을 발견했다는 면에서 그 나름의 의의를 지닌다.

『전원시』(*Idilio*), 『목가집』(*Eglogas*) 등이 있다. 호세 드 카달소(José de Cadalso, 1741~1782)는 초기 시들을 모은 『내 젊은 날의 휴식』(*Ocios de mi juventud*, 1773)을 비롯하여, 산문 『박식한 사람들이 바이올렛에게』(*Los eruditos a la Violeta*), 그의 사후에 발표된 『모로코인의 편지』(*Cartas marruecas*, 1721), 『산쵸 가르시아』(*Sancho García*, 1771) 등을 내놓았다. 이 작품의 문학 장르는 몽테스키외의 『페르시아인의 편지』와 같은 부류에 포함된다. 그리고 멜초르 가스파르 데 호베야노스(Melchor Gaspar de Jovellanos, 1744~1811)의 희곡 『정직한 범죄자』(*El delincuente honrado*, 1774), 레안드로 페르난데스 데 모라틴(Leandro F. de Moratin, 1760~1828)의 『소녀들의 긍정적 대답』(*El sí de las niñas*) 등이 있다.

■ 호세 드 카달소(José de Cadalso, 1741~1782)
　　　　 - 『모로코인의 편지』(*Cartas marruecas*, 1773~1774)

카달소는 카디스에서 태어났는데 당시 그의 아버지는 아메리카에 있었기 때문에 1752년까지는 아버지를 보지 못했다. 그의 『자전적 메모』(*Apumtaciones autobiográficas*)에 의하면, 그의 어머니는 자신을 출산하고 사망했다고 한다. 그는 친척들에게 맡겨져 성장했고, 예수회 소속 학교에서 공부했다. 그곳에서 그는 질서 있고 합리적인 세계와 올바른 방법론, 그리고 라틴어와 인문학을 깊이 공부하였다. 이후 1758년 마드리드의 왕립 귀족신학교에서 공부하고, 유럽 대륙을 여행하였다. 1762년 그는 군인의 길로 들어섬과 동시에 시를 쓰기 시작하였고, 1773년 살라망카에 있는 부대로 발령이 나서 그곳에서 젊은 시인들과 우정을 쌓았고, 이듬해 마드리드로 돌아와서 『모로코인의 편지』를 썼다.

그의 주요 저작으로는 운문 비극 『산초 가르시아』(*Sanche Garcia*, 1771)

를 비롯하여, 모든 학문에 대한 일곱 번의 강의를 편집한 산문『보랏빛의 박식한 사람들』(*Los Eruditos a la Violeta*, 1772), 무덤의 암울한 분위기를 담고 있는 산문 애가『음울한 밤들』(*Noches Lúgubres*, 1772) 등이 있다. 『모로코인의 편지』는 작가가 1773~1774년까지 살라망카에 머물면서 완성한 작품으로 18세기 스페인에 공존하고 있던 상반되는 가치관, 즉 유럽의 계몽주의적 가치관과 스페인의 전통주의적 가치관의 충돌로 야기되는 시대의 위기의식을 반영한 작품이다. 형식 면으로는 여러 편지들이 어지럽게 배열되어 있지만 작가의 일관된 의도를 찾아볼 수 있다. 카달소가 이 작품의 서문에서 "한 국가에 대한 비판이라는 미묘한 문제를 편견 없이 공정하게 다룬 것 같아 보이는 편지들"(1782)이라고 표현했듯이, 외국인의 눈을 빌려서 당시 사회의 풍습을 비판하고 더 나은 모습으로 성장하기 위한 방법을 제시하고자 하는 것이었다.

『모로코인의 편지』는 가셀이라는 모로코의 외교관이 스페인을 방문했다가 혼자 남아서 스페인을 여행한 내용을 아프리카에 있는 자신의 스승인 벤 벨레이에게 보낸 편지글의 형식을 띠고 있다. 또한 그밖의 몇몇 다른 편지들은 저자가 친구에게서 얻은 것이다. 이 작품은 프랑스 백과사전파 철학자 몽테스키외의 서간체 소설『페르시아인의 편지』의 모방이라고 폄하하는 평가도 있지만, 당시 스페인에 대한 외국의 비판에 대해서 자국을 변호하기 위해 나온 많은 책 중의 하나로 분류된다. 그렇다고 맹목적으로 스페인의 전통 가치를 옹호하거나 비판하지 않고, 공정하고 객관적으로 스페인을 볼 것임을 밝히고 있다. 이 작품에서 카달소의 방법론은 계몽주의 철학적 방법론으로 압축할 수 있다. 다음은 『모로코인의 편지』 가운데 스페인의 전통과 유럽의 계몽사상을 조화롭게 연결하기 위하여 과학의 발전을 촉구하는 내용의 일부분이다.

　진정한 스콜라주의 현자가 무엇인지 아는가. 자신의 경력이나 국가의 지침에 따라서 공식적으로는 일반적인 방법론을 따르고 혼자서는 진정한 실증주의 학문을 공부하는 사람, 자기 방에서는 뉴턴을 연구하고 강의실에서는 아리스토텔레스를 설명하는, 스페인에 수없이 많은 그런 사람을 말하는 것이 아니다. 진정한 스콜라주의자는 자기 학생들에게 가르치지 않고 자신들의 스승들에게서도 배운 바 없는 순수한 무신론과 물리적 예외 법칙인 자신 내면의 법을 믿는 사람들이다. 자 그러면 네가 이제 그가 말하는 것을 듣는다고 생각해보라. 우선 너는 마르고 키가 크고 담배에 찌들고 무거운 안경을 쓰고 고개를 내리기가 불가능해 사람들에게 인사조차 하지 않는 그런 사람을 보고 있다고 상상하라. 이것이 누뇨가 나에게 그들에 대해서 그려준 그림이다. 그리고 내가 대학을 다니다 보니 그것이 사실임을 알게 되었다. 네가 다른 학문에 대한 너의 기호를 말한다면 그는 이런 식으로 대답할 것이다.

　수사학을 위해서는 2년은커녕 1년이면 충분하다. 몇 가지 단어들을 이어 붙이면 장례식의 조사가 되고 축사가 되기도 한다. 그에게 좋은 문장의 장점, 그 용법, 규칙들, 그리고 솔리스 멘도자, 마리아나와 다른 수사학자들의 예를 든다면 그는 웃어버리고 등을 돌릴 것이다.

　시는 시간 낭비에 불과하다. 10음절 시나 4행시를 숙녀에게 또는 노인에게 바치는 것을 모르겠는가? (…) 그에게 그런 것은 시가 아니고, 시란 설명할 수 없는 것이고 오직 그리스와 라틴어시들 또는 그에 버금가는 근대시들을 읽으면 배울 것이 있을 것이다. 종교도 시를 빌려서 창조주를 찬미하지 않는가. 좋은 시는 한 국가나 시대의 좋은 취향의 이정표가 될 수 있다. 이상하고 기괴하며 복잡한 시는 무시하더라도, 영웅시와 풍자시는 문학 세계에 유익한 작품이다. 왜냐하면 영웅의 기억을 영원히 남기고 우리 동시대인들의 풍습을 교정하기 때문이다. (…)

　그에게 수학에 대해서 말한다면 그는 그것은 쓰레기이고 심심풀이라고 심각하게 말할 것이다. 여기 돈 디에고 데 토레스가 있다고 하자. 그는 근엄하게 말하겠지만 우리는 절대로 그의 능력을 인정할 수 없다. 나는 돈 디에고가 누구인지 모르며 수학자였다는 것은 더욱 모른다. (…) 3월에는 비가 올 것이고 12월에는 추울 것이고 올해에는 누가 죽을 것이고 다음해에는 누가 태어날 것이고 그 행성은 이런 영향을 미치고 어떤 날 어떤 시간에 태어나는 것은 이런 저런 사건을 의미한다는 것은 정말 한심한 짓거리이다. 당신들이 이것을 수학이라고 부른다면 부디 사람들 앞에서는 말하지 마라. 물리, 항해술, 조선, 축성, 건축, 군대의 주둔과 통합, 무리를 다루고 훈련하는 것, 토목, 모든 기술의 진보가 모두 수학의 분야이며 이것은 인간 생활에 유익한 것이다. (…)

다른 분야의 학문도 마찬가지이다. 그러면 우리는 어떻게 이런 사람들과 살아야 하는가? (…)

우리는 외국인들이 우리를 야만인이라고 부르지 못하도록 실증적인 학문을 하자. 우리의 젊은이들이 성장하도록 하자. 대중에게 유익한 일을 하도록 하자. 노인들은 그저 살아온 대로 살도록 하자. 지금 젊은이들이 나이가 들어서는 지금 숨어서 배운 것을 공공연히 가르칠 수 있을 것이다. 20년 후에는 스페인의 학문 체계가 알아보지 못할 정도로 다면화해야만 한다. 그리고 그때는 외국의 아카데미들이 우리를 무시할 구실이 없을 것이다. 우리의 지식인이 지금은 그들과 어깨를 나란히 하지 못하더라도 할 말이 있다. 우리가 젊었을 때 다음과 같이 말하는 스승들이 있었다. “여러분, 여러분들에게 세상에 있는 진리를 모두 가르칠 것입니다. 다른 가르침을 두려워하지 마십시오. 왜냐하면 그것은 경박한 것들, 무익한 것들, 무시할 수 있는 것과 때로는 해롭기도 한 것들입니다.” 우리는 우리에게 유익하고 확실한 지식 외에 다른 것으로 낭비할 시간이 없었다. 따라서 우리는 배우는 대로 익혔다. 차츰 우리는 다른 가르침을 듣게 되고 다른 책을 읽게 되면서 처음에는 놀랐지만 나중에는 좋아하게 되었다. 우리는 부지런히 새로운 지식들을 읽었다. 그것들은 종교나 조국을 배반하는 내용은 없었지만 태만과 염려는 있었다. 우리는 어떤 이들에게는 다양한 사용법을 전했고 다른 이들에게는 우리에게 하나도 남지 않을 때까지 문서와 스콜라주의 책을 전해 주었다. 이렇게 시간이 지나서 비록 한 세기 반 정도를 우리에게 앞섰지만 그래도 우리는 당신들과 비슷해졌다. 이베리아 반도가 17세기 중반에 가라앉았다가 18세기 후반에 바다에서 다시 솟아난다고 가정하자.

■ 멜초르 데 호베야노스(Melchor de Jovellanos, 1744~1811) - 「문학
공부를 과학공부에 연계시켜야 하는 필요성에 관한 연설」

호베야노스는 카달소와 함께 18세기 후반의 대표적인 산문작가이자
시인이며 계몽주의 개혁주의자였다. 그는 히혼의 가난한 귀족 가문에서
태어났다. 1757년 오비에도 대학에서 철학공부를 시작하였는데, 당시
그 대학의 교수였던 페이호(Bemito Jerónimo Feijoo, 1676~1764)를 알게 되
었고, 그의 작품들이 호베야노스의 길잡이가 되었다. 그는 카를로스 3
세의 치하에서는 보호를 받았지만 카를로스 4세의 시기에는 핍박을 받
았다. 이후 아스투리아스연구소(Instituto de Estudios Asturianos)를 세우고
자연과학과 프랑스어, 영어 등을 가르쳤다. 1797년 법무장관으로 임명
되었지만, 전통주의 수호자들이 그의 임명을 반대하였다. 1801년에는 마
요르카에 유배되어 감옥 생활을 하면서 건강이 약화되었다. 나폴레옹이
침입하였을 때 그는 아스투리아스를 대표하여 중앙위원회에 참석하기도
하였다. 그러나 그는 나폴레옹에게 협력하기를 거부하고, 그 군대를 피
해 항구 도시인 베가로 갔다가 폐렴으로 숨을 거두었다.

호베야노스는 일생을 스페인의 문제를 해결하여 물질적 · 정신적 번
영을 이루고자 하는 계몽사상에 바쳤다. 그만큼 그는 전형적인 계몽주
의자며 시인이며 극작가였다. 그는 문학 작품만 아니라 역사 · 정치 ·
경제 · 법률 · 교육 등 자신이 직접 참여하였던 여러 분야에 관한 글을
남겼다.

그의 대표작은 교훈적 주제를 다루고 있는 농업에 관한 내용의 『농업
법 교육에 관한 보고』(*Informe sobre el expediente de la lay Agraria*, 1794), 희
곡 『정직한 범죄자』(*El delincuente honrado*, 1774), 대표적인 계몽주의 시
「아르네스토에게 보내는 첫 번째 풍자시」, 연설문 「문학공부를 과학공

부에 연계시켜야 하는 필요성에 관한 연설」 등이 있다. 다음은 「문학공부를 과학공부에 연계시켜야 하는 필요성에 관한 연설」의 부분이다.

여러분, 제가 여러분에게 문학교육을 권장하기 위하여, 과학에 대한 여러분의 관심을 감소시키거나 열정을 식게 하는 것은 아닌가 걱정하지 마십시오. 오히려 과학은 제게도 첫째이고 여러분의 교육 목표로서도 가장 중요한 것입니다. 과학만으로도 여러분의 정신을 계도할 수 있고, 여러분의 정신을 살찌울 수 있고, 고대에서부터 우리에게 전해져 오는 귀중한 보물인 진리를 여러분에게 전달하고, 또 여러분이 다른 새로운 진리를 탐구하여 진리의 보고를 더욱더 풍부하게 할 수 있습니다. 과학만으로도 수많은 무익한 논쟁과 불합리한 의견들의 종지부를 찍을 수 있습니다. 과학은 결국 세상에 떠도는 모든 어둡고 잘못된 기운을 걷어내고, 대신 밝은 빛과 인류의 고매함을 드높일 것입니다.

그러나 과학이 첫째 목표라고 해서, 여러분의 공부에 유일한 목표가 되어서는 안 됩니다. 저는 문학이 여러분에게 과학보다도 덜 유익한 것이 아니며 필요하지 않은 것은 절대 아니라고 감히 말합니다.

왜냐하면 문학의 도움 없이는 과학은 완전하지 않기 때문입니다. 과학이 정신을 밝혀준다면 문학은 그것을 장식해줍니다. 과학이 정신을 살찌운다면 문학은 그 보물을 다듬고 가치를 더해줍니다. 과학이 정신에게 판단과 정확함과 굳건함을 준다면, 문학은 사려분별력과 맛을 더해주고 정신을 아름답게 완전하게 해줍니다. 이런 기능은 오직 문학에만 있습니다. 왜냐하면 문학의 광활한 영역에는 우리의 사상을 표현하는 것과 관련된 모든 것이 속해 있기 때문입니다. 그리고 우리의 지식을 분류하는 경계 설정 역시 문학의 몫입니다. 과학이 새로운 진리를 얻고 진리의 보고에 그것을 비축한다면 문학은 그것을 전달합니다. 과학으로 우리 주변의 존재에 대한 지식을 얻고 그 본질을 추측하고 그 속성을 꿰뚫어서, 우리 자신을 극복하고 존재의 가장 높은 기원까지 올라갑니다. 그러나 여기에서 과학의 임무는 끝나고 그 모든 과정을 따라온 문학의 역할이 시작되는데 모든 지식의 보고를 차지하고, 그것들에 새로운 모양을 부여하며, 그것을 닦고 꾸미며 알리고 퍼뜨려서 세대에서 세대를 이어서 전해줍니다. (…)

그리고 여기서 우리의 저속한 교육의 가장 큰 해악 중의 하나, 학문의 발전과 인류 정신의 발전을 저해하는 가장 큰 단점을 밝히지 못할 이유가 어디 있겠습니까? 의심의 여지없이 학문과 예술의 세분화는 학문의 완성에 이바지하였습니다.

평생을 교육의 한 분야를 담당했던 사람은 그에 대해서 많은 생각과 연구를 할 수 있었습니다. 많은 관찰과 경험을 축적할 수 있었고 최고의 빛과 지식을 지닐 수 있습니다. 이렇게 학문의 나무는 자라고 성장하는 것입니다. 이렇게 가지가 자라고 뻗으며 이렇게 학문의 나무에 양분이 주어지고 강해져서 더 맛있고 풍부한 열매를 맺을 수 있는 것입니다.

그러나 학문의 발전에 유익한 이 세분화는 학문의 상태에 치명적이 되었습니다. 한계를 넘으면서 그 습득이 어려워졌고 기본 교육으로 넘어가면서 학문은 길고 고통스러운, 어쩌면 이미 불가능하고 영원한 과정이 되었습니다. 어떻게 지금까지 이런 불편을 느끼지 못했을까요? 어떻게 지금까지 진리의 나무가 뿌리와 줄기가 분리되어 주저앉았다는 것을, 모든 가지들이 줄기에서 잘려서 사방으로 흩어져 모든 연결 고리가 파괴되었다는 것을 알아차리지 못했을까요? 학문들과 인간 지식들의 사이를 이어주는 그 연결 고리의 이해와 직관이 우리의 교육과 연구의 궁극적인 목적이어야 하며 그것의 습득이 없이 모든 지식은 헛것임을 왜 간과하는 것일까요? (…)

그것이 우리 새로운 교육의 목표가 될 것입니다. 그것을 위해 여러분의 머리에 정의와 규칙들의 섣부른 잡탕 지식을 집어넣겠다는 의도가 아니니 안심하십시오. 반대로 우리의 명징한 이성과 문학의 위대한 유산을 통해 과학적 관찰교육을 시키겠습니다. 그러면 언어의 명확한 논리에 의해 과학적 원리들이 일목요연하게 정돈될 것입니다. (…)

저를 믿으십시오. 정확한 판단과 섬세하고 미묘한 분별력, 즉 한마디로 좋은 취향의 문학공부는 인생을 사는 데 가장 필요한 능력이 될 것입니다. 문학공부는 단순히 말하고 쓰는 것뿐 아니라 듣고 읽고 그리고 느끼고 생각하는 데에도 필요한 재능이 될 것입니다.

■ 레안드로 데 모라틴(Leandro de Moratin, 1760~1828)
－ 『소녀들의 긍정적 대답』(*El sí de las ninas*, 1806)

모라틴은 신고전주의의 대표적 시인이자 극작가인 니콜라스 페르난데스 모라틴의 아들로 마드리드에서 태어나 희극 배우, 음악가, 하인, 비서들 사이에서 풍족한 유년 시절을 보냈다. 청년 시절, 스페인의 계몽주의 전파를 위해 힘쓰던 호베야노스의 지지로 한림원에서 상을 받고 프랑스를 둘러보았으며, 이후에는 당시 실권자인 고도이의 특혜로 혁명 중인 프랑스, 영국, 이탈리아 등 유럽 각지를 여행하고 체류하였다. 이를 통해 그는 낙후된 스페인의 현실을 깊이 인식하였고, 이에 대한 해결책으로 프랑스 계몽주의의 적극적인 수용과 카를로스 3세의 개혁주의 정책을 지지하였다. 귀국 후 왕립도서관의 제1사서 같은 몇몇 중요한 공직을 맡았고, 프랑스가 스페인을 침공한 시기에도 프랑스 측에서 일을 하여 이들이 퇴각할 때에는 조국을 떠나야만 했다. 말년을 쓸쓸히 보내다 파리에서 세상을 떠났다.

모라틴은 신고전주의의 원칙을 준수하면서 계몽주의의 이상을 펼치고자 한 희곡을 창작했는데, 대표적인 작품으로는 『소녀들의 긍정적 대답』을 비롯하여, 『노인과 소녀』(*El viejo y la nina*, 1790), 『남작』(*El baron*, 1803), 『새로운 극』(*Lacomedia nueva*, 1792), 『위선자』(*Lamojigata*, 1804) 등이 있다.

『소녀들의 긍정적 대답』은 나이와 경제적으로 차이가 많이 나는 불균등한 결혼의 문제점을 지적하고 있다. 당시 상업과 교역의 발달로 중류 계층이 부를 많이 축적하게 되었고, 이들의 신분 상승 욕구와 몰락한 귀족층의 경제적 이익에 대한 욕망이 맞물려 이러한 결혼이 성행하고 있음을 비판한 것이다. 모라틴은 이 작품을 통하여 여성의 자유로운 의지를 존중하고, 여성들에게 나약한 침묵과 순종을 강요해서는 안 된다는 의사를 밝히고 있다. 줄거리는 다음과 같다.

돈 많은 노인 돈 디에고가 어느 모녀와 함께 알칼라 데 에나레스 시에 있는 한 여인숙에 당도한다. 그는 자신과 결혼할 프란체스카 양을 만나기 위해 그녀의 어머니 도냐 이레네와 함께 구아달라하라 수도원에 다녀오는 길이다. 프란체스카는

16세의 앳된 소녀인데 수도원에서 교육을 받고 있었다. 그런데 어머니를 통해 돈 디에고의 청혼을 받고 어머니의 말을 거역하지 못하고 따라 나선 것이다. 사실 프란체스카는 우연히 친구 집에서 만나 알게 된 젊고 멋진 군인 카를로스를 사랑하고 있었다. 그래서 어머니에게 끌려 여인숙에 오기 전에 그에게 편지를 써서 이미 자기가 처한 사정을 알린 바 있다.

프란체스카는 어쩔 수 없이 어머니를 따라왔지만, 막상 나이 차이가 많이 나는 노인 디에고를 만나보고는, 기가 막힌다. 그래서 못마땅하고 차가운 태도를 보인다. 어머니 도냐 이레네는 자기 딸이 돈 디에고에게 냉정하게 구는 것을 보고 몹시 꾸짖는다. 돈 디에고는 프란체스카가 자기와의 결혼에 대해 확실한 의사 표현을 하지 않는 것을 수상히 여긴다. 그래서 도냐 이레네가 없는 틈을 타 프란체스카에게 다시 자기와의 결혼 의사에 대해 물어보지만 여전히 "예", "아니오"를 말하지 못한다.

한편 사랑하는 여자의 강제 결혼을 막기 위해 카를로스가 이 여인숙에 도착한다. 하지만 프란체스카의 결혼 상대자가 자기에게는 아버지와 다름없는, 지금의 자기가 있도록 모든 뒷바라지를 해준 삼촌이라는 사실을 알게 된다. 고민 끝에 카를로스는 그녀를 포기하는 편지를 남겨두고 다시 마드리드로 돌아가려 한다. 그런데 돈 디에고가 이 편지를 우연히 발견하게 된다. 편지를 읽은 돈 디에고는 많은 갈등을 하게 된다. 그러나 두 사람의 진실된 사랑을 알게 된 돈 디에고는 이성을 되찾고 자기의 결혼 계획을 단념하게 된다. 결국 돈 디에고는 두 젊은 남녀의 결혼을 승낙해준다.

4. 이탈리아의 계몽주의 문학

이탈리아 18세기 전반기 상황은 이탈리아 영토 내에서 발생했던 유럽 국가들 간의 왕위계승전쟁으로 특징지을 수 있다. 오스트리아의 왕위계승전쟁은 1748년 아헨(Aachen)화약에 의해 종결되었고, 그 결과 이탈리아는 스페인과 오스트리아의 지배로부터 벗어나게 되었다. 이를 계기로 이탈리아는 상업이 부흥하고 기계의 보급으로 산업이 발전되었다. 따라서 중산층의 세력이 확고해지는 반면 귀족층의 영향력은 감소되었다.

이러한 18세기 전반기 이탈리아 문학은 아르카디아(Arcadia)풍[16]의 문학이 한때 유행했다. 그러나 아르카디아풍은 큰 성과를 거두지 못했다. 뒤이어 18세기 후반에는 특히 유럽의 새로운 사조의 영향으로 이탈리아의 정치 · 도덕 · 문학적 쇄신이 두드러진다. 여기에서의 새로운 사조란 홉스와 로크 등 영국의 철학자들과 경제학자들의 새로운 학설, 그리고 프랑스의 합리주의 사상에서 기인된 계몽주의이다. 계몽주의는 인간의 이성과 도덕 그리고 모든 인간들에게 평등한 자연법을 절대적으로 신봉하는 사상이다. 즉 계시종교는 역사를 자연의 행복한 상태로부터 점진적으로 타락하게 한다고 비난하고, 과학을 예찬하면서 동시에 세계주의를 표방하는 인간적 형제애를 주장했다.

이러한 이탈리아의 계몽주의는 17세기 후반에 시작되어 18세기에 꽃피운 운동으로 정치 · 경제 · 사회 · 종교 · 사상 등에 있어서의 전근대적인 어두움에 빛을 넣었다. 계몽주의자들은 이성의 입장에서 이신론, 자연종교, 이성종교, 나아가서 무신론 등을 내세우면서 신앙의 자유와 종교적 관용 그리고 교권으로부터의 해방 등을 요구하였다. 도덕에 관해서는 한편으로 순수한 이성에 따르는 것을 선이라고 보는 이성주의와 또 한편으로 인간적인 행복을 제일로 하는 행복론이 주장되었다. 이

---

16 아르카디아(Arcadia)풍 : 사실에 충실한 절박한 필요성을 인식하고 진실로부터 시적 이미지를 이끌어내며, 고전적인 것을 모방하는 것에서 시적 우아함을 표출해내려는 풍이다. 로마에 '아르카디아' 라는 아카데미가 창설되고 전 이탈리아에 지부가 생겨나면서 바로크 문학의 수다스러움과 허식을 배제하고 목가풍의 소박함과 시의 순수한 서정성을 이어받자는 것을 기치로 내세운 문학 혁신 운동이다.

성에 입각한 모든 사람의 자유 · 평등 · 인격 존중이나 사회권의 보장 등은 실질적으로 발흥하는 부르조아 시민계급을 위한 바로 그것이며, 여기에 계몽주의의 한계가 있다.

계몽주의는 후에 자본주의의 모순이 나타남과 더불어 스스로 무력에 봉착하지 않으면 안 되었다. 이러한 계몽주의를 바탕으로 18세기 후반의 작가들은 교육과 도덕적 교양을 목적으로 하는 계몽주의 문학을 제안하였고, 개혁을 추진하며 무기력한 사회를 비난하고 인간 정신의 가장 고귀한 가치들 중 특히 자유의 개념을 재인식했다.

새로운 계몽주의 문화는 밀라노를 중심으로 전개되었는데, 대표적인 인물은 피에트로 베리(Pietro Verri, 1728~1797)와 알렉산드로 베리(Alessandro Verri, 1741~1816), 그리고 체사레 베카리아(Cesare Beccaria, 1738~1794)를 들 수 있다. 또한 나폴리에서는 안토니오 제노베제(Antonio Genovese, 1713~1749), 가에타노 필란제리(Gaetano Filangeri, 1753~1788), 마리오 파가노(Mario Pagano, 1748~1799) 등이 활약했다.

계몽주의 문학의 대표적인 작가와 작품으로는 카를로 골도니(Carlo Goldoni, 1707~1793)의 희곡 『여관집 여주인』(*La locandiera*, 1753), 『작은 광장』(*Il Campiello*, 1756), 『폭군들』(*I rusteghi*, 1760) 등이 있고, 쥬셉페 파리니(Giuseppe Parini, 1729~1799)의 풍자시 『하루』(*Giorno*, 1763, 1765), 사랑의 음조 및 도덕적 시민적 주제를 다룬 『찬가』(*Odi*, 1757~1795), 인간으로서 또 예술가로서의 삶을 고취시키는 사상들을 요약한 자신의 도덕적 · 시적 종합이라고 할 수 있는 『뮤즈에게』(*Alla Musa*, 1795) 등이 있다. 빅토리오 알피에리(Vittorio Alfieri, 1749~1803)는 두 권으로 된 『전제군주론』(*Della Tirannide*, 1777~1789, 1789년 출판)을 비롯하여 산문 작품 『자서전』(*Vita*, 1790, 1804년 출판), 또한 비극 『아가멤논』(*Agamennone*,

1776), 『오레스테스』(*Oreste*, 1776), 『브루토스 1세』(*Bruto primo*, 1786), 『브루토스 2세』(*Bruto secondo*, 1786) 등을 내놓았다.

■ 카를로 골도니(Carlo Goldoni, 1707~1793)
 - 『여관집 여주인』(*La locandiera*, 1753)

골도니는 베네치아의 유복한 가정에서 출생하여 아버지가 의사로 일하던 페루지아(Perugia)와 리미니(Rimini)에서 어린 시절을 보냈다. 그는 아버지의 서재에서 희곡을 즐겨 읽었고, 1721년에는 리미니에 있는 학교에서 도망쳐 순회공연단에 들어가기도 했다. 파비아(Pavia)의 기슬리에리(Ghislieri) 가톨릭 대학에서 다시 공부를 시작한 골도니는 테렌시우스, 플라우투스, 아리스토파네스의 희극을 읽었으며, 나중에는 몰리에르의 작품을 읽기 위해 프랑스어를 공부하기도 하였다. 그러는 가운데 파비아의 여인들을 비난하는 풍자시를 발표하여 파비아 기슬리에리 가톨릭 대학에서 쫓겨났고, 나중에 파도바 대학으로 옮겨 법학을 공부하고 1731년에야 졸업을 할 수 있었다.

그는 아버지의 뜻에 따라 대학을 마치기 전에 얼마동안 키오쟈(Chioggia)와 펠트레(Feltre)의 형사법원 기록보관소에서 일하기도 하였다. 졸업 후에는 베네치아와 피사에서 변호사로 일하고, 베네치아 공국의 대사 밑에서 보좌관 생활을 하며 외교가에 잠시 몸을 담았지만, 희곡 창작이 자신의 천직임을 깨닫고 본격적인 극작가로서의 활동을 시작하였다. 그리고 결국 베네치아를 떠나 당시 연극 활동이 활발한 파리로 옮겨 거기에서 이탈리아 극장을 이끌었다. 이후 파리에서 극작가로서의 충실한 삶을 보냈다.

그의 대표작으로는 『여관집 여주인』을 비롯하여 『작은 광장』(*Il*

Campeillo, 1756), 『여인들의 잡담』(*I pettegolezzi delle donne*, 1760), 『폭군들』(*I rusteghi*, 1760), 『어선 싸움』(*Le baruffe chiozzote*, 1762) 등이 있다.

『여관집 여주인』은 1753년 베네치아의 사육제에서 처음 공연되었다. 미란도리나라는 여인이 신분과 재산을 자랑하는 귀족들과 여성을 멸시하는 기사를 유혹해 사랑의 포로로 만든 뒤, 자기 자신은 충실하고 정직한 여관집 지배인과 결혼한다는 내용의 희극이다. 여주인공의 성격인 '여성은 자연이 이 세상에 만들어놓은 최상급 존재이며, 그것을 적대시하는 야만스러운 남자는 정복되어야 한다'는 주장은 오늘날까지도 관심의 대상이 되고 있다. 희극의 내용은 다음과 같다.

> 미란도리나라고 하는 젊고 아름다운 여성은 피렌체에서 여관을 운영하고 있다. 미란도리나는 미모와 애교로 투숙객을 유혹하여 영업을 번창시켜나간다. 여관에는 포르포포리 후작과 아르바피오리타 백작이 투숙하고 있는데, 이들은 서로 미란도리나를 유혹하려고 한다. 무일푼인 가난한 후작은 정신적으로 그녀를 도와주려고 하며, 돈이 많은 백작은 재물로 유혹하려고 한다. 그러나 그녀는 매번 기지를 이용하여 교묘하게 그들의 유혹을 물리친다. 그런데 그녀의 여관에는 또 한 명 리파프라티 기사가 투숙하고 있다. 그 기사는 미란도리나에게 눈길 한 번 주지 않고 전혀 무관심한 태도를 보인다. 미란도리나는 자기의 미모에 어떤 관심도 보이지 않고 무례하기만 한 리파프라티 기사에게 마음이 끌리게 된다. 그녀가 여관을 경영한 후로 그녀의 신경을 자극한 사람은 오로지 그 기사 한 사람뿐이다. 그녀는 기사를 유혹하려고 맛있는 음식을 만들어 함께 먹기도 하고 술을 권하면서 호감을 보이기도 한다. 하지만 그 기사는 거드름 피우며 그녀와 함께 하는 것이 달갑지 않은 듯 행동한다. 미란도리나는 할 수 없이 눈물을 보이며 기사에게 구애한다. 그러자 기사는 돌변하여 드디어 본성을 드러낸다. 기사 역시 다른 남자들과 마찬가지로 속물 근성을 가지고 있었던 것이다. 이러한 기사의 태도에 미란도리나는 환멸을 느낀다. 그래서 그녀는 자기 여관집의 성실한 지배인 파브리치오와의 결혼을 결심한다.

■ 쥬셉페 파리니(Giuseppe Parini, 1729~1799)
－『하루』(Il Giorno, 1763~1765, 1807)

파리니는 롬바르디아 보시시오(Bosisio)의 한 직물상의 집안에서 태어났다. 25세에 사제가 되었으며 세르벨로니 공작의 집에서 8년간 개인교사를 지냈다. 그러면서 귀족의 생활을 혁신시키려는 확신을 얻었으며, 한편으로는 시 창작 공부를 열심히 했다. 그러던 중 공작부인과 불화로 해고를 당한 이후 빈곤에 시달리게 되었다. 그런데 오스트리아 합스부르그가의 여왕 마리아 테레사의 각료 피르미안 백작의 배려로 『하루』라는 작품을 출간하게 되었다. 이것을 계기로 파리니는 샤를마뉴 대제가 설립한 대학에서 수사학을 강의하게 되었다.

1796년 나폴레옹 군대가 이탈리아에 왔을 때, 그는 프랑스 대혁명으로 인한 평등과 정의 실현의 의무를 신뢰했으나, 나폴레옹 군대가 이탈리아 전역을 약탈하자 매우 실망했다. 그리고 오스트리아가 이탈리아를 지배하게 되고 반동 정치가 전개된 1799년 세상을 떠났다.

그의 대표작으로는 풍자시 『하루』 외에, 19편의 시를 담은 『찬가』(Odi, 1757~1795), 자신의 도덕적 시의 종합이라 할 수 있는 『뮤즈에게』(Alla Musa, 1795) 등이 있다. 『하루』는 4천 행 11음절 무운無韻의 풍자시이다. 『아침』, 『정오』, 『저녁』, 『밤』 등 4부분으로 짜여있으며, 『아침』과 『정오』 부분은 1763~1765년 사이에 출간되었고, 『저녁』과 『밤』은 그의 사후 1807년에 출간되었다.

『하루』에서 파리니는 날카로운 역설적 표현으로 젊은 귀족의 생활을 풍자한다. 내용은 젊은 귀공자가 실행해야 하는 올바른 의무를 깨우쳐주기 위해, 즉 하루의 생활을 어떻게 보내야 하는가를 설교하는 한 인물을 설정하고 있다. 그 인물을 통해 호사스럽고 파행적인 귀족 생활의 진면목이 낱낱이 드러나고 있는데, 이는 당시 밀라노 귀족 계급을 비판한 것이다. 이러한 귀족 계급의 부패는 프랑스혁명 직전 생활고에 시달리는 민중들에게 분노를 사게 하였다. 이 풍자시는 미완성된 채 남아 있는데, 그 내용을 간략하면 다음과 같다.

『아침』

젊은 귀족은 아침 늦게 일어나서 아랫사람들에게 문안 인사를 받고, 몸단장실로 가 이발사와 미용사를 불러 시시한 농담을 하면서, 머리를 손질하고 화려하고 우아한 옷을 입고 몸단장을 끝낸다. 그리고 음악 선생, 프랑스어 선생, 댄스 선생을 차례로 불러 지식을 습득하고 아침 일과를 끝낸다. 그런 다음 자신의 집을 지키며 자신을 보호하는 헌신적이며 충직한 하인들 사이를 지나 마차 위에 올라 자신의 하루를 시작한다.

『정오』

초대받은 어느 귀부인의 저택에서 맛좋고 사치스런 점심 식사를 한다. 그 저택에는 귀부인의 사랑을 받는 젊은 귀족 외에 다른 등장인물도 함께 자리하고 있다. 그 가운데 한 채식주의자는 귀부인에게 '흠 없는 침대'라는 슬픈 일화를 이야기해 준다. 점심이 끝나자 초대받은 사람들은 주사위 게임을 하기 위해 응접실로 간다.

『저녁』

그 귀부인과 젊은 귀족이 함께 어울려 산책을 즐긴다. 귀족들은 온갖 위선적이고 형식적인 언행을 일삼으며 사교를 넓혀가려고 갖은 추태를 부린다.

『밤』

산책을 즐긴 귀족들은 다시 우아한 귀부인의 응접실로 모여 만찬을 즐긴다. 그들은 성대한 만찬을 끝마치고 나서 늦도록 담소와 유희를 즐기면서 향락의 시간을 보낸다.

5. 독일의 계몽주의와 슈트름 운트 드랑의 문학

18세기 독일에는 고전주의, 낭만주의, 계몽주의가 병행하여 진행되었다. 18세기의 첫 반세기 동안의 독일은 프랑스의 합리주의의 영향을 받고 있었다. 합리주의를 바탕으로 한 고전주의가 독일에 이식되었고 문학을 통해서 도덕 교육, 합리성, 명확성을 강조하면서 바로크 문학의 매너리즘에서 탈피하려는 경향을 보였다. 이러한 독일의 계몽주의는 서유럽의 계몽주의와 달리 이성과 계시가 서로 조화를 이루고 보완되는 '신학적 계몽주의'의 경향을 띠었다. 또한 독일의 계몽주의는 경제적으로 퇴보된 독일의 현실을 발전시키기 위한 운동으로 출발했기 때문에 실제적인 개혁운동으로 자리매김하는 계기가 되었다.

칸트는 계몽주의를 '인간이 스스로의 잘못으로 인해 빠진 정신적 속박으로부터 벗어나려는 운동'이라고 정의하면서 '용기를 내어 너의 이성을 사용하라'는 구호를 제창하였다. 이 구호에 가장 충실했던 사람이 레싱(Gotthold Ephraim Lessing, 1729~1781)이다. 레싱은 다른 많은 계몽주의자들과 마찬가지로 개개 장르의 본질을 파악함으로써 문학의 이해에 도달하려고 노력했다. 그 결실로 「우화에 관한 논문」(*Abhandlungen über die Fabel*, 1759), 「격언시에 관한 주석」(*Zerstreute Anmerkungen über das Epigramm*, 1771)이 남아 있다. 그리고 레싱은 이론뿐만 아니라 실제 창작 면에서도 '시민비극'이라는 새로운 장르를 개척하였다. 이 계열의 대표적인 작품으로 레싱의 희곡 『에밀리아 갈로티』(*Emilia Galotti*, 1772) 쉴러(Friedrich von. Schiller, 1759~1805)의 희곡 『간계와 사랑』(*Kabale und Liebe*, 1784) 등이 있다. 그밖에 레싱의 희곡으로 『민나 폰 바른헬름, 일명 병사의 행운』(*Minna von Barnhelm oder das Soldatenglück*, 1767), 『현명한 사람 나탄』(*Nathan der Weise*, 1779) 등이 있다.

계몽주의가 절대적인 이성에 바탕을 두고 중세 및 바로크 문학 시대의 교회 권력이나 전제 군주의 절대권으로부터 자아를 해방시켰다고는 하지만, 자아는 다시 자기 내부에서 자신을 억압하는 이성 만능의 지배를 받게 되었다. 이에 반항하여 슈트름 운트 드랑(질풍노도, Sturm und Drang)의 젊은 사상가들은 일체의 속박으로부터의 해방과 자유를 부르짖으며 전통과 권위, 인습과 도덕 등 모든 기존 질서에 도전하였다. 이 젊은이들의 운동은 이성만능의 속박으로부터의 해방이라는 면에서는 계몽주의에 대한 반발이라고 할 수 있지만, 한편 봉건전제군주의 절대권으로부터의 자아 해방이라는 면에서는 계몽주의를 이어받고 있다.

슈트름 운트 드랑은 바이마르 고전주의가 꽃피기 이전의 독일문학사 시대를 지칭하는 개념으로서, 일반적으로 헤르더(Johann Gottfried Herder)의 『신독일문학에 관한 단편』(*Fragmente über die neuere deutsche Literatur*)이 출간된 1767년부터 괴테와 쉴러가 고전주의로 넘어가는 1785년까지를 일컫는다. 그리고 일반적으로 괴테의 드라마 『괴츠』(*Götz von Berlichingen*)와 쉴러의 『간계와 사랑』이 발표된 1773~1784년 사이를 이 시기의 정점으로 규정하고 있다.

계몽주의가 자연의 신성神性을 과학적으로 박탈하며 인류 문화의 발전을 믿었던 반면, 슈트름 운트 드랑의 새로운 생활 감정은 자연을 신성시하고 전통과 문화를 무시하였다. 즉 인위적이고 역사적인 문화를 비관적으로 여기는 대신에 역사를 초월한 영원의 자연을 낙관적으로 생각하는 자연낙관주의와 자연이상주의가 대두하였다. 슈트름 운트 드랑의 문학가들은 문화나 의고주의적 문학과 연극술, 정중하고 예의 바른 상류사회 등에 혐오감을 지니고 온갖 모방으로부터 해방되어 자아 속에서 진정한 독일 문학을 찾고자 하였다.

슈트름 운트 드랑의 대표적인 작가와 작품은 쉴러의 희곡 『떼도둑』(*Die Räuber*, 1781), 괴테의 서간체 소설 『젊은 베르테르의 슬픔』(*Die Leiden des jungen Werthers*, 1774) 등이 있다.

■ 레싱(Gotthold Ephraim Lessing, 1729~1781)
－ 『에밀리아 갈로티』(*Emilia Galotti*, 1772)

레싱은 작센 지방의 소도시 카멘츠에서 가난한 목사의 열두 자녀 중 셋째로 태어났다. 그는 아버지의 뜻에 따라 라이프치히 대학의 신학부에 입학하였으나, 전공 외에 철학·어문학·고고학·의학 등을 공부했다. 그러다가 노이버(Neuber) 부인에게서 연극을 배운 후 연극에 대한 관심을 갖기 시작했다. 1748년 베를린에서 저널리스트로 시작하여 1755년에는 독일에서 처음으로 정통 비극에 시민 생활을 도입한 가정 비극 『사라 삼프손 아가씨』(*Miss Sara Sampson*)를 발표하여 주목을 끌었다. 이후 1759년 멘델스존(Mendelssohn), 니콜라이(Nicolai)와 함께 최신 문학에 대한 평론을 담은 잡지 《문학편지》(*Briefe, die neueste Literatur betreffend*)를 창간했다. 1760~1765년에는 프로이센의 장군이며 브레슬라우 점령군 사령관인 타우엔치엔(Tauentzien)의 비서 생활을 했다. 이 시기에 그의 걸작 『민나 폰 바른헬름』(*Minna von Barnhelm oder das Soldatenglück*, 1766~1767)을 창작했다. 이후 함부르크 국민극장 고문을 역임하고, 볼펜뷔텔 도서관장에 선임되었다.

그의 대표작으로는 『에밀리아 갈로티』 외에 『현명한 사람 나탄』(*Nathander Weise*, 1779), 예술이론서 『라오코온』(*Laokoon*, 1766) 등이 있다. 『에밀리

아 갈로티』는 한 가정의 파괴라는 주제의 시민 비극이다. 이 작품의 소
재는 기원전 5세기 로마에서 일어난 '비르기니아 사건'과 밀접한 관련을
맺고 있다. 당시 로마의 권력자 아피우스 클라우디우스(Appius Claudius)
가 평민 계급의 처녀 비르기니아(Virginia)에게 반해 그녀를 수중에 넣기
위해 권력을 부당하게 휘두르자, 그녀의 아버지가 딸의 순결과 자유를
지키기 위해 딸을 칼로 찔러 죽인다. 이를 본 민중은 격분하여 봉기를
일으킨다. 그리하여 아피우스 클라우디우스를 위시한 독재자들이 몰락
하고 민주제도와 법질서가 다시 회복된다.

레싱은 5세기 로마에서 일어난 이 사건의 무대를 18세기 중엽의 독일
이 아니라, 문예부흥기의 이탈리아로 무대를 설정하고 있다. 내용은 다
음과 같다.

이탈리아의 한 작은 나라의 젊은 영주 곤차가는 우연한 기회에 군인 대령의 딸
에밀리아를 보고 한눈에 반한다. 그리하여 영주는 이전의 애인인 오르시나 백작
부인에게는 정이 떨어져 버린다. 군주는 에밀리아가 이미 아피아니와 약혼한 사
이인 것을 알면서도 그녀를 손에 넣으려고 한다. 그리하여 군주는 자기의 시종인
마리넬리에게 어떻게 하면 에밀리아를 자기 손아귀에 넣을 수 있는가 강구책을
부탁한다. 마리넬리는 곤차가의 하수인으로서 음모를 꾸미고 수행하는 간교하고
사악한 인물이다. 영주는 자기 스스로 교회로 가서 미사를 드리고 있는 에밀리아
에게 사랑을 고백한다.

마리넬리는 영주의 명이라면서 그녀의 약혼자 아피아니 백작을 국외로 추방하
려다가 실패한 후, 결혼 행렬을 습격하여 강제로 에밀리아를 영주에게 데리고 간
다. 습격을 받은 아피아니 백작은 중상을 입고 결국 죽는다. 영주는 자신의 음모
가 드러나는 것을 꺼리며 마리넬리의 교회에서의 행동을 꾸짖는다. 마침 한때는
군주의 사랑을 받다가 버림을 받은 오르시나 백작부인이 마리넬리로부터 사건의
진상을 알게 된다.

한편 에밀리아의 아버지 오도아르도가 딸을 찾으러 왔는데, 질투에 불탄 오르
시나 백작부인이 에밀리아의 아버지에게 진상을 알려주고 단도를 주며 복수하라

고 이른다. 에밀리아의 아버지가 자기 딸을 데려가려고 하지만 영주가 허락하지 않는다. 그러자 아버지는 딸과 단둘이 있게 해달라고 청하여 허락을 받는다. 딸과 단둘이 있게 된 아버지는 딸에게 영주의 음모를 이야기해준다. 이야기를 다 들은 딸은 피할 방법이 없다고 생각하고 아버지에게 자기를 죽여달라고 청한다. 잠시 망설이던 아버지는 단도로 딸을 찔러 죽인다. 영주는 마리넬리를 추방한다.

■ 괴테(Johann Wolfgang von Goethe, 1749~1832) - 『젊은 베르테르의 슬픔』(*Die Leiden des jungen Werthers*, 1774)

괴테는 마인 강변 프랑크푸르트의 궁정에 거주하고 있는 평의원의 아버지와 시장의 딸인 어머니 사이에서 태어났다. 그는 어릴 때부터 공부를 잘했고 어학에 뛰어났다. 1765년 그의 나이 16세 때 라이프치히 대학에서 법률을 공부했는데 미술·회화·문학에 큰 흥미를 지니고 있었다. 1770년 프랑스령領이었던 알자스의 시트라스부르크 대학에서 수학했다. 이곳에 왔던 헤르더(Johann Gottfried Herder, 1744~1803)와 친교를 맺으면서 자연과 민중의 개성을 존중하는 새로운 문예관에 이끌려 슈트름 운트 드랑을 접하게 되었다.

그는 이른바 '베르테르의 체험'이라는 사건, 즉 자기 친구의 약혼녀를 사랑하다 실연한 체험과 라이프치히 대학에서 함께 공부하던 친구인 예루살렘이 유부녀에게 실연당해 자살한 사건을 소재로 하여 『젊은 베르테르의 슬픔』을 썼다. 그리하여 '베르테르의 시인'으로 일약 유명해진 괴테는 1775년 후반기에 바이마르로 이주했다. 그는 거기서도 7년 연상인 유부녀 샤를 롯테 폰 시타인 부인과 깊은 연애 관계에 빠지게 되었고, 바이마르 전기 10년 동안 지속적인 '베르테르 체험'을 맛보게 되었다. 그 이후에도 괴테는 여러 차례 그러한 체험을 하게 되었고, 그 정신적 갈등을 시적으로 조형함으로써 극복해갔다. 특히 1809년 발표한 장편소설 『친화력』(*Die Wahlverwandtschaften*)은 그 체험과 반성이 가장 짙게 반영되어 있다. 그의 마지막 체험은 1822년 73세의 노시인이 17세의 소녀 울리케 폰 레봇초에게 느낀 열렬한 애정이었다.

서간체 소설 『젊은 베르테르의 슬픔』은 주인공 베르테르가 다른 사람과 약혼한 롯테를 사랑하지만 불가능한 사랑 때문에 결국 권총으로 자살하는 비극이다. 본문의 부분을 감상해보면 다음과 같다.

불쌍한 베르테르의 이야기에 대해서 내가 찾아낼 수 있는 것을 나는 열심히 모아 여기 여러분 앞에 내어 놓는다. 여러분은 나의 노력을 감사해야 할 것으로 안다. 여러분은 베르테르의 정신과 성품에 대해서 찬탄과 사랑을, 그리고 그의 운명에 대해서는 눈물을 아끼지 않을 것이다.

제1부 1771년 5월 4일

떠나온 것이 나는 얼마나 기쁜지 모르겠다. 나의 벗이여, 인간의 마음이란 변덕스러운 것이다! 그렇게도 좋아하고 작별하기 힘들었던 자네와 헤어져서 지금은 기쁨을 느끼다니! 하지만 자네는 이런 나의 심정을 용서해줄 것으로 생각한다. 떠나와서 내가 타인들과 만나게 된 것은, 마치 나의 마음을 괴롭히려는 운명의 장난이 되었다. 하긴 레오노레한테는 안되었지만! 그러나 나에게 책임은 없단 말이다.

청년 베르테르는 친구 빌헬름에게 이런 말로 그 편지를 시작하고 있다.

나는 고향을 떠나 넓은 정원이 있는 저택으로 갔다. 때는 5월이어서 자연의 맑고, 신선한 숨결 속에서 나의 마음은 뻗어나가는 듯하였고 기쁨이 넘치고 있었다. 나는 시골에서 열리는 무도회에 참석하게 되었다. 무도회장으로 가는 도중에 여섯 명의 동생들을 돌보고 있는 롯테와 알게 되었다. 나는 첫눈에 롯테에게 반하고 말았다.

독일춤을 좋아하는 롯테는 나와 함께 춤을 추었다. 도중 어떤 부인이 미소를 지으며 롯테에게 알베르트라는 이름을 말하였다. 나는 그가 누구인지 롯테에게 물었다. 그녀가 자기의 약혼자라고 대답하자 이후 춤은 뒤죽박죽되고 말았다. 무도회가 끝나자 나는 롯테를 그녀의 집에 바래다주며 다시 만나기를 청했다. 이제 나에게는 그녀 이외의 어떤 것도 존재하지 않았다.

나는 롯테의 아름다운 매력에 끌려 매일처럼 만나러 갔다. 그녀의 동생들을 데리고 샘물 곁에 가기도 하고, 그녀가 노래하는 것을 듣기도 하였으며, 초상화를 세 번이나 고쳐 그리기도 하면서 지냈다. 이윽고 여행에서 돌아온 롯테의 약혼자 알베르트와도 곧 친해질 수 있었다. 알베르트는 건전한 이성가이며, 나는 미친 듯한 정열가라는 사실을 알 수 있었다. 알베르트를 찾아갔을 때 나는 그의 방에서 권총을 발견하였다. 나는 그것을 빌려달라면서 나도 모르게 오른쪽 이마에다 총구를 갖다 대보았다.

어느 날 저녁, 셋이서 넓은 정원을 산책하다가 동산에 떠오른 달을 바라보며 오두막에 들어가 잠시 쉬게 되었다. 약혼자가 없는 사이에 롯테는 나에게 "죽은 뒤에도 다시금 당신을 만날 수 있을까요?" 하고 물었다. 나는 이 세상에서도 다음 세상에서도 우리는 만나게 될 것이라고 대답하였다.

두 사람이 돌아가는 모습을 지켜보는 나의 마음은 한없이 괴롭기만 했다. 나는 "우리는 다시 만나게 될 것입니다." 하고 소리쳤다. 계속해서 나는 "우리는 서로 알 수 있을 것입니다. 어떤 모습을 하고 있더라도 알아볼 수 있을 것입니다. 나는 갑니다." 말하였다. "나는 기꺼이 가겠습니다. 하지만 그것이 영원이라면 나는 참을 수 없을 것입니다. 안녕히 계십시오, 롯테. 잘 가게, 알베르트! 우리는 다시 만나겠지." "내일 말씀이지요." 하고 롯테는 농담조로 대꾸했다. 나는 이 내일이란 말이 괴로웠다. 아아, 그녀는 내 손에서 자기 손을 거두었을 때 눈치 채지 못했던 것이다. 두 사람은 가로수 길을 지나서 걸어갔다. 나는 선 채로 달빛 속에서 그들의 뒤를 바라보았다. 그리고 땅바닥에 엎드려서 마음껏 울었다. 그리고는 벌떡 일어나서 테라스 위로 뛰어갔다. 아직 저 아래쪽에 치솟은 보리수나무 그늘에 롯테의 흰 옷이 정원 출입구 쪽을 향해서 어렴풋이 움직이는 것이 보였다. 나는 두 팔을 내밀었다. 하지만 그 모습마저 사라져 버렸다.

제2부 1771년 10월 20일

어제 우리는 이곳에 도착했다. 공사(公使)는 가벼운 병환으로 이삼 일 집안에 들어앉아 있을 것이다. 그분이 그렇게 나에게 불친절하지만 않았더라도 모든 일이 잘 되었을텐데, 아마도 운명은 내게 가혹한 시련을 내릴 생각인 모양이다. 하지만 기운을 내야겠다. 가벼운 기분으로 살면 모든 것을 참을 수 있을 것이다.

차마 잊을 수 없는 롯테 곁을 떠나 나는 어느 지방에 가서 잠시 관리로 일하게 되었다. 그러나 공사와는 서로 마음이 맞지 않아 사사건건 충돌했다. 할 수 없이

나는 관리직을 사직하고 다시 고향으로 돌아가게 되었다.

나의 마음은 다시금 롯테에게 사로잡히게 되었다. 자나 깨나 그녀의 모습이 어른거렸다. "내가 눈을 감으면 롯테의 검은 눈동자가 거기에 있다. 바다와 같이 깊고, 늪과 같이 잔잔한 그녀의 눈동자는 내 앞과 내 안에 평화를 주고 내 머리를 충만하게 한다."

알베르트는 롯테에게 나와 만나지 말라고 하였다. 나는 죽음을 결심하고 당분간 오지 말라는 롯테의 말도 무시한 채, 알베르트가 없는 롯테의 집을 방문하였다. 나는 롯테 앞에 몸을 던지고 단 한 번 롯테의 입술에 미친 듯이 입맞추었다. 그리고 진눈깨비를 맞으며 집으로 돌아왔다.

"롯테여! 나는 죽음에 취하는 차고 무서운 술잔을 들 것을 주저하지 않겠습니다. 그 술잔은 당신이 나에게 준 것입니다. 당신으로 인해서 죽게 될 행복을 차지하다니 롯테여! 총알이 재어졌습니다. 열두 시를 치고 있습니다. 그러면! 롯테여! 안녕히 계십시오!"

한 이웃 사람이 총소리와 함께 화약의 섬광을 보았다. 그러나 모든 것이 조용하기에 별로 마음에 두지 않았다.

이튿날 아침 여섯 시, 베르테르의 하인이 불을 켜고 주인의 방으로 들어갔다. 주인은 피를 흘리며 바닥에 쓰러져 있고, 그 곁에 권총이 떨어져 있었다. 큰소리로 외치며 의사를 부르러 갔고, 알베르트에게도 달려갔다. 알베르트는 당황하고, 롯테는 비탄에 젖었다.

저녁 11시경 주무관은 죽은 사람이 스스로 선택한 장소에 매장하도록 하였다. 일꾼들이 유해를 운반하고 하인과 사내아이들이 뒤따랐다. 알베르트는 갈 수 없었다. 롯테의 생명이 걱정되었던 것이다. 성직자는 한 사람도 동행하지 않았다.

제6부 **19세기 문학**

Ⅰ. 서설

1. 근대 시민사회의 발전과 이데올로기

19세기 서양의 역사는 근대 사회의 확립과 발전의 역사라고 할 수 있다. 근대 사회는 프랑스혁명이 제기한 자유주의·민주주의 그리고 민족주의가 발전, 확립되어 나간 사회이며, 산업혁명으로 인하여 산업화의 진행에 따라 자본주의가 이룩되어 나간 사회이다. 그러므로 서양의 근대 사회는 시민계급이 사회 형성과 발전의 주도권을 잡은 사회, 곧 시민사회라고 할 수 있다. 이렇게 서양의 시민사회는 근대에 이르러 그 성립을 보았던 것이다. 물론 시민사회로 여겨질 수 있었던 지역은 엘베(Elbe) 강[1] 이동의 서부 유럽 국가들에 한정되어 있었다.

---

1 엘베(Elbe) 강 : 유럽 중부의 강. 체코슬로바키아의 서부에서 시작하여 독일을 관류, 북해로 들어가는 전장(全長) 1,155㎞의 긴 강.

근대 시민사회는 사회 구성원 개개인의 자유와 독립성을 가장 중요한 요체로 보았다. 그리하여 그것은 정치적으로는 의회 민주주의를, 경제적으로는 자본주의를, 사회적으로는 법적 평등과 기회 균등이 보장된 사회를, 문화적으로는 개개인의 자유와 독립을 지향하는 사상을 추구하였다.

나폴레옹 몰락 후 성립한 빈 체제[2]는 유럽의 현상 유지와 세력 균형을 도모하여 당시 급속하게 일어나고 있던 자유주의와 국민주의 운동을 억압한 보수적이고 반동적인 정치 체제였다. 빈 체제는 1820년대 들어 그리스의 독립과 라틴 아메리카 여러 나라들의 독립으로 위기에 직면하였고, 마침내 7월혁명과 2월혁명으로 붕괴되었다.

19세기 프랑스에서의 보수주의 세력은 프랑스혁명의 성과를 부정하려고 하였고, 반면에 자유주의 세력은 혁명의 성과를 계승하고 발전시키려고 하였다. 이러한 양대 세력의 대립 갈등 속에서 전체적으로는 이 시기에 혁명의 유산을 이어받은 자유주의 운동이 계속 발전하여 오늘날의 자유주의적 민주 공화정의 기초가 확립되었다.

7월혁명과 2월혁명은 자유주의 혁명으로서 프랑스에 커다란 변화를 가져왔을 뿐만 아니라 유럽 여러 나라에 대해서도 큰 영향을 미쳤다.

---

2 빈(Wien) 체제 : 1814년 나폴레옹이 엘바 섬으로 유배된 뒤 오스트리아 · 영국 · 러시아 · 프로이센 등 유럽의 열강들은 오스트리아 수도 빈(Wien)에서 프랑스혁명과 나폴레옹 전쟁으로 혼란된 유럽의 질서를 회복하고 전후 문제를 수습하기 위한 회의를 열었다. 이 회의는 각국의 황제와 국왕을 비롯하여 이름난 외교관들이 참석한 호화로운 회의였다. 그리고 이 회의에서 맺어진 빈 의정서의 결과 출현하게 된 19세기 전반의 유럽의 국제 정치 질서를 빈 체제라고 한다. 빈 체제는 당시 현상 변경에 해당하는 자유주의와 국민주의를 반대, 억제하고 복고주의와 정통주의에 따른 현상 유지, 세력 균형의 유지를 추구하는 질서이다. 따라서 당시 오스트리아 외무장관 메테르니히(Klemens von Metternich)의 주도하에 회의가 열렸기 때문에 그 이름을 따서 '메테르니히 체제'라고도 한다.

이들 혁명으로 유럽에서 자유주의는 거스를 수 없는 시대적 대세가 되었다. 그리하여 보수적인 체제를 유지하는 나라들도 나름대로 자유주의와 개혁을 포용하지 않을 수 없었다.

영국은 과격한 혁명을 통해서가 아니라 의회주의의 점진적인 개혁을 통하여 자유주의와 민주주의를 제도화하고 발전시켰다. 그리하여 영국은 19세기 후반 이후 20세기에 들어오면서 정치적으로는 의회 민주주의를 완성해나가고, 경제적으로는 산업화를 달성하여 번영기를 맞이하였다.

이탈리아와 독일은 19세기 전반까지 정치적 분열 상태를 지속해왔다. 그래서 그들 두 나라는 자유주의의 달성이라는 과제와 함께 민족의 통일이라는 국민주의의 과제를 하나 더 수행해야만 했다. 그리하여 이들 국가에서는 자유주의가 국민 통일 운동과 결합하여 민족자유주의가 되었다. 이들 국가들은 19세기 후반에 통일을 달성하였으나 세속적인 힘을 가진 현실주의 세력이 통일을 주도하여 자유주의의 발달은 미진하였고, 따라서 서유럽 국가들에 비하여 민주주의의 발달이 늦었다.

봉건적 유산이 없는 신대륙에 자리 잡은 미국은 19세기 구체제라는 장애물이 없이 정치적으로 민주주의를 확립하였고, 경제적으로도 순조로이 산업 자본주의를 확립하여 미래의 강대국으로 대두할 기반을 확립하였다. 반면에 유럽에서 가장 후진적이었던 러시아에서는 시대착오적인 전제주의 체제가 거의 그대로 유지되어 많은 내부적 모순이 혁명의 토양을 제공하고 있었다. 결국 20세기에 들어와서 이러한 모순은 세계 최초의 공산주의 혁명으로 연결되었다.

19세기에 들어 근대 사회가 성립되면서 서양 세계에서는 새로운 시대에 맞는 새로운 사상이 출현하였다. 특히 산업혁명을 통하여 서양 세계가 산업사회로 변화하면서 산업사회를 정당화하거나 산업사회의 모순을 지적하고 해결책을 제시하는 다양한 이데올로기가 나타나게 되었다. 자유방임주의를 비롯한 여러 사상들, 공상적 사회주의와 과학적 사회주의 등이 그것이다.

산업혁명에 의하여 산업 자본주의가 새로운 시대적 흐름이 되면서 자유주의자들은 산업주의의 기본 원리 및 자본주의 사회에서의 문제점, 특히 지배 계급인 자본가들과 소외 계층인 노동자들 간의 대립에 대한 해결 방안을 제시하였다. 19세기 초의 자유주의자들은 경제활동과 사회 문제들에 대한 국가의 개입은 자연법에 어긋나기 때문에 모든 일은 자연법의 작용에 맡겨져야 한다는 자유방임주의 이론을 견지하였다. 이러한 고전적 자유주의 내지는 고전 경제학의 주장은 가난한 자, 즉 약자들에게 불리한 것으로서 기존 질서와 유산 계급의 이익을 정당화하는 보수적인 주장으로 비판 받았다.

이러한 자유방임주의의 대표적인 이론가와 이론서로는 맬서스(Thomas Malthus, 1766~1834)의 『인구론』, 리카도(David Ricardo)의 『경제학 원리』 등이 있다. 그리고 고전적 자유주의자들의 보수적인 입장은 19세기 후반 사회진화론(Social Darwinism)에 의하여 뒷받침되었다. 사회진화론은 스펜서(Herbert Spencer, 1820~1903)에 의해 제창되었는데, 그는 생존경쟁, 적자생존, 자연도태와 같은 진화론의 원리를 인간의 사회·경제생활에 적용하여, 부와 권력의 획득을 정당화하고 인간 평등의 사상을 거부하였다. 스펜서는 사회의 진화는 "가장 완전한 행복과 최고의 완전함"을 누리는 사회를 향하여 이루어지고 있으며, 생존경쟁은 이를 실현할 자연적인 수단이라고 말하고, 약자는 길가에 버려지고 강하고 유능한 자는 앞으로 전진할 것이라고 주장하였다. 그는 빈민의 구호, 주택의 규제, 공공 교육에 반대하고 가난과 슬럼(Slum)을 당연시했으며 상황을 바꾸려는 정부의 시도는 그러한 자연 법칙을 방해하고 진보를 가로막는 것이라고 강조하였다.

이와 같은 자유방임적 자유주의는 보다 개혁적이고 민주적인 자유주의자들에 의해 수정되기 시작하였다. 벤담(Jeremy Bentham, 1748~1832)은 인간의 모든 제도와 원리를 자연 법칙 대신에 공리라는 관점에서 생각하여, 19세기 영국의 점진적인 개혁의 사상적 기반을 제공하였다. 따라서 그는 국가가 최대 다수의 최대 행복을 위하여 개인의 생활에 간섭할 수 있다고 주장하였다. 자유방임적 자유주의의 수정은 『자유론』을 저술한 밀(John Stuart Mill, 1806~1873)에 의해 더욱 뚜렷이 나타났다. 밀은 생산과 분배를 구별하여 생산의 법칙은 자연 법칙으로서 영구불변하지만 분배의 법칙은 인간이 만든 것이기 때문에 역사적 · 가변적인 것이라고 주장하여 자유방임주의에 수정을 가했다. 그는 사회적 약자인 노동자의 지위를 향상시키기 위해 노동조합의 조직을 허용하고 임금을 올려주고 기업 이윤의 일부를 나누어주어야 한다고 말하였다. 또한 그는 그러한 변혁을 위해서 필요하다면 국가가 개입해야 한다고 주장하였다.

19세기 말에 이르러 산업화가 더욱 진전되고 계급적 대립이 더욱 심각해지면서 자유주의 이데올로기는 보다 더 근본적인 변혁을 옹호하는 신자유주의의 이론으로 수정되었다. 이 이론은 사회주의의 공동체 의식을 도입하고, 그것을 실현하는 방법으로 보다 광범위한 부의 재분배를 주장하였다. 한편 근대화와 산업화에 따른 문제점들에 대해 이와 같은 자유주의적인 접근 방식과는 다른 방향에서 사회 문제들을 해결해보려는 움직임이 나타났다. 사회주의가 바로 그것이다. 사회주의는 노동 문제를 포함한 자본주의의 모순을 극복하려는 사상체계로서 등장하였다.

사회주의자들은 19세기 초에 프랑스를 중심으로 나타나기 시작했는데, 공상적 사회주의자로 불리는 초기의 사회주의자들은 생산 수단을 개인의 소유로부터 집단, 즉 사회의 소유로 바꾸어야 한다고 주장하였다. 이들은 사유 재산 제도를 폐지하고 재산의 공유화를 이룩하는 데 있어서 평화적인 방법이 가능하다고 생각했다. 공산적 사회주의의 대표적 인물은 생시몽(Comte de Saint-Simon, 1760~1825)과 푸리에(Charles Fourier, 1772~1837)이다. 그들은 자본주의의 무정부적 자유 경제를 비판하고 합리적인 노동의 조직을 주장하여 '팔랑지'(phalanxes)라고 부르는 이상적인 공동체 사회의 표본을 제시하였다. 그러나 이러한 공상적 사회주의는 자본주의 발전의 기본적 법칙을 이해하지 못했고 또한 그 사상이 관념적인 인도주의로 치우쳐 결국 실패하고 말았다.

이에 대해 마르크스(Karl Marx, 1818~1883)와 엥겔스(Friedrich Engels, 1820~1895)는 유물론과 변증법을 결합하여 유물변증법, 곧 유물사관을 제시하였다. 생산 수단을 사회의 공동 소유로 만들기 위하여 혁명적이고 폭력적인 방법을 사용해야 한다고 주장한 이들은, 스스로의 사상 체계를 공상적 사회주의의 비현실적 이론과 구별되는 '과학적 사회주의'라고 자부하였다.

마르크스의 유물사관에 의하면 사회 발전의 원동력, 즉 역사의 동인은 물질적인 생산력이다. 이 물질적 하부구조가 바뀜에 따라 정치적·사회적·정신적 상부구조도 바뀌게 된다. 새로운 생산력에 의하여 생산 관계가 변화하고 그에 맞는 새로운 상부구조가 생성되는 것은 구체적으로는 계급투쟁의 과정이다. 생산 수단의 사유로 인하여 발생하는 계급투쟁은 지배 계급과 피지배 계급 간의 싸움이며, 이 계급투쟁은 지배 계급의 피지배 계급에 대한 수탈이 가장 심한 자본주의 사회에서 가장 치열하다. 역사 발전의 필연성으로 인하여 자본주의 사회는 자체 내의 모순으로 말미암아 궁극적으로 몰락하고, 사회주의가 도래하게 된다.

사회주의자들은 민주주의 발전에 따라 수정주의자들과 정통주의자들로 분열·대립하게 되었다. 수정주의자들은 의회 정치를 통하여 평화적인 방법으로 사회주의 목표를 점진적으로 달성할 수 있다고 생각하였던 반면에, 정통주의자들은 폭력과 혁명으로 일시에 사회주의를 건설하려는 혁명적 사회주의를 고집하였다. 결국 사회주의자들은 제1차 세계대전과 러시아혁명이 끝난 다음 사회민주주의 정당과 공산당으로 완전히 분리되었다. 마르크스의 주장과는 달리 자본주의가 발달한 곳에서는 사회민주주의가 우세해지고 러시아와 같은 후진적인 지역에서 공산주의가 실현되었다.

2. 19세기 문학의 흐름과 양상

나폴레옹 이후 프랑스에서는 다시 부르봉 왕조가 서고, 오스트리아에서는 악명 높은 메테르니히(Mettermich, 1773~1859)가 수상이 되어 유럽 외교를 지배하고, 자국 내에서는 자유주의 사상을 엄격히 탄압하여 문화에서 소위 '비더마이어' 시대가 시작되었다. 거의 모든 역사서에서 메테르니히 이름 앞에는 '반동정치가'라는 표현이 붙는다. 유럽의 자유정신은 문자 그대로 요원의 불길처럼 타오르고 정치적으로는 억압이 계속되자 1848년에 혁명이 일어나게 되었다. 프랑스에서는 제2공화국이 성립되었으나 다시 왕정으로 돌아갔다. 문학은 낭만주의에서 사실주의 경향으로 흐르고 많은 지식인은 자유투사가 되었다.

19세기는 일반적으로 전반기와 후반기를 확실하게 구별하고 있다. 1848년 전 유럽에 혁명의 바람이 불면서 프랑스뿐만 아니라 오스트리아에서도 혁명이 일어 메테르니히가 물러가고 이른바 비엔나 체제가 붕괴되었다. 정치적 사건뿐만 아니라 영국의 산업혁명으로 노동자가 대량으로 생기고, 후진 독일도 공업화하여 노동자의 수가 갑자기 불어났다. 같은 해에 마르크스와 엥겔스는 '공산당 선언'을 하여 프롤레타리아에게 계급의식을 불어넣었다.

예술가들의 의식도 바뀌었다. 첫째는 자유사상에 의해 이제까지 현실 밖에서만 노래하던 것이 현실 안으로 돌아오게 되었고, 둘째로는 예전의 군주들에게 받던 후원금 대신 산업에 의해 부유해진 시민계급과 독서를 즐기려는 서민층을 독자로 하여 독립적인 생활을 할 수 있게 되었다. 이에 문학은 자연스럽게 사실주의 방향으로 흘렀다. 사실주의 문학의 보다 과학적인 접근이 자연주의로 연결되었으며, 그 반동이 상징주의까지 이르게 되었다. 곧, 일반적으로 19세기 전반기 문학은 낭만주의 문학, 후반기에는 산업화된 사회문제를 보여주는 사실주의 문학이 문단을 지배하였다. 19세기 후반 프랑스와 독일에서는 사실주의 다음 상징주의 문학이 지속되었지만, 영국에서는 낭만주의 문학에 이어, 빅토리아 시대에 다양한 문학 양상이 나타났다.

데카르트에서부터 시작하여 프랑스 고전주의와 계몽주의를 이어 오던 합리적이며 이성주의적인 사상은 나폴레옹의 등장과 함께 낭만주의 사상으로 바뀌었다. 그러나 낭만주의 사상은 이미 루소에 의한 '정서적 호소' 때문에 여러 층의 사람들에게서 많은 추종자가 생겨났다. 많은 정변과 전쟁, 피비린내 나는 대학살에서 온 문명과 문화의 허망은 루소가 호소한 '자연으로 돌아가라'는 슬로건이 예술가에게도, 철학자에게도 공감하는 이념이 되었다. 낭만주의 운동은 독일을 중심으로 이루어졌으며 단순한 문학 운동만이 아니라 철학·음악·예술 전반에 걸쳐 일어난 독일적 사상이라고 할 수 있다. 독일의 낭만주의는 질풍노도의 연속이며 고전주의의 반작용이라고 할 수 있다.

19세기에 예술의 한 개념으로 쓰이기 시작한 리얼리즘의 용어는, 1855년 프랑스의 화가 쿠르베(Courbet)가 자신의 그림 전시장에 'Du Réalisme'이라고 쓰인 표지를 매달아놓은 때부터 시작되었다. 또한 그는 1856년 《리얼리즘》이란 잡지를 발간하였다. 그리고 같은 해 쿠르베의 지지자 샹플뢰리(Jules Champfleury, 1821~1889)가 '리얼리즘'이라는 제목하에 비평문을 쓰기 시작하였다. 이때의 뜻은 현실적 삶의 정확한 관찰과 분석적인 이해로, 예술과 사회적 삶의 진정한 상을 보이게 하는 것이었다. 곧 모든 관습과 이념과 현상을 자신이 보는 그대로 묘사하는 것, 말하자면 살아 있는 예술을 만드는 것이었다. 이것은 고전주의나 낭만주의에서 문학의 소재가 되었던 이상의 세계가 아니라, 현실을 중요시 하는 세계인 것이다.

이와 더불어 영국의 생물학자 다윈(Charles Robert Darwin, 1809~1882)의 『종의 기원』(1859), 프랑스의 철학자 오귀스트 콩트(Auguste Cornte, 1798~1857)의 실증주의, 나아가 프랑스의 철학자 이폴리트 텐느(Hippolyte Adolphe Taine, 1828~1893)의 '인종·환경·시대'의 3요소설을 중심으로 한 실증주의는 문학에 있어서의 사실주의를 더욱 굳혀주었다. 한편 마르크스는 변증법적 유물론을 주장하여 후에 이것은 사회주의적 리얼리즘 방법론의 토대가 되었다.

자연주의는 사실주의와 명확하게 구별할 수는 없다. 어떤 사람들은 자연주의는 사실주의보다 더 과학적이라고 주장한다. 졸라(Emile Zola, 1840~1902)는 『실험소설론』에서 "우리는 성격에 대하여, 정열에 대하여, 인간사에 대하여, 또 사회의 여러 사상에 대하여 절개 수술을 가해야 한다. 화학자나 물리학자가 무기물에 대해서 하듯, 생리학자가 유기체에 대해서 하듯, 결정론이 모든 것을 지배한다. 과학적 연구, 실험적 추리야말로 이상주의의 가상을 낱낱이 싸워 빼앗고, 순 공상의 이야기를 관찰과 실험의 이야기로 환치하는 것이다"라고 말했다. 이러한 이론은, 인간은 거대한 신앙과 자유를 잃었고, 확고한 희망이 없는 동물적인 것에 불과하다는 생각이 들게 하였다. 그러므로 자연주의 문학이 대상으로 삼는 인간은 주로 알코올 중독자, 유전병에서 오는 가정 파괴자 등 병적인 인간이었다.

특히 자연주의는 사회주의의 영향을 받아 삶과 문학의 노골적인 거친 요소들을 강조하였다. 그리하여 빈민굴, 가난, 자본주의의 착취, 그리고 사회적 불평등에 관한 선동적 묘사가 미학적 고려보다 우선시된 사실주의의 극단적인 형식을 취했다. 그들은 또한 시민계급의 위선, 계급투쟁의 중요성, 그리고 유전과 환경의 비참한 중요성을 강조하였다. 이러한 사실주의와 자연주의의 문학은 특히 프랑스에서 두드러졌다.

유전과 환경이라는 과학적 결정론을 제시한 자연주의는 인간을 희망과 출구가 없는 비관주의로 몰아넣었다. 또한 작품의 객관적이고 과학적인 분석은 정서적 감동과 공감을 배제함으로써 지나치게 경직되고 무미건조하게 하여 독자들을 질식시켰다. 이에 19세기 마지막에 이르러 프랑스의 앙리 베르그송(Henri Bergson, 1859~1941)과 앙리 푸엥카레(Henri Poincaré, 1854~1912)에 의해 자연주의가 종말을 고하고, 상징주의가 시작되었다.

이와 같이 상징주의는 19세기 말엽 프랑스를 중심으로 유물론, 자연주의 및 고답파에 대한 반동으로 시작되었다. 이것은 상징을 사용하여 사물·정서·사상 등을 암시적으로 표현하려는 것으로써, 설명하기 어려운 상징을 사용하여 개인의 사상과 감정을 환기하거나 보편적이며 초월적인 이념세계를 암시하려고 하는 문학 운동이었다. 따라서 사실주의나 자연주의가 주로 소설을 중심으로 창작되었다면, 상징주의는 시를 중심으로 창작되었다.

Ⅱ. 낭만주의 문학

문학사상 '낭만적' 혹은 '낭만주의'라는 말은 다양한 의미로 사용되어 온 용어이다. 이 용어는 라틴어에 어원을 둔 고불어古佛語 로망(roman)에서 파생되었다. 우아하고 격조 있는 형식과 내용을 담은 라틴어로 된 작품과는 달리, 민중에게 구전되어 오던 영웅전설이나 공상적이고 신비한 모험담들은 대체로 로망어로 쓰여 있었다. 이러한 기사의 전설이나 모험담 안에는 황당무계하고 허무맹랑한 것들도 들어 있기 때문에, 15세기까지 '로맨틱'(romantic)이라는 단어는 '로망의', '로망어의'라는 뜻과 혼동해서 사용되었다. 프랑스의 낭만주의 작가인 빅토르 위고는 '낭만주란 문학에서의 자유'라고 규정했고, 독일 낭만주의 선구자 슐레겔은 '고전적'의 반대 개념으로 사용한 뒤부터 일반화되었다. 한국에서는 '로망'이라는 서양어의 발음을 옮겨 오는 과정에서 '낭만'이라는 발음으로 자리매김했다.

이러한 낭만주의 사상의 특징은 서정성이며 어떤 한계로부터의 자유이다. 낭만주의는 문학 장르상 서정시에서 그 특징을 가장 잘 나타낸다. 낭만주의는 비합리적, 공상적이며 다채롭고 환상적이다. 고전주의가 절제적, 관조적이라면 낭만주의는 감성적, 주관적이고 무아지경에 빠지면서도 우울하고 비탄과 정열, 기쁨과 절망을 거칠게 쏟아놓는다. 다시 말하여 낭만주의는 극도의 개인주의, 무한 추구, 다양성과 세계주의를 표방한다.

전형적인 낭만주의 현상 가운데 하나는 세계고世界苦인데, 이것은 불안정하고 별난 천재들이 세상의 험난한 현실에 적응할 수 없었던 것을 나타낸다. 그러한 부적응으로부터 끊임없는 갈등, 우울, 절망이 생겨난다. 또한 특이한 현상 중 하나는 '낭만적 아이러니'(romantische Ironie)[3]이다. '아이러니'라는 말은 원래 낱말이 문장에서 표면적인 뜻과 반대로 표현되는 용법을 말하는 것으로 반어反語라고 불리기도 하는데, 일종의 모순이나 이율배반을 포함하고 있다. 겉으로는 칭찬하면서도 오히려 비난이나 부정의 뜻을 신랄하게 나타내는 것이 아이러니의 예라고 할 수 있다. 소크라테스가 무지無知를 가장하고 토론 상대자에게 질문을 던져서 상대방 입장의 내적 모순을 폭로하고 그 무지를 자각하게

---

3 낭만적 아이러니(Romantische Ironie) : 낭만주의 작품에서는 격렬한 감정에도 불구하고 그들이 독자에게 심어놓은 아름다운 환상을 스스로 파괴시키는 경우를 종종 발견할 수 있다. 가령, 몇몇 희곡에서는 배우들이 갑자기 자신이 맡은 인물의 연기를 멈추고 걸어 나와 배우들끼리 혹은 관중, 연출가와 토론을 하고 난 후 다시 극을 계속한다거나, 작품 중간에 작가 자신이 나타나서 그 작품의 분위기를 깨뜨린다거나 하는 부분들이 등장한다. 이것은 작가들이 자신의 창조 행위를 통해 만들어낸 환상을 자아 비판적으로 파괴함으로써, 작품을 창조하는 행위가 완결, 고착되는 것을 피하기 위한 수단이다. 문학이란 고정되고 완성된 상태가 아니라 항상 목표를 향해 가는 과정이라는 것을 보여주면서 유한한 인간으로서 무한을 추구하는 모순을 해결하려는 하나의 방법이기도 하다.

하는 문답법을 사용한 일을 두고 '소크라테스적 아이러니'라고 한다. 19세기 독일 낭만파에서 예술 창작상의 지속적인 정신 태도를 뜻하는 말로 쓰여, 모든 것 위에 떠들면서 모든 것을 부정하고 초월하는 '정신적 자유'를 뜻하는 표현으로 소통되었다.

낭만주의 운동은 고전주의가 우세했던 프랑스에 비해 종교개혁이 개인주의를 조장하고 감성적 신비주의를 발생시킨 영국과 독일에서 먼저 싹트기 시작했다. 프랑스의 낭만주의는 독일이나 영국의 낭만주의 사조가 쇠퇴할 때쯤 시작되었지만 가장 활발한 전개를 보였고 유럽에 큰 영향을 끼쳤다. 그리고 낭만주의 운동은 단순한 문학 운동이 아니라 철학·음악·예술 전반에 걸쳐 전개된 사상으로 유럽 전역과 러시아, 대서양 건너 미국까지 번져갔지만 결국 19세기 전반까지밖에 지속되지 못했다. 절제를 잃고 극도의 비현실적인 환상의 세계에로 치달으면서 정신적인 것들을 지나치게 고갈시키자 이에 대한 반성이 대두되었기 때문이다. 그러나 낭만주의는 서정시에 음악성을 회복시킴과 동시에 현실의 관심을 자각시켜 상징주의와 사실주의로 가는 길을 열었다.

1. 독일의 낭만주의 문학

낭만주의는 특히 독일에서 성행하여 독일 기질에 가장 적합한 정신 운동으로 간주되고 있다. 유럽 각국의 정신사적 전성기를 대별하면, 우선 16세기는 영국의 정치적·문화적 전성기였다. 17세기는 스페인 문화의 절정기이며 또한 프랑스의 고전주의와 계몽주의 시대였다. 독일에서는 18세기 말엽 1790년대부터 고전주의와 낭만주의가 서로 겹치다가 쉴러의 사망 후부터 낭만주의가 주도적 정신운동으로 이어지면서 근 한 세기 동안 유럽 정신가 발전에 기여하였다.

독일의 낭만주의가 계몽주의와 고전주의 세계관, 문학관에 대립하여 독자적 문예사조를 형성하는 과정에서 가장 중요한 영향을 끼친 철학은 칸트(Immanuel Kant, 1724~1804)의 뒤를 이은 피히테(Johann Gottlieb Fichte, 1762~1814)의 주관적 관념철학, 셸링(Friedrich Wilhelm Joseph von Schelling, 1775~?)의 자연철학, 슐라이어마허(Friedrich Schleiermacher, 1768~1834)의 낭만적 종교철학이다.

독일의 낭만주의는 전기와 후기 두 시기로 나누어볼 수 있다. 우선 전기 낭만주의는 1797년 베를린에서 25세에 요절한 바켄로더(Wilhelm Heinrich Wackenroder, 1773~1798)의 논문집 『예술을 사랑하는 어느 수도승의 심정 토로』(*Herzensergießungen eines kunstliebenden Klosterbruders*, 1797)에서 시작되어, 예나(Jena)에서 슐레겔 형제로 이어진 시기이다. 곧 형 빌헬름 슐레겔(August Wilhelm von Schlegel, 1767~1845)과 아우 프리드리히 슐레겔(Friedrich von Schlegel, 1772~1829)이 독일 낭만파의 유명한 계간지 《아테네움》(*Athenäum*, 1798~1800)을 공동 발간하여 낭만주의적 비평과 철학 이념을 확산시키는 데 중요한 역할을 한 것이다.

독일 전기 낭만주의의 대표적인 작가와 작품은 루트비히 티크(Ludwig Tieck, 1773~1853)의 동화극 『장화를 신은 수고양이』(*Der gestiefelte Kater*, 1797), 단편적으로 엮은 교양소설 『프란츠 슈테른발트의 편력』(*Franz Sternbalds Wanderungen*, 1798) 등이 있다. 그리고 노발리스(Novalis, 1772~1801)의 찬가 『밤의 찬가』(*Hymnen an die Nacht*, 1800), 소설 『하인리히 폰 오프터딩겐』(*Heinrich von Ofterdingen*, 1802) 등이 있다.

독일 후기 낭만주의의 대표적 작가와 작품은 클레멘스 브렌타노

(Clemens Brentano, 1778~1842)가 아르님(Achim von Arnim, 1781~1813)과 공동으로 출간한 민요집 『소년의 마술피리』(*Des Knaben Wunderhorn*, 1805~1808), 소설 『용감한 카스페를과 아름다운 안네를 이야기』(*Geschichte von braven Kasped und dem schönen Annerl*, 1817) 등이 있으며, 그림 형제(Bruder Grimm)인 형 야곱(Jakob Grimm, 1785~1863)과 동생 빌헬름(Wilhelm Grimm, 1786~1859)의 '그림 동화'로 알려져 있는 동화집 『어린이와 가정을 위한 옛날이야기』(*Kinder-und Hausmärchen*, 1812~1822) 등이 있다. 또한 요셉 폰 아이헨도르프(Joseph Freiherr von Eichendorff, 1788~1857)의 소설 『어느 건달의 삶』(*Aus dem Leben eines Taugenichts*, 1826) 등이 있고, 호프만(Ernst Theodor Amadeus Hoffmann, 1776~1822)의 근세 동화 『황금단지』(*Der goldene Tof*, 1814), 공포소설 『악마의 묘약』(*Die Elixiere des Teufels*, 전2권, 1815~1816), 악마적 마성의 소설 『모래사나이』(*Der Sandmann*, 1817) 등이 있다.

독일 낭만주의는 고전주의와 병행해서 싹트기 시작했는데, 그 어느 쪽에도 속하지 않는 작가들이 있다. 그들은 횔더린(Johann Christian Friedrich Hölderlin, 1770~1843), 클라이스트(Bernd Heinrich Wilhelm von Kleist, 1777~1811), 장 파울(Jean Paul, 1763~1825) 등이다. 이들은 개성이 강했지만 서로 간에 아무런 유대 관계도 없었고, 어떠한 문학 유파를 형성하지도 않았다. 그런데 그들은 괴테와 쉴러가 추구한 고전적이고 완결적인 세계관에 공감하지 않았고, 그것을 반대했다는 한 가지 공통점이 있다. 이들은 고전주의적 이상이나 조화, 엄격한 형식을 반대했다는 점에서 낭만주의와 가깝고, 인간의 근본 문제를 진지하게 다루며 낭만적 표현을 사용하지 않았다는 점에서 낭만주의와 거리를 유지하였다.

■ 노발리스(Novalis, 1799~1801)
　　－『하인리히 폰 오프터딩겐』(*Heinrich von Ofterdingen*, 1802)

노발리스의 본명은 프리드리히 폰 하르덴베르크(Friedrich von Hardenberg)이며, 비델시테트의 귀족 집안에서 태어나 유복한 환경에서 성장했지만 병약하여 29세의 젊은 나이에 폐병으로 세상을 떠났다. 섬세한 기질을 지닌 그는 어머니에게서 경건한 신앙심을 물려받았다. 예나와 라이프치히 대학에서 철학을 공부하면서 낭만주의자들과 교류하였다.

노발리스는 23세 때 13세의 소녀 폰 퀸과 사랑에 빠져 약혼까지 했으며 2년 후 그녀가 사망하자 그녀를 통해 얻은 사랑과 죽음의 체험을 『밤의 찬가』(*Hymmen an die Nacht*, 1800)에 몽상적으로 풀어놓았다.

장편 『하인리히 폰 오프터딩겐』은 일명 『푸른 꽃』(*Die blaue Blume*)이라고도 불린다. 중세의 전설적인 연애시인인 주인공 하인리히는 어려서부터 본 푸른 꽃을 찾기 위해 떠돌아다니면서 온갖 체험을 쌓고 점차 마술적인 동화의 세계로 들어가게 된다. 이 작품은 전체가 격조 높은 동화의 세계를 이루고 있는데, 중요한 것은 그 줄거리보다도 '푸른 꽃'의 상징이다. 이 세계에는 진정한 시가 존재하며, 존재하는 모든 것의 근원이 되는 사랑이 있는 신비한 동화적 세계가 있는데, 그 세계가 바로 '푸른 꽃' 안에 들어 있는 것이다. 이 작품은 주인공이 꿈속에서 연인을 만난다는 무의식의 세계를 보여주는데 무의식, 꿈, 환상, 몽환성 등으로 인해 낭만주의의 상징이 되었다. 1799년부터 쓰기 시작하여 다음해 제1부인 「기대」가 완성되고, 제2부 「실현」은 미완성으로 그쳤다. 줄거리는 다음과 같다.

청년 하인리히 폰 오프터딩겐은 꿈속에서 이상한 푸른 꽃을 본다. 그는 이 꽃에 강한 동경심을 느낀다. 그 동경심은 무엇인가 마음 하나 가득히 채워주는 그런 것이다.

세상을 알기 위해 여행에 나선 그는 여러 가지 사건을 겪고 또 이야기를 통하여 경험을 넓히면서 아우구스부르크에 도착한다. 거기서 그는 마틸데라는 소녀와 알게 된다. 마틸데는 하인리히에게 모든 연애 감정을 만족시켜준다. 하인리히는 그녀를 통하여, 푸른 꽃을 꿈에서 보았을 때와 마찬가지의 느낌을 지닌다.

뒷날 하인리히는 수도원에서 생활하게 된다. 거기서 그는 죽은 사람들 사이에서 하루하루 살아간다. 그 무렵 그의 머리에서 마틸데에 대한 환상은 좀처럼 떠날 줄 모른다. 이렇듯 마틸데에 대한 그리움을 지니고 있는 하인리히 앞에 나타난 것이 새로운 여성 튜아네이다. 그녀는 점점 하인리히의 마음을 점령하게 된다. 마틸데로 해서 생긴 마음의 상처는 튜아네로 인해 점점 아물어간다.

시간이 흐름에 따라 하인리히는 두 여성에 대한 사랑의 정은 동일한 것이라는 느낌이 든다. 두 여성에 대한 구분을 좀처럼 할 수 없다. 그만큼 두 여성 모두 다 하인리히의 마음을 사로잡고 있다. 결국 하인리히는 그렇게 동경하던 푸른 꽃을 발견한다. 그것은 바로 마틸데였다.

■ 클레멘스 브렌타노(Clemens Brentano, 1778~1824)
– 『용감한 카스페를과 아름다운 안네를 이야기』(Geschihte vom braven Kasperl und schönen Annerl, 1817)

브렌타노는 에렌브라이트스타인의 이탈리아계 상인 집안에서 태어났다. 할레와 예나 대학에서 공부하면서 전기 낭만주의파들과 친교를 맺고, 하이델베르크를 중심으로 한 후기 낭만주의의 지도적인 인물이 되었다. 그리고 하이델베르크 낭만주의자들의 기관지 《은둔자의 꿈》(Zeitung für Einsiedler)을 간행하였다. 그는 낭만파 중에서도 가장 상상력이 풍부한 시인으로, 그의 문학 세계는 낭만주의 장르 혼합이라는 이론에 따라 광범위하게 펼쳤다. 또한 그는 서정시 · 담시 · 장편소설 · 동화 · 동요 · 소극 등 다양한 분야에 업적을 남겼다.

그의 가장 큰 업적은 친구 아르님(Achim von Arnim, 1781~1831)과 함께 600여 편에 달하는 독일 중세의 민요를 수집하여 공동 출간한 3권의 민요집 『소년의 마술피리』(*Das Knaben Wunderhom*, 1805~1808)이다. 독일 국민에게 자기 나라의 문화적 유산을 소개할 목적으로 발간한 이 민요집은 독일 민족정신의 근원적 문학을 수집한 귀중한 문화재이다.

그의 대표작으로 꼽히고 있는 소설 『용감한 카스페를과 아름다운 안네를 이야기』는, 브렌타노가 루이제 헨젤을 사랑해 그녀의 집에 드나들다가 그녀의 어머니에게서 들은 유아 살해에 관한 이야기와 한 하사관의 자살에 관한 이야기를 소설로 옮긴 것이다. 이 작품의 주인공은 자신에게 적대적인 사회 환경의 희생물이 되지만, 명예를 지키며 정의로운 삶을 살기 위해 죽음을 선택한다. 사실주의적 표현 기법으로 동화적인 줄거리를 펼쳐나가는 후기 낭만주의의 특징을 그대로 보여주는 작품이며, 독일 최초의 예술적인 농촌 이야기로 꼽히고 있다. 줄거리는 다음과 같다.

먼 곳에서 천둥 번개가 몰려오는 서늘한 밤, 한 작가가 매우 늙은 할머니를 만나, 그녀를 위로하기 위하여 말을 나눈다. 그러는 가운데 할머니의 손자 울아넨 카스퍼와 자신이 대모가 되어주었던 카스퍼의 애인 안네를에 대한 이야기를 듣게 된다.

며칠 전에 카스퍼가 군대에서 휴가를 얻어 나왔는데, 아버지와 의붓동생이 카스퍼의 말과 배낭을 빼돌려 버린다. 그 사실은 안 카스퍼는 정의감에서 아버지와 동생을 관가에 고발한다. 그리고 자신이 도둑의 자식이라는 사실을 견디지 못하다가, 어머니의 무덤에서 권총 자살을 하며 떳떳한 장례를 치러달라는 유서를 남긴다.

카스퍼의 애인 안네를은 카스퍼가 출정하고 있는 동안 큰 도시 수도에서 하녀로 일하고 있었는데, 카스퍼로부터 오랫동안 소식을 받지 못하고 있다. 그러는 중 어떤 귀족이 안네를을 유혹하고, 이에 말려들어 그 귀족의 아이를 갖게 되어 출산하게 된다. 안네를은 이런 자신의 치욕스러움을 참지 못하여 귀족의 아이를 낳은 후 곧 죽여버린다. 유아 살해죄로 법정에 선 그녀는 그 아이의 부도덕한 아버지가 누구인가를 끝내 밝히지 않는다. 할머니는 작가에게 그녀가 내일 아침 처형된다고 말하면서 이야기를 마친다.

이에 사건의 진상을 알게 된 작가는 할머니에게 자신이 영주에게 그녀의 사면을 탄원하겠다고 약속한다. 그러나 신앙심이 깊고 품위 있는 할머니는 교회 예식에 따라 장례만 치르면 된다고 작가를 만류한다.

밤중인데도 불구하고 작가는 영주에게 달려가고, 작가로부터 사실을 들은 영주는 그로싱어 백작에게 사면령을 주어 형장으로 급파한다. 그러나 때는 늦었다. 안네를의 시체를 본 그로싱어 백작은 자기가 그녀를 유혹한 장본인임을 밝히고 음독자살한다. 그로싱어 백작의 책임감에 감동한 영주는 사귀어오던 그로싱어 백작의 여동생과 결혼한다.

안네를과 카스퍼는 교회의 예식에 따라 장례를 치루게 되고, 할머니는 자기의 마지막 소원이 이루어지는 것을 보며 서술자인 작가의 팔에 안겨 죽는다.

■ 요셉 폰 아이헨도르프(Joseph Freiherr von Eichendorff)
– 『어느 건달의 삶』(Aus Leben eines Taugenichts, 1826)

아이헨도르프는 유복한 루보비츠의 남작 가문에서 태어났다. 그는 가톨릭을 신봉하면서 성장하여 10살 때 이미 로마 시대를 배경으로 하는 비극을 창작했다. 1805년 할레(Halle) 대학에 진학하여 법학을 공부하기 시작했는데, 슐라이어마허의 강의를 청강하여 신학을 배웠다. 1807년 그는 하이델베르크 대학으로 옮겨 민중 문학에 관심을 쏟으며 괴레스(Josef von Görres, 1776~1848)의 강의를 청강하고 아르님(Achim von Arnim, 1781~1831)과 브렌타노(Clemens Brentano, 1778~1842)와 같은 후기 낭만주의자들과 친분을 두텁게 쌓았다. 그는 또다시 1809년 베를린 대학으로 옮겨 공부했고, 1810년 빈 대학에서 국가시험에 우수한 성적으로 합격하여 법학 공부를 끝마쳤다. 그는 빈에서 프리드리히 슐레겔 부부와 친교를 맺었다.

아이헨도르프가 초기 시를 집대성한 시 모음집 『시집』(Gedichte, 1873)에 실린 시의 특징들은 일상적인 생활에서 벗어나려는 소망, 미지에 대한 동경 그리고 조화로운 자연으로 도피하려는 생각 등이 깃들어 있다. 그의 방랑을 주제로 하는 시들에서 자연은 시각적인 자연물로 머무르지 않고 물 흐르는 소리, 숲이 일렁이는 소리, 빛이 서광을 내며 터지는 소리 등의 청각적 존재로 변화되어 해체되고 있다. 이러한 그의 시들은 멘델스존과 슈만에 의해 작곡되어 불리면서 독일시의 보물이 되었다.

소설가로서 아이헨도르프는 시와 산문을 결합하는 낭만주의의 보편 문학에 충실하고 있다. 자본주의 산업사회가 가져오는 폐해를 인식한 그는 이러한 사회에 물들지 않은 순수한 자연과 저 먼 곳을 동경의 대상으로 삼아 작품에 형상화했다. 그의 단편소설 『대리석 상』(Das Marmorbild, 1819)은 1826년에 출간되었는데, 낭만주의 기본 테마인 잃어버린 낙원과 되찾으려는 낙원을 변형시켜 자유로운 관능적 삶의 향유에 대한 동경을 부각시키고 있다.

소설 『어느 건달의 삶』에서는 분위기가 중요한 의미를 지니는데, 현실 세계를 목가적으로 서술하고 있다. 그의 가장 아름다운 시들을 삽입하여 소박한 어조로 묘사해나가는 이 소설은 동화와 거의 유사한 줄거리를 지니고 있다. 그 줄거리는 다음과 같다.

평소 미지에 대한 깊은 동경을 지니고 있던, 이 소설의 주인공 물방앗간 집 아들은 행복을 찾아 방랑의 길을 떠날 결심을 한다. 그가 가지고 떠나는 것이라고는 바이올린과 약간의 돈과 돈독한 신앙뿐이다. 목적지 없이 방랑하는 그에게는 우연과 모험이 그의 운명을 좌우할 뿐이다.

걸어 도착한 첫 번째 정착지는 근교의 한적한 어떤 성이다. 이 성에서 그는 정원사 겸 관세징수관으로 일하게 된다. 그러다가 우연히 운명의 여인 아우렐리에라는 여인을 만나게 된다. 그 뒤로부터 그는 그녀에게 반하여 '영원한 일요일의 기분에 잠기면서' 지낸다. 그러나 그녀가 백작부인이라고 오해한 그는, 그녀와의 사랑은 이루어질 수 없을 것으로 판단하고 그 성을 떠나 다시 방랑을 계속하여 이탈리아에 이른다.

이탈리아에서 그는 다양하고 신통하기 그지없는 혼동과 모험적인 추적과 사랑 등에 연루된다. 그러다가 그는 마침내 고향이 그리워지고 아우렐리에기 보고 싶어져 로마를 훌쩍 떠난다. 그는 노래를 부르며 즐거워하는 대학생들 틈에 끼어 프라하에서 도나우 강의 배를 타고 다시 아우렐리에가 있는 성으로 돌아온다.

그 방랑자는 아우렐리에는 백작부인으로서 자기의 사랑은 도저히 이루어질 수 없다고 생각했는데, 그 여인은 백작부인이 아니고 성지기 조카이며 고아인 것을 알게 된다. 그리고 그녀도 자기를 사랑하고 있었음도 알게 된다. 그래서 이 방랑자와 고아인 그녀는 서로의 사랑을 확인하고 마침내 그들은 결혼을 하게 된다. 모든 일은 그가 부르고 다녔던 노래 "나는 사랑하는 하느님의 분부대로 행동한다./ 시냇물, 종달새, 숲과 벌판/ 그리고 땅과 하늘을 보호하여 안전하게 하시고/ 나의 삶도 최고로 만드시네!" 모든 일은 이렇게 그가 부르고 다니던 노래처럼 되었고, 행복한 결말을 맺는다.

■ 호프만(Ernst Theodor Amadeus Hoffmann, 1776~1822)
　　　　　　　　　　　　　　 – 『모래사나이』(*Der Sandmann*, 1817)

호프만은 동부 독일 쾨니히베르크에서 태어났다. 변호사인 아버지는 문학과 음악에 소양이 깊은 반면 기분대로 행동하는 성격으로 인해 호프만이 2살 때 어머니와 이혼하였다. 그래서 호프만은 어머니의 생가에서 성장하게 되었다. 1795년 쾨니히베르크 대학 법과를 졸업하고 법관으로 일하다가 추방을 당했다. 그 이유는 타락한 시민 공동체의 세력가들을 풍자한 그림을 그려 웃음거리로 만들었기 때문이다. 그 후 극장 지휘자, 감독 조수, 무대 건축기사, 무대배경 화가로 일하기도 했다. 다시 베를린에서 고등법원 참사관이 되었다. 모차르트를 존경하여 그의 이름을 빌헬름 아마데우스로 바꾸었다.

그는 음악·미술·문학의 전 분야에 걸쳐 업적을 내놓으며 활동한 만능 예술가였다. 그에게 있어서 직업으로서 법률가와 천직으로서의 화가 및 작곡가 사이에서의 갈등은 필연적이었다. 호프만 문학의 정수는 유머이며 낭만주의의 몽상, 무의식과 전율의 세계 그리고 밤의 환상 세계이다. 곧 호프만의 문학 본질은 그로테스크(grotesque)한 유머인 것이다. 일상의 궁핍한 삶에 묶여 있는 인간에게 상상력의 유희를 제공하는 것, 그리고 분열된 현실을 보여주는 것이 호프만 문학의 특징이다.

악마적 마성(Dämonie)으로 등골을 서늘하게 만드는 소설 『모래사나이』는 시민의 억압된 불안, 꿈, 소망, 환상 등을 형상화했다. 이 작품에서는 환상의 세계와 현실 세계가 동시에 나타나면서 그 경계에 마성이 나타난다. 호프만의 마성은 괴기스럽고 귀신적인 요소로 형상화되는데, 곧 암흑적인 면에 관심을 두면서 사회의 강압적 예속으로 인해 정신적 불구가 초래될 수 있다는 점을 보여주고 있다. 그는 인격 분열, 이중 인간성, 동일성과 현실성의 상실, 피해망상 등을 통해 인간의 사회에의 통합 과정이 성공적이지 못함을 지적하고 있다.

『모래사나이』에 등장하는 나타나엘의 이해심 많은 애인 올림피아는 사실 나타나엘 자신의 소망과 환상이 투사된 자동인형이다. 여기서 남녀 간의 관계가 폭로된다. 곧 여성을 남자의 발전 과정에 한정시키면서, 여성의 동일성을 남자에 대한 희생적이고 헌신적인 인물로만 규정하려는 것을 폭로하고 있는 것이다. 그 줄거리는 다음과 같다.

나타나엘은 어린 시절 항상 저녁 식사 후에는 아버지의 서재에서 책을 읽으며 보냈다. 그런데 밤 9시가 되면 모래사나이라는 전설 속의 인물이 나온다는 이야기에 겁을 먹고 방으로 자러 가곤 했다. 모래사나이란 반달 속에 살면서, 아이들이 자러 가지 않으면 모래를 두 눈에 뿌려서 눈을 뽑아간 후 자기 자식들에게 먹이로 준다는 괴물이다. 나타나엘은 모래사나이를 본 적이 있다. 밤이 깊어지면 현관문이 삐꺽하고 열리며 검은 그림자가 슬그머니 홀 안으로 들어온다. 마치 무거운 것을 끄는 듯한 둔한 발자국 소리가 계단을 천천히 올라갔고, 이윽고 복도를 지나 여느 때와 같이 나중에는 아버지의 서재에 빨려 들어가듯이 사라져 버리는 것이다.

나타나엘이 열 살이 되었을 때, 그는 모래사나이의 정체를 밝히리라 결심하고 아버지의 서재 커튼 뒤에 숨는다. 그리고 나타나엘의 아버지와 변호사 코펠리우스가 연금술을 하고 있는 것을 목격하고, 그들이 모래사나이라고 생각하고 기절한다. 그로부터 여러 주간 동안 나타나엘은 침대에 누워 무서움에 떤다.

일 년 후 어느 날 밤, 나타나엘은 다시금 모래사나이의 그 불길한 발자국 소리가 계단을 올라오고 있는 것을 듣게 된다. 나타나엘은 소리치며 자기 방으로 달려가 침대에 파묻힌다. 잠시 뒤 아버지의 서재 쪽에서 큰 폭발이 일어나며 온 집이 하얀 연기에 싸인다. 식구들이 달려가 보니 아버지는 참혹한 시체가 되어 쓰러져 있다. 코펠리우스와 연금술을 하던 아버지가 폭발사고로 죽은 것이다.

그로부터 10년이 지났고, 나타나엘은 고향을 떠나 다른 도시에서 대학에 다닌다. 아버지가 돌아가시자 어머니는 고아가 된 친척인 로타르와 클라라 남매를 데려다 친자식처럼 기르며 슬픔을 잊으려 한다. 나타나엘은 클라라에게 애정을 느껴 그녀와 약혼한다. 나타나엘은 이제 모래사나이의 공포도 코펠리우스와 아버지의 죽음이 연관된 모든 어두운 기억도 말끔히 잊고 있는 듯했다.

그런 어느 날, 뜻하지 않은 사건이 나타나엘로 하여금 다시 어두운 숙명의 과거로 돌아가게 한다. 안경을 팔러다니는 이탈리아 행상인 쥬세테 코폴라를 보고 코펠리우스의 형상을 떠올리며 공포에 떨게 된 것이다. 약혼녀 클라라와 그녀의 오빠 로타르는 나타나엘이 환상 속에서 괴로워하고 있다고 생각하고, 하나씩 하나씩 논리적이고 과학적인 설명을 통해 그를 공포에서 벗어나도록 도와준다. 그리하여 나타나엘은 담담하게 코폴라로부터 작은 망원경을 살 수 있을 정도로 회복된다.

그런데 물리학 강의를 듣기 위해 스팔란짜니 교수집 계단을 올라가고 있을 때다. 그 집 창문에 아름다운 아가씨의 모습이 언뜻 보인다. 소문에 의하면, 아름다운 그 여성은 교수의 딸 올림피아인데, 교수는 그 딸을 방에 가두어둔 채 누구도 접근하지 못하게 한다는 것이다.

겨울방학이 시작되어 나타나엘은 고향에 돌아와 클라라와 잘 지내고, 방학이 끝나자 다시 대학으로 돌아간다. 그런데 다시 안경 장사 코폴라가 찾아와 안경을 사라고 권한다. 나타나엘을 그에게 휴대용 망원경을 산다. 그리고 그 망원경으로 올림피아가 있는 방을 바라본다. 어느 날 스팔란짜니 교수 집에서 무도회가 열리게 되고, 나타나엘은 사방에 손을 써 초대장을 입수한다. 무도회에서 나타나엘은 아름다운 올림피아를 만나게 되고, 두 사람은 음악의 흐름에 따라 춤을 춘다. 남들은 가까이하지 않는 올림피아가 자신의 말을 잘 들어주는 것 같아 좋아한다.

나타나엘이 교수의 집에 찾아갔을 때 교수와 코폴라가 작품 올림피아를 두고 싸우고 있다. 그녀 올림피아는 두 사람이 만든 자동나무인형이었던 것이다. 그는 다시 아버지의 죽음을 회상하면서 광기에 사로잡혀 교수의 목을 졸라 죽이려 하지만, 친구들의 저지로 뜻을 이루지 못한다. 미치고 만 나타나엘은 그날 정신병원에 입원 조치된다. 그러다 그는 어머니와 클라라의 정성어린 간호로 서서히 회복하게 된다.

그로부터 몇 달 후, 나타나엘은 완전히 치유가 된 듯 다시 약혼녀 클라라에게 돌아간다. 그리고 어느 날 약혼녀와 함께 대성당의 높은 탑에 올라가게 된다. 무의식중에 코폴라의 망원경으로 밑을 내려다본 그는 다시 광기가 나타나 이리저리 날뛰다가 결국 클라라까지 탑 아래로 던져버린다. 아래 쪽 광장에는 수많은 구경꾼들이 모여 그 정신병자의 이상한 행동을 지켜보고 있다. 그 구경꾼들 가운데 유달리 눈에 띄는 한 늙은 산사가 있었는데 바로 코펠리우스다. 나타나엘은 코펠리우스가 서 있는 것을 보고는 자신의 몸을 난간 아래로 던져 스스로 목숨을 끊는다. 코펠리우스는 나타나엘의 죽음을 확인하고 그 도시를 떠나 행방을 감춘다.

2. 영국의 낭만주의 문학

영국의 낭만주의는 주로 조지 3세 통치 후반기에 윌리엄 워즈워스(William Wordsworth, 1770~1850)와 콜리지(Samuel Taylor Coleridge, 1772~1834)가 공동으로 『서정민요시집』

(*Lyrical Ballads*)을 발간했던 1798년과 빅토리아 여왕이 즉위한 1837년 사이의 기간을 말한다. 18세기부터 본격화되기 시작한 근대적 혁신은 산업혁명의 결과, 부의 축적과 증대에 따라 사회적 불평등의 징후가 나타났다. 그리고 도시화의 경향이 가속화되었으며 중산층이 세력을 확보함으로써 자아 해방과 인간성의 자유를 찾게 되었다. 이에 따라 18세기 합리주의를 부정하고 이성과 형식을 존중하는 신고전주의 경향에 대한 도전으로 낭만주의가 등장했다. 이러한 낭만주의는 상상을 강조하고 인간성의 무한한 해방을 역설하게 되었다. 이는 형식과 도덕적 가치 판단보다 중요한 것은 인간 내면의 솔직한 감정이라는 자각에서 나온 자연스러운 분출이며 자유로운 상상력이었다.

영국 낭만주의는 전체적으로 시인들을 중심으로 이루어졌다. 따라서 낭만주의의 전반적 특징은 개인의 사회적 · 문학적 전통으로부터의 도피, 상상과 초자연 세계의 추구, 과거와 이국적인 세계 동경, 자연 찬미, 자유정신, 체념과 우울의 정서, 야성 · 불규칙성 · 괴기에 대한 열광, 민요의 수집과 모방, 중세와 고대 문학에 대한 흥미 등을 들 수 있다.

대표적인 시인과 작품은 윌리엄 워즈워스의 『서정민요시집』(1798)에 실린 것으로, 소박한 인간 생활을 그린 「외로운 추수꾼」(*The Solitary Reaper*), 「그녀는 한적한 곳에 살았네」(*She Dwelt Among the Untroden Ways*), 「수선화」(*Daffodils*) 등이 있고, 자연 예찬시 「내 가슴 설레이네」(*My Heart Leaps Up*), 「뻐꾸기에게」(*To a Cuckoo*), 「틴턴사원」(*Tintern Abbey*) 등이 있다.

콜리지 역시 워즈워스와 공동으로 편찬한 『서정민요시집』(1798)에 초자연적인 주제를 다룬 「늙은 뱃사람의 노래」(*The Rime of The Ancient Mariner*), 「쿠블라 칸」(*Kubla Khan*), 사색적인 대화시 「에올리언 하프」(*The*

Eolian Harp), 「한밤의 서리」(*Frost at Midnight*) 등을 대표작으로 실었다.

또한 바이런(George Gordon Lord Byron, 1788~1824)의 장편시 『차일드 해럴드의 순례』(*Childe Harold's Pilgrimage*, 1812~1818)는 그를 런던 사교계의 명사가 되게 하였다. 그밖에 미완성의 장편 풍자 서사시 『돈 주앙』(*Don Juan*, 1819~1824) 등의 작품을 남기고 있다. 셸리(Percy Bysshe Shelley, 1792~1822)는 영국 낭만파 중에서 가장 이상주의적인 비전을 그린 작가이다. 그의 대표작으로는 미래의 성공을 확신하는 서정 시극 『사슬에서 풀린 프로메테우스』(*Prometheus Unbound*, 1821), 시인 키츠의 죽음을 애도한 만가 『아도네이스』(*Adonais*, 1821), 서정시 『서풍의 노래』(*Ode to the West Wind*, 1819) 등이 있다.

존 키츠(John Keats, 1795~1821)의 장시 『엔디미디온』(*Endymion*, 1818), 송시 「성 아그네스의 전야」(*The Eve of St. Agnes*), 「무정한 미녀」(*La Belle Dame Sans Merci*), 「우울의 노래」(*On Melancholy*), 「하이페리온」(*Hyperion*) 등도 영국 낭만주의를 대표하는 시이다.

■ 윌리엄 워즈워스(William Wordsworth, 1770~1850)
— 「수선화」(*Daffodils*)

워즈워스는 북서부 아름다운 호반지역에서 멀지 않은 컴버랜드의 코커머스라는 작은 마을에서 태어났다. 그의 아버지는 변호사였다. 그의 어머니는 그가 8살 때 세상을 떠났고, 그 후 5년 뒤에 아버지도 세상을 떠났다. 그는 호크스헤드 마을에 있는 학교에 다녔다. 소년 시절에 그는 그를 둘러싸고 있던 자연에서 뛰놀고, 자연과 함께 숨 쉬며, 자연이 인간에게 베푸는 혜택과 인간과의 관계에 대해 명상할 기회를 가졌다.

그는 숙부의 도움으로 17세가 되던 해 케임브리지의 세인트 존스 칼리지에 진학했다. 1791년 대학 졸업 후 프랑스로 건너가서 혁명주의자와 교류하며 약 1년간 체류했다. 그러면서 그는 프랑스혁명의 자유 · 평등 정신에 공감하였지만 후에 자코뱅(Jacobins)당의 과격한 급진주의와 나폴레옹의 독정 등에 환멸을 느꼈다.

그 후 그는 다시 영국으로 돌아가 그의 누이동생 도로시와 함께 펜리스에 정착했다. 그러다가 그는 다시 도싯셔에 있는 레이스다운으로 이사했고, 이때 평생지기가 되는 콜리지를 만나게 되었다. 콜리지와 공동으로 『서정민요시집』(*Lyrical Ballads*, 1798)을 발간한 그는 다시 콜리지와 함께 호반지역인 그래스미어에 정착했다. 1850년 그는 자신의 유년 시절부터 성인에 이르는 시인으로서의 정신적 성장을 기록한 『서시』(*The Prelude*)를 출간했다. 그의 시 대부분은 유년 시절을 보냈던 고향의 자연 들판에서 느낀 환희와 쾌감을 노래한 것이다. 따라서 그의 자연시는 영국 문학사에 독보적인 영역을 구축하였다.

시 「수선화」는 화자와 수선화가 교감하고 합일되는 과정이 각 연에 따라 점차적으로 전개되고 있다. 영미 문학사에서 음악성이 가장 뛰어난 작품으로 손꼽히기도 한다.

산골짜기 언덕 위 높은 하늘에
떠도는 구름처럼 이내 혼자서
지향 없이 떠돌다 보았어라.
한 무리 모여 있는 황금 수선화.
호숫가 수목이 우거진 그늘
미풍에 나부끼며 춤을 추었소.

은하수 물가 저 멀리
반짝이며 비치는 별들과 같이

구비진 포구의 언덕을 따라
끊임없이 줄지어 피어 있는 수선화.
천만 송이 꽃들이
머리를 흔들면서 춤을 추었소

주위의 물결도 춤을 추건만
반짝이는 그 물결 어찌 따르리.
그처럼 즐거운 친구 속에서
어찌 시인인들 즐겁지 않으리.
나는 하염없이 바라보았소.
그 정경의 보배로움은 생각도 않고.

헛된 생각에 깊이 잠기어
내 침상 위에 외로이 누웠을 때
고독의 축복인 마음의 눈에
홀연 번뜩이는 수선화.
그때 내 가슴은 즐거움에 넘치고
마음은 황금 수선화와 함께 춤추었어라.

— 전문

■ 사무엘 테일리 콜리지(Samuel Taylor Colerdge, 1772~1834)
 –「늙은 뱃사람의 노래」(*The Rime of The Ancient Mariner*, 1797)

콜리지는 데본셔의 오터리 세인트 메리에서 교구 목사 집안의 막내로 태어났다. 9세 때 아버지를 여의고, 10세 때 크라이스트 하스피틀이라는 자선학교에 들어갔는데, 이곳에서 그는 찰스 램(Charles Lamb)을 만나게 되어 교유하게 되었다. 1791년 케임브리지 대학의 지저스 칼리지에 진학하였으나 학업에 관심이 없어 도중에 그만두었다. 이후 왕립 기병대에 입대하였는데, 친척들의 만류로 제대를 했다. 1794년 다시 대학에서 공부하였지만 결국 학위를 받지 못하고 떠나게 되었다. 이후 워즈워스와 친밀한 관계를 맺고, 그와 함께 『서정민요시집』(1798)을 발간했다. 그는 이 시집에 「늙은 뱃사람의 노래」, 「쿠블라 칸」(*Kubula Khan*)(1797), 「크리스타벨」(*Christabel*)(1797) 등 신비적 감각미에 넘친 환상시를 실었다. 이후 괴팅겐 대학에 다니면서 독일어를 공부하고, 이 대학에서 칸트를 비롯한 독일 관념주의 철학을 연구했다. 그러나 신경통증와 발작증으로 인하여 약물을 복용하게 되어, 만성적인 아편중독에 고통을 받기도 했다. 어느 정도 아편중독을 극복하고 1871년 방대한 문학비평서인 『문학평전』(*Biographia Literaria*, 1817)을 펴냈다.

「늙은 뱃사람의 노래」는 낭만주의 시사에 있어서 가장 기이한 초자연적인 현상으로 엮어진 시이다. 이 시는 한 늙은 뱃사람이 배 위에서 생활하던 중 알바트로스(Albatross)를 죽이면서 겪게 되는 죄와 응보, 그리고 회개의 과정을 그린 시이다. 이 시에서 늙은 뱃사람은 결혼식에 들어가는 한 하객을 붙잡고서 기이하고 신비로운 이야기를 함으로써, 그 하객은 결혼식에 참석 못하게 된다. 늙은 뱃사람은 환송을 받으며 항구를 떠난 배가 항해 중 초자연적인 불길한 자연현상에 직면하면서, 선원들이 해상에서 겪게 되는 고통에 대해 이야기한다.

한 늙은 뱃사람이 배 위에서 겪은 체험은 기독교적인 풍유로 흔히 해석된다. 그는 바다 위에서 신의 창조물인 알바트로스를 죽이고, 그와 동료들은 뜨거운 태양 아래 갈증의 고통을 당한다. 즉 이러한 잔인한 행위는 영혼의 메마름을 상징하는 것이고, 이에 대한 대가는 신의 벌인 것이다. 그가 바다에서 노니는 물뱀들을 자발적으로 반기며 자연스럽게 축도할 수 있을 때, 그는 비로소 신과 함께 하게 된다. 이러한 죄와 응보, 그리고 참회를 통한 구원의 과정을 이 시에서 읽을 수 있다.

막 폭풍우가 몰아쳐 왔소
걷잡을 수 없이 강했소 ;
그는 덮치는 날개로 강타하며
우리를 남쪽으로 따라왔소…

그리고 이제 안개가 끼고 눈이 내렸소,
기이할 정도로 추운 날씨였소 ;
그리고 돛대처럼 높은 빙산이 곁으로 흘러왔소.
에메랄드처럼 푸른.

그리고 눈 더미 사이로 눈 덮인 빙산이
음산한 광채를 발했소 ;
인간이나 짐승의 형체는 볼 수 없고ー
온통 얼음 천지였소…

이러한 음산한 기상 현상이 계속되고, 생명체 하나 주변에서 볼 수 없는 고요
한 바다 위에, 어디선가 알바트로스 한 마리가 배 위를 날아와 선회한다.

이윽고 알바트로스가 안개 사이로 날아왔소 ;
마치 그 새가 기독교의 영혼인 양,
우리는 그 새를 반겼소, 하나님의 이름으로.

그리고 상서로운 남풍이 뒤에서 일었고 ;
알바트로스는 따라왔소,
그리고 날마다 먹이나 놀이를 찾아,
뱃사람들의 휘어이 외침소리에 날아왔소…

"하나님이 구해주시옵기를, 늙은 뱃사람이여!
그대를 이같이 괴롭히는 악마들로부터! ー
왜 그런 표정을 하오?" ― 십자궁으로
나는 알바트로스를 쏘았소…

선원들이 항해하는 동안에 늙은 뱃사람은 부지불식간에 생각없이 상서로운 알
바트로스를 십자궁으로 쏘아 죽인다. 처음에 선원들은 순풍을 불어오게 하는 길
조를 죽였다고 그에게 원망과 저주의 눈초리를 보낸다.

> 끔찍한 일을 나는 저질렀소,
> 화가 수부들에게 닥칠 거요 ;
> 왜냐면 모두들 확언했고, 순풍을
> 불게 하는 새를 죽였다고.
> 한심한 놈! 그들은 말했소, 그 새를
> 죽이다니, 순풍을 불게 하는!…

— 부분

■ 조지 고든 바이런(George Gordon, Lord Byron, 1788~1824)
  – 『차일드 해럴드의 순례』(*Childe Harold's Pilgrimage*,
  1812~1818)

바이런은 런던에서 귀족 가문의 후예로 태어났다. 아버지는 방탕적
인 기질을 지녔고 어머니는 감성적인 기질을 지녔다. 그의 아버지는 어
머니의 많은 유산을 탕진한 후 세상을 떠났고, 바이런은 어머니 밑에서
자랐다. 그가 10세 때 조부가 사망하였는데 작위를 이을 마땅한 후계가
없자, 그가 남작의 작위를 잇게 되었다. 그리하여 그는 귀족의 신분으
로 해로우 스쿨을 거쳐 케임브리지 대학의 트리니티 스쿨에서 공부했
다. 그는 선천적으로 다리를 저는 신체 장애 때문에 정신적 고통을 받
았다. 그리고 학창 시절부터 사교와 유흥에 정력적으로 탐닉하여 항상
재정적인 쪼들림을 당하였다.

그는 1809년에 포르투갈과 스페인을 거쳐 그리스로 여행을 하였으며,
이 여행은 훗날 『돈 주앙』(*Don Juan*)의 시적 소재를 마련해주었고, 시

『차일드 해럴드의 순례』(*Childe Harold's Pilgrimage*, 1812~1818) 서두의 두 편에 반영되었다. 바이런은 이 시를 출간한 1812년 이후에 런던 사교계의 명사가 되었고, 그의 잘생긴 용모로 인하여 수많은 여성들의 유혹에 시달렸다. 그러다가 결혼을 하였는데 불과 1년 만에 결혼 생활을 접게 되었다. 그 이유는 그의 이복 누이동생인 오거스타 리(Augusta Leigh)와의 근친상간적 관계가 탄로 났기 때문이었다. 이 사건으로 인하여 그는 영국 사람들로부터 맹렬한 비난과 배척을 받게 되어 결국 1816년 영원히 영국을 등져야 했다.

이러한 상황에서 그는 여행을 다시 시작하는데, 이 체험은 『차일드 해럴드의 순례』의 3, 4편의 뼈대를 이룬다. 그는 대부분의 세월을 이탈리아에서 보냈으며 이곳에서 셸리와 교우하였다. 그리고 괴테의 『파우스트』와 밀턴의 『실낙원』에 등장하는 사탄을 연상시키는 극시 『맨프레드』(*Manfred*)를 완성시키고, 『차일드 해럴드의 순례』 4편을 썼다. 또한 『시용의 감옥수』(*The Prisoner of Chillon*), 『돈 주앙』을 쓰기 시작하는 등 왕성한 시 창작 활동을 전개했다. 『시용의 감옥수』는 제네바 호수의 조그만 섬에 지어진 유명한 시용(Chillon) 성의 지하 감옥에 수년 동안 갇혀 있었던 16세기의 스위스 민주주의를 신봉하는 애국자 프랑스와 보니바르(Francois Bonnivard)의 이야기를 담고 있다.

그의 시세계는 인간 사회에 대한 회의와 혐오, 기존의 인습에 대한 저항과 이를 타파하고자 하는 개혁 정신을 담고 있다. 시 속에 등장하는 바이런의 주인공들인 맨프레드, 카인, 해럴드 귀공자, 돈 주앙 등은 도도하고 굽힐 줄 모르는 개인의 자아와 사회의 인습에 굴하지 않으려는 낭만적 영웅으로서의 모습을 전적으로 또는 부분적으로 대변해주고 있다.

『차일드 해럴드의 순례』는 그의 나이 24~30세에 이르던 청년기인 1812~1818년 사이에 불연속적으로 쓴 시이다. 칸토(Canto) 1, 2부는 스페인·포르투갈·그리스 군도들 그리고 알바니아 등지를 중심으로, 칸토 3, 4부는 벨기에로부터 시작하여 라인 강을 따라 스위스와 알프스 그리고 이탈리아를 마지막 무대로 하고 있다. 망명의 유랑자인 주인공 해럴드는 바이런 자신이 추구하는 낭만적 이상을 정형화한 인물이다. 또한 '차일드'(Childe)라는 낱말은 실제적 작위를 부여받기 이전에 귀족 가문의 장손에게 주어지는 중세 시대의 호칭이다.

이 장시 가운데 특히 칸토 3, 4부의 시행들은 역동적이고 생동력 있는 시어를 구사한다. 칸토 3부는 이복 누이동생인 오거스타와의 불륜 관계로 인하여 그가 아내와 사회로부터 낙인을 찍혀, 영국에서 추방 아닌 추방을 당해 1816년 고국을 떠나게 되면서 쓴 시이다. 사회로부터 지탄과 배척을 받은 그는 인간에 대한 염증과 사회에 대한 냉소적 반항 정신을 키웠다. 그러면서 그의 시는 일반 대중으로부터 거리를 유지하는 초연한 정신을 보여주었다. 다음 시는 칸토 3부이다. 이 시에는 바이런의 우울, 소외감, 그리고 그의 도도한 자존심에서 우러나오는 도전적 저항 정신이 면면히 흐르고 있다.

「칸토 3」

그러나 그는 곧 그 자신이 인간들 중에서 가장 부적응자라는
것을 알았다. 그들과 함께 하기에는; 그는 거의
공통점이 없었다; 그의 사상들을 다른 사람들의 것에
예속하는 것을 배우지 못하고, 비록 그의 영혼이 젊은 시절에
그 자신의 사상에 의하여 진압되었다 해도, 여전히 굴종하기 싫은
그는 그의 정신의 주권을 그 자신의 영혼이

저항했던 정신에 굴복하려 하지 않았다;
고립 속에서도 도도하여; 그것은 그 자체 내에서
생명을 발견하고 인간 없이도 숨 쉴 수 있었다.

(⋯)

그리고 이같이 나는 심취되어 있으며, 이것이 삶이다;
나는 과거의 인간이 들끓는 사막을
고통과 투쟁의 장소로 바라본다,
그곳에서 내가 저질러 고통을 당한 어떤 죄로 인하여
나는 슬픔에 내던져졌지만, 결국 새로운
깃털로 다시 일어섰다; 나는 그것이 생겨남을 느낀다.
비록 어리지만, 그것은 맞싸우고자 하는
돌풍만큼이나 점점 더 역동적이 되간다, 환희의 날개를 타고서,
우리의 존재에 배어 있는 차디찬 진흙의 굴레를 조소하면서

나는 세상을 사랑하지 않았다, 그리고 세상도 나를;
나는 세상의 역겨운 숨결에 비위를 맞추지 않았으며, 우상숭배에
참을성 있는 무릎을 꿇지도 않았고, 나의 뺨에 미소를 머금어 내거나,
말만 되뇌는 우상숭배로 목청을 돋우지 않았다. 군중 속에서
그들은 나를 그러한 자의 하나로 생각지 않았다; 나는 서 있었다.
그들 한가운데, 하지만 그들 중의 하나로서가 아니었다; 그들의 생각이
아니었으며, 내가 이렇게 진정된 나의 정신을
도야하지 않았었다면, 아직도 그럴 사상의 수의를 입고서.

■ 퍼시 비시 셸리(Percy Bysshe Shelley, 1792~1822)
　　　　　　　　－ 「서풍에 붙여」(Ode to The West Wind)

　셸리는 서섹스의 필드 플레이스의 유복한 귀족 가문에서 태어났
다. 그는 영국의 부유한 귀족자제들처럼 이튼을 거쳐 옥스퍼드 대학
에 진학했다. 1810년 옥스퍼드 대학 시절 절친한 친구인 토마스 호그스

(Thomas Hoggs)와 함께 『무신론의 필요성』이라는 익명의 소책자를 발간하였고, 이것이 화근이 되어 약 1년 만에 이 대학에서 퇴학을 당했다. 이후 그는 런던으로 옮겨, 그곳에서 어느 주막집 딸과 사랑에 빠졌다. 이 사건으로 아버지로부터 유산 상속을 거부당하고 가족과 불화 상태에 놓이게 되었다. 또한 런던에서 당시 급진주의적인 사회 철학자 윌리엄 고드윈(William Godwin)을 만나 그의 영향을 받았다.

1813년에는 종교와 사회 그리고 정부에 대한 공격적인 『맵 여왕』(Queen Mab)을 발간하고 1816년에는 장시 『알라스터』(Alastor)를 발표했다. 결국 그는 개혁과 사회 정의를 부르짖었던 영국으로부터 등을 돌리면서 스스로 추방된 유랑자의 신세가 된다. 그리고 1822년 여름 별장으로 배를 타고 가던 중 소나기가 갑작스럽게 닥치는 바람에 비운의 죽음을 맞이하게 되었다.

그는 유랑자 시절 고독과 절망적인 처지에서 『사슬에서 풀린 프로메테우스』(Prometheus Unbound, 1819)를 출간하였으며, 이후 단시 「서풍에 붙여」(Ode to The West Wind), 「구름」(The Cloud), 「종달새에게」(To a Skylark) 등을 연속적으로 발표하였다. 또한 그는 필립 시드니의 뒤를 잇는 시론인 『시의 옹호』(Defence of Poetry, 1821)를 발표하였다.

셸리는 그의 인생 후반기에 플라톤과 신플라톤주의자들의 철학에 심취하면서 사상적·철학적으로 더욱더 성숙해졌다. 그는 시인을 자연 속에서 실재를 꿰뚫어보는 예언자로 보았다. 그에 있어서 실재는 변하지 않는 완전한 질서의 세계를 의미했다. 그는 사회 제도와 인습에 저항하는 시인이었다. 그의 저항은 인류의 복지와 이상의 실현을 위한 것보다 고차원적인 것이었다. 셸리는 그가 존재하는 세계의 모순과 편견 그리고 편협한 사회 인습을 타파하고 보다 이상적인 사회를 구현하기 위해 줄기차게 시상을 펼쳤다.

셸리의 자연관은 워즈워스와 유사하지만 동시에 상이한 점을 공유하고 있다. 워즈워스처럼 그는 자연의 만상 속에서 생동하고 살아 숨 쉬는 위대한 영의 존재를 느낀다. 그러나 「서풍에 붙여」 등에서처럼, 자연 현상에 상징성을 부여하여 인류에게 메시지를 전하려 했다.

「서풍에 붙여」는 정치적·사회적 압제에 항거하는 시인의 저항 정신을 잘 드러내주고 있다. 이 시는 수동적인 고요한 자연 묘사가 아니라, 자연이 남긴 죽음의 시신들인 낙엽들을 깨끗이 휩쓸어버리는 역동적이고 거센 서풍을 묘사하고 있다. 그 모습에서 사랑에 바탕을 둔 인간적 유대와 사회적 정의, 그리고 인간의 자유를 되찾게 해줄, 사회의 급진적인 변화와 개혁 의지가 나타난다.

떨어진 낙엽들이 새로운 생명의 탄생을 촉진하듯이, 서풍이 시인의 정체되어 죽은 사상에 새 생명의 훈기를 불어넣어 줌으로써, 자신이 현실 세계의 변혁을 외칠 예언자가 될 수 있기를 시인은 소망하고 있다. 그리고 겨울의 도래는 새 생명 탄생의 상징인 봄의 기약이라는 낙관적인 인식을 드러내주기도 한다. 다음은 「서풍에 붙여」의 부분이다.

오 거친 서풍이여, 그대 가을의 정령이여!
나의 불가시의 존재로부터 낙엽들이
마법사로부터 도망가는 유령들처럼 쫓겨다니는구나.

누렇고, 검고, 파리하고, 열병에 걸린 듯 빨간
역병에 걸린 무리들; 날개 달린 씨앗들을
그들의 어두운 겨울의 잠자리로 몰고 가서,

그곳에서 무덤 속의 시체들처럼 각각 차가운 바닥에

납작 누워 있게 하는, 오 그대여.
봄의 푸르른 나의 누이가 꿈꾸는

대지 위에 그녀의 나팔을 불어(대기 속에서 방목하는 양떼들처럼
향긋한 씨앗들을 몰고 다니며)
생기 있는 색조와 향내로 들판과 언덕을 채울 때까지.

온 천지를 돌아다니는 거친 정령이여!
파괴자이며 보존자여; 듣거라, 오 듣거라!…

만일 내가 네게 날릴 수 있는 한 잎의 낙엽이라면;
만일 너와 함께 날 수 있는 한 점의 상쾌한 구름이라면;
너의 위세에 눌려 숨을 헐떡이고, 너보다는 덜 자유롭지만,

너의 힘의 충동을 공유할 수 있는 파도라면,
오 통제할 수 없는 자여! 만일 내가
유년 시절만 같다면, 그래서 너의 하늘의 속도를

따라잡는 것이 거의 환상처럼 보이지 않았던 그때처럼,
천상에서의 너의 방랑의 친구가 될 수 있다면; 나는 결코
이와 같이 너와 함께 하기를 애쓰지 않았으리라.

나의 고통스런 절박감 속에서 기도를 하며,
오 나를 치켜 올려다오 파도처럼, 잎새처럼, 구름처럼!
나는 삶의 가시밭에 쓰러져 피를 흘리노라!

세월의 무거운 하중이 사슬로 결박하여, 굴종시켰다.
역시 너와 같았던 자를; 야성적이고, 민첩하고, 자존심이 강한.

■ 존 키츠(John Keats, 1795~1821)
　　　　　　－ 「성 아그네스의 전야」(*The Eve of St. Agness*, 1819)

키츠는 동시대 다른 시인들에 비하면 비천한 가문이지만 런던에서 태어났다. 그의 아버지는 런던의 삯마차 집 관리인이었는데, 주인집 딸과 결혼하여 마차 임대업을 인수했다. 키츠는 엔필드에 있는 학교에서 불어와 라틴어를 공부하였다. 그가 여덟 살 때 아버지가 말에서 떨어져 사망했고, 열네 살 때는 폐렴으로 어머니가 사망했다. 그의 부모가 그를 위해 충분한 유산을 남겨놓았음에도 불구하고, 그 후견인은 키츠를 제대로 보살펴주지 않았다. 그리하여 키츠는 15세 때 학교를 그만두고 약제상을 하던 토마스 해먼드의 도제로 들어가, 1815년 의학 공부를 하여 약제상 면허를 얻었다. 그러나 그는 문학에 대한 재능과 열정으로 의학을 포기하고, 1817년 시 창작의 길로 들어섰다.

1817년 그는 4,000행에 달하는 장시 『앤디미온』(*Endymion*) 집필을 시작하였다. 그러나 1818년에 들어서서 가정적 · 개인적 고통에 맞닥뜨리게 되었다. 그의 동생이 결핵으로 사망하였고, 문학계 인사들이 그의 장시 『앤디미온』을 신랄하게 공격하자 그는 크게 상심했다. 그리고 이러한 영향은 그 역시 폐렴에 걸리게 했다. 그는 건강의 회복을 위해 1818년 영국의 호수 지방과 스코틀랜드 지방, 그리고 아일랜드를 여행했다.

키츠는 이러한 시련 속에서도 많은 시를 창작하였는데, 대표작으로는 「성 아그네스의 전야」를 비롯하여 「무정한 미녀」(*La Belle Dame Sans Merci*), 「라미아」(*Lamia*) 및 여러 송시들이 있다. 대표적 송시로는 「우울의 노래」(*On Melancholy*), 「희랍 도자기에 부치는 노래」(*Ode on Grecian Urn*), 「사이키에게」(*To Psyche*), 「나이팅게일에게」(*To Nightingale*), 「하이페리온」(*Hyperion*) 등을 꼽을 수 있다.

「성 아그네스의 전야」는 중세를 배경으로 한 키츠의 시들 가운데 가장 완숙한 작품이다. 이 시는 성 아그네스 전야인 1월 20일 처녀가 저녁을 거르고 잠자리에 들어 눈을 하늘로 향한 뒤 경건하게 신께 기도드리면, 그녀의 미래의 남편에 대한 환영을 보게 되리라는 민담을 줄거리로 하고 있다. 이 시는 중세의 성을 배경으로 '포피로'라는 청년이 그가 사랑하는 '매드린'을 만나기 위해 그녀의 가족들을 만나는 위험을 무릅쓰고 천사의 도움을 받아 성으로 들어가 그녀를 만나고, 결국 사랑의 도피를 한다는 낭만적인 줄거리를 지니고 있다.

이 시가 보여주는 낭만주의적인 특징들은 중세적인 배경 · 시각 · 청각 · 미각 · 후각 · 촉각 등 풍부한 감각적 이미저리의 사용, 화려하고 장식적인 수사의 구사, 현실과 초자연적인 세계의 대조, 스펜서풍의 스탠자(*Spenserian stanza*)를 사용한 음악적 효과 등이다. 또한 키츠의 주요 시편들에서 다루듯이, 이 시에서도 이원화된 세계, 즉 현실과 꿈의 세계, 영혼과 육체, 자연과 초자연의 세계를 대조시키고 있다. 키츠는 그의 상상력 속에서 현실의 세계를 뛰어넘어 영원의 세계, 이상의 세계를 구현한 것이다.

(포피로는 노파천사의 도움으로 신비로운 달빛이 비추는 매드린의 방으로 인도되어 그곳에 숨는다. 환하게 비추어 내리는 달빛은 신비로운 분위기를 연출하고 천사처럼 순결해 보이는 매드린은 미래의 남편을 꿈꾸고자 기도드린다.)

이 창문을 가득 비춘 겨울 달은,
매드린의 아름다운 가슴에 따사로운 붉은 빛을 던졌다.
하늘의 은총과 축복을 위해 무릎을 꿇고 앉았을 때;

장미꽃이 합장한 그녀의 손에 떨어졌고,
그녀의 은 십자가에 부드러운 자수정이,
그녀의 머리 위엔 성인처럼 후광이 생겼다:
그녀는 찬란한 천사로 보였다. 날개를 빼고는 천국을 위해
새로 차려입은―포피로는 혼절할 지경이었다:
그녀는 무릎을 꿇었다. 육신의 때를 털어버린 그토록 순결한 처녀.

             (…)

그녀는 눈을 떴지만, 여전히 보았다.
이제 완전히 깨어, 꿈에서 본 환영을:
고통스런 변화가 있었다. 너무도 순수하고 깊은
그녀는 꿈의 지극한 행복을 거의 쫓아버린 것 같아
그래서 그녀는 울기 시작했다.
그리고 한숨을 내쉬며 종잡을 수 없는 말을 읊조렸다;
움직이거나 말하기가 겁나, 손을 합장한 채 연민의
눈으로 무릎을 꿇고 있던 포피로를 바라보는 동안,
그녀는 무척이나 꿈꾸는 듯 보였다.

'아, 포피로!' 그녀는 말했다. '방금까지도
그대의 목소리는 내 귓전에 감미롭게 떨렸었고,
모든 감미로운 맹세와도 화음이 맞았어요;
그리고 그대의 슬픈 눈들은 영롱하고 맑았지요 :
당신은 무척이나 변했어요! 얼마나 창백하고, 싸늘하고, 황량한지!
그 목소리를 돌려주세요, 나의 포피로,
저 영원한 표정을, 저 사랑의 하소연을!
오 나를 이 영원한 고통 속에 내버려두지 마세요.
왜냐면 당신이 죽으면, 내 사랑이여, 나는 어디를 가야할지 모르니까요.'

― 부분

3. 프랑스의 낭만주의 문학

프랑스혁명(1789~1799) 이후 프랑스 사회는 민주적인 사회로 정착하기 위하여 큰 혼란을 겪게 되었다. 프랑스혁명과 나폴레옹의 제1제정(1804~1815) 때 아카데미나 살롱이 폐쇄되고, 작가들의 국외 망명으로 문단은 와해되었다. 지식인에 국한되었던 독자층이 서민 대중으로 확대되고 신문이 등장하였다. 문학의 영역도 크게 넓어져, 이때까지 정치 · 사회 · 종교의 영역에만 속하는 것으로 여겨지고 있었던 문제들이 자유롭게 논의되었다. 따라서 19세기 프랑스 문학 또한 문예사조와 문학 운동이 뒤얽혀 매우 복합적인 양상을 띠게 되었다. 프랑스의 16세기를 르네상스로, 17세기를 고전주의로, 18세기를 계몽주의로 요약할 수 있다면 19세기는 낭만주의에서 사실주의로, 그리고 사실주의에서 상징주의로 변천해갔다고 할 수 있다.

프랑스의 낭만주의 문학은 18세기까지의 집단적 성격과는 반대로, 프랑스혁명 이후의 개인주의에 깊이 뿌리를 박고 예술과 인생의 자유를 추구하면서 개인의 감정을 우수와 열정을 통해 표현했다. 그리고 17세기 고전주의가 순전히 프랑스적인 문예사조였다면, 19세기 낭만주의는 유럽 전체의 문학 운동이었기 때문에, 프랑스 낭만주의는 영국과 독일의 영향을 받았다. 그러나 낭만주의는 프랑스에서 보다 화려하게 전개되었다.

프랑스 낭만주의는 본질적으로 서정적인 문학, 다시 말해 작가의 개성을 자유롭게 표현한 문학을 말한다. 그래서 낭만주의 문학은 감정적이고 서술적이었다. 이러한 프랑스의 낭만주의는 전기 낭만주의 시대(1800~1820)와 후기 낭만주의 시대(1820~1850)로 구분하여 살펴볼 수 있다.

전기 낭만주의는 본격적인 낭만주의가 형성되기 이전, 그것을 준비하는 기간 동안의 문학을 일컫는다. 낭만주의의 새로운 기운은 18세기 후반 디드로나 스텐(Sedaine)의 시민극, 루소의 『신 엘로이즈』 등에서부터 싹터 축적되기 시작했지만, 하나의 문예사조가 되기에는 아직 부족했다. 이러한 가운데 형태와 색채를 부여함으로써 감정과 감수성을 새로운 표현으로 재생시켜 준 작가가 스탈 부인(Madame de Staël, 1766~1817)과 샤토브리앙(François-René de Chateaubriand, 1768~1848)이다.

스탈 부인은 문학을 역사적 · 지리적 조건들과의 상호 관계에서 보고자 했는데, 『문학론』(De la Littérature, 1800)과 『독일론』(De l' Allemagne, 1810)에서 고전주의의 절대성을 배격하고 창조적인 개성과 감수성을 존중함으로써 낭만주의 이론의 창시자가 되었다. 샤토브리앙은 『그리스도교의 정수』(Génie du Christianisme, 1802)를 통해 그리스도교를 예술적 관점에서 재평가했는데, 여기서 예술가로서 생동감 넘치는 새로운 서정적 산문을 이룩하였다. 『그리스도교의 정수』에 에피소드로 삽입된 소설 『이탈라』(Atala)와 『르네』(René)는 아메리카의 대자연을 배경으로 벌어지는 비련의 이야기로 고독, 우울, 방랑, 대자연, 이국취미 등 낭만주의 문학의 온갖 요소를 갖추고 있다.

프랑스 낭만주의의 대표적인 작가와 작품은 우선 시 분야에 라마르틴느(Alphonse de Lamartine, 1790~1869)의 『명상시집』(Méditations poétiques, 1820)과 서사시 『천사의 전락』(La Chute d' un ange, 1838) 등이 있다. 또한 알프레드 드 비니(Alfred de Vigny, 1797~1863)의 『동방시집』(Les Orientales, 1829)이 있다.

빅토르 위고(Victor Hugo Marie, 1802~1885)는 프랑스 낭만주의를 이

끈 시인 · 소설가 · 극작가이다. 그는 『동방시집』(*Les Orientales*, 1829)을 발표했으며, 연극 『에르나니』(*Hernani*, 1830)를 상연하여 소위 '에르나니 논쟁'[4]을 불러일으키기도 했다. 또한 역사소설 『파리의 노트르담』(*Nottr-Dame de Paris*, 1831), 『레 미제라블』(*Les Misérables*, 1862) 등을 내놓았다.

알렉상드르 뒤마(Alexandra Dumas Père, fils, 아버지 : 1802~1870, 아들 : 1824~1895)는 아버지와 아들이 같은 이름을 사용하였는데, 아버지는 『삼총사』(*Les Trois Mousquetaires*, 1844), 『몽테 크리스토 백작』(*Le Comt de Monte Cristo*, 1844~1845) 등 많은 장편소설과 단편소설을 남겼고, 아들은 대표작 『춘희』(*La Dame aux camélias*, 1852) 등을 남겼다.

여류 작가 조르주 상드(George Sand, 1804~1876)와 1833~1835년 사이의 연애 사건으로 유명한 알프레드 드 뮈세(Alfred de Musser, 1810~1857)는 셰익스피어풍의 낭만 희극 『로렌자치오』(*Lorenzaccio*, 1834), 『사랑은 장난이 아니다』(*On ne badine pas avec l'amour*, 1834) 등을 내놓았고, 낭만파 여류 작가이자 여권주의자인 조르주 상드는 전원소설 『악마의 늪』(*La Mare au Diable*, 1846), 『사랑의 선녀』(*La Petite Fadette*, 1849) 등을 내놓았다.

이밖에 19세기 프랑스의 최고 문예비평가로서 생트 뵈브(Sainte Beuve, 1804~1869)의 『신 월요한담』(*Nouveaux lundis*, 1863~1870)이 있다. 그는 빅토르 위고와 교류하였고 열렬한 낭만주의자의 한 사람이었다. 그는

---

4 에르나니 논쟁 : 위고가 1830년 발표한 연극 『에르나니』는 45일간의 공연 기간 동안 파리를 소란의 도가니로 만들어 소위 '에르나니의 전투'를 불러일으켰다. 일반적으로 '주먹과 지팡이의 전투'라고 일컬어지는 이 논쟁은 연극에 있어서 고전주의와 낭만주의의 전투를 상징하기도 한다. 이 연극은 삼일치의 법칙이나 장르의 규칙을 고수하고 단정한 문체를 사용했던 고전주의적 작품과는 전적으로 성격이 달랐다. 그래서 이 극이 상연되는 날이면 고전주의 연극에 친숙한 관객들로부터 야유와 욕설이 쏟아져 연극 관계자들이 큰 봉변을 당했다.

위대한 작품 뒤에는 위대한 인간이 있으며, 작품을 잘 이해하려면 그 작가를 알아야 한다고 하여 개인의 역사를 작품 해석의 지표로 삼았다. 이로 인해 그는 과학적인 역사주의적 비평 방법의 첫 인물이 되었다.

■ 빅토르 위고(Victor Hugo Marie, 1802~1885)
  – 『레 미제라블』(*Les Misérables*, 1862)

위고의 아버지는 나폴레옹 휘하의 장군이었기 때문에 위고는 어려서 부터 아버지를 따라 이탈리아, 스페인 등지를 옮겨다녔다. 10세 때 아버지의 부임지인 스페인을 떠나 어머니와 형제들과 함께 파리에 정착했고, 이후로 샤토브리앙과 같은 작가가 되고자 독서와 시작에 몰두했다. 17세부터 문학잡지를 창간하고 문학 활동을 시작해 몇 개의 문학상을 타기도 했다.

21세를 전후하여 위고는 자신의 명성이 높아지자 젊은 시인들인 생트 뵈브, 비니, 뒤마, 뮈세, 발자크 등과 함께 '세나클'(Cénacle)을 조직하여 프랑스 낭만주의 문학의 산실을 만들었다.

그가 1827년 발표한 운문극 『크롬웰』(*Cromwell*)에 함께 실린 서문은 낭만주의 운동의 주장을 대변하는 글로서 이때부터 위고는 낭만주의 문학의 대표자가 되었다. 그의 대표작으로는 『파리의 노트르담』(*Notre-Dame de Paris*, 1831), 『레 미제라블』(*Les Misérables*, 1862) 등 10편의 소설과 동방의 야생적이면서도 아름다움을 노래한 『동방시집』(*Les Orientales*, 1829), 망명 생활 초기에 나폴레옹 3세를 통렬히 풍자한 『징벌 시집』(*Les Châtiments*, 1853), 사랑하는 딸을 잃은 후 심화된 서정성이 철학적인 경지까지 이른 『명상시집』(*Les Contemplations*, 1856) 등 운문이 있다.

『레 미제라블』은 '장 발장'의 이야기이며 모두 10권으로 이루어져 있다. 이 작품은 모든 소재 · 스타일 · 양식이 혼합된 하나의 세계와도 같은 작품으로서, 위고의 사회적 이념과 사상, 인도주의를 표현한 걸작이라고 할 수 있다. 이 소설은 인간이란 본질적으로 평등하지만, 사회의 조직화된 편견에 의해 가난한 사람들이 궤멸되어 가고 있음을 보여준다. 줄거리는 다음과 같다.

청년 장 발장은 한 조각의 빵을 훔친 죄로 19년간의 감옥살이를 마치고 출옥한다. 그는 어디서 하룻밤 묵을 곳을 찾는다. 그러나 그가 전과자라는 사실을 알고 아무도 그를 평범한 사람으로 보지 않는다. 오직 밀리에르 신부가 그에게 사랑과 애정으로 하룻밤의 숙식을 제공해준다. 그런데 신부의 집에서 은촛대를 훔쳤다가 다시 검찰관에게 체포되어 밀리에르 신부에게 끌려오게 된다. 밀리에르 신부는 자비로운 마음으로 그 은촛대는 자기가 장 발장에게 준 것이라고 증언해 그를 구해준다. 여기서 장 발장은 비로소 사랑에 눈을 뜨게 된다. 어느 날 장 발장은 제르베라는 소년의 돈을 거의 본능적으로 훔쳐버린다. 그러나 다음 순간 그는 자기가 또 저지른 그 죄에 놀라 통곡하고 생전 처음으로 자기의 잘못을 뉘우친다. 그런 일이 있은 얼마 후 장 발장은 그 마을에서 어디론지 자취를 감추고 만다.

그로부터 2년 뒤 장 발장은 파리에서 가까운 몽페르메이유라는 곳에 노동자 차림으로 나타난다. 그런데 마침 그 도시 공회당에 화재 사건이 발생했고, 장 발장은 자기 몸을 돌보지 않고 경찰서장의 두 자식을 구해낸다. 그로 인해 장 발장은 신분증에 구애를 받지 않게 된다. 마들렌이라고 이름을 고친 장 발장은 이 도시에서 사업에 성공해 재산도 모으고 시장으로 선출되기까지 한다.

그러나 자베르 경감은 포기하지 않고 끈질기게 그의 뒤를 쫓아다닌다. 때마침 어떤 사나이가 장 발장으로 오인되어 체포되고 벌을 받게 된다. 장 발장은 시장으로서 현재의 행복을 누릴 것인가, 양심의 명령대로 자기가 그 죄인임을 밝힐 것인가 망설인다. 그러나 이제는 밀리에르 신부의 말을 그대로 자신의 삶의 지표로 삼은 장 발장은 스스로 나서서 자신이 진짜 장 발장임을 밝히고 감옥에 들어가게 된다. 다시 감옥에 들어간 장 발장은 우연한 기회를 이용하여 탈옥한다. 그는 집으로 돌아가 자기의 모든 돈을 몽페르메이유의 숲에 숨기는 데 성공한다. 그러나 그 순간 다시 체포되어 종신형에 처해지게 된다.

9개월 뒤 툴롱 항구의 감옥에서 그는 군함의 높은 돛대 위에서 일하다가, 실수로 거꾸로 매달린 해군병사를 보게 된다. 그는 자신의 쇠사슬을 끊고 그를 구해주지만, 자신은 그 순간 돛대에서 떨어져 바다에 빠진다. 이후 그는 죽은 것으로 처리된다.

다시 살아 돌아온 장 발장은 예전에 자기가 도와주었던 여공의 딸 코제트가 불행한 생활에 빠져 있는 것을 알게 되자, 그녀를 구출해 경감의 눈을 피해 그녀와 함께 수도원으로 숨어든다. 장 발장은 그곳에서 그가 시장으로 있을 때 극진하게 돌보아주었던 포슐방 노인을 만나게 된다. 그리하여 그 노인의 주선으로 장 발장은 수도원의 머슴으로, 코제트는 기숙생으로 살게 된다. 그곳에서 코제트는 공화주의자인 마리우스와 사랑하게 된다. 장 발장은 공화주의자들의 폭동으로 부상을 당한 마리우스를 구출해 코제트와 결혼시킨다.

장 발장의 신분을 알게 된 마리우스는 잠시 그를 멀리하지만, 곧 자신의 잘못을 깨닫고 다시 그에게로 돌아온다. 장 발장은 코제트 부부가 임종을 지켜보는 가운데 조용히 숨을 거둔다.

■ 알렉상드르 뒤마 페르(Alexandra Dumas Père, 1802~1870)
 - 『몽테 크리스토 백작』(*Le Comt de Monte Cristo*, 1844~1845)

뒤마 페르는 파리의 북쪽 작은 마을 비렐코트레에서 태어났다. 아버지는 프랑스 시대의 장군이었으나 나폴레옹의 뜻을 어겨 실의 속에서 44세로 세상을 떠났다. 어머니는 상트도밍고 섬의 흑인 노예로 혼혈아였다. 아버지의 요절로 뒤마는 어릴 때부터 생활의 어려움을 겪었다. 그리하여 공부보다는 검술과 사격 훈련에 열중하면서 삼림을 뛰어다니며 사냥으로 나날을 보내는 소년 시대를 보냈다.

15세 때 공증인 사무소에 근무하면서 친구의 영향으로 소설을 읽었고 어학을 배웠으며 연극에 관심을 갖게 되었다. 그는 파리에 놀러갔다가 연극을 보고 감격하여, 파리에 살기로 결심하고 아버지 친구의 소개로 오를레앙 공의 비서과에 들어갔다. 그곳에서 교양을 넓히기 위하여 독서에 열중하는 한편 희곡 공부도 하였다. 그때 아파트 옆방에 사는 바느질하는 소녀 가트리느와 정을 통하였는데 그녀와 결혼하지는 않았지만 그때 태어난 사생아가 바로 뒤마 피스이다. 그는 1825년부터 단막짜리 희극을 창작하여 상연하였고, 이후 소설도 써 많은 돈을 벌여들었다. 그러나 그의 낭비벽과 방탕 생활, 사업의 실패로 재정적 파탄을 맞게 되어 결국 아들의 집에서 뇌졸중으로 세상을 떠나게 되었다.

『몽테 크리스토 백작』은 원래 순수하고 다정다감한 청년 에드몽 당테스가 복수의 화신이 되어 아버지와 자기 청춘을 빼앗아간 자들에게 복수하는 내용을 담고 있다. 줄거리는 다음과 같다.

파라옹 호의 1등 항해사 에드몽 당테스는 갑작스런 선장의 죽음으로 어린 19세의 나이로 그 후계자가 된다. 그는 애인 메르세데스와 약혼하기 위해 고향 마르세이유로 돌아온다. 그런데 그는 연로한 아버지를 모시고 약혼 피로연을 하던 도중 경찰에 체포된다. 그리고 결국 마르세이유 항구 앞바다에 있는 샤토 디프 감옥에 갇히게 된다.

이는 당테스가 파라옹 호 선장이 되는 것을 질투한 그 배의 경리 주임 당그라르의 음모였다. 당그라르는 당테스의 약혼자 메르세데스를 짝사랑하는 페르낭과 공모하여, 당테스를 나폴레옹파의 스파이라고 거짓 밀고한 것이다. 이 사건을 맡은 검사 대리 빌포르 역시 당테스가 가지고 있는 한 통의 편지가 자기 출세에 지장이 되리라 생각하여 죄 없는 그를 감옥으로 보낸다.

당테스는 이유를 모른 채 오랜 세월을 감옥에서 보낸다. 4년 후, 옆쪽으로 땅을 파는 소리가 들렸고, 나흘 뒤 당테스의 방에 구멍이 뚫리며 한 노인이 나온다. 그 노인은 파리아 신부인데 탈옥을 위해 8년에 걸쳐 땅굴을 판 것이다. 그런데 각도가 조금 잘못되어 당테스가 수감된 곳으로 오게 된 것이다. 신부와 당테스는 우정을 나누게 된다. 신부는 당테스에게 그가 감옥에 갇히게 된 것은 당그라르, 페르낭, 빌포르의 합작 음모 때문임을 밝혀준다. 당테스는 복수를 굳게 맹세한다.

두 사람은 다음 날부터 간수 몰래 비밀 통로를 오가며 매일 만난다. 신부는 당테스에게 수학과 역사 및 어학을 가르쳐준다. 그런데 어느 날 신부는 이탈리아 앞바다에 위치한 무인도 몽테 크리스토 섬의 어느 동굴에 수많은 보물이 묻혀 있다는 사실을 말한다. 그 보물은 300년 전에 로마의 대부호 스파다가 교황의 음모를 눈치 채고 묻어놓은 것이라고 말한다.

그 뒤 신부는 지병으로 쓰러져 끝내 숨지고 만다. 당테스는 신부의 시체가 들어 있는 푸대에 자신이 들어가 탈옥한다. 그리고 후에 그는 파리아 신부가 말해준 대로 동쪽 샛강에서 스무 번째 바위를 찾아내 가득한 보물을 찾아내는 데 성공한다.

그 뒤로부터 한 달 후, 당테스는 고향 마르세이유 항구에 나타난다. 고향에서는 멋진 신사가 된 그를 알아보는 사람이 한 명도 없다. 당테스가 알아낸 정보는, 자기를 14년 동안 산송장이 되게 하였던 당사자들, 곧 당그라르는 남작에다 대은행장이고, 페르낭은 육군 중장에 모르세르 백작이 되어 있으며, 빌포르는 검찰총장의 자리에 올라 있는 것이다. 또한 메르세데스는 페르낭의 아내가 되어 있다.

몽테 크리스토 백작(당테스)은 로마 여행 중에 모르세르 백작(페르낭)의 아들 알베르를 구해주었고, 그것을 계기로 모르세르 백작 저택에 초대를 받게 된다. 아무도 그를 알아보지 못하지만, 모르세르 백작 부인인 메르세데스는 안색이 창백해지며 그 자리에 쓰러질 듯 비틀거린다.

그 후 몽테 크리스토 백작은 빌포르 검사의 처음 아내의 아버지가 소유하였던 별장을 사들인다. 그러는 가운데 자기 집의 집사 베르투치오로부터 이 별장에 얽힌 비밀을 듣게 된다. 그리고 원한 관계로 베르투치오가 빌포르 검사를 단검으로 찔러 죽였다는 것을 알게 된다.

그 뒤 모르세르 백작(페르낭)은 터키군과 내통하여 총독을 살해했다는 죄가 판명되어 파멸을 맞이하게 된다. 그의 아들 알베르는 이 사실이 몽테 크리스토 백작의 연출에 의한 것임을 알고 그에게 결투를 신청하나, 어머니 메르세데스로부터 사건의 전말을 듣고 오히려 백작에게 사과하고, 어머니를 모시고 먼 미지의 나라로 길을 떠난다. 결국 모르세르 백작은 몽테 크리스토 백작이 에드몽 당테스임을 알게 되고 권총 자살한다.

당그라르의 은행도 파산되었고, 빌포르도 재판소에서 자기 사생아 아들인 베네딕트와 맞닥뜨리게 된다. 빌포르의 아내와 아들은 독약을 마시고 죽는다. 결국 그도 몽테 크리스토 백작이 에드몽 당테스임을 알고 끝내 미쳐버린다. 복수를 다 끝낸 몽테 크리스토 백작은 항구에서 자기를 14년간이나 가두었던 샤토 디프 요새 감옥을 바라본다.

■ 뒤마 피스(Alexandre Dumas fils, 1824~1895)
　　　　　　　　　　　　　- 『춘희』(*La Dame aux camélias*, 1852)

뒤마 피스는 뒤마 페르의 사생아로서 파리에서 태어났다. 낭만파 연극에 앞장서서 활발하게 활약하는 아버지와 떨어져 어머니와 둘이서 어린 시절을 보냈다. 그런 사정을 알게 된 아버지 뒤마 페르가 그를 맡아 기르게 되어 7세 이후 기숙학교에 들어가 공부하게 되었다. 출생의 어두운 그림자와 계속되는 불안정한 성장의 환경이 그의 뒷날의 생애와 작품에 어두움을 첨가하게 되었다. 18세 때 그는 유부녀를 정부로 삼아 지냈으나, 아버지를 본보기로 하여 작가로서 명성을 날리기로 결심하고 낭만주의 경향의 시와 소설을 습작하였다. 그리고 마침내 소설 『춘희』를 써 성공하자, 현실의 경험을 바탕으로 한 사실적인 문제 소설을 쓰게 되었다. 또한 『춘희』를 희곡화하여 공연에서 얻게 된 큰 성공은 희곡 작가로서의 재능을 인정받게 되었고, 이후 극작에 전념하게 되었다.

그의 희곡 작품 『동백꽃 아가씨』(*La Dame aux Camélias*, 1852), 『금전 문제』(*La Question d' argent*, 1857), 『사생아』(*Le Fils naturel*, 1858) 등은 사회 문제로서 가정의 보호, 이혼, 간통, 욕정의 타락을 다룬 것이다. 이러한 작품들은 또한 사실적 풍속극이라는 새로운 바람을 연극계에 불어넣어주기도 하였다.

『춘희』는 작가가 잘 알고 있던 파리의 고급 매춘부인 마리 뒤프레시(1824~1847)를 모델로 삼았다고 한다. 창녀이면서도 그 마음 밑바닥에 조금도 더럽혀지지 않은 순정을 간직하고 있고, 참된 사랑에 눈뜨게 되자 모든 것을 던져 애인에게 바치는 주인공 마르그리트의 절대적인 사랑을 그린 소설이다. 그 줄거리는 다음과 같다.

동백나무 꽃을 몹시 사랑하기 때문에 '춘희'라고 불리고 있는 마르그리트 고티에는 언제나 화려하게 몸을 치장하고 귀부인 같은 호화로운 생활을 하고 있다. 그녀의 이러한 생활은 몸을 팔고 있기 때문이다.

순진한 청년 아르망 뒤발은 친구 가스통과 함께 바리에테 극장에서 마르그리트를 처음 만나게 된다. 가스통은 아르망에게 그녀가 폐결핵을 앓고 있다고 하면서 연극이 끝난 뒤 그녀를 만나게 해준다. 아르망은 그녀의 티없이 순진한 모습에서 창녀 아닌 처녀의 모습을 읽고, 그녀에게 아낌없는 사랑을 바친다. 마르그리트도 생전 처음으로 아르망에게 진실된 사랑을 느낀다. 이후 그 두 남녀는 급속도로 가까워진다. 그리하여 두 남녀는 파리 교외에 사랑의 보금자리를 마련하여 행복한 나날을 보낸다. 마르그리트는 하루하루 건강을 되찾는 듯했다. 그런데 이러한 생활은 마르그리트의 수입을 차단하게 되고, 아르망 역시 시골집에서 부쳐 주는 돈으로 지내는 터이라 살아가기가 막연하게 된다.

어느 날 아르망의 아버지가 상경하여 그에게 마르그리트와의 관계를 끊으라고 말한다. 아르망은 처음으로 아버지의 말씀에 거역하면서 그렇게 할 수 없다고 대답한다. 그러던 어느 날 아르망이 외출하고 없는 사이 그의 아버지가 마르그리트를 찾아온다. 그의 아버지는 그녀에게 자신의 집안의 평화와 그리고 아르망의 장래를 위해서 자기 아들과 헤어져 달라고 말한다. 아버지의 말을 들은 그녀는 아르망과 헤어질 것을 결심하고, 그의 아버지에게 다시는 아르망을 만나지 않겠다고 약속한다. 아르망의 아버지는 마르그리트가 생각보다 소문이 나쁘지 않다는 것을 알게 된다. 사랑의 보금자리로 돌아온 아르망은 마르그리트의 모습이 보이지 않자 절망한다. 아르망은 아버지의 위로를 받으며 함께 고향으로 간다.

그리하여 마르그리트는 사랑하는 사람의 아버지와 약속한 대로 파리로 돌아와서, 예전부터 끈덕지게 접근해온 바르비 백작의 요구를 받아들이고 옛날 그대로 몸 파는 생활을 한다. 아르망은 그녀의 마음이 변한 것을 알고 절망하여, 때마침 한 친구가 동양으로 여행을 떠난다고 해서 함께 떠나게 된다. 알렉산드리아에 도착했을 때 아르망은 그녀가 홀로 파리에서 앓고 있다는 소식을 듣게 된다. 그는 즉시 파리를 향해 떠난다.

마르그리트는 체념과 실의로 인해 폐병이 날로 악화되어 간다. 이것을 알게 된 아르망의 아버지는 위로의 편지와 함께 치료비를 보낸다. 이후 아르망의 아버지는 자신이 취한 행동이 잘못되었음을 깨닫고 아르망에게 모든 것을 털어놓는다. 진실을 안 아르망은 마르그리트에게 달려간다. 마르그리트의 무덤 위에는 사월의 따뜻한 햇빛이 싱싱한 나뭇잎을 불타게 하고 있다.

■ 조르주 상드(George Sand, 1804~1876)
　　　　　　　　　－ 『악마의 늪』(*La Mare au diable*, 1846)

낭만파 여류 작가인 그녀의 본명은 오로르 뒤팽(Aurore Dupin)이었다. 그런데 처음 소설을 함께 쓴 쥘 상도(Jules Sandeau, 1811~1883)의 권유로 '상드'라는 필명을 쓰게 되었다. 그녀는 유서 있는 가문의 군인과 나폴레옹 군대를 따라다니던 서민 계층의 딸 사이에서 태어났다. 일찍이 아버지를 여의고, 할머니의 영지인 베리 지방의 저택에서 성장하였다. 그녀는 18세 때 시골 귀족인 뒤드방(Dudevant) 남작과 결혼했으나 남편에게 불만을 느껴 파리로 떠났다. 그녀와 뮈세와의 연애 사건은 유명하다. 그밖에도 그녀는 음악가 쇼팽, 리스트 등과도 떠들썩한 연애를 하여 문학가로서뿐만 아니라 정열적인 사랑을 나눈 여성으로서, 그리고 여성의 자유와 평등을 요구한 여권주의자로도 유명하다. 루소의 제자인 그녀는 루소와 같은 낭만적인 정열로 사랑의 아름다움에 대해 글을 썼고, 애정 없는 결혼, 남편의 폭력과 여성의 평등에 관한 글을 썼다. 그녀의 대표적인 소설 작품으로는 『모프라』(*Mauprat*, 1837), 『앙지보의 방앗간 주인』(*Le Meunier d'Angibault*, 1845), 『사랑의 선녀』(*La Petite Fadette*, 1849) 등이 있다.

『악마의 늪』은 다시 돌아와 살게 된 자기의 사랑하는 고향의 소박한 풍경을 묘사한 것으로, 정열의 강렬함이나 주의주장의 요란함이 없이 자연스럽게 그리고 있다. 그 줄거리는 다음과 같다.

주인공 제르맹은 성실한 농부로 2년 전 부인이 세 아이를 남기고 세상을 떠난 뒤 홀아비 신세가 된다. 장인은 세 아이를 돌보기 위해서라도 새장가를 가야 한다

510

고 제르맹에게 자꾸만 재혼을 권한다. 그런데 장인은 결혼할 여자는 상당한 재산을 가지고 있는 견실한 여자가 좋으며, 되도록 과부가 좋다고 말한다. 그러면서 그에게 그러한 여자를 골라준다. 그 여자는 숲 너머 마을에 살고 있는 과부다. 부인을 그리워하지만 제르맹은 장인의 말에 따르기로 한다.

어느 토요일 저녁, 제르맹은 자기 신세를 매우 서글퍼하며 장인이 말한 과부를 만나보기 위해 길을 떠난다. 그는 자기의 어린 아들 피에르와 이웃집 노파의 딸인데 어느 농가에 남의집살이를 하러 가는 마리라는 소녀를 말 뒤에 태워 함께 길을 떠난다. 그런데 가는 도중 악마의 늪에 이르자, 날이 저물고 숲에 안개가 자욱이 끼어 그들은 길을 잃는다. 그들은 그날 밤을 나무 아래서 노숙하게 된다. 그러는 가운데 제르맹은 소녀 마리의 쾌활함과 부지런함 그리고 총명함에 그만 반해 버린다. 그래서 제르맹은 마리에게 자기의 사랑을 고백하나, 그 소녀는 그를 사랑하지 않는다고 대답한다. 마침내 제르맹은 장인이 말한 과부의 집에 도착하나 과부의 당돌하고 야비하며 강한 허영심은 제르맹에게 불쾌감을 준다. 이에 제르맹은 실망하게 되고, 소녀 마리가 자기를 원하게 되는 날까지 다른 여자와 결혼하지 않겠다고 결심하고서 마을로 돌아온다.

한편 남의집살이하러 간 마리 역시 그 집 주인이 매우 깐깐하고 사나워서 다시 돌아오게 된다. 마침 그 두 사람은 다시 만나게 된다. 제르맹은 때가 되면 마리를 자기 아내로 삼을 생각이었으나, 마리는 돈을 좀 더 벌어서 젊은 남자와 결혼할 생각을 가지고 있다. 결국 그 날이 왔다. 소녀 마리는 이제 처녀가 되었다. 마리는 전에 제르맹에게 그를 조금도 사랑하지 않는다고 말한 것은, 다만 가난한 처녀의 조심성에서 그렇게 말한 데 불과했다고 고백한다. 그들은 베리 지방의 혼례 의식에 따라 성대하게 결혼식을 올리고 행복하게 살게 된다.

4. 미국의 낭만주의 문학

미국은 150년 동안 영국의 식민지로 있었기 때문에 문학 역시 식민지 문학에서 출발했다. 이후 영국으로부터 독립을 쟁취하고 난 후, 미국에서는 자국 특유의 경험과 사상을 표현하는 독자적 문학을 요구하는 새로운 문학 양식을 원했다. 그럼에도 불구하고 미국 문학은 그 문학적 기준을 18세기 영국의 시와 소설·희곡·수필에서 찾았고 그것들을 모방할 수밖에 없었다.

미국 문학이 문학다운 제 모습과 기틀을 잡기 시작한 것은 19세기에 들어서면서부터이다. 당시 영국 문학은 낭만주의로 기울고 있었고 미국은 국민적 자각이 고조되어 갔다. 그러므로 당시 미국 대륙에 상륙한 낭만주의 운동은 유럽 대륙보다 한층 더 국민 의식을 고취시키는 국가주의 양상을 띠게 되었다. 미국인들은 단순히 유럽 문화를 계승하기를 거부하고 미국 서부 미개척지의 때 묻지 않은 대자연과 서부 개척자들의 건강한 삶의 현실에 관심을 집중했다.

이러한 작업에 많은 작가들이 동참하였다. 어빙(Washington Irving, 1783~1859)은 미국 단편소설과 수필을 통하여 낭만적인 모델을 제시했고, 브라이언트(Wittiam Cullen Bryant, 1794~1878)는 개척 정신을 반영한 단순함과 환희의 정서로 미국 시를 해방시켰고, 쿠퍼(James Fenimore Cooper, 1789~1851)는 원시림에 사는 인디언의 삶을 묘사했다. 에머슨(Ralph Waldo Emerson, 1803~1882)은 낭만적 상상력이라는 추상적 개념과 19세기 중엽의 미국 현실을 실질적으로 융합시킴으로써 미국 문학의 방향을 제시했다. 그의 표현에 대한 자유로운 정신은 휘트먼(Whitman, 1819~1892)을 비롯한 다음 세대의 시인들에게 지대한 영향을 주었다.

미국 낭만주의의 대표적인 작가와 작품은 나다니엘 호손(Nathaniel Hawthorne, 1804~1864)의 소설 『주홍글씨』(*The Scarlet Letter*, 1850), 에드가 앨런 포(Edgar Alan Poe, 1809~1849)의 시 『애너벨 리』(*Annabel Lee*, 1949, 사후 발표), 단편소설 「검은 고양이」(*The Black Cat*, 1843), 추리소설 『모르그가의 살인 사건』(*The Murders in the Rue Morgue*, 1842) 등이 유명하다. 그리고 휘트먼(Walt Whitman)의 시집 『풀잎』(*Leaves of Grass*,

1855), 멜빌(Herman Melville, 1819~1891)의 소설 『백경』(*Moby Dick*, 1851) 등을 꼽을 수 있다.

■ 나다니엘 호손(Nathaniel Hawthorne, 1804~1864)
– 『주홍글씨』(*The Scarlet Letter*, 1850)

호손은 메사추세츠주 세일럼의 청교도 가문에서 태어났다. 아버지는 상선의 선장이었는데 그가 3살 때 세상을 떴고, 누나와 여동생과 함께 어머니의 고향에서 성장했다. 그의 아버지 쪽 선조인 윌리엄 호손은 퀘이커교[5]도들을 이단으로 몰아 박해했고, 고조부는 1692년 소위 '세일럼 마녀 사냥'[6]의 재판관을 역임하여 악명을 떨쳤다. 어머니 쪽 가문 역시 뉴잉글랜드의 명문이었다. 호손은 아버지로부터 고독을 좋아하는 버릇을, 어머니로부터는 섬세한 감수성을 배웠다. 이러한 가계의 유산이 훗날 호손 문학의 기본적인 테마, 즉 청교도들이 가지고 있는 죄의식의 문제를 다루게 되었다.

그는 16세에 메인주 포던 대학에 입학하여 훗날 대시인이 된 롱펠로

---

5 퀘이커교 : 일명 '프랜드협회'라고도 하며, 1647년 영국인 G. 폭스가 창시한 프로테스탄트의 한 교파이다. 1650년대 이후 미국에 포교가 적극적으로 행해졌다. '안으로부터의 빛'을 믿는 신앙을 내세웠고 인디언과의 우호, 흑인 노예무역과 노예제도의 반대, 전쟁 반대, 양심적 징병 거부, 십일조 반대 등을 내세워 일반 사람들과는 다른 입장을 취했다.

6 세일럼 마녀 사냥 : 중세부터 가톨릭은 마녀 사냥에 몰두했다. 15세기 초부터 산발적으로 시작된 마녀 사냥은 16세기 말~17세기에 전성기를 이루었다. 초기에는 종교재판소가 마녀 사냥을 전담했지만, 세속 법정이 주관하게 되면서 광기에 휩싸이게 되었다. 종교재판소에서 마녀로 판정되면 대부분 화형에 처해졌는데, 그 육신과 함께 악마의 영혼도 불타 없어지는 것으로 믿었기 때문이다. 백년 전쟁 당시 국민적 영웅 잔 다르크도 영국군에게 넘겨진 후 마녀로 몰려 화형에 처해졌다. 1691년 메사추세츠주 세일럼에서는 150명이나 되는 여자들이 마녀로 몰려 이 가운데 19명이 사형당하는 일이 있었다. 이것이 바로 유명한 '세일럼의 마녀 사냥'인데 당시 뉴잉글랜드 지방을 휩쓸던 종교적 광신의 분위기를 잘 대변해주는 사건이다.

우와 대통령이 된 프랭클린 피어스와 친교를 가지기도 했다. 대학 시절 그는 문학청년이었다. 대학 졸업 후, 고향으로 돌아가 12년 동안 독서를 하고 소설 작법을 수련했다. 호손 작품 대부분은 타락과 구원이라는 그리스도교적 도식을 바탕으로 그리스도교 신앙 속에서 인간성의 완성을 구하는 인물들을 그려냈다. 그 인물들은 은밀한 죄를 가시고 있거나 타인들과 거리를 유지하게 만드는 문제점을 가지고 있으며 오만, 시기심, 복수욕 등으로 시달림을 받는 사람들이다. 인간의 마음속에 있는 어두운 부분들, 죄의 보편성과 인간의 선택이 지닌 복잡성과 모호성을 깊이 있게 그려낸 그의 작품들은 미국 상징소설에 지속적인 영향을 미쳤다. 『두 번 들려준 이야기』(*Twice-Told Tales*, 1837), 『낡은 저택의 이끼』(*Mosses from an old Manse*, 1846)에서 보여준 심리적 · 도덕적 · 통찰력은 어떤 미국 작가도 능가할 수 없는 깊이를 보여준다.

소설 『주홍글씨』는 청교도 식민지 보스턴에서 일어난 간통 사건을 다룬 작품이다. 이 작품은 17세기 미국의 어둡고 준엄한 청교도 사회를 배경으로, 죄지은 자의 심리를 치밀하게 묘사하면서 심오한 주제를 다룬 19세기 미국 문학의 걸작 중 하나로 꼽히고 있다. 그 줄거리는 다음과 같다.

뉴잉글랜드의 어느 도시, 형무소에서 그리 멀지 않은 곳에 교수대가 있다. 지금 그 교수대 위에는 한 젊은 여자가 서 있는데 많은 구경꾼들에게 둘러싸여 있다. 그녀는 생후 3개월 된 아기를 안고 있고, 앞가슴에 주홍색으로 선명하고 곱게 수놓은 'A'라는 글씨가 붙은 옷을 입고 있다. 'A'는 간통(Adultery)의 첫 글자이다.

그녀의 이름은 헤스터 프린이다. 그녀는 자기보다 나이가 훨씬 많은 연상의 학자와 결혼했다. 결혼 후 그녀 혼자서 먼저 식민지인 미국 땅에 건너왔고, 그녀의 남편은 지금까지 여러 가지 일을 뒤처리하기 위하여 암스텔담에 남아 있다. 헤스터 프린의 뒤를 따라 곧 오기로 한 남편은 아무리 기다려도 나타나지 않았고 아예

514

소식이 끊어지고 만다. 사람들은 틀림없이 그녀의 남편이 죽었다고 한다.

그러는 사이에 헤스터는 지금 품에 안고 있는 갓난아이를 낳은 것이다. 남편이 없는 사이에 임신하여 아이를 낳았으니 간통을 한 것이 틀림없다. 때문에 엄격한 청교도들은 헤스터를 간통죄로 형무소에 감금하였고, 재판을 연 결과 다음과 같은 선고를 내린다. 곧 "헤스터 프린은 교수대 위에서 죄의 자식을 안고 세 시간 동안 구경거리가 된 뒤, 앞으로 일생동안 죄의 표지인 'A' 라는 글자를 가슴에 달고 살아야 한다." 헤스터는 총독과 늙은 목사, 그리고 젊은 성직자 아서 딤즈데일의 힐문에도 불구하고 끝끝내 간통 상대를 밝히지 않는다. 간통의 상대자는 그곳의 목사 아서 딤즈데일이지만 그는 양심의 가책에 시달리면서도 다른 사람의 이목 때문에 진실을 숨기고, 사람들에게는 죄의 두려움을 설교하는 위선적인 생활을 계속한다.

그 무렵 오랜 세월 동안 행방불명되었던 헤스터의 남편이 모습을 드러낸다. 그는 미국으로 건너오는 도중 여러 가지 재난을 만나게 되었고, 그 수많은 어려움으로 해서 얼굴까지 변해진 상태로 이 도시에 오게 된 것이다. 그리고 그는 사랑하는 아내 헤스터의 간통 사실을 알게 되자 상대편 사나이에 대한 복수를 맹세한다. 이름도 로저 칠링워드라고 고치고 의사로서 이 도시에 머무른다.

헤스터는 교외의 허술한 집에 살면서 신부의 의상이나 타인들의 삯바느질로 생계를 꾸리고 있다. 세 살이 된 그녀의 딸 펄(마태복음의 '값진 진주' 에서 따온 이름)은 친구도 없이 자유분방하게 자라나고 있다. 딤즈데일 목사는 이중적 생활에서 오는 양심의 가책으로 점점 몸이 쇠약해져 간다. 결국 딤즈데일은 자신을 채찍질하며 금식 또는 철야기도 등 엄격한 고행으로 이 세상 사람이라고는 생각할 수 없을 정도로 쇠약한 상태에 빠지게 된다. 그 결과 건강 상담역이 된 칠링워드와 공동생활을 하게 된다.

7년이 지난 어느 오월의 밤이다. 딤즈데일은 밤일에서 돌아오는 헤스터 모녀를 불러 세우고 셋이서 손잡고 교수대 위에 서자고 한다. 그의 고민을 알게 된 헤스터는 칠링워드에게 딤즈데일을 용서해달라고 간청한다. 그러나 복수의 화신이 된 남편은 그 말을 거절한다. 헤스터는 숲에서 목사를 만나 남편인 칠링워드의 정체를 밝힌다. 새 주지사의 취임식 날 딤즈데일 목사는 설교를 하게 된다. 그리고 목사는 헤스터 모녀를 불러 함께 교수대 위에 서서 청중들 앞에 자기의 죄를 고백하고 그대로 쓰러져 죽고 만다.

이 이야기의 후일담으로서 칠링워드는 그로부터 1년 이내에 죽고 만다. 복수의 집념이 사라진 이상 더 살 의미가 없어진 것이다. 교양 있게 자란 펄은 외국에서 결혼하였고, 고향에서 깨끗이 살다 죽은 헤스터는 딤즈데일 목사의 무덤에 묻히게 된다.

■ 에드가 앨런 포(Edgar Alan Poe, 1809~1849)
– 「검은 고양이」(*The Black Cat*, 1843)

보스턴에서 태어난 포는 시인·소설가·비평가이다. 지방 순회 무대의 가난한 배우의 둘째 아들로 태어났다. 세 살이 채 되기도 전에 양친을 여의고, 리치먼드의 담배 상인 존 앨런의 양자가 되었으나 양아버지와 사이가 좋지 못하였다. 열네 살 때에는 친구의 젊은 어머니를 열애하였는데, 뒤에 유명한 서정시 「헬렌에게」(*To Helen*, 1831)를 쓰는 계기가 되었다. 포는 리치먼드에서 소년 시절을 보냈고, 양아버지를 따라 영국 런던으로 건너가 5년간 공부했다. 다시 리치먼드로 돌아와 1826년 버지니아 대학에 들어갔다. 그러나 우등생이었던 그가 도박에 빠져 빚을 지게 되자 양아버지는 그를 퇴학시키고 상점 일을 보게 했다. 그 후 그는 집을 뛰쳐나가 육군사관학교에 입학했지만 술과 도박으로 다시 퇴학당하였고, 이 때문에 양아버지와도 헤어졌다. 먹고 살기가 힘들어지자 이때부터 글쓰기에 손을 대기 시작했다.

그는 1831년부터 미망인이었던 숙모 클렘 모녀와 함께 볼티모어에서 가난하게 살면서 작품을 썼다. 1836년 친사촌 누이동생 버지니아와 결혼하였는데, 그때 그녀의 나이는 겨우 열세 살이었다. 이렇게 그의 삶은 매우 기이했으며 퇴폐적인 경향을 띠었기 때문에 일생을 두고 불행이 떠나지 않았다. 1847년 아내가 폐병으로 숨졌는데, 덮을 이불 하나 없을 정도로 가난했다고 한다. 이후 포는 아편에 빠졌으며 아내가 죽은 지 2년 뒤 볼티모어의 어느 술집에서 과음으로 의식 불명 상태에 빠져

마흔 살을 일기로 세상을 떠났다.

그의 대표적인 시집은 제3시집 『포 시집』(*Poems by Edgar Allan Poe*, 1831), 「어셔가의 몰락」(*The Fall of the House of Usher*, 1839) 등이 포함된 최초의 단편집 『괴기스런 이야기』(*Tales of the Grotesque and Arabesque*, 2권, 1840), 「검은 고양이」 등을 포함한 단편집 『이야기』(*The Tales*, 1845)가 있다.

그의 소설은 죽음과 공포, 불쾌감, 우울과 같은 세계를 다룬 그로테스크한 미학으로 유명하다. 그는 예술지상주의자였기 때문에 문학의 도덕적 효용에 대해서는 반감을 가지고 있었다. 우울과 공포만이 영혼을 가장 아름답게 하는 구성 요소라고 말하기도 했다. 이러한 그의 예술지상주의적 낭만주의는 많은 작가들에게 큰 영향을 미쳤다. 「검은 고양이」의 줄거리는 다음과 같다.

주인공 '나'는 일찍이 결혼했는데, 아내와 어느 정도 성격이 맞아 행복한 생활을 한다. 내가 집에서 기르는 귀여운 동물들을 유달리 좋아하는 것을 보고 아내는 동물을 사들인다. 그래서 새, 금붕어, 개, 토끼, 작은 원숭이, 고양이 등을 기른다. 검은 털을 가진 고양이 '플루토'는 썩 크고 예쁘고 영리하다. 나와 고양이는 몇 년 동안 잘 지낸다. 그런데 나는 음주 때문에 성격이 급격히 포악해지고, 드디어는 폭력을 가하게까지 된다. 그리하여 나는 총애하는 동물들을 점점 학대하게 된다.

어느 날 밤, 술에 잔뜩 취해 집으로 돌아오자 고양이가 나를 피하는 것 같은 생각이 든다. 나는 고양이를 움켜잡는다. 나의 난폭한 행동에 놀란 고양이는 이빨로 내 손에 가벼운 상처를 낸다. 나는 순간적으로 악마와 같은 분노가 치밀어 조끼 주머니에서 자개칼을 꺼내 고양이의 한 쪽 눈알을 앙칼지게 도려낸다. 이튿날 아침 제 정신으로 돌아왔을 때 나는 내가 저지른 죄악에 공포와 회한을 체험한다. 그러는 동안 한 쪽 눈을 잃은 고양이의 상처는 차츰 회복되었지만, 고양이는 여전히 나를 두려워한다.

어느 날 아침, 나는 고양이 목에 올가미를 씌워 정원 나무 가지에 매단다. 잔인한 짓을 한 그날 밤 나의 집에 불이 난다. 간신히 아내와 나 그리고 하인은 화재를 피했지만, 내 집과 재산이 깡그리 불타버렸고, 나는 절망한다. 불이 난 다음 날 집에 가보니, 남은 것이라곤 집 한 중간쯤 서 있는 간막이 방 벽뿐이다. 그런데 그 벽에 내가 올가미를 씌워 정원에 매달아놓은 고양이 모양이 박혀 있다. 나는 망령을 본 것 같다.

여러 달 동안 나는 그 고양이의 환상을 뿌리칠 수 없다. 그리고 어느 날 술집에서 플루토와 비슷한 고양이가 술통 위에 웅크리고 앉아 있는 것을 본다. 그 고양이는 가슴에 큼직한 흰털이 나 있다. 내가 고양이를 건드리자, 고양이는 내 손에다 몸을 비벼댄다. 그 고양이는 나의 집까지 따라온다. 그리고 집에 오자 고양이는 아내에게 당장 귀염둥이가 된다. 그 다음 날 나는 그 고양이도 플루토처럼 눈한 쪽이 없다는 것을 발견한다. 나는 그 고양이를 싫어했지만 고양이는 더욱 치근치근 내 꽁무니를 따라다닌다. 나는 고양이를 쳐 죽여버리고 싶지만 지난 번 저지른 죄가 생각나서 자제한다.

그러던 어느 날 나는 아내와 함께 지하실에 내려가는데, 뒤에서 따라온 고양이가 나를 가파른 층계에서 하마터면 거꾸로 메어칠 뻔한다. 화가 머리끝까지 뻗쳐 고양이를 도끼로 내리치려고 하자 아내가 손으로 막는다. 방해를 받자 나는 더 한층 격노하여 아내의 골통에다 도끼를 내리 꽂는다. 아내는 그 자리에서 죽어 넘어진다. 이 끔찍한 살인을 저지른 나는 매우 신중하게 시체를 감추려 계획한다. 그리하여 나는 지하실 벽 속에 넣고 벽돌로 쌓아 발라버린다. 시체를 처치한 나는 고양이를 찾았지만 고양이는 나타나지 않는다.

결국 한 무리의 경관이 집에 몰려와서 엄중한 수색을 하기 시작한다. 하지만 경관 무리들은 아무런 단서도 찾지 못하고 떠나갈 채비를 한다. 북받쳐 나는 기쁨에 아내의 시체를 넣고 벽돌로 바른 벽을 가리키면서 "이 벽돌은 썩 튼튼합니다"라고 말한다. 그리고 쥐고 있던 단장으로 아내의 송장이 들어 있는 바로 그 부분의 벽돌축을 쾅쾅 두드린다. 그러자 마치 어린애가 느껴 우는 것 같은 소리가 짤막짤막하게 들려오다가 갑자기 길고 높은 연속적인 찢는 듯한 소리로 높아지면서 사람 소리 같지 않은 불규칙적인 짖는 소리가 들려온다. 나는 기절하여 맞은편 벽에 비틀비틀 쓰러진다.

경관 무리는 극도의 공포와 두려움에 싸여 있다가, 벽을 허물어뜨리고 시체를 찾아낸다. 아내의 시체는 벌써 상당히 썩어 피덩이가 엉겨 붙어 꼿꼿이 서 있었고, 그 머리 위에는 새빨간 입을 벌리고 외짝 눈에 노기가 가득 찬 끔찍한 고양이가 앉아 있다. 나에게 살인을 저지르게 하고, 내가 붙들리게 소리를 내어 교수형 집행관에게 인도한, 그 괴물의 술책에 빠지고 만 것이다. 나는 그 괴물을 벽 속에 넣고 그냥 발라버린 것이다.

■ 휘트먼(Walt Whitman, 1819~1892) – 『풀잎』(*Leaves of Grass*, 1855)

휘트먼은 롱 아일랜드의 농부의 아들로 태어나, 11세 때 가정 사정으로 학교를 그만두고 변호사 사무실, 병원, 인쇄소 등에서 사환으로 일하면서 독학으로 교양을 쌓았다. 그는 고향의 초등학교 교사, 신문 편집인, 주필 등 저널리스트로 활약하기도 했다. 남북 전쟁 중에는 부상병을 간호하는 병원 일에 전념했으며, 전쟁이 끝난 후에는 고통과 죽음을 견디는 젊은 병사들의 모습을 직접 목격한 경험과 함께 미국의 미래에 대한 희망을 시로 써내기도 했다.

『풀잎』은 휘트먼이 평생 동안 쓴 작품이다. 여러 차례 재판을 거듭할 때마다 미국의 성장과 변화와 더불어 작가의 심경의 변화를 느낄 수 있게 하는 새로운 시들이 첨가되었다. 이 시집은 그 자체로 결론지어진 것이라기보다는 어떤 것을 향해 가는 통로라는 느낌을 준다. 다음은 『풀잎』 중 「나 자신의 노래」(*Song of Myself*)이다. 이 시는 휘트먼의 상상적 개성을 내포하고, 제1연은 열정적으로 자신을 노래하는 낭만주의적 경향을 바탕으로 하고 있다. 다음의 행에서는 그런 자신은 그대와 완전히 평등한 자기라는 것을 부연하고 있다. 여기서 '그대'는 독자이고 아메리카인이며 나아가서는 인류이기도 하다.

나는 나 자신을 찬양하고 나 자신을 노래한다,
그리고 내가 내 자신의 것이라고 취하는 것은, 그대도 취하리라.
왜냐하면 나의 것인 원자는 마찬가지로 그대의 것이기도 하니까.

나는 유랑하면서 나의 영혼을 부른다,
나는 여름날의 풀잎을 바라보면서, 편안하게 눕기도 하고,

기대하기도 한다.

나의 혀, 내 피의 모든 원자는 이 흙에서, 이 공기에서 형성되고,
이 땅에서 부모한테서 태어났다, 부모도 또한 마찬가지로
이 땅에서 태어난 부모한테서 태어났고, 그들의 부모도 또한
이 땅에서 태어났다.
이제야 37세가 된 나는 완전히 건강한 상태로 노래하기 시작한다,
죽을 때까지 노래하는 것을 중지하지 않도록 희망하면서.

종파와 학파에는 잠시 휴식하고,
있는 그대로의 자세에 만족하고 물러나, 그러나 결코
잊어버리지는 않는다,
나는 좋거나 나쁘거나 포용한다. 나는 만난을 물리치고
이야기할 기회를 준다,
억제하지 않고 원시의 활력을 가진 내가 천성에 대해서.

— 제1절

■ 허만 멜빌(Herman Melville, 1819~1891) – 『백경』(*Moby Dick*, 1851)

멜빌은 스코틀랜드계의 부유한 수입업자의 아들로 뉴욕에서 태어났다. 소년 시절은 행복했으나 아버지의 사업 실패와 죽음은 막대한 빚을 짊어지게 했다. 그는 19세 때 리버풀 항로의 배에 승선하였다. 1841년 고래잡이 배 아크슈네트호에 승선하여 남해로 출항하였다. 출항 중 어느 군도의 한 섬에서 동료 청년들과 타이피족 토민土民들의 포로가 되기도 하였다. 이 체험에서 그는 최초의 소설 『타이피』(Type(토어土語로 '식인종'을 뜻함), 1846)를 썼다. 그 뒤 그는 오스트레일리아 등의 고래잡이배에 승선하였고 그 경험은 소설로 그려졌다.

1844년 보스턴에서 하선한 멜빌은 결혼하여 뉴욕으로 옮겼고, 유력

한 문학 서클에 드나들면서 폭넓은 친교를 가지게 되었다. 그리고 피츠버그 근방에 농장을 사서 '화살'이라는 이름을 붙이고 거기서 『백경』을 집필했다. 그의 대표적인 작품으로는 『레드번』(*Redburn*, 1849), 『화이트 재킷』(*White Jacket*, 1850), 『피에르』(*Pierre*, 1852), 『사기꾼』(*Confidence-man*, 1857) 등이 있다.

『백경』은 에이허브 선장이라는 강렬한 성격의 인물이 '모비 딕'이라는 머리가 흰 고래를 잡으려다 결국 고래에 의해 죽게 된다는 내용을, 유일하게 살아남은 선원 이스마엘이 전하는 형식으로 되어 있다. 줄거리만 본다면 이 작품은 고래잡이에 대한 매우 강렬하고 사실적인 서술이 돋보이는 전율적인 모험소설이자 세계 최고의 해양문학이라고 할 수 있다. 그러나 이 작품은 이교적인 분위기 속에 고래에 대한 복수전을 펼치는 에이허브 선장의 도착적인 위대함을 통해 인간 영혼의 패배와 승리, 창조적 충동과 파괴적 충동, 숙명과 자유 의지 등의 문제를 철학적으로 고찰하고 있다. 그 줄거리는 다음과 같다.

이 소설의 화자 이스마엘은 구약성서에 나오는 인물로서, 아브라함이 그 여종에게서 낳은 아들이다. 그는 뒷날 쫓겨나 광야를 방황하는 무숙자(無宿者)가 된다.

젊은 이스마엘은 육지의 생활에 불만을 품고 고래잡이의 세계로 뛰어든다. 그리하여 '조수(潮水) 뿜는 여관'에서 토인인 퀴퀘그와 함께 자게 된다. 그는 이 기괴한 인물로부터 기독교에서는 좀처럼 발견할 수 없는 참된 인간애를 알게 된다. 그들은 포경선인 피쿼드 호에 타게 된다. 그리고 크리스마스 날 운명적인 항해에 나서게 되지만, 그에 앞서 광인인 일라이저로부터 파멸적인 운명에 관하여 경고를 받는다.

우선 포경선 피쿼드 호는 어딘지 모르게 기괴한 점이 있다. 무엇보다 선장인 에이허브가 수상한 인물인데, 그는 몸이 좋지 않다고 하면서 선원들이 승선할 때는 모습을 나타내지 않고 선실에 꼼짝하지 않고 있다. 그러다가 배가 열대 지방 가까이 이른 뒤에야 비로소 갑판에 나온다. 에이허브는 이미 노인이었고 한 쪽

다리는 없다. 고래 뼈를 의족으로 달고 있다. 어두운 얼굴에, 거의 집념에 휩싸여 있다.

선장 에이허브는 어느 날 승무원들을 불러 모아놓고 다음과 같은 말을 한다. 그가 한 쪽 발을 잃은 것은 '모비 딕'이라 불리는 백경(白鯨), 곧 흰 고래에게 한 쪽 발을 잘려 먹혔기 때문이다. 그날 이후로 그는 복수의 화신이 되었고, 어떻게 해서든지 그 고래를 죽이지 않고는 그대로 두지 않겠다는 결심을 굳히고 있다. 그러니 승무원들도 한 마음이 되어 자기의 복수를 성취시켜 달라는 것이다.

에이허브는 최초로 백경을 발견한 자에 대한 상금으로, 스페인의 다브론 금화를 메인 마스트에다 박아 놓는다. 또한 그는 태양에 반항하고, 그에 대한 도전의 징표로서 지구의를 두들겨 파괴한다. 그리고 배의 위치를 확인하고 진로를 결정하는 스스로의 방법을 고안한다. 이에 일등 항해사이며 기독교도인 스타버크가 백경의 추격을 중지하라고 호소한다. 그러나 선장은 이를 단호하게 뿌리친다. 선장의 포경선 운항의 목적은 고래의 기름을 채취하는 일이 아니고, 오로지 모비딕을 죽이는 단 하나의 목적에 마음이 고정되어 있다. 백경은 매우 큰 고래로서 "이마에 주름살이 있고, 턱이 굽어졌으며, 머리가 흰 놈"이다. 모비 딕의 등은 지금까지 여러 차례 포경선 추적을 받아 작살이 꽂아 있다. 이 고래는 덩치만 큰 게 아니라 성질도 사납고 포악하다. 이 고래는 지금까지 수많은 사상자를 내었다.

이윽고 그들은 마침내 문제의 백경을 발견하여 사흘 동안 격투한다. 에이허브는 그의 분신이라고 할 수 있는 악마적인 페데라를 작살 사수로 하여 고래를 추격한다. 첫째 날, 선장이 타고 있던 보트가 부서지면서 한 명의 사상자가 발생한다. 둘째 날, 보트가 세 척이나 파괴된다. 셋째 날에는 백경이 보트를 부숴버렸을 뿐만 아니라 모선인 피쿼드호를 향해 달려든다. 마침내 모비 딕이 배에 큰 몸뚱이를 부딪쳐 배를 산산조각 낸다.

한 척만 남은 보트에 타고 있던 선장은 백경을 향해 작살을 쏘았고 그 작살이 백경에 꽂힌다. 그와 동시에 작살의 줄이 그의 목에 감겨 고래와 더불어 바다 속 깊이 잠기고 만다. 피쿼드 호에 탔던 승무원들은 한 명도 살아남지 못한다. 방랑자 이스마일만이 바다에 표류하다가 상자를 발견하고 거기 매달린다. 그 상자는 퀴퀘그가 자기의 관으로 준비해둔 물건이다. 그 관을 타고 바다를 표류하던 이스마일은 구출되어 이 이야기를 전한다.

Ⅲ. 사실주의 문학 · 자연주의 문학

19세기 전반기는 프랑스혁명, 유럽의 혁명 등 대변혁의 시대였다. 18세기 산업혁명을 거쳐 자본주의 사회가 가속되었고 산업 발달, 인구 증가, 농노 해방, 계급 평등 등이 주요 문제로 떠올랐다. 한편으로는 18세기 로크나 루소가 주장한 사회계약 등의 연장선상에서 세계관 · 인생관 등 철학의 변화가 초래되어 인간의 의식이 바뀌었다. 즉 과학적 사고방식이 인간 사고를 지배하기 시작한 것이다. 여기에 다윈의 진화론도 한몫을 담당했다. 그리하여 자유, 진보, 진화 등이 19세기의 상징이 되었다.

사실주의의 어원은 라틴어 'realis(실물)'에서 유래했다. 문학에서 '리얼리즘'(realisme)은 1826년 프랑스에서 등장했는데, 비평잡지 《리얼리즘》(*Realisme*, 1856)과 평론집 『르 리얼리즘』(*Le Realisme*, 1857)을 거쳐 본격적으로 사용하기 시작했다. 문예사조로서 사실주의 문학은 19세기에 들어서 그 기반을 확고하게 다졌으며, 19세기 문학의 가장 대표적인 예술 양식이 되었다. 1830년대 낭만주의의 전성기에 콩트(Auguste Comte, 1798~1857)가 주창한 실증주의의 영향을 받아 공상적이며 신비주의적 경향으로 치우친 낭만주의에 반대하면서 현실의 문제를 있는 그대로, 나아가 과학적으로 탐구하고자 하는 문학 사상이 서서히 형성되기 시작했다. 18세기 신고전주의가 드라마의 시대이고, 낭만주의 시대가 운문의 시대라면, 사실주의와 자연주의는 소설이 발달한 시기이다.

사실주의는 신고전주의·낭만주의·예술지상주의·형식주의 등에 대립되는 개념을 지닌다. 낭만주의는 고전주의의 인습, 제약, 규칙을 거부하면서 개인 정서를 해방하고 주관주의와 개인주의를 지향했다. 이에 반해 사실주의는 과학에 대한 신념을 바탕으로 이상이나 환상보다는 현실을 중시하고, 역사나 현실의 사건들을 예술의 자료로 삼아 관찰하고 분석하며 묘사를 통해 현실을 충실히 모방하고자 하였다.

객관성과 보편성을 존중한다는 점에서 사실주의는 고전주의와 비슷하지만, 고전주의가 '양식', '이성'을 숭배한 데 비해 사실주의는 '과학'에 의거한다는 차이가 있다. 또한 고전주의가 인간이라는 국한된 자연에만 주의를 기울이고 외적인 자연에 소홀했던 것에 반해, 사실주의는 인간과 자연 모두를 대상으로 삼는 현실의 완전한 묘사를 지향했다. 고전주의가 인간의 저속함이나 특수성을 피하고 보편적이고 고상한 면만을 대상으로 삼은 데 비해, 사실주의는 그 전체의 모습을 그리려 했다. 사실주의는 작가의 주관이 최대한 배제되고 객관적·과학적인 엄격한 태도를 요구했으며, 표현의 정밀성을 통해 진실의 문학을 추구하고자 하였다.

사실주의 문학은 개인의 감수성이나 상상력보다는 사회적인 경험을 존중하고, 현실을 객관적으로 묘사함으로써 문학에 과학적인 방법을 적용시키려 했다. '현실의 재현'이라는 의미에서의 사실주의 문학은, 개인과 그 개인을 포함하고 있는 사회와의 관계 속에서, 개인의 삶을 사회적 현실로 다룬다는 점에서 낭만주의와 전혀 다른 양상을 보였다.

일반적으로 사실주의는 현실의 기계적 모방, 즉 사진사가 사람이나 사물을 사진으로 찍어내는 것과 같은 객관적 세계 또는 사실의 빈틈없는 복사로 생각하기 쉽다. 그래서 사실주의는 종종 인간의 주체적인 측면을 무시하는 황량한 예술, 예술이 아닌 예술로 비난받기도 했다. 그러나 진정한 사실주의는 현실의 사상을 정확하게 관찰하고 사회 현실을 정직하게 반영하여 인간 상호 간의 관계, 더불어 인간과 사회와 자연의 관계가 현실과 역사에서 전개되는 본질적인 양상을 추구하는 것이다.

또한 낭만주의가 예술의 본질에 관한 이해를 심화시켰다고 한다면, 사실주의는 예술의 임무나 예술과 삶의 관계를 제기했다. 저널리즘의 발달로 현실에 적극적으로 참여할 수 있게 된 작가들은, 개인과 사회의 관계라든가 사회 문제에 깊은 관심을 표명하였다. 그리고 갈피를 잡을 수 없이 점점 복잡해져만 가는 사회를 그리는 데는 산문으로 써 내려가는 소설 양식이 가장 적합했고, 사실주의 시대에 이르러 소설은 부르주아 시대의 대표적인 표현 양식으로 자리 잡게 되었다.

이러한 사실주의는 그 경향에 따라 사회적 사실주의, 비판적 사실주의, 과학적 사실주의 등으로 나뉜다. 과학적 사실주의는 후에 자연주의 문학으로 구분하기도 하는데, 사실주의보다 더 실증적인 과학의 배경 하에 세심한 관찰과 적나라한 묘사, 즉 인간의 본능적인 대담한 애욕적 장면과 생리학이나 해부학적 묘사를 과감히 시도했다. 그러나 사실주의와 자연주의 사이의 차이점은 정의하기 힘들고 때때로 서로 교환할 수 있는 개념이다.

1850년대 사실주의가 있는 그대로의 현실을 묘사하여 제시하고자 한 것이라면, 자연주의는 여기에서 한 걸음 더 나아가 대상을 자연 과학자 또는 박물학자와 같은 눈으로 분석, 관찰하고 검토하고자 한 문예사조를 말한다. 자연주의 문학은 자연의 힘 즉 유전, 환경, 육체적 충동과 관련된 현실적 문제를 과학적으로 분석하는 접근 방식이다. 이렇게 볼 때 자연주의는 사실주의의 새로운 표현이라기보다 후기 사실주의의 어떤 특징을 표현하기 위해 등장했다고도 할 수 있다.

이 두 사조는 일반적으로 1870년을 경계로 그 이전을 사실주의, 그 이후를 자연주의라고 구분하기도 하지만 근본적으로는 쉽게 구별되지 않는다. 굳이 구분한다면, 사실주의는 인간 및 사회의 여러 현상에 대한 정확하고 완전하며 진지한 재현을 특징으로 한다. 그러면서 현실 전체적인 방향성에 대한 깊이 있는 파악을 중요한 요건으로 삼는다. 이에 반해 자연주의는 사실주의를 논리적으로 발전시키려 한 것으로서, 사실주의보다 더 정확히 인생을 묘사하고 과학적 방법의 결정론을 채택하여 인생에 대한 해부와 분석을 특징으로 하는 것이다.

프랑스의 작가 에밀 졸라(Emile Zola, 1840~1902)의 『매당야화』(*Les Soirées de Médan*, 1877)는 소위 자연주의 선언이다. 그는 『실험소설론』(*La Roman experimental*, 1880)을 통하여 테느(Hippolyte Adolphe Taine, 1828~1893)의 문학 결정론인 인종 · 시대 · 환경이라는 3대 원인에 의거하여, 작가는 마치 사건과 성격을 실험실에서 실험에 의해 증명하듯이 글을 써야 한다는 이론을 전개했다. 그리고 자연주의 수법으로 소설집 『루공 마카르 총서』(*Les Rougon Macquart*, 1871~1893)를 썼다. 그가 내세운 자연주의는, 문학을 응용 자연과학으로 변용시킴으로써 인간을 비인간적인 것, 동물적인 것으로 고정시켜 놓았다는 비판을 받기도 하였다.

1. 프랑스의 사실주의 · 자연주의 문학

19세기 중엽, 사회의 동향은 문학을 떠나 과학 쪽으로 옮겨갔다. 당시 프랑스 사회는 자연과학의 눈부신 발전과 더불어 근대정신이 확립되었으나, 문학가 등은 좌절감에 빠지게 되었다. 그 이유는 1848년 2월혁명이 국민의 정부를 출현시키지 못하고 독재의 제국정부帝國政府를 낳게 했기 때문이다. 제정은 권력을 굳히려는 목적에서, 모든 이기주의를 교묘하게 이용하여 국민들을 물질적인 이익 추구 쪽으로만 밀고갔다. 그리하여 물질주의 경향이 날마다 두드러지게 나타났다. 반면 전 시대의 이상주의 · 신비주의 · 복음주의 정신은 급속히 시들어갔다. 마침내는 과학적 실증주의 · 관능적 회의주의 · 실질적 물질주의 등 각양각색의 정신 형태가 혼재하게 되었다.

19세기 후반 사실주의와 자연주의 문학 시대에 프랑스 문학은 유럽 문학을 주도하였다. 생트 뵈브, 테느 등의 문학 비평은 많은 작가들에게 사실주의와 자연주의 문학에 대한 강력한 영향을 끼쳤다. 이 시기에 이르러 문학비평과 역사학이 인문과학으로 정립되고, 고답파(Parnassien) 시인들은 역사학과 고고학을 토대로 시를 쓰기 시작했다.

고답파는 낭만주의의 지나친 서정을 배격하고 객관적이고 몰개성적이며 무감동, 무감각한 조형적인 시를 예찬하는 데서 출발하였다. 본질적으로 낭만주의에 반대하고 고전주의에로의 복귀를 지향하며 객관성을 존중하여 묘사의 조형미, 완성된 시적 형식의 아름다움을 숭배하였

다. 이들의 '예술을 위한 예술' 이론은 더욱 발전되어 뒤에 등장한 상
징주의의 바탕을 구축하게 하였다.

고답파의 성격은 결국 소설에 있어서의 사실주의와 자연주의의 성격
과 상통한 것이다. 시대적으로 볼 때 고답파는 사실주의 소설의 출현보
다 다소 늦게 형성되어 자연주의 소설의 붕괴에 약간 앞서 상징파에 자
리를 넘겨주게 되었다.

프랑스 사실주의와 자연주의 대표적인 작가와 작품으로 우선 소설
분야에 발자크(Honore de Balzac, 1799~1850)의 단편 137편을 모아 담은
『인간희극』(*La Comedie humaine*, 1842~1848), 『으제니 그랑데』(*Eugenie
Grande*, 1833), 『고리오 영감』(*La pere Goriot*, 1835), 『골짜기 백합』(*La lis
dans la vallee*, 1836) 등을 들 수 있다. 스탕달(Stendhal, 1783~1842)은 『적
과 흑』(*Le rouge et le noir*, 1831), 『파름므의 수도원』(*La Chartreuse de
Parme*, 1839) 등을 내놓았고, 플로베르(Gustave Flaubert, 1821~1880)는
『보바리 부인』(*Madame Bovary*, 1857) 등을 내놓았다.

졸라는 총 20권으로 된 자연주의 소설 『루공 마카르 총서』를 출간했
는데, 그 가운데 가장 널리 알려진 작품은 『목로주점』(*l' Assommoir*,
1877), 『나나』(*Nana*, 1880), 『제르미날』(*Germinal*, 1885) 등이다. 또한 모
파상(Guy de Maupassant, 1850~1893)은 『비계덩어리』(*Boule de Suif*, 1880),
『여자의 일생』(*Une Vie*, 1883)을 출간하였다. 그리고 도데(Alphonse
Daudet, 1840~1897)의 단편집 『나의 방앗간 소식』(*Les Letters de mon
moulin*, 1886), 『월요 이야기』(*Contes du Lundi*, 1873) 등도 이 계열의 작품
으로 넣을 수 있다.

■ 오노레 드 발자크(Honore de Balzac, 1799~1850)
 − 『고리오 영감』(*La pere Goriot*, 1835)

발자크는 낭만주의 시대를 살았지만 사실주의를 대표하는 작가이다. 투르의 한 부르주아 가정에서 태어나 신경질적인 어머니의 냉대를 받으며 고독한 소년 시절을 보냈다. 14세까지 수도사들 밑에서 학교 생활을 한 후에 아버지가 바라는 대로 법률사무소의 서기가 되었다. 그러나 1819년부터 작가가 되기로 결심하고 아버지의 허락을 받아 파리에서 작품을 쓰기 시작했다. 그런데 그의 첫 번째 작품인 운문 희곡 『크롬웰』(*Cromwell*, 1819)은 실패하고 말았다. 그리하여 그는 소설 쪽으로 방향을 전환하여 『인간희극』(*Comédia Humaine*, 1842~1848)을 발표했다. 이 제목은 발자크가 평생 동안 쓴 137편의 단·중·장편을 총괄해서 붙인 명칭이다. 이 가운데 현재 96편만 남아 있는데 '풍속연구', '철학연구', '분석연구' 등 3부로 나뉜다.

『인간희극』은 애초 계획에 의해 이루어진 것이 아니라 일생 동안 써 놓았던 작품들을 발자크가 세상을 떠나기 2~3년 전에 정리하고 구분한 것이다. 『인간희극』 안에 들어 있는 모든 소설은 1810~1835년까지 왕정복고 시대의 프랑스 사회의 모든 양상과 풍속을 망라했을 뿐만 아니라, 한 작품에 등장하는 인물이 다른 작품에도 반복해서 등장하고 있다. 이런 점에서 그 많은 소설들이 하나의 전체를 이루며, 내밀한 인간 심리를 통해 인간의 욕망이 만들어내는 인간 드라마를 재현하고 있다. 그래서 『인간희극』은 당시 프랑스 현실을 통찰한 백과사전인 동시에 요술 만화경 같은 작품으로 평가받고 있기도 하다.

『인간희극』의 '풍속연구' 가운데의 소설은 『고리오 영감』, 『사촌누이 베트』(*Cousine Bette*, 1846), 『사촌 퐁스』(*Le Cousin Pons*, 1847) 등이 유명하다. 『고리오 영감』은 두 가지 주제가 밀접하게 섞여 있다. 하나는 돈 때문에 파멸당한 처참한 부성애의 비극을, 또 하나는 마음을 괴롭히는 선망과 주위의 부정이라는 이중의 압박 아래, 한 청년이 차츰차츰 부도덕에 빠져 들어가는 것을 그리고 있다. 그리고 이 작품은 구두쇠의 성격을 완벽하게 그려내고 있다. 돈에 대한 인간의 집요한 욕망을 그린 탓으로 발자크는 '돈의 대서사 시인'이라는 별명까지 얻었다. 이는 훗날 러시아의 도스토예프스키의 소설에 나오는 돈 때문에 벌어지는 온갖 인물들의 희비극의 전신이기도 하다. 『고리오 영감』의 줄거리는 다음과 같다.

파리의 값싼 하숙집 보케 여인숙에는 여러 명의 하숙인이 있다. 그 가운데 야심가인 젊은 학생 외제느 드 라스치냐크, 건장한 40대의 수수께끼 같은 사나이 보트랭, 그리고 모든 사람으로부터 놀림을 당하고 있는 고리오 영감이 있다.

제분업을 하던 고리오는 지난달만 해도 백만장자였으나, 거액의 지참금을 주어 두 딸을 귀족에게 시집보냈기 때문에 지금은 거의 한 푼도 없는 형편이다. 두 딸은 아나스타지 드 레스토 백작부인과 델피느 드 누싱겐 남작부인이 되었다. 비정상일 정도로 딸들을 사랑하는 고리오 영감은 싸구려 여인숙에서 지내면서, 어떻게 해서든지 돈을 마련하여 딸들의 낭비와 허영을 뒷받침하고 있다.

청년 라스치냐크는 지방의 가난한 귀족의 후손으로서 앞날의 영화를 꿈꾸고 있는 야심가이다. 성급한 그는 높은 학문과 상류 계층의 여성을 차지하겠다는 야망으로 공부에 열중한다. 그러는 한편 사촌누이 보세앙 자작부인의 힘을 빌려 고리오 영감의 막내딸 델피드 남작부인에게 접근하게 된다. 청년 라스치냐크는 사교계에서 고리오 영감의 딸들을 만난 적이 있는데, 향락과 영화를 갈망하는 경박하고 이기적인 여인들이었다. 그럼에도 불구하고 라스치냐크는 델피느 남작부인에게 관심을 사려고 애쓴다.

같은 여인숙에 기거하고 있는 수수께끼의 사나이 보트랭은 라스치냐크가 화려한 출세의 길을 잡기 위해 애쓰는 것을 눈치 챈다. 그래서 보트랭은 라스치냐크에게 접근하여 '정직이라는 평범한 수단을 가지고서는 입신출세할 수 없다', '맛 좋은 음식을 먹으려면 자기 손을 더럽혀야 한다', '성공이야말로 미덕이다', '반항의 철학' 등을 주장하여 라스치냐크의 마음을 흔들어놓는다. 그리고 성공하면 백만장자로 만들어줄 터이니, 자기의 범죄를 거들어달라고 한다. 보트랭은 자기가 범죄의 모든 책임을 지며, 라스치냐크는 범죄에 직접 참가하지 않아도 좋다고 제의한다. 라스치냐크는 자신이 직접 참가하지 않아도 좋다는 제의에 끌리면서도 결국 거절한다. 보트랭의 범죄 계획은 착착 잘 진행된다. 그러나 도중에 같은 여인숙에 기숙하는 사람의 배반으로 경찰에 체포되고 만다. 배반자는 징역수(懲役囚)의 두목 '불사신(Trompe la mort)'라 불렸던 유명한 자크 콜랭이다. 이리하여 라스치냐크는 보트랭의 유혹에 의해 죄에 끌려들어갈 번한 악행에서 벗어나게 된다. 그러나 보트랭의 말이 그를 매료시켰던 것은 사실이다.

한편 고리오 영감은 딸들을 행복하게 해주기 위하여, 딸들의 온갖 문란한 행위에 가담하고 자기의 마지막 연금까지 털어 딸들이 끊임없이 필요로 하는 돈을 대준다. 그런데 딸들이 추악한 형제 싸움을 하는 것을 보고 마음이 아픈 나머지 병들어 쓰러지고 만다. 라스치냐크와 그의 친구가 병을 간호해주고 있는데, 두 딸들은 병문안조차 오지 않는다. 고리오 영감은 헛되이 딸들의 이름만 부르고 있다. 그는 저주와 축복의 말을 교대로 중얼거리며, 두 청년을 자기 딸들이라고 착각한 가운데 숨을 거둔다.

라스치냐크는 델피느에게서 선물로 받은 시계를 전당포에 맡기고, 고리오 영감의 장례식을 치러준다. 그는 페르 라셰즈의 묘지에 고리오 영감의 유해를 매장하고, 거기서 청춘의 마지막 눈물을 묻는다. 라스치냐크는 이제 완전히 깨닫게 된다. 가정이란 것은 속임수이고, 보트랭의 경우를 보면 반항도 불가능하다는 것이다. 그리하여 파리를 향하여 "자, 덤빌테면 덤벼라"고 외치며 사회 도전의 첫걸음을 내딛는다.

■ 스탕달(Stendhal, 1783~1842) - 『적과 흑』(*Le Rouge et le Noir*, 1831)

스탕달의 본명은 앙리 베일(Henri Beyle)이며 프랑스 남부 그르노블에서 태어났다. 아버지는 고등법원 변호사였으며, 어머니는 그의 나이 7세 때 세상을 떠났다. 그는 위선적인 아버지, 신부인 가정교사, 노처녀인 숙모의 사이에서, 말없이 굴욕과 분노와 증오를 키우며 자랐다.

　1800년 육군성에 들어가 나폴레옹 휘하에 종군하여 밀라노에 입성하였다. 다음해에 파리로 나와 제2의 몰리에르가 되기 위해 연극 관람과 독서에 몰두하였다. 그러다가 다시 육군성에 들어가 모스크바 원정 때 식량 조달에 수완을 발휘했으나, 1814년 나폴레옹의 실각과 동시에 생활비가 저렴한 밀라노로 이주하였다. 그러나 생활고로 자살을 생각하게 되었고, 6차례에 걸쳐 유서를 쓰기도 했다.

　『적과 흑』을 간행한 다음 해인 1831년 새 정부에 의해 치비타벳키야 영사로 임명되었고, 평생 동안 그 지위에 있었다. 1842년 휴가에서 돌아와 파리의 길거리에서 졸도하여 세상을 떠났다. 그가 세상을 뜬지 50년 만에 출판된 『앙리 브류라르의 생애』(*La Vie d' Henri Brulard*, 1890)는 대담 솔직한 그의 자서전이다.

　소설 『적과 흑』에서 '적赤'은 나폴레옹 시대의 군인(군복)의 영광 또는 공화주의의 열렬한 에너지를 의미하고, '흑黑'은 왕정복고 시대에 세력을 떨친 신부 계급의 검은 옷을 나타내는 것이라고 해석된다. 이 소설은 '1830년 연대기'라는 부제가 있듯이, 7월혁명 직전의 지배자 교체의 격동 시대를 살아가는 한 평민 청년의 야심을 통하여 귀족, 신부, 대부르주아지의 3자가 좌지우지하는 사회의 반동성을 철저하게 비판적으로 그려낸 작품이다.

　주인공 줄리앙 소렐은 목재소 집 아들로 태어나 아버지와 형의 학대를 받으며 자란다. 그러면서 나폴레옹을 숭배하고 출세의 야망을 키운다. 당시는 귀족과 성직자와 부자만이 권세를 누리던 사회였다. 그런데 그는 아무것도 가진 것 없이 오직 자신의 야망과 열정을 바탕으로 사회에 도전한다. 이처럼 이 소설은 야망과 열정을 바탕으로 사회에 도전하는 한 청년의 삶을 통해, 권력과 재산과 명예를 얻고자 하는 부르주아 사회의 출세주의의 본질을 파헤치고 있다.

도시 베리에르의 레날 시장은 50살에 가까웠으나, 그의 아내는 아직 서른 살이다. 아이는 세 명을 두었다. 한편 이 도시에 사는 가난한 재목상 소렐에게는 세 명의 아들이 있었는데, 셋째 아들 줄리앙은 책만 읽으면서, 큰 야심을 품고 나폴레옹을 마음 속 깊이 존경한다. 소렐은 이런 셋째 아들이 마음에 들지 않아 항상 구박을 한다.

그러던 중 베리에르 시장 레날의 집에서 라틴어 가정교사를 구하게 되었고, 줄리앙이 가정교사로 들어가게 된다. 레날 부인은 줄리앙을 첫 대면하면서, 그 순수하고 아름다운 모습에 감탄하고, 줄리앙 역시 부인의 부드러운 눈과 미모에 놀란다. 줄리앙의 라틴어 실력은 매우 훌륭해 이후 줄리앙의 이름은 곧 베리에르 온 시가지에 널리 알려진다.

가정교사로서 줄리앙은 레날의 집 아이들로부터 사랑을 받았으나, 날이 갈수록 속물인 상류 사회에 대해 증오심을 키운다. 그러나 레날 부인은 줄리앙이 고매한 영혼의 소유자처럼 보인다. 레날 부인은 줄리앙이 하녀 엘리자와 정답게 지내는 일이 신경 쓰인다. 레날 부인은 줄리앙을 여러 가지로 보살피면서, 이제까지 남편에게 맛보지 못한 기쁨을 느낀다. 그런데 어느 날 갑자기 하녀 엘리자가 줄리앙과 결혼을 부인에게 고백한다. 그날부터 레날 부인은 병들고 잠을 이루지 못한다. 그런데 줄리앙이 엘리자와의 결혼을 거절했음을 알고 레날 부인의 병도 말끔히 낫는다.

봄이 되자 레날 일가는 벨지 별장으로 살림을 옮긴다. 레날 부인은 매우 생기에 넘쳐 즐겁게 보낸다. 저택 가까운 곳에 큰 보리수가 한 그루 있었는데, 어느 날 밤 거기서 조그만 사건이 벌어지게 된다. 줄리앙의 손이 우연히 벤치 뒤에 놓여 있던 레날 부인의 손에 닿은 것이다. 마침내 줄리앙은 몇 번이나 뿌리치려 하던 레날 부인의 손을 쥔다. 그날 밤 부인은 사랑의 기쁨으로 잠을 이루지 못한다.

줄리앙은 출세에 대한 야심으로 가득 차 있다. 그리하여 세심한 작전을 짠다. 그러기 위해서는 부인의 사랑이 필요했고, 그래서 다음 날 아침 줄리앙은 살롱에서 만난 레날 부인에게 달려들어 키스한다. 이후 줄리앙은 레날 부인의 침실까지 찾아가게 된다. 이와 같은 둘의 밀회는 하녀 엘리자에게 발각되고, 레날 시장에게 알려진다. 줄리앙은 레날의 집에서 쫓겨나 신학교로 가게 된다. 그런데 줄리앙의 후견인격인 필라드 신부가 주교로 승진하게 됨에 따라, 필라드는 라 몰 후작의 비서로 줄리앙을 추천한다. 이리하여 시골뜨기 줄리앙 소렐은 파리로 나가게 된다.

파리로 간 줄리앙은 드디어 꿈꾸던 세계인 상류 사회에 진출하게 된다. 라 몰 후작의 비서로서 명사들을 사귀게 되고, 후작의 아름다운 딸 마틸드와 깊은 관계를 맺게 된다. 그리고 마틸드가 자기의 아이를 가졌다는 놀라운 소식을 듣게 된다. 이 사실을 안 라 몰 후작은, 자기의 비서이며 한낱 재목상의 아들에게 자기의 소중한 딸을 빼앗긴 것에 노여워한다. 하지만 그 두 사람을 행복하게 해주기로 한다. 그런데 그때 라 몰 후작 앞으로 레날 부인이 한 통의 편지를 보낸다. 그 편지는 줄리앙을 절망의 구렁텅이에 빠지게 한다. 그는 레날 부인에게 권총 2발을 쏘아 사살미수의 죄로, 감옥에 갇혀 사형 집행을 기다리게 된다.

그는 마지막 의무로써 마틸드에게 편지를 써, 태어날 아기는 마음대로 은밀히 처리하고, 자기가 죽은 1년 후 훌륭한 남성과 결혼할 것을 당부한다. 줄리앙은 베리에르 감옥에서 부산송 감옥으로 옮겨진다. 감옥에 갇혀 있는 줄리앙에게 친구 후케와 마틸드가 찾아온다.

드디어 재판이 열렸고 재판정은 줄리앙에게 할 말이 없느냐고 묻는다. 줄리앙은 "나는 자신의 천한 신분에 대해 반항한 한 백성에 불과합니다. 따라서 배심원 여러분이 보실 때 나는 사형에 처해지는 것이 당연할 것입니다." 많은 방청객은 눈물을 흘린다. 배심원 전원은 줄리앙에게 계획적인 살인죄를 적용하여 즉석에서 사형을 선고한다.

2개월 동안의 지하 감방 생활 중 레날 부인이 방문한다. 줄리앙은 자기가 사랑한 것은 오직 레날 부인뿐이었고, 마틸드는 자기의 아내일 뿐 연인은 아니라 고백한다. 사형이 집행되고, 레날 부인은 그 충격으로 병사한다. 마틸드는 잘려진 줄리앙의 머리를 훔쳐다가 화려하게 장례식을 치른다.

■ 귀스타브 플로베르(Gustave Flaubert, 1821~1880)
　　　　　　　　　　　　　　－ 『보바리 부인』(*Madame Bovary*, 1857)

플로베르는 서북부 루앙 시에서 시립병원 외과의사의 넷째 아들로 태어났다. 그는 병원의 계단과 교실에 나란히 놓인 시체를 여동생 칼로리느와 함께 호기심으로 바라보면서 성장했다. 이런 환경은 뒷날 그로 하여금 '여성을 볼 때 그 모습이 해골이 되어 떠오른다'는 염세주의를 심어주었다. 이러한 그의 염세주의는 루앙 고등중학교에 입학하여서도 계속되어 바이런, 뮈세 등 당시 유행하던 낭만주의의 광적인 기행에 감염되어 '광기와 자살 사이를 방황' 하는 소년 가운데 한 명이 되었다.

그는 12세 때부터 소설과 희곡을 썼는데, 1836년 그의 나이 15세 때 자신보다 13살 연상인 음악출판업자 부인 엘리제 쉴레쟝제와 사랑에 빠진다. 그는 평생 동안 진심으로 그녀를 사랑했다.

1840년 파리 대학 법학부에 입학하지만 적응하지 못하고 우울한 나날을 보내게 되었다. 그 다음해 파리에서의 학생 생활을 제재로 『감정교육』(*L'Education sentimentale*, 1869)을 쓰기 시작하지만 반쯤 진도가 나갔을 때 간질병 발작이 일어나 쓰러졌다. 바로 루앙 근처의 크루아세에 주거를 정했는데, 이를 계기로 그는 문학에 일생을 바칠 결심을 굳히게 되었다. 『성 앙트와느의 유혹』(*La Tentation de saint Antoine*, 1874)을 쓰기 시작했는데 성공하지 못했지만 1856년에 탈고한 『보봐리 부인』은 크게 성공하여, 사실주의의 거장으로 이름을 날리게 되었다.

『보봐리 부인』은 플로베르 아버지의 제자인 '를라마아르가家' 에서 실제 일어난 사건을 토대로 형상화한 것이다. 이 작품이 잡지에 게재되자 플로베르는 풍속을 문란하게 했다는 혐의로 기소되었다. 그것이 오히려 인기를 끌게 되어 소설이 출판되자 베스트셀러가 되었다.

주인공 엠마는 수녀원에서 소녀 시절을 보내면서 소설들, 특히 낭만적인 연애를 다룬 소설들을 많이 읽는다. 그 영향으로 엠마는 연애와 사랑에 대한 지나친 환상을 간직하게 되었고, 현실 생활과 자신의 환상 사이에서 큰 차이를 느끼면서 현실 부적응 상태에 이르게 된다. 일상의 권태로부터 거짓말로, 불륜으로, 결국은 자살로 내딛게 되는 과정을 거치고, 이 과정에서 그녀의 성격상의 결점들과 상황들이 상호작용을 일으킨다. 엠마 보바리는 그녀 자신이 자기에 대해 가지고 있는 환상의 희생자가 된 것이다.

이 작품이 일차적 목표로 두고 있는 것은 하나의 처절한 현실 목격이다. 작가는 여주인공 '엠마' 같은 간음녀를 윤리나 도덕적인 잣대로 비판 내지 비난하지 않는다. 오히려 여주인공을 하나의 '보편적 유형'으로 만들었다. 즉 여주인공의 이름을 따 스스로 자신이 바라는 사람이 되었다고 믿으려는 경향, 도달할 수 없는 환상적 행복을 꿈꾸는 경향이라는 '보봐리즘'의 용어를 만들어내게 된 것이다. 이 단어는 상상 과잉의 증세, 더 나아가 여성의 현실 부적응 상태를 일컫는 뜻으로 보통명사화되어 프랑스어 사전에 새로 추가되었다. 어떤 의미에서 엠마는 자신의 신념대로 열심히 살아온 탈脫운명적 여자인지도 모른다. 소설의 줄거리는 다음과 같다.

우둔하지만 성실한 학생 '샤를르 보봐리'는 의사 면허 시험에 합격하여 프랑스 북부 토스트 병원을 개업한다. 샤를르는 마음에 둔 여자가 따로 없었기 때문에 어머니의 권유대로 상당한 지참금을 지닌 나이 들고 신경질이 심한 과부 엘로이즈와 결혼하여 생활을 꾸민다. 샤를르 보봐리는 이러한 아내가 싫어서, 마을의 환자들을 찾음으로써 위안을 삼는다. 특히 인근의 벨토에 사는 부자 농장주인 루올 영감을 자주 찾아간다.

루올 영감에게는 엠마라는 딸이 있다. 그녀는 미인일 뿐 아니라 수도원 학교에서 몇 해를 공부하기도 하였다. 엠마는 학식이 있고, 이상도 크고 또한 문학까지 애호하는 여자였다. 샤를르는 자기도 모르는 사이에 그런 엠마에게 반해버린다. 얼마 후 아내가 갑자기 죽어버리자 샤를르는 엠마에게 청혼하고 결혼하기에 이른다.

그러나 엠마는 호인이지만 둔하고 대식가이며 꾸벅꾸벅 졸기만 하는 평범한 시골 의사일 뿐인 남편에게 만족하지 못한다. 계속 실망감을 맛보던 엠마는 우연히 초대받게 된 근처의 성에서의 무도회에 참석한 후로, 수도원 학교 시절에 품었던 사치스러운 꿈과 낭만적인 정열이 용솟음치는 것을 느낀다.

샤를르는 아이를 갖게 되자 곧잘 짜증을 부리는 엠마에게 부대껴서 단골손님

들을 버리고 용빌르로 이사를 간다. 그곳에서 엠마는 자기보다 나이가 어린 법률
서기 레옹과 알게 되어 서로 호의를 품는다. 그러나 레옹은 사랑의 비밀을 끝내
털어놓지 않고 법률 공부를 하기 위해 파리로 가버린다. 엠마는 그가 떠나간 후
마치 마음의 구멍이 뚫린 것만 같았고, 남편에 대한 불만과 권태가 더욱 쌓여 새
로운 위안을 갈망하게 된다.

그때 루돌프 브랑제가 나타난다. 루돌프는 머리가 좋지만 성격이 거친, 유세트
장(莊)의 주인이며 아직 독신 신사이다. 마을의 농사경진대회에 참석하는 동안 루
돌프는 능란하게 엠마를 유혹한다. 엠마는 루돌프에게 빠져 밀회를 계속하는 동
안 점점 타락해간다. 때마침 유명한 약사 오메가 엠마에게 새로운 수술법을 선전
한다. 명예욕이 발동한 엠마는 남편을 부추겨 여관집 마부의 절름발이 다리를 수
술하게 하지만 보기 좋게 실패하고 만다.

엠마는 무능한 남편에게 더욱 정이 떨어진다. 그와 반대로 루돌프와는 더욱 깊
은 관계에 빠져 이른바 사랑의 도피 행각을 꿈꾸기도 한다. 엠마는 루돌프에게 함
께 도망갈 것을 권하기에 이른다. 그러나 루돌프는 엠마를 귀찮게 여겨 혼자 용빌
르를 떠나버린다. 엠마는 심한 배신감에 병을 얻고, 자리에 눕게 된다.

그 다음해 봄 완쾌한 그녀는 지금까지와는 반대로 신앙심이 깊은 여자가 된다.
남편에게 착한 아내가 되고 딸 베르트에게는 좋은 엄마가 된다. 어느 날 엠마는
샤를르와 함께 루앙의 오페라 극장에 간다. 거기서 그녀는 옛 애인 레옹을 만난
다. 그리고 레옹은 파리에서 익힌 기교로, 엠마는 루돌프와 가졌던 경험에서 서로
불꽃을 튀긴다. 그들은 마차 안에서 진한 사랑을 나눈다. 그런 후 엠마는 피아노
레슨을 받으러 간다며 매일 루앙에 나와 레옹과 즐긴다. 그러면서 그녀는 남편에
게도 한결 잘해준다.

레옹은 향락으로만 줄달음치는 엠마에게 약간 겁이 나게 된다. 그리고 레옹의
어머니는 아들이 유부녀와 쾌락에 빠져 있음을 알고 직장 주인에게 사정을 말한
다. 직장으로부터 경고를 받은 레옹은 다시는 그녀를 만나지 않겠다고 약속하게
된다. 엠마 역시 곤경에 처하게 된다. 레옹과 밀회를 즐기는 동안 샤를르 모르게
꾸어 쓴 돈이 눈덩이처럼 쌓이고, 마침내 차압이 붙을 지경에 이른 것이다. 엠마
는 돈을 구하기 위해 레옹과 루돌프를 찾아보지만 헛수고일 뿐이다. 결국 재산은
차압을 당하게 되고, 엠마는 오메의 약국에서 훔친 비소를 먹고 죽는다. 샤를르는
아내의 부정을 알고 문을 걸어 닫는다.

■ 에밀 졸라(Emile Edouard Charles Antoine Zola, 1840~1902)
– 『목로주점』(L'Assommoir, 1877)

프랑스 자연주의의 대부인 졸라는 파리에서 이탈리아인 토목기사 아버지와 프랑스인 어머니 사이에서 태어났다. 아버지의 직업 관계로 3년 뒤 남부 프랑스의 도시 엑스로 이사하게 되었고, 아버지가 세상을 뜬 뒤에도 그곳의 자연과 더불어 살았다. 18세 때 어머니와 외가 쪽 조부모와 함께 다시 파리로 돌아왔다. 그는 위고, 뮈세 등 낭만주의 시인과 친교하면서 문학에 뜻을 지니게 되었다. 궁핍했던 그는 어린 시절부터 일을 하였고 그 뒤에 서점의 점원으로 일했다. 그는 쉬는 시간에 몇 편의 초기 작품을 썼으며, 어느 신문사에서 정열적인 논전을 폈는데, 그것은 사이비 예술가들에 대해 커다란 반향을 일으켰다. 이후, 그의 나이 26세 때 문학에 전념했다.

졸라는 테느의 저작에 영향을 받고 또한 발자크의 『인간희극』의 영향을 받아 프랑스 제2제정하의 사회사 전체 묘사를 목표로 『루공 마카르 총서』 집필을 계획하였다. 그리하여 제1권 『루공가家의 재산』 ~ 제20권 『파스칼 박사』의 완결을 보기까지 24년 동안 온 힘을 다해 집필 활동을 하였다.

졸라는 다윈(Charles Robert Darwin, 1809~1882)의 '진화론'과 테느의 '환경 결정론'에 의거하여, 루공가와 마카르가의 두 가족에 있어서의 혈연과 환경 문제를 작품 전체에 흐르는 중심 테마로 잡았다. 그는 이러한 문학적 입장을 자연주의라 이름 붙여 그 과학적 · 이성적 성격을 강조하였다. 이어 1880년 졸라는 클로드 베르나르(Claude Bernard, 1813~1878)의 『실험의학연구 서설』(1865)에서 착상을 얻어 『실험소설론』(le Roman expérimental, 1880)을 저술하였다. 이 책에서 졸라는 자연주의가 현실의 단순한 반영을 시도하는 데 지나지 않는다는 비판에 대해 대답하고 있다.

『루공 마카르 총서』의 집필을 끝낸 뒤 『도시 삼부작』(*Trois Villes*), 「루르드」(*Lourdes*, 1894), 「로마」(*Rome*, 1896), 「파리」(*Paris*, 1897)를 집필하고, 다시 『사복음서』(*les Quatre Evangils*)인 「풍요」(*la Fécondité*, 1899), 「노동」(*la Travail*, 1901), 「진리」(*la Verité*, 1903), 「정의」(*la Justice*, 중단) 등의 완성을 서둘렀다. 그러나 3부까지의 집필을 끝낸 뒤 1902년 9월 가스 중독으로 세상을 떠났다. 이들 작품들은 공상적 사회주의의 사상적 배경을 바탕으로 하고 있다. 소설 『목로주점』은 『루공 마카르 총서』에 포함된 한 소설인데, 그 줄거리는 다음과 같다.

약간 발을 절기는 했으나 세탁녀 제르베즈는 빼어난 미인이고 일도 아주 잘한다. 많은 남자들로부터 청혼을 받았으나, 그녀는 모자 기술자 랑티에와 동거하여 두 자녀까지 둔 터이다. 그들은 돈을 벌기 위해 고향 부랏상을 떠나 파리로 이사한다. 그러나 어느 날 갑자기 랑티에는 그녀와 아이들을 버리고 어디론지 행방을 감추고 만다. 그녀는 다시 세탁소에서 일하게 된다.

제르베즈는 슬픔에 잠겨 있었으나, 끈질기게 그녀를 설득하는 지붕 수선공 쿠포의 열의에 감동하여 그와 결혼한다. 그들 부부는 금실이 좋았고 또한 열심히 일을 하여 조금씩 돈을 저축한다. 4년 동안 행복한 나날을 보내면서 목돈을 마련하여 세탁소 가게를 임대할 수 있었고, 안나(나나)라는 딸도 태어난다.

그러던 어느 날, 쿠포는 일을 하다가 지붕에서 떨어져 발이 부러지고 만다. 제르베즈는 남편의 간호에 헌신한다. 그러나 입원 생활에서 게으름이 몸에 밴 쿠포는 예전과는 달리 계속 술만 마셨고, 집안일은 돌보지 않는다. 그 때문에 그동안 푼푼이 모았던 돈은 밑창이 드러나고, 세탁소 개업의 꿈은 사라진다. 그러나 다행하게도 예전부터 제르베즈에게 호감을 지닌 대장장이 구제가 돈을 빌려준다. 그들 내외는 그 돈으로 오래 꿈꾸던 세탁소를 개업하게 된다.

구토 도르 거리의 큰 건물 아래층에 개업한 그녀는 애교 있는 장사 솜씨로 가게를 번창시켰고, 일꾼을 세 명씩이나 고용하기에 이른다. 그러나 그런 행복도 잠시뿐, 오랜 요양 생활로 게으름이 몸에 밴 쿠포는 일은 집어 치우고 목로주점을 전전한다. 결국 제르베즈의 악착같은 저축도 쓸데없게 되자, 마침내 그녀도 저축을 중단하기에 이른다. 그리고 완전히 밑바닥 생활의 길을 걷기 시작한다. 그런데 잔뜩 취한 쿠포가 한 사나이를 끌고 들어왔고, 공교롭게도 파리에 이사 오자마자 곧 그녀를 버린 랑티에이다.

이미 타락할 대로 타락한 쿠포의 권고에 따라 랑티에와 쿠포와 제르베즈의 기묘한 동거 생활이 시작된다. 이제 그녀는 두 명의 건달꾼 사내와 아이들을 먹여 살려야만 했다. 빚은 점점 늘어만 갔고, 손님도 자꾸만 떨어져 나갔다. 두 사나이의 난폭한 행동은 더해져 그녀의 집은 지옥으로 바뀌고 만다.

그녀를 남몰래 사모하고 있는 대장장이 구제는 제르베즈에게 이 지옥에서 벗어나 외국으로 도피하자고 제안한다. 그러나 그녀는 때가 이미 늦었다고 거절한다. 마침내 원수지간인 비르지니에게 세탁소를 팔게 된다. 제르베즈는 옛날 포코니에의 가게에서 일하던 한 세탁녀로 돌아가게 되고, 심지어 그녀의 세탁 솜씨가 엉망이 되어 일을 꼼꼼히 할 수 없는 처지가 된다. 거기다 우울함을 달래기 위해 술 마시는 버릇까지 생긴다.

아이들은 모두 집을 나갔고, 15세의 금발머리 딸 나나도 반항적이 되어 어머니를 비난하고 아버지와 밤낮 말다툼으로 지낸다. 나나는 그녀대로 타락의 길을 걷고 있다. 드디어 쿠포에게 알코올 중독 증세가 나타나, 정신병원을 들락날락한다. 제르베즈는 게으름의 버릇이 지나쳐 세탁소에서 해고당한다. 그녀는 옛날 가게였던 비르지니의 세탁소에서 마루 닦는 일을 하고 몇 푼의 돈을 받는다. 이제 그녀는 희망 없고 기력도 없고 자존심도 없다. 돈이 될 만한 것이면 내다 팔아 산 술을 마시고, 취해서는 남편과 때리며 싸우는 나날이 계속된다.

이제 남은 것이라고는 짚을 넣은 포대기 한 개뿐이다. 겨울 날 방은 몹시 춥다. 남편은 제르베즈를 배반하고 도망친다. 허기진 그녀는 빵을 얻기 위하여 어두운 밤거리에 나가 손님을 끈다. 가난 때문에 나이보다 더 늙어 보이는 그녀를 따라오는 남자는 한 명도 없다. 오랜 시간 뒤에 그녀의 '손님'이 된 것은 지난 날 세탁소 개점 자금을 융통해주었고, 지금도 계속해서 그녀를 사랑하고 있는 대장장이 구제다. 구제는 그녀를 자기 집으로 데려가 빵을 준다. 그녀는 지금도 자기를 사랑하고 있는 그에게서 도망친다. 집으로 돌아온 그녀를 기다리고 있는 것은 알코올 중독으로 미쳐서 죽은 남편의 모습이다. 그로부터 그녀는 때로 머리가 이상해져 쿠포가 발광했을 때의 동작을 그대로 하게 된다. 굶주림과 고독함으로 지내는 반

미친 증세의 제르베즈의 매일은 지옥이다.

그러던 어느 날 아침, 여러 날 동안 보이지 않았다는 사실을 느끼게 된 아파트 사람들에 의하여 가혹하고 참혹하게 죽어 있는 그녀의 모습이 발견된다. 아파트 주민인 바주쥐 노인이 그녀의 관을 향해 중얼거린다. "누구나 모두 가게 마련이지. 서로 밀고 제치고 할 필요야 없지. 자리는 누구에게나 있으니까 말이야. 내 말을 잘 들어요. 그대는 행복하게 되었다오. 편히 쉬어요, 예쁜 사람아!"

■ 기 드 모파상(Guy de Maupassant, 1850~1893)
— 『여자의 일생』(*Une vie*, 1883)

모파상은 북 프랑스 노르망디에서 태어났다. 아버지와 어머니의 사이가 좋지 않아 별거한 후, 그는 어머니의 슬하에서 자라면서 노르망디의 자연과 농민과 어부들을 사귀었다. 이브토 신학교에 입학했으나 형식적 가톨릭 교육에 반발하여 루앙의 고등중학으로 옮겨 1869년 졸업하였다.

그의 어머니는 플로베르(Faubert)의 친구인 알프레드 르 프와트뱅(Alfred le Poitevin)의 누이동생이었던 관계로, 어렸을 적부터 플로베르와 친교했다. 때문에 모파상은 플로베르에게 엄격한 문학 수업을 받을 수 있었다. 1871~1880년까지 해군성 문교성에 근무하여 하급 관리의 비참함을 몸소 경험하였다.

그동안 그는 많은 문학 수업을 쌓고 졸라를 중심으로 한 자연주의에 동참하였다. 그리고 졸라를 비롯하여 그 일단의 단편을 모은 『메당의 야화夜話』(*los Soirées de Médan*, 1880)에 「비계덩어리」(*Boule de Suif*)를 기고하여, 플로베르의 격찬을 받고 일약 문단에 혜성처럼 등장했다. 이후 『여자의 일생』, 『벨 아미』(*Bel Ami*, 1885), 『피에르와 장』(*Pierre et Jean*, 1888) 등의 6편의 장편소설과 300여 편의 단편소설을 남겼다.

모파상은 모든 자연주의 소설가들 중에서 가장 객관적인 작가로 평가되는데, 그의 단편소설들은 가장 완벽한 작품의 모범으로서 빈민·소녀·하층민·학생 등 작품의 모델이 된 사람들의 항의까지 받았다는 일화가 남아 있을 만큼, 그 묘사가 명확하고 박진감이 있다.

그는 신의 섭리를 부정하고 종교를 공격했다. 사회생활은 어리석음으로 가득한 왕국이고, 사랑과 우정도 인간을 근본적인 고독으로부터 구원해주지 못한다고 생각했다. 희망에 대한 거부는 그의 단편 작품 속에 나타나는 강박 관념에 사로잡힌 사람들, 신경증 환자들을 통해 드러나고 있다.

37세가 되던 해부터 신경성 질환이 발작해서 불안과 염세에 사로잡히기 시작했고, 결국 43세 되던 해에 정신병원에서 세상을 떠났다.

'어떤 인생'이라는 부제를 달고 있는 『여자의 일생』은 노르망디 귀족의 외동딸로 청순하고 꿈 많은 처녀 잔느가, 불행한 결혼으로 말미암아 남편에게 버림받고 자식에게는 소외당하다가, 손녀와 더불어 쓸쓸한 말년을 보내게 되는 비참한 여자의 일생을 그린 작품이다. 신문 지상에 연재하다가 1883년 출판되었고, 그 이듬해 초에 25판을 거듭할 만큼 호평을 얻으며 작가의 명성을 전 유럽에 떨친 작품이다. 줄거리는 다음과 같다.

데 보 남작의 외동딸인 잔느는 소녀적인 꿈과 동경 속에서 수녀원 수업을 마치고 집으로 돌아가게 된다. 그런데 마치 하늘에 구멍이라도 뚫린 것처럼 비가 밤새도록 퍼부었다. 집에 돌아온 잔느는 아베 피코 사제의 소개로 줄리앙 드 라마르 자작과 알게 된다. 현실 세계에 미숙한 잔느는 외모가 훌륭하고 기품이 있어 보이는 줄리앙에게 호감을 느낀다. 수녀원 시절에 가끔 몽상하던, 그러다가 얼굴이 붉어지던 미지의 이성에 대해 비로소 눈을 뜨게 된 것이다. 그들은 사귄 지 얼마 안 되어 결혼한다.

신혼 첫날 밤 잔느는 너무 관능적이며 야수적인 줄리앙의 성욕에 이제껏 맛보지 못했던 비애를 느끼며 막연한 환멸 의식을 갖게 된다. 그런데 남국의 신혼여행에서 돌아온 줄리앙은 잔느에게 냉정했고 잠자리도 같이 하지 않는다. 어느 날 밤 하녀 로잘리를 부르러 갔다가 줄리앙의 방에서 그들이 함께 자고 있는 장면을 목격하고 만다. 뭐라 형언하기 힘든 감정에서 잔느는 이혼을 선언한다. 그러자 남작은 2만 프랑에 상당하는 농장을 딸려 로잘리를 시집보낸다.

이 와중에 잔느는 임신한 사실을 알게 되고, 얼마 후 폴이라는 아들이 태어난다. 아이는 잔느의 열광적인 애정의 대상이 된다. 폴이 태어나자 잔느는 줄리앙과 부부 생활을 계속한다. 그러나 폴이 아프게 되자 잔느는 강렬하게 아기를 갖고 싶지만, 차마 그런 이야기를 또는 그런 행동을 하지는 못한다. 결국 줄리앙을 잔느 집안에 소개해준 아베 피코 사제의 중재로, 그들은 함께 잠자리를 하게 되는데, 줄리앙은 "지금 하나 있는 것도 귀찮은데…" 하며 난폭하게 잔느의 소망을 거절해버린다.

다시 사제의 2단계 작전으로 잔느는 아이를 갖게 되는데 성공하지만, 줄리앙이 인근의 젊은 백작부인 지브리트와 간통하고 있음을 알게 된다. 그리고 마침내 젊은 백작에게 그 사실을 들켜 두 사람은 죽게 된다. 또한 얼마 지나지 않아 이미 심장비대증을 앓고 있던 잔느의 어머니가 죽는다.

세월이 흘러 어느덧 폴이 중학교에 갈 나이가 된다. 남편에게 버림을 받다시피 했던 잔느는, 아들 폴을 거의 편집광적일 만큼 놓아주려 하지 않았지만 친정 아버지의 권유로 중학교에 보내게 된다. 하지만 폴은 잔느를 행복하게 해주지 못한다. 도박과 오입 등 방탕으로 빚을 잔뜩 지고는 '날 살려주십시오' 하기 일수다. 그러던 중 잔느의 아버지도 죽고 이모마저 세상을 떠나버린다. 그야말로 잔느에게는 이제 아무로 없다. 그런 잔느에게 로잘리가 다시 찾아온다. 두 사람은 서로 껴안은 채 흐느껴 운다.

장례식을 마치고 거의 파산지경에 있는 재산을 정리하여 어느 시골로 이사를 하는데, 아들 폴로부터는 당신의 손녀라며 웬 어린아이가 보내져온다. 그리고 그 손녀의 엄마, 그러니까 잔느의 며느리는 그 아이를 낳다가 죽었다고 한다. 폴은 장례식이 끝나는 대로 사랑하는 어머니 곁으로 가겠다고 한다. 로잘리가 그 아이를 맡아 기르겠다고 한다.

2. 영국의 사실주의 문학

프랑스 작가들이 사실주의 이론을 정립하고 그들의 작품에서 이를 활발히 적용했던 데 반해, 당시 영국에서는 사실주의라는 문학적 개념이 거의 사용되지 않고 있었다. 그러나 영국의 사실주의는 18세기의 다니엘 디포(Daniel Defoe, 1659~1731), 새뮤얼 리처드슨(Samuel Richardson, 1689~1761), 헨리 필딩(Henry fielding, 1707~1754) 등의 소설에서, 구체적 삶에 대한 사실적 묘사가 나타나고 있었다. 이후 18세기와 19세기의 가교를 잇는 제인 오스틴(Jane Austen, 1775~1817)의 대표적 소설들에서 상당히 구체화되었다.

영국의 사실주의는 19세기 후반에 펼쳐졌다. 이 시대는 빅토리아 여왕이 재위(1837~1901)했던 시기로 공리주의와 실용주의가 사회 전반을 지배하기 시작한 시대이다. 산업의 발달로 국가는 더욱 부강해졌고 국민의 의식은 도덕 정신과 함께 물질주의화되어 갔다. 빅토리아 시대의 자본주의와 도덕주의 · 민주주의를 통틀어 빅토리아 왕조풍, 즉 '빅토리아니즘' (victorianism)[7]이라고 부르는데, 이 사상은 인생과 사회에 관한 문제를 도덕적으로 다루려는 다양한 문학적 배경을 제공했다.

영국의 사실주의의 특징은 현실 세계의 객관적 재현, 중산 계급의 부상, 상상력보다는 이성 중시, 평범한 인물들의 삶의 역정 묘사, 작중인물의 환경 중시, 유물론적 실증주의, 유기적 플롯, 사회 제반 병리 현상 폭로, 작가 목소리 배제 등을 들 수 있다.

---

7 빅토리아니즘(victorianism) : 빅토리아 시대 문화를 지배한 사상 또는 풍조를 말하는 것으로 개인주의와 자유주의, 전통과 그리스도교 정신에 입각한 도덕적 이상주의를 특징으로 한다.

사실주의의 대표적 작가와 작품으로는 제인 오스틴의 소설 『오만과 편견』(*Pride and Prejudice*, 1813), 『에마』(*Emma*, 1816), 찰스 디킨스 (Charles Dickens, 1812~1870)의 소설 『올리버 트위스트』(*The Adven tures of Oliver*, 1837~1839), 『크리스마스 캐럴』(*Christmas Carol*, 1843), 『데이비드 코퍼필드』(*The Personal History of David Corperfield*, 1850), 샤를로트 브론테(Chariot Bronte, 1816~1855)의 소설 『제인 에어』(*Jane Eyre*, 1847), 에밀리 브론테(Emily Bronte, 1818~1848)의 소설 『폭풍의 언덕』(*Wuthering Heights*, 1847), 토마스 하디(Thomas Hardy, 1840~1928)의 소설 『더버빌 가의 테스』(*Tess of the d' Urbervilles*, 1891) 등이 있다.

■ 제인 오스틴(Jane Austen, 1775~1817)
－ 『오만과 편견』(*Pride and Prejudice*, 1813)

제인 오스틴은 햄프셔의 스티벤턴 시골 교구장의 일곱째 딸로 태어나 25년간을 고향에서 평온하게 살았다. 가족 모두가 소설 읽기를 좋아하였고, 그녀는 어려서부터 구석방 책상에서 소설을 쓰기 시작하여 15세 때 벌써 『사랑과 우정』이라는 소설을 썼다. 21세 때 『첫인상』이라는 작품을 쓰기 시작하여 그 이듬해 완성하였다. 그런데 이 작품을 그녀의 아버지가 런던 출판사에 보냈으나 거절당했다. 이 작품이 그녀의 대표작 『오만과 편견』의 바탕이 되었다. 그녀는 작가로 알려지기를 싫어했으며 어머니와 자매들과 미혼으로 살다가 42세 때 세상을 떠났다.

오스틴이 활동한 시기는 낭만주의 사조가 활발했던 때지만 그녀는 낭만파에 무관심했고, 가정생활을 배경으로 한 사건들을 사실적으로 다루었다. 과거를 동경하거나 미래의 이상을 제시하지 않고, 자신과 마찬가지로 평범한 삶을 살아가는 작은 집단의 평범한 생활, 즉 큰 사건도 없는 가정생활과 평범한 인물을 자신이 본 그대로, 그러나 날카로운 관찰력으로 재치 있고 정교하게 재구성해 그려냈다. 그녀의 작품은 20세기에 들어서면서 높이 평가되었고, 영국의 한 여류 작가로 머물지 않고 세계문학의 대표적 작가 중 한 사람으로 평가되었다.

이밖에 오스틴은 『이성과 감성』(*Sense and Sensibility*, 1797~1798 집필, 1809 출간), 『맨스필드 파크』(*Mansfield Park*, 1814), 『에마』(*Emma*, 1816) 등을 썼다. 소설 『오만과 편견』은 당시의 사회 현상을, 다섯 딸을 가진 베넷 집안의 가정생활로 축소시켜 결혼을 둘러싸고 일어나는 애정과 인간관계를 사실적으로 표현한 작품이다. 작품의 줄거리는 다음과 같다.

롱본이라는 벽촌에 자리잡은 베네트가(家)에는 베네트 부부와 다섯 명의 딸-제인, 엘리자베스, 메리, 키티, 리디아가 살고 있다. 그런데 인근의 네더필드라는 저택에 독신 청년 빙리가 이사오면서부터 이야기가 시작된다.

그를 환영하는 무도회가 열리고, 런던으로부터 온 빙리의 친구 다아 씨와 베네트가의 다섯 자매가 참석한다. 빙리는 제인에게 함께 춤을 추자고 한다. 그들 젊은 남녀들은 자연스럽게 서로를 알게 된다. 특히 온 마을 사람들의 이목은 다아 씨에게 집중되었는데, 그의 연간 수입은 무려 일만 파운드에 달한다고 한다. 그러나 다아 씨의 거만하고 냉정한 태도에 마을 사람들은 물론 베네트가의 둘째딸 엘리자베스도 분개한다. 이 무도회가 끝난 연후 어느 날 네더필드 저택으로부터 베네트가에 또다시 초대장이 온다. 그러자 오로지 딸들의 혼인에 신경을 곤두세우고, 또 그것을 낙으로 삼는 베네트 부인은 하룻밤 묵어 오기를 은근히 바라며 제인을 초대에 보낸다.

마침 제인은 비를 맞아 감기에 걸리고, 네더필드 저택에 머무르게 된다. 위문 차 엘리자베스가 네더필드로 간다. 네더필드 저택에서 다시 엘리자베스를 만나게 된 다아 씨는, 먼 길을 혼자 찾아온 엘리자베스의 용기에 놀라면서 남다른 감정을 품는다. 원래 다아 씨는 엘리자베스와 그녀의 어머니에게서 오만하다는 인상을 받은 바 있다.

한편 빙리의 누이동생 케롤라인은 다아 씨를 마음에 두고, 그가 베네트가의 처녀들과 접촉하는 것을 꺼려한다. 이른바 삼각관계의 조짐인데, 엘리자베스의 아름다움에 차츰 끌려가는 다아 씨, 그를 방해하는 캐롤라인, 또 캐롤라인에 대해 언제나 냉정한 다아 씨, 그리고 조금도 굽히지 않는 엘리자베스의 반격 등 통쾌한 희극적 장면들이 몇 번이고 되풀이 된다.

그 무렵 베네트가의 먼 친척이 되는 콜린즈라는 청년(목사)이 아내가 될 사람을 구하기 위해 롱본에 온다. 그는 아들이 없는 베네트가의 재산을 물려받을 상속자이기도 하다. 콜린즈는 엘리자베스에게 청혼하지만 거절당하고, 그녀의 친구인 샬롯트 루카스와 결혼해 버린다.

한편 엘리자베스의 동생들은 부근에 주둔하고 있는 군인들과 교유하고 있었는데 위캄이라는 장교로부터 어떤 이야기를 듣고 다아 씨를 더욱 미워하게 된다. 즉 위캄이 다아 씨로부터 냉대 받아 불행하게 되었다는 이야기인데, 이 이야기를 들은 그녀들은 위캄을 동정하기까지 한다.

그런 일이 있은 후 다아 씨는 위캄의 위선을 편지로 자세히 써서 엘리자베스에게 보낸다. 그러던 어느 날 엘리자베스는 위캄이 그녀의 막내 동생 리디아와 함께 도망쳤다는 소식을 듣고 아연실색한다. 결국 엘리자베스는 위캄의 비행을 인정하고, 다아 씨에게 기울어지는 자신을 발견하기에 이른다. 다아 씨의 타고난 오만도 참된 사랑의 힘에 의해 한풀 꺾여 마침내 엘리자베스와 결혼한다. 제인도 빙리와 결혼한다.

■ 샤를로트 브론테(Charlotte Bronte, 1816~1855)
- 『제인 에어』(*Jane Eyre*, 1847)

샤를로트 브론테의 아버지는 요크셔 교구의 목사였는데, 그녀는 1남 5녀 중 세 번째 딸로 태어났다. 그녀는 요크셔 지방에서도 가장 척박하고 황량한 호와드라는 곳에서 소녀 시절을 보냈다. 그곳은 봄, 여름이면 햇볕이 골고루 내려쬐이고 히이드라는 관목이 숲을 이루어 북극 특유의 자연미가 펼쳐지는 아름다운 초원이지만, 겨울에는 차가운 북풍 속에서 살을 에는 듯한 눈보라가 몰아쳐서 생활을 핍박하는 곳이었다.

그런 환경 때문인지 주민들은 침울하고 야성적이며 강건한 기질을 지니게 되었다. 샤를로트 브론테의 자매인 에밀리 브론테의『폭풍의 언덕』에 요크셔 지방에 대한 유연한 묘사와 자연과의 교감이 진하게 표현되어 있는 것도 그와 무관하지 않다. 그녀의 나이 6세 때 어머니가 세상을 떠나고, 8세 때 언니들이 차례로 숨을 거두자 자연은 그녀에게 더욱 비극적 모습일 수밖에 없었다.

샤를로트는 1831년 15세에 로우헤드의 학교에 다녔다. 학업에 정진할 수 있는 분위기여서 얼마 동안 학교의 조교로 일하기도 했다. 학교를 그만둔 후 1836년~1841년까지가 그녀의 성숙기라 할 수 있는데, 동생들인 에밀리와 앤과 함께 문학에 뜻을 둔 시기이기도 하다.

그녀는 두 번이나 청혼을 거절하고 에밀리와 함께 브뤼셀의 에지에 기숙학교에 입학했다. 그러나 다시 영국에 돌아와 아버지 목사관에 부목사 아서 벨 니콜즈와 결혼하기에 이른다. 그리고 드디어『제인 에어』가 성공을 거두자, 에밀리와 앤의 작품도 주목을 받게 되었다.

한편 화려한 문학적 명성과는 달리 집안에서는 불행한 일이 계속되었다. 남동생, 에밀리, 그리고 앤의 죽음 등이 그것이다. 그녀는 칠십이 넘은 늙은 아버지와 함께 무서운 고독을 극복해가며 작품을 썼다. 그러다가 열병에 걸려 늙은 아버지와 신혼의 남편을 남겨둔 채 세상을 떠났다.

그의 대표작으로는『셜리』(*Shirley*, 1849),『빌레트』(*Vilette*, 1853) 등이 있다.『제인 에어』는 모두 38장으로 된 그녀의 자서전적 소설이다. 순진하지만 못생기고 고집 세고 반항적인 고아인 제인 에어는 숙모 집에서 학대 받으며 살다가 로우드 기숙학교로 쫓겨 오고, 그곳에서 편견과 부당한 차별을 받으며 비참한 생활을 한다. 샤를로트는 이 소설의 주인공 제인을 통해, 여성의 병적이고 반항적인 정신을 사실적으로 박진감 있게 그려내어 빅토리아 여왕 시대의 독자들에게 인기를 끌어냈다. 그녀는 주인공들의 성격과 당시의 사회상을 사실적으로 세밀히 그려냈지만, 다른 한편으로는 기괴하고 격정적이고 광포한 분위기의 낭만주의적 요소들을 첨가했다. 소설의 줄거리는 다음과 같다.

주인공 제인 에어는 어려서 부모를 잃고 외삼촌 댁에서 살게 된다. 그런데 외삼촌이 세상을 뜨자 외숙모로부터 제인 에어는 어두운 방에 강금되는 등 온갖 냉대와 천시를 받으며 자란다. 제인 에어가 10살이 되자 외숙모는 골칫덩어리를 없애려, 그녀를 로우드 자선학교로 쫓아버린다. 제인 에어는 그곳에서 6년간은 학생, 2년 동안은 선생으로 지낸다. 그녀는 이 학교에서 열심히 공부하였고, 그중에서도 특히 프랑스어를 잘하게 된다.

제인 에어는 로우드 기숙학교에서 벗어나기 위해 사방으로 일자리를 구한다. 그러다가 '도온필드가(家)' 저택으로 들어가 그 저택 주인의 딸 아델의 가정교사가 된다. 그 집 주인은 드워드 로체스터이고, 그 딸은 사생아이다. 도온필드 저택은 넓은 숲을 배경으로 하고 있다. 그 집에는 가정부 페어팩스 부인이 모든 일을 돌보고 있다. 주인인 로체스터는 자주 집을 비운다.

다음 날 페어팩스 부인은 제인 에어에게 저택 구석구석을 안내했다. 그런데 3층의 긴 복도에 이르자 작은 문이 양쪽으로 나란히 줄지어 있어 으스스한 느낌을 준다. 그리고 뜻하지 않은 기묘한 웃음소리가 들린다. 페어팩스 부인은 그 웃음소리가 하인의 웃음소리라고 한다. 그날부터 제인 에어는 때때로 그 웃음소리를 듣곤 한다. 뿐만 아니라 기묘한 중얼거림을 듣기도 한다.

1월 어느 날 제인 에어는 산책을 나가게 되었는데 말발굽 소리가 들리며 사납게 생긴 개가 제인 에어의 옆을 지나가고 뒤이어 삼십대 중반의 한 사나이가 말을 타고 지나간다. 그 다음날 제인 에어는 로체스터와 처음으로 동석하게 되는데 어제 저녁 말을 타고 온 그 신사가 바로 로체스터라는 것을 알게 된다. 그는 제인 에어의 신상에 대해 이것저것 물어본다. 그 뒤로 여러 날 동안 제인 에어는 그를 보지 못한다. 때로 복도나 계단에서 마주칠 때, 그는 냉담하게 머리를 한번 꾸벅이고 오만하게 지나가는 경우도 있고, 가끔은 신사답게 상냥스런 미소를 보이는 경우도 있다.

어느 비 내리는 추운 밤, 만찬회 손님들이 물러간 뒤에 로체스터는 제인 에어에게 대화를 청해 함께 산책을 나간다. 로체스터는 제인 에어에게 아델의 탄생에 대해 이야기를 한다. 그 뒤 로체스터는 제인 에어에게 청혼하고 제인 에어는 이를 받아들인다. 드디어 결혼식을 올리게 되는데, 제인 에어는 로체스터의 미친 아내가 저택에 숨어 있음을 알게 된다. 그리고 두 사람의 결혼식은 거행하는 도중 중단된다. 며칠 뒤 제인 에어는 돈 한 푼 지니지 않은 채 거리로 나와 나흘 밤낮을 방황한다. 물론 로체스터를 사랑하는 마음은 변함이 없다.

제인 에어는 세인트존 에어 리버즈라는 젊은 목사에게 발견되어 구출되고, 어느 시골 학교의 교사로 가게 된다. 그리고 세인트존이 그녀의 고종사촌 오빠라는 사실을 알게 되고, 그로부터 선교 사업을 같이 하자며 청혼을 받는다.

그런데 제인 에어는 큰아버지로부터 상속받은 5천 파운드의 재산이 있음을 알게 된다. 원래 2만 파운드였으나 세인트존과 그의 여동생 두 명 등으로 4분한 금액이다. 어쨌거나 사랑 없는 결혼에 반발하고 로체스터를 찾아 나선다. 1년 만의 일이다.

이미 도온필드 저택은 로체스터와 미친 아내의 방화로 인해 폐허가 된 상태다. 제인 에어는 여인숙 주인으로부터 화재 때 로체스터가 하인들과 부인을 구출하려다가 두 눈을 잃고 한 쪽 팔마저 잃었다는 소식을 듣는다.

제인 에어는 그곳에서 3마일가량 떨어진 곳에 살고 있는 로체스터를 찾아가 그간의 이야기를 하고, 마침내 결혼하기에 이른다. 첫아기는 로체스터의 총명한 눈동자를 닮은 채 태어나고, 2년 후 로체스터는 잃었던 시력을 회복한다.

■ 에밀리 브론테(Emily Bronte, 1818~1848)
– 『폭풍의 언덕』(Wuthering Heights, 1847)

에밀리 브론테는 샤를로트 브론테의 동생이다. 1821년 어머니를 여의고 이모 손에 자라게 되었다. 벨기에의 부르셀로 유학을 떠났다. 1846년 3자매가 익명으로 시집을 내는 등 문학에 발을 내딛고, 다음해인 1847년 엘리스벨이라는 이름으로 『폭풍의 언덕』을 발표하기에 이른다. 그녀는 강직한 성격에 이상할 정도로 침울하였다. 그리하여 정신적으로 많은 모순적 성격을 드러내기도 했다. 『폭풍의 언덕』도 그런 그녀의 내면세계와 무관하지 않다.

어머니를 비롯하여 계속된 가족들의 죽음은 그녀에게 깊은 상처를 주었으며, 그녀도 건강이 좋지 않았고, 정신적으로도 균형을 잃어갔다. 결국 그녀는 오빠의 장례식에 참석한 뒤 독감으로 30세라는 젊은 나이에 세상을 떠났다.

그녀가 남긴 유일한 한 편의 소설 『폭풍의 언덕』은 괴기적이고 악마적인 독특한 분위기와 침울한 시적 상상력이 풍부한 소설이다. 폭풍이 휘몰아치는 황야를 배경으로 가정부 넬리 딘이 1인칭이 되어 이야기하는 형식으로 짜여 있다. 이 소설에서는 인간의 보편적인 갈등 요소인 문명과 야성, 이성과 열정의 처절한 투쟁이 전개된다. 황량한 자연을 배경으로 거칠고 악마적이라고 할 만한 격렬한 인간의 애증을 강력한 필치로 묘사한 이 소설은, 사실주의적 묘사 이면에 낭만주의적인 공포와 기이함, 그리고 광포한 가학적 폭력이 교차하고 있다.

이 작품은 작가가 익명으로 발표한 당시에는 빛을 보지 못하고 있다가, 한 세기가 지나서야 인간의 정열을 극한까지 추구한 고도의 예술 작품으로 평가되고 있다. 그 줄거리는 다음과 같다.

'워더링 하이츠'란 그 지방어로 '바람이 몹시 부는 언덕'이라는 뜻이다. 이야기는 그곳에 사는 언쇼가(家)와 거기서 4마일 떨어진 트러쉬크로스 그레인지에 뿌리를 내린 린톤가(家)를 중심으로 펼쳐진다. 언쇼가에는 언쇼 부부와 아들 힌들리, 딸 캐더린이 살고 있었고, 린톤가에는 린톤 부부와 아들 에드거, 딸 이자벨라가 행복하게 살고 있다.

어느 날 언쇼 씨는 리버풀에 갔다 오는 길에 집시 소년 한 명을 데리고 온다. 가족들의 반대에도 불구하고 언쇼 씨는 그 소년에게 '히드클리프'라는 이름을 지어주고 공부를 시키는 등 자신의 아이들과 함께 키운다. 히드클리프는 매우 영리하고 똑똑했으나 성질이 야성적이고 사납다. 캐더린은 차츰 그에게 동정을 느끼고 애정을 갖지만, 힌들리는 계속 그를 냉대하고 구박한다.

그로부터 2년 뒤 갑자기 언쇼 부인이 죽는다. 그리고 잇달아 언쇼 씨도 시름시름 앓는 날이 많아지게 된다. 이런 형편에서 힌들리는 아버지가 히드클리프를 편애한다고 반항하여 집을 뛰쳐나가고 만다. 집을 나간 힌들리는 언쇼 씨가 죽고 장례식이 임박해서 신분조차 알 수 없는 여자를 아내라고 데리고 돌아온다. 언쇼 씨가 죽자 히드클리프는 하루아침에 머슴으로 전락하고 만다. 공부도 중단하고 오직 들에 나가서 막일을 한다. 날이 갈수록 힌들리의 학대는 심해졌으나, 히드클리프는 캐더린을 사랑하고 있었기 때문에 이를 악물고 참고 일한다.

어느 일요일 저녁, 캐더린과 히드클리프는 힌들리에게 쫓겨나 히드나무가 무성한 들판을 달리다가 린튼 댁까지 가게 된다. 마침 그 저택에서는 무도회가 열리고 있었고, 몰래 집안을 들여다보다가 도둑으로 몰려, 캐더린이 개한테 물리게 된다. 그래서 캐더린은 린튼가에서 치료를 받게 되고, 히드클리프는 밤중에 들판으로 내쫓기게 된다. 5주 후 치료를 받은 캐더린이 몰라볼 만큼 예뻐져서 돌아온다. 그녀는 집에 들어서자마자 히드클리프를 찾는다. 그리고 그 두 사람은 끌어안고 입맞춘다.

그해 크리스마스에 캐더린은 전번에 입은 친절에 보답하는 뜻으로 린튼가의 남매, 에드거와 이사벨라를 초대해서 파티를 열게 된다. 파티 도중 에드거가 히드클리프에게 무례하다고 꾸중하자, 히드클리프는 벌떡 일어나 에드거에게 음식 접시를 뒤집어씌운다. 파티는 아수라장이 되었고, 화가 난 힌들리는 히드클리프를 다락방에 가둔다. 이틀을 꼬박 굶은 히드클리프는 힌들리에게 복수를 맹세한다.

이듬해 6월 힌들리 부인은 아들 헤어튼을 낳고 죽는다. 아이는 가정부 넬리가 맡아 기르게 된다. 이때부터 힌들리는 성격이 더욱 거칠어진다. 그 무렵 캐더린은 히드클리프를 좋아하면서도, 한편으로는 멋진 신사 에드거에게 마음이 끌리게 된다. 이 사실을 눈치 챈 히드클리프는 복수를 심장 속에 피로써 새겨놓게 된다. 더구나 히드클리프는 캐서린과 가정부 넬리가 하는 대화를 우연히 엿듣게 된다. 즉 그녀가 히드클리프와 결혼하면 자신이 천해질 거라는 말이다. 그 뒤로 히드클리프의 모습은 모이지 않는다. 캐더린은 히드클리프를 찾아 폭풍의 언덕을 방황하지만 끝내 찾지 못하고 돌아온다. 그리고 히드클리프에게서 3년 동안 소식이 없자 캐더린은 에드거와 결혼하여 린튼가에서 행복하게 살아간다.

그러던 어느 날 히드클리프가 우아한 옷과 미모를 갖추고 갑자기 나타난다. 그는 워더링 하이츠에 세 들어 살면서 힌들리를 더욱 타락하게 만들며 복수한다. 그리고 에드거에게 복수하기 위해 그의 누이동생 이사벨라와 결혼한다.

히드클리프가 나타나자 캐더린과 에드거의 사이에 갈등이 생긴다. 기회를 틈탄 어느 날 히드클리프는 캐더린 방으로 들어간다. 케더린은 히드클리프와 만나 입술을 포개면서 사랑에 도취된다. 캐더린은 자기가 그를 사랑하면서 애드거와 결혼한 것은 잘못이라고 고백한다. 때마침 에드거가 들어온다. 그래도 캐더린은 히드클리프에게 자기 곁을 떠나지 말라고 애원한다. 그리고 그날 밤 캐더린은 임신 7개월 만에 딸 캐디 린튼을 낳고 죽는다. 이 소식을 들은 히드클리프는 광야를 헤매는 이리의 목청으로 절규한다. 그리고 결국 히드클리프도 복수에 지친 데다가 죽어서 캐더린과 합치고 싶은 생각에 일부러 나흘 동안 굶고 죽는다.

■ 토마스 하디(Thomas Hardy, 1840~1928)
　　　　– 『더버빌가의 테스』(*Tess of the d'Urbervilles*, 1891)

빅토리아 시대 후기 시인이자 자연주의 소설가인 하디는 영국 남서부의 도싯(Dorset)에 위치한 스틴스포드라는 작은 마을에서 태어났는데, 아버지는 석공 겸 건축업을 하였고 어머니는 예술에 취미가 있는 여성이었다. 하디 역시 건축 관계 일에 재능이 뛰어났다. 어릴 적 꿈은 목사가 되는 것이었지만 몸이 약해 정규 교육을 8년밖에 받지 못했고, 독학으로 그리스 고전과 영문학·불문학·철학·신학 등을 공부했다. 고급 건축술을 배우기 위해 런던에 왔다가 문학 수업도 병행하였다. 하디는 다윈의 『종의 기원』을 읽고 감명을 받았으며 스펜서, 콩트, 밀 등의 합리주의 철학 사상에 영향을 받았다.

1862년 런던으로 가서 아서 블롬필드라는 대건축가의 조수로 일하다가, 1867년 다시 도싯으로 귀향하여, 이후 작가 생활에 전념하였다. 1872년 『푸른 숲 아래에서』(*Under the Greenwood Tree*)를 내놓으면서 문단에 이름을 날리게 되었다. 이후 『귀향』(*The Return of the Native*, 1878), 『캐스터브리지 시장』(*The Mayor of Casterbridge*, 1885), 『숲 속의 사람들』(*The Woodlanders*, 1887) 등을 계속 발표했다.

그는 사회의 밑바닥에 깔린 서민 생활의 비참함을 깊이 있게 묘사했는데, 그의 작품에서는 인간의 의지로는 감당할 수 없는 운명과 사회 환경이 큰 작용을 한다. 그의 소설 대부분은 냉엄한 자연과 사회의 전통적 권위에 대항하는 개인의 힘겨운 투쟁을 그려냈다. 그러므로 그의 주인공들은 한편으로는 제어할 수 없는 운명의 막강한 힘에 의하여, 다른 한편으로는 제도화된 사회 관습에 의하여 제물이 된다.

'순결한 여성'이라는 부제가 붙어 있는 『더버빌가의 테스』는 1885년에 쓰기 시작하여 1891년에 완성하였다. 테스의 비극은 운명적인 것도 아니고 대자연의 힘에 의한 것도 아니다. 그것은 인간들이 만들어낸 사회의 조직과 그 조직을 유지하기 위한 도덕과 종교의 혹심한 편견에서 비롯된 것이다. 알렉이 아무런 죄책감 없이 테스의 정조를 유린하는 것은, 지주 집안의 아들은 하녀의 정조를 유린해도 좋다는 사회적 편견을 보여주는 것이다. 그리고 테스에게 영원한 사랑을 고백하고 결혼한 엔젤이 그녀의 과거에 대한 고백을 들은 순간 혐오감을 느끼고 동침을 거부한 것은 여자의 순결에 대한 남자의 편견인 동시에 사려분별의 편견을 보여주는 것이라고 할 수 있다. 소설의 줄거리는 다음과 같다.

벌통을 배달하면서 생계를 꾸려가는 테스의 아버지는, 한 목사로부터 그의 집안이 노르만 시대로부터 유명한 혈통의 자손이라는 것을 듣고서 매우 우쭐해한다. 그리하여 더욱 술을 마시면서 나날을 보낸다. 며칠 후 만취 상태에 있는 아버지를 대신하여 테스가 한밤중에 벌통을 마차에 싣고 배달을 가던 중, 달려오던 우편마차와 정면충돌하여 집안의 유일한 재산인 말이 죽게 된다. 이러한 사고의 죄책감에서 테스는 더버빌가의 후손임을 자처하는 가짜 친척 집 하녀로 들어가게 된다. 그곳에서 테스는 눈이 먼 아주머니와 그녀의 아들 알렉을 만나게 된다. 알렉은 그녀를 양계장에서 일하게 하고 치근덕거린다. 어느 날 알렉은 마을 축제에 참석했다가 밤늦게 돌아오는 길에, 싫다고 하는 테스를 말에 태우고 외딴 숲 속으로 데리고 간다. 그리고 안개가 서려 있는 그곳에 잠들어 있는 테스를 잔혹하게 범한다. 그 일로 임신한 테스는 결국 집에서 아이를 낳게 되고, 병약한 아이는 얼마 살지 못하고 죽어버린다.

고향에 돌아온 지 3년째 되는 5월 어느 날, 테스는 어느 낙농장에 취직하여 집을 떠나게 된다. 테스는 열심히 젖을 짜면서, 건강한 생활에 만족한다. 그런데 이 목장에는 다른 일꾼들과는 달리 기품이 있고 상당한 교육을 받은 청년이 착실히 일을 하고 있다. 그는 예민스터의 유명한 신부의 막내아들로서 학교를 졸업하고 목장의 건습생으로 일을 배우고 있는 에인젤 클레어이다. 두 사람은 가까워졌고, 마침내 에인젤은 그녀에게 청혼한다. 자신의 과거에 대한 죄의식에서 테스는 그 청혼을 거절하지만 결국 받아들이게 된다.

마침내 교회에서 간략한 예식으로 결혼식을 마치고 그들은 신혼 첫날밤을 보낸다. 에인젤은 서로 과거를 털어놓기로 하면서, 자기는 한때 런던에서 방황하면서 여자들과의 방탕한 생활을 보낸 적이 있음을 고백한다. 이러한 상황에서 순진한 테스는 알렉과 있었던 과거를 털어놓게 된다. 에인젤은 이 고백에 절망감을 느끼고, 그들 부부는 떨어져 있을 수밖에 없음을 결정하고, 각각 짐을 꾸린다. 그 후 에인젤은 그녀에게 북부에 있는 농장으로 기술을 배우러 간다는 소식을 보내온다.

그녀는 다시 날품팔이를 하러 삭막한 플린트콤 애쉬에 간다. 이곳에서 힘겨운 나날을 보내던 테스는 남편에 대한 그리움에서 시댁을 찾아가기로 한다. 그곳에 도착해서 시부모를 만나기도 전에, 교회에서 나오는 클레어 형제로부터 자신을 멸시하는 말을 엿듣고 시댁의 방문을 포기한다.

테스는 그곳을 떠나 한 마을에 이르러서 한 전도사의 목소리를 듣게 되는데, 바로 알렉이다. 알렉은 그녀를 보자 자신이 클레어 목사의 전도에 힘입어 신앙인으로 다시 태어나 개종하였다고 말한다. 그러면서 어머니와 동생을 돌봐야 하는 그녀의 어려운 처지를 들먹이며 그녀에게 결혼하자고 다시 접근한다. 이러한 참담한 상황에서 테스는 용서를 호소하는 편지를 시댁을 통해 브라질에 있는 남편에게 보낸다. 에인젤은 브라질에서 식민농장을 경영하기 위해 갔지만, 한편으로 테스의 과거로부터 도피하고자 하는 심정이 컸다. 그는 외롭고 황량한 이국땅에서 자신이 테스에게 행했던 잔인하고 편협한 형벌에 대해 후회한다. 그리고 마침내 영국으로 다시 돌아와 그녀를 찾는다.

그러나 운명은 그녀의 편이 아니었다. 에인젤로부터 아무런 소식도 받지 못했던 그녀는 결국 집요하게 치근덕거리면서 그녀의 집을 돌보아준 알렉의 손에 다시 넘어가, 동거하고 있었다. 마침내 에인젤은 그녀의 하숙집으로 찾아오고 그녀와 재회한다. 하지만 이제는 모든 것이 너무 늦었다고 그녀는 절규한다.

에인젤이 떠나가자 테스는 억누를 수 없는 회한 속에서 알렉과 말다툼을 벌인 후, 그를 찔러 죽인다. 그리고 그녀는 뛰쳐나가 역으로 향하던 에인젤을 만나서 자신이 저지른 살인 행위를 고백한다. 돌이킬 수 없는 운명 속에서 그들은 서로의 사랑을 확인하고 죽을 때까지 함께 하기로 결심한다. 그들은 숲 속에 있는 빈 집에서 며칠 밤을 보낸 후, 고대의 이교도들이 제물을 바쳤던 곳에 이른다. 이곳에서 최후의 새벽을 맞이할 즈음 연락을 받고 경찰들이 와서 그녀를 체포한다.

에인젤은 테스의 마지막 소원대로 그녀를 쏙 빼 닮은 그녀의 동생과 결혼한다. 그리고 그들은 함께 그녀가 수감된 감옥으로 가서 검은 깃발이 올라감을 보면서 그녀의 죽음을 지켜본다.

3. 독일의 사실주의 문학

일반적으로 독일의 사실주의와 자연주의 문학의 시기는 1850~1890년대로 잡는다. 사실주의로의 이행기에 소위 하이네(Heinrich Heine, 1797~1856), 구츠코브(Karl Ferdinand Gutzkow, 1811~1878) 등 '청년독일파' 들이 큰 공헌을 하였다. 독일에서는 시민 계급에 의한 3월혁명이 실패로 끝난 직후인 1850년 초에 슈미트(Heinrich Julian Schmidt, 1818~1886)를 비롯한 일련의 문학비평가와 피셔(Friedeich Theodor Vischer, 1807~1887)와 같은 미학자가 사실주의를 강렬하게 표방하고 나섰고, 이와 때를 같이해서 슈토름(Hans Theodor Woldsen Storm, 1817~1888), 켈러(Gottfried Keller, 1819~1890), 폰타네(Theodor Fontane, 1819~1898), 마이어(Conrad Ferdinand Meyer, 1825~1898), 라베(Wilhelm Raabe, 1831~1910)와 같은 사실주의 대가들이 나타나 작품 활동을 개시하였다.

이들은 3월혁명 직전의 문학이 관념주의적 이상주의에서 벗어나 일상적인 현실에 눈을 돌리고 있다는 점을 긍정적으로 평가하면서도, 비더마이어[8] 작가들은 낭만주의 유산을 완전히 청산하지 못했다는 이유에서, 그리고 청년독일파 작가들은 정치적 경향성을 지나칠 정도로 노출시켰다는 이유에서 이들을 다 같이 비판하였다. 이러한 비판과 함께 이들이 내세운 사실주의 강령은 현실을 있는 그대로 충실하게 묘사하되, 그것은 어디까지나 문학 본연의 창조 정신을 전제로 해야 한다는 것이다. 작가의 주관성과 현실의 객관성을 동시에 충족시켜야 한다는 그 같은 주장은 복고적인 지배 체제에 대한 시민 계급의 적응 노력과 체념적 타협주의에 기인하고 있다.

문학사적으로 볼 때 독일 자연주의는 19세기 후반을 지배하던 '시적 사실주의'를 계승하고, 이것의 사실주의 경향을 보다 극단화시킨 현상이다. 1885년경 폭발적인 힘으로 대두된 자연주의는 문학혁명적 성격을 지녔고, 이와 더불어 '현대'라는 새로운 문학 시대가 전개된 것이다. 이러한 독일 자연주의는 1895년까지 약 10년 동안 독일 문학의 주류를 이루었다.

사실주의와 자연주의의 대표적 작가와 작품으로는 슈토름의 단편집 『호반』(*Immensee*, 1850), 『백마의 기사』(*Der Schimmelreiter*, 1888), 켈러의 자전적 교양소설 『녹색의 하인리히』(*Der grune Heinrick*, 1854~1855, 개정판 1879~1880), 단편집 『젤트빌라의 사람들』(*Die Leute von Seldwyla*, 1부 1856, 2부 1873~1874) 등이 있다. 또한 폰타네의 『얽힘과 설킴』(*Irrungen Wirrungen*, 1888), 하우프트만(Gerhart Hauptmann, 1862~1946)

---

8 비더마이어(Biedermeier) : 여러 견해에서 볼 때 '비더마이어'의 역사적 시대 구분 내지 그것의 시대 명칭으로서의 적합성 등을 논외로 한다면, '비더마이어 문학'이란 문학적 현상이 갖는 복합성에도 불구하고 대개 19세기 전반부, 소위 복고시대(1815~1848)에 주로 오스트리아를 중심으로 전개된 소박한 시민적 문학을 지칭한다.

의 자연주의 드라마 『해뜨기 전』(*Vor Sonnenaufgang*, 1889), 『직조공들』 (*Die Weber*, 1892), 소설 『선로지기 틸』(*Bahmwärter Thiel*, 1887) 등이 있다. 또한 사실주의 희곡의 선두주자인 게오르크 뷔히너(Georg Büchner, 1813~1837)의 『당통의 죽음』(*Danyons Tod*, 1835) 등이 있다.

■ 데오도르 슈토름(Hans Theodor Woldsen Storm, 1817~1888)
– 「호반」(*Immensee*, 1850)

소설가이자 서정시인인 슈토름은 덴마크 접경지대인 슐레스비히 홀스타인 북해 연안 도시 후줌에서 태어났다. 아버지는 변호사였고, 어머니는 명문가 태생으로 예술에 소양이 많았다고 한다. 슈토름은 고전어학교를 졸업하고 뤼벡의 김나지움에서 공부했으며, 아버지의 뜻에 따라 킬 대학에서 법률 공부를 했다. 1년 뒤에는 베를린 대학으로 옮겨 계속 법률 공부를 했다. 학생 시절에 괴테, 하이네, 아이헨도르프 등의 창작 세계에 관심을 가지고 문학에 뜻을 두게 되었다. 1년 반 만에 베를린 생활을 청산하고 다시 킬 대학으로 돌아갔다. 이때부터 안정을 찾기 시작하면서 시집을 간행하였고, 슐레스비히 홀스타인에 흩어져 있는 전설과 동요를 바탕으로 창작 활동을 시작하였는데, 주로 서정시를 지으면서 단편소설 「호반」과 같이 섬세한 감성과 정취가 풍기는 작품을 쓰기 시작하였다.

슐레스비히 홀슈타인에 정치적 문제가 발생하자 독립운동을 지원한 이유로, 덴마크 정부는 슈토름의 변호사직을 박탈한 후 1852년부터 12년간 망명 생활을 강요했다. 슈토름은 고향을 떠난 뒤 포츠담의 배석 판사가 되었으며, 1856년에는 작센으로 옮겨 지방 법원 판사가 되었다. 1864년 고향이 독일에 귀속되면서 후줌 의회는 그를 지사로 선출하여 귀향하도록 했다. 그러나 정치적 문제는 계속 이어졌고 마침내 그는 행정직을 버리고, 판사의 길을 택했다. 그 후 별장에 머물면서 전설을 소재로 한 마지막 작품 『백마의 기사』(*Der Schimmelreiter*, 1888)를 완성하였다.

슈토름의 문학적 특색은 고향 슐레스비히 홀스타인의 자연과 생활과 역사가 작품 속 깊이 숨 쉬고 있다는 점이다. 그가 쓴 500여 편의 시와 50여 편의 단편소설, 그리고 동화는 모두 고향 땅에 뿌리박은 자신의 체험을 바탕으로 쓴 것으로, 바람이 몰아치는 북부 독일 해변의 강인함과 억셈이 부드러움 그리고 우울함과 함께 기묘하게 어우러져 있다. 그리하여 그는 초기의 애수어린 서정의 세계에서 서사적인 심리적 갈등으로, 그리고 최후에는 입체적인 비극적 세계로 이르는 시적 사실주의를 완성한, 사실주의 시대의 가장 뛰어난 작가 중 한 사람이 되었다.

「호반」은 이룰 수 없던 젊은 시절의 사랑이야기를 회상 기법으로 풀어낸 액자소설 형식을 띠고 있다. 이 작품은 후기 낭만주의자들에게서 흔히 볼 수 있는 우수와 체념의 관조가 잘 드러난 시적 사실주의의 작품이다. 소설의 줄거리는 다음과 같다.

산책을 마치고 방으로 돌아온 노인은 안락의자에 앉자 마침 한 줄기 달빛이 비치는 초상화에 시선을 고정시킨다. 노인은 '엘리자벳!' 하고 나직한 소리로 중얼거린다. 순간 노인은 젊은 시절로 돌아간다.

다섯 살쯤 된 엘리자벳과 그녀 나이의 갑절이 되는 라인하르트는 들판을 뛰놀고 재미나는 이야기를 나누면서 어린 시절을 보낸다. 학교에 들어간 라인하르트는 장시(長詩)를 짓는 데 몰두하였고, 엘리자벳에게 들려줄 동화를 베껴 그녀에게 넘겨주면 그녀는 서랍 속에 소중히 간직했다.

7년이 지나 라인하르트는 상급 학교의 진학을 위해 고향을 떠나게 되었다. 라인하르트는 떠나기 하루 전, 그녀와 산딸기를 찾아서 숲 속을 함께 헤맸다. 그는 숲 속 여왕으로 보였던 소녀의 맑은 눈, 아름다운 자태를 시로 읊었다.

대학생이 된 라인하르트는 지하 주점에서 학생들과 술을 마시며 크리스마스 이브를 즐기고 있을 때, 하숙집에 크리스마스 선물이 와 있었다. 엘리자벳이 보낸 케이크와 선물, 편지였다. 편지에는 라인하르트가 오지 않는 겨울은 쓸쓸하다는 것, 라인하르트의 친구 에리히 씨가 자신의 초상화를 그려주고 있다는 사연, 동화를 적어 보내지 않는 것에 대한 원망이 적혀 있었디. 라인하르트는 갑자기 밀려드는 향수에 젖어, 거리로 나가 선물을 사 어머니와 엘리자벳에게 편지를 썼다.

부활절이 되자 그는 고향으로 향했다. 엘리자벳과 만났으나 왠지 서먹서먹했다. 그리고 그녀의 새장에 자신이 준 홍방울새는 없고 대신 카나리아가 들어 있는 것을 발견했다. 그 카나리아는 임멘 호반 농장을 상속받은 에리히가 보냈다는 말에 마음이 상했다. 방학을 마치고 떠나며, 라인하르트는 엘리자벳에게 2년 동안 만나지 못하지만 계속 사랑해줄 수 있느냐고 물었고 그녀는 고개를 끄덕였다.

2년 후 연구에 몰두하고 있던 중 어머니에게서 편지를 받았는데, 에리히가 결국 엘리자벳을 설득하여 결혼을 승낙받았다는 내용이었다.

몇 해가 지난 뒤 라인하르트는 임멘 호반으로 향했다. 에리히는 반갑게 그를 맞이하면서 엘리자벳이 깜작 놀랄 것이라고 좋아했다. 그녀에게 알리지도 않고 라인하르트를 초대했던 것이다. 그를 본 엘리자벳은 놀라면서 인사를 했다. 그녀의 목소를 듣자 라인하르트는 가슴 속이 아려왔다. 에리히의 배려로 그는 하루에 몇 시간 정도 혼자 연구해오는 민요를 정리했고, 저녁 때는 호반을 따라 산책했다. 어느 날 산책에서 돌아오다가 비를 맞다가 흰 옷을 입은 엘리자벳이 이쪽을 향하여 걸어오고 있는 것을 보았다. 그는 함께 집으로 가려고 했지만 엘리자벳은 방향을 바꾸어 어두운 옆길로 모습을 감추고 말았다.

2~3일이 지난 뒤, 에리히는 라인하르트에게 채집한 민요를 들려 달라고 졸랐다. 라인하르트는 나직한 목소리로 멜로디를 읊조렸다. 다른 노래를 부르기 시작할 때 엘리자벳은 함께 노래를 불렀다. 종이를 잡은 그녀의 손이 떨리고 있음을 느꼈다. 밤이 깊어 호반에 나갔을 때, 라인하르트는 호수에 수련이 피어 있는 것을 보고는 헤엄쳐 수련으로 향했다. 그러나 수련은 너무 멀리 있었다. 낯모를 곳에 와 있다는 불안감에 돌아와 다시 호수를 보자 수련은 멀리 검은 심연 뒤에 외로이 떠 있었다.

다음 날 오후, 라인하르트와 엘리자벳은 호수 건너편 숲을 지나 언덕을 산책했다. 그녀는 남편 에리히의 부탁을 받은 것이다. 라인하르트는 딸기를 따러 간 일과 시 노트에 그녀가 끼워주던 풀을 생각하며 눈물이 맺혔다. 그는 엘리자벳에게 "우리들의 아름다운 청춘은 어디로 간 것일까." 하고 안타깝게 말했다. 호수에 배를 저어 올 때, 그는 상념에 젖고, 그녀도 아무 말이 없었다. 저녁 무렵, 그는 마음이 안정되지 않아 낮에 그녀와 걷던 길을 다시 걷다가 방으로 들어갔다. 라인하르트는 깊은 밤을 지새고 연필로 몇 줄을 써놓은 뒤, 아침 일찍 모자와 단장을 집어 조심스럽게 현관으로 내려오자 엘리자벳이 서 있었다. "이제는 돌아오지 않으려는 거죠?"라며 힘겹게 물었고 그는 절대로 다시 오지 않겠다고 대답했다. 그녀는 떠나는 그의 뒷모습을 보고만 있었고 저택은 점점 자취를 감추고 앞으로는 망망한 세계가 전개되었다.

　달은 비치지 않고 주위는 어두워진다. 안락의자에 앉은 노인을 둘러싼 어둠은 차차 넓은 호수로 변해간다. 노인의 눈에는 다다를 수 없을 만큼 먼 수면에 흰 수련이 외로이 떠 있다. 이윽고 가정부가 방안으로 등불을 날라 오자, 책 한 권을 꺼내 일찍이 청춘의 심혈을 쏟았던 연구에 온 정신을 빼앗겨버린다.

■ 고트프리드 켈러(Gottfried Keller, 1819~1890) − 『녹색의 하인리히』(*Der grune Heinrick*, 1854~1855, 개정판 1879~1880)

켈러는 스위스 취리히에서 태어났으며, 서정시인이면서 소설가로서 슈토름과 함께 19세기 독일 문학의 쌍벽으로 꼽힌다. 아버지는 선반공이었는데, 켈러가 다섯 살 때 세상을 떠나자 그는 경제적 곤란을 겪으면서 어린 날을 보냈다. 칸토날에 있는 공업학교에 진학하였지만, 교사 배척 주모자로 오해받아 퇴교한 뒤 독학의 길로 접어들었다. 그 후 취리히 주의 장학생으로 선발되어 하이델베르크 대학으로 유학할 기회가 주어졌다. 대학에서 유명한 철학자 포이어바흐(Ludwing Feuerbach, 1804~1872)의 영향을 많이 받게 되어, 이를 토대로 휴머니즘에 바탕을 둔 독특한 인생관을 확립하는데, 이후 작품의 토대가 되었다. 학교를 마치고 1850년부터 5년간 독일 베를린에서 체류하다가 고향으로 돌아와 취리히 정부 서기관으로 15년간 충실히 근무했다.

그러면서 작품 활동을 하였는데, 대표작은 자신의 청춘 시절을 자전적으로 반영한 『녹색의 하인리히』이다. 또한 단편집 『셀트빌라 사람들』(*Die Leute von Seldwyla*, 1권 1856, 2권 1874), 단편집 『취리히 단편집』(*Zü richer Novellen*, 1878), 장편 『마르틴 살란더』(*Martin Salander*, 1886) 등을 내놓았다.

『녹색의 하인리히』는 주인공 하인리히가 시민으로서의 의무를 다하고 봉사 활동에 몸 바치며 살아가게 되는 육체적·정신적 성장 과정을 그린 작품이다. 하인리히는 괴테의 『빌헬름 마이스터』처럼 인생의 목적을 찾으려고 노력하며, 한 개인이 국가의 구성원임을 자각하고 올바른 시민이 되어 가는 인물이다. 괴테의 작품에 비해 시야는 좁지만 현실을 날카롭게 객관적으로 묘사하면서도 유머가 풍부한 이 작품은 19세기 독일 사실주의 소설의 최고 걸작이자 독일의 교양소설을 대표하고 있다. 그 줄거리는 다음과 같다.

나의 아버지는 유서 깊은 마을의 농민의 아들이었다. 그 마을은 스위스에 있었고, 항상 공화국의 평화와 부(富)가 넘치는 곳이었으며, 둥근 모양의 넓은 숲과 밭이 여기저기 흩어져 있었다.

어느 날, 참신한 녹색의 예복을 입고 흰 바지에 누런 장화를 신은 키가 늘씬한 젊은이가 이 마을에 나타났다. 그 젊은이는 스위스의 소도시에서 태어나 독일에서 오랜 수업을 마치고 고향에 돌아온 건축기사 레였다. 그 건축기사 레가 마을 목사의 딸과 결혼하여 그 사이에서 태어난 아이가 바로 나 '하인리히'이다. 아버지는 마을의 지도자로 각 방면에서 활약하였으나, 과로로 말미암아 내가 다섯 살 때 돌아가시고 말았다. 어머니는 아버지의 유언을 충실히 지켜, 나를 신앙으로 키우셨다. 나는 순조롭게 자라 학교에 들어갈 나이가 되었다. 그 무렵에 내가 입은 옷은 녹색이었다. 나는 아버지가 남긴 녹색의 옷을 줄여서 줄곧 12살이 될 때까지 입고 있었다. 그래서 나는 '녹색의 하인리히'라는 별명이 붙었다.

초등학교를 졸업하고 신학교에 입학하였다. 나는 얌전한 편이었으나 무능한 교사를 배척하는 데모 행진에 참가한 까닭으로 퇴학 처분을 받고 말았다. 나는 외삼촌인 시골 목사님 댁에 가서 머무르게 되었다. 어느 날, 나는 해도 뜨기 전에 집에서 나와, 지금까지 경험한 일이 없는 먼 곳을 향해 길을 떠났다. 나는 세상에 태어난 이후 처음으로 숲 속에서 해가 솟아오르는 것을 보았다. 피곤한 줄도 모르고 종일 걸어 몇 개의 마을을 지나쳤다. 나는 운명과 장래 문제 등에 관하여 심각하게 생각할 수 있는 기회를 갖게 되었다.

나는 마을의 두 처녀 안나와 유디트를 알게 되었다. 나는 유디트에게서 관능적 사랑을, 안나에게서는 정신적 사랑을 느꼈다. 그러나 안나는 병으로 18세의 나이로 일찍 죽었고, 유디트는 이민차 미국으로 가 버리고 말았다. 그 무렵 나도 예술의 도시 뮌헨으로 가서 본격적인 그림 공부를 하기로 결심했다. 그러나 내가 얻은 것은 명성이 아니고 빈곤과 실망뿐이었다. 그리하여 쫓겨나듯이 고향으로 돌아오게 되었다.

그렇지만 나는 화가로 어느 정도의 기반을 닦아 놓은 터였다. 고향으로 돌아오는 길에 내 그림을 참으로 이해하는 어느 백작을 알게 되었고, 뜻하지 않은 행운으로 큰 돈을 손에 넣게 되었다. 나는 백작의 양녀인 도로테아와도 알게 되었다. 그러나 또다시 사랑에 빠질 수는 없었다. 그 사랑의 번민에서 도망할 겸 또한 오랜만에 어머니도 뵈올 겸 고향으로 돌아가기로 작정했다.

설레는 가슴으로 고향에 돌아왔으나, 어머니는 바로 임종하는 순간이었다. 하늘이 무너지는 듯한 느낌이었다. 어머니가 돌아가신 뒤에 나는 내 예술적 재능에 회의를 품게 되었다. 그렇게 애착을 가졌던 붓을 꺾어버리고, 군청에 근무하게 되었다. 남들을 위해 봉사하는 일도 예술 활동에 못지않게 가치 있는 일이라고 생각했기 때문이었다.

별다른 욕심도 없었다. 그저 내 할 일만 충실히 했다. 이런 나를 사람들은 성실한 공무원으로 인정해 주어 군수 자리에까지 올라갈 수 있었다.

그 무렵 나를 잊지 못하여 미국에서 유디트가 다시 돌아왔다. 나는 내 일에 보람을 느꼈고, 또한 한없이 평온한 나날을 보낼 수가 있었다. 나는 다시금 유디트와 교제하기 시작하였다. 그러나 그저 그뿐이었다. 20년 후에 유디트가 가난한 어린이들의 병을 돌보다가 죽게 될 때까지 우리의 교제는 계속되었으나, 우정 이상으로 가지는 않았다.

■ 게르하르트 하우프트만(Gerhart Hauptmann, 1862~1946)
– 『선로지기 틸』(*Der Bahnwärter Thiel*, 1887)

하우프트만은 쉴레지엔 지방의 온천지인 오버잘츠브룬에서 태어난 극작가이자 소설가이다. 아버지가 요양객을 상대로 여관업을 하였기 때문에 집안이 넉넉해 행복한 어린 시절을 보냈다. 모든 학교생활에는 취미가 없어 도중에 중단하였고, 농업도 건강 때문에 그만두었고, 취미가 있었던 조각 공부도 중단하였다. 그러다가 지중해 여행 중에 습작으로 서사시 한 편을 썼는데 이를 계기로 문학 세계로 접어들게 되었다.

1912년부터 독일에서 자연주의 배척운동이 일어나 잠시 활동이 위축되었고, 극장까지 폐쇄되는 아픔을 겪기도 하였으나, 1차 세계대전이 끝난 뒤 고향에서 탄생 60주년 기념행사가 성대히 열리고 그를 축하하는 축하극이 상연되는 영광을 누렸다. 2차 세계대전에도 그는 고국을 떠나지 않고 고향에 계속 머물러 있었다는 이유에서 반나치주의자들에게 비난을 받기도 했다. 그는 종전 후 소련 점령하에서도 집을 떠나지 않았다. 그는 자연주의뿐만 아니라 여러 사조에 조예가 깊었으며, 그의 문학은 규정할 수 없을 정도로 다양했다. 그는 1912년 노벨문학상을 수상하였다.

하우프트만은 형의 영향으로 자연주의 문학 운동에 참가하게 되었는데, 첫 단편 작품 『선로지기 틸』을 발표한 뒤, 희곡 『해뜨기 전』(*Vor Sonnenaufgang*, 1889)이 베를린에서 상연되면서 명성을 굳혔다. 이 시기에 자연주의 가족극 『평화제』(*Das Friedenfest*, 1890), 주인공의 정신적 상황을 서술하는데 주력한 희곡 『외로운 사람들』(*Einsame Menschen*, 1891), 자연주의의 정점을 이루는 사회드라마 『직조공들』(*Die Weber*, 1892), 낭만적 상징주의 경향을 띤 『가라앉은 종』(*Die versunkene Glocke*, 1896) 등을 발표했다. 특히 『가라앉은 종』은 한 해 700회 공연 기록을 세웠다.

소설 『선로지기 틸』은 계모 문제를 다루고 있다. 전처 소생과 계모, 남편과 새 아내의 갈등을 다루고 있는 것이다. 작가의 자연주의는 운명 앞에 굴복되어 가는 인간의 모습을 그리는데, 그 운명은 독특하게 설정되어 있다. 그는 개인이 정신적 궁핍이라는 조건을 타고 났기 때문에, 어쩔 수 없이 비극적인 삶을 살 수밖에 없다고 해석한다. 그래서 그의 작품에 등장하는 주인공 대부분은 기질이 약하고 재능이 모자라며 수동적인 태도로 살아간다. 그리고 마침내 파멸을 겪는다. 『선로지기 틸』에서의 사건은 어린 토비아스의 죽음과 그로 인한 충격, 그리고 아내에 대한 증오와 살인 사건을 매우 격렬하게 제시하고 있어 극적 효과를 준다. 줄거리는 다음과 같다.

선로지기 틸은 근무하거나 병이 났을 때를 제외하고는 일요일이면 언제나 교회에 나간다. 5년을 혼자서 다니다 매우 병약한 여자를 아내로 얻어 2년 동안은 함께 교회에 나가 열심히 기도한다. 그러나 아내가 숨지자 다시 혼자 교회를 다닌다. 1년이 지난 뒤 그는 레네라고 부르는 뚱뚱하고 힘이 세며 거친 성격의 여자와 다시 교회에 나타난다. 그는 아이를 위해 할 수 없이 재혼을 했다고 고백한다. 그러나 새 아내는 거세고 싸우기를 좋아하며 야수적인 정욕을 지닌 여자여서 틸은 마음 편할 날이 없다. 틸은 아내의 공격을 묵묵히 감수하며 나날을 바보같이 지내나, 아들 토비아스에 관계되는 일에서만은 근엄한 표정으로 맞선다. 그는 변두리의 근무 초소에서 죽은 아내에 대한 기억을 떠올리며 정신적인 교감을 거듭한다. 빛바랜 죽은 아내 사진을 놓고 찬송가와 성서를 펴고 읽거나 노래를 부르면서 무아경의 환상에서 죽은 아내를 만나는 것이다.

레네가 사내아이를 낳자 그녀는 토비아스를 증오하기 시작한다. 틸이 없을 때 토비아스는 박해를 받았으며, 점점 쇠약해져 간다. 어느 날, 틸은 근무지로 향하다가 버터빵을 집에 두고 온 사실을 깨닫고 다시 집으로 간다. 집안에서는 토비아스를 꾸짖는 날카로운 계모 소리가 쩌렁쩌렁 울린다. 저주와 욕설이 거듭되면서 손찌검까지 하려 들 때 틸이 문을 연다. 놀란 아내는 한동안 말을 못했지만 이내

틸에게도 욕설을 퍼붓기 시작한다. 틸은 거세고 욕정적인 모습에 압도되어 그만 무력해지고 만다. 조용히 빵을 들고 집을 나간다.

밤에는 폭풍우가 몰아쳤는데, 틸은 어떤 여인이 철길을 걸어가고 있는 환상을 보았으며, 그 모습이 첫 아내와 중첩되면서 꿈과 현실 사이를 헤매다 깨어난다. 그런 다음 틸은 토비아스에 대한 걱정으로 곧바로 집으로 향한다. 틸은 집에서 토비아스를 보자 마음이 놓인다. 그날 밤, 레네는 감자밭을 일구기 위해 식구 모두 데리고 내일 아침 밭으로 가야겠다고 말한다. 틸은 마음이 섬뜩해진다.

밭으로 나간 토비아스는 즐거워했고, 걱정했던 틸도 아내가 밭을 보고 만족해하자 마음이 놓인다. 틸은 일을 하던 중 토비아스를 데리고 선로 순찰을 위해 밭을 떠난다. 순찰을 하면서 들려오는 종소리에서 죽은 아내의 소리를 듣고 눈물을 흘린다. 아이는 꽃을 꺾으며 즐거워한다. 밭으로 돌아왔을 때 레네도 즐거워하고 있다. 점심을 먹고 레네가 토비아스와 어린아이를 돌보겠다고 말했으므로 틸은 멀리 가지 말라고 당부한다.

틸은 급행열차가 브레이크를 잡는 소리에 깜짝 놀란다. '정지!'라고 소리쳤지만 기차는 레일 사이에 낀 검은 덩어리를 깔면서 겨우 멈춘다. 틸은 까무러칠 정도로 놀란다. 토비아스가 다친 것이다. 어쩔 줄 모르고 당황해하고 있을 때, 사람들은 토비아스를 들 것에 실어 차에 태운다. 레네가 따라간다. 틸은 실성 상태로 한참을 보낸 후, 막사로 돌아가 불길한 예감에 젖는다. 틸은 비틀거리며 선로를 걷다가 유모차에 실린 아이를 보고 자기도 모르게 아이 목을 눌러버린다. 그러다가 정신을 차린다. 그리고 건널목을 급히 달려간다.

작업인부들은 숙연한 표정을 짓고 죽은 토비아스를 안고 온다. 멍하게 있던 틸은 마침내 쓰러진다. 사람들은 토비아스를 막사에 두고 먼저 틸을 집으로 옮긴다. 레네는 유모차에 실린 아이와 함께 뒤따른다.

그리고 몇 시간이 지난 뒤 토비아스의 시체를 싣고 온 사람들이 레네를 불러도 대답이 없자 집으로 들어간다. 레네는 피투성이가 되어 죽어 있고 틸은 없다. 다음날 틸이 틸모자를 마치 아이처럼 안고 철로에 앉아 있는 모습이 발견된다. 그는 미쳐 있는 것이다. 예심 유치장에서 정신병원으로 실려 가는 동안에도 틸은 갈색 틸모자를 부드러운 애정으로 감싸고 있다.

■ 게오르크 뷔히너(Georg Büchner, 1813~1837)
– 『당통의 죽음』(*Dantons Tod*, 1835)

의사 아들로 태어난 뷔히너는 프랑스 스트라스부르크 대학에서 의학을 공부하다가 자유사상을 접하게 되었고, 독일의 기센 대학에 들어가서부터 정치 활동에 참가하여 비밀 결사 '인권협회'를 설립하였다. 그러다가 비합법적인 농민 운동이 발각되어 프랑스로 망명하였다. 그 뒤 철학과 해부학 연구에 몰두하여 교수 자격을 얻어 취리히 대학에서 해부학을 강의하는 한편 작품을 발표하였다. 그는 망명 자금을 마련하기 위해 『당통의 죽음』을 집필했다. 그리고 패혈증으로 23세에 요절하였다. 유작으로 『보이체크』(*Woyzeck*, 1836)가 있다.

『당통의 죽음』은 프랑스혁명기 공포 시대를 배경으로 '민중 호민관' 이었던 당통(1759~1794)의 최후를 그린 작품이다. 자유인 당통과 폭력으로 도덕적 이상을 관철하려는 로베스피에르와의 대립 속에서 몰락하는 당통을 그려냈는데, 당통은 그의 정적들에 의해서라기보다 그 자신의 무모함에 의해 희생되는 것으로 그려진다. 당통은 혁명이 물질적·윤리적 문제도 해결할 능력이 없음을 깨닫고 혁명을 더 이상 신봉하지 않는다. 또한 당통은 자신의 종말을 냉소적으로, 수동적으로 감내한다. 이 드라마는 혁명사의 연구에서 얻은 환멸과 더불어 근대인의 허무한 생존 감정을 보여준 작품이다.

뷔히너는 『당통의 죽음』에서 대혁명 당시의 프랑스 국민입법의회 속기록을 인용하였다. 이 작품이 사실주의적 기록극의 양식을 최초로 사용한 독일 희곡 작품으로 간주되는 이유도 여기에 있다. 뷔히너의 희곡은 헌법 개정을 요구하는 정치운동에 투신했던 정치적 색채 때문에 한동안 인정받지 못했다. 그러다가 19세기가 끝날 무렵 자연주의 시대에 와서 주목받기 시작했으며, 자연주의와 표현주의자들은 그를 선구자로 삼았다. 냉철한 사실주의, 섬뜩한 비전과 리드미컬한 극작법, 그로테스크, 허무주의, 부조리, 소외 등 모든 요소들을 내포한 그의 희곡에 대해 다양한 해석이 내려져 있으며, 현대 연극의 여러 과제를 가장 많이 그리고 가장 먼저 다룬 극작가로 불린다. 희곡 『당통의 죽음』의 줄거리는 다음과 같다.

　1789년에 시작된 프랑스혁명은 1793년이 되자 그 한계성을 드러내기 시작한다. 민중의 생활은 조금도 나아지지 않았고, 오히려 더 가난한 생활을 해야 했다. 그리고 혁명의 지도력이 파리 코뮌의 각 섹션에 옮겨지게 됨에 따라서 혁명위원회의 핵심을 이루는 로베스피에르 일파는 지도권을 확보하기 위해 온갖 수단 방법을 가리지 않는다. 그들은 좌우의 반대 세력을 닥치는 대로 옥에 가두고, 또 민중의 불만을 다른 곳으로 돌리기 위해 왕당파라는 의심이 들거나 조금이라도 귀족다운 끼가 있는 사람이면 혁명의 적이라 부르며 사형에 처한다. 이른바 공포시대가 심화, 확대된 것이다.

　실은 혁명이 한계성에 부닥치게 됨에 따라서 두 가지 상반되는 환상이 발생한 것이다. 그 하나는 철저한 거의 맹목적인 테러 행위를 자행하는 혁명이 추진된다면 국민의 궁핍함도 해소되리라는 것이고, 다른 하나는 테러를 중지해서 혁명을 중단하고 질서를 재건한다면 국민은 궁핍으로부터 구원되리라는 것이다. 로베스피에르 일파는 앞의 견해를 가지고 있고, 당통 일파는 뒤의 견해를 지니고 있다.

　당통 일파는 혁명에 앞장서면서 예전 왕후 귀족과 같은 호사한 생활을 하며 향락에 잠기게 되었기 때문에 더 이상 지겹고 무서운 유혈 혁명을 계속하고자 하는 의지가 없다. 로베스피에르가 그들 일파의 숙청 계획을 진행시키고 있다는 사실을 느끼기는 하지만, 당통은 자기의 혁명 공적을 높이 평가하고 있는 터라, 자기에 대한 국민의 지지도를 믿기 때문에 설마 하는 생각을 지니고 있다.

　당통 일파는 향락 생활을 하고 있는 동안에 삶에 대한 권태감에 빠지게 되고, 허무감에 발목을 잡혀 행동의 기력을 잃은 터라 좀처럼 반격을 할 수 없는 형편이다.

마침내 끝장에 이른다. 당통은 막다른 골목에 몰리게 되자 용감하게 일어서서 열변을 토한다. 민중은 뜨거운 환호와 갈채로 당통을 맞았고, 그는 뒤집기에 성공한 것처럼 보인다. 그러나 줏대 없는 대중은 당통의 호화로운 생활이 공개되자 즉시 "배신자를 타도하라!" 하고 소리치기 시작한다. 그 저주에 찬 고함을 들으며, 당통은 고요히 사형대 위로 올라간다.

4. 러시아의 사실주의 문학

거창한 나라 러시아는 서양사에 오랫동안 등장하지 않았다. 러시아는 오랫동안 서구 제국과 단절되어 있었다. 그러므로 러시아에는 르네상스도 종교개혁도 고전주의, 계몽주의도 없었다. 문학 작품도 미미한 상태였다. 러시아는 오랫동안 폭군인 황제와 귀족, 그리고 농노만이 존재하는 고대 국가 형태로 머물러 있었다. 이러한 러시아에서, 문학의 여러 현상은 18세기에 나타나기 시작하여 19세기에 절정에 이른다.

러시아가 오랫동안 낙후된 상태로 남아 있었던 까닭은 교회에서 라틴어를 쓰지 않았기 때문이다. 러시아 정교회에서 슬라브어만을 쓰게 했던 것은 독립적이고 자주적인 발상이었지만, 러시아를 서양 세계와 단절시켜 모든 라틴어로 된 문화유산과의 접촉을 막아버렸다. 중세의 지식 체계는 거의 대부분 라틴어로 되어 있었는데, 이러한 라틴어와의 단절은 곧 문화 후진국이 되게 하는 역할을 했던 것이다.

또한 몽고 계통의 타타르족이 러시아에 들어와 거의 전 러시아를 정복해 키예프를 파괴하고 많은 사람들을 모스크바까지 몰아냈던 것도 러시아를 서양 세계와 절연시킨 요인이기도 하다. 1480년 모스크바의 이반 3세가 타타르인을 몰아낼 때까지, 러시아는 거의 250년간을 서양 문명·문화와 절연된 상태로 있다가 표트르 대제(Alekseevich Romanov Pyotr Ⅰ, 1672~1725) 이후부터 서양 세계에 문호를 열기 시작했다.

사실 18세기까지 러시아에는 세계문학에 내놓을 만한 작품이 없었다. 러시아 문학의 황금 시기는 푸슈킨(Aleksandr Pushkin, 1799~1837)이 처음으로 작품을 출판한 1802년부터 투르게네프가 죽은 해인 1883년까지이다. 1840년까지는 낭만주의의 시기, 1840년대 초반부터는 사실주의 문학 시대라고 할 수 있다.

러시아에서 사실주의는 1820~1830년대에 푸슈킨의 창작에서 비롯되었다고 할 수 있다. 즉, 푸슈킨의 운문으로 쓴 소설 형식의 작품 『예브게니 오네긴』(*Eugene Onegin*, 1833), 역사·가정·연애소설 『대위의 딸』(*A Daughter of Captain*, 1836) 등을 선두로 해서 시작된다. 그 뒤를 이은 대표적인 작가와 작품으로 고골리(Nikolai Vasilievich Gogol, 1809~1852)의 희극 『검찰관』(*TheInspector-General*, 1836), 서사시 『죽은 혼』(*Dead Soul*, 1841), 단편소설 「외투」(*The Cloak*, 1842) 등이 있다. 투르게네프(Ivan Sergeevich Turgenev, 1818~1883)는 단편집 『사냥꾼의 수기』(*A Sportsman's Sketches*, 1847~1852), 소설 『아버지와 아들』(*Fathers and Sons*, 1862)을 내놓았다. 또한 도스토예프스키(Fyodor Mikhailovich Dostoevsky, 1821~1881)의 소설 『죄와 벌』(*Crime and Punishment*, 1866), 『악령』(*The Possessed*, 1871~1872), 『카라마조프의 형제들』(*The Brothers Karamazov*, 1877~1880), 톨스토이(Lev Nikolayevich Tolstoy, 1828~1910)의 소설 『전쟁과 평화』(*War and Peace*, 1865~1869), 『안나 카레니나』(*Anna Karénina*, 1875~1877), 『부활』(*The Resurrection*, 1899), 체호프(Anton Pavlovich Chekhov, 1860~1904)의 소설 『약혼녀』(1902), 희곡 『세 자매』(*The Three Sisters*, 1901년 초연), 『벚꽃 동산』(*The Cherry Orchard*, 1904년 초연) 등도

대표적인 사실주의 문학 작품들이다.

■ 알렉산드르 푸슈킨(Aleksandr Pushkin, 1799~1837)
　　　　　　　 – 『예브게니 오네긴』(*Eugene Onegin*, 1833)

푸슈킨은 모스크바 귀족가문에서 태어났다. 그의 조상은 표트르 대제가 총애한 흑인이었다고 한다. 그는 어렸을 때 가정교사로부터 프랑스어를 배웠고, 1811~1817년까지 고등학교를 졸업한 후 페테르부르크에서 외교 관계 일을 하였다. 그러나 「농촌」이라는 시에서 농민의 고통과 지주 귀족의 농민 착취를 분노하는 '혁명적'인 글을 써 1820년 남부 러시아로 유배당했다. 6년 후 모스크바에 돌아와 1831년 18세의 아름다운 여성과 결혼했으나, 그녀를 짝사랑하던 망명 귀족과 결투를 신청해 결투 이틀 후 그때 입은 상처로 세상을 떴다. 일설에 의하면 이 사건은 그의 진보적 사상을 반대하는 궁정이 짜놓은 함정이었다고도 한다.

문학가로서의 푸슈킨의 명성을 떨치게 한 것은 첫 서사시 『루슬란과 류트밀라』(*Ruslan and Lyudmila*, 1820)이다. 이 서사시는 영웅 서사시의 전형을 재현한 것으로, 초원의 약탈자인 뻬체네크족으로부터 키예프를 구원한 루슬란을 통해 애국심, 용맹성, 인간의 힘과 같은 러시아적 영웅의 특성을 그리고 있다.

푸슈킨은 이미 시인으로서 위대한 작품들을 남겼다. 그리고 러시아 근대 문학의 아버지로서 문학의 모든 장르에 걸쳐 근대 문학의 초석을 놓았다. 러시아 후기 낭만주의 문학을 예술적으로 완성시켰고, 또한 러시아 사실주의 문학의 길을 열었다.

『예브게니 오네긴』은 서사와 전체 8장으로 구성되어 있으며 장편 운문 소설 형식을 취하면서 동시대의 현실적인 대중의 삶을 예술적으로 재현한 작품이다. 작품에 등장하는 오네긴은 훗날 러시아 문학에서 '쓸모없는 사람' 혹은 '잉여인간'[9]의 전형이 되는 인물이다. 작가는 오네긴을 통해 평범한 사람들의 생활과 동떨어진 귀족 인텔리겐치아[10]의 운명을 보여준다. 이상은 높아도 데카브리스트[11]와 같은 정열과 행동력을 갖지 못한 귀족 청년들이 현실 속에서 목표를 찾지 못한 채 무의미한 삶을 괴로워하며 도락에 빠진 경우가 주인공 오네긴 속에 형상화되어 있다. 『예브게니 오네긴』의 줄거리는 다음과 같다.

19세기 초엽, 페테르부르크의 사교계에 드나드는 경박한 젊은 귀족들, 그 가운데 대표적인 인물이 오네긴이다. 그의 아버지는 사치를 좋아하여 그가 죽은 뒤에는 유산은커녕 막대한 빚만 남겨놓는다. 그러나 오네긴은 해방된 자유에 몸을 맡기고 청춘을 한껏 향락하고 있다. 그는 매일 야외와 극장과 밀회 장소를 왕복한다.

오네긴은 백부의 유산을 받게 된 것을 기회로 사교계를 은퇴하여 시골의 영지에서 농토와 공장을 관리하면서 살게 된다. 그러나 3일 후부터는 다시 지루한 나날이 된다. 막대한 재산의 혜택을 받은 그는 시골에서 진보적인 지주로 행세하며 세금제도를 개혁해보기도 하고 책의 저술에 손을 대보기도 하지만, 결과적으로 그가

---

9 19세기 러시아 문학의 주인공으로서 자주 등장하며 어떤 공통 성격을 가진 청년들에게 붙여진 명칭. 각각 차이가 있지만 일반적으로 보통사람보다 뛰어난 지성을 지녔으면서도 일찍부터 인생에 싫증을 느껴 그 재능을 사회를 위해 유익한 행동으로 옮기지 못한 채 무료하게 소일하는 당시 귀족의 전형적 모습을 말한다. 이 같은 인물 유형은 투르게네프의 소설 『잉여인간의 일기』(1850)으로부터 출발하였다.

10 인텔리겐치아(Intelligentsia) : 지적 노동에 종사하는 사회 계층, 지식층을 뜻하는 러시아어. 좁은 의미에서의 인텔리겐치아는 19세기 중엽에 시작하였다.

11 데카브리스트(Dekabrist) : 12월 당원이라고도 하며 러시아어로 12월을 데카브리(dekabri)라고 하는 데서 유래한다. 나폴레옹 전쟁 당시 서유럽을 원정한 젊은 장교들과 귀족 인텔리겐치 아들이 공화제 실현, 헌법 제정, 농노제 폐지 등을 내걸고 1825년 니콜라이 1세의 황제 즉위 선서식장에서 반란을 일으켰다. 반란은 곧 진압되었고 주모자 5명이 교수형에 처해지고 100여 명이 시베리아로 유배되었으나 러시아에 혁명의 기운을 전파한 계기가 되었다.

이뤄낸 일은 아무것도 없다. 그는 더욱더 심한 권태감에 빠질 뿐이다.

그 즈음에 오네긴 앞에 혈기 넘치는 젊은 지주 렌스키가 나타난다. 렌스키는 독일에 유학하고 돌아온 이상에 불타는 시인으로서, 라린가(家)의 둘째 딸 올리가와 열애하고 있다. 두 사람은 곧 친교를 맺는다. 어느 날 렌스키는 자기 애인 올리가의 집으로 오네긴을 데리고 간다. 그리고 올리가의 언니 타치야나를 오네긴에게 소개시킨다. 타치야나는 눈에 확 띌 만큼 아름다운 생김새는 아니었지만, 어딘지 모르게 낭만적인 꿈을 가슴에 품은 소박한 시골 처녀이다. 성서와 공상 속에서 자라난 그녀는 오네긴을 처음 보는 순간 "이분이야말로 기다리던 사람이다" 하고 마음속으로 외친다. 그리고 자기의 뜨거운 연정을 편지에 써서 오네긴에게 보낸다.

그러나 젊어서 일찍 사교계의 총아가 되어 방자한 생활을 해온 오네긴은, 타치야나의 순박한 애정의 고백에 감동하면서도, 진실로 그녀를 대할 마음이 생기지 않는다. 그래서 타치야나에게 "젊은 아가씨란 그 가벼운 꿈을 항상 바꿔가는 법이지요"라고 냉정한 말투로 설교 같은 말을 늘어놓는다. 그 뒤 라린가에서는 타치야나의 생일을 축하하는 파티가 열린다. 오네긴은 무도회 석상에서 올리가하고만 춤을 춘다. 이것은 타치야나의 가슴을 아프게 했고 렌스키에게 모욕감을 주는 결과를 가져온다. 순진한 렌스키는 오네긴에게 결투를 신청한다.

다음 날 아침 렌스키는 올리가의 변함없는 마음을 알고 후회하지만 때는 이미 늦었다. 결투는 렌스키의 죽음으로 끝난다. 올리가의 행복을 짓밟고 타치야나의 마음을 비탄의 밑바닥으로 몰아넣은 오네긴은 어두운 마음을 품은 채 유랑의 길에 나선다. 올리가는 새로 생긴 연인과 결혼하였고, 타치야나는 홀로 시골에서 외롭게 살아간다. 오랜 세월이 흐른 뒤 타치야나는 늙은 어머니의 소원을 받아들여 모스크바로 가 늙은 장군의 아내가 되는 길을 택한다.

그로부터 수년 후, 여행에서 돌아온 오네긴은 오랜만에 사교계에 발을 들여놓는다. 오네긴은 그레민 공작의 저택에서 열린 파티에 참석한다. 그런데 그곳에서 젊고 아름다운 부인이며 사교계에 여왕으로 군림하고 있는 여성, 타치야나를 만나게 된다. 오네긴의 놀라움은 곧 정복욕으로 바뀌었고 또 사랑으로 뒤바뀐다. 그 뒤로부터 오네긴은 미친 듯이 타치야나의 뒤를 따라 다녔으나 그녀는 싸늘한 시선조차 보내려 하지 않는다.

어느 이른 봄날 아침 가슴을 태우던 오네긴은 그녀의 방에 찾아 들어간다. 그녀는 오네긴의 편지를 앞에다 놓고 눈물에 젖어 있다. 그리고 이런 말을 한다.

"왜 지금에 이르러 제 뒤를 따르는 거죠? 나는 오늘날의 현실을 그 지난날의 그리운 때와 바꾸고 싶습니다. 당신을 사랑합니다. 거짓말이 아닙니다. 그렇지만 이제는 이미 늦었고, 나는 또 내 길을 가야 합니다."

■ 니콜라이 고골리(Nikolai Vasilievich Gogol, 1809~1852)
　　　　　　　　　　　　　　　－『검찰관』(*The Inspector General*, 1836)

고골리는 우크라이나 부유하지 않은 소지주 집안에서 태어나 어린 시절을 아버지의 영지에서 보냈다. 아버지는 연극을 좋아하여 희곡을 쓰기도 했다. 어머니는 신앙이 두터우며 공상을 즐기는 여인이었다. 고골리는 아버지에게서는 문학의 재능을, 어머니에게서는 종교심을 물려받았다. 그는 우크라이나의 매혹적인 자연과 민요, 전설에서도 큰 영향을 받아 소년 시절부터 예술적인 소양을 키워 나갔다. 1821~1828년까지 고등학교를 마치고 공무원으로 일하면서, 우크라이나 민중의 삶을 소재로 쓴 단편소설집 『디카니카 근교의 야화夜話』(1831~1832)가 푸슈킨의 격찬과 함께 성공하여 당대 문학가들과 교류하게 되었다.

고골리는 잠시 페테르부르크 대학의 역사학 교수로 있었으나 문학에 전념하게 되었다. 1836년 러시아의 왜곡된 실상을 강렬하게 비판한 사회 풍자극 『검찰관』을 발표하였으나, 반동파의 맹렬한 비난을 받고 이탈리아로 피신하였다. 그곳에서 1842년 농노 제도를 비판한 장편소설 『죽은 혼』(*Myortvie Dushi*, 1842) 1부를 발표하였다. 이후로는 거의 외국에서 살았다. 이어 『죽은 혼』 2부를 쓰려고 노력하다가 원고를 불사르고 단식 끝에 세상을 떠났다. 그밖에 대표작으로 장편소설 『타라스 불바』(*Taras Buriva*, 1835) 등이 있다.

푸슈킨이 죽은 후 그는 러시아 문학의 수장이 되었다. 그는 사회 비판 작품은 실제 현실 사회 개선에 도움을 준다고 생각했다. 고골리는 러시아인의 영혼을 되살리고, 이들 내부의 양심과 도덕 그리고 장점을 일깨우려고 노력했다. 그는 날카로운 심리적 관찰과 심각한 풍자를 특색으로 하는 현실생활의 묘사라는 기법에 의하여 사실주의의 내면적 심화를 실현했다.

희극 『검찰관』은 러시아 최초의 사실주의적 사회 희극이다. 이 작품에는 애정의 갈등이나 전통적인 희극적 등장인물이나 긍정적 주인공이 없다. 희극의 등장인물인 관료, 사기꾼들, 뇌물수뇌자, 공금 유용자 등은 사회의 부정적 인물들의 전형이다. 이들이 살고 있는 지방 도시는 러시아 전체를 상징한다. 고골리는 사회와 인간의 도덕을 파괴시키는 전제적이고 관료주의적인 국가 체제를 풍자적으로 묘사했다. 줄거리는 다음과 같다.

사건은 1830년대 작은 지방 도시에서 일어난다. 시장은 관리들을 자신의 집으로 불러 모아 페테르부르크에서 신분을 감춘 채 검찰관이 이 도시로 온다는 것을 알린다. 시장과 관리들은 모두가 뇌물을 받고 공금을 유용하였기 때문에 검찰관을 두려워한다. 이들은 어떻게 하면 검찰관을 속일 수 있을지 상의하기 시작한다. 이때 두 명의 시민이 찾아와 검찰관이 이미 도착한 것 같다고 말한다. 그들은 호텔 주인에게 가서 확인했는데 어떤 젊은이가 페테르부르크에서 왔고, 이미 일주일 동안 호텔에 투숙하고 있으며 돈도 지불하지 않았다는 사실을 확인하였다고 말한다.

시장은 검찰관을 만나 그에게 뇌물을 주려고 호텔로 간다. 그러나 이 젊은이는 정부에서 파견한 검찰관이 아니다. 그는 홀레스타코프라는 사람으로 페테르부르크에서 출발하여 아버지 집으로 가던 중이었다. 그의 아버지는 부유하지 않은 지주인데 자기의 아들이 열심히 일해서 부자가 되어주기 바라면서, 몇 년 전에 아들을 페테르부르크로 보냈다. 그러나 아버지는 자기 아들이 놀기만 좋아하여 출세하기 어렵다고 판단되자 집으로 돌아오라고 명령한 것이다. 그런데 홀레스타코프는 도중에 카드놀이로 가진 돈을 모두 잃어버려, 아버지가 돈을 보내주기를 기다리며 호텔을 떠나지 못하고 있던 터이다. 호텔주인은 그에게 음식을 주지 않고.

그가 돈을 지불하지 않으면 체포될 것이라고 말한다.

홀레스타코프는 시장이 자신을 찾아왔다는 말을 듣고, 자신이 체포될 것이라고 생각한다. 놀란 그는 자기가 어떤 사람이며 왜 돈을 지불하지 않았는지를 설명하기 시작한다. 그러나 시장은 그 젊은이를 검찰관으로 오인하였기 때문에 그의 말을 믿지 않는다. 젊은이는 자기는 돈이 없다고 털어놓는다. 시장은 그 자리에서 돈을 꾸어주겠다고 제안하고 홀레스타코프는 그 돈을 받는다. 시장은 그를 손님으로 초대하였고, 거리를 돌아다니면서 도시와 병원, 학교를 보여주면서 안내를 한다.

시장의 집에 초대받은 홀레스타코프는 훌륭한 만찬을 마친 뒤, 자기는 장군이며 매일 황제를 알현하고 수도에서 제일 큰 집이 자기 것이며, 그 자신도 유명한 작가이고 푸슈킨과 막연한 친구 사이라고 말한다. 관리들은 홀레스타코프의 말을 모두 믿는다. 그리고 그들은 모두 검찰관에게 뇌물을 주기로 결심한다. 이튿날 모두가 그에게 뇌물을 준다. 그는 왜 자기에게 돈을 주는지 생각지도 않고 주는 대로 받는다. 그러나 현명하고 영악한 그의 하인 오시프는 무엇인가 착오가 있음을 눈치챈다. 그는 홀레스타코프에게 관리들이 그를 페테르부르크에서 온 검찰관으로 생각하고 있다고 설명해준다. 그러면서 오시프는 돈이 있을 때 빨리 도시를 떠나자고 말한다. 그는 하인의 말에 동의하고 페테르부르크에 있는 친구에게 자기가 겪은 일에 대해 편지를 쓴다. 이때 홀레스타코프에게 상인들이 와서 시장이 자신들의 장사를 방해하고 돈도 지불하지 않으면서 제일 좋은 물건을 가져간다고 하소연한다. 그는 상인들을 도와주기로 약속하고 그들로부터 돈을 받는다.

오시프가 떠날 채비를 하는 동안 홀레스타코프는 시장의 아내와 딸에게 수작을 부린다. 그는 시장의 딸과 결혼하기로 약속한다. 시장은 매우 흡족해하며 지금부터 자신의 미래는 만사형통이라고 확신한다. 시장과 그의 아내는 자신들이 페테르부르크에 갈 것이며, 그는 곧 장군이 되리라는 꿈에 부푼다. 홀레스타코프는 아저씨 댁에 들렀다가 돌아와서 바로 결혼할 것이라 말하며 떠난다.

저녁에 시장 집에서는 축하연이 열린다. 모든 관리들이 시장 부부와 딸을 축하한다. 그런데 갑자기 우체국장이 들어와 홀레스타코프가 검찰관이 아니라고 말한다. 그는 페테르부르크로 보내는 홀레스타코프의 편지를 읽었던 것이다. 관리들은 이 편지를 읽고서 시장을 비웃는다. 이때 경찰관이 들어와 페테스부르크에서 검찰관이 도착했으며, 시장과 관리들을 보자고 한다는 사실을 알린다. 침묵의 장면이 흐른다.

■ 이반 투르게네프(Ivan Sergeevich Turgenev, 1818~1883)
－ 『아버지와 아들』(*Fathers and Sons*, 1862)

투르게네프는 러시아 중부지방 오렐에서 퇴역 대령의 아들로 태어났다. 어머니는 대지주의 딸이었으며 남편보다 6년 연상이었다. 어머니의 영지에서 유년 시절을 보낸 투르게네프는 지주의 횡포와 비인간적인 농노제에 강한 비판 의식을 갖게 되었다. 1827년 모스크바로 이사하여 14세 때 프랑스어·독어·영어를 유창하게 구사할 수 있도록 공부했고, 유럽과 러시아의 훌륭한 문학 작품을 섭렵했다. 그는 모스크바, 페테르부르크, 베를린 대학을 다니면서 괴테를 사숙하였다. 그 후 페테르부르크에서 관리직을 얻었으나 문학에 전념하기 위해 2년 후 사직하였다.

1847~1852년에 이르는 5년 동안 25편의 단편 시리즈로 발표된 『사냥꾼의 수기』(*Zapiski Ohotnika*, 1852)는 그에게 작가적인 명성을 가져다주었다. 이 단편집은 러시아의 아름다운 자연을 배경으로 농노제하에서 농민들이 겪는 비참한 운명을 보여주는 한편, 그들의 마음속에 얼마나 훌륭한 인간성이 간직되어 있는가를 서정미와 더불어 그려내고 있다. 이 작품으로 인해 그는 당국의 미움을 받았고, 때마침 당시 검열 당국의 금지를 어기고 고골리의 죽음을 애도하는 추도문을 발표하여 1년 반 동안 그의 영지에 유배당했다. 이후 그는 대표작으로 꼽히고 있는 단편소설 「첫사랑」(*Pervaga Lyubov*, 1860)을 내놓았다.

그는 25세 때 오페라 가수 폴리느 비아르도 부인을 알게 되어 1865년 이후에는 조국을 버리고 거의 부인의 신변 가까이 살다가 파리에서 세상을 떠났다. 그는 비아르도와 미묘한 우정을 유지했으며 한평생 결혼을 하지 않았다.

그는 만년에 '산문시'라는 새로운 장르를 창조해냈고, 러시아 작가들의 작품을 외국어로 번역하여 독자들에게 러시아 문학을 소개했다. 그만큼 그는 해외에 잘 알려진 최초의 러시아 작가이기도 했다.

투르게네프의 최대 걸작인 장편소설 『아버지와 아들』은 러시아의 구세대와 신세대를 탁월한 필치로 묘사하고 있다. 이 작품은 '니힐리즘'을 주제로 삼아 아버지와 아들 간의 갈등이라는 영원히 변하지 않는 문제를 통해, 농노해방 전후의 낡은 귀족 문화와 새로운 민주적 문화의 대립을 드러내고 있다. 장편소설 『아버지와 아들』의 줄거리는 다음과 같다.

1859년 지주인 니콜라이 페트로비치 키르사노프는 페테르부르크 대학을 졸업하고 돌아오는 아들 아르카치를 자신의 영지에서 맞이한다. 키르사노프는 착하고 겸손하며 감성적인 사람이다. 그는 시와 음악을 좋아하고 자연의 아름다움을 느낄 줄 안다. 그는 정성을 기울여 집안 살림을 돌보고, 농장을 가꾸고 독서하며 공부하는 현대적인 사람이 되려고 노력하지만, 어느 것도 제대로 되지 않는다. 그의 농민들은 어렵게 산다. 그는 자신이 삶과 동떨어져 있으며, 새로운 사상을 이해할 수 없다는 것을 알고 있다.

키르사노프는 홀아비로 자기 영지에서 형인 파벨 페트로비치와 함께 살고 있다. 파벨 페트로비치는 1812년 현역 장군이었던 아버지의 뒤를 이어 군사학교를 다녔다. 그 후 군인으로서 출세의 길이 그를 기다리고 있었으나, 공작부인과의 불행한 사랑 때문에 그의 삶은 뒤틀리고 만다. 그는 군대에서 퇴역한 뒤 몇 년간 외국에서 살다가 러시아로 돌아와 이 시골 마을로 내려온다. 페트로비치는 똑똑하고 정직한 사람이다. 그는 원칙을 가지고 생활하지만, 이 원칙들은 이미 낡은 것이 된다. 그는 현실의 삶을 이해하지 못하고, 그 속에서 일어나는 변화들을 받아들이지 못한다.

페트로비치는 귀족이다. 그는 자신을 '자유주의자이자 진보를 사랑하는' 사람이라고 말하지만, 실제로 그는 온갖 옛것들을 지키려고 한다. 그는 자신의 민중들을 사랑하지도, 이해하지도 않는다. 그에게는 조국인 러시아의 문화보다도 영국 문화에 더 친숙하다. 그는 영국 귀족 옷을 입고 영국 책과 신문만을 읽는다. 그의 모든 것은 과거 속에 있다. 그는 1860년대 민주 운동과 젊은 민주주의자들이 가진 사상의 반대자이다.

아르카치는 대학 친구인 의사 예브게니 바자로프와 함께 마을에 도착한다. 바자로프는 민중 출신의 잡계급 출신으로 평범한 민중에 가깝다. 그는 똑똑하며 폭넓은 교육을 받은 사람이다. 그는 어떻게 노동하지 않고서도 살 수 있는지를 이해하지 못한다. 그는 아르카치가 쉬고 있는 동안에도 마을에서 일을 한다. 그는 농작물을 거둬들이고, 해부 실습을 하고, 물리 화학 실험을 하며, 현미경을 들여다보며 일을 한다. 그는 아무런 일도 하지 않는 이들을 존중하지 않는다.

바자로프의 견해는 페트로비치와의 논쟁에서도 들어난다. 이런 논쟁들은 바자로프가 키르사노프 집안 영지에 왔던 첫날부터 시작된다. 귀족 키르사노프에게는 이 잡계급 지식인인 '허무주의자'가 마음에 들지 않는다. 바자로프는 자기 세대의 임무는 모든 것을 파괴하는 것이라고 생각한다. 미래를 건설하고 새로운 삶을 창조하는 것은 다음 세대들이 할 일이라고 이야기한다.

바자로프는 의사이다. 당시 많은 젊은이들은 자연 과학을 연구하고, 유물론에 관심을 가졌으며, 예술을 부정한다. 음악이나 시, 회화, 자연의 아름다움은 바자로프의 관심을 끌지 못한다. 그에게는 니콜라이 페트로비치가 음악을 듣고, 푸슈킨의 작품을 읽는 것이 우스워 보인다. 그는 사랑마저도 부정한다.

그러나 바자로프는 아르카치와 함께 시내에 나갔다가, 여자주인 안나 세르게예브나 오진초바와 만나게 되고, 그 여자를 사랑하게 된다. 그녀는 친구들을 자기 영지로 초대한다. 안나와 그 여동생 카챠는 어린 나이에 고아가 된 여인들이다. 안나는 돈 많은 노인과 결혼하였으나, 남편을 사랑하지는 않았다. 몇 년 후 남편이 죽자 그녀는 부유한 과부가 된다. 그녀는 젊고 아름다우며 주관이 뚜렷하며 교육받은 결단력이 있는 여인이다. 안나는 바자로프의 사상에 관심을 갖게 되었고, 그를 좋아하게 된다. 바자로프는 안나에게 사랑을 고백하지만, 안나는 그의 감정에 답하지 않는다. 그녀는 그의 사랑에 놀라긴 하지만, 평온이 세상에서 가장 좋은 것이라고 여긴다.

아르카치는 안나의 동생 카챠를 사랑하게 된다. 이미 고향 영지에 도착했을 때부터 그는 바자로프와 점점 멀어져 가고 있다. 그는 자신의 견해가 바자로프보다는 아버지와 큰아버지의 견해와 더 가깝다는 것을 깨닫는다. 카챠와 사귀게 되면서 그는 자신의 가장 친한 친구와 완전히 멀어지게 된다.

키르사노프 영지를 떠나 바자로프는 부모님의 집으로 간다. 거기서 그는 자기 일을 계속하고, 아버지가 농민들을 치료하는 일을 돕지만 티푸스에 걸리고 얼마

못 가서 죽게 된다.

　소설의 에필로그에서 바자로프의 죽음 이후 일어난 일에 대해 이야기한다. 아르카치는 카챠와 결혼하여 지주가 되었고, 자신이 가졌던 사상을 잊었으며, 가정생활 속에서 행복을 찾는다. 페트로비치는 외국으로 떠난다. 안나는 '미래의 러시아 활동가들 중의 한 사람'으로 똑똑하고 아직 젊고 선량하지만 얼음처럼 차가운 사람과 결혼한다. 바자로프의 부모는 아들이 죽고 난 뒤 부쩍 늙어버린다. 2년이라는 시간이 흘렀음에도 불구하고 그들의 슬픔은 가라앉지 않는다. 그들은 자주 아들의 묘지를 찾아간다.

■ 도스토예프스키(Fyodor Mikhailovich Dostoevsky, 1821~1881)
　　　　　　　－『죄와 벌』(*Crime and Punishment*, 1866)

도스토예프스키는 모스크바 어느 빈민병원 의사의 2남으로 태어났다. 아버지는 명색만 귀족이었고 어머니는 상인 계층의 출신이었으며, 그는 가부장제의 엄격한 생활환경에서 자랐다. 16세 때 페테르부르크의 공병사관학교에 입학, 졸업 후 육군 중위로서 공병국에 근무했으나 1년이 채 못 되어 퇴직하였고, 이후로는 문필 활동에 전념하였다.

　그의 첫 소설 『가난한 사람들』(*Poor People*, 1846)이 크게 성공하면서 '사실주의 휴머니즘'이라는 격찬을 받아 명성을 얻었다. 그런데 그는 유토피아적 사회주의 철학에 관심을 가져, 1847년 니콜라이 1세의 탄압정치가 강화되던 시절, 청년 혁명조직 모임에 다니기 시작했다. 그리하여 1849년 그는 회원들과 함께 체포되었고 사형 선고를 받았다. 사형이 집행되려는 최후의 순간, 황제의 명에 따라 선고 내용이 변경되어 시베리아 유형에 처해졌다. 그래서 그는 4년 유형 생활을 하였고, 이후 6년을 사병으로 복무했다. 그는 유형지와 군대에서 러시아 민중들의 삶과 그들의 감정 그리고 생각을 잘 알게 되었다. 이 무렵에 그의 철학이 형성되었고 그의 새로운 문학 활동이 시작되었다.

1859년 페테르부르크로 돌아온 도스토예프스키는 형 미하일과 함께 잡지 《시간》(1861~1863)과 《시대》(1864~1865)를 발간하였고, 이 잡지들을 통해 자신의 평론과 장편소설들 그리고 유형 생활을 다룬 작품인 『죽음의 집의 기록』(*Memoirs from the House of the Dead*, 1862)을 실었다. 그의 창작 시기 중 1860~1870년대는 위대한 철학적 장편소설들의 창작기로 『죄와 벌』을 비롯하여 『백치』(*The Idiot*, 1869), 『악령』(*The Possessed*, 1871~1872), 『카라마조프가의 형제들』(*The Brothers Karamazov*, 1880) 등을 집필하였다.

이 장편소설들을 통해 그는 19세기 후반기 러시아 사회의 도덕적 위기와 인간의 마음속에 함께 공존하고 있는 선에 대한 악의 승리를 보여주었다. 그리고 혁명적인 사상에 대한 작가의 태도를 표현하였으며, 인간과 사회가 변화해가는 과정을 깊이 있게 통찰하였고, 동정과 연민 또는 사랑을 호소했다.

또한 도스토예프스키는 사회 개선을 위한 투쟁의 방법으로서 폭력을 부정하였고, 러시아 사회 분열의 원인이 되었던 개인주의와 이기주의를 부정했다. 작가는 많은 괴로움을 겪는 민중들만이 순수한 영혼을 지니고 있다고 생각했다. 그는 러시아 민중들의 순종과 기독교적 자기희생을 높이 평가했다. 그는 순종과 고통은 인간의 영혼을 정화할 수 있다고 믿었다. 작가는 지식인들에게 개인주의를 버리고 민중들과 함께 고통을 감내하고, 순종하며 화합할 것을 호소했다. 그는 지식인과 민중의 화합에서 러시아 사회 변화의 가능성을 발견한 것이다.

그의 대표작 『죄와 벌』은 페테르부르크의 가난한 사람들을 묘사했다. 이 작품의 주요 주제 중 하나는 당대 사회의 무시당하고 모욕 받는 사람들에 대한 비판과 대변이다. 작가는 주인공의 빈곤과 음주, 매음과 고통 받는 아이들에 대해서 항의하고 있다.

주인공 라스콜리니코프의 이론은 1860년대 젊은이들 사이에서 유행한 '초인사상(나폴레옹니즘)'에 기반을 둔 것으로, 인류를 자신의 권리에 따라 불평등한 두 집단으로 분리했기 때문에 사회 분열을 가져왔다는 것을 보여주고 있다. 그의 이론은 초인을 도덕과 법 위에 있는 존재로 설정하며, 이를 통해 도덕과 법의 보편성을 부정하였다. 작가는 오만한 개인을 민중 위에 설정함으로써 이 이론을 범죄라고 밝힌 것이다.

라스콜리니코프는 목적이 수단을 정당화시킬 수 있고, 폭력의 사용을 가능하게 하며, 공평성의 회복이라는 원대한 목표를 위해서라면 고리대금업자 노파와 같은 악인을 살해할 수 있다고 믿는다. 그러나 작가는 폭력은 폭력을 낳을 뿐이며, 그 결과는 리자베타와 같이 죄 없는 희생자가 생기게 됨을 보여준다. 라스콜리니코프는 초인이 되려 하지만, 작가는 그가 초인이 될 수 없음을 보여준 것이다. 다시 말하여 소설의 줄거리는 라스콜리니코프의 민중에 대한 사랑과 조화를 위한 힘든 윤리적 고통을 통해 오만한 고독 속에 빠져 있는 주인공의 점진적인 갱생의 과정을 보여주고 있다. 줄거리는 다음과 같다.

페테르부르크에 살고 있는 가난한 대학생인 로지온 라스콜리니코프는 가난 때문에 대학을 마칠 수 없고, 업신여김, 모욕당하는 것에 괴로워한다. 그에게는 라주미힌이라는 같은 처지의 가난한 대학생 친구가 있었다. 라주미힌은 노력과 인내를 통해서 가난을 극복할 수 있다고 확신한다.

라스콜리니코프는 철학자로서 불공평한 사회에서 존재한다는 것이 무엇인지를 설명하는 이론을 세우고, 자신의 이론에 대한 평론을 신문에 게재한다. 그리고 그는 가난한 사람을 착취하는 부유하고 사악한 고리대금업자인 노파 알료나 이바노브나를 살해할 결심을 한다. 그는 악으로부터 사람들을 해방시키는 선을 행하기 위해서, 이 악한 노파를 죽일 권리가 있다고 확신한 것이다. 그는 노파에게서 빼앗은 돈을 가난한 사람들에게 돌려주는 것을 꿈꾼다.

우연히 라스콜리니코프는 전직 하급관리인 마르멜라도프를 만나게 된다. 마르멜라도프는 술주정꾼이다. 그의 아내는 중병에 걸려 있고, 어린 자식들은 굶주림과 추위에 시달리고 있다. 그의 큰 딸 소냐는 조용하고 겸손한 처녀로, 가족들을 구제하기 위해 자기 몸을 희생하여 매춘부가 된다. 라스콜리니코프는 마르멜라도프를 만나자 더욱 노파를 살해할 당위성을 확신하게 된다. 왜냐하면 그가 초인이 되지 못하면, 마르멜라도프와 같은 운명이 그를 기다리고 있기 때문이다.

라스콜리니코프에게는 지방에서 아주 어렵게 사는 어머니와 여동생 두냐가 있다. 이들은 라스콜리니코프가 대학을 마치는 것에 삶의 목표를 두고 있다. 두냐는 예쁘고 자존심 강한 처녀로 돈 많은 지주인 스비드리가일로프 집에서 일을 하고 있다. 그 지주는 두냐에게 마음을 빼앗겨 자기의 애인이 되어달라고 제안한다. 그 뒤 지주의 부인이 죽었고, 사람들 사이에서는 그가 자기 아내를 죽였을 거리고 소문이 났지만, 경찰은 아내의 사인을 조사하지 않는다.

수완이 좋은 부유한 상인 루쥔이 두냐에게 청혼을 한다. 두냐는 루쥔을 사랑하지 않았지만, 어머니와 오빠를 가난에서 구하기 위해 그의 청혼을 받아들인다. 어머니의 소식을 받은 라스콜리니코프는 두냐가 소냐처럼 자신을 희생하려 한다는 생각에서 그 결혼에 반대한다. 라스콜리니코프는 고리대금업자 노파를 살해할 계획을 세우고, 도끼로 노파를 살해한 뒤 돈을 찾기 시작한다. 그는 흥분한 나머지 들어가면서 문을 잠그지 않았는데, 그때 예기치 않게 노파의 동생 리자베타가 돌아온다. 공포에 질린 라스콜리니코프는 리자베타마저 죽이고 돈을 가지고 도망친다.

이튿날 라스콜리니코프는 정신적으로 혼란에 빠졌고 양심이 그를 괴롭힌다. 그는 자신이 초인이 될 수 없고, 평온하게 고통과 죽음을 볼 수 없으며, 다른 사람을 죽일 수도 없다는 사실을 깨닫게 된다. 경찰은 살해범을 찾아다닌다. 그러다 라스콜리니코프를 만났을 때, 위대한 목표를 위해서라면 범죄를 저지를 권리가 있다는 초인에 관한 그의 논문을 읽었던 기억을 떠올리게 된다. 검사관은 라스콜리니코프가 정신적으로 병들어 있으며, 그가 바로 살해범이라고 생각한다. 그러나 검사관은 그를 체포하지 않는다. 그는 라스콜리니코프가 스스로 살인을 자백하고, 자신의 이론을 포기하기를 원한다.

이 무렵 마르멜라도프는 불행한 일로 죽어갔고, 라스콜리니코프는 소냐와 만난다. 그는 소냐 역시 사회로부터 소외당하고 있기 때문에 그녀는 자신을 이해할 수 있다고 생각한다. 소냐는 그에게 자신은 도덕적으로 수난을 당하고 있지만, 수난이야말로 자신의 순결한 마음을 간직할 수 있도록 돕는다고 말한다. 그러나 라스콜리니코프는 자신이 소냐보다도 정신적으로 우월하다고 여긴다.

그런데 미콜카라는 마부가 노파 살해를 자백한다. 검사관은 미콜카와 라스콜리니코프를 만나게 한다. 검사관은 미콜카에게 그가 살인범이 아닌데 왜 다른 사람의 죄를 뒤집어쓰려고 하느냐고 묻는다. 그는 도덕적인 고통이 마음을 정화시켜 주기 때문에 고통을 겪으려 한다고 대답한다. 라스콜리니코프는 자신이 자백하지 않으면 미콜카가 유형에 처해질 것을 안다. 그는 자기 죄로 인하여 다른 사람이 고통 받는 것을 원하지 않는다. 그러나 그가 경찰서에 자수하는 것은 자신의 이론이 잘못된 것임을 자인하는 셈이었다. 이 상황에서 라스콜리니코프는 해결책을 찾지 못해 소냐에게 간다.

그는 소냐에게 모든 사실을 말하고 조언을 구한다. 소냐는 그의 고백에 심한 충격을 받는다. 소냐는 그의 범죄의 이유는 오만함 때문이라고 말한다. 라스콜리니코프는 자신이 민중들보다 우월하고 도덕 위에 있다고 단정하여 말한다. 소냐는 그에게 광장으로 나가 무릎을 꿇고, 사람들 앞에서 살인죄를 참회해야 하며, 민중들은 반드시 그를 용서할 것이라고 말한다. 소냐는 그와 함께 유형을 따라가겠다고 약속한다.

마침내 라스콜리니코프는 광장에 참회하러 나가지만, 사람들은 그의 말을 믿지 않고 비웃는다. 그는 마침내 소냐를 본 후에 노파 살인에 대해 자백을 한다. 그는 7년간의 유형을 선고받는다. 소냐는 라스콜리니코프를 따라 시베리아로 떠나, 그곳에서 재봉사로 일하면서 감옥을 자주 찾아간다. 유형수들은 소냐를 좋아하고 존경하였는데, 이것은 라스콜리니코프를 매우 놀라게 만든다.

라스콜리니코프는 며칠을 앓다가 어느 날 밤 이상한 꿈을 꾼다. 꿈속에서 모든 사람들이 서로서로를 증오하는 무서운 병을 앓기 시작하였다. 저마다 오로지 자신만이 똑똑하고 옳다고 생각하였다. 가족과 국가들이 붕괴되었다. 살인과 전쟁이 시작되었다. 이 병에서 구원받는 것은 오직 순수한 영혼을 가진 이들만이 할 수 있었다.

이 꿈을 꾼 며칠 뒤 라스콜리니코프는 소냐를 만난 후에 자신이 소냐를 사랑하고 있으며 늘 사랑해왔고, 소냐가 정신적으로 자신보다 더 우월하다는 것을 깨닫는다. 이들 두 사람은 새로운 삶을 위해 다시 태어난다.

■ 톨스토이(Lev Nikolayevich Tolstoy, 1828~1910)
　　　　　　　　　 – 『부활』(*The Resurrection*, 1899)

톨스토이는 부유한 백작의 집안에서 태어나 자신이 평생 동안 좋아했던 영지 야스나야 폴랴나에서 유년 시절을 보냈다. 2살 때 어머니를, 9세 때 아버지를 잃고 고모 손에서 자랐다.

1844년 카잔 대학 동양어학부에서 공부하다가 법학부로 옮겼다. 그러나 1847년 그는 독학을 결심하고 대학을 떠나 야스나야 폴랴나로 돌아왔다. 그는 독서를 많이 하고 일기를 썼는데, 이를 통해 문학에 대한 관심이 싹텄다.

1851년 그는 카프카스에서 현역 군인으로 근무하면서 문학 활동을 시작하였다. 그리하여 1852년과 1854년 잡지 《동시대인》에 중편소설 「유년 시절」과 「소년 시절」을 발표하여 높이 평가받았다. 또한 1854~1855년 톨스토이는 크림 전쟁의 세바스토폴 방어전에 참전하여, 러시아 민중의 애국심과 용맹성을 눈으로 직접 목격하였다. 전쟁이 끝난 후 그는 군대를 제대하여 페테르부르크로 갔다. 그곳에서 그는 투르게네프(Ivan Sergeevich Turgenev, 1818~1883), 네크라소프(Nikolaj Alekseevich Nekrasov, 1821~1878), 체르이셰프스키(Nikolaj Gavrilovich Chernushevsky, 1828~1889) 등과 친교했다.

1863~1869년까지 그는 1812년 조국 전쟁 시기와 러시아 사회를 묘사한 장편 대하소설 『전쟁과 평화』(*Voina i Mir*, 1864~1869)를 집필하였다. 또한 사랑과 가정의 문제를 상세하게 다룬 장편소설 『안나 카레니나』(*Anna Karenina*, 1873~1877)를 완성하였다. 이 소설에서 작가는 농노제 폐지 이후 러시아 사회의 모습을 반영하여 보여주었다.

1880년대 초반 톨스토이는 모스크바에서 상류 계급과 빈민들 사이의 극심한 대립을 목격했다. 톨스토이는 사회의 불공정함에 항의하였고, 상류 계급의 삶을 부도덕하다고 생각하고 이런 생활을 거부하였다. 그는 국가, 착취, 폭력, 전쟁, 군대, 교회, 자신의 작품을 포함하여 당대 예술을 부정했다. 작가는 오직 서민들의 삶에서만 기독교적이며 인류의 보편적인 사상이 있다고 여기고, 농민층의 세계관을 대변하는 사람이 되었다. 그는 러시아 사회를 변화시켜야 한다고 생각하였으나 폭력에는 반대했다.

톨스토이는 자신의 철학적 원칙을 1880~1890년대 논문과 예술작품들, 특히 장편소설 『부활』을 통해 피력하였다. 이 작품에서 작가는 러시아의 모든 사회제도를 신랄하게 비판하였으며, 민중과 화합한 인간의 도덕적 부활의 과정을 묘사하였다. 이 소설로 인해 그는 교회에서 파문당했다.

톨스토이는 자신의 이론에 따라 살려고 노력했다. 그는 자신이 가진 토지 소유권과 저작권을 포기했다. 그러나 가족들은 그의 가르침을 받아들이지 않았다. 톨스토이는 시민들 사이에서 살면서 생을 마감하기 위해 집을 떠나기로 결심했다. 1910년 10월 그는 야스나야 폴랴나를 떠났다가 도중에 병을 얻어 아스타포보 역사에서 세상을 떠났다. 그의 유언에 따라 소년 시절을 보냈던 야스나야 폴랴나에 묻혔다.

장편소설 『부활』은 사랑의 모순과 인간의 정신적 삶과 물질적 혹은 동물적 삶의 대비, 인간 본성의 이중성, 인습적 삶의 타당성과 인간의 복잡한 정신적 투쟁, 인간의 정신적 근원이 승리를 거두는 투쟁, 인간의 근본적 도덕성이 정신적 갱생과 부활로 이어지는 과정 등이 심오하게 묘사되어 있다. 줄거리는 다음과 같다.

　4월 28일 오전 여덟 시, 간수장은 어두컴컴하고 악취가 코를 찌르는 감방 앞에 선다. 열쇠로 문을 열자 감방 안에서 작은 키에 날씬한 여자가 나타난다.

　카츄샤라 불리는 이 여자는 부모가 없는 고아였고 부잣집에 의탁하여 하녀가 되었다. 16세 되던 해, 그녀는 주인의 조카인 청년 드미트리 이바노비치 네플류도프의 씩씩하고 사나이다운 모습에 사랑의 정을 품었다. 그 청년과는 어렸을 때부터 함께 놀던 소꿉동무였고, 비록 엄청난 신분의 차이가 있었으나, 그 둘은 달콤하고 순진한 첫사랑의 감정을 느꼈다.

　그로부터 3년이 지난 부활제의 전날 밤, 젊은 네플류도프 공작은 노토 전쟁에 출전하기 위하여 소속 연대에 부임하는 도중, 카츄샤가 살고 있는 그의 백모(伯母)의 집을 찾아왔다. 그는 군생활을 하는 동안 이미 상당한 여자 경험이 있었고, 카츄샤를 유혹하려는 야심을 품고 있었다. 그래서 부활제의 밤, 그는 그녀의 침실로 숨어들어가 그녀를 안고 자기 방으로 왔다. 그리고 목숨을 바쳐 그를 사랑하고 있는 카츄샤의 마음을 아랑곳하지 않고, 그녀를 정욕의 대상으로 삼았다. 그 후 그는 한 번도 그녀를 찾아주지 않았다. 자기가 버림받았다는 것을 깨달았을 때, 이미 그녀는 임신한 몸이었다.

　이리하여 주인의 집을 나온 카츄샤는 윤락의 구렁텅이로 빠져 들어갔다. 마침내 여자 포주의 손에 걸려 도회지의 창녀굴에서 매춘부로서 뭇 사내들에게 몸을 팔았다. 그런데 그녀가 28세 되는 해 우연히 기묘한 사건이 일어나서 살인 및 절도 혐의로 감옥에 들어가게 되었다. 그 이유는 수면약이라고 생각하고 그녀가 먹인 약으로 인해, 그녀의 손님인 스멜코프라는 돈 많은 상인이 죽어버렸기 때문이었다. 즉시 체포되어 석 달 이상이나 감옥에 감금된 다음 겨우 오늘 취조를 받기 위해 법정에 불려나가게 된 것이다.

　재판장은 카츄샤를 향하여 판에 박은 듯한 심문을 시작하였다. 카츄사는 거듭 죄를 부인했다. 그런데 법정에 연석하였던 배심관의 한 사람이 바로 네플류도프였다. 그는 카츄샤를 보자 꿈속에서도 생각하지 않았던 10년 전의 자기의 추행이 갑자기 머리에 떠올랐다. 옛날의 기억을 더듬어 감에 따라 그의 마음에는 자기의 죄가 뚜렷이 드러났다. ─흰 앞치마를 걸친 어여쁜 소녀 카츄샤, 가슴 울렁이던 최초의 키스로부터 2년 후에 그를 만났을 때의 일, 그의 처녀를 빼앗고 다음 날 백 루불 지폐 한 장을 그녀의 손에 억지로 쥐어 주고 부임지로 떠나던 일, 그로부터 10년이 지난 오늘 네플류도프 공작의 눈앞에 독살범이라는 죄목으로 법정에 서 있는 창부 카츄사, 이 여자야말로 먼 옛날에 자기의 일시적인 욕정의 만족을 위하여 더럽혀지고 버려진 가련한 소녀가 아닌가. 네플류도프가 강력하게 카츄샤를 옹호했으나 법정은 카츄샤에게 시베리아 유형을 선고한다.

네플류도프는 감방으로 카츄샤를 만나러 간다. 그는 그녀를 구원하기 위해 귀족의 딸과의 약혼도 파기하고 만다. 그리고 그는 판결의 불공정함에 대항해 변호사를 청하고 진정서도 썼으며 모든 힘을 아낌없이 바쳐 그녀의 억울한 죄를 씻으려 한다. 그러나 모든 노력이 허사로 돌아가자, 그는 카츄샤와 함께 시베리아로 갈 것을 결심한다. 또한 그녀에게 결혼하자고 말한다. 그러나 카츄사는 그의 뜻을 받아들이지 않는다.

네플류도프는 아버지로부터 상속받은 자기의 영지를 전부 농민들에게 분배하고 집과 가재를 누님에게 양도하여 명예와 부귀를 모두 내던져버린다. 모든 것을 버린 그는 시베리아로 카츄샤의 뒤를 따라갈 준비를 마친다.

드디어 찌는 듯한 무더운 날씨에 죄수들이 호송된다. 네플류도프도 죄수의 호송 대열을 따라간다. 카츄샤는 네플류도프의 노력으로 국사범들 속에 들어가게 되고, 훨씬 몸과 마음이 편해진다. 특히 시몬손이라는 혁명주의자는 카츄샤의 좋은 지도자가 된다.

시몬손은 은근히 카츄샤를 사랑하고 있다. 그녀도 그것을 눈치 채고 있다. 네플류도프의 사랑과 청혼은 그가 자기의 과거의 죄를 씻으려는 도의적인 감정에서 나온 것이다. 그러나 시몬손의 사랑은 다르다. 그는 카츄샤를 한 사람의 여자로서, 현재 있는 그대로의 그녀에게 사랑을 바치고 있는 것이다.

네플류도프는 시베리아에 와서 처음으로 하나의 인간으로서의 자기의 모습을 바라볼 수가 있다. 모순에 찬 사회의 조직과 허위와 방종에 더럽혀진 귀족들의 생활, 그리고 그러한 생활 아래 괴로움을 받고 있는 서민들을 바라보며 깊은 깨달음을 얻는다. 카츄사 한 사람을 구제하기 위하여 일어선 그는 한 걸음 나아가서 모순에 찬 더럽혀진 사회 일반의 구제를 위하여 일하지 않을 수 없음을 느낀다.

네플류도프가 죄수 숙박소를 방문했을 때, 시몬손은 네플류도프에게 진지한 태도로 자기가 카츄샤를 훌륭한 부인으로서 사랑하고 있으며, 그녀와 결혼하고 싶다는 의사를 밝힌다. 네플류도프는 시몬손에게 그녀가 당신 같은 훌륭한 보호자를 얻은 것은 대단히 기쁜 일이라고 말한다. 네플류도프는 카츄샤가 석방된 후에 그녀와 결혼하여야겠다는 계획을 포기하고, 그녀를 시몬손에게 맡기기로 한다. 그리고 그는 만인의 구제를 위하여 일생을 바치기로 결심한다.

몇 달이 지난다. 네플류도프의 노력으로 캬츄샤는 감형 통지를 받는다. 그가 감형의 통지서를 그녀에게 전하자, 카츄샤는 시몬손을 따라가겠다고 말한다. 그러나 네플류도프는 아직도 카츄샤가 자기를 사랑하고 있으며, 시몬손과 운명을 같이 하기로 결정한 것은 모두 자기를 위해서라는 것을 깨닫는다.

감옥에서 돌아오자 네플류도프와 카츄샤의 관계는 끊어진다. 그는 오랫동안 성경을 탐독한다. 그리고 그의 생활은 전혀 새로워진다. 그의 새로운 인생의 전환기가 그의 일생을 어떻게 끝맺어 줄지는 미래만이 알게 해줄 것이다.

■ 안톤 체호프(Anton Pavlovich Chekhov, 1860~1904)
　　　　　　　　　– 『벚꽃 동산』(*The Cherry Orchard*, 1904)

체호프는 타간로그의 가난한 상인 집안에서 태어났다. 아버지는 조그만 가게에서 식료품과 잡화를 팔았는데, 네 명의 아들은 학교 수업이 없는 시간에는 가게 일을 도와야 했고, 또한 교회 성가대에서 노래를 불러야 했다. 아버지는 예능에 재주가 많았고 권위적이었으며 어머니는 온화하고 인간적인 성품을 지녔다. 체호프가 16살 되었을 때 집안 경제는 파산하였다. 가족들은 모스크바로 이사했고, 체호프는 학교를 마쳐야 했기 때문에 혼자 타간로그에 남았다. 그는 가족을 돕기 위해 가정교사를 하였다.

1879년 체호프는 모스크바로 가서 모스크바 대학 의학부에 입학했다. 그는 재학 시절 짧은 유머 단편소설들을 써서 대중 잡지에 게재하면서 문학 활동을 시작했다. 창작 초기에 그는 『관리의 죽음』, 『뚱뚱이와 홀쭉이』, 『카멜레온』과 같은 유명한 작품을 썼다. 1884년 대학 졸업 후, 체호프는 모스크바 근교에서 의사로 일하면서 시골 마을이나 소도시에 왕진을 많이 다녔다. 그러는 동안 그는 젊고 유명한 예술가와 문학가들과 친교를 맺게 되었다. 그리고 그는 계속해서 많은 작품들을 썼다. 1884년 그의 첫 단편집이, 1886년에는 두 번째 단편집이 출간되었다. 그러면서 체호프의 이름은 유명하게 되었다.

1892년부터 체호프는 모스크바에서 가까운 멜리호보 마을에서 살았다. 이곳에서 그는 농민들을 치료하고 많은 사회 활동을 했다. 그는 마을에 학교를 세 곳이나 열었으며 병원 건립도 도왔다. 동시에 많은 시간을 문학 창작에 쏟았다. 이때 그의 소설 『귀여운 여인』(*Dujechka*, 1898)을 내놓았다.

체호프는 대학을 졸업하던 해에 결핵에 걸렸다. 생의 말년에 병세가 악화된 관계로 크림과 얄타에서 생활하였다. 이곳에서 그는 톨스토이, 고리키를 만났고, 모스크바 예술 극장의 배우들이 그를 찾아오곤 하였다. 그는 독일의 남서부에 있는 삼림 지대 바덴바덴에서 휴양하던 중 1904년 7월 2일 세상을 떠났다.

체호프는 중단편 장르의 대가일 뿐만 아니라 뛰어난 극작가였다. 그는 드라마 작법의 개혁자였다. 그의 희곡들 가운데 가장 유명한 것은 『갈매기』(*The Sea Gull*, 1896), 『바냐 아저씨』(*Unde Vanya*, 1899), 『세 자매』(*The Three Sisters*, 1901), 『벚꽃 동산』 등을 꼽을 수 있다.

『벚꽃 동산』은 체호프의 마지막 희곡으로 그의 드라마 창작의 정점에 있는 작품이다. 이 희곡에는 구세계가 파멸해가는 과정과 이미 오래 전에 몰락한 귀족 계급이 사회생활의 무대에서 떠나가고, 신흥 부르주아 계급과 자본주의 상인 계급의 출현이 깊이 있게 묘사되어 있다. 구시대 귀족의 세계를 상징하는 아름다운 벚꽃 동산의 모습은 희곡 전체를 관통하고 있으며, 이를 배경으로 사건이 전개된다. 줄거리는 다음과 같다.

몰락한 귀족 류보비 안드레예브나 라네프스카야와 그녀의 오빠 가예프는 가족이 소유했던 부유한 영지에 살았고, 그 영지에는 오래전부터 유명해진 벚꽃 동산이 있다. 이 벚꽃 동산에 대해서는 백과사전에도 실려 있을 정도이다. 라네프스카야는 러시아 각지에 버찌를 팔아 막대한 돈을 벌었다. 그러나 1861년 농노해방이 되고, 많은 세월이 흐른 뒤 영지는 파산하여 경매의 마지막 날을 기다리고 있는 상태이다.

6년 전에 라네프스카야의 남편이 죽고, 한 달 뒤 어린 아들도 익사했다. 그녀는 프랑스로 갔지만, 5년 뒤 그녀는 자신을 뒤따라 파리로 온 딸과 함께 완전히 빈털터리가 되어 러시아로 돌아왔다.

영지의 주인들인 라네프스카야와 가예프는 선량하지만 공허하고 경박한 사람들이다. 라네프스카야는 자연과 음악을 좋아하고 선하고 사랑스러우며 아름다운 여인이나, 정신적인 면에서는 깊이가 없다. 다혈질적인 성격 뒤에는 정신적 공허와 이기심 그리고 비현실성이 감춰져 있다. 자신의 영지가 경매되고 있고, 하인들은 굶주리고 있던 바로 그 시간에도, 그녀는 무도회를 열고 오케스트라를 불러 파티를 연다.

그녀와 마찬가지로 그 오빠 가예프도 우유부단하고 무용한 사람이다. 그는 평생을 아무런 일도 하지 않고 영지에서 산다. 그의 유일한 소일거리는 당구이다. 가예프는 오로지 멋지게 말하기를 좋아하지만, 그의 모든 말에는 진실한 감정이나 의미가 담겨져 있지 않다. 아직도 농노제를 기억하고 있는 늙은 하인 피르스는 자기 주인을 어린아이처럼 보살피고 돌보아주고 있다. 이들 남매는 자신들의 상황의 비참함을 이해하지 못한다. 그들의 주먹구구식 가계 경영은 벚꽃 동산과 황폐화된 영지를 채무 때문에 팔아 넘겨야만 하는 상황을 만든 것이다.

젊고 똑똑하고 활기 넘치는 새로운 유형의 상인인 로파힌은 그들을 도우려 한다. 그의 할아버지와 아버지는 이 영지의 농노였다. 로파힌은 저택의 소유자들이 처한 상황을 정확하게 파악하고 있다. 그는 벚꽃 동산을 부분 부분으로 분할하여, 이것을 별장 부지로 임대하자고 제안한다. 그러나 귀족의 전통을 따르고 있는 라네프스카야와 가예프에게 로파힌의 이러한 제안은 비천하고 모욕적인 것으로 여겨진다. 그들은 벚꽃 동산 없이는 살 수 없다고 말하면서도, 그것을 보존하기 위해서 아무런 일도 하지 않는다. 다만 공상 속에 살면서 비현실적인 계획만 세우고 있다. 그들은 기적이 일어나기만을 기대한다.

라네프스카야의 17살 된 딸 아냐는 할머니에게 만 오천 루블을 받지만, 이 돈은 부채에 대한 이자를 지불하는 데도 부족하다. 마침내 영지와 벚꽃 동산은 경매를 통해서 팔리고, 이것을 로파힌이 사들인다. 그는 진심으로 라네프스카야를 동정하면서도 자기 아버지가 농노로 있던 저택의 주인이 된 것을 기뻐한다. 로파힌은 벚꽃 동산의 아름다움을 느끼지만, 나무를 벌채하여 그 자리에 별장을 지을 결심을 포기하지는 않는다. 그러나 로파힌은 자신의 성취감이 오래 가지 못할 것이라는 사실을 알고 있다. 왜냐하면 새로운 사람들이 자신을 대신해 나타날 것임을 알고 있기 때문이다.

새로운 사람들이란 라네프스카야의 딸 아냐와 페차 트로피모프이다. 트로피모프는 대학에서 두 번씩이나 정치 활동에 참여했다는 이유로 퇴학당한 지식인이다. 그는 똑똑하고 성실하며 자신감 있고 부지런한 사람이다. 몇 년 전 그는 라네프스카야 아들의 가정교사였다. 그는 로파힌이 비록 유순한 사람이지만 아름다움을 돈으로 사려고 하는 새로운 '맹수의 기질'을 가지고 있음을 안다. 트로피모프는 벚꽃 동산이 팔리고 난 후 모스크바로 돌아가기를 원한다.

아냐와 트로피모프는 벚꽃 동산의 매매에 대해서 아쉬워하지 않는다. 그들은 밝은 미래에 대한 믿음을 가지고 살아가기 때문이다. 그들에게 있어서 벚꽃 동산은 구러시아이다.

라네프스카야는 영지를 판 후에 다시 아냐의 할머니가 보내준 돈을 가지고 파리로 간다. 가예프는 은행에서 일을 하기로 한다. 영지는 텅 비었고 모든 문들은 폐쇄되었다. 모든 사람들은 늙고 충실한 하인 피르스의 존재를 망각해버렸고, 피르스는 폐쇄된 집안에서 죽어가는 운명에 놓인다. 피르스의 죽음과 벚꽃 동산의 파산은 농노이자 전통의 수호자였던 그의 시대가 끝났음을 의미한다. 귀족 저택이라는 과거 속으로 영원히 들어가버린 것이다. 새로운 삶이 모든 것을 대신한다.

5. 북유럽과 남유럽의 사실주의 문학

북유럽 문학은 러시아 문학이 그러하듯 19세기 사실주의와 자연주의 시대에 와서 위대한 작가를 배출하여 유럽 문단에 새로운 활력을 불어넣었다. 노르웨이, 덴마크의 위대한 작가들에 의해 북유럽에는 문예부흥이 일어났다. 그 대표자들 가운데 노르웨이의 입센(Henrik Ibsen, 1828~1906)은 산문극 창시자로서 여성 해방 문제, 사회 문제극을 발표하여 작은 나라의 문학이 세계문학의 조류에 합류한 계기를 마련한 작가이다. 그는 『인형의 집』(*Et dukkehjem*, 1879)으로 여성 해방 운동의 선구자로 불리기 시작하였다. 또한 노르웨이 작가이며, 1903년 노벨문학상을 수상한 비외른손(Bjørnstjerne Martinius Bjørnson, 1832~1910)은 『아르네』(*Arune*, 1859), 『파산』(*En fallit*, 1875) 등의 사실주의 작품을 썼다. 역시 노르웨이 작가이며, 1920년 노벨문학상을 수상한 크누트 함순(Knut Hamsun, 1859~1952)의 『굶주림』(*Sult*, 1890)은 가난한 자의 굶주림을 사실적으로 묘사하고 있다.

이탈리아는 오랫동안 오페라 음악이 이탈리아 예술을 대표했다고 해도 과언이 아니다. 위대한 시인 레오파르디(Giacomo Leopardi, 1798~1837)와 작가 만초니(Alessandro Manzoni, 1785~1873)를 거쳐 이탈리아 19세기 문학은 두각을 나태내기 시작했다. 만초니는 소설 『약혼자』(*I Promessi Sposi*, 1842)라는 작품으로 유명해졌을 뿐만 아니라 이탈리아의 아름다움을 부활시켰다. 그의 나폴레옹의 죽음에 관한 시 「5월 5일」은 나중에 베르디의 오페라 『진혼곡』으로 유명해졌다. 이처럼 이탈리아 사실주의 시대는 문학보다 베르디를 비롯한 오페라가 문화를 대표했다.

스페인도 이탈리아처럼 위대한 황금 시대인 17세기 르네상스 작가 세르반테스 이후 정치적·문학적으로 쇠퇴의 길을 걸었다. 18세기 스페인은 왕위계승 전쟁과 프랑스의 지배 등으로 혼란에 빠졌다. 그래서 일찍이 웃음과 비극, 매력적인 자연 민요와 음악, 악한 극과 악자소설의 뛰어난 작품을 내놓았던 스페인은 그 기력을 잃었다. 그리하여 스페인은 프랑스의 낭만주의도 계승하지 못했다. 스페인은 19세기 사실주의에 와서야 옛 전통을 되살리게 되었는데, 대표적인 작가와 작품으로는 여류소설가 페르난 카발레로(Fernán Caballero, 1796~1877)의 『갈매기』(*La Gavota*, 1849)를 들 수 있다. 이 소설은 작가 스스로 '풍속소설'

로 진단하고 있지만, 등장인물들과 장면을 사실적으로 그리고 있다. 또한, 페드로 안토니오 데 알라르콘(Pedro Antonio de Alarcón, 1833~1891)의 『삼각모자』(*El sombrero de tres picos*, 1874)는 낭만주의와 사실주의를 융합한 유머 넘치는 작품으로 대단한 인기를 누렸다.

스웨덴의 사실주의와 자연주의를 대표하는 작가 스트린드베리(Johann August Strindberg, 1849~1912)는 소설 『붉은 방』(*Röda rummet*, 1879), 『백치의 고백』(*Die Beichte eines Thoren*, 1888), 자서전적 소설 『하녀의 아들』(*Tjänstekvinnans son*, 1886), 희곡 『아버지』(*Fadren*, 1887), 『영양令孃 줄리에』(*Fröken Julie*, 1888), 『죽음의 춤』(*Dödsdansen*, 1901) 등에서 사물을 있는 그대로 보고 거침없이 표현하였다. 이에 그는 스웨덴 산문의 대표 작가로 평가받았다.

■ 헨릭 입센(Henrik Ibsen, 1828~1906)
- 『인형의 집』(*Et dukkehjem*, 1879)

입센은 노르웨이 남부 작은 항구 시엔에서 상인의 아들로 태어났다. 그의 나이 7살 때 아버지가 파산하였고, 15세 때 고향을 떠나 작은 항구 도시 그림스타로 가서 약방의 일꾼으로 일하면서 대학 입학 자격시험 준비를 했다. 그러나 그동안 시를 쓰기 시작하였고, 22세 때 대학 입시에 실패하였다. 그 후 그는 시·희곡·평론 분야의 국제 운동에 적극 참여했다. 그로 인해 베르겐에 노르웨이 극장이 창설되자 그곳의 전속 작가 겸 무대감독으로 발탁되었다. 그리하여 본격적인 극작 수업에 들어갔다. 29세 때 수도인 크리스차이나(현재의 오슬로)의 노르웨이 극장 예술감독에 취임했으나 얼마 후 경영난으로 인해 극장이 문을 닫았다.

37세 때 겨우 정부의 여행 자금을 얻게 되어 로마에 가게 되었다. 이후 27년 동안 이탈리아와 독일을 유랑하면서 수많은 작품을 썼다. 그 중 대표적인 희곡으로 『유령』(*Gengangere*, 1881), 『민중의 적』(*En Folkefiende*, 1882), 『들오리』(*Vildanden*, 1884), 『바다에서 온 부인』(*Fruen fra Havet*, 1888) 등 사실주의 경향의 작품을 썼다. 이러한 걸작을 발표하여 그는 서구 근대극의 선구자요, 제일인자로 명성을 얻었다. 그의 나이 63세 때 고국으로 돌아와 크리스차이나에 정착하면서, 이 무렵부터 신비주의적이며 상징주의적 경향이 짙은 작품을 발표하였다. 『건축사 솔네스』(*Bygmester Solnes*, 1892), 『작은 아이 에이욜프』(*Lille Eyolt*, 1894), 『요한 가브리엘 보르크만』(*John Gabriel Borkman*, 1898), 『우리들의 죽은 자가 눈뜰 때』(1898) 등 네 편의 작품이 바로 그것이다. 1906년 72세의 나이로 크리스차이나에서 세상을 떠났다.

『인형의 집』은 여주인공 노라가 남편의 위선적인 행동에 반발하고 여성의 독립을 주장하는, 여성해방을 주제로 삼은 가정극이다. 이 희곡이 발표되고 나서 작품 속 여주인공 노라는 근대적 자아의식을 가진 '신여성'의 대명사가 되었다. 노라가 자신의 삶이 인형 같은 삶이었다고 결론짓고 집을 뛰쳐나가는 대목에서, 당시의 독자와 관객들은 경악했다고 한다. 여성이 집을 뛰쳐나가는 것을 용납할 수 있는 사회적 공감대가 이루어져 있지 않았기 때문이다. 또한 독일에서는 이 작품이 공연될 때 마지막에 노라가 집을 뛰쳐나가는 데 대한 반대가 너무 심했다고 한다. 작품의 줄거리는 다음과 같다.

노라는 8년 전 변호사 헬머와 결혼한다. 노라는 벌써 세 아이의 어머니였으나 아직도 명랑하고 아름다워서 남편 헬머로부터 '우리 집 종달새, 다람쥐' 라는 말을 들으면서 귀여움을 받아왔으며, 그녀 역시 지극히 남편을 사랑한다. 그런데 남편이 중한 병을 앓게 되자, 남편이 싫어할 것을 알면서도 요양을 위하여, 남편의 친구인 구로구스타트라는 고리대금업자에게서 1,200프랑의 돈을 빌린다.

이 빚은 물론 남편에게는 알리지 않았고, 차용증서는 3일 전에 오랜 병으로 사망한 친정아버지의 명의를 위조한 것이다. 그 이유는 남편이 돈에 대해서 매우 인색했고, 돈을 빌리는 것을 싫어하였기 때문이다. 헬머는 노라가 마련해준 돈으로 요양한 결과 완전히 건강을 회복한다. 그리하여 불과 5, 6년간 눈부시게 활약한 결과, 변호사를 그만두고 실업계에 뛰어들어 어느 은행의 중역으로 있게 된다. 이어서 헬머는 그동안 청렴하게 근무하여 은행장에 오른다. 그런데 노라의 옛 친구인 린대 부인이 갑자가 찾아온다. 홀로 쓸쓸하게 지내고 있는 그녀는, 로라 남편에게 은행 취직을 부탁한다. 노라는 무심코 취직을 약속한다. 뒤를 이어 구로구스타트가 방문한다. 그는 로라에게 높은 돈을 빌려준 사람이며, 남편의 은행에서 일하고 있다. 부정한 수단으로 재물을 모은 그는 은행을 안주처로 삼고 사회에 행세하고 있다. 헬머는 그가 마음에 들지 않아 구로구스타트를 퇴직시키고 그 자리에 대신 린대 부인을 일하게 하려고 생각한다. 구로구스타트는 자기 자리를 지키기 위해서, 노라의 비밀을 구실로 삼아, 그녀에게 문서 위조가 헌법상의 범죄가 된다고 지적하며 위협한다.

구로구스타트는 드디어 면직되고, 그는 앙갚음으로 노라의 비밀을 폭로한 편지를 로라의 집 우편함 속에 넣고 간다. 우편함의 열쇠는 헬머가 가지고 있다. 노라는 모든 사실을 린대 부인에게 말한다.

아내를 잃어버린 구로구스타트와 남편을 잃은 린대 부인은 서로 간에 애정을 느끼게 된다. 그는 린대 부인에게 노라의 비밀을 폭로한 편지를 찾아오겠다고 말한다. 처음에는 찬성한 린대 부인은, 곧 생각을 바꾸어 부부지간에 그러한 비밀을 감춰두는 것은 좋지 못한 일이니 이 기회에 알려지는 것이 오히려 좋을 것이라고 말한다.

가장 무도회가 끝나고 오랜만에 헬머와 노라는 마주 앉게 된다. 헬머는 구로구스타트의 편지를 다 읽는다. "노라! 그대의 몸에 어떠한 위험한 일이 쏟아져 나의 생명, 재산의 일체를 내던져서 구원할 수 있는 일이 일어났으면 좋겠다"고 곧잘 말하던 헬머는 금방 변하여, 거짓말쟁이니 위선자니 하고 온갖 욕설을 퍼부었으며 이젠 집안일이나 자식들도 맡겨둘 수 없다고 한다. 그러나 사회의 체면도 있고 하니 표면상의 부부 관계는 이대로 두고 좋지 못한 이 비밀만은 언제까지나 두 사람 사이에 감춰두어야 한다고 말한다.

노라의 마음은 형용할 수 없는 슬픔에 빠져든다. 그러는 동안 구로구스타트에게 편지가 온다. 그 편지에는 자기는 안정된 새로운 생활에 들어갔다면서 차용증서를 보내온 것이다. 이러한 이면에는 린데 부인이 그의 마음을 움직였기 때문이다. 자신의 명예에 급급하던 헬머는 금시 태도가 달라져서 노라를 껴안으며 그녀의 과실을 용서해준다고 말한다. 이러한 남편의 태도에 노라는 자기 방으로 들어가 "인형의 옷을 벗습니다"라고 말한 다음 간소한 여행복으로 갈아입은 후 여행용 트렁크를 들고 나온다.

노라는 놀란 남편을 조용히 의자에 앉게 한 후, 침착한 태도로 자기의 결의를 선언한다. 곧, 자기가 어려서는 아버지 집에서 인형의 딸로서 길러진 것과 같이, 남편의 집에 와서도 8년 동안 인형의 아내로서 살아왔었다고 말한다. 그리고 부부 관계도 마치 인형을 가지고 희롱하며 장난하는 것이었고 선언한다. 그래서 이제부터 새롭게 인간 생활을 시작하여야겠다는 것이다. 즉 노라는 자신의 진실한 생활을 탐구하기 위하여 정든 가정을 버리겠다는 것이다.

헬머는 "여자의 제일 중대한 임무는 남편과 자식에게 대한 봉사다"라고 하면서 노라가 미치지 않았냐며 물으며 타이른다. 그러나 노라는 세 아들과 남편 그리고 정든 집을 버리고 떠나기로 결심한다. 그리고 끝내 대문 밖으로 나가버린다.

■ 비외른손(Bjørnstjerne Martinius Bjørnson, 1832~1910)
– 『아르네』(*Arne*, 1859)

비외른손은 목사의 아들로 태어나 어려서부터 농민들과 함께 생활했으며, 그들에게 농사를 배우기도 했다. 대자연 속에서 농민들과 함께 생활한 덕분에 비외른손은 후에 신선하고 소박함이 넘치는 시를 쓸 수 있었다. 그는 대부분 시와 희곡을 썼는데, 작품은 주로 중세 전성기를 누렸던 노르웨이 영웅들을 그리고 있다.

그는 스칸디나비아 연합운동과 노르웨이 독립운동에 가담한 것은 물론, 프랑스의 드레퓌스 사건과 폴란드 피압박 민족을 위해서도 활약하는 등 교육가와 정치가, 휴머니스트로 활동하였다. 오늘날 그는 '민족 시인' 으로 추앙받고 있으며, 1903년에는 노벨문학상을 수상하였다.

그는 자연과 문학을 일치시키려는 새로운 사실주의를 구가했다. 노르웨이의 전통 설화와 신화 등을 작품 속에 구현하고 농촌의 전원적인 모습을 아름답게 담아냄으로써 노르웨이 국민의 애향심을 고취시켰다. 노르웨이 국가의 가사도 그가 붙인 것이다.

그의 작품으로는 그의 대표 소설 『아르네』를 비롯하여, 아름다운 농촌소설 『양지 바른 언덕』(1857), 인간성을 타락시키는 황금의 마력을 다룬 『파산』(*En fallit*, 1875), 종교와 사회개혁의 문제를 취급한 사회극 『인간의 힘이 미치지 않는 곳』(*Over oevne, annet stykke*, 1895) 등이 있다.

농촌소설 『아르네』는 처음부터 끝까지 감정의 물결이 넘친다. 이러한 감정의 흐름은 삶에 대한 애착이고 고난에 대한 순응을 뜻한다. 방탕함과 무책임으로 마제타와 아르네에게 크나큰 상처를 준 닐슨은 분명 잘못을 저질렀다. 그러나 닐슨에 대한 마제타의 사랑은 언제나 변함이 없다. 자신을 농락하고 버린 닐슨이었지만, 마제타는 결코 그를 미워하지 않았으며 오히려 그를 알게 된 것을 감사한다. 닐슨이 다치자 마제타는 어떠한 고민도 하지 않고 바로 데려와 정성껏 간호한다. 그리고 닐슨이 죽자 그녀의 사랑은 아들에게로 향한다. 그녀는 원망하지 않고 힘든 삶을 묵묵히 받아들인다. 소설의 줄거리는 다음과 같다.

어느 날 저녁, 마제타는 파티에서 재봉사이며 바이올린 연주자인 닐슨을 알게 된다. 잘생겼고 춤 솜씨가 좋은 닐슨은 아가씨들에게 인기가 많다. 마제타는 그런 그와 춤을 추면서 그를 사랑하게 된다. 그리고 마제타는 닐슨의 아이를 가지게 된다. 그녀의 어머니는 딸을 용서하고, 얼마 후 아이가 태어나자 이름을 아르네라 한다. 이후, 닐슨에게 사생아가 있다는 사실을 안 아가씨들은 모두 그를 피한다. 닐슨은 홀로 괴로워한다.

아르네는 어머니와 할머니의 사랑 속에서 자란다. 마제타는 아직도 닐슨을 잊지 못하지만, 그녀의 어머니는 절대 그의 이름을 입에 올리지 못하게 한다. 어렸을 때부터 아버지가 누구이며, 어떤 사람인지 알고 있던 아르네는 자라면서 성격이 민감하게 변해간다. 자신에 대한 소문이 나빠지자 닐슨은 일거리가 줄어들었고, 찾는 손님이 없어지자 침울해져 종일 술에 빠져 산다.

어느 날 파티에서 닐슨은 부잣집 딸인 바제타를 만나게 된다. 예전에 닐슨을 좋아했던 그녀는 이제는 닐슨을 거절한다. 이에 파티장에서 닐슨은 바제타에게 모욕을 줬고, 화가 난 바제타의 남자 친구 밀러는 닐슨을 향해 주먹을 날린다. 이 사건으로 닐슨은 바위 위로 넘어져 척추가 부러진다. 마제타는 병상에 누워 있는 닐슨은 집으로 데려온다. 닐슨은 빠르게 호전되었고, 그가 병상에서 일어난 후 둘은 결혼을 한다. 결혼 후 닐슨은 조금씩 일을 하기 시작했고, 그런 생활 속에서 마제타는 행복을 느낀다. 그러다가 어느 날 산책을 나갔던 그들 부부는 바제타와 발더의 성대한 결혼식을 목격하게 된다.

집으로 돌아온 닐슨은 마제타 모자가 자기의 발목을 잡지 않았다면, 자신은 돈 많은 여자와 결혼하여 호화롭게 살았을 것이라고 생각한다. 그리고는 닐슨은 다시 술을 마시기 시작했고, 집에 돌아오면 아내와 아들을 때리는 일이 잦아진다. 그런 환경 속에서 아르네는 더욱 민감한 아이가 됐고 겁쟁이로 변해간다. 닐슨이 술에 취해 집에 들어온 어느 날, 그는 갑자기 아내의 목을 조른다. 마제타가 거의 죽기 일보 직전인 혼란 속에서, 겁에 질린 아르네는 도끼를 집어든다. 그런데 그 때 갑자기 닐슨이 바닥으로 쓰러져, 곧 숨을 거둔다.

아버지가 죽은 후 아르네는 어머니와 서로 의지하며 살아간다. 아버지의 소문이 좋지 않았기 때문에 사람들과 잘 어울릴 수 없었던 아르네는 고향을 떠나 멀리 외국으로 유랑을 떠나고 싶은 마음이 간절하다. 그러나 늙은 어머니를 두고 떠날 수 없기에 어쩔 수 없이 종일 숲 속에서 양을 치며 외롭게 살아간다. 어느 날 아르네는 아이리라는 아가씨를 알게 된다. 서로에게 호감이 있었지만 아르네는 감히 고백을 하지 못한다. 아이리의 집에 목공일을 하러 갔던 아르네는 아이리가 바제타와 발더의 딸이라는 사실을 알게 된다. 바제타는 여전히 아르네의 아버지를 잊지 못했고, 그래서 부부 사이가 좋지 않았다. 그러나 바제타와 발더는 아르네를 좋아한다. 아이리가 아팠을 때 아르네는 그녀에게 큰 위안이 된다.

아르네와 아이리가 결혼하는 날, 부부는 행복해하는 젊은이들을 보고 서로에 대한 미움을 털어버리기로 한다.

함순은 노르웨이 산마을 롬의 수선업을 하는 가정에서 태어났다. 고향 롬은 매우 아름다운 곳이어서 그는 자연과 쏟아지는 폭포수 속에 아롱지는 무지개를 바라보며 어린 시절을 보냈다. 그의 작품 어디에나 자연미에 대한 환상이 자리하고 있는 것은 어렸을 때 받은 이 영향 때문이다.

그는 어려서부터 궁핍한 가정 형편 때문에 많은 형제들과 더불어 이웃 사람들의 도움을 받으며 살았다. 그들 형제 중에는 함순이 제일 체력과 건강이 좋았고 식욕도 왕성했다. 그의 나이 10세 때 노르웨이에 심한 불경기가 닥쳐와 일가족은 노르란 지방으로 이사를 갔다. 17세 때 구두 직공의 제자가 되었으나, 그의 뜻은 이미 문학 쪽으로 기울어져 있었다. 그래서 구두 직공의 일을 그만두고 빈곤한 가운데 정처 없는 방랑의 길을 나서게 되었다. 때로는 노동도 하고 또 가정교사 노릇도 했으며, 자기를 후원해주는 사람의 도움으로 외국 여행도 하였다.

23세 때 미국으로 건너가 목사가 되려고 하였으나, 끝내 그 목적을 달성하지 못하였다. 그는 생활고로 인해 심한 육체노동으로 몸이 매우 허약해져, 폐결핵 진단을 받고 3개월 이상 살 가망이 없다는 선고를 받기도 하였다. 그런데 고향에 돌아와 서너 달 동안 휴양한 결과 심했던 폐결핵이 완쾌되어 건강한 몸이 되었다.

그리하여 24세 때 또다시 미국으로 건너가 입센 등에 관한 강연을 했고, 1889년에 귀국하여 「근대 미국의 사상계」(*Fra det moderne Amerikas Aandsliv*)라는 장편논문을 발표하면서 문단에 등단했다. 그리고 장편소설 『굶주림』(1890)을 발표한 뒤 파리로 건너갔다. 그런데 『굶주림』이 본국 노르웨이에서 명성을 얻으면서 날이 갈수록 그는 유명해졌다. 1898

년 뉴른홀름에서 농민 생활을 즐기며 명상과 창작 생활에 몰두하였다. 1920년 『흙의 혜택』(*Markens Grøde*)으로 노벨문학상을 수상하였다. 그 외 중요한 작품으로 『목신牧神』(*Pan*, 1894), 『빅토리아』(*Victoria*, 1898), 『방랑자들』(*Landstrykere*, 1927) 등이 있고, 기타 시와 희곡 작품도 있다. 소설 『굶주림』은 생과 사의 경계에 서 있는 인간의 숭고한 체험을 사실적인 묘사로 그린 작품이다. 작품의 줄거리는 다음과 같다.

크리스티아니를 방랑하며 굶주림에 몹시 시달리던 때의 일이었다. 나는 다락방에서 잠을 깬 채로 아직 이불 속에 파묻혀 있는데, 아래층 방에서 여섯 시를 알리는 시계소리가 들렸다. 나는 눈을 뜨자 버릇대로 오늘은 나에게 뭔가 좋은 운수가 굴러 떨어지지 않나 하고 생각하기 시작했다. 나는 일어나서 무언가 요기가 될 것을 찾아봤으나 아무것도 눈에 띄지 않았다. '에라, 될 대로 되라지.' 자포자기의 생각이었다.

아홉 시, 나는 지나가는 사람들을 관찰하며, 간판을 읽거나 전차 속에서 얼핏 지나치는 손님을 보면서, 이렇게 좋은 날씨에 목구멍에 들어갈 낟알이라도 있기를 바라며 거리를 걷고 또 걷고 있었다. 나는 식료품 가게에 들러서 치즈 한 조각과 프랑스 빵 하나를 사가지고 공원 깊숙이 올라갔다. 이렇게 배가 터지도록 먹어보기도 참 오래간만이었다.

두 주일이 지난 어느 날 저녁, 열시를 알리는 종소리가 울려 왔다. 어둠 속에서 배고픔이 엄습했다. 돈 떨어지고 굶은 지 사흘 째, 호주머니 속엔 망가진 칼과 열쇠꾸러미가 뒹굴 뿐, 남은 것이라고는 몸뚱어리밖엔 없었다. 배고픔이 뼛속으로 스며들었다. 비가 어깨 속으로 스며들면서, 억수같이 퍼부었다. 무료 숙박소 생각이 났다. 곧장 담당 순경을 찾아갔다. 순경이 이름을 묻자 거짓말로 당겐 안드레아스라고 대답했다. 직업을 물었을 때도 거짓말로 신문기자라고 말했다. 그러자 특별실로 안내되었다.

좋은 방 침대에 걸터앉아 나는 순경을 바보로 만든 여러 가지 정경을 눈앞에 그리기 시작했다. 잠이 오지 않았다. 아침에 일어나 다른 사람들이 식권을 얻으려고 웅성거리는 것을 뒤로하고, 신문기자를 사칭한 나는 그곳을 빠져 나올 수밖에 없었다. 집으로 갔으나 먼지 쌓인 몇 장의 종이가 나의 재산 전부였다.

신문사에 들러 힘들여 쓴 기사를 가져왔다고 말했다. 주필은 기사가 너무 지나치다는 이유로 냉담하게 거절했다. 나는 거리를 헤매면서 또 자신을 꾸짖으며 몸을 떨면서 어느 계단 위에 쓰러졌다. 얼마 후 다시 레비온 목사를 찾아갔다. 그러나 목사는 방금 출타하고 없었다. 너무 암담하여 울 수도 없었다.

어느 날 저녁, 겨우 붓을 놓은 노작을 들고 신문사 편집장을 찾아갔다. 편집장은 원고를 보더니, 자기들은 통속적 면을 필요로 한다고 거절했다. 그러면서 편집장은 "만약 필요하다면 선금을 줘도 상관없으니 다시 써보겠냐?"고 물었다. 나는 주저 없이 원고료를 지불하겠다는 데 질려 그가 만족할 만한 문장이 되기까지는 그를 찾아가지 않으려 결심하고 집으로 돌아왔다.

이튿날, 날이 밝자 다시 원고를 쓰기 시작했다. 머리를 쥐어뜯다가 무릎을 치다가 천정을 노려보다가, 최후로 손가락을 깨물었다. 머릿속에 무언가 움직이는 게 있었다. 곧 미친 듯한 사상이 피어올랐다. 어둠이 점점 깊어갔고 한 자루 초만 있다면 원고를 끝맺을 수 있을 것 같았다. 상점에 가서 사정하면 한 자루쯤 꿀 수도 있을지도 모른다고 생각했다. 상점에는 한 여인이 서서 흥정하고 있었다. 점원은 양초 한 자루를 내밀면서 돈을 받았다고 말했다. 그는 서랍에서 돈을 꺼내 거스름이라면서 내 손에 놓았다. 그리고 깍듯이 인사를 하며 안녕히 가시라고 말했다. 나는 놀라 멍하니 서 있다가 상점을 뛰쳐나왔다. 가로등 밑에 서서 돈을 만져보았다. 그리고 이제 얼마동안은 살았구나 생각했다. 나는 처음으로 부정한 짓을 했다. 이 작은 일, 그러나 크나큰 타락이었다.

다다음 날 아침 눈을 뜨자 내 몸은 축축하게 젖어 있었다. 머리카락은 흩어지고 진땀이 흐르고 마음은 어두워졌다. "정신을 차려!" 하는 냉랭한 목소리에 깜짝 놀라 일어섰다. 내 옆에는 빵을 실은 커다란 마차가 지나가고 있었다. 나는 겨우 바퀴를 피할 수가 있었다. 그러나 발가락에서는 피가 나왔다. 구두도 찌그러졌다. 삽시간에 많은 사람들이 나를 둘러쌌다. 나는 배가 고팠다. 피 나오는 것이나 사람들이 있는 것은 문제가 아니었다. 발을 친 대신 빵을 조금 나누어 주었으면 하고 생각하며 주인을 쳐다보았다. 아니 사실 그렇게 말하면 그는 더 좋아할지도 모른다. 그러나 나는 피나는 발을 질질 끌며 또 걸었다.

겨울이 닥쳐오고 있었다. 나는 무척 쇠약해지고 있었다. 여관의 계산서는 자꾸만 올랐다. 여관집 주인은 오늘부터 딴 손님을 받기로 했느니, 아래층 자기네 방에서 지내라고 말했다. 나는 어쩔 수 없이 아래층으로 내려갔다.

선창가로 발을 옮겼다. 이곳에서 각본을 두 장면만 완성하여야겠다고 생각하고 나는 원고지를 잡았다. 그러나 들려오는 소음이 방해가 되었다. 나는 원고 뭉치를 꺼내 중세기 사람들의 대사를 전부 원고지에서 뜯어내고 찢어버렸다.

이제는 틀렸다고 중얼거리며 나는 걷기 시작했다. 배는 여전히 고팠다. 나는 선창으로 걷기 시작했다. 러시아 국기를 내건 배를 보았다. 배 뒤에 불이 켜 있었다. 나는 선장을 만나 사람 안 쓰냐고 물었다. 선장은 수상하게 여기면서 젊은 사람이 한 명 필요하다고 대답했다. 그리고 선장은 나에게 일을 주었다. 나는 땀과 피로를 느끼면서 항해를 계속하고 몸을 쭉 편 채 어느 좁은 개고랑에 들어갔다. 집집에서는 번화한 불빛이 반짝였다.

■ 알렉산드로 만초니(Alessandro Manzoni, 1785~1873)
－ 『약혼자』(*I Promessi Sposi*, 1842)

만초니는 이탈리아 밀라노에서 태어났다. 그의 나이 20세가 되던 해 아버지와 별거 중이던 어머니가 있는 프랑스 파리로 건너가, 그곳에서 어머니와 함께 1805~1810년까지 살았다. 그는 파리에 머무는 동안 여러 사상가들, 학자들과 친분을 맺었는데 특히 역사가이며 비평가인 클로드 포리엘(Claude Fauriel, 1772~1884)은 만초니의 작품 세계를 지배하게 될 역사의식의 형성에 큰 영향을 끼쳤다. 그는 프랑스에 체류할 때 자유주의 사상에 영향을 받아 개신교로 개종하였으나, 결혼 이후 종교적인 갈등을 겪고 다시 가톨릭으로 개종하였다. 만초니의 작품을 이해하는 데 있어 가장 핵심이 되는 요소는 가톨릭의 개종이다.

만초니는 1827년 잠시 피렌체에 갔던 때를 제외하고는 1810~1873년까지 밀라노에 있는 브루슬리오 별장에서 살았다. 그는 그곳에 살면서 사랑하는 많은 사람들의 죽음을 보았다. 그때마다 그는 언제나 그의 삶의 지주인 종교적 믿음을 통해 슬픔을 극복했다. 그의 언행을 미루어볼 때, 그는 진정한 애국자였으며 자신의 여러 작품들 속에서 조국의 통일을 염원하고 있음을 볼 수 있다. 그는 이탈리아의 왕국이 선포된 1861

년에 상원의원으로 임명되었고, 1870년에 로마가 복속됨으로써 로마의 시민권을 받았다. 그는 가톨릭 신앙이 강했음에도 불구하고, 교황청이 세속적인 권력을 상실하기를 소원했으며, 로마가 이탈리아의 수도가 되어야 한다고 생각하였다.

그의 작품들을 보면 1812~1815년 사이에 쓴 성가聖歌와 민중적 서정시 「부활」(*La Resurrezione*), 「마리아의 이름」(*Il Nome di Maria*), 「성탄」(*Il Natale*), 「수난」(*La Passione*) 등과 1817~1822년 사이에 쓴 「오순절」(*La Pentecoste*) 등이 있다. 또한 비극으로 『카르마뇰라 백작』(*Il Conte di Carmagnola*, 1816~1820)과 『아델키』(*Adelchi*, 1822) 등이 있다.

역사소설 『약혼자』는 영국과 스코틀랜드 중세사의 일화에 대해 이야기하는 월터 스코트(Walter Scott)의 소설을 탐독한 후 그 영향을 받아 창작된 것이다. 또한 리파몬티(Ripamonti)의 밀라노 역사에 대한 연구와 1627년의 포고문에 영향을 받기도 하였다. 1821년에 쓰기 시작한 이 작품은 무려 3번이나 제목이 바뀌었다. 사건은 1628년 11월 7일 ~ 1630년 말까지를 다루고 있다. 배경은 스페인의 점령, 그리고 만토바의 공국령과 몬페라토에 속하는 빈첸초 곤차가의 계승을 두고 일으킨 전쟁이다. 이 소설은 역사에 관련된 페스트, 밀라노 폭동, 황제군대의 이동과 페데리코 보로메오 추기경, 크리스토포로 수사, 몬차 수녀원의 수녀인 제르투르데와 같은 인물들을 등장시키고 있다. 이 작품 속에 나오는 복잡하고 다양한 사건들을 간단하게 요약하면 다음과 같다.

코모 호수 근처의 한 마을에 렌초 트라말리노와 루치아 몬델로라는 두 가난한 연인이 살고 있다. 렌초는 명주실 방적공장에서 일하는 노동자이고, 루치아와는 결혼을 약속한 서로 사랑하는 사이이다. 그런데 루치아를 흠모하던 파렴치한 망상에 빠진 소지주 돈 로드리고의 등장으로 그 두 사람의 결혼은 방해를 받게 된다. 그 지방의 본당 신부인 돈 아본디오는 비열하게도 돈 로드리고의 위협적인 경고가 두려운 나머지 두 젊은 남녀의 결혼을 성사시키지 못한다. 그에 비해 크리스토포로 수사는 용기 있게 그들을 보호하려 하지만, 결국 이 두 연인은 앞으로 닥칠 더 큰 위협을 피해 고향을 버리고 달아나게 된다.

렌초는 밀라노에서 스페인 정부에 대항하는 민중폭동에 가담한다. 그 후 많은 역경을 거치고 다시 베르가마스코로 돌아와, 이곳에서 사촌의 도움으로 일자리를 구한다. 루치아는 몬차의 한 수녀원에서 지내게 된다. 그런데 그곳의 제르트루데 수녀는 자신의 숨겨놓은 애인으로부터 부추김을 받아 루치아를 배신하고, 돈 로드리고의 친구이며 세력이 막강한 인노미나토의 자객에게 그녀를 넘겨버린다. 그러나 신의 섭리는 그 잔혹한 인노미나토의 마음을 움직여 루치아의 간절한 애원에 의해 감동을 받게 한다. 또 마침 그 지방에 교구 방문을 하러 온 보로메오 추기경은 설득력 있는 말로 인노미나토가 새로운 삶을 살 수 있도록 인도한다.

새로운 삶을 시작한 인노미나토가 한 첫 번째 선행은 루치아를 그녀의 어머니에게 돌려보내는 것이다. 그러나 루치아는 자신이 강금당해 있던 성에서 끔찍한 밤을 지새며 이미 하느님께 정결 서원을 한 뒤이다. 한편, 롬바르디아 지방은 오스트리아 군대가 프랑스와 대적해서 싸우는 전쟁이 한 차례 휩쓸며 지나가고 페스트가 만연하여 매우 황폐해진다. 돈 로드리고는 병에 걸려 나환자 수용소에서 죽음을 기다린다. 렌초 역시 루치아를 찾기 위해 그 나환자 수용소로 간다. 그리고 그 고통의 장소, 밀라노에서 환자들을 돌보고 있던 크리스토포로 수사를 만난다. 크리스토포로 수사는 렌초를 죽음에 임박해 있는 돈 로드리고에게 데리고 가서, 렌초로 하여금 돈 로드리고를 용서하도록 한다. 그리고 페스트에서 회복된 루치아는 정결 서원에서 자유로워지고 마침내 렌초와 함께 고향으로 돌아온다. 그리하여 돈 아본디오 신부는 이 두 연인의 혼인성사를 거행하게 된다.

■ 페드로 안토니오 데 알라르콘(Pedro Antonio de Alarcón, 1833~1891)
— 『삼각모자』(*El sombreto de tres picos*, 1874)

알라르콘은 그라나다의 구아딕스의 독립전쟁 당시 몰락한 집안에서 태어났다. 법학을 공부했지만 집안 여건상 학업을 중단하고 신부가 되고자 했다. 그러나 문학적 성향이 강했던 그는 20세에 성직자의 길을 포기하고 카디스로 가서 《서구의 메아리》라는 문학잡지를 이끌며 신학교에서 썼던 글들을 실었다. 그 후 그는 마드리드와 그라나다에서 활발한 문학 활동을 전개하며 보헤미안풍의 생활에 젖어서 살았다. 1854년 오도넬 장군이 반란을 일으켰을 때, 알라르콘은 21세의 나이로 그라나다에서 반란에 앞장서서 공화국 성향의 신문을 창설해 성직자와 군인 등 보수파를 날카롭게 비판하는 글을 실었다. 미드리드로 돌아온 알라르콘은 《채찍》이라는 선동적인 신문을 지휘하며 정부의 정치와 이사벨 여왕을 거세게 비판하며 열렬한 혁명 의지를 불태웠다.

그는 풍속주의와 낭만주의 작가로 시작하였으나 1875년 이후의 성숙기에는 『추문』(El escándalo, 1875), 『아기예수』와 같은 사실주의 소설들을 썼다. 하지만 이 작품들은 후기 낭만주의의 흔적이 많으며 어떤 점에서는 매우 보수적인 가톨릭주의에서 영감을 받은 문제소설들이라고 말할 수 있다.

『삼각모자』의 가치는 전통 이야기와 다른 결말에 있는 것이 아니라, 현실을 그로테스크하게 묘사하며 재치 있게 풀어나간 문체에 있다. 등장인물들의 행동과 상황, 특히 의상에서 작가의 그로테스크한 문체가 단연 돋보인다. 끝이 뾰족한 삼각모자와 연지색 망토는 독자적인 생명력을 갖고 움직이며, 마치 자기에게 개성과 독창성을 부여해 줄 인물을 찾아다니는 것 같다. 다음은 소설의 줄거리이다.

19세기 초, 안달루시아의 한 도시 근교에 방앗간이 있다. 그 방앗간은 아름다운 풍경으로 둘러싸여 있어서 많은 사람들의 발길이 끊이지 않는 곳이다. 또한 방앗간 주인 루카스의 친절한 성품과 그 부인인 프라스키타의 아름다운 미모는 사람들에게 편안함을 안겨준다. 루카스는 못생겼으나 총명함과 재능, 재치가 넘쳐흐르고 하느님이 세상에 몇 명 내놓지 않았을 정도로 진철하고 상냥하다. 그런데 그곳의 늙은 시장 돈 에우헤니오도 자주 그 방앗간을 들락거린다. 시장은 등이 거의 곱사와 같고, 활처럼 휘어진 다리는 절름발이처럼 보이며, 시푸루둥둥하고 까무잡잡한 얼굴은 쭈글쭈글하고, 크고 까만 두 눈은 분노와 폭정, 음탕함이 번득거리는 모습을 하고 있다. 시장은 프라스키타의 미모에 반해 그녀를 품어보고 싶어 안달이다.

그러던 중 시장은 경찰관 가르두냐의 술책을 얻어내, 어느 날 죄 없는 방앗간 주인을 감옥에 가둔다. 그래서 그 방앗간에는 그의 부인 프라스키타 혼자만 남아 있게 된다. 이 틈을 타 시장은 방앗간 안으로 몰래 들어오려다 도랑물에 빠져 허우적거린다. 시장의 계책을 눈치 챈 프라스키타는 젖은 시장의 옷을 불 위에 널어 말리는 동안 그를 침대에 밀어 넣는다. 그리고 남편을 찾아 나선다.

한편, 방앗간 주인인 루카스는 그의 무고함이 판명되어, 집으로 돌아온다. 그런데 자기의 부인은 보이지 않고 시장의 옷이 걸려 있는 것을 보게 된다. 그는 그 옷을 보고 부인이 이미 순결을 더렵혔다고 생각하고 복수를 다짐한다. 그래서 루카스는 시장의 옷으로 바꿔 입고 "시장의 마누라도 예뻐"라고 중얼거리며 시장의 집으로 향하지만, 자신의 목적을 이루지 못한다.

결국 모두 한 자리에 모인 상황에서 프라스키타의 순결이 밝혀지고 모든 정황이 드러난다. 모두가 떠나 버린 후 시장 집의 응접실에는 사이가 틀어진 시장과 그 부인만이 남아 있다. 마침내 시장의 아내는 엄숙하게 남편에게 말한다. 부인은 앞으로는 절대로 부부 생활을 하지 않겠으며 시장을 영원히 무시할 것이라고 단호하게 말하면서, 자기 방 안으로 들어가 문을 꽝 닫는다. 불쌍한 시장은 잇몸을 웅얼거리며 응접실 한가운데서 분을 삭이지 못한 채 씩씩거리며 서 있다.

■ 아우구스트 스트린드베리(Johann August Strindberg, 1849~1912)
　　　　　　　　　　－ 『영양令孃 줄리에』(*Fröken Julie*, 1888)

스트린드베리는 사업에 실패한 증기선 중개인과 그 집 하녀 사이의 사생아로 스톡홀름에서 태어났다. 그는 항상 매질과 굶주림의 공포 속에서 불우하게 성장했다. 움살라 대학에서 자연과학을 연구하다가 중퇴하고 초등학교 교사, 의사, 배우 등 여러 직업을 전전하였다. 9살 때 첫사랑을 경험하고 15세 때 30세 여인을 사랑할 만큼 조숙하였다. 결혼에 세 번 실패하고 59세 때 19세의 여성에게 구애했다. 이러한 비정상적인 연애는 어린 시절 사랑의 굶주림, 미에 대한 동경에서 비롯된 것이다. 몇 차례의 자살 기도와 발작 같은 이상 증세 역시 불우한 유년기에서 비롯된 반항과 조소와 관계가 있다고 한다.

스웨덴의 사실주의 문학은 덴마크나 노르웨이보다 늦게 일어났을 뿐만 아니라, 국민의 낭만적·이상적인 기질이 강한 편이어서 자연주의적인 문학은 오래 지속되지 않았다. 스트린드베리는 여러 가지 사상적 변천을 겪어가면서 극단에서 극단으로 옮겨갔다. 초기에는 낭만주의적인 작품을, 자연주의 시대에는 철저히 무신론적이고 자기중심적이며 허무주의적인 작품을, 후기에는 신앙심을 회복하고 신비주의 경향의 작품을 썼다.

그의 대표작이라고 할 수 있는 풍자소설 『붉은 방』(*Röda rummet*, 1879)이나, 『백치의 고백』(*Die Beichte eines Thoren*, 1888)에서 그는 입센과는 대조적인 여성관을 펼친다. 입센의 희곡에 등장하는 여성은 자기 자신을 완성시키려는 독립적인 존재로 부각되는 반면, 스트린드베리의 여성은 처음에는 맑고 깨끗하며 성스러운 모습으로 나타나지만, 점차 음탕하고 사악하며 추한 모습으로 변해가면서 남자를 파멸시키는 존재로 그려진다.

자연주의의 대표적인 희곡 『영양令孃 줄리에』는 인간의 삶을 그대로 그린 초기작품이다. 주인공 줄리에의 비극적인 운명에 관해 어머니로부터의 선천적 영향, 아버지의 그릇된 교육, 자기 자신의 자질, 약하고 과민한 신경을 들고 있다. 또한 좀 더 가까운 요인으로는 여름 축제 전날 밤의 흥분, 아버지의 부재, 생리일과의 관계, 섹스어필한 춤, 새벽녘, 꽃의 강한 자극적 향기, 우연성, 남자의 자극적 몸짓 등을 들고 있다. 희곡의 줄거리는 다음과 같다.

하지(夏至)의 전날 밤은 북구 최대의 축제일이다. 반년이나 되는 긴 겨울이 가고, 봄을 뛰어 넘어 여름이 오는 이 나라에서는, 5월 중순이 되면 갑자기 녹음이 찾아든다. 그 녹음이 눈에 띄게 짙어지면서 가지각색의 꽃이 한꺼번에 피어나면, 대자연의 교향곡은 절정에 이른다. 그러면 사람들은 흥분의 도가니에서 벗어나지 못한다. 그리하여 밤이 되면 저마다 아름답고 호화로운 자수를 놓은 민족의상을 입고 춤을 즐긴다.

줄리에의 어머니는 평민인데 백작의 간청으로 결혼한다. 그러나 결혼 후에도 따로 애인을 둘 정도로, 그녀는 겉치레만 중요시하는 귀족의 생활을 싫어한다. 그러다가 줄리에가 태어나자 어머니는 그녀를 사내아이처럼 키우면서 밭일도 시킨다. 후에 어머니는 발작을 일으켜 백작의 저택에 불을 질러 백작은 무일푼이 된다. 그러나 어머니는 애인인 벽돌공장 주인에게 몰래 맡겨 두었던 재산으로 다시 집을 짓게 된다.

이러한 어머니의 반역 행위는 사내로서의 백작에 대한 불신임과 증오에서 온 것이며, 당시 대두하고 있던 여성의 자유와 평등의 풍조에서 비롯된 것이다. 따라서 어머니는 당시의 결혼 제도에 대해 강력한 반대 의사를 가지고 있다. 그럼에도 불구하고 어머니는 결혼을 하여 아내가 되고 줄리에의 어머니가 되었지만, 항상 딸 줄리에에게 사내의 노예가 되지 말라고 충고하고 있다.

그런 어머니의 피를 이은 탓인지, 줄리에도 결혼을 싫어한다. 그녀의 마지막 약혼자는 지사(知事)였지만, 줄리에는 그에게 마치 개에게 높이뛰기를 가르쳐주듯이, 채찍을 들고 그 위를 뛰어넘게 하고, 그가 뛰어넘기를 마치면 다시 채찍으로 때린다. 그러자 지사는 세 번째에 가서는 그녀로부터 채찍을 빼앗아 꺾어버리고는 그대로 가버린다. 이러한 상황에서 줄리에 앞에 쟝이 나타나게 된다.

쟝은 놀기를 좋아하고 춤의 명수이기도 하다. 그는 유럽 각지의 귀족의 저택을 전전한 끝에 고향인 이곳으로 돌아온다. 크리스틴은 쟝의 사내다운 매력에 끌려 그의 꽁무니를 따라 다니다가, 겨우 결혼 약속을 받아낸 참이다. 줄리에는 프랑스 말까지 할 줄 아는 쟝에게서 귀족의 사나이에게서는 볼 수 없는 야수성과 묘한 균형을 느끼고, 자꾸만 마음이 끌린다. 줄리에는 춤을 핑계로 쟝의 손을 쥐고 밖으로 끌어낸다.

춤을 추고 난 후, 두 남녀는 신분적 차이를 벗어나 재미있는 이야기로 시간을 즐긴다. 크리스틴이 피곤해서 잠을 자려 제 방으로 들어가자, 줄리에는 호수에서 보트를 타자고 쟝에게 조른다. 이때 합창대의 행렬이 부엌 입구로 다가온다. 귀족의 딸이 깊은 밤에 외간남자와 단 둘이 있는 것은 스스로를 파멸시키는 것이라고 하는 쟝의 말을 듣고, 줄리에는 사람들의 눈을 피하여 쟝의 방으로 도망간다. 쟝은 처음에는 줄리에의 유혹을 거절한다. 그러면서 정말 자기가 얼마나 줄리에를 사모했고 그림의 떡처럼 생각했던 아가씨였던가를 생각한다. 아버지 백작은 출타 중이고 하지 전야의 축제일이니만큼 두 사람의 마음은 들떠 있다. 게다가 줄리에의 심상치 않은 언행은 쟝을 극도로 흥분시킨다. 밀실에서 두 사람이 열렬하게 남녀의 일을 끝내자, 쟝과 줄리에의 주종 관계는 완전히 뒤바뀌고 만다.

합창대가 가고 나자 줄리에와 쟝이 다시 나타난다. 줄리에는 함께 달아나자고 쟝에게 말한다. 두 사람이 넘어서는 안 될 관계에 있다는 것은 이제는 명백하다. 쟝은 줄리에게 백작의 돈을 가져오라고 말한다. 그녀는 얼마간의 돈을 가져왔으나 쟝에게는 그 정도는 아무것도 아니다. 엄격하고 오만해진 쟝 앞에서 줄리에는 착란 상태로 빠져든다. 그때 인기척이 나며, 집에 돌아온 백작이 쟝을 부르는 소리가 들린다. 쟝은 갑자기 노예근성으로 되돌아가고 만다. 그러면서 쟝이 면도칼을 보이며 해결 방법을 암시하자, 줄리에는 그 면도칼을 받아들고, 휘청거리는 걸음으로 방 밖으로 나간다.

Ⅳ. 상징주의 문학

콩트의 실증주의를 바탕으로 유전과 환경이라는 과학적 결정론을 제시한 자연주의는, 과학으로 인간의 조건을 개선시킬 수 있다고 주장했다. 그러나 오히려 자연주의는 인간을 출구가 없는 어두운 비관주의로 몰아넣었다. 곧 인간의 비정함, 잔인성, 야수성 등을 드러냄으로써 오히려 대중의 염증을 산 것이다. 또한 자연주의의 객관적이고 과학적인 분석은 정서적 감동과 공감을 배제하였기 때문에 지나치게 경직되고 무미건조해서 독자들을 질식시켰다. 여기에 베르그송(Henri Bergson, 1859~1941)과 푸엥카레(Henri Poincaré, 1854~1912)가 실증주의의 관습적이고 기계적이고 결정론적인 오류를 지적하고, 인식의 상대성과 인간의 창조적 자유를 주장하면서 자연주의는 종말을 맞이하게 되었다.

그리하여 몇몇 프랑스 문인들, 특히 시인들의 주도하에 문학 작품은 자연주의의 숨 막히는 논리와 과학을 버리고 형이상학적이며 신비적인 것, 꿈과 음악, 영혼과 신비, 공감, 무한, 절대, 이상, 계시 등을 탐구하기에 이른다. 이것이 상징주의의 발단이다. 상징주의는 낭만주의와 상통하는 면이 있지만, 그 전개 과정은 구별된다. 낭만주의가 무엇보다 '감정'의 표현에 치중했다면, 상징주의는 감정을 거부하고 논리적 유추를 바탕으로 하는 은유와 이미지, 상징 등을 주된 시학으로 삼았다.

'상징(symbol)'이라는 말의 어원에는 '하나로 만들다', '비교하다'라는 의미가 함축되어 있다. 상징의 원리는 둘로 나누어진 것을 하나로 결합하는 것이다. 곧, 가시적인 것을 통해 불가시적인 것을 표현하는 것이다. 결국 하나의 이미지는 그 이미지가 지시하는 관념과 하나가 되어 의미를 점차 넓혀가고 시와 의미, 말하자면 형식과 내용의 합일을 추구하는 것이다.

사실주의나 자연주의의 문학 장르가 주로 소설이었다면 상징주의의 주된 장르는 시이다. 리듬이나 음악이나 환기 등의 마술로 초현실적 세계를 탐구하는 것은 소설보다는 시가 더 적합했기 때문이다. 문학사적으로 상징주의는 20세기 초에 쇠퇴하기에 이르지만 그 영향력은 현대의 거장들에까지 미치고 있다.

상징주의의 대표적 작가와 작품은 프랑스가 단연 압권이다. 보들레르(Charles Baudelaire, 1821~1867)의 시집 『악의 꽃』(*Les Fleurs du mal*, 1851)과 사후에 발표된 산문 시집 『파리의 우울』(*Le Spleen de Paris*, 1869), 말라르메(Stéphane Mallarmé, 1842~1898)의 시집 『목신의 오후』(*L'Après-midi d'un Faune*, 1876), 베를렌느(Paul Verlaine, 1844~1896)의 시집 『무언가』(*Romances sans Paroles*, 1874), 랭보(Arthur Raimbaud,

1854~1891)의 『지옥에서 보낸 한철』(*Une saison en enfer*, 1870~1873) 등을 들 수 있다. 그리고 영국의 예이츠(William Butler Yeats, 1865~1939)는 프랑스 상징주의의 영향을 영국에 전한 최초의 시인으로 상징주의 대표 시집 『오이신의 방랑』(*The Wanderings of Oisin*, 1889)과 『갈대밭의 바람』(*The Wind Among the Reeds*, 1899) 등을 출간했다. 또한 영국의 T. S. 엘리어트는 보들레르나 그밖의 프랑스 상징주의자들처럼 암시적 무드를 조성하면서 이미지 뒤에 있는 배후의 세계를 환기시키려 했다는 점에서 프랑스 상징주의자들의 맥을 계승하고 있다. 독일의 게오르게(Stefan George, 1868~1933)의 제1시집(1890~1892)인 『찬가』(*Hymnen*), 『순례여행』(*Pilgerfahrten*) 등은 프랑스 상징주의의 영향 아래 쓰였고, 그리고 릴케(Rainer Maria Rilke, 1875~1926)의 시집 『신시집』(*Neue Gedichte*, 1907)과 『신시집 별권』(1908) 등은 말라르메나 랭보의 영향을 받아 새로운 시를 발표한 것이다.

■ 샤를 보들레르(Charles Baudelaire, 1821~1867)
– 『악의 꽃』(*Les Fleurs du mal*, 1851)

보들레르는 파리에서 태어났다. 6세 때 아버지를 여의고 다음해 오피크라는 장군을 새아버지로 맞았는데, 조숙한 보들레르는 어머니의 재혼에 크게 불만을 품고 반항적인 소년이 되었다. 어려서부터 문학을 즐기던 그는 새아버지의 반대에 더욱 반발적으로 방종한 생활을 했고, 다소의 유산이 손에 들어오게 되자 문단의 부랑아들과 어울려 다니며 재산 대부분을 탕진해버렸다. 그는 미국 작가 포(Poe)를 깊이 사랑해서 그의 작품 번역에 몰두하면서 자신의 시와 미술 평론을 썼다. 1851년 그동안 썼던 몇 편의 시를 발표하고 1857년 그의 최초이자 최후의 시집

『악의 꽃』을 출판하며 큰 찬사를 받았다. 지성과 감성 두 측면에서 모두 현대적이라고 불릴 모든 요소와 상징주의의 모든 정수가 들어 있는 이 시집은 풍속을 어지럽힌다는 이유로 6편의 시가 삭제당했고, 과태료까지 물게 되어 경제적 파탄이 가중된 그는 채권자의 위협에 벨기에로 피신하기도 했다. 결국 불행과 비참한 고뇌 속에 마약까지 복용했고, 실어증에 걸려 46세의 나이로 세상을 떠났다.

『악의 꽃』은 처음에 101편의 시를 담고 있었는데, 뒤이어 출판된 시집에서는 151편으로 늘어났다. 이 시집은 6부로 나뉘어 있고 제1부 「우울과 이상」에서는 시인의 향수, 제2부 「파리의 풍경」에서는 파리 교외의 시정詩情, 제3부 「술」과 제4부 「악의 꽃」에서는 비참하고 퇴폐적이고 그리고 광란과 우매함의 정경, 제5부 「반항」에서는 기독교적 감수성과 그것의 부인, 제6부 「죽음」에서는 절망자의 유일한 희망을 노래하고 있다.

상징주의 미학의 근간을 이루는 시 「상응」(*Correspondence*)은 오감의 공감각을 통한 상응 관계, 곧 천상계와 지상계 그리고 자연과 인간의 사이에 서로 조응 관계를 보여주고 있다. 그리하여 모든 자연의 신비로운 통일성이 잘 드러나 있다. 이 시는 1857년에 『악의 꽃』 제1부에 발표되었다.

> 자연은 하나의 사원(寺院), 거기 살아 있는 기둥들이
> 이따금씩 알 수 없는 말들을 낸다.
> 인간은 낯익은 시선으로 자신들을 지켜보는
> 상징의 숲을 통해 그곳을 지나간다.
>
> 혼돈처럼 그리고 빛처럼 광막한
> 어둡고 심원한 소리와 섞이는

길게 울리는 메아리처럼
향기와 색깔과 소리가 서로 교감한다.

어떤 향기는 아이들의 살처럼 신선하고,
오보에 선율처럼 달콤하고, 초원처럼 푸르른,
또한 어떤 향기는 썩고 진하고 당당한.

호박향, 사향, 안식향, 훈향처럼
무한한 것으로 퍼져 나가
정신과 감각의 환희를 노래한다.

—「상응」 전문

■ 스테판 말라르메(Stéphane Mallarmé, 1842~1898)
– 「환영」(*Apparition*)

말라르메는 파리에서 태어났다. 그의 아버지는 등기 관리국의 관리
였다. 그러나 그의 나이 5세 때 어머니를 잃고, 누이동생과 함께 외조
부에게 맡겨져 성장했다. 14세 때 상스 중학교의 기숙생이 되었고, 상
급생으로부터 감화를 받아 문학 작품을 탐독하기 시작하였다. 위고,
포, 보들레르의 책들을 애독하며, 시 창작을 시도하였다. 그런데 아버
지가 뇌를 앓아 직장을 떠나게 되자 연금으로 가난하게 살았다. 아버
지가 세상을 뜨자, 1863년 투르롱 중학교의 영어 강사를 하면서 시를
창작하였다. 이 시절에 쓴 초기의 시들이 「창공」, 「바다의 미풍」, 「겨울
의 전율」이다. 1866년에는 브장송 중학교, 이듬해는 대망의 아비뇽 중
학교으로 옮겨 평생을 교직에 종사하였다. 이어 『목신의 오후』(*L' Apre
s-midi d' un Faune*, 1876)를 쓰기 시작하여 1876년에 완성하는 한편, 상
징시인 후기의 소곡 및 미완성으로 끝난 『이지튀르』(*Igitur*)의 창작에 전

념했다.

그는 상징파가 활발하게 활동하던 시기에 난해한 소곡의 소네트들을 발표하였다. 1885년 이후에는 산문, 비평, 극평을 썼는데 이 글들은 『디바가시옹』(*Divagations*, 1897)에 수록되어 있다.

그의 시세계는 순수한 아름다움을 향한 지적인 노력을 보이고 있다. 그는 다른 상징주의 시인들이 그러하듯 현실을 경멸하면서 이상적인 아름다움을 표현했다. 그는 자기의 개인적인 감수성을 나타내기보다는 사물의 순수한 개념, 순수한 관념에 도달하려 했다. 그래서 이것을 독자들이 느낄 수 있도록 하려고 했다. 상징주의 대표적 시이면서 대체적으로 이해하기 쉬운 시 「환영」은 음악적이며 암시적인 시어를 통해 환상적인 신비감을 조성해주고 있다.

달은 슬펐다 손에 활을 쥐고 흐릿한 꽃들의
침묵 속에서 꿈꾸듯 울고 있는 천사들은
들릴 듯 말 듯한 바올라에서 꽃관의 창천 위에
미끄러져 가는 백색 오열을 미끄러 내렸다
―그 날은 너의 첫 키스로 축복받은 날이었다
나를 괴롭히기를 좋아하는 내 몽상은
후회도 없이 실망도 없이 꿈을 모으던 가슴에
꿈을 모으다가 남기게 된 슬픔의 향기에
정말 교묘하게 도취하였다
내 오래 된 포도만을 바라보며 방황하고 있을 때에
머리털을 번쩍거리며, 거리에
그리고 황혼녘에, 네가 웃으며 나타났고,
나는 하얀색 모자를 쓴 선녀가 나타난 줄 알았다.
옛날 응석받이 때의 멋진 꿈속에서
왔다 갔다 하며 항상 팔을 벌리고

향내 나는 흰 별다발을 번쩍거리던 그 선녀가.

—「환영」 전문

■ 폴 베를렌느(Paul Verlaine, 1844~1896)
　　　　　　　　　　　– 『토성인의 시』(*Poèmes saturniens*, 1866)

베를렌느는 공병 장교의 외아들로 태어나 양친의 사랑을 독차지하며 행복한 유년 시절을 보냈고, 파리에서 보험회사 직원으로 근무하다가 플로베르, 고티에 등과 같은 문인들과 교류하면서 시인의 길로 접어들었다. 그러다 랭보의 시를 접하는 순간 첫눈에 반해, 결혼한 지 1년밖에 되지 않은 부인과 별거하고, 랭보와 우정 이상의 감정을 유지하였다. 그리하여 그와 함께 동거 및 방랑 생활을 하다가 논쟁 끝에 베를렌느가 랭보에게 권총을 발사해 랭보의 손에 박히는 불상사를 저질렀다. 그 결과 랭보가 고소를 취하했음에도 불구하고 베를렌느는 2년형을 언도 받고 복역했다. 복역 중 친구의 노력으로 네 번째 시집이자 상징주의적 사상이 최고조에 달한 『무언가』(*Romances sans Paroles*, 1874)가 출판되었지만 아내와는 이혼하였다.

출소 후 가톨릭교도로서 평온한 전원생활을 보내며 종교 시집 『예지』(*Sagesse*, 1880)를 출판했다. 그러나 프랑스 어느 시골의 사립중학교의 교사로 있으면서 제자인 한 미소년과 동성애에 빠졌다. 그런데다가 술주정이 되살아나 면직을 당한 후, 추문과 빈궁 속에서 비참한 만년을 보냈다. 그러다가 동거하고 있던 창녀가 지켜보는 가운데 52세의 나이로 세상을 떠났다. 그밖에 그의 대표적 시집으로는 『사랑의 향연』(*Fêtes galantes*, 1869), 『말 없는 연가』(*Romances sans paroles*, 1874) 등이 있다.

말라르메가 상징주의의 지성적인 면을 계승하고 완성했다면, 베를렌

느는 섬세한 음악성으로 상징주의의 감성적인 면을 훌륭하게 살려낸
시인이다. 그의 대표적인 시 「가을의 노래」는 시집 『토성인의 시』(*Poè
mes saturniens*, 1866)에 들어 있으며, 가을이라는 계절적 배경을 다양한
심상을 사용하여 형상화하고 있다. 또한 가을날에 느끼는 화자의 쓸쓸
한 심정도 잘 표현되어 있다. 여기서 화자의 쓸쓸한 심정은 '바이올린
의 긴 흐느낌'이나 '종소리'라는 청각적 심상을 통해 드러나고 있는데,
이를 통해 화자는 옛날의 추억을 되돌아보며 눈물을 흘린다.

가을날
바이올린의
긴 흐느낌.
단조로운 우울로
내 마음
쓰라려.

종소리 울리면
숨 막히고,
창백히
옛날을
추억하며
눈물 짓노라.

그리하여 나는 간다.
모진 바람이
날 휘몰아치는 대로
이리저리
마치 낙엽처럼.

—「가을의 노래」 전문

■ 아르튀르 랭보(Arthur Rimbaud, 1854~1891)

- 「취한 배」(*Le Bateau ivre*)

랭보는 프랑스 샤를르빌에서 군인의 아들로 태어났다. 일찍이 아버지가 집을 버리고 나갔기 때문에 가톨릭 신자인 어머니의 엄한 훈육 밑에서 자랐다. 12세 때부터 신동으로 불렸던 그는 조숙하여 16세에 대학입학 자격시험을 포기한 채 가출했고, 16세 이전부터 시를 쓰기 시작하였으며, 그 시편들은 당시의 고답파 수법을 이미 터득한 수준 높은 시들이었다. 그러다가 1871년 베를렌느와 교우하게 되어 파리로 나가게 되었고, 또한 가정을 버린 베를렌느와 함께 벨기에와 런던에서 지내게 되었다. 그러나 반항아이고 자유인이었던 랭보는 베르렌느를 떠나 방랑의 진흙길을 걸었다. 36세의 나이로 마르세이유 병원에서 세상을 떠났다.

랭보는 미지의 것을 찾아 모든 감관을 해방하고 방탕, 연애, 고뇌, 광란 등 생활의 온갖 소용돌이의 한복판에서 인생 그 자체를 가장 동적인 상태에서 보았다. 그리고 감각의 고의적인 교란을 통해서 시적 상징을 모색하려 하였다.

그의 시집으로는 그의 나이 16~19세(1870~1873)에 쓴 『일뤼미나시옹』(*Illuminations*)과 『지옥에서 보낸 한철』(*Une saison en enfer*) 등이 있다. 그의 초기시 「취한 배」(*Le Bateau ivre*)는 교란과 현기증을 통한 한없는 자유와 광명의 발돋움을 위한 몸부림이 잘 드러나 있다. 이 시는 의인법을 사용하여 '배'는 곧 시적 화자를 일컫고 있다. 이 시에는 향기와 색채, 음향과 시각, 물질적인 것과 추상적인 것이 파노라마처럼 펼쳐지고 있다.

나는 안다, 번개에 찢기는 하늘을, 바다의 회오리를
산더미 같은 파도들 그리고 해류들을, 나는 알고 있다, 저녁녘,
날아오르는 비둘기 떼처럼, 드높이 붉게 밝아 오는 새벽을,
또 난 가끔 보았다, 인간이 본다고 믿었던 것을

난 보았다. 신비로운 공포 점점이 박힌 나지막한 해.
머나먼 고대 연극의 배우들 모양의
기다란 보랏빛 응결체들을 비추는 태양을
저 멀리 출렁이는 수면을 굴리는 물결들을!

난 꿈꾸었다. 현란스레 눈 덮인 푸른 밤,
서서히 바다 뒤로 복받쳐 오르는 애무인 양
놀라운 수액들의 순환!
그리고 노릇파릇 깨어나 노래하는 인광들을!
내 여러 날 쫓아다녔지. 히스테릭한 암소 떼처럼
넘실넘실 암소들을 덮치는 큰 파도들.
성모 마리아의 빛나는 발이라도
숨가쁘게 헐떡이는 대양을 억누르진 못했을 거야!

짐작하다시피 난 부딪쳤다, 엄청난 플로리다 주와,
꽃무리 속에 인간의 피부를 한 표범들 눈초리가 엉켜 있었고
수레바퀴 테처럼 탱탱한 무지개들,
수평선 아래 바다의 청록색 양떼들과 어우러지고 있었지!
난 보았다. 어마어마한 늪들이 통발처럼 삭아가는 것을,
거기엔 골풀들 안에서 거대한 바다괴물이 통째로 썩어가고!
바다의 고요 한가운데에서 부서지는 물의 붕괴,
그리고 심연을 향해 카르릉거리는 원방의 물결들을!

(…)

나는 꿈꾸었다, 바다의 눈으로 서서히 올라오는 입맞춤을

눈부시게 눈 내리는 초록의 밤을

전대미문의 정기의 순환을

노래하는 인광(燐光)들의 노란, 그리고 푸른 눈뜸을!

—「취한 배」 부분

■ 윌리엄 버틀러 예이츠(William Buter Yeats, 1865~1939)

  –「이니스프리 호수의 섬」(*The Wanderings of Oisin*, 1888)

예이츠는 더블린 근처의 해변가에 위치한 샌디마운트에서 태어났다. 그의 아버지는 영국계 아일랜드인으로 그림에 조예가 깊었으며 특히 라파엘 전파 그림을 좋아했다. 예이츠는 아버지를 통해서 예술에 대한 관심을 갖게 되었고, 슬라이고 지역 태생의 어머니를 통해서 아일랜드의 전원적인 시골 풍경과 가까이 할 수 있었다. 1868년 더블린으로 이주한 그의 가족들은 1874년 런던에서 살기 시작했으나 1883년 아일랜드로 되돌아온다. 그 해 그는 예술고등학교를 졸업하고 메트로폴리탄 예술학교에 입학하나 중도에 포기하고 시 창작에 전념했다.

1890년 예이츠는 시인클럽의 주요 일원으로서 라이오넬 존슨(Lionel Johnson, 1867~1902), 어니스트 다우슨(Ernest Dowson, 1867~1900) 등과 친교를 맺으면서, 라파엘 전파와 심리주의 운동의 영향을 받았다. 그리고 비슷한 시기에 그는 외가가 있는 아일랜드의 슬라이고 지방을 방문했다. 그는 그곳의 목가적 풍경을 배경으로 한 농부들의 생활을 가까이 하면서 아일랜드 전설과 민담에 관심을 갖게 되고, 스탠디시 오그래디(Standish O' Grady)의 아일랜드 영웅담을 접하게 되면서 이러한 자료들을 자신의 시의 소재로 삼게 되었다. 바로 이 시기인 1888년 그는 『오이신의 방랑』을 발표하는데 이 시집에는 라파엘 전파의 영향과 아일랜드 민담의 소재가 어우러져 있다.

1923년 노벨문학상을 수상한 예이츠는 말년에 심장 질환과 폐질환으로 인한 육체적 쇠약에도 불구하고 시작 활동을 멈추지 않았다. 그는 죽기 수개월 전에도 『마지막 시집』(*Last Poems*, 1939)을 펴내고 심장 마비로 세상을 떠났다.

그의 대표적인 시집으로는 『책임』(*Responsibilities*, 1914), 『환상』(*A Vision*, 1925), 『쿨 호수의 백조』(*The Wild Swans At Coole*, 1919), 『마이클 로바티즈와 무용가』(*Michael Robartes and the Dancer*, 1921), 『나선형 계단』(*The Winding Stair*, 1928) 등이 있다.

『오이신의 방랑』 속에 들어 있는 「이니스프리 호수의 섬」은 신비적 요소가 잘 드러나고 있다. 이니스프리는 시인의 고향인 아일랜드의 호수 속에 있는 작은 섬이다. 이 시는 부드러운 운율과 벌 윙윙대는 소리, 귀뚜라미 우는 소리, 홍방울새의 날개 소리, 물결 소리 등의 아름다운 음향적 · 청각적 이미지와 오두막집과 아침 저녁의 소박하고 평화로운 전원생활의 이미지들이 합쳐져 있다. 또한 켈트 민족 특유의 신비적 환상 세계는 어린 시절 예이츠의 중요한 생활환경이어서 그는 아일랜드의 신화, 전설 등에 익숙해져 있다. 예이츠에게 있어 신비적 세계는 초자연적 상상의 세계에 그치지 않고, 그의 생활의 일부로 자리 잡아서 신비 사상과 현실은 그에게 있어 일원화된 상태였다.

나 일어나 이제 가리, 이니스프리로 가리.
거기 나뭇가지 엮어 진흙 바른 작은 오두막을 짓고,
아홉 이랑 콩밭과 꿀벌통 하나
벌 윙윙대는 숲 속에 나 혼자 살으리.

거기서 얼마쯤 평화를 맛보리.
평화는 천천히 내리는 것.
아침의 베일로부터 귀뚜라미 우는 곳에 이르기까지.
한밤엔 온통 반짝이는 빛
한낮엔 보랏빛 환한 기색
저녁엔 홍방울새의 날개 소리 가득한 그곳.

나 일어나 이제 가리, 밤이나 낮이나
호숫가에 철썩이는 낮은 물결 소리 들리나니
한길 위에 서 있을 때나 회색 포도 위에 서 있을 때면
내 마음 깊숙이 그 물결 소리 들리네.

—「이니스프리 호수의 섬」부분

■ 스테판 게오르게(Stefan George, 1868~1933)
　　　–「우리는 기꺼이 저 아래 너희들의 윤무 곁에 머물고 싶었다」
　　　　　(*Wir blieben gern bei eurem reigen drunten*)

독일 현대 문학의 대표적인 시인 스테판 게오르게는 빙엔 근처 뷔데스하임에서 여관주인과 포도주 상인의 아들로 태어났다. 1887년 다름슈타트에서 김나지움 고등학교를 졸업하고, 이후 정해진 주거지 없이 온 유럽을 떠돌아다녔다. 그러다가 1889년 파리에서 말라르메를 알게 되어 프랑스의 상징주의 시 영향을 받게 되었고, 당시 독일 문학의 자연주의와 실증주의에 반발하여 일상성을 벗어난 순수한 언어 예술로서의 문학을 지향하였다. 그는 호프만스탈(H. v. Hofmannsthal, 1874~1929), 릴케(Rainer Maria Rilke, 1870~1926)와 함께 독일 근대시 효시로 일컬어지고 있는데, 이로써 독일 근대시가 자립성을 획득하여 유럽적 보편성을 갖기 시작했다고 할 수 있다. 1933년 그는 나치를 피해 스위스로 망

명했다가 로카르노 근처 미누시오에서 세상을 떠났다.

그는 1892년 베를린에서 《예술 화지》를 간행하여 예술지상주의 운동을 전개했으며, 1912년까지 지속하였다. 그러면서 그의 첫 시집 『찬가, 순례, 알가발』(*Hymnen, Pilgerfahrten, Algabal*, 1892)을 출간하였다. 이어 제2시집 『복인가와 찬가, 전설과 가요, 걸려 있는 정원의 서』(*Die Bücher der Hirten- und Preisgedichte, der Sagen und Sänge und der hängenden Gärten*, 1896)를 출간하였다. 이어 다양한 삶의 근원적 모습을 그린 『삶의 양탄자』(*Der Teppich des Lebens*, 1900), 『일곱 번째 반지』(*Der siebente Ring*, 1907), 『맹약의 별』(*Der Stern des Bundes*, 1914), 『새로운 나라』(*Das neue Reich*, 1928) 등을 발표하였다.

시 「우리는 기꺼이 저 아래 너희들의 윤무 곁에 머물고 싶었다」에서는, 시인의 사명은 안락한 일상적인 삶에 안주하는 것이 아니라, 미지의 세계를 탐험하여 기적의 꽃을 획득함으로써, 무한한 기쁨을 성취하는 엘리트적인 삶을 추구하는 것임을 노래하고 있다.

> 우리는 기꺼이 저 아래 너희들의 윤무 곁에 머물고 싶었다.
> 너무나 우리는 흔들리는 줄기들의 아름다운 계곡을 사랑했고
> 아침햇살에 다채로운 반점들의 아지랑이를
> 사랑했다.
>
> 우리는 나비와 잠자리로부터
> 부드러운 꽃가루를 취하고 싶었고 꽃들을 많이 꺾어서
> 그것으로부터 살랑거리는 매끄러운 물결을 그리는
> 사랑스럽게 가벼운 놀이를 하고 싶었다.
>
> 하지만 벌거숭이의 바위와 경직된 수풀 위로
> 다른 발견을 위한 어떤 충동이 우리를 이끌며

뾰족한 돌과 가시 돋친 관목에
손과 발바닥이 상처 난다.

우리의 위험 가득한 방랑을 위해서
한 번 우리에게 가장 순수한 행복의 대가가 지불된다:
우리 가까이에 절벽에서 푸른색의 수정처럼 투명한
경이의 꽃이 싹튼다.

—「우리는 기꺼이 저 아래 너희들의 윤무 곁에 머물고 싶었다」 전문

■ 라이너 마리아 릴케(Rainer Maria Rilke, 1875~1926)
  – 「표범–파리, 식물원에서」(*Der Panther–Im Jardin des Plantes, Paris*)

릴케는 당시 체코의 프라하에서 태어났다. 그의 아버지는 군인이었으나 건강이 좋지 않아 10년간의 군복무 후에 퇴역하여 철도 공무원 생활을 하였다. 그의 어머니는 사치와 허영이 강하였는데, 이 부부 사이에서 처음 릴케의 누이가 태어났으나 어렸을 때 죽었고, 그 아쉬움으로 어머니는 릴케가 다섯 살 때까지 여자아이의 옷을 입혔으며 이름도 '마리아'라고 붙였다. 그는 1882년 프라하 가톨릭 재단의 독일인 초등학교에 입학하였다. 그런데 릴케 나이 9세 때 부모가 성격상의 이유로 이혼을 하게 되었다. 이후 11~15세 때까지 릴케는 아버지의 희망에 따라 성 폴텐의 육군초등실업학교에 국가장학생으로 입학, 졸업하였다. 이어 육군고등실업학교에 진학하였으나, 아버지를 설득하여 중도에 그만두고 도나우 강변의 린츠에 있는 상업학교에 입학하였다. 그러나 17세에 연애사건으로 린츠 상업학교를 퇴학하고, 이후 프라하의 백부 댁에 기거하면서 아비투어를 개인 교수로 이수하였다. 19세 때 처녀시집 『삶과 노래』(*Leben und Lieder*, 1894)를 출간하여 애인 발리에게 헌정하였다.

20세 때 프라하 대학에 입학하여 예술사 · 문화사 · 철학을 전공하였다. 21세 때 뮌헨으로 옮겨 뮌헨 대학에서 계속 예술사 · 문학사 · 철학을 공부하였다. 22세 때 뮌헨에서 살로메를 알게 되어 평생을 영혼을 나누는 애정 관계에 있었다. 26세 때 로댕의 제자이며 여류 조각가인 클라라와 결혼하여 딸이 태어났다. 40~41세까지 빈에서 국민군으로 복무하였다.

44세 때 제1차 세계대전이 끝나자 스위스로 옮겨 각지에서 강연을 하였고, 로카르노에 머물고, 50세 때는 파리에 머물렀다. 51세 때 무조트 성에서 장미를 꺾다가 손가락을 가시에 찔려, 그것이 화농하여 백혈병 증세가 나타나게 되었고 12월 29일 발몽 요양소에서 세상을 떠났다.

그의 대표 시집으로는 『형상 시집』(*Das Buch der Bilder*, 1902), 『신시집』(*Neue Gedichte*, 1907), 『구시집』(*Frühe Gedichte*, 1909), 『제1시집』(*Erste Gedichte*, 1913), 『오르페우스에게 드리는 소네트』(*Sonette an Orpheus*, 제1부, 1922) 등이 있다.

시 「표범」은 자신을 상실한 현대인의 허무하고 무기력한 삶을 창살에 갇힌 표범을 통해 비유적으로 노래하고 있다. 제목과 부제목의 관계에서 시가 묘사하는 삶의 규정과 삶의 상태 사이의 모순이 상징적으로 드러난다.

그의 눈초리가 창살들의 지나감에 의해
너무 피곤하게 되었기 때문에, 그는 아무 것도 더 이상 붙잡지 못한다.
그에게는 마치 수천 개의 창살들이 있는 것처럼 보였고,
수천 개의 창살 뒤에는 어떤 세계도 없는 것처럼 보였다.

날렵하고 강한 걸음걸이의 부드러운 행보가

가장 작은 원을 그리며 맴돌고,
하나의 커다란 의지가 마비된 채 서 있는,
중앙을 맴도는 힘의 춤 같구나.

단지 때때로 동공의 커튼이
소리 없이 열린다―그러면 한 그림이 들어와,
사지의 긴장된 정적을 통과하여
마음속에서 자취를 감춘다.

―「표범―파리, 식물원에서」 부분

ㄱ

ㄴ

ㅈ

『파산』 • 593, 598

파스칼 • 336, 342

『파스칼 박사』 • 538

『파우스트』 • 364, 367, 369-72, 491

『파이드로스』 • 115

파쿠비우스 • 115

『팡세』 • 342

『팡타그뤼엘』 • 248

퍼시 비시 셸리 • 485, 493-5

『페니키아의 여인』 • 115

페드로 안토니오 데 알라르콘 • 594, 605

『페드르』 • 344, 345

페르 아밧 • 172

페르난 카발레로 • 593

페르난도 데 로하스 • 308

페르세스 • 77

『페르시아 사람들』 • 88

『페르시아인의 편지』 • 393, 395, 433, 434

페리파네스 • 98

페트라코 • 219

페트로니우스 • 110, 135

『펠리아스의 딸들』 • 94

『평민 귀족』 • 347

「평신도의 신앙」 • 358

『평화제』 • 564

『포 시집』 • 517

『포로』 • 115

『포르미오』 • 115

『포스타스 박사의 비화』 • 370

포프 • 123, 339

『폭군들』 • 443, 445

『폭풍의 언덕』 • 545, 548, 550, 551

폰타네 • 556, 557

폴 베를렌느 • 612, 617, 619

『폴리외트』 • 343

『폴리페모와 갈라테아의 이야기』 • 377-9

「표범」 • 625-7

『푸른 숲 아래에서』 • 553

푸리에 • 464

『풀잎』 • 512, 519

「풍요」 • 539

『풍자시』 • 119, 234

프란시스 베이컨 • 262, 264, 266, 390

프란시스코 데 케베도이비예가스 • 377, 381

프란체스코 페트라르카 • 219, 222, 229

『프란츠 슈테른발트의 편력』 • 473

프랑소아 라블레 • 249

『프랑스 견문기』 • 237

프레보 데그질 • 394, 409, 410

프로메르티우스 • 120

프로타고라스 • 34, 94

『프로타고라스』 • 35

프리드리히 슐레겔 • 473

『프린키피아』 • 337

김혜니

현 국제대학 영상문예과 교수
이화여자대학교 학사 · 석사 · 박사 학위 취득

저서 『한국 근대시문학사 연구』, 『한국 현대시문학사 연구』,
『한국 근현대비평문학사 연구』, 『비평문학의 이해』, 『박
목월 시 공간의 기호론과 실제』, 『내재적 비평문학의 이
론과 실제』, 『외재적 비평문학의 이론과 실제』, 『다시 보
는 현대시론』, 『동양문학연구』, 『김혜니 교수 세계문학
에센스』(총16권) 외 다수.

서양문학연구

인쇄 2010년 10월 10일 | 발행 2010년 10월 20일

지은이 · 김혜니
펴낸이 · 한봉숙
펴낸곳 · 푸른사상사

기획 · 편집 · 김세영, 강태미 | **디자인** · 지순이 | **마케팅** · 김두천, 이경아
등록 제2-2876호
주소 서울시 중구 을지로3가 296-10 장양B/D 7층
대표전화 02) 2268-8706(7) | **팩시밀리** 02) 2268-8708
메일 prun21c@yahoo.co.kr / prun21c@hanmail.net
홈페이지 www.prun21c.com

@ 2010, 김혜니

ISBN 978-89-5640-764-7 93800

값 46,000원

☞ 『20세기 서양문학연구』도 곧 출판될 예정입니다.
☞ 21세기 출판문화를 창조하는 푸른사상에서는 좋은 책을 만들기 위해 노력하고 있습니다.
　저자와의 합의에 의해 인지는 생략합니다.